버려진 가능성들의 세계

버려진 가능성들의 세계

차미령 평론집

문학동네

버려진 가능성들의 세계

    소설의 세계는 가능성의 세계다. 무엇이든 다 할 수 있다는 식의 자유를 뜻하는 것이 아니다. 다시 적으면, 소설의 세계는 그 이야기가 완성되기까지 버려진 가능성들의 세계다. 우리가 서사적 긴장을 느낄 때 혹은 판단의 압력과 마주할 때는, 지금 마주하고 있는 이야기 안에 존재하는 다른 가능성들을 감지하거나 의식할 때이다. 선택되지 않은 그 가능성들이 서사의 보이지 않는 지층을 만든다. 결국 다른 가능성들이 버려진다 해도, 이야기는 그 흔적의 전부를 지울 수 없다. 그것은 폐기되는 동시에 생성된다.

    폐기되는 동시에 생성되는 것으로서 언어화되지 않은 가능성들은 읽기를 추동하는 이야기 고유의 힘이다. 읽기를 미완의 상태로, 끊임없는 반성적 운동으로, 생명을 거듭하게 하는 서사 본연의 힘. 비평이라는 행위를 작동케 하는 매혹이자 저주로서, 버려진 가능성이란 따라서 두 개의 역설을 함축한다. 지금 우리 앞에 주어진 세계는 그것이 기각한 것들에 의해 셈해지는 세계이며, 또 그런 한 결코 완전히 셈해질 수 없는 세계이다.

    필연성이 아니라 가능성으로, 당장은 희박해 보이는 숨결 쪽으로 몸을 트는 것. 책을 묶으며, 동시대 문학의 현장에서 내가 목격한 장면들의 함의를 같은 말로써 여기에 옮겨두고 싶다. 동시대 소설에서 가능성의 사유란, 무엇보다 나에게는 사라지고 지워지고 버려진 삶들에서 세계성을 발견하려는 움직임으로 다가왔기 때문이다. 어떤 가능성들이 상실되었음을 응시하고, 배제된 가능성들이 그 존재를 요구하는 세계, 그것이 지금 이 순간 내게 떠오르는 지난 10년간의 한 장면이다.

이 책에 수록된 글들이 통과한 시간은 2000년대 중반에서 2010년대 중반에 이르는 10년 남짓의 시간이다. 내가 비평을 쓰기 시작한 그 계절에 문학의 종언 또한 운위되기 시작했다. 죽음과 함께 태어난 자라는 사실이 무색하게도 혹은 그렇게 말해진다는 사실 때문에, 선고와 선고유예를 둘러싼 말들에는 무심하려 했다. 변명이 되겠지만, 우둔했기 때문에 확실하기를 원했다. 전망을 내놓을 수 있는 처지가 아니었기에 더 가까이서 자세히 보려고 했다.

물론 그러한 마음가짐이 단지 바람에 그쳤다는 사실을 모르지 않는다. 또한 이 책에서 제기된 의문들이, 이 책의 저자만이 할 수 있는 것이라고도 생각지 않는다. 하지만 이 책에 수록된 글들에서 어떤 긴장이 읽히기를, 적어도 몇몇 페이지에서는 책의 저자가 도출하고 해명하길 원했던 문제들이 엿보이기를 바란다. 문제를 공유하거나 성격이 유사하다고 판단한 글들을 4부로 나누어 담았다. 처음 발표될 때와 제목이 달라진 원고가 몇 있고, 긴 글을 부분으로 나누어 수록한 원고도 있다. 지금 쓰면 다르게 쓰겠다 싶은 글들도 있지만, 애초의 취지에서 크게 벗어나지 않게 두었다.

원고들을 다시 읽으며 당시의 나는 인지하지 못했지만 텍스트들은 이미 그때 말하고 있었다는 생각에 뒤늦게 사로잡히곤 했다. 버려진 가능성이란 말에서, 문학하는 자의 연민과 항변이 읽힌다 해도 나로서는 어쩔수 없다. 하지만 그 말은 내 마음속에, 스스로를 돌아보며 내 글의 운명을 되새기는 말로 자리해 있다. 내가 읽고도 읽지 못했던 가능성들이, 버려진 그 가능성들이, 앞으로 내 글의 좌표가 되어주리라 생각한다.

*

책을 묶는 마음이 무겁다. 민망한 말이지만, 목차를 만들고 원고를 고치고 다시 엎고 하는 과정이 몇 년간 간헐적으로 반복되었다. 부족하다는 생각은 변함이 없지만, 나아가기 위해서 무릅써야 할 순간이다. 바라건대, 지금까지와는 또다른 호흡으로 보다 넓은 시야에서 읽기를 지속하고 싶다.

비평가로서의 나를 생각하면, 감사한 마음으로 떠올리는 분들이 있다. 열정만 있을 뿐 다른 아무것도 없던 제자에게 국문학을 가르쳐주신 은사님들과 조남현 선생님께는 늘 송구한 마음이다. 미욱한 첫 글을 너그럽게 읽어주신 김윤식 선생님, 정과리 선생님께도 이 지면을 빌려 인사를 올린다. 한 잡지를 7년 가까이 만들었다. 김홍중, 남진우, 류보선, 서영채, 신수정, 이문재, 황종연 선생님을 생각하지 않고 지난 시간을 돌이키기 어렵다. 나는 선생님들의 글이 좋았다. 글이 곧 그 사람이었다는 말씀은 솜씨 없는 내가 드릴 수 있는 소박한 마음의 일부이다. 문학하는 여러 동료들과, 일상의 터가 된 광주과기원과 학교 선생님들께도 감사드린다. 특히 새로운 문학을 꿈꾸며 자기를 건 이들이 지혜롭게 길을 터가기를 응원해본다. 내가 만난 첫 편집자 조연주 언니와 이 책의 원고를 단단하게 정돈해준 이경록씨, 그리고 문학동네에도 고마운 마음을 전한다.

가족들과 어린 두 조카들, 원재와 효재에게 사랑을 보낸다. 딸의 선택을 언제나 지지해주시는 부모님께 이 책이 작은 기쁨이었으면 한다.

2016년 겨울
차미령

차례

1부

2010년대 소설의 사회적 성찰
— 황정은론

1. 우리 시대의 에토스: 내리꽂히는 빛 속에서

어느 밤, '나'가 일하는 서점에 교복 차림의 한 소녀가 찾아와 담배를 사려 한다. 학생에게는 담배를 팔 수 없다는 '나'에게 소녀는 심부름을 온 거라며 바깥의 두 남자를 가리킨다. 우물쭈물 서점을 나간 소녀에 뒤이어, 남자들 중 한 명이 들어와 충혈된 눈으로 말한다. "담배 몇 갑 사자고 내 개인정보까지 댁한테 까야 하는 이유가 뭡니까?" 그가 나가고 난 뒤, 남자들과 함께 있는 소녀를 바라보던 '나'는 불편한 마음에 망설인다. 신고를 할 수도 있겠지만, 그렇게까지는 하지 못한다. 그후 근처의 아파트 화단에서 소녀의 가방이, 단지로부터 멀지 않은 공사장에서 속옷이 발견되고, '나'는 실종된 소녀 '진주'를 최후로 목격한 사람이 된다. 그날 이후, 사진이 실린 전단을 돌리기 시작한 진주의 어머니는 마지막 차례로 항상 '나'가 일하는 서점을 방문한다. 그리고 언제나 묻는다. 그때 무얼 하고 있었느냐고.

2010년대 소설계의 기념할 만한 수확인 「양의 미래」에서 황정은은 단지 몇 분을 대면했을 뿐인, 그때껏 무관하게 살아왔던 두 여성 인물들에게 돌이킬 수 없는 운명의 그늘을 부여한다.[1] "그때 무얼 하고 있었느냐"는, 대답을 갈망하는 (사라진) 자의 목소리. 매번 돌아오는 저 섬뜩한 질문과 함께, 방관과 책임, 희생과 복수, 수치와 죄의식 등의 문제가 뒤엉킨 채로 던져진다. 그것들은 마음속 깊이 무언가를 일깨우지만, 사정은 그보다 더 복잡해 보인다. 회상의 형식으로 실종 이야기를 안고 있는 소설이, 소녀를 만나기 전 '나'의 삶에 상당한 지면을 할애하고 있는 연유를 쉽게 지나칠 수는 없다. 어떤 의미에서 황정은은 소설 속 '나'에 대해서, 제목이 지시하고 있듯 '양'이라 지칭되는 어떤 존재(들)에 대해서 동시에 묻고 있기 때문이다.

우선 주목해볼 것은 최근 황정은 소설들에서 '나'와 같은 서술자들이 점한 위치다. 내레이터로서 그는 사건을 기억하고, 종합하고, 매개하는 자리에 있다. 가령, 「양의 미래」「상류엔 맹금류」「웃는 남자」 등의 소설은 모두 완료된 사건을 다시 쓰는 회상의 작업으로 이루어져 있는데, 사건 후에야 이름을 알게 된 소녀부터 몸을 나누었던 연인까지 편차가 있지만, 서술자-인물이 그들을 다시 보지 못한다는 점에서는 동일하다. 그들은 사라졌다. 그러나 현실에서는 사라졌으되, 남은 자의 마음속에서는 그러지 못한다. 여러 삽화들을 중첩시키면서 하나의 사건을 향해 수렴해가는 이야기 속에서, 서술자-인물은 끊임없이 묻는다. 추궁하고, 번민하고, 항변한다. "내 잘못이 무엇인가"(「웃는 남자」), "그러는 게 옳지 않았을까?"(「상류엔 맹금류」), "그게 내 탓인가"(「누가」), "내게 뭘 했느냐고 묻

---

1) 이 글은 『百의 그림자』(민음사, 2010) 이후 2010년대에 발표된 황정은 소설을 중점적으로 다룬다. 「디디의 우산」「양산 펴기」「뼈도둑」「낙하하다」(이상 『파씨의 입문』, 창비, 2012), 「上行」(『문학과사회』 2012년 봄호), 「상류엔 맹금류」(『2014 제5회 젊은작가상 수상작품집』, 문학동네, 2014), 「양의 미래」(『21세기문학』 2013년 가을호), 『야만적인 앨리스씨』(문학동네, 2013), 「누가」(『문예중앙』 2013년 겨울호), 「웃는 남자」(『문학과사회』 2014년 가을호), 『계속해보겠습니다』(창비, 2014). 앞으로 필요한 경우 작품명과 쪽수만 적기로 한다.

지 마세요"(「양의 미래」).

　이 소설들이 조금씩 초점을 달리하며 독자를 이끄는 곳은, 그리하여 윤리적인 시험장으로 탈바꿈한다. 그러나 죄나 책임이 윤리의 핵심이 아니듯이,[2] 인간적 선과 도덕, 타인에 대한 의무와 반성적 행동 등이 그 무대의 전부는 아닌 듯하다. 윤리적인 지평은 규범적인 도덕이 아니라 오히려 그에 대한 주체의 물음으로부터 살펴지는 것이 아니던가. 무엇이 사람 된 도리이며 무엇이 죄(잘못)인가. 사회적 책임은 어디에서 비롯되며, 개인의 선택은 또 어떻게 판단되는가. 소설 속 내레이터가 탐문해간 길을 다시 밟아가며 사건의 (표면적인 이유가 아니라) 원인을 사고하고자 한다면, 그것은 무엇으로부터 추적되어야 하는가?

　덤덤하게 이어지던 이야기가 일순간 긴장으로 충전될 때, 최근 황정은 소설의 놀라움은, 이를테면 동시대 예술가 다르덴 형제 영화의 한순간을 연상케 한다. 주지하다시피, 다르덴 형제 영화는 윤리적인 문제들을 주로 다룬다. 그런데 〈로제타〉(1999), 〈로나의 침묵〉(2008) 등의 영화들에서 인물이 과연 어떤 선택을 할지 초조히 주시하게 하는 힘은, "계급을 박탈당한 자들"(감독의 표현)의 생존을 가운데 놓고, 영화가 그것을 정조준하며 질문을 던진다는 사실과 무관하지 않다. 새삼스러울지 모르겠지만, 비슷한 취지의 이야기를 지금 읽어갈 소설들 앞에서 반복하려 한다. 어떤 의미에서 황정은 소설에 대한 논평은, '현실'이라 에둘러가는 비평보다 "계급"(「누가」)이라 눌러 말하는 소설 쪽에서 먼저 시작되었다. 황정은 소설과 더불어 우리가 어떤 가치의 영역으로 입장하기 위해서는, 소

---

2) 니체는 죄책감의 배경이 되는 관념, 즉 (가해자로 인한) 손해와 (그에게 가해질) 고통의 등가라는 관념이 부채라는 물질적 개념에서 유래되었다고 지적하며(『도덕의 계보』, 김정현 옮김, 책세상, 2002), 아감벤은 법적 범주와 윤리(학)적 범주의 혼동을 지적하며 죄책감을 전자에 부끄러움을 후자에 연관시키고 있다(『아우슈비츠의 남은 자들—문서고와 증인』, 정문영 옮김, 새물결, 2012).

설 속 삶의 형태, 직설적으로 적자면 생존의 문제를 경유해야 한다. 그것은 넓게는 작가의 소설을 우리 시대가 생산하는 "주체의 형식(생존자)과 그의 도덕체계(생존주의)"[3]의 맥락 안에서 살피는 것이자, 좁게는 그러한 사회적 에토스 안에서 예외된 자들, 배제된 몫들에 대한 문학적 응답으로써 접근해보려는 것이다.

그러니 강렬한 빛에 대한 스케치로 다소 길어진 서론을 매듭지으려 한다. 「양의 미래」에서 서사의 초반에 마치 아련한 추억의 장소처럼 묘사된 서점은, 이야기가 진행될수록 지금 이 세계의 알레고리적 축소판으로 구성되어간다. 이때 우리 시대의 폭압적인 에토스를 함축하고 있는 것들 중 하나는 서점 안으로 쏟아지는 빛이다.[4] 지하에 위치한 서점은 실내등 200개를 전부 밝히며 영업을 시작한다. 수많은 형광등 불빛이 채우고 있는 그곳은, 그러나 거기서 일하는 '나'에게는 "어디까지나 음지"다. 눈을 쏘는 창백한 빛 대신에 바깥의 햇빛을 꿈꾸지만, '나'가 살갗에 햇빛을 받을 수 있는 시간은 하루 중 30분이 채 되지 않는다.

위에서 아래로 떨어지는 인공조명 아래서, 실체는 식별할 수 없는 어둠에 잠긴다. 쏟아지는 가로등 불빛 때문에 얼굴을 제대로 확인할 수 없었던, 기억의 저편으로 침잠된 두 남자의 얼굴. '나'가 서점을 나와 다시는 그곳으로 돌아가지 않게 된 그날, '나'와 진주의 어머니는 햇빛을 가려주는 것이 없는 "땡볕의 영역"에서 조우한다. '나'가 갈구했던 태양의 빛줄기는 이제 따뜻한 위안 대신, 냉혹한 심문의 빛이 되어 내리꽂힌다. 그렇게 소설 「양의 미래」는 인공조명의 세계에서 땡볕의 세계로 나아간다.

---

3) 김홍중, 「육화된 신자유주의의 윤리적 해체」, 『사회와이론』 2009년 1호 참조.

4) 이 빛의 떨어짐은, 황정은 소설 전반에서 관찰되는 낙하(추락)의 상상력과 연동된다. 빛(비)을 피하는 양산(우산)은 황정은 소설이 애호하는 소재들 중 하나다. 한편, 서치라이트 등의 강한 빛(luce)과 반딧불이 등의 미광(lucciole)의 이미지에서 시대적 지평을 읽어낸 저작으로는, 조르주 디디-위베르만, 『반딧불의 잔존―이미지의 정치학』, 김홍기 옮김, 길, 2012 참조.

2. 노동: 흘러내리는 몸들

소설 속 '양'들이 잉태되고 성장하고 있었을 1990년대는, 최근 들어 사회적 퇴행의 영향 아래 문화예술 전반의 짧은 황금기로 빈번히 회고되고 있다. 1990년대에는 이른바 '자아' '내면' '욕망' 등이, 전체에서 개인으로 초점을 변경한 당시의 사회문화적 조건 속에서, 어떤 해방의 분위기 속에서, 전방위적으로 탐구되었다. 그러나 한국의 1990년대는, 비록 IMF 이전에는 크게 주목되지 않았지만, 한국 자본주의의 파국적인 행보를 이미 예고하고 있기도 했다. 현재의 기원으로서 '1994년의 응답'을 신선한 각도에서 보여준 다큐멘터리 〈논픽션 다이어리〉(정윤석, 2013)는, 지금으로부터 약 20여 년 전으로 돌아가 한국사회를 경악하게 한 두 사건을 다시 호출한다.

이 다큐에서 핵심적인 역할을 맡고 있는 인터뷰이는 1994년의 지존파 사건과 1995년의 삼풍백화점 붕괴 사건을 직접 수사하고 경험한 형사 고병천이다. "피의자들의 목적은 지존파나 삼풍백화점이나 다를 바가 없다"고 하는 그는, 한쪽은 "형법상 살인이라는 명칭을 통해서" 다른 한쪽은 "업무상 과실치사상이라는 죄명으로" 사람의 생명을 박탈했다고 말한다. 당시 미디어가 절대악으로 묘사했던 지존파가 사회적 적대의 산물(범행동기로 자본주의를 지목한 그들이, 소외된 시골청년들이었다는 술회를 영화는 몇 차례 조명한다)이라는 가설과, 국가권력의 방임 아래 시신을 찾아 난지도를 헤매는 삼풍 참사 유족의 처절한 고통이 하나로 포개질 때, "직접적 방법"과 "간접적 방법" 외에 "내용상으로 차이가 없다"는 고병천의 통찰은 적지 않은 충격을 낳는다. 말하자면 영화는, 곧 닥쳐올 신자유주의의 파행적 징후 아래서, 연쇄살인으로 인한 죽음과 사회적 시스템의 실패로 인한 죽음을 동일한 선상에 놓고 관객을 궁지로 몰아넣는다.

그렇다면 「양의 미래」에서, 용의자와 함께 있는 모습을 끝으로 실종된 소녀 진주와 '비정한 목격자'로 지탄의 손길을 감당해야 하는 '나'는 어떤 운명으로 묶여 있는가. 여기서 다시 황정은 소설로 돌아가기로 한다. 「양의 미래」의 '나'에게는 노동의 역사가 있다. '나'의 고백에 따르면, 그녀는 중학교를 다니기 시작한 이래로 "언제나 일하고 있었"다. '나'에게 이러한 인식이 새삼스럽지 않은 것은, 다른 선택이 가능하지 않았기 때문일 것이다. 이 사례는 단편적일 뿐, 황정은 소설은 일하는 사람과 그들의 일 이야기를 종종 다룬다. 삽화나 진술들을 통해 작가의 소설은 부조리한 노동시간과 노동강도, 현장의 은폐된 위험, 해고와 실직, 그로 인해 생계가 박탈될 수 있다는 공포, 가족 모두가 일로써 나눠 져야 할 부채 등을 직간접적으로 언급한다.

소설 속 인물은 6개월 단위로 계약서를 쓰며 미래가 없는 삶의 불안을 토로하고(「上行」), 기간 만료 후 계약이 해지된 선배를 보며 "벼랑"을 예감한다(「누가」). 그런가 하면 "아르바이트하기로 했다"는 문장으로 시작하는 한 소설(「양산 펴기」)에 대해 작가는 "아르바이트라고요 아저씨"라는 단 한 문장만을 남겨두기도 했다.[5] 노동유연화에 맞물린 삶의 고통이 편재해 있기 때문에, 위와 같은 정황들은 잘 인지되지 않는 공기와 같은 것이 되어가고 있는지도 모른다.[6] 그러나 황정은 소설에서 노동이라는 지점을 무시하기는 매우 어렵다. 19세기 중반 영국 노동계급의 상황을 기록한 엥겔스도, 1970년대의 전태일(들)도 아니지만, 특히 황정은 소설에서

---

5) '작가노트', 『2012 제3회 젊은작가상 수상작품집』, 문학동네, 2012.

6) 그럼에도 노동이 현재 소설의 사유와 상상 속에서 어떻게 재현되는가는 흥미로운 주제다. 2010년대 중반을 맞이한 시점에서 그것은 첫째, 신빈곤 논의와 청춘담론의 세례와 함께 주목된 2000년 이래 소설의 사회적 상상력이 어떻게 변화하고 있는가(가령, 박민규 김애란 소설의 유희적 상상력과 비정한 입사식 이후의 세계), 둘째, 계급적 저변에 따라 노동(실업)의 내면 구성이 어떻게 분화될 수 있는가(불안정노동을 예로 들면, 손보미의 「임시교사」―『문학동네』 2014년 겨울호―까지 온 스펙트럼), 셋째, 이른바 '노동권'으로 축소되지 않는 노동의 권리가 시민권, 다시 말해 정치적 문제와 접합하는 지점이 새롭게 모색될 수 있는가(서동진, 『변증법의 낮잠―적대와 정치』, 꾸리에, 2014; 최장집, 『노동 없는 민주주의의 인간적 상처들』, 후마니타스, 2012 참조) 등의 문제를 살피는 데 유익한 지반이 된다.

노동(실업)의 세계는 병과 죽음을 매개로 자주 상상된다. 「양의 미래」에서 한때 할인마트의 계산원으로 일했던 '나'가 하루 열 시간씩 일하고 폐결핵 진단을 받은 후 실직한 것을 보라. 「디디의 우산」에서 창고형 매장 식자재센터에서 일하는 '디디'는 콘크리트 바닥에 입을 박아 앞니 세 개를 잃고, 공항 화물센터에서 일하는 그녀의 연인 '도도'(후속작인 「웃는 남자」의 내레이터)는 세척액 섞인 물과 방수복에 대한 알레르기로 인해 만성화된 발진을 앓는다.

물론 공평하게 논의하자면, 황정은이 경건하게 그리는 노동의 세계를 그 맞은편에 두어야 할 것이다. 예컨대 작중의 다른 인물이 전구가게 '오무사'의 노인(『百의 그림자』)이나 음식점 '샀'의 '나기'(『계속해보겠습니다』)와 같은 인물을 관찰할 때, 그들의 눈은 짐작할 수 없는 숙련의 시간을 거쳐 일터를 장악한 이의 자취를 세심하게 기록하려 애쓴다. 그들은 '나기'들에게서 비유컨대, 아렌트적 의미에서 신체를 소모하는 노동(labor)이 아니라 손의 작업(work)에 주의를 기울이는 것처럼 보인다.[7] 다른 한편, 잠꼬대로마저 "로베르따 어쩌고 이태리 메이커에 제조는 중국입니다"라고 토해놓게 하는 하루치의 고단한 노동이 마지막 순간에 '노래'(「양산펴기」)로 변주되는 문학적 연금술 역시 짚어두어야 할 것이다. 하지만 최근의 단편에 국한해 검토하면, 작가는 명확히 좀더 파국적인 접근법을 택하고 있다. 예컨대, 형광등빛의 "음지" 아래 일하는 '나'(「양의 미래」)와 퇴근길에 '디디'를 잃고 "암굴"에 칩거하는 '나'(「웃는 남자」)는, '양산'(「양산펴기」)과 '우산'(「디디의 우산」)이 사라진 세계와 독대해야 한다.

인간은 그렇게 될 뿐. 있지 인간이 조그만 덩어리도 되지 못하고 부서지고 흩어진 채로 형체도 없이 다만 한줌 무더기가 되고 말 때 그럴 때 인간

---

7) 인간의 '활동적 삶'에서 '노동' '작업' 및 '행위'의 구분에 대한 논의는 한나 아렌트, 『인간의 조건』, 이진우·태정호 옮김, 한길사, 1996 참조.

은 어디에 있다고 해야 좋으니? 무엇으로 있다고 해야 좋으니? 어디가 어
디라는 구별이 완전히 사라지고 내가 만졌던 목, 내가 매달렸던 어깨, 내가
만졌던 팔꿈치, 내가 들여다봤던 눈, 둥근 턱, 내가 쓰다듬었던, 따뜻한 머
리, 내 이름을 부르고 너희 이름을 부르던 목소리, 그 목소리를 내던 몸, 생
각하고 기억하고 감각하던, 내 사랑, 그 사랑의 몸, 그 몸이 도저히 몸일 수
는 없는 형태로 흘러내렸을 때, 그럴 때 그는 어디에 있니?(『계속해보겠습
니다』, 26쪽)

황정은 소설에서 많은 경우 생존을 위한 행위가 곧 생명을 단축하는 행
위라는 사실을 일깨우는 것은 인물의 고통받는 몸이다. 「디디의 우산」에
서 디디와 도도가 "소득과 직업으로 따져본 수명에 관한 통계"에 대해 심
상한 대화를 나누는 것은 우연한 일이 아니다. 하지만 그들은, 일터에서
사고를 당해도 고통보다 먼저 비용에 대한 근심을 놓을 수 없고, 일의 대
가로 얻은 질병의 근본처방이 직업을 바꾸는 것이라 해도 일을 계속할 수
밖에 없다. 바우만에 기대어 말하면, 그들이 짊어진 위험은 "개인의 이해
력과 행위능력을 넘어선 힘들"에 의한 것임에도, 그 대가는 언제나 그들
"개인의 몫"으로 떨어진다.[8]
　이와 같이 소설 속 인물들의 현장은 재난의 현장이 아니라 일상적인 노
동의 현장이지만, 황정은 소설에서 그 경계는 쉽게 무너진다. 언제든지
폐기처분될 수 있다는 불안, 잠재적 호모사케르의 불안이 가장 참혹하게
가시화되는 대목은, 일하는 몸이 돌연 주검으로 변할 때다. 타워크레인
의 추가 몸 위로 떨어져 사망한 유곤 아버지(『百의 그림자』)나, 공장의 거
대한 톱니바퀴에 상반신이 훼손되어 사망한 소라 아버지(『계속해보겠습
니다』)의 몸을 상기하라. 이른바 산재(産災)를 입어 형체를 헤아릴 수조차

---

8) 지그문트 바우만, 『모두스 비벤디—유동하는 세계의 지옥과 유토피아』, 한상석 옮김, 후
마니타스, 2010 참조.

없게 된 몸, 그 부서지고 흘러내리는 몸. 두 소설에서 아버지의 죽음(주검)이 가족들, 특히 어머니에게 남긴 상처는 "그림자에게 압도당하고 만입"(『百의 그림자』)이나 "껍질만 남은 묘한 것"(『계속해보겠습니다』)이라는 그 자식들의 규정적 진술 속에 압축되어 있다. 이와 같이 볼 때, 장례식의 살풍경 속에 단편적으로 그려진 자본과 노동의 대립이나, 친족 사이에서조차 작동하지 않는 상호부조의 원리 등은 소설에서는 부차적인 것이다. "그건 아주 커다란 톱니바퀴였겠지?"로 시작하는, 읽는 이의 숨을 멎게 하는 어머니 '애(愛)자'의 말들은, "금주씨(아버지—글쓴이 주)가 죽은 시점에 애자는 이미 죽은 것이 아닌가"라고 묻는 딸들의 생각을 적나라하게 뒷받침한다. 삶이 아니라 사랑하는 이의 죽음을 반복해서 살고 있는 애자는 애도에 실패한 형상으로서, 황정은 소설 속 남겨진 자의 존재론의 한 갈래를 형성한다.

노동과 죽음을 거론한 이 국면에서 이 글의 출발점이 된 소설 「양의 미래」로 다시 돌아가보자. 소설 속 서점은 신자유주의시대의 열외된 청년들의 삶을 함축적으로 보여준다. 옛 애인 호재와 고시 준비생 재오는 모두 서점 직원인 '나'의 옛 동료들로, 그들 각각과의 삽화에서 '나'는 공히 섬뜩한 느낌을 토로한다. 그러나 성취가 지속적으로 좌절된 끝에 오는 그들의 "어떤 마비상태"에 대한 '나'의 감정은 복합적이다.

'나'는 20세기 초반의 영국에서 조지 오웰이 관찰한 죽음(「가난한 자들은 어떻게 죽는가」로 추측되는 에세이)에 깊이 공명하며, 연필로 다음과 같이 덧붙인다. "아무도 없고 가난하다면 아이 같은 건 만들지 않는 게 좋아. 아무도 없고 가난한 채로 죽어." 고립과 가난을 배경으로, 죽음의 자리 옆에 탄생이 기입된다. 문책이자 각오인 이 독한 진술은, 현재 젊은이들의 세계 인식의 한 자락과 깊숙이 교감하고 있을지 모른다. 그러니 이제 묻거니와, 과연 '양'에게 미래란 무엇인가. 서사의 표층에서 실종된 사람, 죽었으리라 짐작되는 사람은 소녀 '진주'지만, 그 심층에서 실종된 사람, 죽어가고 있음을 호소하는 사람은 생을 반복하고 싶지 않다고 숨죽여 절규하는 또다른 '양', 곧 '나'이다.

3. 세습: 매끄럽게 당도할 미래

『야만적인 앨리스씨』가 출간된 후, 비어로 가득한 그 소설은 전작인 『百의 그림자』와 비교되면서 놀라움을 자아냈지만, 작가의 소설은 초기작들에서부터 공감과 적대라는 두 축 사이에서 진동해왔다. 지금까지 황정은 소설은 생존의 불안과 고통에 점령된 심성과, 공감으로 대표되는 사회적 결속의 비전 사이를 오가며 쉽게 답변할 수 없는 질문을 던져온 것이다.[9] 그리고 최근 들어 작가의 소설은 세계를 위로하고 안도하게 하는 정돈된 화음보다는, 그 조화에의 기대를 와해하는 적대적인 목소리 쪽으로 좀더 기울어지고 있다. 이즈음 황정은 소설의 공간적 상상을 검토하기에 적절한 자리가 여기인 듯하다. 수직적인 구조를 함축하고 있는 일련의 소설들, 「上行」 「상류엔 맹금류」 「누가」 「양의 미래」 등이 모두 좋은 예가 된다. 이 이야기들이 품고 있는 긴장은 일차적으로 상행과 하행(「上行」), 상류와 하류(「상류엔 맹금류」), 윗집과 아랫집(「누가」), 지상과 지하(「양의 미래」)라는 구조적 상상으로부터 파생된다.

저 위의 삶은 무엇인지, 위의 삶과 아래의 삶이 어떤 관련 속에 있는지 정확히 분별되지는 않지만, '100퍼센트의 고객'(「누가」)이 될 수 없는 미생(未生)들 모두는, 아래로 끌어당기는 세계의 인력 속에서 불안한 생을 지속해야 한다. 아래가 그보다 아래로, 더 깊이 아래로 이어지며 예감될 때, 이와 같은 구조적 상상은 바닥없는 추락의 이미지(『야만적인 앨리스씨』, 「낙하하다」)와 쉽게 연동된다. 바로 이러한 세계감(感) 속에서, "계급에 속하는 계급적 인간으로서의 나"(「누가」)라는 진술이나 "돈이 있으

---

9) 공감(의 요구)과 그 한계에 주목한 논의로는, 이경진, 「앨리스씨를 위한 동정론」, 『문학동네』 2014년 봄호 참조.

면 더 살고 돈이 없으면 덜 산대"(「디디의 우산」)라는 대화에서 확인되듯이, 돈이 낳는 불평등, 계급적 자기확인과 박탈감, 순화된 그러나 명시적인 적대가 표명된다.

이미 제목에서 '상(上)'의 방향을 지시하고 있는 두 소설 「上行」과 「상류엔 맹금류」는 마치 자매편처럼 읽힌다. 둘 중 한쪽은 외지인의 눈에는 거의 서정적으로 비칠 가을의 정경 가운데 펼쳐지고(「上行」), 다른 한쪽은 누가 보아도 금방 파국으로 이어질 것 같은 폭염의 기운이 넘실대고 있기는 하다(「상류엔 맹금류」). 하지만 '하행'과 '하류'에서의 시간을 집중적으로 다루면서도 '上行'과 '상류'가 제목으로 채택되었다는 점, 여성(으로 짐작되는) 서술자가 연인(친구)의 부모와 함께 도시 바깥으로 떠나고, 그 짧은 행로에서 연인의 가족(친척)의 면면과 역사가 살펴진다는 점 등을 두 소설은 공유하고 있다.

짐작되다시피, 상행을 택하여 상류에 닿을 가능성을 작중의 인물들은 전혀 예감하고 있지 않다. 그럼에도 '상'의 방향성을 지시하고 있는 것은, 비유컨대 이 세계의 배설물로써 완전히 배제될지도 모른다는 불안의 장력이다. 가령 「上行」에서 부동산 경기 침체를 거론하며 "그게 경제다"라고 짐짓 '나'의 경제관념을 타박하는 인물 '오제'에게 상행은 '미지의 X'[10]에 가깝지만, 그래도 그는 운전대를 잡아야 한다. 도시를 뒤로하고 시골의 사정을 살피러 떠났건만, 시골 역시 "만만치 않"았던 것이다. 월식과 함께 이루어지는 「上行」의 결말(전망)은 매우 암시적이다. 소설의 마지막 장면에서, 수확할 사람이 없어 그대로 썩어가고 있는 열매들처럼 스러져가는 것들을 연민했던 '나'는 조수석에 앉은 채로 "완전한 월식"을 기다

---

10) 서동진은 산업자본주의사회와 탈근대자본주의사회의 '노동하는 주체'를 비교하며, "탈근대자본주의에서 능력의 세계는 분명한 내용으로 규정된 이재적인 기준이 없는 미지의 X"라고 일컫는다. 서동진, 「백수, 탈근대자본주의의 무능력자들: 속도의 삶으로서의 능력」, 『당대비평』 2003년 가을호 참조.

린다. 소설은 "오늘밤에 월식이 있을 예정"이라는 오제의 말과 함께 끝이 나는데, 부드러운 달빛마저 완전히 가려질 그 밤은 (황정은 소설의 상상체계에서라면) 차라리 대낮보다 밝은 밤, 모든 것을 삼키는 작열하는 빛의 밤일지 모른다.

이와 같이 볼 때, 황정은 소설에서 상하의 상상적인 구획이 시간의 함수를 포함하고 있다는 점은 특기할 만한 사실이다. 소설에서 그러한 시각은 흔히 노인의 형상을 매개로 드러난다. 소설의 주인물은, "나 죽기 전에 정말로 올 테냐"라고 묻는 아흔 살 노부인의 슬픈 눈(「上行」)이나, 육체적 고통과 간병의 피로에 시든 제희 어머니가 거쳐온 반백 년이 넘는 시간(「상류엔 맹금류」), 혹은 "이 집에서 죽었다면 아무도 몰랐을" 것만 같은 독거 노인의 흔적(「누가」)이나, "가난하고 돌보아줄 인연 없는 늙은 자로서 병들어 죽어가는 것"(「양의 미래」)에 대해 골똘히 생각하고, 헤어나올 수 없이 사로잡힌다. 연민과 죄책감을 불러일으키는 그 형상들은 소외와 죽음을 지시하며, 인물의 미래상에 은밀하게 개입한다. 과거와 미래가 겹쳐지는 선분 위에서, 세대 간 대물림을 파기하고 상속을 거부하려는 몸부림. 「누가」와 「상류엔 맹금류」는 각기 다른 방식으로 이 문제에 접근한다.

「누가」의 '그녀'는 조용하다는 단 하나의 조건만 보고 이사온 집에서 층간소음의 진원지로 엉뚱한 추궁을 받으며, 위층의 소란한 이웃들에게 시달린다. 그 결과로 "사람이 싫어질 것"임을 이미 그녀는 지난 동네에서의 교훈으로 알고 있다. "100퍼센트의 고객으로는 평생 살아보지도 못"할 그녀와 이웃들은 소음을 발단으로 쉽게 무례해져 굴욕감과 수치심을 서로 주고받는다. 그러므로 이 누가(累-家)에서 위아래를 따지는 것은 무의미하다. "이웃의 소음과 취향"이 새어나와 서로를 침범하는 것을 누가(漏-家)에서는 피할 길이 없다. 그녀의 생각에 따르면, 그것은 "더 많은 돈"에 의해 "더 좋은 집"과 "더 좋은 동네"에서만 가능할 것이다. 누가 지르는 비명인지도 모르는 채로, 누구의 목소리도 아닌 동시에 누구나의 저 주인 "씨발"이라는 유령적인 메아리가 떠도는 곳, 그곳이 누가(陋-家)다. 이것이 짧은 며칠 동안 그녀가 강렬하게 체험한 이웃관계의 실상이다. "더 많은 돈"을 지목한 그녀의 직관이 맞다면, 그들을 괴롭히는 배후에 있는 것은 그들 자신이 아니다. 하지만 저 깊은 곳에 웅크리고 있는 분노와 증오는 소소한 이웃의 행위에 격렬하게 부착된다. 그러므로 이 소설에서 황정은의 진면목이 드러나는 대목은 다른 곳에서 찾아야 한다. 도입부에서 그녀가 이전 세입자 노인이 "산속의 짐승이 자기도 모르게 늘 오가는 덤불에 길을 내듯"이 발을 끌며 오고간 흔적을 주시할 때, 우리는 무언가 무너지는 느낌을 받게 된다. 소설에 따르면, 진실로 그녀를 비참하게 하는 것은 쿵쿵대는 머리 위가 아니라 아무리 닦아도 지워지지 않는 발아래 흔적에서 온다.

이게 다 장난 같지? 내가 미친 것 같지? 정말 미친 것 같은 얘기가 있는데 해줄까? 내가 그걸 해줄까? 어떤 할아버지가 여기 살았거든? 근데 지금은 어디 갔는지 몰라. 나는 모르고 어쩌면 그 노인도 몰라. 나는 그 노인보다 낫지만 지금의 나하고 그 노인 사이엔 거의 아무것도 없다. 아무것도 없으니까 언제고 나는 그 노인이 있었던 곳에 스무스하게 당도할 것이다. 그거리를 최대한 유지할 수 있는 방법은 돈뿐인데 나는 돈이 없지. 이상하게 지금 돈이 없고 어쩌면 영원히 없지. 그러니까 말하자면 방법이 없는 거야. 나는 미래에 아주 매끄럽게 그 노인처럼…… 어? 그렇게 될 것이다. 그런 예감이고 그런 예지다.(「누가」, 66쪽)

「누가」에서 그녀는 집을 보러 갔을 때 단 한 번 보았을 뿐인 노인에게 알 수 없는 부채감을 느낀다. 연체금 독촉이 주된 업무인 그녀의 표현을 따오면, 노인은 만약 죽는다면 "시신은 그에게 무언가를 청구하고 그 빚을 받으려는 사람들에게나 발견되었을 것"만 같은 사람이다. "정당하게

세를 내고 이 집으로 들어왔을 뿐"이지만, 그녀의 마음 한구석은 이미 노인의 다음 거처를 염려하고 있다. 그녀는 노인에게 강렬하게 공명한다. 그리고 분노로써 말한다. "언제고 나는 그 노인이 있었던 곳에 스무스하게 당도할 것이다." 노인의 비참에 공명하고, 그들의 닮음을 발견하며, 곧 거기서 자신의 미래를 읽어낼 때, 사전적 의미의 누가(累家)가 완성된다. 저 순간 그녀는 사라진 노인의 상속자다. 누가 노인을 구원할 것인가. 또한 누가, 저 세습의 고리를 끊을 것인가. 섬세한 마음이 도달한, 이 갈데없는 울분을 과연 과도한 것이라고 할 수 있을까?

우린 의논해볼 데도 없었다, 라고 제희네 어머니는 말했다.
둘 다 실향민이었으니까. 상황이 이러저러하다고 하소연이라도 해볼 연고가 없었다. 그 상황에 머리털 까만 아이만 다섯이지. 우린 딱 두 가지 길을 생각했다. 함께 살든가, 함께 죽든가.(「상류엔 맹금류」, 12쪽)

세대 간 대물림이라는 측면에서 보자면, 「상류엔 맹금류」에서 시종일관 초점이 맞춰진 것은 '제희'가 아니라 제희네 일가다. 부모와 사이가 좋지 않은 '나'는 끈끈하게 결속되어 있는 제희네의 모습을 동경해왔고, "다음번 고난이 닥쳤을 땐" 자신도 그들과 함께일 것이라 자연스럽게 생각해왔다. 그렇기 때문에, 그들이 짐짓 행복을 연출하며 먹고 마신 계곡(수로)의 물이 실은 상류에 있는 맹금의 "똥물"이라고 '나'가 외치는 대목은, 매우 극적인 방식으로 가족의 실재와 그 앞에 선 자의 내면을 폭로한다. 그러므로 후에 그날의 사건을 회상하는 '나'에게서 모종의 죄책감이 감지되는 것은 그리 이상하지 않다. 하지만 "그들로부터 나눠 받을 수 있게 될지도 몰랐던 어떤 것"을 결국 '나'가 거부하게 된 연유만은 좀더 세심하게 정돈될 필요가 있어 보인다.
소설 속 제희네는 "역경을 함께 이겨내고 살아남은 사람들"이다. 제희

네가 통과해온 험난한 곡절에 그 가족의 영광과 자부가 있다고 해도 과언이 아닐 것이다. 그들의 삶을 뒷받침해온 것은, 실향민인 부모에게 있어 전쟁의 기억으로까지 거슬러올라가는, 지금까지 우리 사회를 관류하는 무의식으로서의, 생존의 도덕이다. 생존이 그들 삶의 정언명령이라는 것은 "함께 살든가, 함께 죽든가"라는 말 속에 고스란히 압축되어 있다. 그러므로 이 소설의 흥미로운 전회는, '나'가 그런 가계의 도덕률을 상대화하는 대목에서부터 발생한다.

제희네의 네 딸들이 진학을 포기하고 자신들의 수입으로 빚과 빚의 이자와 생활비를 보탰다는 사연 앞에서, '나'는 "좀 사나운 심정"이 되어 자문한다. 부모는 그들의 "양심과 도덕에 따랐지만 딸들의 인생을 놓고 봤을 때는 부도덕한 선택이 아니었을까". 계곡으로 내려가기를 극구 꺼려하며, "그곳에서 분명히 뭔가가 비참하게 죽었을 거라고 생각했다"는 '나'의 진술은 이와 같이 볼 때 다른 울림을 갖는다. 소설 속 계곡이 전체를 지시하며 주제를 함축할 때, 그것 안에는 생존이 목적일 수밖에 없는 상황에서 묵살되어야만 했던 어떤 것들 또한 은닉되어 있다. 절름거리는 발목으로 무거운 카트를 묵묵히 끌던 제희의 모습을 간직하고 있는, 그러나 그 가족의 여성이 되기를 거부해야만 했던 '나'의 마음은 생각보다 치명적인 곳을 가리키고 있다. 삶이 삶 그 자체밖에 없을 때 생존은 그 자체로 지고의 도덕이 될 수 있는가? 이 물음은 황정은 소설의 인물들이 그들의 부모세대로부터 도출해낸 질문들 중 하나이다.

4. 성찰: 벽의 실상, 그 너머

「누가」나 「상류엔 맹금류」뿐 아니라, 황정은 소설에서 '집(家)'이 어떻게 건축(해체)되고 있는지 살피는 것은 흥미롭다. 개장 곁에 있는 앨리시어의 집(『야만적인 앨리스씨』)이나 뫼비우스의 띠처럼 이어진 집(『계속해보겠습니다』), 혹은 "아버지의 소변냄새와 어머니의 마비가 고여 있는 공간"[11] (「웃는 남자」). 사회적 실재를 가리키고 있다는 예감이 아니라면, 하류가 맹금의 배설물이라는 사실에 순간 쭈뼛해질 이유는 없지 않을까? 황정은 소설은 말한다. 부부건, 가족이건, 계급이건 인간과 인간의 만남에는 근본적인 적대가 있다고. 그럼에도 무언가가 그들을 공동의 사슬로 묶고 있다고. 그렇다면 어떻게 할 것인가? 혹은 그 운명 안에서, "비참하게 죽었을"(「상류엔 맹금류」) 무언가를 어떻게 할 것인가?

이 문제를 실종(죽음) 모티프를 중심으로 두 가지 방향에서 검토해보려 한다. 가령 「누가」의 노인이나 「양의 미래」의 소녀는 주인물의 가족이 아니고, 연인이 아니고, 친구가 아니고, 동료가 아니다. 소녀는 서점을 찾은 고객이며, 노인은 자신의 이전 입주자다. 작중의 인물이 단 한 번 보았을 뿐 친밀감을 느껴온 대상도 아니고, 의미 있는 우열관계에 있지도 않다. 아울러 두 사람의 생사 역시 분명하지 않지만, 인물의 의식은 자신을 그의 최후의 목격자로 예감한다. 한편 『야만적인 앨리스씨』와 「웃는 남자」의 경우는 이와 대조적이다. 주인물에게 동생과 '디디'는 자신과 가장 가까운 사람이며, 그는 동생과 연인을 자신이 반드시 보호했어야 할 사람으로 여긴다. 다시 말해, 더 힘이 있는 자는 자신이다. 그래서 소설 속 죽음들은, 인물이 현장에서 제대로 조치를 취했더라면 방지할 수도 있었던 어떤 사고처럼 회고된다.

이러한 사실은, 소설 속 인물들이 자신의 잘못을 인지하고 그로 인해 고통받고 있지만, 그 심리적 메커니즘은 다소 상이하게 작동하고 있

---

11) 연로해진 부모 중 한쪽이 중병을 앓고 있다는 설정은 황정은 소설에서 그리 이채롭지 않다. 「上行」에서 오제의 아버지는 "폐암 진단을 받고 오른쪽 폐를 잘라내는 수술"을 받고, 「상류엔 맹금류」에서는 제희의 아버지가 "한쪽 폐를 제거하는 수술"을 받는데, 두 소설 모두 그들의 어머니는 간병의 피로를 호소한다. 다른 한편, 「디디의 우산」에서 디디의 아버지는 "수년 전부터 허리병을 앓고 있"고, 「양의 미래」에서는 반대로 어머니가 "이미 10년째 간암 투병중"이며, 「웃는 남자」에서는 어머니가 '우울증'과 '치매'를 앓고 있다. 「양의 미래」와 「웃는 남자」에서는 아버지가 병든 어머니를 돌본다.

다는 사실을 암시한다. 이때 유익한 준거점으로 참조할 만한 것은 수치 (shame)와 죄책감(guilt)의 구별이다. 두 감정의 중요한 차이들은, 전자 가 "'타자에게 보이는 장면'의 의미론"을 따르는 반면에, 후자는 "주체 내 부의 권위 있는 심급으로부터 심판받고 처벌받는" 관계를 구성한다는 데 서부터 발생한다.[12] 여기서 주목해야 할 것은 수치감정에서 결정적인 타 인이라는 존재, 라캉식으로 표현하면 '타자의 응시'다. 수치는 죄책감처 럼 자아의 내부로부터 유래하는 것이 아니라는 점에서 폄하되기도 하지 만, 그 점으로 인해 자기 존재 전체를 다시 사유하도록 이끈다.[13]

내가 얼마나 바쁜지 알아요? 내가 여기서 얼마나 많은 일을 하는지 알 아? 날씨가 이렇게 좋은데 나는 나와보지도 못해요. 종일 햇빛도 받지 못 하고 지하에서, 네? 그런데 아줌마는 왜 여기서 이래요. 재수 없게 왜 하필 여기에서요. 내게 뭘 했느냐고 묻지 마세요. 아무도 나를 신경쓰지 않는데 내가 왜 누군가를 신경써야 해? 진주요, 아줌마 딸, 그애가 누군데요? 아무 도 아니고요. 나한텐 아무도 아니라고요.

---

12) 정신분석학적 연구들과 레비나스 윤리학에 의지하여 두 감정을 이론적으로 구성하고 있는 김미정은, 죄책감을 "심판의 목소리를 듣는 것"에, 수치를 "무수한 관중의 시선에 맞 닥뜨리는 것"에 비유한다. 즉, 죄책감의 주체가 "문제되는 자신의 부분을 처벌"하고자 한다 면, 수치의 주체는 "자기 모습을 바꾸거나 아니면 타자의 눈으로부터 숨어"버리고자 한다. 김미정, 「수치(shame)'와 근대」, 『사회와이론』 2012년 2호 참조.
13) 따라서 수치는 공적 경험을 전제로 한 사회적 감정으로 확장될 여지가 있다. 예컨대, 자 크-알랭 밀레르가 "창피해죽겠다"라는 라캉의 말에 대해 주석을 달며 '수치'에 대한 논의 를 시작하는 배경에는, '우선 살아라' 혹은 '인생을 즐겨라'라는 명령 외에 지켜내야 할 가 치가 부재하는 세계에 대한 비판이 전제되어 있다. 자크-알랭 밀레르, 「섭리적 민주주의사 회에서의 '수치'의 기능」, 정과리 옮김, 『문학과사회』 2004년 봄호. 밀레르를 경유한 라캉 은 특징적으로, '죄의식(심판)'과 마찬가지로 '부끄러움(시선)'도 '큰 타자'와의 관계로 풀 이한다. 한편 아감벤은 수치를 "감당할 수 없는 타자성"(벤야민) 속에서 "자신을 드러내는 존재"(레비나스)를 현전하는, 탈주체화와 주체화의 "이중운동"으로 파악한다. 조르조 아감 벤, 같은 책, 157~161쪽.

내가 그녀를 내려다보며 이와 같은 말은 한마디도 하지 못하고 입을 다물고 있는 동안 매미가 울었다. (……) 나는 빠르게 걸었고 다시는 그곳으로 돌아가지 않았다.(「양의 미래」, 145쪽)

「양의 미래」에는 유사하게 반복되는 문장이 있다. "다시는 (그곳으로) 돌아가지 않았다"가 그 문장으로, 모두 '나'가 그 길로 일터를 그만두고 다시는 찾지 않게 된 사정을 기술하고 있다. 첫번째 에피소드는 '나'가 고등학생 시절, 자신을 힐난하는 손님에게 학생이 아니라 아가씨라 불렸을 때로, '나'는 그때의 감정을 수치심, 벌거벗고 선 기분, 창피, 부끄러웠던 마음으로 여러 번 반복해서 기술한다. 타인의 시선 앞에서 학생이라는 자아-이상이 부정당했을 때, '나'는 수치를 느끼고 그곳으로 "다시는 돌아가지 않았다". 두번째 에피소드는 '나'가 사장의 독촉으로, 서점 계단 근처에 딸의 사진들을 세워두고 그 행적을 수소문하는 진주 어머니를 돌려보내려 나섰을 때 빚어진다. 땡볕에 엎드린 그녀를 보며 '나'는 단 한마디 말도 하지 못한 채 "다시는 그곳으로 돌아가지 않았다".

위 장면에서 마지막 문장의 기술은 의도적인 배치일 수밖에 없는데, 유사한 문장이 그렇게 읽기를 유도하지 않는다 해도 '나'가 그곳을 다시는 찾지 않게 된 것이 수치 때문임을 짐작할 수 있다. '나'가 회상하거니와, 소녀가 실종된 이후 "사람들은 소문의 그 장소를 보러, 뭐가 됐든 내게 질문을 하러 서점을 찾아왔다". 그들의 시선에 의하면, '나'는 "비정한 목격자"이며, "보호가 필요한 소녀를 보호해주지 않은 어른"이다. 여기서 주목할 점은, 소녀의 실종 이전에는 타인의 시선에 의해 '나'의 위치와 관계와 책임이 유의미하게 부상된 적이 없다는 데 있다. "나는 한 번도 그렇게 중요한 인물이었던 적이 없었다." 관계자의 시선을 띤 노한 사람들 앞에 벌거벗겨졌을 때, '나'에게 있어 가장 수치스러운 상황은 소녀의 어머니를 바로 그 자신의 말로써 내쫓기를 요구받은 잔인한 상황일 수밖에 없을 것이다.

하지만 정황을 고려한다 해도, '나'의 저 사무치는 독백들은 수치의 순간 자신을 보호하기 위한 변명만으로는 생각되지 않는다. 한 번도 토해지지 않은 '나'의 심중의 말들은 오히려 그보다 더 깊은 곳을 겨냥하고 있는 것처럼 읽히는 것이다. 말이 되지 못한 '나'의 저 말들이, 증언하지 않은 채로 증언하는 것이 있다면 다음과 같은 것이리라. '나'는 타인들에게 목격자로서 증언할 것을 요구받고 있지만, '나'가 목격했음에도, 경험했음에도 결코 증언할 수 없는 그것은, 지하에서 햇빛 없이 시들어가고 있는 '나'와 같은 이들의 삶이다. 주검으로 발견되지 않는 한 '나'의 삶에는 아무도 관심을 갖지 않을 것이다. 그러므로 '나'에게 수치가 있다면, 실종된 진주에게 갖는 진정한 부끄러움이 있다면, 소녀와 달리 '나'는 살아 있지만, 과연 그 삶이 어떠한 가치가 있느냐는 물음 앞에서일 것이다…… "아무도 없고 가난하다면 아이 같은 건 만들지 않는 게 좋아." '나'의 부끄러움 속에는, '나'의 비참 속에는, 아무도 없고 가난했던 한 어머니의 처절한 고통이 잔인하게 간직되어 있다. 소설의 에필로그에서 정적의 밤, 진주의 소식을 찾아 기사를 검색하는 '나'는 되풀이하여 기술한다. "나는 여전하다". '나'의 부끄러움이 말하거니와, 단지 "살아서 숨쉬고, 먹고 마시고 자고 입고 있는"(프리모 레비, 「살아남은 자」)[14] 존재로서.

요즘도 나는 그 순간에 내가 어느 쪽을 더 두렵게 여겼는지를 생각해보

---

14) "여기서 사라지게, 익사한 사람들이여, 꺼지란 말이네. 난 어느 누구의 자리도 빼앗지 않았네. 난 누구의 빵도 훔친 적이 없네. 나 대신 죽은 사람은 아무도 없네. 정말 아무도. 그대들의 세상으로 돌아가게. 내가 살아서 숨쉬고, 먹고 마시고 자고 입고 있는 건 내 잘못이 아니라네." 「살아남은 자」(조르조 아감벤, 같은 책, 136쪽에서 재인용)에서 프리모 레비는 생존자의 아포리아('나는 살아 있다. 고로 죄가 있다')에 끈질기게 저항한 흔적을 보여준다. 그러므로 이 시에서 주목할 것은 레비가 생존자가 부지한 삶을 생물학적인 삶으로 환원하는 국면에 있다.

고는 한다. 나무 벽의 구멍을 통해 검은 공동을 확인하는 것과 진물 같은 곰팡이로 덮인 또다른 벽을 확인하는 것. 어느 쪽이 더 섬뜩하고 소름 끼치는 일일까. 나는 그걸 알 수 없었고 아마 앞으로도 알 수 없을 것이다. 나는 그냥 망치를 쥔 채로 벽 앞에 서 있다가 내 도시락이 놓인 박스 곁으로 돌아갔다. 망치는 바닥에 내려놓고 도시락을 무릎에 올린 뒤 천천히 그걸 먹었다.(「양의 미래」, 144쪽)

황정은 소설과 함께한 여정이 이 지점에 이르면, 독자는 묻게 된다. 작가에게 현재의 세계란, 종잇장만큼의 희망도 품을 수 없을 만큼 바스러져버린 것일까. 그러한 세계를 대면하고 응시하여 그 실재를 매개함으로써 던져지는 것은 무엇일까. 「양의 미래」와 「웃는 남자」에서 공통적으로 제시되는 벽(의 실상)은 그 의문을 진전시키는 데 도움을 줄 것으로 보인다.

「양의 미래」와 「웃는 남자」는 모두 서술자-인물이 벽을 바라보며 생각을 거듭하는 한순간을 포착하고 있다. 이때 벽과 그 너머가 은유하고 있는 것은 비교적 선명하다. 가령, 「양의 미래」에서 지하서점의 지하(창고의 벽 너머)에는, 지하터널의 일부로 전해져오는 공간이 있다. 그 공간의 존재를 암시한 이에 의하면 "아파트단지의 구석구석을 관통하는 거대한 터널"로 추측되지만, 또다른 이는 지하터널의 존재 자체를 부인한다. 그러므로 터널에 대한 '나'의 집착에는, 낱낱의 삶을 관통하는 '사회적인 것(the social)'의 존재와 그것의 실상에 대한 물음이 함축되어 있다.[15] 실종된 진주가 그 터널에 있을지도 모른다고 생각한 '나'는, 마침내 망치를 들

---

15) 지하창고의 벽 앞에서, 그것과 마주한 '나'가 하는 유일한 행위는 홀로 점심을 먹는 것이다. 그렇기 때문에 '나'의 악몽 속에서, 그 터널이 "긴 벌레의 몸통"이나 "구렁이의 몸속"으로 상상되어왔던 것은 자연스럽다. 거칠게 말해 '나'에게 있어 '사회적인 것'은, 그것이 존재한다 하더라도, '나'와 같은 이들의 삶을 다만 생존으로 축소되게 할 뿐이다. 그것은 경제적인 논리가 '사회적인 것'의 자리를 지배한 신자유주의체제의 한 단면을 우화적으로 지시한다.

고 벽 앞에 서지만 이내 내려놓는다. 지금 '나'가 상상할 수 있는 벽 너머는, "검은 공동"(부재)이나 "진물 같은 곰팡이로 덮인 또다른 벽"(파행)이라는 두 가지 형상밖에는 없기 때문이다.

'나'에게 있어 자신의 상상을 확인하는 일은 모두 "섬뜩하고 소름 끼치는 일"이다. 그러나 이 상상은, 통찰은, 그럼에도 사회적인 것이 어떤 형태로든 추적되고 있다는 바로 그 사실은, 그것의 필요와 요구를 아프게 함축하고 있다. 그리고 「웃는 남자」에서 서술자-인물은, 벽의 실상을 (암굴의 바깥이 아니라 그것의 안에서) 스스로의 눈으로 확인한다. 연인을 구하지 못했다는 죄의식을 안고 자기처벌의 고통스러운 나날들을 보내고 있는 '나'는, 마치 황정은 소설에서 가장 무력한 인간처럼 보인다.[16] 하지만 '나'에게 의미 있는 분절은 스스로 갇혀 있는 문의 안과 바깥이 아니라, 유폐된 공간과 그 내부에서 먼저 일어난다.

벽에 부착된 것들을 모두 떼어낸 후 벽지마저 벗겨내기 시작한 '나'는 뜻밖의 사실에 전율한다. "이 벽을 보기 전에 나는 이런 벽을 상상해본 적이 없다." 은폐되었던 것이 가시화되었을 때, 그것은 "미처 상상하지 못한 방식으로 흉"하고, '나'는 벽의 실상을 사람들에게 공개하고 싶은 충동을 느낀다. "얼마나 많은 벽이 이렇게 되어 있을까. 누구나 벽 곁에 머물지만, 벽과 벽 사이에서 벽에 둘러싸인 채, 방심한 채 온갖 정신 나간 짓을 하고 밥을 먹고 화를 내고 웃고 울거나 안정감을 얻고 잠을 자지만, 벽의 실상이 이렇다는 것을 사람들은 알까. 그것을 생각하면 바깥으로 달려나가 아무에게나 묻고 싶어진다. 벽을 본 적이 있어?"

소설이 전개됨에 따라, 사람들을 상기하고 호출하는 '나'의 위와 같은 진술은, '나'를 비롯한 사람들의 생각 없음, 다시 말해 세계의 '무사유성

---

16) 「웃는 남자」를 '죄의식' '자기처벌' '소진된 인간' '애도' '매너리즘' 등을 중심으로 검토한 논의들로는, 이광호의 「남은 자의 침묵」과 우찬제의 「애도의 윤리와 소통의 아이러니」 참조(『문학과사회』 2014년 겨울호).

(thoughtlessness)[17]에 대한 생각으로 확장된다. "오랫동안 나는 그 일을 생각해왔다"는 문장으로 시작해 "오랫동안 나는 그것을 생각해왔다"는 문장으로 끝나는 「웃는 남자」에서 가장 두드러진 것은 '나'의 생각이다. '나'는 오직 "자고 먹고 싸고 생각한다". 이해라는 말에 저항하면서, '나'는 생각을 거듭한다. 아버지를 생각하고, 디디를 생각하고, '그 노인'을 생각하고, '그 일'을 생각하고, '그 순간'을 생각한다. 반복해서 생각한다. 플롯에 의지하지 않고 문자만 감각한다면, 텍스트는 강박적으로 '생각'이란 단어를 반복하고 있다. '나'는 행위를 최소화하는 대신, 생각을 극대화한다. 그러므로 '나'의 생각 속에서, 그 생각과 결정적으로 대비되는 것은 "그때는 그냥 아무 생각이…… 없었다"로 대표되는 행위의 패턴이다.[18]

그러므로 이 소설에서 주목되는 국면은, 디디를 불의의 사고에서 구출하지 못했다는 '나'의 죄의식이, "끈질기게 떠오르는 일"로써 한 노인에 대한 생각으로 이어질 때이다. 어느 여름, 폭염 속에서 '나'가 버스를 기다리고 있을 때, 곁에 선 노인이 쓰러졌지만 "간발의 차이로 나는 그를 피해 비켜섰다". 하지만 '나'는 어떤 조치를 취하지 않은 채, 거의 동시에 당도한 버스를 탔다. 자신의 (사소한) 이익과 타인의 (결정적인) 손해를 등

---

17) 널리 알려진 대로 아렌트는 '악의 평범성'을 논하며 '사유의 부재'를 그 원인으로 성찰한다. 한편 『인간의 조건』의 서문에서 "사유하지 않음, 즉 무분별하며 혼란에 빠져 하찮고 공허한 '진리들'을 반복하는 것은 우리 시대의 뚜렷한 특징이라 생각한다"라고 적었던 아렌트는, 그 책을 '사유'에 대한 다음과 같은 카토의 말로써 끝낸다. "사람은 그가 아무것도 행하지 않을 때보다 활동적인 적이 없으며, 그가 혼자 있을 때보다 더 외롭지 않은 적은 없다."

18) '나'에 따르면, 타인의 입장에서 사태를 비춰보지 않는 자를 지배하는 것은 "나도 모르게 직조해내는 패턴의 연속, 연속, 연속"이다. 「웃는 남자」의 '나'와 유사한 시각을 보여주는 또다른 인물은 비슷한 시기에 발간된 『계속해보겠습니다』의 자매, 특히 '소라'의 여동생 '나나'다. '나나'는 묻는다. "아무도 제대로 생각해주지 않으니까, 그런 게 거기 있는 거고, 여전히 그렇게 하는 거잖아." 그런 점에서 「웃는 남자」의 결말은 『계속해보겠습니다』의 결말("세계가 끝나는 순간이란 천천히 당도할 것이므로 나나에게는 이것저것 제대로 생각해볼 시간이 있을 것입니다")과 교차해 검토해볼 필요가 있다.

가로 교환했던 '나'는 이제 그것을 고통스럽게 반추한다. 디디와 노인에게 취한 행위의 유사성을 (다른 누가 아닌) '나' 스스로 인지하는 한, 과거의 행위에 합당한 대가로써 부채감(고통)은 확장된다. 그렇다면 이 부채감은 어떤 지평 속에서 사유되어야 하는 것일까?

「웃는 남자」의 '나'는 적는다. "디디, 디디를 생각할 때는 내 얼굴 앞으로 우산 하나가 펼쳐진다." 「웃는 남자」의 진술을 따라 '우산'의 연원을 거슬러올라가면, 그곳에서 「디디의 우산」을 만나게 된다. 「디디의 우산」은 "도중에 그만두면 너는 그동안 받은 치료비 혜택을 전부 갚아야 하는 것"이라는 고용의 논리와 "돌려주지 못했던 우산에 대해서 여태 남은 부채감"을 바탕으로 한 사랑(증여)의 논리를 대비적으로 조명한다. 「웃는 남자」에서 디디가 죽던 그날 그녀는 혁명을 이야기했거니와, 「디디의 우산」에서 그 혁명이란 이를테면 "돈이 중요하다고 생각하는 사람들이 많도록 만드는 어떤 것들"에 대항하는 지점들에서 찾아진다. 「디디의 우산」에서 모두가 잠든 사이 신발장을 열고 우산을 챙기는 디디의 행위의 상징성은 「웃는 남자」에서 '생각 없음'을 생각한 끝에 '나'가 도달한 고통의 상징성과 교차한다. '도도'의 시점에서 쓰인 「웃는 남자」의 깊은 우울은 바로 그 지점에서 '디디'를 반복한다.

두 소설의 문장들을 빌려 말하면, 황정은 소설의 2010년대는 "모두가 돌아갈 무렵엔 우산이 필요하다"(「디디의 우산」, 2010)는 인식에서 "아무도 나를 구하러 오지 않을 것이므로 나는 내 발로 걸어나가야 할 것이다"(「웃는 남자」, 2014)라는 자각으로 이동하며, 세계의 비참을 응시한다. 이때 생각의 잠정적인 결실로써 제시된 "내 발로 걸어나가야 할 것"이라는 '나'의 진술은, 완전한 포기와 결연한 각오를, 다시 말해 돌이킬 수 없는 절망과 그 절망을 낳은 세계와의 대결의지를 동시에 함축한다. 그러므로 남겨진 자의 저 절망과 각오에서, 자식들이 한 배에 탔다는 사실만으로 예외적 존재가 되어버리는 이 사회를 떠올리지 않기란 무척 어렵다. 황정은이 쓰고 있듯이, "우리 중 누가, 문득 일상이 부러진 채로 거리에서 새까만 투사가 되어 살 일을 예측하고 살까".[19]

그러니, 이제 여기에 이르러 멈추고 생각한다. 전술된 모든 문제들을 함께 일러 소설의 사회적 성찰이라 할 수 있다면, '우리 중 누구'의 소외와 고립과 죽음에 대한 저 통렬한 성찰들이 가닿아야 할 자리는 어디인가. 앞으로 그 지점은 끊임없이 모색되어가겠지만, '우리'와 '우리 중 누구'를 가교(架橋)하는 황정은 소설의 한 스타일을 간단히 지적하는 것으로 글을 마무리하려 한다. 그 일은 텍스트 안의 이야기 속에서 해소될 수 없는바,[20] 황정은 소설은 텍스트의 안과 밖, 그 경계를 허무는 방식으로 '말 걸기'를 시도한다. 그리고 그 방식은 마치 "그러니 누구든 응답하라. 이내 답신을 달라"(「가까스로, 인간」)라는 두 문장으로 끝나는 작가의 산문처럼, 유사한 방식의 결말 처리에서 두드러지고 있다.

예컨대 "나는 그날의 나들이에 관해서는 할말이 많다고 생각해왔다"(「상류엔 맹금류」)나 "나는 이런 이야기를 어디에서고 해본 적이 없다"(「양의 미래」)와 같은 진술에서, 작가는 독자가 바로 그 '말'과 '이야기'의 수신자임을 우회적으로 환기한다. '그대'라 지시할 경우, 진술의 효과는 더 커진다. 소설은 텍스트 바깥의 잠정적 우리를 '그대'로 호명하며, 텍스트 안의 '우리 중 누구'의 삶에, 그 기록과 이야기에, 동참하도록 유도한다. "그대는 이 기록을 눈 속에서 발견할 것이다"(「뼈도둑」)는 물론이고, "그대와 나의 이야기는 언제고 끝날 것이다. 그러나 그것은 천천히 올 것이고, 그대와 나는 고통스러울 것이다"(『야만적인 앨리스씨』)와 같은 서술

---

19) 황정은, 「가까스로, 인간」, 『눈먼 자들의 국가』, 문학동네, 2014, 95쪽.

20) 작가의 소설은 '우리 중 누구'와 세계 사이의 격렬한 적대에서 발원하지만, 소설 속의 적대가 개인적인 각성이 아니라 집합적 연대로 발전할지의 여부는 이 시점에서는 모호해 보인다. 게이 청년 '나기'와 비(非)혼모 '나나'의 선택을 담은 『계속해보겠습니다』 이후, "하나뿐인 부족"의 구성이 진화해나가는 방향이 주목되는 것은 이 때문이다.

들이 그러하다.

그러나 아무래도 지금 시점에서라면, 『계속해보겠습니다』를 형식에 각인된 작가의 태도를 보여주는 한 사례로 주목해야 할 듯하다. 대안이라는 측면에서 최근 일련의 소설과 의미 있는 차이를 보여준 『계속해보겠습니다』에서, 갈등 끝에 출산을 각오한 '나나'는 마지막으로 말한다. "계속해보겠습니다." 잡지 연재 당시 작중인물의 이름을 연결함으로써 그 지향을 지시하고 있었던 '소라나나나기'라는 제목은, 단행본으로 발간되며 아이를 잉태한 인물의 진술이자 소설 최후의 진술로 바뀌었다. 황정은 소설이 우리에게 건네는, 소박하지만 수락할 수밖에 없는 메시지로서, 멸종될 세상으로 도래할 생명 앞에서, 그럼에도 탄생이 던져주는 속절없는 희망의 잔해 속에서, 아직은 미래가 우리 앞에 있는 것처럼.

(2015)

말없는 저항의 형식
— 유령과 사물의 목소리로부터

언뜻 보아 자발적인 행동이 더이상 가능하지 않은 듯한, 정치적인 능력은 말소된 듯한, 그래서 모두가 모두에게 '무용지물'이 된 듯한 상황은 황정은 소설에서도 쉽게 발견되는 것이다. 황정은의 초기작들에서 우선 시선을 끄는 것은 어떤 감정의 문제다. '담담' '시큰둥' '냉담' '무심'에 이르기까지, 이미 발표된 다른 비평들에서도 그러한 감정의 양상은 공통적으로 주목되었다. 황정은 소설의 작중인물들이 처한 환경만큼 처절한 것도 없을뿐더러, 아버지가 '모자'로 변신하는 것처럼 비일상적인 상황도 없을 터인데, 인물들이 보여주는 감정이 그와 같으니 관심이 집중되는 것은 자연스럽다. 『일곱시 삼십이분 코끼리 열차』의 서두에 자리한 「문」의 표현을 빌자면, 황정은 소설은 "희로애락이 희박"하다.

하지만 이는 역설적으로 황정은 소설에서 어떤 느낌을 자아내는 대목들이 그만큼 많다는 뜻이기도 한데, 이때 '느낌'이란 말은 감각(sense)과 감정(emotion) 모두를 가리킨다. 감각의 대상과 감각하는 행위가 전제되어야 그 자극으로부터 비롯하는 감정이 있다는 주장을 일단 수용—감각 행위와 무관하게 발생하는 감정이 있음을 부인하는 것은 아니다—한다면, 감각은 감정에 선행한다. 다시 말해 만약 어떤 감정이 우리에게 불가사의하게 다가온다면, 그것은 그전에 먼저 불가사의한 감각이 있기 때문이기도 하다. 물론 황정은 소설에서 감각적인 수사는 현란하지 않다. 사실을 말하자면 그것 역시 희박하다. 그러나 황정은의 인물들은 우리가 보지 못하는 것을 보고, 듣지 못하는 것을 듣는다. 그것이 황정은이 허구를 조직하는 가장 기본적인 논리다. 그 감각은 "남이 볼 수 없는 문"을 보는 감각이고, "다른 것들이 커진 게 틀림없다"는 "그런 느낌"이다. 이 감각 자체가 이미 일반적인 지각대상이나 지각행위를 초과하고 있기 때문에, 그것을 극적인 변화라 파악하는 입장에서는 인물들이 그것에 무감정한 것처럼, 심지어는 거꾸로 무감각한 것처럼 여기게까지 만든다.

미학을 감각이나 지각을 분배하는 하나의 정치적 체제라 정의하며, "예술적 실천과 그 생산물들은 사실 '무엇이 감각되고 지각될 수 있는가' 하는 사회적 분배의 행위와 연관되어 있다"고 주장한 이는 랑시에르다.[1] 랑시에르에 따르면, 문학과 정치는 지배질서가 보기에 '유령'에 불과한 것들을 '공통경험'의 조직 안에 등록하는 행위로써 서로 근접한다. 그런데 이러한 주장은 보다 주의깊게 다뤄질 필요가 있다. 가령, 「문」에서 예의 그 열린 문으로부터 걸어나오는 이는 지하철 철로로 뛰어내려 자살한 노숙자다. 하지만 '홈리스'가 되었건 '부랑자'가 되었건 '걸인'이 되었건, 그들이 어떤 소설에서 말해지고 있다고 해서 곧바로 그 소설이 '가시성의 요구'라는 정치적인 힘을 갖는 것은 아닐 터이다. 진상을 말하자면, 소수자들, 배제된

---

1) 자크 랑시에르, 『감성의 분할』, 오윤성 옮김, 도서출판b, 2008; 『정치적인 것의 가장자리에서』, 양창렬 옮김, 도서출판 길, 2008 참조. 정치적 실천이란 지배질서 안의 분할을 문제 삼으며 정상적으로 보이는 모든 분배와 단절하고, 그와는 다른 관계를 조직하고 그와는 다른 풍경을 맞세우는 것이라고 쓰면서, 랑시에르는 '불가능한 동일시'를 말한다. 그에 따르면 민주주의는 "셈해지지 않은 것들에 대한 셈을 공동체 전체와 동일시"하는 것이다. 타자에 대해 말하는 것이 아니라 타자의 눈으로 보고, 타자의 입으로 말하며, 타자의 귀로 들을 때 주어와 술어의 불일치로 생긴 그 균열 속에서 정치적 주체는 태어난다.

자들은 지금도 지각된다. 단, 지배질서가 그들에게 할당한 특정한 몫의 범위 내에서, 노숙자, 불법체류자, 동성애자, 성매매여성, 장애인, 미혼모, 병역거부자, 이주배우자, HIV보균자라는 기존 체계가 부여한 '이름'으로. 당연히 이들이 유발하는 감정도 그러한 지각과 아주 무관할 수 없다. 동정하거나, 멸시하거나, 두려워하거나, 혐오하거나. 뒤집어 말해 그들이 표현하는 감정 역시, 전체와는 다른, 그것과는 분리된, 오로지 특수한 고통(과 쾌락)의 표현으로서 수용된다.

왠지 나는 지금 이렇고 저런 기억과 감정들의 덩어리라는 느낌이 들어. 그리고 말(言)과 말(言)과, 말(言). 나는 지금 꽤 많은 말을 하고 있는데, 이것은 아주 오랜만의 일이야. 오랫동안 입을 다물고 살았으니까. 말을 건네지도 말을 건네받지도 못하면서 내가 누구에게 대답하는 일도 없이 누군가 내게 대답하는 일도 없이. 역에서 네가 나를 제대로 바라보며 대답해주었을 때는 좋았어. 그렇게 내가 말하고, 누군가 내게 대답하는 상황은, 정말, 오랜만이었어. (……) 이름을 기억할 수 없는 것은 최근에 좀처럼 불린 적이 없었기 때문일지도 몰라.[2]

황정은의 초기작들은 비록 아직 많은 수는 아니지만, 몇 가지 계열로 나누어볼 수 있다. 그중 하나는 시스템의 채널, 그 안과 밖의 경계에서 말하기를 시도하는 것으로, 이 경우 안과 밖의 구분은 비교적 선명하다. '문'이라는 표제 자체가 그 구분을 암시하고 있거니와, 「문」에서 그 경계는 삶과 죽음 사이로 설정된다.

문을 통해 'm'에게 나타난 '두리안'이 처음에 쏟아내는 말들은 두서없는 것이지만, 작가는 이후 두리안으로 하여금 정말 하고 싶었던 이야기를 풀

---

2) 황정은, 「문」, 『일곱시 삼십이분 코끼리 열차』, 문학동네, 2008, 20~21쪽.

어놓게 한다. 그 이야기 속 '여자'의 삶도, 쇼핑몰에서 먹을 것을 찾는 두리안의 행위도, 우리를 그저 입 다물게, 먹먹하게 한다. 그 이야기에는 배제된 자의 삶의 구체성이라 할 만한 것이 아무런 수식 없이 녹아 있다. 그러나 두리안이 m에게 이야기를 들려주고 난 후 "아, 이거야. 바로 이거야. 다 말해버렸다"라며 이를 "가장 무겁고 무서운 말들"이라 정리했을 때, 그가 가리키고 있는 것이 부랑자 여인이나 자신의 비참한 삶 그 자체에 있는 것은 아니다.

그의 이야기의 굴곡을 따라가보면, 도입부에서의 두리안은 여자의 삶과 자신의 삶을 분리해서 생각하고 있음이 확인된다. 사흘 정도 굶었지만 구걸하지 않는 두리안에게는 수치심같이 세계가 요구하는 감정이 "아직도 남아" 있었다. "자발적으로 구걸하지 않는 한 걸인이 아니다"라는 그의 신념은, 여자가 하수구에서 어묵을 줍거나 지하 거처에서 그것들을 먹는 모습 등을 관찰하는 그의 행위와 그것을 진술하는 그의 태도에서 여실히 드러난다. 그 순간의 그는 세계에서 제외된 자로 스스로를 인지하고 있지 않으며, 그로부터 추방되지 않기 위해, 육체가 보내는 본능적인 신호를 끝까지 억제하며, 말 그대로 목숨을 건다.

이러한 정황을 더듬고 나서야 우리는 대형 쇼핑몰로 찾아간 두리안이, 주머니 속의 상품권—여자가 자고 있는 동안 몰래 가지고 나온 셔츠에서 발견한 것—이 분실되었다는 사실을 발견했을 때 느끼는 바닥없는 공포의 깊이를 감지할 수 있다. "필사적으로 바닥을 살피는데, 바닥에 떨어진 것은 상품권 한 장이 아니라 그보다 더 무거운 것이라는 생각이 들었어. 이제 나는 상품권 한 장보다 더 가벼워져서 쇼핑몰 통로를 지나고 있었어. 그보다 더 나쁜 상황도 얼마든지 있었지만 그보다 더 나쁜 상황은 사실 없을 것 같다는 생각이 들었어." 상품권이라는 시스템이 인증한 교환의 매개가 사라져버렸을 때, 더이상 그 무엇으로부터도 그 공간에 있을 자격을 보장받을 수 없다는 것을 알았을 때, 그에게는 "머릿속이 순식간

에 깨끗해"지고 "아무것도 생각할 수 없"는 의식의 공동화가 일어난다.[3]

m은 두리안의 삶의 마지막 순간의 유일한 목격자로 제시되지만, m은 자기가 본 것에 대해 누구에게도 말하지 않는다. "사실 말할 수 있는 것도 별로 없었다"라는 진술은, 그 삶의 영역 안에서 두리안의 죽음이 아무런 사건도 되지 않는다는 사실을 단적으로 보여준다. 그 점에 있어서는 두리안도 다르지 않다. 두리안이 회상하는 이승에서의 삶의 가장 중요한 핵심은, 그가 말을 박탈당했다는 것이다. m과 나눈 단 한 번의 대화에 두리안이 바치는 감격은, 그를 둘러싼 커뮤니케이션의 부재를 간단히 입증한다. 그의 말이란 삶과 죽음의 중간계에서만 가능한 일로서, 심지어는 스스로가 희미한 존재라는 사실까지도 그렇다. 그는 살았을 때도 더없이 흐릿한 존재였지만, 그 흐릿함이 흐릿함으로 가시화되는 것은 그가 경계에 존재할 때다. 그 문턱을 벗어나면 그는 완전히…… 사라질 것이다.

어느 정도냐면, 미묘한 광택을 제외하고 어느 모로나 버젓한 인간의 모습이었지만, 가만히 보고 있으면 점점 저것은 오뚝이가 아닌가, 하고 생각하게 되는 정도였다. 특히 눈썹과 목 부근이 묘해서, 줄곧 바라보고 있다가 바닥을 향해 천천히 기울어지는 장면을 목격하게 되면 틀림없이 오뚝이라고 확신하게 되는 것이었다.

기조는 부지런히 오뚝이와 보통인 상태를 오갔다.[4]

「문」에서 m은 두리안에게 마지막으로 묻는다. "결정적이지 않은 상태로 살아간다는 건 나쁜 걸까." 황정은의 다른 소설 「오뚝이와 지빠귀」는

---

3) 그후 '양복을 입은 파수꾼들'에 의해 쫓겨난 그의 발길이 가닿은 곳은 전철역이었고, 자살하는 순간 그가 마지막으로 한 생각은 쇼핑몰에서 보았던 한 과일의 맛에 대한 것이었으며, 유령의 형상으로 다시 나타난 그는 그 과일의 이름을 지워진 자신의 이름으로 삼았다.
4) 황정은, 「오뚝이와 지빠귀」, 같은 책, 199쪽.

이 질문에 대한 하나의 탐구로 읽힌다. "오뚝이와 보통인 상태"를 오가는 '기조'는 '인간/사물'로서 양자의 경계에 존재한다. 인간과 사물 사이의 그녀는 그 어느 쪽으로도 명확한 식별이 불가능하다. 쇼핑몰에서 두리안을 압도한 절망을 기억한다면, 몸의 변화가 일어나는 동안[5] 기조가 자신의 직장인 은행에서 겪는 일 역시 공평하게 기억해둘 필요가 있다. 집으로 데려다달라는 기조의 부탁을 받고 은행으로 간 무도가, 은행직원인 '남자'로부터 그녀를 건네받는 장면은 인간이 아닌 사물을 옮겨다놓는 것처럼 묘사된다. "화분을 세우듯 기조를 끙, 하고 내려놓았다." 처음에 이 장면은 더이상 쓸모없어진 기조가 은행으로부터 퇴출당하는 사태의 한 전조로 읽힌다.

그러나 이 사물됨이 다른 의미를 갖게 되는 것은 집으로 돌아온 그녀가 은행에서 자신이 했던 일을 고백하는 대목에 이르러서다. 그녀는 말하자면, "생각을 좀 하고" 있었다. 노동시간에 노동하는 대신, 노동과 실업의 경계에서, 자신에게 분할된 시간을 체계가 셈하는 것과는 다른 방식으로 셈하면서 그녀가 했던 생각이란, 줄곧 꾸어온 어떤 꿈에 대한 것이다. 강의 특정 지점 너머로 가기 위해 사람들은 서로 경쟁하며 온 힘을 다하지만 결국 모두 물속으로 가라앉고 커다란 물만 남게 된다는 그 꿈은 자본주의사회의 작동원리에 관한 우화에 다름없다. 그런데 기조는 이 꿈을 비극적인 결론이 아닌 질문의 형식으로 바꾸어 제시한다. "그건 이상하지 않아?"

---

5) 이 소설에서 기조가 오뚝이로 변하는 과정에는 몇 가지 특기할 만한 사실이 있다. 우선 그 신체의 변화는 체적이 줄어드는 것으로부터 시작한다. 하지만 기조는 시종일관 그녀의 몸이 줄어든 것이 아니라 그 외의 다른 모든 것들이 커졌다고 한다. "네가 줄어든" 것이라고 동거하는 남편 '무도'가 재차 확인해주어도, 기조는 단호하게 "다른 것들이 커진 게 틀림없"다고 말한다. 그다지 각별할 것 같지 않은 이러한 지각은 그녀가 세계를 중심으로 스스로를 인지하는 것이 아니라, 스스로를 중심으로 세계를 인지하고 있다는 사실을 일러준다. 그러므로 이 변화로 인해 그녀가 "종일 굉장히 힘들"었던 것은 그녀의 잘못으로 귀결되지 않는다. 기조는 단 한 번도 스스로를 책망하지 않는다.

정상적인 사람의 경우를 1, 기조씨의 경우를 0.7이라고 합시다.

귀 주변의 머리카락이 반백인 남자가 입을 열었다.

그리고 5의 일을 5가 하고 있는 상황을 생각해봅시다. 그런데 그중 일부인 어느 1이, 어느 날 문득 0.7로 줄어버렸다는 것입니다. 5의 일을 4.7로 해야 한다면 0.3 분량의 갭을 해결하기 위해 누군가는 분주해지지 않겠습니까. 0.3이라면 5로서는 6퍼센트의 비율이고 1로서는 30퍼센트의 비율입니다.[6]

오뚝이가 되어가는 과정에서 기조는 조금씩 움직이는 한편 많이 말하는데, 그녀가 궁금한 것들의 내용이 대부분 그러하다. 인간 오뚝이 기조는 모든 사람들이 한번쯤 품어봄직한, 그러나 체계의 바퀴를 굴리는 동안은 쉽사리 품을 수는 없는 그런 질문들을 내뱉는다. 예를 들어, "보통이라면 무엇을 기준으로 보통이라는 거야"라는 질문이 그러하고, "사람들이 '객관'이라고 생각하는 객관은 누구의 입장에서 객관이라는 걸까"라는 질문이 그러하다. 그렇다면 이 인간/사물은 세계에 포함된 것인가, 배제된 것인가. 나아가 해방된 것인가, 추방된 것인가. 후자 쪽으로 기울게 하는 증거는 적지 않다. 무엇보다 기조를 문자 그대로 셈하는 남자가 등장한다. 그 효율성의 논리에 따라 기조는 "인신(人身)상의 이유"라는 사유와 함께 사퇴서에 도장을 찍는다. 실업오뚝이가 된 기조가 집을 방문한 친척들에 의해서, 어른이건 아이건 아무나 만지려드는, 누구에게나 개방되어 있는 비참한 존재로 전락한 것처럼 보일 때, 우리는 역설적인 방식으로 기조의 해방을 말하는 것마저도 곤란하다는 인상을 받는다. "조금 지나서는 저마다 자기가 오뚝이를 밀어볼 차례라며 기조를 앞에 두고 다투었다." 기조는 조그맣게 호소한다. "정말 죽을 것 같아."

---

6) 같은 책, 200쪽.

그러나 마침내 기조가, 완전한 오뚝이가 되었다면 어떤가. 부쩍 "오뚝이의 면모"를 갖춰가던 기조는 소설의 말미에 이르러 이것저것 묻지도 않고, 그저 "오뚝거리며" 무도를 바라볼 뿐이다. 그런 오뚝이에게는 직장에서 퇴출시켜버리겠다는 협박도, 지문을 남기려드는 그 누구의 손길도 아무런 문제가 되지 않을 것이다. 우리는 이 장면에 어떻게 접근해야 할까? 가령 예외상태가 규칙이 된 세계를 논하며, 그보다 더 비관적일 수 없을 것 같은 사유를 펼쳐온 아감벤은 그의 주저 맨 끝자락에서 그때까지의 주장으로 보면 쉽게 납득하기 어려운 논지를 전개해나간다.[7] 프리모 레비의 '무젤만'을 거론하며 그는 "무젤만의 생명이란 과연 무엇인가?"라는 물음을 던진 후 스스로 답한다.

"그에게는 어떤 '자연적'이거나 '공통의' 것도 남아 있지 않으며, 어떤 본능적이거나 동물적인 것도 더이상 남아 있지 않다. (……) 바로 이 때문에 그의 앞에 있는 감시요원마저 별안간 아무 힘도 없는 자로 보이게 된다." 아마도 아감벤은 호모사케르라는 형상에서 그가 닫았던 문, 바로 그 문을 다시 열 수 있는 길을 찾고 있는 듯하다. 그러나 우리는 망설일 수밖에 없지 않은가. 공통적인 것이 모두 말소된 삶의 형식으로부터 해방을 말할 자신이 아직 우리에게는 없다. 다만, 황정은의 이 오뚝이가 어떤 '저항의 형식'을 예비하고 있다는 짐작만을 짚어둘 수 있을 뿐.

(2009)

---

7) 조르조 아감벤,『호모사케르』, 박진우 옮김, 새물결, 2008, 347~348쪽. 특별히 이 대목에 관한 상세한 분석은, 로렌초 키에사, 「조르조 아감벤의 프란체스코파적 존재론」, 최민우 옮김, 『자음과모음』, 2008년 겨울호 참조.

이식의 고통과 고독의 연대
─ 은희경론

1. 패턴: 은희경의 연작소설

은희경의 소설집 『다른 모든 눈송이와 아주 비슷하게 생긴 단 하나의 눈송이』(이하 『단 하나의 눈송이』)[1]를 읽고 나면 한 권의 책에 묶인 여섯 편의 소설들이 느슨한 형태로 연결되어 있다는 사실을 알게 된다. 민감한 독자라면 책의 목차를 펼친 순간부터 그 사실을 직감했을지 모른다. 「프랑스어 초급과정」「스페인 도둑」「T아일랜드의 여름 잔디밭」「독일 아이들만 아는 이야기」 등 네 편의 표제가 모두 외국표상을 어떤 방식으로건 삽입해놓고 있기 때문이다. 책을 다시 읽어가면 연관성은 보다 선명해진다. 유사한 인물들과 동일한 공간들이 의식되며, 에피소드와 모티프가 교차하는 지점이 그려지기 시작한다. 그리고 이 책의 마지막에 수록된 「금성녀」에 이르면, 그것이 단지 희미한 유사성에 그치지 않는다는 사실을 확신하게 된다. 간단히 말해, 은희경의 이번 소설집은 한 일가(母系)의 먼 구성원들을 중심으로 구성된 연작소설이다. 현대소설사에서 특히 1970년대

---

1) 은희경, 『다른 모든 눈송이와 아주 비슷하게 생긴 단 하나의 눈송이』, 문학동네, 2014. 이하 필요한 경우 작품명과 쪽수만 적기로 한다.

를 중심으로 이문구, 이청준, 윤흥길, 박완서, 그리고 조세희 등 당대의 내로라하는 작가들에 의해 실험되고 또 심화되었던 연작소설이 2010년대 은희경의 『단 하나의 눈송이』와 더불어 돌아온 것이다.

이 소설집에 수록된 단편들이 잡지에 처음 선보였을 때 그 사실을 예민하게 감지하기는 쉽지 않았다. 낱낱의 소설들이 발표되는 동안에는 동일한 표제나 부제, 이를테면 '우리 동네'와 '엄마의 말뚝'과 같은, 연작임을 각인시키는 형식적인 표지가 뚜렷이 부상하지 않았기 때문이다. 더구나 은희경은 『단 하나의 눈송이』에서 다른 연작소설이 흔히 취하는 방식, 즉 특정 인물군이나 특정 공간을 확고한 중심축으로 하여 이야기를 발전시켜나가는 방식을 택하지 않았다. 그런 이유들에 더하여, 스쳐가듯 소소한 에피소드로써 연결되고 있는 『단 하나의 눈송이』의 결속력은 약해 보이지만, 그 느슨한 결속력은 연작 전체를 관통하는 작가의 문제의식에는 오히려 더 부합한다. 다시 말해 '눈송이 연작'은 구조를 전제한 '종합'이나 '통일성'(말하자면, '모든 눈송이')이 아니라, 단편 각각의 '고유성'('단 하나의 눈송이')을 보존하는 보다 개방적인 형태의 '연결'('아주 비슷하게 생긴')을 추구하고 있다. 따라서 이 시기 은희경의 작업은 작가가 지난 시기 몰두해왔던 '고독의 발견', 그 다음단계의 결과물로서 사고할 필요가 있어 보인다.

상황이 이와 같으니 각각의 소설들을 읽어나가기 전에, 그것들이 형성하고 있는 시간대를 상기해두는 것도 나쁘지는 않겠다. 우선 「단 하나의 눈송이」와 「T아일랜드의 여름 잔디밭」이 형성하는 공유점이 있고, 그 공유점은 「금성녀」에 이르러서야 확인된다. 「단 하나의 눈송이」에서 열아홉이었던 한 소녀는 첫사랑의 열병을 통과하고, 「T아일랜드의 여름 잔디밭」에서는 그 소녀가 열세 살 소년을 둔 엄마가 되어 아들의 유학길에 동행한다. 이것이 「금성녀」의 등장인물들 중 '현' 모자가 형성하는 계열이다. 그리고 다른 한 계열에는 「프랑스어 초급과정」과 「스페인 도둑」이 자리잡는다. 역시 간략히 정리하면, 「프랑스어 초급과정」에서는 막 신접살림을 차린 신혼부부가 아이를 갖게 되고, 「스페인 도둑」에서 그 아이는 9년 동안의 유학생활을 마치고 다시 한국으로 돌아온다. 이것이 「금성녀」의 등장인물 중 '완(규)' 모자가 이루는 계열이다. 편의상 두 계열로 나누었지만, 작가의 문제의식은 네 소설 모두에서 비교적 일관되게 탐구된다.

동일(혹은 유사)한 인물들이 서로 교차하는 가운데, 소설의 시공간은 다른 소설의 시공간으로 이어지면서 확장된다. 「단 하나의 눈송이」에서 「스페인 도둑」까지를 연결하면 1970년대에서 2010년대까지를 포괄하며, 종합판—현재까지로는—인 「금성녀」에서는 새롭게 등장한 인물 마리와 더불어 거의 한 세기 전으로까지 거슬러올라간다. 다른 듯 닮아 보였던 소년(「T아일랜드의 여름 잔디밭」)과 청년(「스페인 도둑」)이 친척이라는 사실이 암시되는 것도 바로 이 소설에서다. 그러므로 이 일련의 소설들을 '눈송이 연작'으로 묶어 살피는 데 있어 「금성녀」의 존재는 각별하다. 만약 「금성녀」가 없었더라면 지금 이 글도 자기반영성의 측면에서만 이러한 특질을 거론하게 되었을지 모른다. 추측건대, 각각의 소설들을 하나의 세계로 엮는 작가적 의식은 소설이 축적되면서 조금씩 구체화되어간 것으로 짐작된다.

이 글은 수록소설을 되도록 한 편씩 읽어가며, 모자이크를 형성하는 단편들의 세계를 보존하는 형태로 진행될 것이다. 연작 장르가 순환성과 완결성만큼이나 독립성을 중시하기도 하지만, 그것이 이 연작의 주제에 어울리는 응답이라고 생각하기 때문이다. 다른 맥락의 이야기가 되겠지만 내처 말하면, 『단 하나의 눈송이』의 독자를 우선 매료하는 것은 한국 단편 특유의 미감(美感)이다. 물샐틈없이 흐르는 문장들, 풍부한 디테일과 암시들, 주제와의 관련 아래 치밀하게 배치된 상징들, 여운을 남기며 진행되는 회상의 수법, 방심한 사이 돌발적으로 제시되는 의외의 사실들, 그 끝에 다다라서야 인지되는 복선, 여기에 은희경의 전매특허인 냉철한 균형감각까지. 소설작법의 교과서라 할 만한 이 연작소설에서, 작가의 연륜은 지난 연대를 긴 시간 통과한 끝에 응집된 하나의 비전을 향하고 있다. 그리고 이 글은 그 비전을 검토하는 작업으로 마무리될 것 같은 예감이다.

2. 이식: 결여와 마주하기

『단 하나의 눈송이』에서 인물들은 신도시에서 첫 살림을 차리고 첫아이를 낳는다. 또 그 아이가 신도시에서 성장하여 다시 신도시로 돌아온다. '눈송이 연작'의 근경에는 신도시가, 원경에는 이국(특히 미국)이 배치되어 있다. 돌이켜보면 은희경 문학에서 신도시는, 카버와 오스터에게 뉴욕이 그러하듯이 또하나의 수원(水原)이었다. 『소년을 위로해줘』와 『태연한 인생』 등 최근작은 물론이고, 작가가 조명해온 도시의 삶이 서울뿐 아니라 신도시의 삶이기도 하다는 사실이 새삼스럽다. 하지만 그런 작가도 '눈송이 연작'처럼 신도시를 이렇게 의식적으로 연이어 호명한 적은 없었던 듯하다. 작가의 집필실이 있는 일산뿐 아니라, 분당, 파주, 김포, 동탄 등 우후죽순 생겨난 신도시의 삶, 목적을 가지고 인공적으로 설계된 그 기능적 공간은 곧 현재 한국인의 삶의 일부나 다름없다. 그리고 우리는 신도시가 처음 건설되던 시기의 모습을 「프랑스어 초급과정」에서 확인할 수 있다.

파헤쳐진 회색 땅이 끝없이 펼쳐져 있는 그 풍경은 공상과학영화에서 본 황폐한 미래세계를 연상시켰다. 이어서 등장하는 것은 군데군데 감시탑처럼 박혀 있는 타워크레인과 목이 꺾인 채 주둥이를 땅에 대고 엎드린 포클레인들, 엄청나게 높이 쌓여 있는 건축자재들, 알 수 없는 것들이 묻히고 버려져 뒹구는 공터들, 죽음의 군대처럼 열병해 있는 음산한 고층의 시멘트 골조들과 그리고 그 안에서 소리없이 입을 벌리고 있는 수많은 검은 구

멍들이었다.(「프랑스어 초급과정」, 46쪽)

공간적 배경에서 한 점의 인물로 유려하게 활주하는 「프랑스어 초급과정」의 도입부에서, 작가는 서울 외곽의 K시가 "성공적인 도시 개발 사례"로 불리는 현재를 간단히 환기한 뒤, 곧바로 20여 년 전 K시 탄생의 순간으로 돌입한다. 과거의 신도시 풍경은, 도입부 첫머리에 제시된 현재의 인상과는 사뭇 판이하다. 안정감, 편의성, 체계성 등은 물론이고, 거기에 선망을 자아낼 것이라곤 단 하나도 존재하지 않는 것처럼 보인다. 타워크레인, 포클레인, 건축자재 등이 초기 입주자들을 압도하는 풍경은 "황폐한 미래세계"나 "죽음의 군대"를 방불케 하는 공포스런 이질감의 충격이다. 아파트부지의 이 위협적인 인상은 "제2의 고향, 여기서부터 K시입니다"라는 입구의 플래카드 문구가 하나의 역설적 경고임을 성공적으로 포착한다. K시가 장소로부터 유래하는 소속감과 정체성을 입주자들에게 선사할 계획이 없으리라는 이 불길한 징조는, 소설의 초점이 배경에서 인물로 바뀌면서 곧 가시화된다.

「프랑스어 초급과정」에서 은희경은 저 "검은 구멍들"을 숨긴 곳으로 갓 결혼한 신부를 데려다놓는다. 소설은 신도시와 함께 태어난 '나'의 전사(前史)이자 탄생기로, 그 골자는 '나'의 엄마인 '그녀'의 신혼 시절로 채워진다. 막 신도시에 입성한 그녀의 신체적 반응이 "구토"였던 것처럼, 그녀에게 K시의 삶은 소화되지 않은 채 역류하는 이물질과도 같은 것이다. 부모가 허락하지 않는 남자와 결혼한 것이 그 첫 단계였으되, (사랑의 환멸이 닥쳐올 것이라는 사실을 모르는 시점의) 그녀는 그것이 자신이 속해 있던 모든 세계와의 결별이 되리라는 사실은 알 수 없었다. 하지만 짐작되다시피, 그녀는 가족을 비롯해 익숙했던 모든 것으로부터 단절을 경험하게 된다. 심지어는 단 한 사람, 남편에게까지도. 이러한 사태로 볼 때, "자기 몸에 흉터가 하나도 없다"는 사실을 그녀가 처음 깨닫는 삽화는 의

미심장하다. 즉, 모든 사태의 핵심은 이것이다. 지금껏 그녀는 '결여'가 없는 사람으로 살아왔다는 것, 신도시가 그녀에게 이식한 것은 무엇보다 바로 그 결여라는 것.

자기 안의 결여와 대면하게 된 인물이 통과하기를 요구받는 것은 어떤 학습의 과정이다. '눈송이 연작'에는 아이부터 노인에 이르기까지 배움과 익힘에 관한 일화들이 자주 출몰하거니와, 이 소설에서는 그 제목처럼 인생의 한 '초급과정'을 통과하는 여정이 펼쳐지게 된다. 그녀가 해야 할 최소한의 학습은 초보주부가 일상생활을 정립해가는 과정이지만, 궁극적으로는 고독과 불행의 행로에 들어서라는 생의 잔인한 명령을 수용하는 과정이기도 하다. 그 고통이 가장 강렬하게 체감되는 장면은 그녀가 쥐덫에 꼬리를 물려 "군데군데 살점이 뜯기고 털이 피로 물든 채" 죽어간 쥐의 모습을 목격하는 대목이다. 쥐덫을 놓은 사람은 자신이지만, 그녀는 쥐의 주검에서 "희망 없는 시간"을 본다.

『단 하나의 눈송이』가 『아름다움이 나를 멸시한다』와 미묘하게 갈라지는 지점은 바로 여기에서부터다. 그녀는 저 희망 없는 시간을 어떻게 할 것인가? 생의 환멸을 응시하는 작가의 시선은 '눈송이 연작'에서도 확인할 수 있지만, 그보다 주목되는 것은 삶의 증거들을 찾아나서려는 힘겨운 자취들이다. 새벽의 산책은 물론이고, 그녀가 임신한 무거운 몸으로 호프집을 충동적으로 찾아간 후반부의 에피소드는 잊기 어려운 잔상을 남긴다. 그녀를 그곳으로 이끈 것은, 도저히 견딜 수 없는 고독 때문이었으리라. 하지만 그 일탈은 세계의 변경과 확장으로부터 오는 고통이 비단 그녀만의 것은 아니라는 사실을 상기하게 하는 한편으로, 일련의 과정을 통과한 그녀가 이미 떠나온 자리와는 다른 자리에 다다랐음을 확인하게 해준다. 그녀는 입대를 앞두고 우는 청년을 보며 삶이란 "매 순간 예상치 않았던 낯선 곳에 당도하는 것"이라는 생각을 품기도 하고, 자신을 "주거부정"으로 밝히는 토박이 사내처럼 더 큰 좌절을 겪고 삶을 지속하는 사람이 있다는 사실을 목격하기도 하는 것이다.

노련한 작가답게 은희경은 소설의 결말에서, 지금까지 자신의 서사를 "잎에서 뿌리를 내리는" 과정으로 압축한다. 그러므로 이 마지막 국면에서, 그녀가 '엄마'로 호명되고 있다는 사실은 주목될 필요가 있다. 비유하자면 그녀의 아들인 '나'는, 그녀가 잎을 자르고 뿌리를 내리는 고통 끝에 피워올린 자다. 태중의 아들의 시점에서 서술된 다음 대목을 보라. "얼마 뒤 엄마는 날카로운 면도날로 가장 건강한 잎 하나를 잘랐다. 잘린 면으로 고통을 머금은 맑은 수액이 몰려 고였다." 이 진술에서도 그녀의 가장 찬란했던 시절은 다시 오지 않으리라는 사실이 암시되지만, 그녀의 '뿌리 내리기'는 그리하여 더 깊숙한 음영을 갖게 된다. 바로 여기까지가 앞에서 '완(규)' 모자 계열이라 불렀던 두 단편의 첫 이야기가 우리에게 건네는 전언이며, 그 후일담은 신도시에서 태어난 아들의 성장기인 「스페인 도둑」으로 이어진다.

3. 고독: '행복 바깥의 것들'과 공감하기

다음 차례로 '눈송이 연작'의 또다른 짝패, 열세 살 소년과 그의 엄마의 사정을 살피기로 하자. '눈송이 연작'에서 신도시는 이방인과 경계인의 상징이기도 하거니와, 현대를 살아가는 개인이 어느 곳에서나 이방인이라는 인식은 신도시의 반경을 벗어난 후에 보다 구체적으로 드러난다.[2] 이

---

2) '눈송이 연작'에는 자신이 구축해온 세계의 반경을 넘어서지 못하는 인물들도 있다. 예컨대, 「스페인 도둑」의 '소영'과 「독일 아이들만 아는 이야기」의 '이원'이 그렇다. 울타리를 벗어난 사람들에게 새로운 삶이 주는 고통이 기다리고 있다면, 이들에게는 자신의 세계를 한 번도 벗어나지 못했다는 사실에서 오는 불안이 도사리고 있다. 「스페인 도둑」의 소영은 "자신을 둘러싼 벽이 점점 단단해지면서 조금씩 거리를 좁혀오는 느낌"을, 「독일 아이들만 아는 이야기」의 이원 역시 "자신을 둘러싼 세계가 오그라들며 좁혀져"오는 느낌을 토로한다. 바꿔 말해, 이식이 빈번한 이 연작의 세계에서 체제의 압력과 삶의 재성찰에 대한 요구는 세계를 횡단하는 자들에게만 부여된 것은 아니다.

때 부상하는 공간적 배경이 미국이다. 은희경의 '눈송이 연작'은 2000년대 이후 급증한 미국 조기유학현장을 풍부한 디테일로 제시해준다. 그 면면은 70, 80년대 미국이민의 풍경들과는 사뭇 다르지만,「스페인 도둑」의 완의 성장기가 그러하듯이 배타적인 미국사회에 대한 비판적인 관찰기를 포함하고 있다. 하지만 물론 그것이 은희경의 미국 배경 소설들이 말하고자 하는 핵심은 아니다.

아빠의 사업 부도와 위장이혼 요구로 강행되었던 경위에서 예상되듯이, 모자의 미국 체류는 난폭한 추락의 경험이다. 믿었던 지인은 자기 잇속만 차리고, 생면부지의 외국인들은 두렵기 짝이 없다. "당장 너희 나라로 돌아가!"라는 말들에 상처를 입고, 아름다운 호수 풍경 앞에서 "숨을 죽이며 한참을" 울어야 했던 '나'를 보라. 침착한 회상의 어조에 감싸여 있지만, 모자의 험난한 나날은 겪어보지 않은 자로서는 상상하기 어려운 고통이다. T아일랜드의 빛나는 여름날들, 부자 동네, 그리고 그곳 사람들의 여유로운 풍속은 모자가 살게 된 변두리 아파트 안의 황량한 심리적 풍경과 선명한 대조를 이룬다.

상황이 이와 같으니 세계의 변경에 수반되는 진통은 이 소설의 서사에서도 큰 줄기를 이루고, 인물들의 고립감과 단절감은 이야기 전개에 중요한 자원이 된다. 지금 모자는 "세계로부터 완전히 고립된 섬"이기 때문에, 열세 살 소년인 '나'가 아빠와의 메일 교환에 집착하는 것은 자연스럽게 이해된다. 소년에게는 오직 그것만이 고립과 단절을 헐게 하는 바깥으로부터의 유일한 신호일 테니까. 그렇다면 남편과의 신뢰를 거의 상실한 듯 보이는 엄마는 어떤가. 소설에서 '나'보다 더 폐쇄적인 고독에 갇혀 있는 사람은, 의사소통마저 자유롭지 않은 엄마다.

「T아일랜드의 여름 잔디밭」의 주제선은 바로 그러한 엄마의 변화에 놓여 있으며, 그 변화는 아들인 '나'에 의해 조명된다. 은희경은 갈등을 겪는 모자 사이에 미국사회의 풍속인 개라지 세일을 배치해놓는다. 아들인

'나'는 그들의 거처가 개라지 세일에서 사온 볼품없는 물건들로 채워지는 것을 못마땅해하지만, 엄마가 그녀 자신에게만 집중되어 있던 심리를 타인을 향한 관심으로 전환시키고 있다는 사실을 이내 깨닫는다. "엄마는 점점 물건을 고르는 것보다 집안을 엿보고 논평하는 데 흥미를 느끼는 것 같았다." 남을 험담하는 것으로 시작된 엄마의 세일 순례는, 그녀의 폐쇄적인 내면에 잠들어 있었던 공감의 능력을 서서히 되살려놓는다. 그렇다면 그녀는 무엇에 공감하는가? 엄마가 낯선 이들의 불행을 수집하고 있다는 '나'의 관찰을 존중한다면, 그것은 불행이라고밖에 할 수 없다. 다시 말해, 그녀의 능력이 타인들의 불행으로 향했다기보다는, 그 불행들의 아우라가 그녀의 내면을 일깨운다. 이를테면, 다음 장면에서처럼.

미로 같은 이층 저택 안을 한차례 헤매고 나서야 엄마의 뒷모습을 찾을 수 있었다. 사라의 망가진 흔들의자에 한 손을 짚은 채 방 한가운데 멍하니 서 있던 엄마는 등뒤의 기척을 느끼고 고개를 돌렸다. 그때 왜 그렇게 느꼈는지 모르겠다. 나를 돌아보는 엄마의 얼굴은 평온하고 무심했다. 죽음의 무정한 허무가 깃들어 있었다. 그리고 그것은 벌써 오래전처럼 느껴지는 시절의 내가 알던 엄마의 얼굴이었다.(「T아일랜드의 여름 잔디밭」, 146쪽)

소설의 첫머리에 제시된 '고양이와 소년의 이야기'는, '바이올렛 뿌리 내리기' '뜨개질 뜨기' 등과 함께 '눈송이 연작' 전체를 관통하는 삶의 은유들 중 하나다. 죽을 결심을 한 소년이 무심코 떠올린 주머니 속의 과자를 먹고, 그 부스러기를 보고 달려든 고양이의 감촉으로부터 자신의 결심을 철회했다는 이야기를 소개하며, 서술자 '나'는 그것을 "세상에서 가장 쓸쓸한 연대"라고 일컫는다. 그리고 이 이야기가 소설에서 다시 한번 상기되는 곳이 바로 위의 장면에서다.

'나'는 오랜 시간이 흐른 후 엄마의 집에서 사라의 사진을 발견하는데,

1923년생 사라를 엄마는 만난 적이 없다. 하지만 '나'의 기억 속의 한 순간은, 마치 소년의 절망과 고양이의 허기가 그러했던 것처럼, 엄마의 고독과 노파의 죽음이 "행복 바깥의 것"으로써 '쓸쓸한 연대'를 이루었다는 사실을 저장해두고 있다. 위의 장면에서 엄마는, 화려한 날들을 뒤로하고 외로이 죽어간 노파로부터, 삶의 허무라는 보편적인 인간 운명의 한 암시를 읽어낸다. 그리고 그러한 인식은 엄마로 하여금 고독한 삶을 부정하게 하지 않고, 객관적인 차원에서 수용하도록 유도한다. 물론 그것은 더없이 쓸쓸한 자각이지만, 그녀에게는 작은 의지의 발견이기도 하다. 오랜 시간이 흐른 후에야, 과거 여름날의 엄마가 "행복 바깥의 것"들과 함께 "자기를 둘러싼 어둠에 최소한이나마 저항의 신호"를 보냈다는 사실을 '나'는 반추하게 되는 것이다.

4. 이방인: 사랑과 헌신의 바깥 되기

이 지점에서 우리는 연작의 첫 소설인 「단 하나의 눈송이」로 돌아가려 한다. 짐작일 뿐이지만, 단편소설 「단 하나의 눈송이」를 집필하던 시기의 작가는 이 일련의 소설들이 어떤 연결점을 갖게 되리라고는 예감하지 않았던 듯하다. 하지만 연작의 마지막 소설인 「금성녀」의 지표들―소설에서 '현'은 열세 살 때까지 신도시에서 살다가 미국으로 떠났고(「T아일랜드의 여름 잔디밭」), 그의 엄마는 남쪽 바닷가 도시 출신으로 고3 겨울방학에 입시를 위해 처음 서울로 올라온다(「단 하나의 눈송이」)―에 의지해 읽으면, 우리는 「T아일랜드의 여름 잔디밭」의 '엄마'가 열아홉 첫사랑을 잃던 시절(「단 하나의 눈송이」의 '안나')로 돌아갈 수 있다. 그 시절의 그녀는 어땠을까?

1976년의 안나 역시 그녀 나름대로 새로운 세계와 분투중이다. 남쪽 바닷가 도시 태생의 그녀는 자신이 그 크기를 짐작할 수 없을 정도로 거대한 도시인 서울로 왔으며, 사투리 억양을 감출 수 없어 학원에서 침묵을 고수하려 한다. 하지만 그녀가 만난 다른 세계의 본질은 비밀과 거짓말, 갈등과 경쟁, 욕망과 좌절의 형태를 하고서야 비로소 그 진면목을 드러낸다. 그와 같은 감정의 드라마는 누군가를 사랑하게 될 때 가장 격렬하게 생성되지 않는가. "서양 나라에서 온 크리스마스 카드 속의 북 치는 소년"과 닮은 '요한'과 그의 여자친구 '루시아'가 안나가 상대해야 할 새로운 세계에 포진해 있다. 말하자면, 우리는 연작소설이 부여한 시간의 마법을 빌려 「T아일랜드의 여름 잔디밭」에서 삶의 허무와 마주하고 있는 엄마가 열정적 사랑의 씨앗을 품고 있던 아주 짧은 시기를 관찰할 수 있게 된 것이다.

아직도 눈이 오고 있을까. 다음 순간 갑자기 안나는 소스라치게 놀라 뛰기 시작했다. 번들거리는 검은 물줄기가 계단을 적시며 스멀스멀 안나를 따라 내려오고 있었다. 세실리아 언니가 몰래 낳아서 버리고 도망쳐버렸던 태아가 모습을 갖고 있다면 그런 모습일 것 같았다. 비밀과 더러운 행복, 죄와 수치와 선택되지 못한 존재의 완결된 고독을 담고 그것은 안나를 뒤따라 계단을 흘러내려오는 중이었다. 필사적으로 뛰어내려오며 안나는 누구에게랄 것도 없이 중얼거렸다. 아니야. 난 그런 기도 안 했어. 그냥 눈이 오게 해달라고만 했단 말야.(「단 하나의 눈송이」, 41쪽)

소설에서 루시아, 요한, 안나가 이루는 삼각관계의 면면 속에는,[3] 안나가 타인과의 연관 속에서 자기에 대한 서사를 구축해나가는 과정이 포함

---

3) 「단 하나의 눈송이」의 루시아-요한-안나 사이에서처럼, 힘의 균형이 팽팽하지 못한 삼각구도는 「스페인 도둑」의 수지-완-소영과 「독일 아이들만 아는 이야기」의 유나-태현-이원의 사이에서 변형된 형태로 반복된다. 가령, 완과 소영의 이야기가 교차되는 「스페인 도둑」의 경우, 신도시의 한 고등학교 동창생이었던 두 사람 사이의 역사는 소영에게만 의미 있는 기억으로 보존된다.

되어 있다. 요한과 루시아가 평소에 보여주었던 사소한 말들과 태도들이 사랑에 빠진 자 특유의 세심한 열정으로 재해석되는 순간은 시종 흥미를 자아낸다. 하지만 이 소녀의 첫사랑에 대한 은희경의 배려는 소설의 마지막 반전과 함께 끝이 난다. 강력한 경쟁자를 제치고 사랑하는 이를 차지하게 된 크리스마스의 기적은, 부주의한 실수와 의지를 배반하는 몸의 언어에 밀려, 도리어 "완결된 고독"과 함께 막을 내리고 마는 것이다. 그녀는 사랑의 시작과 동시에 고독을 알게 되었으며, 그로부터 시간이 흐른 후의 그녀에게는 더이상 낭만적 환상의 자리가 존재하지 않는다. 「T아일랜드의 여름 잔디밭」에서 엄마는 무심코 말한다. "남의 옷 얻어 입으면 걸렛감만 남고 남의 서방 얻어가면 송장치레만 한댔어. 그 말이 맞는지 두고 볼 거야."

　기왕의 은희경 소설에서 세계와의 적대는 남편과의 불화로 대표되는 경우가 적지 않았거니와, '눈송이 연작'에서도—물론 주변적인 삽화로 처리되는 경우가 많지만—그러한 흔적을 읽을 수 있다. 남편은 무책임하게 아내를 방기하며(「프랑스어 초급과정」), 외도가 의심되고(「T아일랜드의 여름 잔디밭」), 부부의 결혼생활은 위기를 맞으며(「독일 아이들만 아는 이야기」), 때로는 폭력이 암시되기도 한다(「스페인 도둑」). 그러므로 '눈송이 연작'의 두 계열이 닮은꼴 모자의 이야기로 이루어진 것은 우연이 아니다. 그렇다면 이 지점에서 가족적 관습에 거리를 두고 있는 '눈송이 연작'에서, 아버지와 아들의 관계가 무엇을 의미하는지는 따로 검토해볼 필요가 있어 보인다.

　「프랑스어 초급과정」에서 뱃속의 태아이자 엄마의 한 시절을 서술하는 내레이터로 우리 앞에 등장했던 '완'은 「스페인 도둑」에서 입대를 앞둔 청년으로 다시 돌아온다. 완은 신도시에서 성장해 고등학교 1학년 무렵 유학을 떠났으며, 9년간의 미국 도시생활을 마치고 다시 신도시로 복귀한다. 엄마가 '바이올렛의 뿌리내리기'에 비유했던 이식의 고통은, 이국의 낯선 도시에서 학창생활을 이어가야 했던 그에게도 고스란히 반복된다. 물론 외적인 그의 이력은 미국 대학에 진학하고 교수와 동료들에게 인정받는 등 무난하게 채워진다. 하지만 완은 그 "도시 사람들의 편견과 개인주의, 그리고 세련된 멸시"를 예민하게 의식하는 '도시의 이방인'이며, 끝내 취직과 정착에 실패한다. 그런 점에서 미국생활에 대한 그의 환멸이 깊은 울분과 좌절감으로 이어지지 않는 점은 특기할 만하다. 무엇보다 그는 그 도시와 "순정을 주고받은 적은 없다"고 생각하는 것이다.

그의 진술에 의하면 완은 "이루어낸 사랑에 대해서도, 돌아갈 고향에 대해서도 알지 못했다". 원초적인 상실을 담담히 고백하는 듯한 이 진술은, 그러나 그에게는 정체성의 한 표현이자 다른 가능성의 조건이 된다. 조금 에둘러가자면, 이 청년의 미래가 환하다고만 하기는 어려울 것이다. 성공지향적인 시각에서 보면, 그는 미국 정착에 실패한 후 돌아와 입영통지서를 받은 한 평범한 젊은이에 지나지 않을지 모른다. 하지만 뿌리없음의 자각과 횡단의 경험은, 성공적인 적응을 지고의 도덕으로 여기는 사회에서 그 바깥의 어떤 흐름을 포착하게 한다. 실패의 중압감에서 자유롭고자 하는 그의 태도는 물론이거니와, 관계적인 측면에서도 그렇다. 예컨대, 그는 아버지와 어머니의 관계와 아버지와 자신의 관계를 다음과 같이 비교한다.

> 완은 어머니와 달랐다. 힘들게 이루어낸 사랑에 대해서도, 돌아갈 고향에 대해서도 알지 못했다. 비어 있는 의자에 이방인끼리 자리를 좁혀 앉는 법에 대해서는 알고 있었다. 그리고 이방인의 부축이란 사랑하는 이의 헌신이 결코 줄 수 없는 방심과 편안함을 제공하기도 한다는 것을.(「스페인 도둑」, 104~105쪽)

「스페인 도둑」에 따르면 완의 아버지는 가족과 잘 융화하지 못하고 그 구성원들을 고독하게 만듦으로써 스스로 고독해지는 사람이다. 어머니는 그런 그를 잘 알고 오랫동안 겪어왔으며, 그런 까닭에 그와 완전히 결별한다. 그것은 아버지의 기행과 (암시적인) 폭력에 대한 어머니의 존중받아야 할 선택이다. 하지만 아들인 완은 어떤가. 완에게는 자신의 아버지가 이방인이다. 그러므로 위의 장면에서 완이 "이방인끼리 자리를 좁혀 앉는 법"에 대해 안다고 진술하는 부분은 더 음미되어도 좋을 듯하다. 관계를 종종 굴절시키거나 파국으로까지 이끄는 것은, 더 사랑받고자 하는 기대와 더 사랑을 주었다고 믿는 헌신 때문이 아니던가. 완은 지금 가장 가까운 거리가 갖는 함정을 환기하며, 아버지의 귀가를 기다린다. 완은 그를 향한 인력으로부터 거리를 두고 있기 때문에, 기행을 목격한 후 결별을 선언하는 대신 그 연원을 살피려 한다. 그리고 그의 말을 빌리면 이방인과 이방인의 만남은 이 장면으로 끝나지 않는데, 「금성녀」에서 그는 '마리'와 조우하게 된다.

5. 시간: 이식의 사유와 고독의 연대

「금성녀」에서 작가는 마리의 시선으로 다음과 같이 적는다. "현과 완규는 그날 처음 만났다. 그런데도 마리는 그들이 함께 있는 장면을 언젠가 봤던 것 같은 느낌이 들었다. 왜 그런지 이유는 알 수 없었다."[4] 이와 같은 문장을 비롯하여, 「금성녀」는 앞서 발표되었던 다른 여러 소설들의 에피소드를 그 속에 중첩시키며 상호텍스트적 읽기를 요구하고 있다. 따라

---

4) 맥락을 아는 독자는 겹쳐 읽기를 자극하는 이와 같은 문장에 미소할 수 있다. 하지만 공평하게 지적하자면, 위의 진술이 다른 듯 닮은 인간 삶의 한 은유로도 읽히는 것처럼, 작가는 의도적으로 소설의 연결점을 부각시키는 동시에 그와는 반대로 선조적으로만 이해하지 말라는 당부도 삽입해놓고 있다. 과거 이력에서 거의 모든 정보가 일치하는 인물인 '완'을 '완규'로 살짝 바꿔놓는 것도 그런 예들 중 하나다.

서 이목을 끄는 대목은 이 연작에 처음 등장한 마리와, 이미 살펴보았던 다른 인물들이 함께하는 장면들이다.

마리 할머니는 새로 길이 뚫려 방향조차 가늠하기 힘들다고 말했다. 할머니가 살던 기와집 동네와 가난한 집들이 모여 있던 골목길은 흔적도 없다는 것이다. 고목은 베어지고 담은 허물어졌으며 길은 사라졌다. 모든 것을 밀어버린 자리에 설치된 유사 도시 속으로 사람들은 다시 자기의 삶을 이식하고 있었다. 현이 이마를 찡그렸다. 할머니, 이제 할머니 고향은 금성에나 가서 찾아야 하나봐요.(「금성녀」, 221쪽)

마리의 언니인 유리는 안락한 말년을 뒤로하고 돌연 죽음을 택했으며, 이제 장지인 J읍에 묻힐 것이다. 완규, 현과 마리가 처음 만나 함께 가는 길은 곧 망자가 "고향으로 돌아가는 여정"에 동참하는 길이며, 과거의 나날들로 돌아가는 길이다. 유리(백합)와 마리(샛별) 자매는 J읍 사람들의 "기억의 랜드마크"였지만, 지금 그녀들을 기억하는 사람은 아무도 없다. 이식의 삶은 낙후된 고장에도 찾아들어, 고향마을의 골목과 담과 나무와 길은 흔적도 없이 사라졌다. 마침 현은 묻는다. "할머니, 이제 할머니 고향은 금성에나 가서 찾아야 하나봐요." 시간의 불가항력 앞에서, 먼 옛날의 이야기들이 간직되어 있는 처소는 오직 마리의 기억뿐이다. 그리하여, 마리의 회상에 바쳐진 소설의 페이지들은 먼 곳으로 사라져가고 있는 별들을 향한 하나의 송가가 된다. 소설의 마지막 문장들은 이와 같이 애틋하다. "그동안 많은 시간이 흘러갔고 숱한 비밀들이 밝혀졌다. 밤하늘의 수많은 별자리는 여전히 아름답고 슬픈 이야기들을 품고 있지만 그중에는 아주 먼 곳에서 이미 사라져버린 별도 있을 것이다."

그리고 이 문장은 『단 하나의 눈송이』의 마지막 문장이기도 하다. '눈송이 연작'의 시작에는 「단 하나의 눈송이」와 「프랑스어 초급과정」이, 그 끝에는 「금성녀」가 놓여 있다. 앞의 두 소설은 모두 2009년 여름 발표되었고, 「금성녀」는 2013년 가을 발표되었다. 작품의 발표순서와 소설집의 배치는 적잖은 생각들을 품게 한다. '눈송이 연작'의 짧지만은 않은 여정은 "지상에 영원히 닿지 못할" 단 하나의 눈송이에서 출발하여(「단 하나의 눈송이」), "밤하늘의 수많은 별자리"와 "이미 사라져버린 별"을 포착하며 마무리된다(「금성녀」). 또는, 신도시의 고통스러운 뿌리내리기에서 시작되어(「프랑스어 초급과정」), 할머니와 손자세대가 동행하는 귀향의 여정으로 마무리된다(「금성녀」).

물론 여기에는 추가적인 이해가 필요하다. 신도시란 어떤 곳인가. 그곳은 은희경에 따르면 '고향 없음'의 메타포이다. 신도시는 조상도 역사도 없는 곳이며, 공공의 문화나 정서적 유대도 자리잡지 않은 곳이다. 다시 말해, 공동체가 보이지 않는 곳이다. 전체의 압력에 대항하여 다양한 긴장들, 갈등들, 저항들을 산출한 1990년대의 대표작가가, 자신의 본적지로 신도시를 호명하는 것은 의미심장한 일이다. 은희경의 개인은 고독한 시간을 거쳐 이제 그 기원을 응시한다. 모두가 이방인인 그곳.

우리가 익히 알고 있는 것처럼, 은희경 소설의 이방인들은 공동체적 기반이 사라진 자리에서 고독하게 성장한 자들이다. 그러나 은희경은 물론이고 김연수, 윤성희 등 90년대의 유산을 물려받은 작가들은 현재에 이르러 유사한 형태의 사회적 상상을 전개해나가고 있다. 그들은 저마다 자기 몫의 고독을 짊어진 낱낱의 개인이라는 관념을 버리지 않으며, 가족·민족·국가 등 더 큰 전체로의 호명을 상당한 거리를 두고 회의한다. 하지만 동시에 그들의 소설이 낯선 세계로의 횡단경험을 통해 발견한 것은 서로가 연결되어 있다는 사실(상호연결성)이며, 그러한 작가적 의식은 공히 소설의 형식적 특질로도 구현되고 있다. "의외의 지점"이라는 소설 속 한 표현에서 암시되고 있듯이, 이와 같은 작업은 먼 거리에서부터 그 접점을 모색해들어가는 방식이기도 하다.

우리는 이 국면에서 한국소설에서 사회적인 것을 둘러싼 두 가지 방향의 흐름이 생산되고 있음을 상기할 필요가 있다. 한쪽 편에서는 계급과 세대를 축으로 한 적대의 감각이 첨예해지고 있으며, 생존의 조건을 묻는 그 흐름은 능동적인 책임을 요구하고 있다. 그리고 다른 한쪽 편에서는, 동질성과 획일성을 의문에 붙이며 '이방인-되기'를 차이에 대한 관용과 대화의 정신에 결부시키고 있다. '눈송이 연작'에서 은희경이 개진한 '뿌리내리기'와 '이식'의 사유를 검토해야 할 지점이 바로 여기다. 물론 그것은 체제가 부과한 압력으로부터 발생하며, 부정적인 적응의 과정 또한 수반하게 된다. 하지만 거기에, 이를테면 횡단적 대화의 가능성 역시 잠재되어 있다는 사실을 부정하기는 어렵다. '뿌리내리기(rooting)'가 지시하는 구체적인 위치는 정체성을 타자와의 관련 아래 성찰하게 하고, '이동하기(shifting)'는 서로 다른 위치의 주체들을 인식시키고 그들 사이의 대화가능성을 열어놓는다.[5] 그것이 「프랑스어 초급과정」 「스페인 도둑」 「T 아일랜드의 여름 잔디밭」 「금성녀」 등에 형성되고 있는 미시적인 차원의 징후들을 주목하는 이유 중 하나다.

다른 모든 눈송이와, 아주 비슷하게 생긴, 단 하나의 눈송이. 시인의 시에서 탄생해 은희경이 다른 생명을 불어넣어준 저 단 하나의 눈송이를 생각한다. 지상에는 영원히 닿지 못할 운명이었던, 단 하나의 눈송이. 눈보라 속 그 눈송이의 자취를 우리는 어두운 눈으로 따라갈 것이다.

(2014)

---

5) 니라 유발-데이비스, 『젠더와 민족─정체성의 정치에서 횡단의 정치로』, 박혜란 옮김, 그린비, 2012.

강의 도리, 민의 싸움
― 성석제 장편소설 『위풍당당』

1. 고수의 귀환

성석제가 돌아왔다. 이렇게 식상한 문장으로 글을 시작하는 것을 용서해주기를 바란다. 저 말만큼 『위풍당당』을 마주한 독자의 감회를 압축적으로 보여주는 말도 없다고 생각해서다. 성석제는 누구인가. 그는 이른바 '내면성'을 중심으로 짜인 90년대 문학판의 예외적인 일탈자이자, 동시에 '억압과 금기로부터의 자유'라는 그 연대의 정신을 웅변하는 핵심 증인이 아니던가. 성석제는 독자가 가장 사랑한 작가들 중 한 사람이어서, 그러한 관심에 걸맞게 그의 소설의 개성은 그간 여러 각도에서 조명되어왔다. 그러나 다양한 관점에도 불구하고 대강의 일치를 이룬 의견이 하나 있으니, 그것은 성석제 소설이 이야기꾼, 그것도 탁월하게 재미있는 이야기꾼의 소산이라는 점이다.[1]

---

1) 예컨대, 서영채는 "과장과 과도함, 비꼼, 풍자, 역설, 반어 등을 밥 먹듯이 구사하는 그의 작품 자체가, 성석제가 재담가이고 이야기꾼이라는 사실을 웅변"하고 있다고 지적하며 (서영채, 「깡패, 웃음, 이야기의 윤리―성석제론」, 『문학의 윤리』, 문학동네, 2005, 221쪽), 신수정은 작가를 "시골깡패와 건달, 바보와 멍청이, 도박꾼과 춤꾼, 술꾼과 탐서가 등 모자

이와 같은 맥락에서 보면, 최근 몇 년간 발표된 성석제 소설에서 웃음이 사위어가고 있는 징후가 비중 있게 거론되었던 사정 또한 짐작이 간다. 『참말로 좋은 날』을 읽으며 황호덕이 "작가는 더이상 웃(기)지 않는다. 우리도 웃지 못한다"[2]라고 하거나, 『지금 행복해』를 읽으며 이경재가 "시적인 따스함이 엷어진 자리를 채운 것은 건조한 산문성"[3]이라고 한 것을 상기해보라. 거기에는 성석제 소설의 애독자들이 예민하게 감지할 수밖에 없는, 2000년대 중반을 전후하여 한 이야기 장인(匠人)이 맞닥뜨렸던 곤혹과 곤경이 기록되어 있다.

그렇다면 성석제 소설에서 재담과 익살이 더이상 도드라질 수 없었던 이유는 무엇일까. 그것은 아마도 우리 사회의 심성의 변화에 대한 이야기꾼의 자각(自覺)과 자성(自省) 때문이 아닐까. 예컨대 "성석제만큼 정확하게 이야기꾼의 본분을 이해하고, 성석제만큼 성실하게 이야기꾼의 의무를 수행하고 있는 작가는 우리 시대에 그리 많지 않다"[4]라는 헌사에서, 이야기꾼의 본분과 의무란 이야기를 자재로이 다루는 기술적인 역량을 뜻하는 것이 아니었다. 공동체의 삶의 조건에 대한 예리한 이해와 더 나은 삶을 향한 희구, 이야기꾼을 이야기꾼이게 하는 것은 바로 그것이지 않던가.

당겨 말하건대, 장편소설 『위풍당당』은 성석제 소설 중에서도 그러한 이야기꾼의 자취와 흔적을 뚜렷하게 실감케 하는 작품이다. 언뜻 보아 성석제가 이 소설을 통해 우리에게 들려주고 있는 이야기는, 한 시골마을에

라고 특이한 인간들의 대변자"로 호명한 후 작가의 소설을 "현대적 해학의 결정판"으로 명명하고 있다(신수정, 「돈키호테와 목가 사이―최근 성석제 소설에 대한 단상」, 『문학동네』 2005년 여름호, 103쪽).

2) 황호덕, 「절단(을 절단)하는 이 사람―말이 말이 아니고, 법이 법이 아니며, 인간이 인간이 아닌」, 『참말로 좋은 날』, 문학동네, 2006, 291쪽.

3) 이경재, 「'정치적인 것'의 복원」, 『지금 행복해』, 창비, 2008, 266쪽.

4) 황종연, 「시장사회의 돈키호테」, 『탕아를 위한 비평』, 문학동네, 2012, 168쪽.

서 빚어진 유쾌한 소동극인 것처럼 다가온다. 그러나 이 이야기의 심층에는 지금 우리 사회가 처한 도덕적 파국에 대한 신랄한 비판과, 부정한 권력에 저항하고 새로운 공동체를 구성하고자 하는 충동이 고스란히 녹아 있다. 이야기 속에 있는 유토피아적 충동만 놓고 볼 때, 근래의 소설계에서 『위풍당당』만큼이나 그러한 충동이 이렇듯 여실히 감지되는 소설이 또 있었나 싶다. 그리고 이 소설에서 그것은, 고개 돌려 외면해버리고 싶은 세속의 고통을 뚫고 나와 해방적인 웃음의 축제 속에서 펼쳐지고 있기도 하다.

『위풍당당』을 '성석제의 귀환'이라 쉽게 이름할 수 있는 것은 페이지 곳곳에서 까르르, 킥킥, 염치불고, 체면불고, 불가항력적으로 터져나오는 웃음 때문이다. 소설 전체의 인상은 독자를 무장해제하게 하는 작가의 입담에 크게 빚지고 있다. 새삼스러운 말이 되겠지만, 작가의 해학은 고수의 경지에 이른 듯하다. 대책 없이 웃음이 터졌던 몇 대목을 고르기 위해 밑줄을 긋다가, 얼마 지나지 않아 그어대는 것을 멈추고 말았다. 가령, 이 소설의 해학사전에서, 인간의 생리현상을 갖고 노는 유머는 몇번째 항목에 위치하게 될까. 또한 "쿠르르르" 하는 여산의 방귀 소리와 "뾰오오오옥" 하는 이령의 방귀 소리가 화음을 이루는 '방귀 협주곡'은 그 항목의 사례들 중 몇번째 순서를 차지하게 될까. 간단하게 말해, 직업정신을 발휘하기에는 너무 많았다.

하지만 그럼에도, 본격적으로 소설을 읽어가기 전에 혹여나 잊고 지나칠까봐 조바심이 났던 점 하나는 적어두고 싶다. 이 소설을 이루는 25개 장(章)의 소제목들을 눈여겨보아주길 바란다. 마침 성석제는 책의 끄트머리에 소제목의 출처를 옮겨두었는데, 그것들 대부분은 잘 알려진 가곡과 서정적인 올드팝들이다. 하지만 가곡, 오페라, 외국민요, 팝송의 아름다운 선율과 가사가 작중의 인물이 처한 상황과 만나면, 웃음(과 눈물)의 강도는 여지없이 증폭된다. '차용과 전유란 이런 것이다'를 체감하게 한다고나 할까. 새미를 찾아 나선 세동의 뒤를 쫓다, 정묵이 "양으로 봐서 세동의 것이 틀림 없"는 똥을 밟는 것으로 시작하는 6장 '나는 무덤 속에 누워서 기다리리 대포와 말발굽 소리가 땅을 울릴 때까지'를 예로 들어 보자. 결국 그 "쉬발새키"가 "똥 누다가" 한 "뭔짓"의 사연이 두 사람 중 한 명의 척탄병의 말로가 된다. 그 불운한 척탄병은 프랑스땅을 밟기를 기원하는 나폴레옹 군대의 척탄병마냥, 보스 정묵의 명을 기다리며 죽음의 공포와 싸우게 되는 것이다.

2. 공포와 카니발

이야기를 계속 이어가보자.『위풍당당』의 서사를 간단히 정리하면, 궁벽진 마을의 사람들이 그 마을을 '접수'하러 간 "전국구 조폭"들과 일전을 벌이는 이야기라고 할 수 있다. 시골마을을 얕보고 의기양양하게 쳐들어간 도시의 조폭들은 예상치 못한 기습에 속수무책으로 농락당하고, 반대로 마음을 모아 위기를 돌파하는 동안 마을사람들의 이해와 애정은 더욱 깊어진다. 방금 일별한 대로 이 소설의 이야기는 어느 정도 관습적인 행로를 밟아가지만, 작가는 능수능란한 이야기꾼답게 서사의 긴장과 이완을 적절히 안배하여 독자를 잘 짜인 이야기판 속으로 이끌고 간다. 예컨대 다음과 같은 장면에서,

마을 북쪽 끝 방앗간과 대장간 사이의 골목에서 도망치던 남자들이 사라져버리는 바람에 앞서 그 뒤를 쫓던 세 조직원의 걸음이 느려지는 새 갑자기 "공격!" 하는 소리가 나면서 그들의 머리 위에 불그죽죽한 물이 씌워졌다. 바가지로 퍼부어지기도 하고 양동이로 덮어씌우다시피 한 것도 있다. 그와 동시에 기침과 재채기와 눈물, 콧물로 골목이 바다를 이루었다. 소희가 직접 가꾼 국내 최고 수준의 신랄함을 자랑하는 고추와 잿물로 만든 폭탄을 맞은 조직원들이 제정신을 잃고 골목을 기어다니게 된 건 당연했다.

뿌린 쪽도 온전하지는 못했다. 눈물을 흘리면서 뿌렸고 다음 장소로 이동하면서도 콧물을 줄줄 흘리며 울먹였던 것이다.[5]

우리를 기습하는 것은 무엇인가. 고추 잿물 폭탄이라는 효과 만점의 천연무기 앞에서, '쇠똥에 자빠진 범'과 같은 설화를 한번쯤 떠올리게 되는 것도 무리는 아니겠다. 심술궂은 호랑이를, 화로에 묻어둔 숯불과, 물통에 풀어놓은 고춧가루와, 행주에 가득 꽂아둔 바늘과, 쇠똥을 깔아놓은 멍석으로 포획한 노파의 지혜는, 몇 세기를 지나 이 마을사람들에게서 다시금 활발하게 가동중이다. 조폭들이 여지없이 당하는 이러한 에피소드들에는 약자들이 꾀와 기지로 강자를 물리치는 민담적 상상력이 바탕에 깔려 있으며, 그러한 상상력이 유발하는 유쾌한 웃음의 중추에는 힘의 위계가 전복되면서 빚어지는 쾌감이 자리하고 있다.

정묵이 그랬고, 양구가 또 그랬거니와, 작중의 조폭들이 자신들의 처지를 쉽게 받아들일 수 없었던 이유는 무엇인가. 그들을 제압한 상대가 주로 노인, 여자, 어린이들로 구성된 시골사람들, 정묵 그 자신의 말을 빌면 "촌동네 병신새끼들"에 불과하기 때문이 아닌가. 사자를 자처했던 자가 누가 토끼고 누가 사자인지 헷갈려 하는 전도(inversion), 그것이 『위풍당당』이 구사하는 해학의 근간을 이룬다. 오, 저 불쌍한 우리의 조폭들은 "텁석부리 여산과 다 늙어빠진 영필"에게도 당하고, 동네 야산으로 얕본 봉래산에도 당하고, 무엇보다 똥물에도 무릎을 꿇고 만다.

아닌 게 아니라, 『위풍당당』에 그려진 조폭 수난기의 첫 자락과 끝자락에는 모두 '똥'이 자리하고 있다. 재동의 똥을 밟는 것으로 황당한 낭패를 맛본 조폭 보스 정묵이 일련의 좌절 끝에 마을을 뜨려다, 닭똥을 먹는 것만이 치료책이라는 말에 욱해 기어이 마지막 한 걸음을 내딛는 것처럼.

---

5) 성석제, 『위풍당당』, 문학동네, 2012, 187쪽. 앞으로 이 책에서 인용할 경우, 본문에 쪽수만 적기로 한다.

우여곡절 끝에 마을에 상륙한 조폭 선발대도 그 점에 있어서라면 마찬가지다. 그들은 준호와 영필의 유인에 꾀어 "10여 년 전 자연지형을 최대한 활용해 만든 대형 화장실" 속으로, 그러니까 "10년 묵은 분뇨" 속으로 처박혀버린다. 마을을 그것도 대낮에, 위풍도 당당하게 활보했던 조폭들의 머리 위에서, 마을사람들이 마치 "신처럼" 그들의 운명에 대해 논하는 장면은 이 소설에서 즐길 수 있는 명장면들 중 하나다. 구덩이 속의 양구가 제아무리 악을 쓰고 욕설을 해도, "바깥에서는 귀를 기울여야 들릴까 말까 한 모기 소리"로밖에 들리지 않는 것, 그것이 힘의 위계가 전복되는 『위풍당당』 속 세계의 한 단면이다.

그렇다면 이쯤에서 똥칠을 한 조폭들의 면면을 그들의 첫 등장의 위용과 견주어보면 어떨까. 벤츠, 아르마니 넥타이, 페라가모 구두, 베르사체 선글라스, 카르티에 시계와 같이 한번쯤 들어봤음직한 이름들은, 바야흐로 조폭사회에도 새로운 패션 키워드로 장착된 모양이다. (시골 별장을 합숙소로 마련한 것이나, 손두부식당을 찾아다니는 등 "자연산"을 찾는 것도 신종 유행의 일종이겠다.) 인터넷 쇼핑몰에서 정묵이 구입한 명품들은, 우리 시대의 속물들이 그러하듯 신분을 포장하고, 연출하고, 과시하기 위한 것, 바꿔 말해 타인들에게 보여주기 위한 것이다. 하지만 그것이 명품이라는 사실을 알아줄 이 없는 마을에서는 상황이 역전된다. 그 무관심한 타자를 대표하는 것은 다름아닌 흙, 나뭇가지, 가시덤불 등 이 마을의 자연이다. 소설에서 정묵의 구두와 양복에 대한 집착과 그것을 버리기까지의 과정은 몇 차례에 걸쳐 묘사된다. 그는 근심을 가득 담아 구두와 양복을 아끼고 보존하려 하지만, 결국 구두를 망치고 양복을 버리고야 마는 것이다.

이와 같이 조폭의 소비패턴이 바뀌었으니, 그들의 슬로건도 바뀌었을 법하지 않은가. 정묵들에게 은연중 연민을 품게 되는 것은, 그들이 시골 사람들에게 당해서만은 아니다. 자리를 보전하기 위해 매 순간 전전긍긍

해야만 하는 지친 '보트피플들의 삶'. "끊임없이 변화해야 산다. 안주하면 도태된다. 고착되는 순간 진다." 신자유주의시대의 경쟁논리는 재벌과 대기업을 경유하여 작중 조폭들의 세계에까지 도달했다. "이제는 관리의 시대이고 사업의 시대이며 경영의 시대"라며 마음을 다지는 정묵의 철학은 그 나름의 형태로 실현된다. 이를테면 이제 정묵의 조직은 '면접'과 '수습', '관찰'과 '평가'를 거친 "키 180센티미터 이상, 전문대 이상의 학력"을 갖춘 젊은이들만이 구성원으로써 수용되는 것이다.

"저 개새끼가."
조직의 건강성을 유지하려면 평균능력에 미달하는 조직원은 도태시키거나 평균에 도달할 때까지 혹독하게 훈련을 시켜야 한다. 훈련을 하는 데는 시간과 비용이 들므로 그럴 만한 가치가 있는지 잘 생각해야 한다. 도태시키기는 쉽다. 조직원 한가운데 던져놓기만 하면 된다. 이지메가 시작된다. 둥지 속에서 좀 모자란 형제를 죽이든가 둥지 바깥으로 떠밀어내버리는 어린 새들처럼 조직에는 강한 자만 살아남는다. 세동은 원래 강한 새끼였지만 지금은 아니다.
"형님, 저 좀 살려주십시오! 형님, 저 버리지 마십시오!"(64쪽)

하지만 어느 정도 세련성을 가미한 듯한 이들의 조직논리가 실은 얼마나 섬뜩한 것인지는 위의 장면만 봐도 금방 확인된다. "조직의 건강성"을 해치는 "평균능력에 미달하는 조직원"을 정묵이 처리하는 방법은 두 가지다. 도태시키거나, 적응시키거나. 순식간에 능력 미달의 범주로 묶이게 된 조직원 세동은 지금 공포에 떨고 있는데, 그가 호소하는 공포야말로 이 조직의 숨은 논리다. 예컨대, "침묵이 금"이라며 정묵이 역정을 자제하고 인내를 갖고자 하는 것도, 그것이 그의 조직원들에게 권력의 공포를 심어주고, 서로의 차이를 각인시키며, 위계를 확인케 하는 가장 손쉬운 방편이기 때문이다.

그렇게 볼 때, 또다른 인물인 재두의 조직 내 위치 변화를 살펴보는 것도 무익한 일만은 아니겠다. 명철, 양구 등이 조직 보스 혹은 그 바로 아랫자리를 노리며 벌이는 신경전은 수컷들의 순위 다툼처럼 그려진다. 그러나 소설 말미에서 그들을 제치고 정묵의 옆자리를 꿰차는 인물은 "인간 돼지"이자, "소모품"쯤으로 취급되었던 재두이다. 물론 재두의 이러한 위치 변화를 이 소설을 관통하는 전복적 상상력의 일부로서 이해할 여지는 있다. 하지만 이 신분 상승은, 정묵이 말하는 "식구"가 실상 전혀 평등하지 않고, 폭력적인 방식으로 힘을 증명하는 자만이 살아남을 수 있다는 사실을 다시금 환기한다.

그러니, 이쯤에서 마을사람들의 이야기로 돌아가보기로 하자. 정묵으로 대표되는 조폭의 조직논리를 '관리' '경영' '경쟁' '공포' '위계' '폭력'과 같은 어휘들로 간단히 살펴보았다. 만약 그렇게 접근한다면, 조폭과 마을사람들의 일전에는 어떤 의미가 함축되어 있는가. 우리가 마을사람들로부터 얻어야 할 지혜와 교훈은 무엇인가. 『위풍당당』은 '위계'를 강요하고, '공포'를 조성하며, '폭력'을 용인하는 '권력'과 어떻게 싸워야 하는지를 유쾌하게 보여주고 있지 않은가. 마을사람들은 우리에게 전한다, '싸우는 것은 이런 것이다'라고.

음악이 더 빠른 곡으로 바뀌었다. 역시 가사는 없었지만 전자오르간의 높은 음이 끼어들어서 변화를 주었다. 춤판이 커졌다. 소희가 잔을 비우고 뛰어들어 두 팔을 앞으로 길게 뻗고 몸을 좌우로 움직이는 춤을 추고 영필은 두 손의 검지를 세워 귀 옆으로 하늘을 찌르다가 과격하게 다리를 찢는 러시아식 춤을 선보였다. 여산이 손짓을 하자 이령이 환성을 지르며 뛰쳐나가고 담뱃갑을 만지작거리고 있던 용석이 에라 모르겠다, 하는 식으로 마당에 뛰어들었다. 또 음악이 바뀌었다. 준호가 제 머리와 몸을 손으로 쳐서 소리를 내고 까마귀 울음소리를 내가며 몸이 움직이는 대로 춤을 추었다. 마지막까지 앉아 있던 새미도 일어섰다.(148쪽)

　　양구가 이끄는 선발대를 생포한 후 마을사람들이 맞는 여름 한낮의 오찬은 라블레적 향연이다. 그들은 공포에 맞서는 해방의 감각을 노래와 춤으로 표현한다. 그 순간만은, 전투가 아니라 놀이를 즐기는 호모루덴스들이다. "그런 난리가 없었다. 난리도 아니었다." 이 춤판에는 스님도 예외가 아니다. 손님도 없으며, 방관자도 없다. 그들은 모두 평등하다. 모든 사람들이 노래와 춤으로 이루어진 흥겨운 축제의 주인, 곧 마을의 주인이 된다. 작가가 마을사람들의 이 작은 카니발을, 정묵 등 조폭들의 시선에서 다시한번 포착한 것은 그래서 흥미롭다. 눈앞에 있다고 예상되는 적들 앞에서 웃으며 축제를 즐기는 것, 그럼으로써 적의 존재 자체를 무의미하게 만드는 것. 조폭들은 도저히 이해할 수 없는 그 춤판에는 지난 몇 년간 우리 사회에서 새롭게 형성된 저항의 문화가 투영되어 있지는 않은가.

　　이와 같은 저항의 정신에 또다른 깊이를 부여하는 것은, 다름 아닌 '똥'이다. 대저 "전국구 꽃미남 조폭의 수준"이란 무엇인가. 명품 브랜드 스포츠 의류를 입고, 얼굴과 신체를 정성껏 관리하는 것이 아니던가. 그러나 조폭들의 세심한 신체 관리는 똥물의 위력에 미치지 못한다. (그 위력에는 조폭들이 '나는 누구인가'를 반성케 하는 심리적 효과까지 수반되어 있으니 일거양득이랄까.) 작가-서술자가 똥폭탄이 투하되는 장면에서 용역깡패들에 대항하는 철거민의 대소변 공격을 환기해준 연유로, 작중의 상황을 부당한 침탈에 대항하는 유구한 민중의 서사의 연속선에서 이해할 여지가 조금 더 넓어졌다. 더군다나 이 "축복의 땅"에서는, 똥이 골칫덩어리 폐기물이 아니다. "천연비료"를 아끼는 여산과 소희의 눈으로 본다면, 인분은 폐기되는 것이 아니라 생산되는 것이고, 또 순환되는 것이다. 강마을의 모든 장소를 화장실로 애용하기도 했던 여산의 화장실 설계가 보여주는 철학은 자연에 폐기물은 존재하지 않는다는 사실이다. 그리고 그러한 철학은, 모든 버려진 존재들의 공동체인 이 마을의 내력이 증언하고 있기도 하다.

3. 가짜 아버지, 그 나쁜 이름

저 조폭들의 면면은 낭만적 건달의 시대가 완전히 저물었음을 말해주거니와, 세월의 흐름에 따라 변한 것은 건달과 같이 시대가 사랑한 탕아들뿐만은 아닐 터이다. 지천벽 아래 용소의 전설을 이제 아이들도 믿지 않는다는 도입부의 진술은 암시적이다. 일견 허무맹랑해 보여도 소설에 구축된 세계는 장풍을 날리고 권법 하나쯤은 할 수 있으리라 기대되었던 스님이 '국군도수체조'로 응답하는 곳이다.

작가는 마을사람들의 내력을 한 사람씩 차곡차곡 소개해나간다. 가령 3장에서는 스님이, 4장에서는 소희가, 5장에서는 영필이, 8장에서는 이령이, 그 장의 어엿한 중심인물로 부상한다. 소설이 캐릭터의 잔치가 될 것이라는 점은 1장에서부터 짐작된다. 도입부에 제시된 박영필과 김여산의 기묘한 행색과 행동들을 보라. 끓는 듯한 한여름에 삿갓을 쓰고 "스바니 뻬르 셈브레 일 쏘뇨 미오 다모레!"를 열창하는 노인도, 잠수복, 물안경, 살림망, 오리발, 플래시를 구비한 요란한 행색으로 헤엄을 치는 말더듬이 사내도 어딘가 심상치 않다. 다행히도 작가-서술자는 우리가 이들의 행동에서 주목해야 될 점을 다음과 같이 꼬집어주고 있다. 간단히 말해 "아침부터 그들이 한 모든 일이 불법"이다. 영필은 "음주가무, 고성방가를 금"하는 팻말에 아랑곳하지 않고 노래를 하며, 여산 역시 "관청하고는 담을 쌓고 살 수밖에 없는 처지"다. 법의 형식적 준수 여부로만 따지자면, 영필과 여산은 물론이고 마을사람들도 조폭에 못지않은 일탈자들이다. 오히려 조폭들이 자신의 조직을 건사하기 위해 경매, 건설, 부동산, 용역, 사채 등 짐짓 합법의 테두리로 진입하려 애쓰는 반면에, 여산들은 외부에 의해 강제된 법이 아니라 그들 스스로가 합의하여 만들어낸 삶의 원칙들을 수호하고자 애쓴다. 그 모든 행동들은 그들에게는 이익이나 필요, 의무에 의해서가 아니라 "좋아서 하는 일"이다.

하지만 그럼에도 이 소설의 '위법'과 관련해 좀더 짚어두어야 할 것들이 있다. 소설의 어느 대목에서 영필은 마을사람들을 일컬어 다음과 같이 말한다. "경찰한테 갈 처지도 아닌 건 피차 마찬가지다만도." 영필의 고성방가와 여산의 수렵쯤은 읽는 이의 마음을 불편하게 하지는 않는다. 하지만 영필을 비롯한 마을사람들의 과거내력 앞에서는 태연하기 힘들다. 영필의 말을 빌리면, 이 마을사람들은 "제1회 박영필 컵 쟁탈 과거를 묻지 마세요 세계선수권대회"에 나갈 법한 사람들이며, 어딘가 '살아오면서 험한 꼴을 당했을 것 같은 사람'들이기 때문이다. 마을사람들에게는 서로에게 터놓건, 그렇지 않건 어떤 비밀이 있다.

인생의 하향곡선으로 치자면, 영필의 경사가 가장 가파르다고 해야 할지 모르겠다. 부잣집 적장자로 태어난 그의 유년기가 얼마나 화려했는지는, 노인이 된 그가 아직도 배고픔의 감각이 신기하다는 대목에서 인상적으로 유추된다. 그러나 부모와 조부모가 연달아 죽은 후 그의 인생은 "퇴역 상이군인의 행색"으로 추락해버렸고, 그의 삶에 옹이져 있던 분노는 간신히 가정을 꾸린 뒤 뒤늦게 폭발한다. 소설에 서술된 영필의 인생 편력을 애잔하게 바라볼 수는 있다. 하지만 그의 이력에서 시선을 한동안 멈추게 하는 또다른 존재는, 50대 중반에 홀로 죽어야 했던 그의 아내, 그 시신이 "아무도 없는 집에서 일주일가량 방치"되었던 아내다. 아내의 죽음은 영필의 삶에 중요한 변화의 계기가 되었거니와, 자기 삶의 고통에 들려 정신병원과 감옥을 오가는 동안 그는 무책임한 가장이지 않았을까.

"너 뭐야, 벙어리 새꺄. 자빠져 자지 않고. 꺼져, 멍청한 바보 병신 새끼."

준호는 남자를 노려보았다. 어둠 속에서, 어둠 속에서.

"에이 재수 없는 것들. 한똥통의 구더기 같은 것들."

남자는 대문에 달린 쪽문을 열고는 밖으로 나가버렸다. 준호는 누나의 방문을 열었다. 누나는 울고 있었다. 게임 머니가 충전된 컴퓨터 화면만 빛났다. 어둠 속에서, 어둠 속에서.

"그 자식 죽여버려."(162~163쪽)

이렇게 짐작해보는 연유는 다른 데 있지 않다. 소설의 다른 인물들, 소희, 이령, 새미, 준호 등의 과거를 떠올려볼 때, 가족의 붕괴와 연루된 소위 '나쁜 아버지'는 소설의 주제선의 한 축을 형성하고 있기 때문이다. 예컨대 소희는 남편이 죽고 나서야 자신이 "남편 인생의 조화"에 불과했음을 깨닫고 고독과 분노 속에서 집을 불태우는데, 그것이 "현조건물방화"의 혐의로 쫓기게 된 연유다. 그뿐인가. 이령과 새미에게 남편과 양부라는 자들이 저지르는 만행들은 차마 입에 담을 수 없을 정도여서, 새미 남매는 새미를 추행하는 자를 피해 (아마도 그를 응징하고) 도망쳐나왔으며, 이령은 딸 분희를 칼로 살해하기까지 한 자를 더이상 피할 길이 없어 스스로 몸을 던진다.

이들이 마을 바깥에서 경험했던 가족, 보다 간단히 말해 아버지/남편은 정서적인 유대감을 주기는커녕 그들을 송두리째 파괴하려 한다. 불을 지르거나, 비명을 토하거나, 게임에 중독되거나, 가출을 하거나, 누군가를 죽이려 하거나, 아니면 스스로 죽는 행위들은 이들이 자신의 실존을 지키기 위해 해야만 하는 최소한의 것들이다. 그럼에도 읽기에 따라서는, 이들의 사연이 소설의 다른 부분들이 희극적으로 과장된 것처럼 마치 비극적으로 과장된, 다시 말해 통속적인 스토리로 다가올지도 모르겠다. 하지만 가족이 파탄에 이르렀고, 그 파탄의 주요한 원인으로 가장이 지목되며, 그로 인해 가족 안의 가장 약한 구성원들에게 씻을 수 없는 상흔이 남왔다는 사실, 나아가 그 구성원들이 그들을 옭아맨 사슬로부터 자살적인 탈주를 감행한다는 사실은 외면하기 힘든 사회심리적 상징이 될 수 있다.

그러므로 "운명은 나를 선택했지만 나는 운명을 선택하지 않았다. 그래서 나는 운명이 정한 길을 따르지 않을 것이다"라고 적으며 아버지를 찾아나서는 새미 남매의 이야기는 주목될 필요가 있다. 프로이트에게서 움텄으며 린 헌트에 의해 발전적으로 계승된 '가족 로망스'의 프리즘으로 본다면,[6] 이 소설의 가족 이야기(새미 남매의 아버지 찾기) 속에서 새로운 정치체를 향한 상상과 열망을 발견하는 것도 그리 무리가 아니다.

헌트가 그러했듯이, 소설 속의 가족을 문자 그대로의 가족에 그치지 않고 권력관계의 상상적인 구조로서의 가족으로 넓혀 사유한다면 어떨까. 애초에 소희, 이령, 새미들이 각각의 가족으로 묶였을 때, 그 구심점에는 사랑이 있지 않았다. 무관심과 몰이해, 그리고 폭력이 그들이 경험한 가장의 권력에 한결 더 어울리는 수식어일 터이다. 『위풍당당』이 우리 시대의 알레고리가 될 수 있다면, 그것은 무엇보다 무능하고, 무책임하며, 포악하기까지 한 옛 아버지의 질서가, 새로운 가족의 그것으로 재편되고 있기 때문이다.

4. 가족, 그리고 생명

물론 마을사람들이 서로를 가족으로 받아들이는 데 아무런 진통이 없지는 않았다. 이 모든 이야기가 새미가 자신을 노리는 조폭들을 피하려다 그중 한 사람에게 상해를 입힌 것으로 시작되었던바, 그 첫번째 고비는 다음과 같은 의문의 형태로 제기되었다. 새미 남매를 은근히 비난한 후에 영필은 "그애들도 생각이 있으면 알아서 조용히 떠나줄 수도 있잖나"라며 여산을 설득하려 한다.

---

6) 린 헌트, 『프랑스 혁명의 가족 로망스』, 조한욱 옮김, 새물결, 1999 참조.

"그애들도 생각이 있으면 알아서 조용히 떠나줄 수도 있잖나. 뭐 이런 거지. 조용해진 뒤에 와도 되고. 그런데 그애들이 여기 있다가 전체가 피해를 입으면 나중에 돌아오고 싶어도 못 돌아와. 그애들이 지금처럼 몸이 성할 거라는 보장도 없고. 누이 좋고 매부 좋은 거라고."

영필은 자신이 이제까지 몇 사람의 친인척을 설득했는지 생각해본다. 당신들이 훔쳐간 땅의 십분의 일만 돌려주면 괴롭히지 않겠다. 당신들은 그 십분의 일이 없더라도 살아가는 데 전혀 지장이 없다. 그 십분의 일을 줌으로써 양심의 가책에서 벗어나고 법적으로도 완벽해진다. 누이 좋고 매부 좋다. 당신은 진짜 매부 아니냐. 그때도 이렇게 열심이었는가. 아니다. 생각을 하느라 잠시 영필의 말이 끊기자 여산은 팔짱을 끼며 강마을을 향해 돌아선다. 오랜만에 그의 입에서 심각한 말이 흘러나온다.

"가족이 뭐냐요, 아자씨?"(75~76쪽)

흡사 합리적인 해결책처럼 보이는 영필의 논리는 우리에게 친숙한 것이고, 정묵이 폭력적으로 관철하려 하는 것이기도 하다. 전체에서 가장 약한 고리를 솎아내고 그들을 '배제된 자'로 만듦으로써 전체의 안위를 구하는 방식, 그리고 그것이 오히려 약자들을 대변하는 것이라 호도하는 방식. 작가는 6장을 위와 같은 여산의 반문으로 닫은 후 이어지는 7장을 "김양구, 너 식구가 뭔지 아나?"라는 정묵의 질문으로 열고 있다.

여산과 정묵, 그들은 모두 가족과 식구를 말한다. 공통점이 없지는 않겠다. 마을도, 조직도, 바깥세계에서 제외된 자들이 모여 일구어낸 집합체니까. 하지만 기강과 충성심을 강조하는 정묵의 속내를 들여다보면 어떤가. 정묵은 어린 민수를 폭행한 양구를 식구의 도리를 모른다며 꾸짖는다. 하지만 바로 그다음 정묵은 양구, 경준, 재두, 세동, 명철 등 그 자신이 식구라 일컬은 이들의 장점과 약점을 따져보는데, 그러한 사고가 가능한 것은 그가 그의 식구들을 이익과 용도에 따라 분별하고 있기 때문이다. 정묵에게 누군가는 "조직생활의 건강성"을 위해서, 누군가는 "누가 봐도 겁을 먹을 덩치"가 필요해서, 누군가는 "적당한 싸움능력" 때문에 필요한 사람들일 따름이다. 그렇다면 그 쓸모를 증명하기 위한 경쟁에서 도태된 자는 과연 어떻게 되겠는가.

조폭의 보스가 정묵인 것처럼, 여산 역시 소설에서는 "강마을 인간둥지의 수컷 가장"으로, 또 "모든 것을 결정하고 주재할 수 있는 사람"으로 규정된다. 그는 스님이 만든 가짜 길에 속지 않고 강으로부터 종소리를 역추적해낸 마을의 기원이며, 삶의 마지막을 생각하며 강가에 이른 자들을 인도한 마을의 산파다. 마을의 기원이며 산파인 그는 어떤 존재인가. 일단 한눈에 들어오는 여산의 개성은 바로 그의 먹성이다. 그가 야생의 동식물을 마다하지 않는, 지칠 줄 모르는 먹성의 소유자라는 사실은 반복적으로 강조된다. 여산의 몸은 자신이 좋아하는 돼지고기는 물론이고, 산토끼, 가재, 개구리, 고사리, 머루, 두릅까지 수륙의 산물 모두를 가리지 않는다. 토종 땅벌의 벌집, 애벌레볶음, 뱀닭도 그는 불사한다.

그런 그가 "100프로 자연산 장어"를 찾아다니는 정묵들과 무엇이 다른가. 여산이 음식을 먹는 행위는 그가 바로 자연의 일부라는 증거다. '내가 먹는 것이 바로 나'라면, 여산이 곧 자연이다. 또한 많은 경우 여산의 먹는 행위는 그 자신의 노동과 결부되어 있다. 『위풍당당』에서 여산을 비롯한 마을사람들이 먹는 장면들은, 한낮의 오찬이 그러했듯이 은연중 바흐친의 라블레론을 떠올리게 한다. 바흐친은 라블레의 작품에 나타난 먹는 행위(특히 같이 먹는 행위)에서 성장과 재탄생을 읽어내며, 이를 유토피아적 풍요와 연관시킨다.[7] 바흐친에 따르면, 세상과 인간은 먹는 행위를 통해 소통한다. 세상의 일부를 죽여 자신의 몸에서 다시 탄생케 하는 그 행위는, 인간의 본능과 생산력에 대한 유쾌한 찬양이자 세계와 맞서 싸울

7) 미하일 바흐친, 『프랑수아 라블레의 작품과 중세 및 르네상스의 민중문화』, 이덕형 · 최건영 옮김, 아카넷, 2001 참조.

수 있다는 의지의 표방이다.

강에서 주로 먹을 것을 얻는 여산은 줄기차게 먹되, "씨를 말리는 법"이 없다. 또한 그에게 먹기란, 혼자 먹기가 아니라 나눠 먹기다. 가령, 그가 스님에게 한 첫마디는 밥을 나누고자 건넨 말이 아니던가. 다시 말해 마을 사람들의 먹는 행위에서 포착되는 생명에 대한 찬미는, 그 어떤 사람도 고귀한 생명으로서 수용하는 민중적 도덕과 불가분의 관계를 맺고 있다. 그리고 바로 그것이 여산이 생각하는 가족의 출발점이자 도달점이다. 삶의 막다른 골목에 선 소희가 "나도 여기서 살아도 되겠소"라고 물을 때 그저 웃어 보이는 것, 목숨을 버리려 한 이령이 깨어났을 때 "이제 됐군"이라고 무심히 말하는 것, 그리고 보듬어주는 것, 그것이 그가 생각하는 가족이다. 특히 준호와 여산이 나누는 교감이 공들여 묘사되고 있거니와, 두 사람의 관계에서도 중요한 것은 군림하고 제압하는 '부권'이 아니라 인정하고 보살피는 '부성'이다.

물론 소설에서 작가는 '나쁜 아버지'에 대항하여 '아버지'라는 질문 자체를 타파하려 하지는 않는다. "와부지 와부지 와부지!"라는 준호의 애타는 외침을 향한 필사의 응답이 없었다면, 마을은 절멸의 운명을 맞았을지도 모른다. 그러나 소설이 제시하고 있는 부성이, 그것을 보완하고 제어하는 모성과 나란히 하고 있다는 점을 아울러 기억해두려 한다. 마을 사람들을 감화시키는 언변이 소희에게 집중적으로 할애되어 있는 것은 우연이 아니다. 그녀는 "피로 섞이지 않았어도 우리는 서로를 가족으로 선택했다"며 새미와 준호를 포옹한다. 그리고 정묵이 들이닥치기 직전, 마을을 떠나 피신하자는 제의에는 아래와 같이 호소한다.

"난 그렇게 할 수 없어요. 여기 척박한 곳을 일궈서 밭 만드느라고 얼마나 고생한 줄 아세요? 거름 얻으려고 물고기 뼈, 내장 하나 안 버리고, 똥 오줌 다 받고 아궁이의 재 다 긁어서 밭에 수도 없이 가져다 부었어요. 산에서 부엽토 긁어다가 수천 번 뿌렸어요. 내가 고생했다고 자랑하는 거 아니네요. 그렇게 하면서 나는 여기서 살고 있는 나무와 풀, 꽃하고 숲하고 영혼이 연결되었어요. 얘들이 떠나지 못하는데 내가 어떻게 떠날 수 있어요. 얘들이 죽으면 나도 죽는 거예요. 내가 여기를 떠나서 어디로 가봤자 죽은 껍데기뿐이에요."(174쪽)

마을의 어머니인 소희에게 가족을 하나로 묶는 힘은 혈연이 아니라 "버림받고 무시당하고 상처입은 사람들"이라는 사실에서 온다. 그리고 그녀를 비롯한 마을사람들 서로간의 돌봄은 "집착이나 의무, 조건에 따르는 것이 아닌 자발적인 것"으로 형상화된다. 나아가 그녀에게 더불어 살아가야 할 가족은 인간에 국한되지 않는다. 소희에게는 "상처입고 병들고 시들어가는 생명을 되살려내는 남다른 능력"이, "불후의 폐허"였던 공간을 보살펴 활기를 찾게 하려는 의지가 그 자신 속에 육화되어 있다. 그러한 보살핌이 소희에게는 자신이 살아 있다는 증거이자, 그 자신을 살게 하는 원동력이다. 소희는 설령 마을사람들 모두가 함께 떠날 수 있다 해도, 자신의 영혼이나 다름없는 마을에서 떠나기를 거부한다. "나무와 풀, 꽃과 숲"이 죽으면 "나도 죽는 거예요"라는 그녀의 말은 진실이리라.

소희의 신념에 마을사람들이 공감함으로써, 최후의 일전이 시작된다. 그러나 그 싸움은 비단 마을사람들만의 싸움도, 또 조폭들과의 싸움만도 아니다. 작가는 이 싸움을 우리가 다른 각도에서 바라보기를, 또다른 싸움의 전주곡으로 상상하기를 권하고 있다.

5. 강의 법도

도시에서 나고 자란 젊은이들이 대부분인 조폭들에게, 자연은 그 자체로 불가해한 대상이다. "이렇게 알 수 없는 게 많았던 적은 없었다." 그들의 반응을 종합하는 말은 '짜증'이며, 궁벽한 시골에서 찌는 듯한 더위에

물도 없이 할 일은 "미치고 환장할 일"이다. 이런 면면의 조폭과 맞서기 위해 마을사람들이 활용하는 모든 덫들은 대부분 자연물인데, 때로는 자연 스스로가 마을을 침해하는 자들과 맞서기도 한다. 가령, 새미와 준호가 곤경에 처했을 때, 그들 대신 세동과 싸운 "누군가"는 사람이 아니라 야생 딸기덤불이다. 조폭들은 굶주려 "참새만해진 모기"들의 공격을 받고, "집단지성"으로 산불의 기억이 떠오른 "말벌의 정예전투원"에게 속수무책 당하기도 한다.

조폭들과 마을사람들의 싸움이 본격적인 궤도에 오르면서 작가는 자연의 움직임을 여러 장의 서두에 세심하게 배치해놓았다. 9장을 여는 것은 참매의 이야기이고, 10장은 물총새, 15장은 장어, 18장은 딱따구리의 생리가 앞서 서술되며, 작가-서술자는 그 동물들로 하여금 인간들의 수상쩍은 움직임을 포착하게 한다. 예컨대 마을의 메신저인 용석이 마을사람들에게 조폭들이 별장에 집합했다는 사실을 알려주는 9장의 도입부에서는 참매가 꿩 사냥을 하는 장면이 제시된다. 그뿐인가. 10장에서 어미 물총새가 새끼를 보호하기 위해 경고음을 내는 것은, 조폭들이 탄 배가 마을에 다가왔기 때문이다. 무엇보다 단적으로 작가는 이렇게 전하고 있다. "생명을 가진 존재들은 안다. 정적 속에 긴장이 숨겨져 있다는 것을." 이와 같은 여러 장의 서두는 이 마을의 주인이 마을사람들뿐 아니라 마을의 자연이기도 하다는 사실을 묵시하고 있다.

그러므로 이제 이 소설 전체의 서두에, '강'이라는 단 한 단어가 놓여 있었다는 사실을 기억해야 한다. 소설은 '강'이라는 단어로 시작하여, "강이다"라는 둔중한 여운을 남기는 한 문장으로 끝이 난다. 작가는 『위풍당당』을 우리 시대 강의 이야기로 읽히게 해두었다.

마을로 밀고 들어오고 있는 저 위풍당당한 기계군단의 모습으로부터 떠올리게 되는 것은 과연 무엇인가.

군대처럼 밀고 들어온다. 마을이 생긴 이래, 강이 생긴 이래 이토록 많은 내연기관이 한꺼번에 진주한 적이 없었다. 무엇이든 아랑곳하지 않고 밀고 들어온다. 새들이 울부짖고 곤충들은 달아난다. 뱀과 개구리와 두꺼비와 맹꽁이, 너구리, 토끼, 꿩, 살쾡이, 산고양이, 고라니가 숨을 죽이고 그 무지막지한 행렬이 무엇을 할 것인지 겁에 질려 지켜보고 있다. 군대는 아랑곳하지 않는다.

아무것도 모르고 그 무엇도 알 필요가 없다는 거대한 기계괴물집단이 한 덩어리가 되어 밀고 들어온다. 일부러 그러는지 시험적으로 그러는지 일부 기계의 팔은 나무와 바위를 내리치며 가지를 찢고 균열을 낸다. 파괴와 죽음을 상징하는 날카로운 소리가 정적을 깨뜨리고 공기를 휘젓고 아비규환의 지옥을 예고한다. 생명이 있는 것이라면, 생명을 닮은 것이라면 무엇이든 멸절시킬 준비가 되어 있는 죽음의 군대다.(210~211쪽)

영필, 소희, 이령, 새미, 준호와 같이, 가족들이 준 상처로 마음이 병들고 영혼이 죽어가야 했던 사람들이 없지 않을 것이다. 아니, 많을 것이다. 하지만 작가는 소설 속 마을사람들을 통하여, 우리가 서로를 치유할 수 있다고, 그런 능력이 우리에게 있다고 넌지시 전한다. 물론 우리는 여산도 아니고, 소희도 아니다. 자연과 벗하며 살아가는 일 또한 크게 경험해보지 못했다. (우리와 더 닮은 사람들은 어리석은 조폭들이 아닌가!) 하지만 그 치유의 능력은 어쩌면 가져보지 못한 것이 아니라, 이미 주어져 있는데 망각한 것인지도, 또 가지기도 전에 빼앗긴 것인지도 모른다. 생명을 멸절시키는 저 죽음의 군대는, 강보다 서로의 마음속에 먼저 진주했을지도 모른다. 아니, 우리가 바로 저 기계군단이다.

"더 떠? 한판 더?"
정묵은 눈살을 찌푸리다가 아이구, 신음을 낸다. 급하다. 세상 그 무엇보다도 급한 일이 있다.

"일단 오늘은 여기서 끝내자."

"나는 또 싸운다. 급하다."

여산은 튀어나온 배를 돌리고 겨드랑이 털이 삐죽삐죽한 팔을 들어 맹목적으로 돌진해오는 수백 대의 기계부대를 가리킨다.

"저것들하고 까대기 한판. 저 숭악하고 못생기고 개돼지만도 못한 불한당 똘아이 쫄따구 빙신 쪼다 늑대 호랑말코 들하고."(221쪽)

마을 가장 여산이 조폭 보스 정묵과 싸우는 소설의 클라이맥스는 기계군단의 등장과 함께한다. 그리고 지금, 두 사람 다, 급하다. 정묵은 정말로 급하겠다. 자신의 "신체기관"의 안부를 확인하는 일보다 급한 일은 그에게 없다. 그러나 정묵의 최후는 (그에게는 대단히 미안한 노릇이지만) 흥미롭기도 하다. "월경"중이던 새미를 노리던 그의 마지막 순간은, 그의 "물건"에 대한 한량없는 걱정으로 매듭지어진다. 그러니 이 소설은 결국 견고해 보이는 것이 흐르는 것에 굴복하는 이야기가 아닌가. "거대한 기계괴물"이 "강의 법도"에 굴복하는 것. 하지만 무작정 기다릴 수는 없다. 소설이 우리에게 되새기게 한 교훈 중 하나는 자연은 그것을 해하려하는 자를 스스로 공격한다는 것이었으니, 그때 그 복수의 넓이와 깊이는 인간이 상상할 수도, 감당할 수도, 또 돌이킬 수도 없으리라. 그러니, 급하다. "저 숭악하고 못생기고 개돼지만도 못한 불한당 똘아이 쫄따구 빙신 쪼다 늑대 호랑말코 들"을 향하여 저들보다 더 위풍당당하게 돈키호테처럼 돌격하는 일. 그것보다 급한 일은 여산에게는 없다. 용소의 검푸른 물이, 천리 길 강이 만들어낸 승경이, 강 속의 메기와 빠가사리와 누치가, 여산이 좋아하는 가재와 개구리가, 소희가 정성들여 키운 모든 식물이, 다음 세대인 새미와 준호의 평화로운 벗들일 수 있기를. 그러나 그러기 위해서는 먼저, 나쁜 아비들의 친애하는 벗인 불도저, 포클레인, 덤프트럭과 싸워야만 한다.

　그런데 어쩐다, 정묵들이 떠난 후 마을사람들은 정답게 도란도란 이야기를 나누며 마을 안으로 들어가버렸다. 마을사람들이 사라진 자리에는, 곧 밤이 올 것이라는 여운만이 강과 함께 남았다. 곧 밤이 올 것인가. 마을사람들의 후일은, 강의 앞날은 어떻게 될 것인가. 그러니 『위풍당당』의 마지막 페이지들은, 그리고 마을사람들은, 다음과 같이 우리에게 말하고 있는 것만 같다. 이 이야기의 속편은, 너희가 너희의 강에서 완성해야 한다고.

(2012)

유기에 맞서서
— 윤성희와 강영숙의 소설

1. 빈곤은 영혼을 잠식한다

해가 바뀌어도 상황은 나아질 기미를 보이지 않는다. 연말과 정초를 장식하는 신문기사들은 우리를 더욱더 우울하게 만든다. 한 월세방 장롱에서 숨진 채 발견된 네 살배기 아이는 발견될 당시 겨우 5킬로그램의 체중이었다. 막노동하는 아이의 아버지는 아이의 안부를 묻는 이웃들에게 장롱문을 열어 보이며 아이가 "이미 죽었다"고 말했다 한다. 오늘도 텔레비전 뉴스는 몸도 못 가누는 아이를 죽인 아비와 영아를 방기한 어미, 돈을 받고 신생아를 납치하고 그 생모를 죽인 심부름센터 직원을 연이어 보도한다. 생존 자체가 의문시되는 상황에서 도덕은 어불성설이다. 가난은 더이상 아름답지 않고, 불황은 인간 심리를 근본적으로 변화시키기에 이르렀다. 이것은 소설이 아니다. 우리와 이웃이 살아가고 있는 현실이다.

『일요일 스키야키 식당』(문학과지성사, 2003)에서 배수아는 영혼을 잠식하는 빈곤에 대한 간략한 보고서를 남긴 바 있다. 거의 작가의 말로 등치시켜도 무리가 없는 "예비적 서문—슬픈 빈곤의 사회"라는 글에서 글의 필자 성도는 "원래 처음 내 생각은 사람들의 초상화, 인간의 백서"라고 쓰고 있거니와, 배수아가 생각하는 빈곤이란 경제적인 곤란을 일컫는데 국한되어 있지는 않다. 다양한 계층의 사람들을 관찰대상으로 삼는 이 소설에서, 빈곤은 후기자본주의를 살아가는 누구에게나 발견되는 근원적 결핍감의 다른 말이다. 빈곤을 넓은 외연 속에서 사유하는 이 소설의 접근법이 다소 추상적으로 느껴진다면 다른 소설은 어떨까. 같은 해에 발표된 「입김」에서 천운영은 가족에게 막대한 채무를 떠넘기고 도피 중인 주인물을 등장시킨다. 분양도 안 되는 건물의 관리인으로 겨우 연명하다 그마저 쫓겨날 위기에 처한 주인물, 월급의 반을 차압당하고 낫을 품고 사는 남자, 신원보증으로 빚더미에 오른 사람들의 집회현장을 비추고 있는 뉴스, 「입김」의 서사는 이렇게 우울한 시대의 공기를 스케치하며 나아간다.

그런데 이 소설의 주인물은 "식충식물의 수액에서 허우적거리는 늙은 벌레에 불과"한 것으로 비유되고 있는바, 이는 1990년대 초입 '벌레의 귀환'이 문학적 전환의 한 징후로 주목되었던 것과 대조를 이루며 하나의 시사점을 제공해준다. 예컨대 신수정은 김영현 소설의 '벌레'로부터 이상과 당위에 헌신하던 1980년대의 이성적 주체가 자신의 욕망에 충실한 1990년대의 육체적 존재로 자리바꿈하는 시대적 전환을 읽어낸다.[1] 그러나 2000년대 천운영 소설에서, 벌레의 비유는 이성이 억압한 욕망의 눈뜸과는 아무런 관계가 없다. 인간은 최소한의 인간적 본능조차도 허락받지 못하기에 스스로 벌레로 퇴행한다. 인간은 벌레다. 이성의 감옥에서 욕망의 들판으로 나온 벌레가 아니라, 무한 증식하는 자본에 온 자양분을 빼앗기고 그 수액에서 허우적거려야 하는 벌레다.

2000년대 중반 한국소설이 맞이한 변화도 이러한 시대적 분위기와 무관하지 않아 보인다. 2004년 나란히 출간된 윤성희와 강영숙의 새로운

---

1) 신수정, 「푸줏간에 걸린 고기—신인의 탄생」, 『푸줏간에 걸린 고기』, 문학동네, 2003.

소설집이 공유하고 있는 공통점 중 하나는 빈곤의 문제다. 윤성희 소설의 인물들은 또래들이 흔히 그러하듯이 영화나 음악에 탐닉하지도 않고, 90년대 초반 학번이 그러하듯이 이념이 사라진 곳에서 시작한 대학생활을 회고하지도 않는다. 대신 그들은 끊임없이 아르바이트를 찾아 자신의 생계를 책임지고 그 가족의 생계까지 짊어져야 한다. 강영숙의 인물들은 또 어떤가? 아내들이 남편과 분쟁하는 결정적인 사유는 남편의 무관심과 몰이해가 아니라 "돈문제"(「씨티투어버스」) 때문이며, 새로운 사랑을 찾아 집을 나서지 않는 이유는 당장 먹고사는 문제가 더 시급하기 때문이다. 무엇보다 중요한 것이 생존이라는 사실을 두 작가는 누구보다도 잘 알고 있다.[2]

2. 고독을 넘어 연대로, 연대를 넘어 타자로: 윤성희의 경우
동화는 세계를 학습게 한다

고단한 삶을 짊어진 한 남자가 있다. 그는 성냥을 꺼내 불을 피운다. 조금씩 추워지기 시작하지만, 남자에게는 성냥이 이제 한 개비밖에 남아 있지 않다. 윤성희 소설의 한 장면은 성냥의 불빛에서 따스한 환영을 읽었던 동화 속 소녀의 이야기와 포개진다. 가족사진도, 영화포스터도, 전화요금 고지서도, 남자의 손길이 닿으면 그 안에 감춰져 있던 사연들을 풀어놓고 재가 되어 먼 곳으로 퍼져나간다. 윤성희의 두번째 소설집인 『거기, 당신?』에 상재된 여러 단편들은 이처럼 동화적이라 불러도 좋을 설정들을 공유하고 있다. 소설 속 인물들은 사진 속 영상을 살아 움직이게 하

---

2) 이 글에서 참조하고 있는 소설들은 다음과 같다. 윤성희, 『레고로 만든 집』, 민음사, 2001; 윤성희, 『거기, 당신?』, 문학동네, 2004; 윤성희, 「안녕! 물고기 자리」, 『문학동네』 2004년 가을호; 강영숙, 『날마다 축제』, 창비, 2004; 강영숙, 「자이언트의 시대」, 『문학동네』 2004년 여름호; 강영숙, 「갈색 눈물방울」, 『문학과사회』 2004년 겨울호. 이 글에서 분석이 집중적으로 할애된 소설들은 2004년에 발간된 소설집에 수록된 소설들이다.

고, 물건들의 대화를 엿듣는가 하면, 어머니 배 속에 있던 시절을 기억하기도 하고, 어두운 그림자를 업고 다니는 사람들을 보기도 하며, 반대로 자신의 그림자가 없다는 사실을 발견하기도 한다.

자그마한 마법이 곳곳에 숨겨져 있는 윤성희 소설은 그리하여 한 편의 동화를 읽은 것 같은 여운을 남기지만, 정말로 작가의 소설이 동화와 닮아지는 순간은 '알고 보면 무시무시한' 그 순간부터다. 동화의 세계가 어른의 세계와 구별되는, 혹은 그로부터 보호되어야 하는 일종의 순수를 내포할 것이라는 추측은 어른의 환상일 뿐인지도 모른다. 두 다리를 얻는 대신 목소리를 내어주고 물거품으로 사라진 인어공주나 춤을 멈추지 않는 다리 때문에 발목을 잘라야 했던 분홍신의 소녀는 물론이거니와, 동화의 숨겨진 본질은 주체를 둘러싼 세계의 비정함이다. 바로 그런 의미에서, 동화는 아이에게 세계를 학습게 한다.

왕년의 어린이 암산왕이 한때 경험했던 마법과, 마법이 사라진 이후 그가 대면해야 할 세계란 예컨대 이런 모습을 하고 있다. 「어린이 암산왕」의 주인물은 어린 시절 암산시험을 앞두고 "세수를 하다가 머릿속에 불이 반짝하고 켜지"는 마법과 같은 일을 경험한 후, 놀랍게도 한 문제 차이로 2등을 한다. 하지만 그리 오래지 못해 마법의 시효는 끝나고, 이후 그의 앞에 펼쳐진 세계는 냉정하기 그지없다. 어른이 된 그는 암산의 묘기를 보여주는 대신 "상식대백과사전"을 펼쳐들지만, 그가 사전으로부터 얻어낸 상식에 관심을 기울이는 사람은 아무도 없다. 소설의 시작과 끝을 장식하는 "시간이 맞지 않는 시계"와 "아무 곳에도 끼울 데가 없는 나사"란 현재 남자의 상황과 정확히 조응하는 상관물이다.

어머니는 일찌감치 집을 나갔으며, 병든 아버지를 부양해야 하고, 연정을 품었던 아가씨는 비웃으며 외면해버린, 초라한 임시직 공무원일 뿐인 왕년의 어린이 암산왕. 인물을 둘러싼 이러한 상황은 특히 「봉자네 분식집」(2003) 이전에 발표된 소설들에서 두드러지게 반복된다. 그들에게는 꿈을 접고 적금을 깨가며 부양해야 할 동생들이 있으며(「누군가 문을 두드리다」), 부모에게 버림받고 그 자신은 죽었을 때 탈 수 있는 보험금의 몇 배가 되는 빚을 지고 있고(「거기, 당신?」), 손님 없는 식당을 운영하는 어머니와 마지막으로 한 번만 더 도와달라는 동생으로 인해 아직은 권태로운 직장을 그만둘 수 없다(「그 남자의 책 198쪽」). 가족을 부양해야 할 책임과 막대한 채무 등은 인물을 억누르는 현존의 기본항이다.

눈물이 흐르지만 울지는 않는

그리하여 소설 속 인물들은 어김없이 주위의 사물들에 마음을 투영한다. 사물에 감정을 투사하고 그럼으로써 자신의 내면을 숨기듯 드러내는 인물들은 「어린이 암산왕」「거기, 당신?」「그 남자의 책 198쪽」「누군가 문을 두드리다」 등에서 공통적으로 발견된다. 암산왕에게 그것은 암산왕의 칭호와 함께 주어졌던 메달(「어린이 암산왕」)이며, 부모로부터 버림받은 남자에게 그것은 가족들이 함께한 사진(「거기, 당신?」)이다. "평생 이렇게 지나가버려라!" 등의 문장을 만들어낸 책의 한 페이지나 사람들의 다양한 손이 찍힌 사진들(「그 남자의 책 198쪽」)의 서사적 기능도 이와 크게 다르지 않다.

예를 들어 「누군가 문을 두드리다」의 일인칭 서술자 '나'는 사물들의 이야기를 듣고 함께 대화를 나누는 경지에까지 이르렀는데, 이러한 마법을 인간적으로 환원하여 이해하는 방법은 물론 투사, 환상적 투사다. 가발이 어떻게 "몇 년 동안 자신을 찾아준 사람이 없었다"고 슬퍼할 수 있으며, 키높이 운동기구가 어떻게 아이들의 부모가 구석에 처박아두었던 자신을 꺼내서 팔아버렸다고 이야기할 수 있는가. 그것들은 모두 동생들을 위해 끝없이 희생하고도 그들로부터 끝내 잊혀진, '나'의 황량한 내면을 투영하는 환상적 매개물이다. 사물들의 대화를 엿듣게 될 정도의 기댈 곳 없는 고독은 그러므로 윤성희 소설의 두번째 기본항이라 할 만하다.

하지만 이러한 상황에도 불구하고 윤성희 소설을 공명하고 있는 것은 비탄이나 신음소리가 아니다. 갈등으로 인한 격렬한 드라마 따위는 존재할 수 없을 것 같은 이 작가의 소설에서 누적된 감정이 작은 정점을 빚어내는 순간은, 당면한 상황에 한없이 무력하지만 또한 그만큼 담담하게 자신의 처지를 감내해왔던 이들이 그간 눈감아왔던 내부의 욕망을 불현듯 인식할 때이다.

그때 그들은 눈물을 흘리지만, 절대 소리내어 울지 않는다. 소설 속에서 그 순간은 다음과 같이 짧게 진술된다.

· 연기가 눈에 들어가, 그는 눈물을 약간 흘렸다.(「거기, 당신?」, 86쪽)
· 그 매운 기가 그녀에게도 느껴져, 수제비를 먹다 말고 그녀도 눈물을 흘렸다.(「봉자네 분식집」, 166쪽)

위의 사례들에서 흥미로운 점은, 한 방울의 눈물로 응축되는 자아의 위기감이 그 자신 내부의 욕망에서 비롯하고 있음이 비교적 분명함에도, 마치 외부현상에 대한 지각으로부터 발생하는 것처럼 묘사되고 있다는 데 있다. 그들이 눈물을 흘리는 것은 "텔레비전을 너무 가까이에서 보았기 때문"이거나, "연기가 눈에 들어"갔기 때문이거나, 음식으로 인한 "매운 기" 때문이거나, 그도 아니면 재채기 때문이다. 전후 맥락으로 볼 때 그들이 흘리는 눈물의 요인은 다른 데 있기 때문에, 오히려 독자는 감정이 절제된 흔적, 혹은 그 흔적이 각인시키는 상황의 비극성을 곱씹게 된다.[3] 하

---

3) 소설 속 유머러스한 대목들에서 공통적으로 확인되는 것은 '과거'의 원인과 '현재'의 결과 사이의 어긋남, 곧 시간적 거리다. 원인이란 늘 결과에 선행하는 것이지만, 그 의미는 대개 결과에 의해 소급되어 수정되기 마련이다. 하지만, 이 작가 특유의 스피디한 호흡은 과연 그 시간 동안 어떤 일이 있었는지를 가볍게 건너뛰고 과거와 현재를 곧바로 연결한다. 이러한 연결로 인해 현재의 엉뚱한 결과(웃음)와 그 순간에는 결코 웃을 수 없었던 과거의 상황(슬픔)은 동시에 강조된다.

지만 이를 사태와 의연히 대면하고자 하는 태도라고 하기에는 어딘가 망설여지는 부분이 있다. 무엇보다도 윤성희의 주인공들은 제 어깨에 진 짐이 아무리 무거워도 함부로 내려놓지 않는 "착한 사람(「거기, 당신?」)"들, "선량한 사람(「그 남자의 책 198쪽」)"들이다.

그러나 너무나 선량하기에 그들은, 자신의 진정한 욕망과 마주하기를 머뭇거리면서, 그들의 실존 자체를 붕괴시킬지도 모르는 그 위험으로부터 자신을 방어하고자 한다. 마음속 깊은 곳으로부터 한 방울의 눈물이 빚어지는 순간마저도 이성과 지각이 개입하여, 그 상황을 익숙한 것, 자연스러운 것으로 순화해버리는 것은 그 때문이다. 상황을 제어하고자 하는 이러한 의지를 우리는 성숙이라고 일컫기도 하지만, 그들은 이러한 방식으로 자신의 내부에서 빚어진 불쾌의 동기를 자기 외부의 것으로 돌림으로써,[4] 그들이 대면하기를 두려워하는 마음속 곤경으로부터 멀어지고자 한다. 그러나 이러한 곤경이 단순히 연기 때문이 아니라면, 매운 기 때문이 아니라면?

충동

아니라면? 윤성희 소설이 다시 시작되는 장면은 절제의 미덕과 담담한 낙천이 발휘되는 순간이 아니라, 자기 내부의 충동을 스스로 어찌할 수 없는 바로 그 곤경의 순간이다. 늘 그 순간은 자신도 모르는 한순간, 그야말로 부지불식간에 인물들을 찾아온다. 「누군가 문을 두드리다」가 윤성희 소설이 그리는 궤적에서 중요한 자리에 위치하는 것은 이와 같은 맥락

---

4) 이와 같은 주체의 반응은 사물로의 투사와 같은 메커니즘 아래에 있다고 보아야 한다. 프로이트는 불쾌로 인한 내적 흥분을 다루는 특별한 방법으로 "그 흥분이 안에서가 아니라 밖에서 작용하는 것처럼 그것을 다루는 경향"을 지적한다. 이러한 경향은 투사(projection)의 근원이기도 하다. 지그문트 프로이트, 「쾌락원칙을 넘어서」, 『쾌락원칙을 넘어서』(프로이트 전집 14권), 박찬부 옮김, 열린책들, 1997, 41쪽.

에서다. 이 소설의 주인물이 "항상 자신의 삶은 운이 좋은 편이었다고 생각"할 수 있었던 것은 자신에게 닥친 현실을 늘 충분히 견딜 만한 것으로 변형해왔기때문이다. 마치 손길이 닿지 않는 포도를 신포도라 믿어버린 여우처럼, 그는 패러글라이딩의 꿈이 더이상 불가능해진 현실 앞에서 "패러글라이딩을 타다 사고로 죽은 사람에 관한 기사"를 오려두고, "자꾸 생각해보니 패러글라이딩은 너무 위험"하다며 스스로를 위로한다. 현실에 의한 포기를 합리적인 선택으로 재맥락화하는 이러한 방식은 그의 삶을 지탱해주는 버팀목이었을지 모른다. 적어도, 스스로도 이해할 수 없는 충동에 몸을 맡겨 손목에 흉터를 남기기 전까지는. 「누군가 문을 두드리다」를 비롯한 일련의 소설들에서 '우울'과 '눈물'이라는 단어가 줄곧 반복되는 만큼, '충동'이라는 단어가 짐짓 무심한 방식으로 반복되고 있는 것을 쉽게 지나칠 수 없다.

까닭 없는 충동, 갑작스럽게 사로잡히는 충동, 그 충동들에 관한 다음과 같은 사례들; 전화박스 "안에 얽혀 있는 전선들을 잘라내고 싶은 충동"(「누군가 문을 두드리다」), "아파트 15층에서 뛰어내리고 싶은 충동"(「거기, 당신?」), 자전거를 타고 가던 "내리막길에서 눈을 감고 싶은 충동"(「그 남자의 책 198쪽」), "두 손으로 여자의 목을 꽉 움켜잡고 싶은 충동"(「길」) 등에서 볼 수 있는 것처럼, 윤성희 소설에서 충동은 느닷없이 나타나 인물들을 사로잡는다. 「누군가 문을 두드리다」에서 그의 심리적 균형은 우연한 충동에 의해 한순간에 와해된다. "손을 멈출 수가 없"을 정도로 유리창을 두드렸던 것은, 그에게는 "이상한 일"이(었)다. 자살시도로 오해하는 주위사람들의 시선에 저항하던 인물이 "진짜 자신이 자살을 기도한 사람 같"다고 느끼기 시작한 순간 그가 되돌려받는 것은 은폐된 진실이다. 유학 간 남동생의 주소도, 결혼한 여동생의 휴대폰 번호도 모른다는 것이 뒤늦게 밝혀진 이후, 그는 "심장이 불에 그을린 것처럼 아팠던" 지난날들과 비로소 마주하게 된다.

하지만, 상처를 덮고 있던 딱지를 떼고 그것을 바라보고 있는 인물에게, 곧바로 나, 이렇게 고통받았소, 내 몸은 이렇게 상처투성이요, 라고 말하게 하는 것은 윤성희의 어법이 아니다. 윤성희는 고통을 토로하는 대신, 아문 상처를 담담히 바라보며 여기가 이렇게 아팠노라 이야기하는 타자라는 존재를 그의 옆에 슬며시 밀어놓는다. 소설 속 인물들이 자신의 상처를 이해하는 과정은 곧 다른 이의 상처를 발견하는 과정과 함께 진행된다. 윤성희 소설에서 타자의 발견이 항상 어딘가에 환부를 가진 사람들의 발견, 대개는 '나보다 더 고통스러운 사람'의 발견인 것은 그래서이다.

그리고 이러한 발견이 소통과 연대라는 가능성의 확인으로 그 진폭을 확장하는 과정은, 환상적 투사를 철회하는 것으로부터 시작된다. 「봉자네 분식집」을 서두로 하여, 「고독의 의무」 「잘 가, 또 보자」 「유턴지점에 보물지도를 묻다」 「안녕! 물고기자리」 등의 소설에서 사물들이 물러난 자리를 메우는 것은 상처를 지닌 사람들끼리의 연대이다. '감염'이라 불러도 좋을 감정적 전이는 윤성희 특유의 돌봄의 정서로 에너지를 확장시키며 소설 속 인물들의 고독과 슬픔을 다독인다.

그들은 여전히 한 해의 마지막 날 혼자 고속도로를 달릴 정도로 고독하지만(「유턴지점에 보물지도를 묻다」), 그 고독에도 "의무"가 따른다고 생각할 정도로 성숙하다. 그러나 이때의 의무란, 자신이 버려졌거나 희생되었다는 인식으로부터 빚어진 피해의식을 동반하지 않는다. 자신을 짓누르는 의무의 압력으로부터 고독이 생성되는 것이 아니라, 나의 고독과 너의 고독이 하나로 묶여짐으로써 서로의 의무가 파생되기 때문이다. 고독을 나눌 수 있는 사람을 남이 아닌 가족으로 받아들이는 순간, 가족은 고독을 강요하는 진원지가 아니라 서로의 고독을 위무하는 울타리로 탈바꿈한다. 혈연관계가 아니라 타인들이 만나 이루어낸 윤성희 소설의 새로운 가족은, 이제 그들의 공동체가 누군가가 다른 누군가를 위해 희생해야 하는 일방적인 의무의 회로에서 벗어나고 있음을 암시한다.

W라는 유령, 타자라는 심연

간단히 살펴본 것처럼, 최근 윤성희 소설은 낯선 사람들과의 의기투합이 빚어낸 교감을 그 중심 모티프로 하고 있다. 우연히 만나 서로의 상처까지 보여주었으나 다음날 "서로 어제 처음 만났다는 사실이, 서로에 대해 아무것도 모른다는 사실이 새삼 떠올라" 쑥스러워하는 사람들(「안녕! 물고기 자리」)의 면면이 일러주듯이, 이즈음 윤성희 소설에서 서로 상처를 나누는 사람들은 처음 만난 사람들이거나, 과거에 얼굴만 아는 정도였다가 다시 우연히 해후한 사람들이기 쉽다. 달리 말하자면 이 소설들에서 타자와의 소통이란, 오래 같이 알고 지낸 사람들이 갈등 끝에 일구어낸 결과로써 제시되는 경우가 드물다. 지금 작가의 인물들은 낯선 사람들과만 소통할 수 있고, 우연히 만난 사람들과만 기적처럼 상처를 나눌 수 있다고 해도 큰 과장은 아니다. 타자와의 적당한 거리를 끝내 포기하지 않은 채로, 너무 가까이 근접한 순간 서로를 숨 막히게 하는 그 어떤 지점은 피해가는 것이다.

윤성희 소설의 인물들 중에서 자신의 이웃을 가장 사랑한, 그리고 그들에게 최선의 노력으로 다가가려 한 W와 K(「잘 가, 또 보자」)가 한쪽은 자살하고 다른 한쪽은 정신병원에 입원해야 했던 까닭은 그들이 그 거리를 더이상 유지할 수 없었기 때문이다.

자신은 아직도 가짜 실내화를 신고 있는 고등학생이었다. 그것은 영원히 벗을 수 없는 신발이었다. W는 그 사실을 진작에 알아차렸던 것이다.
이제 제발 내 곁을 떠나!(「잘 가, 또 보자」, 251쪽)

자살할 이유를 알 수 없어 답답해하던 친구들 중에서, 뒤늦게 W의 자살에 담긴 진실을 알아차리는 사람은 K다. K는 눈물을 흘리며 말한다. "늘 우리 대신 욕하고, 우리 대신 울었던" 것, 그것이 W의 '문제'였다고.

친구들 중 유일하게 K가 이 문제를 깨달을 수 있었던 것은 언제부터인가 그녀 자신도 "사람들의 슬픔을 고스란히 자신의 슬픔처럼 느끼게" 되었기 때문이다. "언제부터인가"라고 불명료하게 서술되기는 하지만, K가 그림자를 짊어진 사람들의 슬픈 과거를 볼 수 있게 된 것은 W가 죽고 난 후의 일로 추측된다.

다시 말해, 자신이 아직도 가짜 실내화를 신고 있는 고등학생이며, 그 신발을 영원히 벗을 수 없을 것이라는 K의 말은, K와 W의 남루하고 가난한 현실을 가리키는 것이 아니다. 그것은 타인의 고통을 제 것으로 안으며 하나가 될 수 있었던 W의 능력에 대한 은유다. 하지만 자살한 W가 그러했던 것처럼, 그리고 지금 K가 그러한 것처럼 "영원히 벗을 수 없는 신발"은 그들에게 피할 수 없는 고통이 된다. 그러니 지금 우리는 "이제 제발 내 곁을 떠나!"라는 K의 독백 앞에서, 이름 없는 타자들을 품어안으려는 윤성희 소설이 통과해야 할 새로운 관문을 엿보고 있는 것이 아닐까. 고독을 넘어 행복한 연대에 이르는 장면이 아니라, 교감과 연대를 넘어 더이상 어쩔 수 없는 심연과 마주한 이 장면을 쉽게 지나칠 수는 없다.

3. 사막에서 바다를 만나다: 강영숙의 경우

비상하는 동물들과 추락하는 인간들

"암호를 말씀해주시겠습니까?" 강영숙의 「자이언트의 시대」에서 인물이 마련한 축제에 초대받은 사람들은, 암호를 대라는 그녀의 주문에 먼저 답해야 한다. "예의상 먼저 힌트를 주"겠다던 그녀의 말은 도처에 암호를 숨겨놓은 작가의 음성처럼 들리기도 하는데, 강영숙의 소설을 읽을 차례에 이른 우리도 작가의 초대에 응하기 위해 예의상 먼저 암호 하나쯤은 숙지하고 있는 것이 좋을 것 같다. 『날마다 축제』에 실린 소설들에서는 각종 동물들이 출몰한다. 물고기, 고래, 새, 거미, 매미, 들소, 미꾸라지까지, 작가의 소설들에 등장하는 동물은 그 종류도 다양하다. 눈치챘겠지만, 그 암호는 동물이다.

"시멘트 바닥 위에서 펄쩍펄쩍 공중으로 뛰어오르는" 물고기(「연인들」), 오염된 "강물 위로 불쑥 솟구쳐오르는" 고래, "뿌옇게 흐린 하늘로 막 날아오른" 검고 흰 새(「봄밤」), 호우로 폐허가 된 집 안에서 "끝도 없이 빠져나와 본능적으로 공중을 날아오르는" 새끼거미들(「날마다 축제」), "하늘로 솟구쳐올라갔다가 빗줄기를 타고 떨어지는" 미꾸라지떼(「빙고의 계절」), "서쪽 끝 건물에서 광장 중앙을 향해 달려오는" 검은 들소(「씨티투어버스」)······ 그러나 무작위로 산출된 듯한 위 목록은, 동물들이 등장하는 많은 장면 중에서 그 성격을 압축적으로 드러내줄 수 있는 몇 구절들을 골라서 따온 것이다. 즉 강영숙의 소설들에서 동물들은 시멘트 바닥, 오염된 강물, 도시의 광장 등과 같이 현실에서는 도저히 나타날 수 없는, 그것도 대부분 오염되고 삭막한 공간 속에서 아무런 예고 없이 갑작스럽게 출몰한다. 이 동물들은 인물의 백일몽—강영숙의 주인물들이 끊임없이 불면을 호소하는 것을 상기하자—속에서만 그 활기를 얻고 있는데, 그렇게 나타난 동물들은 대개 「씨티투어버스」의 들소떼를 제외한다면 뛰어오르거나, 솟구쳐오르거나, 날아오르거나 하는 식으로 확연한 상승의 운동성을 보여주고 있으며, 오직 주인물들만이 이러한 비상(飛上)의 목격자, "기적(「빙고의 계절」)"과도 같은 "환영(幻影)"의 유일한 수혜자가 된다.

그러나 이렇게 정리한다면 우리는 지금 정작 중요한 한 동물을 홀대하고 있는 셈이다. 그 동물은 개다. 개는 강영숙이 가장 총애하는 동물이면서, 가장 가혹하게 다루는 동물이다. 환영 속에서 비상의 지위를 획득할 수 있었던 다른 동물과는 달리 개는 온전히 현실 속에서만 등장하며, 그것도 트럭에 갇혀 있거나, 이미 죽었거나, 병들어 오갈 데 없는 존재로, "뭔가 기분이 안 좋은 얼굴로"(「댐」) 잠시 등장했다 서둘러 사라진다. 다른 동물들에 비해 주변적으로 처리된 이 동물이 가장 극적인 형상을 얻고 있는 「씨티투어버스」는 강영숙 소설들에서 개의 상상적 지위를 잘 말해준다. "썩은 밧줄에 묶여 내려온 미친개 한 마리"는 화려하게 비상하는 동물들과는 반대로, 이웃 나라 비행기들이 몰래 투하한 쓰레기에 불과하게 처리되고 있기 때문이다. 이러한 특징 때문에, 강영숙의 개는 대부분 경제적-정신적 파산의 상황과 직면해 있는 인물들의 현재 상황을 되비추는 주도적인 무의식적 표상이 된다.

분수에 맞지 않게 많은 빚을 지고 암벽등반대회가 열리는 먼 태국까지 도망온 '그'(「연인들」), "국도 위의 여자들을 전혀 몰랐던 때"를 뒤로하고 이제는 목숨을 내놓고 도로에서 오징어를 파는 '나'(「봄밤」), 사기를 당하고 한때 자살시도까지 했으며 결국 다단계 판매대열에 이르는 '남자'(「별빛은, 별빛은」), 주식투자로 다함께 파산하여 "재기 가능 0퍼센트"가 되자 자살여행을 떠나는 '우리'(「태국풍의 상아색 샌들」), 이들은 모두 한때 잘나가던 시절은 오간 데 없이 지금 "길고 긴 불황"(「씨티투어버스」) 속에서 참담한 계절을 나고 있다. 그 속에서 부부는 때로는 육탄전을 서슴지 않을 정도로 불화하며 가족은 황폐해졌다. 이 긴 파국 속에서 사람들은 끝없이 추락한다. 어떤 이는 빚쟁이들투성이인 암벽 아래로 "추락"하는 악몽을 밤마다 꾸고(「연인들」), 어떤 이는 "떨어진다면 시멘트 바닥에 처박혀 영영 끝일 것" 같은 자세로 전망대 난간 위에서 두 팔을 벌리고 서며(「봄밤」), 또 어떤 이는 빌딩에 올라가 "추락할 곳을 내려다보"고 있고(「별빛은, 별빛은」), 또다른 어떤 이는 댐의 수문을 열고 "급류가 흐르는 댐 아래 강으로 떨어"져버린다(「댐」).

그 낮꿈의 재료들

이제 영화 보는 일은 그만해야겠다고 생각했다. 무엇이든 중독성 있는 일은 하고 싶지 않았다. 그녀는 현기증을 느끼며 자리에서 일어났다. 커다란 물고기가 시멘트 바닥 위에서 펄쩍펄쩍 공중으로 뛰어올랐다. 그녀는 목이 말랐고 좀 어지러웠다. 눈이 시렸지만 분명히 저쪽 건조대의 옷들 틈에 익숙한 옷이 보였다.(「연인들」, 187쪽, 강조 인용자)

이쯤에 이르면 비상하는 동물들의 환영이 무엇을 말해주고 있는지는 어느 정도 선명해진다. 현실에서 억압된 욕망은 동물들에게 환상적으로 투사되는데, 이렇게 산출된 환상은 위 인용문에서 볼 수 있듯이 아무런 연관관계 없이 느닷없이 출몰하여 독자들을 어리둥절하게 만들기 일쑤다. 주담화에 난데없이 끼어들어 그 진행을 방해하며 순간적으로 서사를 지연시키는 효과를 빚어내는 것이다. 그러나 잘 살펴보면, 이러한 환영이 환상이라는 빌미 아래 아무런 맥락 없이 등장하는 것은 아니다. 마치 꿈이 온통 아무런 연관성이 없는 암호들로 이루어진 시나리오인 것처럼 보여도 실제로는 낮의 재료들로 만들어졌으되 검열을 피하기 위해 정교하게 가공된 것이듯이, 강영숙 소설에 출몰하는 환영의 재료는 낮의 현실 속에서 반드시 주어지고 있기에 그것은 의미 없이 출몰하는 것이 아니라 치밀하게 배치된 것에 가깝다.

「연인들」에서 주인물 '그녀'의 눈에 느닷없이 나타나는 물고기의 환영은 포스터에서 '그녀'가 발견한 물고기나 '그'가 바닷가에서 목격한 물고기와 정확하게 포개진다. 이 연인이 현실 속에서 목격한 물고기는 죽어 있고, 그래서 '그'는 "죽은 물고기의 표정은 바다에 닿고 싶어하는 것 같다"며 현재 자신의 괴로움을 물고기에 투사하지만, 환영 속에서 물고기는 "펄쩍펄쩍" 살아 움직인다. 일종의 소원성취다. 밤의 꿈과 마찬가지로 낮의 꿈인 백일몽 또한 그 궁극적인 귀결점은 소원의 성취가 아니던가. 강영숙 소설의 인물들은 이와 같이 동물들을 비상하게 하여 그것들로 하여금, 추락에 이르게 한 현실에 굴복할 수 없는 그들의 꿈을 대리하게 한다.

「날마다 축제」에서도 상황은 비슷한 구도로 전개된다. 구멍난 거미줄을 수선하려는 거미의 안간힘은 아이 아버지에 의해 아이를 도둑맞고 제 아이를 찾아 낯선 도시까지 흘러온 주인물 '나'의 고통과 오롯이 겹쳐진다. 물고기를 상념하던 '그'와 마찬가지로 '나' 또한 자신의 고통을 거미에 투사하는 것이다. 결국 '나'는 아이를 되찾지 못하고 호우로 완전히 폐허가 된 집과 마주하지만, 그 속에서 '나'는 새끼거미들이 한꺼번에 날아오르는 장관을 목격한다. 그 새끼거미떼가 '나'에게는 "수백 마리도 더 되는 것"처럼 보이는 것, 그리고 그 수백의 새끼거미들이 "어디든 가고 싶은 곳으로 날아갈 수 있는 것 같"다고 '나'가 느끼는 것 등은, 이 새끼거미들이 아이를 잃어버리고 방황하는 그녀의 마지막 희망을 대신하고 있음을 암시한다.

물론 환영 속의 비상이 추락을 동반하는 사례들도 찾아 볼 수 있다. 「빙고의 계절」에서 단연 압권은 미꾸라지떼가 기류를 따라 하늘로 올라갔다가 빗줄기를 타고 떨어지는 장면이라 할 수 있겠는데, 이 환영 속의 미꾸라지들은 땅 위에 떨어져도 죽지 않고 마음껏 돌아다닌다. 이 광경이 "생의 최초의 기적이며 생의 마지막 환영"인 것은 미꾸라지가 하늘로 날아올랐다는 사실뿐만 아니라, 그것들이 땅에 떨어졌음에도 살아 움직였다는 사실로 인해 지지된다. 살아남은 미꾸라지떼를 보며 "미꾸라지들처럼 너희들(고향을 떠난 선애의 친구들)도 이곳을 떠나 잘 살라"며, 자신의 소망을 불어넣는 주인물 선애가 이 비상(/추락)을 '기원'이자, '제사'이자 "한바탕 축제"로 기억하는 것은 이 때문이다.

그러나 이와 달리 동물의 환영이 가장 빈번히 출몰하고 있는 소설인 「씨티투어버스」에서 들소의 추락은 추락 그 자체로 끝이 나서 대조적이다. 북소리와 함께 대평원의 한 지점으로 미친 듯 달려가고 있는 것처럼 보이는 들소들은 그들의 품격에 걸맞게 날아오르는 대신 질주하다가 결국 (환영 속에서) 차에 치여 죽고, (꿈속에서) 벼랑 아래로 "후두둑" 추락해버린다. 그렇다면 「씨티투어버스」에서만 인물의 소망과는 반대의 환영이 출몰하는 것일까? 온갖 오염으로 썩어가는 도시를 격렬하게 질주하는 들소의 야생적인 이미지만을 떠올린다면 그렇다. 그러나 다른 소설들과 마찬가지로 들소가 어떤 현실적인 재료가 둔갑하여 환영 속에 등장하게 된 것일까를 짚어보면 답은 달라진다. 최종적으로 추락한 들소떼의 환영은, 들소에 대한 본능적인 매혹과 더불어 그들을 이혼에 이르게 한 자신의 들소 같은 기질과 종언을 고하고 싶었던 그녀의 무의식적인 소망이 함께 작용하여 잉태되었기 때문이다.

되살아난 망자와 함께

「씨티투어버스」의 싸움꾼 부부가 잘 보여주고 있는 것처럼 강영숙이 즐겨 내세우는 짝패는 불화하는 부부(연인)다. 「봄밤」의 '나'는 요즘 자신의 남편이 "무슨 일을 하고 다니는지 모르"고 있다가, 모르는 남자를 무섭게 매질하는 남편을 발견하고 몸을 돌려 그를 외면한다. 「날마다 축제」에서 '나'로부터 아이를 빼앗아가는 존재는 다름아닌 그 아이의 아버지이고, 「연인들」에서 '그'가 연인인 '그녀'에게 떼먹고 달아난 돈은 "자그마치 이천만원"이며, 「갈색 눈물 방울」에서 '나'는 실연의 후유증으로 손목을 그어버린다. 사이가 나쁘기로는 「빙고의 계절」의 부부도 만만치 않다. 이 작가의 첫번째 소설집인 『흔들리다』에 상재된 소설들에서도 부부간의 불화는 주된 모티프라고 할 수 있는데, 『날마다 축제』에 묶인 소설들에서는 불화하는 부부 사이로 아이(아기)라는 새로운 변수가 개입한다. 이해할 수 없는 남편이란 타자 앞에 머무르던 물음표는 이제 아이에게로 옮아가서, 여러 현실적 조건들이 강고한 장애물로 자리하고 있음에도 그녀들은 아이에 대한 소망 혹은 집착을 끝내 포기하지 않는다. 붕괴된 현실 속에서 강영숙의 여성인물들이 진정으로 바라는 것은 경제적인 안정도, 남편과의 화해도 아닌, 바로 아이다.

「봄밤」에서 일인칭 서술자 '나'는 아이를 데리고 온 젊은 부부의 "뒷모습을 자꾸 따라가고 싶어할" 정도로, 아이가 있는 행복한 가정을 소망한다. 아이를 바라는 것은 「오아시스」에 등장하는 '나'의 옛 애인도 마찬가지다. '나'에게 다시 연락을 해온 옛 애인이 전남편과 헤어진 이유는 "아이가 생기질 않아서"이며, 지금 그와 다시 만나고자 하는 것도 아이를 갖기 위해서다. 아이를 갖고 싶다는 그녀의 소망은 청결에 대한 강박으로 이어지고, 급기야 해넣은 어금니를 모두 뽑을 지경에 이른다.[5]

가령, 「날마다 축제」의 서사를 시종일관 이끌고 나가는 것 또한 잃어버린 아기를 향한 '나'의 애끓는 욕망이다. 이 소설에서 아기를 낳은 지 한 달 만에 난데없이 나타난 아기의 아버지는 '나'가 잠든 사이 그녀 몰래 신생아를 데리고 사라진다. 아기가 실종된 후 '나'의 일상을 지배하는 것은 아기와 그녀를 연결하는 창구였던 몸과 그 몸에 각인된 기억이다. 모든 지각과 감각은 "절개했다 꿰맨 회음부의 통증을 거쳐 몸으로" 퍼지고, 아기를 임신했던 280일간의 습관은 자연스럽게 그녀의 손을 움직여 배를 쓰다듬게 한다. 그녀의 아이찾기가 숨가쁘게 진행될 수밖에 없는 것은, 아이를 잃은 고통이 이와 같이 의식적 차원과 육체적 차원 모두를 아우르는 것이기 때문이다.

출산 이후 남겨진 주삿바늘 자국과 손목에 찍힌 숫자들, 갈색 임신선, 늘어진 뱃가죽과 튼 살, 이처럼 임신과 출산의 기억이 새겨진 그녀의 몸은 모성과 비천함(abjection)이 교차하는 영역이다. 그녀가 진정 목말라 하는 것은 잃어버린 아기이자, 그 아기에게 젖을 먹이는 것이자, 마음 놓

---

5) 아이가 있는 평범한 가정의 행복을 소망하지만 막상 닥친 임신이 두려운 것(「봄밤」)은 부부의 남루한 경제적 여건 때문이고, 아이를 미치도록 가지고 싶지만 계속 실패하는 임신(「오아시스」)의 요인으로 상상되는 것은 사람마저 오염덩어리로 만드는 피폐해진 이 도시의 환경이다. 그녀들의 아이에 대한 욕망은 현실의 문턱 앞에서 계속 좌절당한다.

고 젖을 먹일 수 있는 평화다.[6] 이와 같은 수유에의 욕망은 다른 소설에서도 관찰되는데, 예컨대 「자이언트의 시대」의 주인물은 환상 속 현실에서까지 아이에게 젖을 물리고 있다. '나'를 찾아온 마지막 손님에게 수유하는 장면으로 끝이 나는 「자이언트의 시대」의 이 마지막 꼬마손님은 태어나지도 못하고 죽은 그녀의 아들이다.

이 꼬마손님이 그러하듯이, 동물 이외에 강영숙이 현실과 환상의 경계공간으로 즐겨 불러들이는 대상은 이미 죽어 지상에 없는 사람들이다. 「봄밤」「날마다 축제」「별빛은, 별빛은」「댐」「태국풍의 상아색 쌘들」「자이언트의 시대」 등에서 산 자와 죽은 자의 경계와 구별은 무화되고, 죽은 자는 다시 산 자의 눈앞에서 승천하거나, 웃으며 말을 걸거나, 산 자가 마련한 파티에 손님으로 초대된다.

「태국풍의 상아색 쌘들」과 「봄밤」에서는 주인물들 대신 죽고, 그들 대신 살아나 행복한 얼굴을 보여주는 사람들이 등장한다.[7] '대신'이라고 할 때, 이는 흰색 지프 속에서 자살한 일가족(「태국풍의 상아색 쌘들」)과 경춘

---

6) 그녀를 여관방으로 데리고 온 낯선 남자가 바라본 그녀의 그로테스크한 몸은 남자의 상식을 교란시키며, 그를 당혹게 한다. 이 장면에서 정작 독자를 놀라게 하는 사람은, '나'의 몸 앞에서 어쩔 줄 모르는 남자가 아니라, 아무런 저항 없이 그를 따라와 "하려면 하라"고 말하는 '나'다. "왜 이렇게 말하는 건지 그 순간 내 마음을 환히 다 알고 있었다"는 '나'의 이해하기 어려운 고백의 진실은 그녀가 남자에게 젖을 물리는 그로테스크한 수유의 광경에 이르러서야 해소된다.

7) 「태국풍의 상아색 쌘들」에서, 여행의 마지막 순서로 마침내 자살 프로젝트에 걸맞은 죽음의 골짜기를 발견한 '우리'는 프로젝트를 실행에 옮기려던 찰나 바다에서 만났던 흰색 지프와 다시 마주치는데, 그 속에 타고 있던 일가족 네 명은 모두 죽어 있었고 일행의 자살계획은 백지화된다. 그러나 '우리'는 환상적 아우라로 충만한 축제의 공간에서, 죽은 일가족이 흰색 지프를 타고 "마술처럼" 검붉은 하늘로 날아오르는 기이한 광경을 목도하고야 만다. 「봄밤」의 일인칭 서술자 '나' 역시 한 여자의 시신, 그것도 '나'와 마찬가지로 생계 때문에 국도로 내몰린 것이 분명한 여자의 시신을 보지만, "놀랍게도" 경춘국도에서 목격했던 죽은 여자는 구두굽도, 줄무늬 블라우스도, 스커트도 모두 다 말짱한 채로 다시 '나'의 눈앞에 나타나 "환하게" 웃는다.

국도에서 죽은 여자(「봄밤」)가 모두 현재 주인물들의 모습을 반영하는 거울과 같은 존재들이라는 점을 염두에 둔 것이다. 현실의 모든 조건이 그들을 죽음으로 내몰 정도로 가혹하기에, 강영숙의 주인물들은 거의 죽음을 원하는 지경에 이른다. 류보선이 지적한 바 있듯이,[8] 이들이 줄곧 드러내는 숙면에의 갈망이 닿아 있는 지점은 현실과의 영원한 단절을 의미하는 잠, 곧 죽음이라 보아도 무방할 것이다. 하지만 그들은 끝내 숙면에 이르지 못하는 것처럼, 결국 죽지 못한다. 대신 그들은 망자들에게 자신의 희망을 불어넣는다. 인물들이 환상 속 죽은 이들을 죄의식을 가지고 대면하지 않고, 자신이 죽어 이 현실을 벗어나면 그리되리라 싶었던 모습을 투영하고 있기 때문에, 망자들은 웃는 얼굴로 인물들의 세계 속으로 다시 회귀할 수 있게 된다.

「태국풍의 상아색 쌘들」과 「봄밤」의 죽은 자들은 산 자들과 한 번도 대화해본 적도 없는 순전한 남이지만, 「댐」 「별빛은, 별빛은」 「자이언트의 시대」의 죽은 자들은 그들이 살아 있었을 때 산 자들과의 인연을 가지고 있는 존재들이며, 따라서 죽은 자와 산 자의 해후는 청산해야 할 과거를 매개로 이루어진다. 그중에서도 「별빛은, 별빛은」과 「자이언트의 시대」는 살아 있는 주인물이 죽은 자들을 초대한다는 모티프를 공유하고 있는데, 이 두 소설 중에서 둘 사이의 소통이 잘 이루어지는 쪽은 환영과 현실의 경계가 뚜렷한 전자보다는 그 경계가 완전히 무화된 후자 쪽이다. 「자이언트의 시대」가 "죽은 사람들을 초대하는 날" 단 하루를 무대로 전경화하는 것은 모계 3대의 내력이다. '나'와 그녀가 초대한 죽은 엄마는 가부장(들)에 의해 고통스러운 세월을 보내야 했지만, 이 파티에서 생전의 권력 관계는 여지없이 전복된다. 과거의 인물들을 데려다놓은 이 소설의 환영 속 현실은 과거의 억압된 소망이 끓어넘치는 도가니와도 같다.

---

8) 류보선, 「숙면에의 꿈, 혹은 인공육체와의 교전」, 『문학동네』 2004년 여름호.

사막에서 바다로

강영숙의 소설들에서 환영은 대개 위와 같은 방식으로 기능한다. 억압된 것은 돌아온다는 고전적 명제는 소설의 환영 속에서 출몰하는 군상들이 현재의 우리 사회가 배제한 것, 그리고 은폐한 것임을 일러준다. 동물들과 죽은 자들이 주도하는 강영숙 소설 속의 환영을 현실도피나 대리충족으로 섣불리 환원해서는 안 되는 이유가 여기에 있다. 현실적인 구속을 무의식적으로 거부하는 이 리비도적 충동으로부터 우리는 한 소설가가 끈질기게 저항하고자 한 그것, 다시 말해 그러한 환영을 낳게 한 현실의 조건들을 다시금 성찰할 수 있기 때문이다. 하지만 이보다 더 주목되는 것은 그러한 리비도적 충동 그 자체에 내포된 힘이다.

환영과 현실의 경계를 해체하면서, 묘사되고 있는 사건이나 대상이 실재인지 이미지인지 모호하게 처리되는 경우가 빈번한 서술방식이 『날마다 축제』에 국한해서만 나타나는 것은 아니다. 예컨대, 『흔들리다』의 강영숙이 선호했던 환상공간은 모래바람이 부는 황량한 사막이었다. 대자연에 특별한 경외감을 가지고 있는 것이 분명한 이 작가가 두번째 소설집에서 사막(모래) 대신 선택한 공간은 바다(물)다. 환영 속의 이미지가 실제 사물과 꼭 일치하는 것이 아니라는 사실을 상기한다면, 강영숙 소설의 이미지체계 안에서는 사막도 드넓은 바다라 해도 좋을 듯하다. 그러나 다시 환기하자면, 환영 속에서 방향을 잃은 사람들이 등장하는 『흔들리다』의 광대한 사막은 인물들을 방황하게 하는 바다였다. 겉으로는 견고하게 보이는 현실이 사실은 모래와 같이 허술한 것이었음을 보여주는 데 전작들의 포커스는 맞춰지고 있는 셈이다. 하지만 『날마다 축제』에서 작가는 그 어두운 색채에도 불구하고, 사막과 같은 현실에서 끊임없이 "오아시스"의 환영을 찾고자 한다.

빈번히 나타나는 찌는 듯한 더위, 작열하는 태양, 황사 등의 험혹한 날씨는 때때로 이 날씨 자체가 주제가 아닌가 하는 생각을 들게 할 정도로 독자를 압도하는데, 이는 환상이 아닌 엄연한 현실로 주어진다. 작가가 단순히 기상학적 사실만을 전달하고자 한 것이 아니라면, 강영숙 소설의 하늘을 누렇게 뒤덮고 있는 모래바람은 그들이 살고 있는 고통스러운 현실에 다름아니다. 우리가 살아가는 현실이 끊임없이 환상들을 불러내지 않으면 버틸 수 없을 정도의 것이라면, 강영숙은 앞으로도 이 냉정함을 유지해야 할는지도 모르겠다. 그러나 한편으로 작가는, 현실에 잠시 끼어든 환상을 통해 역으로 현실의 불모성을 강조하는 방식에서 한 걸음 도약할 채비를 하고 있는 것처럼 보이기도 한다. 「자이언트의 시대」가 그러하듯이, 강영숙 소설이 힘있어지는 순간은 환상과 현실이 완전히 몸을 섞어 현실은 오히려 비현실적이고 환상은 도리어 현실적으로 다가오는 바로 그 순간이기 때문이다.

4. 유기(遺棄)하는 사회 속 소설의 길 찾기

제 자식을 버린 무정한 부모, 돈을 위해 남의 아이를 납치한 비정한 청년들을 언급하며 이 글은 시작되었다. 그들은 지금 자신이 무슨 일을 하고 있는지 모른다. 무모하게 시대를 규정하려드는 것은 어쭙잖은 일이지만, 지금의 우리 사회는 제 아이를 버리고도 아무런 죄책감을 가지지 못하는 부모에 비견되기에 적절한 것인지도 모른다. 그렇다면 버려진 아이와 아이를 빼앗긴 어머니는, 이 비정한 사회를 향해 어떤 이야기들을 들려줄 수 있을까. 공교롭게도 두 작가들은 버려진 아이(윤성희, 「만년 소년」)와 아이를 빼앗긴 어머니(강영숙, 「날마다 축제」)를 그들의 소설 속에 등장시킨 바 있다.

버려진 '만년 소년'들처럼 윤성희의 인물들은 그들의 나이와는 무관하게 사회로부터 내쳐진 고아들이다. 윤성희가 이 빈곤한 사회로부터 도출해낸 문제는 의지할 곳 없이 제 어깨에 짊어진 짐을 묵묵히 지고 가야 하는 고독한 개인의 문제라 할 수 있겠지만, 그러나 이들은 더이상 혼자 남기를 멈추고 서로의 상처를 보듬어줄 수 있는 이들을 찾아 나서는 여정에 이르렀다. 유기하는 사회와 맞서는 방책으로 윤성희가 꺼내든 카드는 서로의 고통을 나눌 수 있는 사람들과의 감정적 연대다. 그리고 윤성희 소설은 이제 주체가 타자를 훼손함이 없이, 또 타자 앞에 자아를 잃고 함몰됨 없이 어떻게 주체와 타자가 조우할 수 있는지를 묻기 시작했다. 이 질문을 이어가다보면, 인물을 고아로 만드는 이 비정한 세계가 바로 그 고아들의 손에 의해 다시 재건될 수 있는 가능성에 대해 논할 수 있게 될 것이다.

윤성희가 버려진 아이의 위치에서 세계를 감싸안으려 한다면, 강영숙은 아이를 빼앗긴 어머니의 입장에서 세계와 대결하고자 한다. 어머니는 잃어버린 아이를 애타게 찾아 헤매지만 그 아이는 이미 어디에서도 찾을 수 없다. 아이에게 젖을 먹이고자 하는 어머니의 욕망은 그래서 이제 사막 같은 현실의 몫이 아니라 오아시스라는 환상 속 신기루의 몫으로 남겨진다. 강영숙 소설이 동물들과 망자들의 환상을 통해 되풀이해 말하고자 하는 것은 현실이 억압하고 은폐해온 것을 복원해야 그 자신도 치유될 수 있다는 존엄한 진리에 다름아니다. 이런 점에서 강영숙의 환상은 불임을 강요하는 현실에 굴복할 수 없는 작가적 의식의 소산이라 할 수 있지만, 아직은 현실로부터 잠시 일탈했다가 다시 회귀해야 하는 좌절된 시도에 머무르고 있다. 이 환상이 그것을 생산케 한 맥락으로부터 동떨어지지 않으면서도, 치유될 수 없는 비극적 현실을 환기하는 데에 만족하지 않고 한 걸음 나아갈 때, 우리는 환상과 현실, 과거와 현재, 자연과 인간이 뒤섞이는 새로운 풍경 앞에 설 수 있을지도 모른다.

지금 윤성희와 강영숙의 렌즈로 들여다본 세상은 빈곤에 잠식된 영혼들과 그 빈곤을 뛰어넘으려는 영혼들의 대결의 장이다. 이들이 개척자라고, 또 이들의 마법과 환상을 동원하여 발견한 영토가 완전히 새롭다고 말할 수 없을지 몰라도, 두 작가가 일궈내고 있는 영토에서 우리가 조우하고 있는 것은 희망의 다른 이름인지도 모른다. 지금 우리는 숨 막히는 현실에 조금씩 잠식당해가고 있는 영혼들이기에, 작가들이 고투 끝에 무언가를 발견하기를 기대하는 것은 비단 이 글만의 소망은 아닐 터이다.

(2005)

환상은 어떻게 현실을 넘어서는가
— 박민규와 조하형의 소설

1

2000년대도 그 중반을 넘어서면서, 지난 연대와는 구별되는 소설의 지형도가 차츰 윤곽을 잡아가는 느낌이다. 은희경, 배수아, 김연수, 김경욱 등 이른바 90년대 작가군이 자기 세계를 갱신해나가는 움직임이 뚜렷하고, 박민규, 윤성희, 김애란, 편혜영 등 2000년대 들어 첫 책을 펴낸 신진들의 소설 또한 선배작가들의 그것과는 여러모로 대조적이다. 특히 2005년은 신인들이 구사하는 파격적인 스타일에 평단의 관심이 집중된 해로 기록될 만하다. 소설에 국한해보자면 '상상력의 서사' '무중력 공간' '우주적 상상력의 지대' '탈현실적 상상력의 문법' 등[1] 기존의 통념에서 자유로운 서사문법을 조명하는 비평적 움직임이 여러 각도에서 활기를 띠었던 것이다.

그런데 이처럼 자유로운 상상과 현실 간의 관련성은 좀더 숙고될 필요가 있어 보인다. 상상은 현재 주어진 것 이상을 보는 창조적 능력이지만,

---

1) 서영채, 「상상력과 허풍의 미래」, 『문학동네』 2005년 봄호; 이광호, 「혼종적 글쓰기 혹은 무중력 공간의 탄생」, 『문학과사회』 2005년 여름호; 손정수, 「두 가지 잉여가 드러내는 징후들」, 『문예중앙』 2005년 여름호; 심진경, 「탈현실의 문법과 상상력에 관한 질문들」, 『문예중앙』 2005년 가을호.

동시에 세계(혹은 타자)와 주체의 관계로부터 파생되어나오는 표상들이기도 하다. 서사적 자유분방함과 유희적 에너지로 충만한 젊은 소설 속의 인물들이, 현실에서의 자신은 무력하다고 인식한다는 사실에 먼저 주목해보면 어떨까. 그 인식의 근저에 부정적 현실을 변화 혹은 개선시킬 수 없다는 관념이 자리하고 있음은 그리 어렵지 않게 관찰해볼 수 있다.

나날의 삶에서나 소설에서나 더 나은 삶에 대한 꿈이 사라져가고 있음을 볼 때, 현재를 관통하는 비관적 세계관의 핵심은 세계의 불변성에 있다 해도 틀린 말은 아니다. 변하지 않는 세계는 그것이 부정적인 것이기에 더더욱 고통스럽다. 그것은 미래에 대한 희망을 앗아가고, 인간을 굴종적으로 만든다. 그런데 나로 인해 세계가 변할 수 있다면, 어떻게 할 것인가.

환상은 세계의 불변성을 가로지른다. 그래서 자유롭다. 과연 박민규는 환상공간에서 드디어 선택지를 내놓기 시작한다. '세계를 인스톨할 것이냐 언인스톨할 것이냐.'(『핑퐁』) 미래의 환상세계에 자신의 공간을 건설한 조하형 역시 비슷한 질문을 거듭한다. "삶에 대한 질문도 하나밖에 없어. 어떤 태양 아래 설 것인가, 하는 거."(『키메라의 아침』) 적응할 것이냐, 바꿀 것이냐. 타협할 것이냐, 거부할 것이냐. 현실의 거울 이미지로서의 환상에서 세계를 위반하는 힘과 조우하게 되는 것은 이 때문이지만, 환상은 이 지점에서 문제를 닫고 끝내는 것이 아니라 바깥으로 열어놓게 된다. 세계가 변하지 않는다고 가정된 경우 인간은 세계의 실상에 대한 책임에서 벗어날 수 있다. 하지만 자유에는, 책임이 있다.

이 글에서는 젊은 소설에 만개한 상상력과 이에 토대한 환상의 맥락을 박민규와 조하형의 소설을 중심으로 짚어본다.[2] 이 작가들이 구사하는 스타일에서 장르문학의 자취라든가 전자(電子)적 글쓰기의 흔적을 찾아내

---

2) 이 글에서 주로 다루는 소설들의 출처는 다음과 같다. 박민규, 『카스테라』, 문학동네, 2005; 『핑퐁』, 창비, 2006; 조하형, 『키메라의 아침』, 열림원, 2004. 앞으로 인용할 경우 본문에 작품명과 쪽수만 명기하기로 한다.

는 일은 어렵지 않지만, 이들의 미학적 실험을 근본적으로 추동하는 것은 부정적 현실에 대한 비판적 자의식이다. 2000년대 젊은 소설의 가능성을 짚어보는 이 글이 두 작가에게 관심을 기울이는 것은 이러한 연유에서다.

2

상상의 시나리오에 의지해 초라한 현실로부터 비스듬히 비켜나가는 방법적 전략은 이즈음 젊은 작가들의 소설에서 흔히 찾아볼 수 있다.[3] 이를테면 처치곤란한 냉장고를 인격화하여 그 전생이 훌리건이었으리라 상상하고, 그 냉장고가 뿜어내는 엄청난 소음을 고독을 무마하는 위안의 소리로 치환하는 「카스테라」의 인물을 보라. 이처럼 현실을 뒤집는 서술자의 상상이 능청스럽게 제시된다는 점에서, 박민규 소설은 동시대 젊은 작가들의 작품과 유사한 면이 있다. 그러나 그의 이야기는 여기서 그치지 않는다.

「카스테라」의 서두에서 작가는 "누가 뭐래도, 나는 그렇게 생각한다"(14쪽)라는 화자의 진술을 무심히 부려놓고 있는데, 자신의 판단과 세계의 양태는 무관한 것임을 애써 강조하는 이 진술은 뒤집어보자면 현실을 전제하면서 그것의 논리를 의식하는 것이기도 하다. "정말 아무렇지 않았냐구? 정말, 아무렇지 않았다"(15쪽)라는 문답에서, 그 물음 또한 화자의 관념이 승인될 수 없는 현실의 벽을 에둘러 환기하기는 마찬가지다. 『카스테라』에 묶인 소설들은 때로 매우 비현실적으로 읽히지만, 현실이 '처음부터' 해체되어 있는 경우는 많지 않다. 그보다는 대체로 서사의 전반부에서는 현실논리와 대비되는 개인의 특수한 관념만을 부각시켜나가다가 어느 순간 주체의 인식 범주의 문제에서 이탈해 비현실적 서사로 도약해나간다고 보는 것이 타당할 것이다. 표제작 「카스테라」에서도 '냉장의

---

3) 이에 대해서는 김영찬, 「방법론적 상상제국의 아이들」, 웹진 문장 2006년 4월호 참조.

시각'으로 '세계의 부패'를 확인하기까지 문제가 되는 것은 화자의 관념이다. 그러나 그후, 아버지를 냉장고에 집어넣는 데 성공하는 화자의 모습이 등장하면서부터는 사정이 달라진다. "그대로의 절차라 함은 말 그대로 ①문을 연다 ②아버지를 넣는다 ③문을 닫는다 였다. 그렇게 해서 나는 아버지를 냉장고에 넣는 데 성공했다."(27쪽) 박민규 소설의 환상적 장치는 이렇게 시작된다.

미국과 학교를 냉장고에 집어넣었더니 맥도널드와 학교가 사라졌다는 주위 사람들의 증언이 들려오고, 중국을 냉장고에 넣을 때 미처 같이 들어가지 못한 중국인 두 명이 호프집을 찾아와 화를 내는 등 독자를 당황케 하는 사건들이 거듭되지만, 「카스테라」 속에는 이 모든 비현실적 사건들이 주인물(혹은 그가 속한 집단)의 망상(혹은 환각)적 경험임을 확인케 하는 지표가 전무하다. 화자의 주관적 상상이 객관현실의 틈입으로 와해되거나 혹은 객관현실에 비추어볼 때 그것이 자신만의 주관에 불과했음을 '어떤 식으로든' 서사 속에 기입해놓는 경우, 소설은 아무리 기발한 상상력에 의해 직조되었다 하더라도 근본적으로는 객관현실(사회적 현실)과 주관적 관념(심리적 실재)이라는 대립축을 벗어나지 않는다.

그러나 박민규는 이 점에 있어 특징적인데, 그는 비현실적인 사건을 인물 개인의 주관성 즉, 정신의 산물로 환원하는 길을 택하지 않는다. 「고마워, 과연 너구리야」의 주인물이 친구 B와 함께 UFO를 타고 나타난 너구리를 목격하는 것이나, 「코리언 스텐더즈」의 인물들이 외계인의 습격에 동분서주하는 것, 나아가 『핑퐁』의 인물들이 탁구계가 지구와 폐합되는 것을 확인하는 것 또한 같은 맥락 속에 있다. 박민규 소설은 어느 순간 현실에서 비현실로 도약하지만 그 비현실적인 사건은 인물들에게는 어디까지나 명백한 현실로서 주어지며, 박민규 소설의 독특한 효과는 바로 사건의 '확실성', 곧 인물들의 경험을 그들의 머릿속 관념으로 치부할 수 없다는 사실로부터 발생한다.

전통적인 소설문법에 익숙한 독자라면, 이렇게 환상을 마음대로 부려놓은 듯한 박민규식 스타일이 꽤 불편할 것이다. 박민규 소설 중에서도 비교적 전통문법에 충실한, 그래서 예외적인 「갑을고시원 체류기」라면 몰라도 「몰라 몰라, 개복치라니」와 같은 소설은 황당한 '공상' 정도로 다가오기 쉬울 듯하다. 이 경우 '만화적 상상력'이라는 말은 여러모로 편리하다. 조금 더 열린 독자라면 이러한 환상적 서사를 알레고리로 이해하고자 할 것이다. 예컨대 외계인의 습격으로 망가진 논밭(「코리언 스텐더즈」)은 피폐한 농촌을 알레고리화한 것이라는 식으로. 그렇다면 대왕오징어의 기습은? 개복치 모양을 한 지구는? UFO를 타고 온 너구리는? 하늘을 날아오르는 오리배들은?

알레고리적 독해는 안정적인 의미를 부여할 수 있어 언제나 매력적이지만, 어쩔 수 없이 박민규 소설의 환상성을 순화하고 길들이는 방향으로 나아가게 된다. 설명불가능한 것이 설명가능하게 되는 순간 특유의 전복적인 감각은 쉽게 휘발된다. 실제로 박민규 소설은 알레고리적 효과를 작가가 의식하고 또 의도할 때보다는, 엉뚱한 다른 것 속으로 미끄러지는 환유 속에 스스로를 개방하고 의미화의 안정성을 교란해나갈 때 더 충만한 에너지를 보여준다. 이 활력에 비하자면, 환상적 서사를 시작하기 전에 인물의 관념을 펼쳐놓은 뒤 알레고리적 진술을 말미에 배치하여 소격효과를 노리는 전개는 박민규 소설의 독자들에게는 이제 다소간 익숙해진 감마저 있다.

물론 이와 같이 기발한 상상력과 자유로운 연상, 거침없는 환상공간으로의 비약, 그리고 그 속에 내재된 소설적 에너지를 긍정한다고 해서, 현실과의 무관성 내지 비연루성을 강조하고자 하는 것은 아니다. 특히 박민규라는 작가가 IMF 이후 평균적인 한국인의 비루한 현실을 가장 자각적으로 소화해내고 있다는 점을 염두에 둔다면 그러하다. 인물들의 면면이나 그들이 살아가는 모습을 핍진하게 그려내려는 태도는 그가 현재적 삶의 리얼한 감각에 그 누구보다 충실한 작가라는 사실을 일러준다. 예컨대 "열차라기보다는, 공포스러울 정도의 거대한 동물이 파아, 하아, 플랫폼에 기어와 마치 구토물을 쏟아내듯 옆구리를 찢고 사람들을 토해냈다"(「그렇습니까? 기린입니다」, 74쪽)와 같은 문장이 전해주는 실감이란, 수많은 사람들의 고통과 그 고통을 묵인하며 억압하는 현실의 위력 속으로 단숨에 직핍해들어간다. 이렇듯 숨 막히는 현실에 대한 나름의 대응이자 방법적 전략으로 고안된 것이 예의 환상이거니와, 현재의 박민규는 이를 몇 가지 각도에서 실험하고 있다.

그 하나는 먼저, 우주로 나가봤더니 지구는 개복치더라는(「몰라 몰라, 개복치라니」) 식으로 '지구는 둥그니까' 유의 현실적 논리가 우주적 관점에서 과연 옳은 것이냐는, 즉 현실의 자동화된 의식을 비틀어보는 데 주안점이 놓여 있는 경우를 들 수 있다. 그러나 『카스테라』에 묶인 소설들에서 주류를 이루는 것은 현실과 적대적인 관계에 있기보다는 현실의 결핍에 보완적으로 기능하는 환상이다. 「카스테라」 「고마워, 과연 너구리야」 「그렇습니까? 기린입니다」 등 환상성이 가장 효과적으로 서사에 개입하고 있는 소설들의 결말처리방식을 보라. 카스테라, 기린, 너구리 등 익숙한 것들을 낯설고 비현실적인 위치에 가져다놓음으로써 빚어지는 그 환상은, 지친 인간들을 다독이는 동시에 그것에 의지하지 않고서는 견딜 수 없는 현실을 환기하면서 여운을 전해주는 데 성공한다. 요컨대 이 소설들의 주인물들은 현실에서 충족하기 어려운 것들을 소박하게나마 대리충족함으로써 그들을 억누르는 무거운 현실을 잠시나마 우회해가는데, 이들이 자신 앞에 주어진 놀라운 (비)현실에 크게 의혹을 품거나 당혹스러워하지 않는 것은 이와 같은 연유에서다.

너구리가 등을 밀어주어도, 기린의 무릎에 손을 올려놓아도, 따뜻한 카스테라 한 조각의 맛을 보아도, 환상에서 다시 되돌아온 현실이 크게 바뀌지 않으리라는 점은 누구나 쉽게 예상할 수 있다. 환상을 끝으로 소설이 일단락된다는 점은 박민규 소설의 현재적 면모에서 짚어둘 만한 특징이다. 어쩌면 그래서, 박민규 소설은 거기서 더 나아가지 않고 멈추어야만 하는 것인지도 모른다. 박민규가 거대한 현실과 싸우기를 멈추고 환상 속으로 도피하려 한다는 불만은 그 환상 속에 담겨 있는 비애감의 깊이로 볼 때 지나친 것이리라. 그럼에도 이 환상이 부조리한 세계와 타협하지 않으려는 정신적 의지와, 그 세계를 수락하기 직전의 통과제의적 매개 양자 모두를 아우르고 있다는 점은 지적해두어도 좋을 것 같다.

그렇다면 여기까지가 박민규가 탐색하고 있는 환상의 진로의 전부일까.『핑퐁』에서는 환상이 좀더 도전적인 방식으로 활용되고 있음을 확인할 수 있다. 세상으로부터 '왕따'당한 중학생들의 고단한 삶을 차곡차곡 쌓아올리던 작가는, 환상세계로 도약한 뒤 인물들로 하여금 다음과 같은 결정을 내리게 한다. "언인스톨? 우리는 고개를 끄덕였다." 세계라는 프로그램을 삭제하라는 이 명령은 비록 담담한 어조로 기술되고 있기는 하나, 프로그램 자체를 아예 삭제하는 식이 아니고서는 어찌할 도리가 없는 세계에 대한 분명한 부정의식을 드러낸다.『핑퐁』의 현실세계는 애써 생존해야 할 이유 자체를 찾아볼 수 없는 곳으로 형상화되고 있으며, 인물들에게 가해지는 폭력은 더할 수 없이 그악해 그 순환을 끊을 수 있는 방법이 없다. 세계가 '깜박'하고 외면해버린 화자와 '모아이'는 자동화된 기계처럼 그 폭력 앞에 무참히 몸을 내어주는 것밖에는 달리 방법이 없는 것이다. 따라서 세계를 언인스톨하라는 명령은 일견 전능해 보이지만 그 뒤편에 도사리고 있는 것은 그런 환상을 낳게 한 부정적 현실의 전능함이기도 하다. 환상의 세계에서 빠져나온 '나'가 살아가야 할 곳은 여전히 현실, 그것도 언젠가는 이 세상이 사라질 것이라는 믿음 아래서만 가까스로 견딜 수 있는 현실이기 때문이다. 환상 속 결단과 현실 속 폭력의 이 어두운 깊이는 박민규의 현실관이 가닿은 막다른 한 지점을 암시한다. 이 비관 속에서 앞으로 그는 무엇을 할 것인가.

3

박민규의 책들을 처음 펼쳤을 때 외견상 눈에 띄는 특징 중 하나는 단락이 바뀔 때마다 한 줄씩 띄어져 있다는 것인데, 이를 비롯해 인터넷 글쓰기의 영향이라 짐작되는 흔적은 그의 소설 곳곳에 스며 있다.[4] 조하형의 장편소설 『키메라의 아침』 역시 먼저 시선을 끄는 것은 작품을 이루고 있는 많은 텍스트 블록들이다. 전체 텍스트는 132개의 텍스트 블록으로 나뉘어 있고, 이들이 적게는 2개, 많게는 10개씩 묶인 총 40개의 하위텍스트들이 『키메라의 아침』의 골격을 이룬다. 본문에 삽입된 무수한 링크들은 한 텍스트 블록의 끝에 있거나 텍스트 블록 안의 단어나 문장 뒤에 위치하여 다른 텍스트 블록으로 이동할 것을 지시한다. 이렇게 링크를 따라 이동한 텍스트 블록은 대개 이동하기 전의 텍스트 블록에서는 부차적으로 다뤄진 사건을 중심에 놓음으로써 서사를 계속적으로 분산시키는 효과를 빚어내고 있지만 때에 따라서는 이동하기 전 텍스트 블록의 주석 역할에 그치는 경우도 없지 않다. 결국 본문에서 어떤 링크를 먼저 선택하느냐는 독자에게 달려 있으며 그 선택에 따라 이야기는 일단 분산되는데, 아무 내용 없이 여러 개의 링크 표시만 되어 있는 텍스트 블록 16-7은 『키메라의 아침』의 이러한 형식적 특징을 가장 잘 보여주는 사례라 할 만하다.

『키메라의 아침』에서 하나의 장면이 다른 장면으로 미끄러져갈 때, 이야기가 통합되지 않고 그 자체로는 완전할 수 없는 또다른 이야기를 향해 분산되는 경우가 많기 때문에 서사의 흐름을 따라가기가 상당히 까다로우며 완독한 후에도 그 얼개를 맞춰가는 것이 쉽지 않다. 텍스트 블록들을 묶어내는 40개의 하위텍스트들이 몇 개를 제외하고는 동일한 초점의 화자를 중심으로 진행되게끔 한 것이 그나마 작가가 독자를 위해 마련

---

4) 이 자세한 양상에 대해서는 서영인, 「'슈퍼'한 세상을 향해 날리는 적막한 유머」, 『실천문학』 2005년 봄호 참조.

한 최소한의 배려다. 그러나 무수한 조합이 가능할 정도로 텍스트 블록의 수가 많지는 않으며, 링크로 연결된 텍스트 블록들이 그 연결순서에 따라 매번 다른 서사적 연관성을 가지는 것도 아니어서 최종적으로 도출할 수 있는 이야기의 다양성은 기대할 수 없다. 요컨대 조하형은 텍스트 블록과 링크라는 복잡하고 다소 생소한 장치를 종이책 속으로 끌어들이되, 하이퍼텍스트(hypertext)의 핵심적 특징인 서사의 다양성을 꾀하는 대신 텍스트 전체를 무수한 파편들의 콜라주로 만드는 길을 택함으로써, 텍스트의 시공간을 더욱 혼란스럽게 만드는 환상적 장치가 되게끔 의도한 것으로 보인다. 그리고 『키메라의 아침』의 이러한 형식적 특질이, 하나의 개체이기는 하되 다른 개체들의 특성이 희한하게 콜라주된 이른바 '키메라'들의 이야기라는 내용적 측면과 맞닿아 있음은 물론이다.

『키메라의 아침』의 서사는 처음부터 끝까지 이 키메라들이 장악한 미래의 환상세계를 무대로 펼쳐지는데, 작가는 미래소설의 외관을 빌려 테크놀로지와 생명공학의 진전으로 발달된 미래를 예측하는 데 주력하기보다는, 현재의 사회현실을 비판적으로 인식하고 그 위기의식을 미래로 투영하는 데 집중한다. 진화론적으로 날개 달린 인간이 태어날 확률을 따져볼 때 미래세계를 배경으로 하는 SF가 구사하는 정교한 외삽법과 『키메라의 아침』의 상상력이 상당한 거리를 두고 있음은 분명하지만, 이 분야의 고전인 『멋진 신세계』『1984』 등이 미래의 디스토피아를 현재의 다른 판본으로 설정하고 있다는 사실을 상기해본다면 조하형의 이러한 전략이 그 자체로 낯설다고는 할 수 없다.

현실에 대한 논평이라는 점에서 『키메라의 아침』을 짚어갈 때 특히 흥미로운 것은, 약 70여 년 전 세상에 처음으로 등장한 '조인'이 그 날개를 접고 지상으로 복귀하면서 혼란스러운 과도기가 마무리되는 과정이다. "구인류가 어떤 식으로 세계를 망쳐왔는지 똑똑히 보았고, 하늘 저편에서 막연하게 그들의 나라를 꿈꾸기 시작했"(70~71쪽)던 최초의 조인들은 네거티브한 방식으로 체제에 저항했지만, 이들의 반역적 에너지는 체제를 바꾸는 혁명적 전환으로 이어지지 못하고 기존체제에 완전히 흡수되어버린다. 부정적 현실세계에 대한 강력한 저항체이자 대안의 가능성으로 기대된 조인이 매스미디어의 분열전략과 자본의 상품화전략에 포획되어 지상에 완전히 안착하는 길을 택한 것이다. 조인이 출현한 후에도 본질적으로 변한 것이 없는 이 미래사회가 그 발전의 뒤편으로 폐기해버린 것이 있다면, 신인류들이 장악한 세계에서 도태의 길로 접어들 수밖에 없었던 구인류들이다.

조인들의 날개가 현실의 벽 앞에 좌초하고 오히려 체제를 고착화시키는 동력으로 재포장되었다는 이 이야기에서, 변혁의 시대를 관통해 오늘날에 이른 한국사회에 대한 비판적 시선을 읽어내는 것은 어렵지 않다. 그러나 『키메라의 아침』은 출구가 보이지 않는 세계를 어떻게 가로지를 것인가라는 질문을 뚝심 있게 밀고 나간다. 진보와 발전의 관점으로 말하자면 온갖 '진화'의 방향으로 내달려온 것처럼 보이는 세계는, 그 세계에 속한 인간에게 행복을 가져다주었는가. 오히려 그 속의 인간들은 네모난 변종 수박처럼 진화의 속도에 적응하기 위해 매일같이 몸이 잘려나가는 듯한 고통을 참아내야만 한다. 그래서 『키메라의 아침』에서 미래세계를 가장 명징하게 표현해내는 말이 '미친, 새로운'이다. 텍스트에서 가장 자주 마주치게 되는 '미친, 새로운'이라는 수식어는 예의 '날개'를 포함하여 모든 새로운 것들을 훨씬 더 빠르게 상투적인 것으로 변화시키고야 마는 이 세계의 진화방식을 표상한다. 결국 관건은 상투성으로 포획되지 않는 '미친 새로움'을 역으로 확보해내는 길밖에는 없으며, 조하형의 미학적 기획 역시 이 점을 겨냥하고 있다.

상투성을 넘어서야 한다는 것조차 상투적이 되었다는 이중의 회의론 앞에서, 작가가 보기에 견고한 세계를 균열케 하는 최초의 토대는 이미 결정된 현실의 필연성을 교란하는 일상의 카오스를 되살려내는 것이다.

정신병원이라는 광기의 공간과 시청후각적 혼돈이 지속되는 노인촌이라는 신비의 공간이 바로 그 카오스의 무대로 고안되고 있으며, 이 공간에 거주하는 세계의 낙오자들은 현실에 처절히 절망했다는 점에서 변혁가능성의 담지자로 설정된다. 이 낙오자들의 절규가 한데 뭉쳐 견고한 세계를 어떻게 돌파할 것인가라는 모색의 지점으로 수렴되고 있다는 점은『키메라의 아침』의 손꼽을 만한 미덕이다.

이들의 간절한 소망은 그러나 불행히도 끝내 세상을 바꾸는 데 이르지는 못한다.『키메라의 아침』의 사실상의 대단원은 텍스트의 한가운데 위치한 텍스트 블록 16-4인데 미래세계는 여전히 조인들의 시대이고, 구인류 '김철수'는 바로크풍 공중벤치에서 공중의 조인들은 아무도 알아채지 못하는 죽음을 맞이하는 것이다. 그러나 감옥에 갇힌 수인이 되어서도 벽타기를 거듭하던 김철수의 행위가 말해주는 것처럼, 텍스트 속의 인물들이 광기 어린 시도를 거듭하여 어떤 극단에 이른다는 사실은 기억해둘 만하다. 견고한 현실을 넘어서고자 했던 이들이 그 극단에서 내놓은 답안 두 개가 있다. 하나는 "완벽하게 순응함으로써, 그것의 강제성을 무화시켜버리는"(144쪽) '박영구'의 쌍둥이 누이 '박영자'의 것이다. 자신을 옭아매는 체제에 저항했다고 생각했으나 그것조차도 그 세계가 설계한 각본의 일부라는 사실에 절망한 그녀가 세계에 저항하는 유일한 길은 그것이 상연되는 비극적 무대, 곧 그녀 자신을 끝장내버리는 것밖에는 없다. 그녀는 일견 도저한 허무주의자처럼 보이지만 세계를 거스르겠다는 최후의 욕망만은 끝내 양보하지 않는다. 바로 그 욕망까지를 포함해 그녀 자신이 가진 모든 것을 다 넘겨줌으로써 역으로 자신을 실현해내는 자멸의 희곡이, 그녀에게는 세계가 지정한 시나리오를 우스꽝스러운 것으로 희화화하면서 그것의 바깥으로 나가는 유일한 길이다.

두번째는 박영구의 방식이다. 텍스트 속 인물들이 지나온 과도기를 뼈아프게 정리하는, "날개 때문에 많은 사람들이 죽거나, 다치거나, 미쳤다.

그럼에도 불구하고, 사실은 아무 일도 없었다"(73쪽)라는 '날개의 아포리아'는 박영구와 '독고영감' 등 『키메라의 아침』의 서사의 한 축을 담당하는 인물군을 광기의 막다른 골목으로 질주하게 하는 결정적인 요인이다. 즉 그들의 망상은 조인이 탄생했음에도 왜 세상이 변하지 않았느냐는, 그들로서는 받아들일 수 없는 사실을 중심으로 싹튼다. 독고영감이 처음 기술하고 박영구가 이어 쓰는 「닭에 관한 노트」는 닭을 날게 한다는 어처구니없는 생각을 담고 있으며, 서술자 역시 친절하게 이것이 망상에 불과함을 반복해서 일러준다. 그러나 불구의 날개를 가진 닭이라는 대상을 향해 투자되는 그들의 생각을 따라가다보면 의외의 에너지와 만나게 된다.

절대적으로 힘있는 세계가 개인을 포섭하거나 광기로 몰아 배제하는 방식 역시 편집증적이라는 사실을 염두에 둔다면, 아울러 정상적 사고와 비정상적 사고를 가르는 경계 역시 그 지배담론에 의해 주어진다는 사실까지 기억한다면, 독고영감과 박영구의 모색은 세계에 대항하는 저항담론의 한 형태를 예비한다. 그들의 망상 속에는, 세계를 지배담론과 다른 각도에서 바라보아 자신과 세계와의 관련성을 탐구하고, 세계의 문제를 자신 쪽으로 끌어당겨 해결하려는 의지가 담겨 있기 때문이다. 닭은 당연히 날지 못하지만 그 집요한 노력은 인간을 변화시킨다. 특히 박영구는 닭의 실패를 통해 세계의 균열 앞에 선 자의 공포와 불안이라는 자기 속의 모순을 읽어내기에 이른다. 의지대로 되지 않는 세계는 인간에게 공포로 육박하지만, 모든 것이 예측가능하게 전개되는 세계를 떠나야 한다는 사실 또한 자유를 경험해보지 못한 인간에게 불안을 안겨준다. 지배담론이 체제의 소외자들에게 불어넣은 "자기기만이나 자기혐오"(225쪽) 없이 자신의 불구의 날개와 정면으로 대면함으로써 그 불안과 공포를 넘어서는 것, 그것이 박영구가 제시하는 답이다. 텍스트 블록 33 전체가 할애된, 우스꽝스러우면서도 장렬한 최후에서 박영구는 "생애 처음으로 날아올랐다".(264쪽) 트럭에 치여 죽으며 6.8초간을……

4

환상 속으로 달려가면 현실에서와 달리 무한한 자유를 누릴 수 있었던 가. 박민규와 조하형의 소설을 살펴보면, 실상은 반대에 가깝다. 매 순간 숨통을 죄어오는 듯 답답한 현실 속에서 작가들에게 희망을 말하라고 하는 것은 이치에 닿지 않는 일이 되기 쉽다. 허무와 냉소의 문턱 바로 앞에서 거짓 낙관을 불어넣는 것보다는 현실의 좌절과 절망을 있는 그대로 정직하게 쓰는 것이 역설적으로 희망을 발견하는 가장 빠른 길인지도 모르겠다. 바야흐로 '바깥은 없다'라는 말이 어디서나 쉽게 회자되는 세상인 것이다. 그 앞의 수식어가 신자유주의가 되든, 전 지구적 자본주의가 되든, 세계체제가 되든 누구나 쉽게 바깥은 없다고들 말한다.

그러나 문학은, 소설은 늘 바깥을 꿈꾼다. 그 바깥을 모색해보기 위해서라면, 작가들의 무대는 지구 바깥이 될 수도, 현재의 바깥이 될 수도 있다. UFO와 변형괴물이 느닷없이 등장하는 세계이거나 다리가 네 개 달린 닭과 클로닝 봉황이 동시에 출몰하는 세계라도 괜찮다. 소설의 정형이 있다는 고정관념도, 소설의 리얼리티는 특정한 방식으로만 달성된다는 고정관념도, 소설의 무대는 늘 지금 이곳이어야 한다는 고정관념도 깨나가는 것이 작가의 몫이다.

그러니 이 역시 한번쯤은 의심해볼 수 있겠다. 한번 만들어지면 되돌아보기 쉽지 않은 고정관념으로서의 세계관 말이다. 부정적인 현실은 다시 돌이킬 수 없다는 결정론적 세계관은 현재로서는 가장 깨기 힘든 고정관념이 되어버린 듯하다. 그러나 어쩌면, 우리의 현실인식이 앙상하고 진부한 레토릭의 차원에 머무르고 있는 것은 아닐까. 현실은 바꿀 수 없는 것이라고 단언하기 전에 먼저, 그것을 바꾸고자 하는 의지를 자문해보는 것이 옳은 순서였던 것은 아닐까. 결단 속에 어떤 선택을 하고 그 선택으로 인한 결과에 책임을 감당하는 순간이 인간을 인간답게 만드는 순간임을, 그리고 그 순간은 세계에 의해 주어지는 것이 아니라 세계를 거스르고자 하는 의지로써 열어가는 것임을, 우리는 오래전부터 목격해왔기 때문이다.

(2006)

재와 피로 덮인 얼굴
— 편혜영 장편소설 『재와 빨강』

1. 생명정치시대의 K

저자의 이름이 지워진 한 권의 책이 있다고 하자. 그리고 그 책의 어느 페이지엔가 "햇볕에 농익은 석류가 속을 내벌리듯 쥐가 더러운 회색 가죽 바깥으로 붉은 내장을 툭 터뜨리는" 광경이, 혹은 "질기고 더러운 냄새나는 가죽이 연약한 뼈와 함께" 씹히는 광경이 펼쳐져 있다고 하자. 그렇다면 당신은 그 책의 저자를 모를 수 없다. 지금 당신은 편혜영이 쓴 소설을 읽고 있는 것이다.

편혜영의 첫 장편소설 『재와 빨강』(창비, 2010)에는 지금까지 편혜영 소설에서 읽어왔던 것들의 흔적이 완연하다. 비유컨대 이 소설의 독자는, 역병이 창궐한 도시의 폐쇄된 아파트(「아오이가든」)를 훔쳐보는 듯한 느낌, 개들이 짖는 소리를 따라 병원(「사육장 쪽으로」)을 찾아헤메는 듯한 느낌, 그도 아니면 어두운 공원에 버려진 더러운 토끼(「토끼의 묘」)라도 된 듯한 느낌을 모두 맛보게 될 것이다. 역병을 전염병으로, 병원을 방역복으로, 좀 안된 노릇이지만 토끼를 쥐로, 기계적으로 치환해놓는다면 말이다. 그뿐인가. 세계의 이면과 심연을 그로테스크한 렌즈로 포착하는 미학적 전략도, 인간은 원숭이이자 시궁쥐이며 시체이자 토사물이라는 반인간학적 테마도, 범람하는 쓰레기에서부터 불가해한 파견근무까지 모티프 차원의 겹침도 얼마간은 찾아볼 수 있다.

그러므로 이 소설을 앞서 발표된 단편소설들의 자취와 행로를 모두 담고 있는 지금까지 편혜영 소설의 종합판으로 받아들인다 해도 그리 무리는 아닐 것이다. 그러나 『재와 빨강』의 세계는 불쾌의 미학을 인상적으로 구축했으나 그만큼 비현실적인 괴담처럼 다가오기도 했던 『아오이가든』의 세계와도, 현대적 일상의 심부를 탁월하게 묘사하고 있으나 다소 전형적인 수작으로 읽히기도 했던 『사육장 쪽으로』의 세계와도 어느 정도 거리를 두고 있다. 『재와 빨강』은 통상적인 기대를 배반하는 가상적인 상황을 전개하고 있으되, 플롯의 측면에서 가장 기본적인 층위의 개연성을 놓지 않고 있으며, 현대 자본주의세계의 출구 없는 미로를 다루고 있으면서도, 그 미로를 통시적인 보편이 아닌 공시적인 실감으로 육박하게 한다.

『재와 빨강』은 주인물 '그'가, 아파트먼트 4층에서 투신하여 지상의 공원과 쓰레기 소각장으로, 또 거기서 맨홀 아래의 하수도로 내려가는 추락의 서사를 먼저 제시한다. 약품개발원에서 부랑자로 전락한 그는 생명의 위협을 받기도 하고, 또 누군가의 생명을 앗아가기도 하며 다시 지상의 세계로 나아가게 될 것이다. 극한의 상황에서 살아남는다는 점에서 이 소설은 흡사 로빈슨 크루소의 생존기를 떠올리게 하지만, 공통점은 그것에 그친다. 모국으로 귀환하지 못하는 이 편혜영판 생존기는, 대니얼 디포가 로빈슨 크루소를 통해 경제적 동물의 전형을 창조했던 것과는 대조적인 관점에서 현대사회의 본질과 인간의 실존에 대한 통찰을 제시하고 있다. 그런 점에서 역시나 크루소보다 편혜영의 주인물과 닮아 있는 인물은 카프카의 K다. 그리고 우리의 K는, 전염병과 쓰레기가 만연하는 생명정치 시대의 한복판을 관통해나갈 것이다.

2. 당신의 체온은 몇도입니까?

소설은 전신방역복 차림의 검역관이 체온계를 보고 얼굴을 찌푸리는 장면으로 시작된다. 주인물 '그'는 검역관에 의해 귓속 체온이 측정되고, 이내 '질병관리센터'라는 글자가 새겨진 방역복을 입은 공중위생의들에 의해 "표백과 살균"을 연상시키는 하얀방에 억류된다. 다음날 밤에야 억류조치는 해제되지만, 입국의 최종 결정과정에서도 그는 배제된다. 그의 신원에 대한 확인은 공중위생의(위생권력)와 지사장(자본권력) 간에 이루어지며, C국의 언어에 서툰 외국인인 그는 나중에야 "내용을 알 수 없는 붉은색 도장"을 확인할 수 있을 뿐이다.

검역의 장면으로 시작하는 소설의 도입부는 이 소설이 전염병의 시대를 포착하고 있음을 효과적으로 각인시킨다. 사스, 조류독감, 신종인플루엔자, 신종 크로이츠펠트-야콥병 등 지난 몇 년간 한국을 비롯한 지구사회는 전염병의 공포에 시달려왔거니와, 편혜영이 건축한 이 허구세계에서도 그에 대한 불안은 풍문과 함께 널리 퍼져 있으며, 소설의 한 장면에서 극단적인 형태로 가시화되기도 한다. 하지만, 『재와 빨강』에서 전염병 공포를 체감케 하는 것은, 피부가 곯고 피를 토하는 따위의 증상들이 아니라, 방역복을 입고 방진마스크를 써 얼굴을 확인할 수 없는 사람들이다. 소설의 관찰에 따르면, 전염병시대는 곧 '의료경찰'의 시대, 인간의 건강이 국가적으로 관리되는 검역과 방역의 시대인 것이다.

소설이 조명해주는 전염병시대의 이러한 측면은 그의 숙소인 제4구의 아파트먼트가 포위되면서 보다 더 분명하게 드러난다. 공항에서 그가 억류당했던 것처럼, 아파트의 출입은 감염자가 발생했다는 경고와 함께 통제되고 주민들은 격리된다. 그 조처는 주민의 자유를 침해하지만, 누구도 그것에 대해 항의하지 않는다. 그가 살고 있는 4층의 18세대가, 배급품을 받는 잠깐 사이 전염이라도 될세라 사육되는 동물들처럼 웅크린 자세를 취하는 장면을 보라. 생존을 위해 어떤 가치보다 우위에 놓이는 것은 전염되지 않는 것이며, 주민들은 자신의 건강에 대한 통제권을 '방역복'들에 위임한다.

소설에서 위와 같이 방역복으로 표상되는 권력, '인구/주민'의 건강을 관리하는 그 권력을 이른바 생명권력이라 지칭해도 무방할 것이다. 많은 이들이 지적하고 있는 것처럼, 9·11테러부터 미국산 쇠고기 수입 파동에 이르기까지 현대 정치의 쟁점은 신체의 안전을 둘러싸고 형성된다. 인간이 벌거벗은 생명으로 환원된 상황 속에서 의료과학 등의 전문지식이 급부상하고, 일반인은 근접하기 어려운 그 지식을 매개로 권력은 통제를 가속화한다. 특히 소설이 보여주는 것처럼, 전염병 아래의 상황에서는 '전염(의심)자의 격리'나 '전염(의심)지역의 폐쇄' 등, 편집증적인 통제가 당연하게 치부된다. 다른 질병과는 달리 전염병은 너무나 명백하게 사회의 다른 개체들, 나아가 전체 사회의 생명까지를 넘보고 있다고 여겨지기 때문이다.

상황이 이와 같으니, C국에 입국한 후 그가 혹시나 전염되지 않을까 두려움에 떠는 것은 자연스럽다. 방역차가 내뿜는 뿌연 연기에 감싸인 이 서사의 주인물은, 그를 조여오는 숱한 다른 위협들과 더불어 전염병의 위협으로부터도 지난한 탈주를 계속해야 하는 것처럼 보인다. 하지만 아이러니하게도 소설에서 전염병이 있다고 분명히 밝혀진 사람은 바로 그가 유일하다. "그렇다면 딱히 나쁜 일은 아니군. 전염병인데도 말이야." "그래도 옮길까봐 항상 미안해요." 결말부의 이 짧은 대화는, 독자로 하여금 전체 서사를 복기하게 만든다. 소설에서 스토리 시간 내내 변하지 않는 사실은 그가 '경미한 감기'를 앓고 있다는 것이다. 그리고 소설의 진술을 신뢰한다면, 미열과 기침 등을 동반하는 그 감기를 그는 C국에 입국하기 전부터 앓고 있었다.

정황이 그러하다면 이쯤에서 전염병을 가진 그가 자신을 포획하려는 권력의 어두운 손길을 피해 계속 달아나고 있다고 뒤집어 생각해볼 수도 있지 않을까? 소설에서 이러한 의문을 단정적으로 해명해내기란 거의 불가능하다. 서사적 미궁은 이 소설이 품고 있는 가장 매혹적인 자원이어서, 『재와 빨강』에서 독자들이 품게 되는 의혹과 의문이 그것뿐인 것도 아닐 터이다. 하지만 그럼에도, C국에 던져진 하나의 이물질인 그가, 그 자신의 표현을 빌리면 "실재를 드러내지 않는 비형상의 존재인 유령"이 C국으로 틈입해 들어간 순간부터 소설 속 C국의 실재가 노출되기 시작한다는 사실 정도는 적어두어도 되겠다. 이제 우리는 그를 따라 C국의 더 깊은 곳으로 진입하게 될 것이다.

3. 도시의 배설물

하루라도 배설하지 않으면 안 되는 신체, 그것은 단지 인간의 몸만은 아닐 것이다. 인간이 이룩한 소비문명의 왕성한 식욕은 그 탐식의 배설물들을 처리해야 하는 문제, 다시 말해 쓰레기로 대표되는 폐기물의 문제를 초래했다. 인간이 음식을 먹고 배설하는 것이 당연한 이치이듯, 사회라는 유기체도 반드시 무언가를 배설해야만 한다. 그리고 그 배설의 방식 중 하나를 우리는 제4구의 기원에서 목격할 수 있다. C국의 수도인 Y시 중심부 외곽지역을 재개발해 만든 제4구는, 재개발 당시 대량의 산업폐기물과 가정용 쓰레기도 함께 매립되었다. 쓰레기더미 위에 만들어진 도시 속의 외딴섬, 그것이 제4구다.

제4구의 인접지에 들어서자마자 그가 처음으로 하는 행위는 지독한 악취로 인한 구역질이다. 그 악취의 근원을, 그는 육지와 제4구를 연결하는 "검은 석유 같은 물"을 가로지르는 다리를 걷는 동안 알아차린다. "눈에 띄는 곳에는 물론이고 눈에 잘 띄지 않는 곳에도 쓰레기가 쌓여 있었다"는 진술대로, 제4구는 범람하는 쓰레기로 홍역을 치르는 중이다. 그러니 소설 속 제4구는 '지표면 아래'뿐만 아니라, '지표면 위'에도 쓰레기가 넘쳐나는 곳이다.

일반적으로 쓰레기를 비롯한 '폐기된 것(the abject)'에 대한 이러한 경도는, 정상적 질서에 대한 거부와 저항, 위반과 전도에 대한 상상력을 함축하고 있다고 생각되어왔다. 그것이 인간이 만들어놓은 경계들을 의문에 붙이며, 분류와 위계의 질서를 교란시켜놓기 때문이다. 하지만 『재와 빨강』에서 차이가 무화된 이 혼돈의 세계는, 생존질서에서의 폐기를 가장 직접적으로 지시하고 있다. 살인용의자로 오인되고 있다는 의혹 속에서 그가 아파트먼트 바깥으로 투신한 곳이 검은 쓰레기더미 위라는 사실은 의미심장하다. 말하자면 그는 스스로 폐기되어, 쓰레기가 되기에 이른다.

이미 거리에서 습격당하면서부터 쓰레기의 악취와 만신창이가 된 자신의 체취를 구별할 수 없게 되거니와, 부랑자들의 은신처인 공원에 몸을 숨긴 후부터 그의 처지는 더 극악해진다. 썩고 곯은 쓰레기 냄새가 그에게는 곧 음식의 냄새이며, 그의 냄새나는 몸은 벌레들의 먹잇감이 된다. 그러나 다른 어떤 장면들보다, 이 생존의 정글이 얼마나 잔혹한지를 잘 보여주는 삽화는 소각장에서 자행되는 소각의 한 장면일 것이다.

더이상 두려워할 것조차 남아 있지 않은 것만 같은 무법의 부랑자들에 의해, 검역으로부터 차단된 바로 그들에 의해, 전염병을 의심받은 '2번'은 말 그대로 소각된다. 피부가 온통 붉게 돋아난 사람이, 바로 내 옆에서 피를 토할 정도의 기침을 하고 있다면, 당면한 죽음의 공포 앞에 의연할 자 누가 있단 말인가. "소각장에 쓰레기를 버리기에 가장 좋은 때가 있다면 바로 지금이었다"라는 소각 직전의 서술은, 소설이 지금 '쓰레기가 되는 삶'(지그문트 바우만)의 마지막 한순간을 포착하고 있음을 냉정한 방식으로 드러내 보인다. "세상의 모든 것이 타들어가면서 나는 연기", 그 모든 것에 이제 쓰레기가 된 사람이 추가될 것이다.

4. 언더월드

사람을 소각하는 데 동참하게 하는, '버리지 않으면 우리가 죽게 된다'

는 생존의 강박은, 폐기된다는 것이 곧 윤리적 폐기까지 의미한다는 사실을 암시해준다. 아직도 그를 관류하고 있는 마지막 한줌의 양심은 그로 하여금 면죄의 알리바이를 궁리하게 하지만, 전술한 장면에서 그를 압도하고 있는 것은 자신도 전염되었을지 모른다는 공포다. 마치 그것이 사후적인 처방이 되기라도 하듯, 대기 중에 떠도는 소독약을 흡입하기 위해 몸의 모든 구멍을 한껏 벌리는 그의 참혹한 안간힘을 보라. 하지만 그는, 그런 그의 본능을 다른 부랑자들도 똑같이 나누어 가지고 있다는 생각까지는 하지 못했다. 부랑자들은 '2번'을 소각함으로써 자신들과 격리시켰던 것처럼, '2번'의 손과 접촉한 '9번' 역시 보디백에 담아 하수에 버린다.

그의 생각대로 가진 것이 없으므로 역설적으로 폭력에서 자유로울 수 있는 이 지하세계는, 더이상 빼앗길 것도, 쫓겨나갈 곳도 없는 바닥이다. 제4구의 체액인 강과 연결된 하수에는 분변, 오물, 시체 등이 섞여 흐른다. 그러나 하수도를 "그가 가본 다른 어느 곳보다" 더러운 곳으로 만드는 것은 하수가 아니라 그곳의 사람들이다. 하수도의 시퀀스에서, 도시의 배설과 인간의 배설은 정확히 유비된다. 부랑기간이 길어질수록 깨끗한 몸을 유지하고자 하는 공원의 부랑자들과는 달리, 검은 물에 오줌을 누고, 앉은 자리 옆에 똥을 누는 하수도의 인간들에게 위생과 청결에 대한 자의식은 존재하지 않는다.

자신도 언젠가는 바로 그렇게 되리라는 끔찍한 예감 속에서, 인간이라는 사실을 잊지 않으려 그가 이 공간에서 몰두하는 행위는 크게 두 가지로 압축된다. 하나는 과거의 시간에 대한 회억으로, 그 기억 속에서 그는 "사소하고 미세한 생활의 결을 다시 매만질 수 없을 것"이라는 절망에 빠져든다. 그 절망만큼 인간을 인간이게 하는 것도 달리 없을 터. 나머지 다른 하나는, 바로 쥐를 잡는 것이다.

쥐를 박멸하기 위한 바쳐진 기나긴 역사를 통해, 소설은 인간의 세계가 쥐의 세계를 이면에 거느리고 있다는 사실, 나아가 인간은 곧 쥐나 다를 것이 없다는 사실을 환기한다. 2부를 여는 그 들머리의 암시대로 C국에 오기 전 쓰레기만큼이나 쥐를 혐오한 그는, 쓰레기를 뒤지는 한 마리 쥐로 전락한 처지임을 실감해야 했었다. 하지만 하수도에서의 그는—쥐를 잡으면 사람도 아니라고 생각했던 모국의 기억이 무색하게도—쥐를 잡는 행위로 그러한 동일시와 거리를 두려 애쓴다. 인간과 쥐를 함께 사유할 수 있는 까닭이 놀라운 생명력에 있다는 사실을 염두에 둔다면, 어쩌면 그런 그의 행위야말로 과연 쥐다운 것이라 해야 좋을지도 모른다. 쥐를 잡는 그의 행위에는 생각지 않았던 현실적인 보상이 기다리고 있었던 것이다.

"검은 어둠 속"으로 내던져졌던 그가, 지상으로 올라가 마침내 "은빛 방역복"을 얻게 되는 것은 그가 하루종일 쥐를 잡았기 때문이다. 지상의 세계가 쥐를 잡는 인간을 필요로 하자, 지하의 오물이자 쓰레기로 살았던 그는 '재활용'되는 계기를 맞게 된다. 애초에 해외파견자로 선발되었던 이유 역시 단지 그가 쥐를 잘 잡았기 때문이었다는 사실을 상기한다면, C국으로의 파견근무는 그의 생각처럼 기묘한 방식으로 그 운명을 실현하고 있는 것처럼 보인다.

5. 카프카의 미로에서

『재와 빨강』에는 플롯을 지탱하는 두 가지 의문이 있다. 하나는 전처의 살해에 대한 의문이며, 다른 하나는 C국으로의 파견에 대한 의문이다. 서사적인 균형을 의식하는 독자라면 그 질문들을 다음과 같이 반복하게 될 것이다. 살해와 파견은 어떤 관계에 있는가. 시간 순으로 복기하면, 파견 직전 전처는 살해되었고, 그는 그 사실을 모른 채 파견되었으며, 자신의 무고함을 밝히기 위해 스스로 추락했다.

그가 마지막으로 습득한 C국 언어의 문형이 사역수동이었다는 사실은, C국에서의 그가 숨은 작인(作因)에 의해 움직이는 것처럼 다가오기에 암시적이다. 우선 그를 문자 그대로 '움직이게 한' 주체로 '본사'를 지목할 수 있을 것이다. 하지만 C국에 입국하는 순간부터, 그의 본사 입성은 계속 지연된다. 억류로 인해 출근일을 지키게 되지 못했을 뿐 아니라, 전화 통보는 출근일을 또다시 지연시킨다. 그리고 그는 '발신자 없는 메일'에 의해 C국으로 파견되었다는 이야기를 듣게 된다. 그렇다면 C국에서의 이 참담한 고통은 단지 시스템의 오류에 불과하단 말인가. 몰락의 배후에는 누가 있는가.

이 의문을 해소하기 위한 그의 투쟁은 생존투쟁과 병렬적으로 진행된다. 그의 의식 속에서 이에 대한 답을 줄 것이라 가정된 사람은 '몰'이다. 그러나 그는 몰이라는 사람은 만나지 못한다. 제4구 17번가에 다다른 그를 기다리고 있는 사람은 몰이 아니라 "초소 앞의 헌병"과도 같은 경비다. 몰과의 면담은 거부되지만, 결코 완전히 거부되지는 않은 채로, 지금은 허락되지 않는 미래의 것으로 다시금 연기된다. 마치 "나는 단지 최하위의 문지기에 불과하다"(카프카, 「법 앞에서」)던 문지기가 자신 뒤에 존재하는 힘들을 상기시켰던 것처럼, "나는 일개 경비예요"라고 말하는 소설 속 경비 역시 "상부의 담당자"들을 계속 환기한다.

결국 그는 세번째 방문에서 오직 신청서만이 순환할 수 있는 이 성(城)에 침입하는 데 성공하지만, 그가 만나는 사람은 몰이 아니라 자신이 몰과 같은 부서직원이라 말하는 한 사내다. "병에 걸리지 않는 게 중요하지만 그보다 중요한 건 병 때문에 일을 망치지 않는 거죠." 사내의 말은 본사가 전염병을 통제하는 것이, 생명의 존엄 때문이 아니라 그 생명을 원천으로 잉여가치를 생산하기 때문이라는 사실을 누설한다. 다국적 기업인 본사는, 방역의 시대에 생명을 좌우하는 자본화한 과학의 형상을 하고 있지 않던가. 그런 맥락에서라면 자신을 둘러싼, 쓰레기로 뒤덮인 이 세계에 대해 몰에게 물어야만 한다고 생각한 그는 옳아 보인다. 하지만 그 이름이 의미하는 바가 그것이 다는 아니다.

6. 그 이름의 공포

『재와 빨강』에서 이름은 타인과의 차이를 드러내주는 지시적 기능이 박탈되어 있다. 소설의 인물들은 어류 선배나 귀뚜라미 팀장과 같이 조직의 직능과 동물에서 따온 별명이 결합된 형태로 지칭되거나 아니면 그와 전처의 경우처럼 이름이 명시되지 않는다. 소설의 주요인물 중 이름이 명확히 제시되는 사람은 몰과 유진 두 사람뿐이지만, 그들의 이름도 소설이 결말로 향해 가면서 동명이인이 여럿 있는 모호한 이름으로 남으며, 결국 그 이름의 주인마저 자취를 감춘다.

몰과 유진의 경우처럼, 소설에서 이름은 기업이라는 조직의 저장소에 등록되며, 나아가 그렇게 관리되기 위해 존재한다. 휴대폰을 분실한 그가, 전화의 일방적인 수신인이 되고, 자의로 전화한다 하더라도 회사 번호를 거쳐야만 하는 소설 속 설정은 상징적이다. 자신이 원하는 이들과 접선하기 위해서, 그는 그들의 이름을 보완해줄 무언가를 알고 있어야만 한다. 생년과 출신학교이기도 하고, 몰의 경우에서처럼 얼굴이기도 하다. 몰을 찾는 과정에서 얼굴은 몰의 개별성을 표시하는 유일무이한 것처럼 묘사되지만, 그러나 그는 몰의 얼굴을 알지 못한다. 몰은 얼굴이 없다.

그렇다면 그에게 이름은 무엇인가. 『재와 빨강』은 자신의 이름을 잃은 한 남자의 이야기이자, 상실된 이름을 찾기 위한 분투기이며, 다른 이름을 얻기까지의 지난한 과정이기도 하다. 하지만 여기에는 어떤 역설이 도사리고 있다. 그 이름의 공포로부터 도피한 자는 누구인가. 쓰레기더미로 몸을 던진 것은, 그가 자신의 이름을 들었기 때문이 아니던가. 문 저편의 목소리가 그의 이름을 부를 때, 그는 그 호명을 스스로 부인했다. 그리고 그 이후 다다른 곳에서는, 최소한의 지시성조차 필요 없이 아무 이름이나 상관없는 자들만이 기다리고 있을 뿐이다.

그의 이름을 알고 있는 유일한 자가 몰이라면, 몰에 대한 그의 집념과 이름에 대한 집념을 따로 떼어놓고 생각하기는 어렵다. 세번째 방문에서 내쫓기기 직전 그가 만난 본사 직원이 바로 몰일지도 모른다는 생각을 하게 된 것은 자신의 이름을 들었기 때문이었다. 하지만 그것은 C국에서 그의 이름이 불린 마지막 순간이기도 했다. 소설의 대단원에서 모국의 지사로 전화를 걸어 그는 매번 자기 이름을 찾지만 '그런 분은 없다'는 대답만이 메아리처럼 돌아올 뿐이다.

결국 소설에서 망각된 그의 이름을 대체하는 것 또한, 몰이라는 이름이다. "남들과 같아진다는 것"이 "자신에 대해 생각하지 않아도 된다는 뜻"이기에 방역복에 감사했던 것처럼, 네번째로 본사를 찾아가는 장면에서 그는 몰이라는 "흔하디흔한" 이름이 새겨진 "명함"을 경비에게 내밀며 허탈하게 웃는다. 본사를, 나아가 C국을 대표하는 그 이름은 다시 그가 상징적 질서로 복귀했음을 시사한다. 하지만 작가 편혜영은 그 이름으로써 몰(沒)의 운명을, 그와 그가 살아가야 할 체제가 죽어가고 있음을 암시하고 있기도 하다. 이제 그가 지워버리고자 했던 어떤 얼굴과 대면해야 할 차례다. 무참하게 뭉개진 그의 전처의 얼굴로, 이 모든 일의 출발점으로 돌아갈 때가 왔다.

7. 가려진 기억의 저편

아파트먼트에서 쓰레기장으로, 쓰레기장에서 하수도로 그의 전락이 이어지는 동안, "사소하고도 사소한 일로 채워진" 모국에서의 시간들을 그는 떠올리곤 한다. 냉혹한 생존도, 부조리한 조직도 아닌, 친밀함에 기반한 사적인 욕망이 충족되던 나날들이 그에게도 한때 존재했던 것이다. 그의 회한처럼, 그에게는 "몸서리치며 그리워할 풍경"들이 있다.

하지만 독자가 소설을 통해 확인하게 되는 그의 과거는 양면적이다. 파탄에 이른 전처와의 관계와, 그것이 그렇게 되기까지의 과정과, 그리고 그 끝에 대한 복합적인 심경은 원숭이숲의 장면에 압축되어 있다. 소설에서 원숭이숲을 관통하여 사원으로 향하는 길은 "그들이 가진 것들을 하나씩 잃어가는 과정"으로 구현된다. 잘못을 만회하기 위해 더 나쁜 수를 두며 피투성이가 된, 이 털 없는 원숭이의 발악을 지켜보는 것은 물론 서글프다. C국을 향한 그에게 더 나은 삶을 향한 기대가 없지 않았던 것처럼, T국을 찾은 그에게도 전처와의 관계를 회복하고 싶다는 희망이 있었기 때문이다. 그러나 이국의 사원은 원숭이숲을 지나는 부부에게, 사원만의 방식으로 그들 관계의 실상을 되돌려준다. 살인을 의심하는 다른 인물에게 "난 언제나 도덕적이고 합법적"이었다고 항변했던 그가, 실은 자신을 통제할 수 없는, 원숭이보다도 무모한 원숭이로 돌변할 수 있다는 사실까지도.

이 지점에 다다르면 "나는 나 자신에 대한 대가로/ 스스로를 고스란히 내놓아야 하며,/ 인생에 대한 대가로 인생을 바쳐야 한다"는 아내의 메모는 아내의 외도의 증거로서가 아니라, 그의 앞날에 대한 예언으로써 그 자리에 놓여 있었던 것처럼 읽힌다. 다시 말해 이 모든 서사를, 그가 그 자신에 대한 대가를 치르기 위해 스스로를 고스란히 내어놓는 이야기로 접근해볼 수 있다는 뜻이다. 일단 아파트먼트 문밖에서 그의 이름이 호명되기 직전 그의 모습을 떠올려보는 것이 좋겠다. 칼을 쥐었다 놓은 순간, "낯설고도 익숙한 떨림이 자신을 관통하는" 그 순간, 세계라는 "칼날"이 자신을 향하고 있다고 느끼는 그의 모습을 보라. 가려진 기억의 심부에 자리하고 있는 것은 섬뜩한 칼의 감각이다. 그는 충격과 혼돈 속에서 촉각에 간직된 그 기억을 부인하거나, 두려운 촉각으로부터 그것보다 더 두려운 어떤 것을 방어하는 서사를 재구성해내곤 한다. 하지만 그럼에도 칼의 감각은 다시 그를 겨냥하는데, 쥐를 잡기 위해 찾아간 어느 집에서 빚어지는 소설 후반부의 시퀀스에서 그것은 "낯선 피냄새"와 함께 그를 완전히 삼켜버린다.

8. 빛 속으로

장면 초반에 그와 주인여자의 드잡이는 생존이 위태로워질 것이라는 그의 불안을 중심으로 묘사된다. 소각장에서 전염병으로 죽게 될지도 모른다는 공포에 떨며 '2번'을 소각했을 때처럼, 그녀의 비명소리를 막지 못한다면 다시 나락에 떨어질 것이라는 불안에 사로잡힌 채 그는 그녀를 압박한다. 이미 쓰레기장과 하수구의 삶을 지나온 그이지 않은가. 하지만 잘못을 고백하고 용서를 구하는 그에게 가위를 휘두르는 그녀는 공격을 멈추지 않는다. 몰래 잠입한 남자 앞에서, 그것도 달아나려는 자신의 입부터 틀어막은 남자 앞에서, 여자 또한 몸부림을 멈출 수 없었을 것이다. 그리고 마침내 버둥거리는 그녀를 견디기 힘들어지자, 그는 "겁만 줄 생각"으로 칼을 꺼낸다.

그가 쥔 칼의 역사를 우리는 알고 있다. 쓰레기더미에서 발견한 "항공사 마크"가 찍힌 그 원시적인 도구는 쓰레기가 된 그에게 허락된 유일한 생존의 증거였다. 하수구에서 간신히 살아남았을 때에 그는 "목숨을 부지하는 일이 전적으로 그 무딘 칼 한 자루에 달린 순간이 올 것"이라 예감하기도 했었다. 하지만 그에게 그림자처럼 달라붙은 손의 통증이 기억하는 칼은 다른 역사를 가지고 있기도 하다. 그 그림자로부터 자유로워지기 위해 되는대로 손을 놀리는 그의 행동은 단순히 쥐꼬리로 연명하는 현재를 지속하기 위한 것이 아니다. 여자의 몸에서 솟구친 피가 그의 얼굴에 튀는 순간은, 그가 자신의 트라우마를 반복하는 순간이자, 그가 수신해야만 했던 고통스러운 나날들의 발신자 자리에 비로소 자기를 위치시키는 순간이다. 이 국면에서 모든 사태의 원점으로 돌아가는 소설은, 여자의 죽음과 전처의 죽음을 겹쳐놓는다. 이야기를 나눌 수 있었던 오직 한 사람으로서의 여자/전처는 지금 집에서 그의 칼에 의해 죽어가고 있다.

이 장면에서 교차하는 비명소리와 클랙슨 소리는 망각의 저편을 찢고 회귀하는, 그가 쓰레기더미로 투신할 수밖에 없었던 이유를 사후적으로 이미지화한다. 누군가 죽었고, 그 죽임은 단죄될 것이다. 물론 주인여자가 결국 죽었는가, 죽지 않았는가, 나아가 그가 전처를 정말로 살해했는가, 하지 않았는가의 여부는 생각만큼 중요하지 않을지도 모른다. 겁먹은 여자를 잡은 몸에 힘을 주었을 때, 이미 그때 그는 자신의 삶에 대한 환멸로 타인의 안위 따위는 생각조차 할 수 없는 상태이지 않았던가. 전처를 의심하고 모욕하며 관계의 비참을 그의 손으로 연출했을 때, 그때 이미 그는 전처를 죽인 것이 아니던가. 그는 자신이 겪어왔고 또 겪게 될 고통의 주재자가 바로 그런 이유 때문에 자기 자신일 수 있다는 생각은 할 수 없었다. 하지만 지금 이 순간, 그는 물러설 곳이 없다. "이 안도감을 얻기 위해 C국에서 긴 시간을 허비한 것 같았다"는 그의 진술은 그러므로 진실일 것이다.

과거가 봉인되어 있던 어두운 집을 나서며, 그는 빛 속에 놓인다. "이미 해가 질 시간이었지만 바깥은 눈이 부실 정도로 환했다." 그 빛은 진실의 빛이 될 수 있을지 몰라도, 구원의 빛은 될 수 없을 것이다. 그는 모국(母國)으로, 그를 낳았던 세계로, 다시 돌아가지 못한다.

9. 재와 피로 물든 얼굴

소설의 대단원에서 제4구는 마침내 일상을 되찾는다. 대부분의 전염병이 사람들을 순식간에 공포에 몰아놓고 어느 순간 홀연히 자취를 감추어버리듯이, "어디서든 끝내 살아남을 줘"처럼 인간사회는 다시 수명을 연장한다. 그리고 또다시, 반복된다. 쓰레기 매립지에 제4구가 건설되었던 것처럼 쓰레기로 뒤덮였던 공원에는 대형마트가 들어서고, 그 공원에서 사람이 소각되어 한줌 재가 되었다는 사실은 주민들의 풍문으로 떠돌다 이윽고 사라질 것이다. 그들이 사는 세계가 병들어 죽어가고 있(었)다는 사실은 그 누구도 의식하지 못하는 날들이, 다시 병든다 하더라도 영원히 죽지 않는 괴물처럼 지속될 수 있으리라 믿는 날들이, 그들을 찾아들 것이다. 그렇다면 이 소설은 승리의 서사인가. 그럴 리 없다.

전염병 유행과 쓰레기 파동이라는 이 소설의 표층적인 서사 아래에는, 생명의 위기에 봉착한 현대사회의 지반이 가로놓여 있었다. 그 지반에는 신체의 안전을 관리하고 통제하는 권력이 있었고, 과학과 자본의 복합체이자 생명을 잉여가치로 환원하는 다국적 기업이 있었으며, 온갖 쓰레기 위에 건축된 (재)개발이라는 이름의 문명이 있었고, 그 자장 아래 쓰레기로 변한 삶이 있었다. 이렇게 여러 겹에 의해 사로잡힌 속에서 그는, 살고자 벌레처럼 꿈틀거리는 사람을 불에 태웠고, 그 자신 죽을 고비를 넘기며 결국 살아남았다. 그리고 우리는 안다. 그의 생존기가, 결코 돌려받고 싶지 않았던, 그러나 결국 피비린내 속에 되돌려 받게 된 진실과 대면하기 위해 준비된 것이기도 하다는 사실을. 돌이킬 수 없이 사산된 관계가 인간을 가장 황폐한 순간과 직면하게 만든다는 사실을.

거울이 그의 얼굴을 비추는 장면으로 시작한 소설의 마지막 장(章)은, 약품이 그의 얼굴로 흘러내리는 장면으로 끝을 맺는다. 분사호스에 고여 있던 약품이 그의 머리통을 타고 얼굴로 흘러내리는 그 모습을 작가는 마지막으로 우리 앞에 던져놓았다. 그리고 묻는다. 그의 얼굴 위로 흐르는 약품이, 재로 내려앉았고 피로 튀었던 누군가들의 자취를 씻어낼 수 있을 것인가. 언젠가 그가 "강한 독성의 약을 온몸에 도포해도 전염병이나 지독한 쓰레기 냄새를 결코 막아낼 수 없으리라" 예감한 것처럼, 아무리 망각하고자 해도 지나온 삶에 각인된 죽음을 그는 벗어나지 못하리라. 이 몸부림 없는 몸부림이, 제의 아닌 제의가, 불현듯 막막하게 느껴지는 것은 그 때문이다.

이제 눈물도 허락되지 않은 채로, 유리상자에 갇혀 아무도 들어주지 않는 이름들을 되뇌는 허공 속의 존재로, 그는 남은 생을 살아가게 될 것이다. 아무리 약품을 분사해도 살아남는 쥐와 같은 존재가 인간이라면, 우리가 인간의 생명력에 경의를 표하게 되는 것이 오직 그 이유 하나밖에 없다면, 삶과 죽음을 구별해야 할 까닭을 이제 무엇에서 찾아야 하는 것일까. 어떻게든 살아남으라는 목소리가 메아리치는 이 쥐의 시대에, 모든 것이 재로 스러지기 직전의 마지막 불꽃과도 같은 것, 그것은 지금 어디에 있는 것일까. 편혜영은 우리를 그 잔인한 질문 앞에 이렇게 데려다놓는다. 그리고 바로 그것이, 지금 여기의 소설이 묻고 또 지금 여기의 독자가 답해야 할 근본적인 물음이라는 사실을 누구도 쉽게 의심할 수는 없으리라.

(2010)

다시 읽는 「벌레 이야기」
— 4 · 16 세월호 참사 1주기에 부쳐

　져본 적이 없다 했다. 탁월한 방어술은 아웃복서의 완성형이라고도 했다. 그의 멍든 얼굴을 한 번이라도 보고 싶어, 대전료가 천정부지로 뛴다는 비아냥도 들렸다. '프리티 보이'라는 별명이 실력을 입증하나 했지만, 막는 데 일가견인 선수에게 환호는 없었다. 경기중에 야유가 터져나왔고, 경기가 끝난 후에는 싸늘한 정적이 감돌았다. 저간의 사정을 찾아보니, 그는 지금껏 악명을 부러 자초해온 듯했다. 아버지와 삼촌 모두 복싱선수였던 가계에서 복싱엘리트로 성장한 그의 또다른 별명은 '머니'. 사람들은 그를 비난했지만 링 위의 승자는 그였다. 36분 동안, 아웃복서의 어깨는 도전자에게 유효한 정타를 쉽게 허락하지 않았다.

　"질 수 없는 선거"라고들 했다. 그날로부터 360여 일이 지나던 참이었고, 정권의 핵심에 있는 유력인사들이 줄줄이 리스트에 등장했다. 추모하기 위해 광장에 모여든 사람들을 맞은 것은 다시 늘어선 경찰차벽과 지난 정권을 탓하는 주인 없는 목소리였다. 소통을 거부하고, 책임을 전가하는 행태가 물론 어제오늘의 일은 아니다. 그와 같은 면면이 근심과 분노의 대상이 되거나, 세간의 우스개나 패러디의 대상이 되는 것도 새삼스럽지 않다. 하지만 접근 자체를 봉쇄하는 헤드록과 클린치가, 국민을 향한 정권의 전략이 될 수는 없지 않은가. 그 모두가 아웃복서의 고도로 수련된 회피술에 빗대기에 수치스런 광경들이다. 그런데, 진저리나는 회피술 끝에 오는 카운터가 다른 무엇도 아닌 표심이라는 민(民)의 얼굴을 하고 있다면 어쩌겠는가. 누군가 묻는다, 저 주먹은 어디에서 오는가.

'세월호 피로감'이라는 말이 들려온다. 해결의 기미가 보이지 않으니 비통에 찬 절규를 그만 뒤로하려는 마음을 탓할 수만은 없다. 하지만 그 바람은 이기(利己)의 면에서도 기만임을 면하기는 어렵다. 진실이 구명되지 않는 한, 다음 차례의 희생자가 나일 수 있다는 사실을 누구나 모르지 않는다. 왜 출항했던가. 왜 침몰했던가. 왜 구조하지 못했던가. 수면 아래로 배가 가라앉는 가운데 확인된 단 하나의 사실은 사회적 시스템의 참담한 실패다. 국가가 있다면 마땅히 일어났어야 할 일들이 일어나지 않았다. 그날 정지화면인 듯한 흐린 바다를 뜬 눈으로 본 사람들은, 목격자이자 방관자이자 가해자로 피할 도리 없이 연루되었다. 선장과 승무원, 해운사에 대한 법원의 판결문이 실상의 전부라 믿는 사람이 과연 몇이나 될까?

왜 출항했던가. 왜 침몰했던가. 왜 구조하지 못했던가. 신자유주의가 삶의 영토를 잠식한 이후 곳곳에서 제기되어온 저 질문들은, 그날 가장 참혹한 형태로 가시화되었다. 바로 지금 내 삶이 침몰하고 있다면, 그러나 아무도 구조해주지 않을 것이라면, 나 아닌 타인의 고통에 귀기울이기는 정말로 쉽지 않다. 하지만 그렇다 하더라도, 자식을 잃은 부모의 고통을 면전에서 혐오하는 행위가 중립이라는 허울을 쓰고 용인되는 것은 비참한 일이다. 가족이 주검으로 돌아온 연유를 알지 못해 광장을 택한 이들이다. 그런 그들이 배보상금의 액수로, 인양에 드는 비용으로, 경기침체의 주범으로 모욕당한다. 하지만 알다시피, 애초에 망가진 배는 사람의 논리가 아니라, 바로 그 돈의 논리에 의해 출항되었다. 정권은 '민생'이라며 불투명한 앞날에 신음하는 민(民)의 황폐한 마음을 볼모로 삼고 곧장 돈을 말하지만, 진정 돈이 두려웠다면 4대강과 자원외교 등에 퍼부어진 천문학적 액수부터 우선 꼼꼼히 셈했을 터이다. 단 한 명의 실종자라도 찾으려 혈안이었을 상황에서, 먼저 인양을 거론하지도 않았을 터이다. 그러니 방어술이라 적었거니와, 그들이 진정으로 방어하고자 하는 것은 인양의 비용도 아니고, 조사의 경비도 아니며, 경제적 손실도 아니다. 4·16의 진실이 수면 위로 부상하여 두고두고 성찰되는 것, 바로 그것이다.

지금으로부터 정확히 30년 전, 신앙, 용서, 구원 등 기독교적 주제를 담은 한 편의 소설이 발표되었다. 그리고 그 소설은 국가의 이름으로 결코 자행되어서는 안 될 비극에 대한 절망을 가로지르고 있기도 했다. 「벌레 이야기」(1985)를 쓰게 된 계기에 대해 이청준은 다음과 같이 말한다. "그즈음 이윤상군 유괴범의 최후의 발언이 신문에 났어요. '하느님의 자비가 희생자와 그 가족에게도 베풀어지기를 빌겠다'는 요지였어요."(국민일보, 2007) 고통으로부터의 해방이 이른바 구원이라면, 유괴범이 말하건대 그를 고통에서 해방시켜준 '하느님의 자비'란 무엇인가? 알려진 대로 「벌레 이야기」는 1980년 일어난 한 유괴사건을 모델로 하고 있으며, 이듬해 신군부는 이 사건을 정권의 정당화에 적극적으로 이용했다. 5·18 이후 무거운 원죄를 짊어졌던 작가와 같은 이에게, 학살의 주인물이 유괴사건의 범인을 엄단하겠다고 공표하는 저 가공할 만한 부조리는 어떻게 다가왔을 것인가.

'알암이 엄마', 그녀는 이름이 없다.[1] 소설은 사건이 일어나고 범인이 체포되는 유괴사건의 통상적인 전말에는 그다지 관심을 할애하지 않는다. 첫 장(章)에서 시신이 발견되고, 페이지가 절반이 넘기 전에 유괴범 김도섭은 사형을 언도받는다. 간단히 말해, 소설의 내레이터인 남편이 증언하려는 것은 사건의 "또다른 희생자"인 알암이 엄마가 겪은 나락의 시

---

1) 이청준, 「벌레 이야기」, 『벌레 이야기』, 문학과지성사, 2013.

간이다. 작가는 그 시간을 사건의 중심부로 끌어들여 탐구되어야 할 진실의 경계를 확장한다. 남편이 보기에, 알암이 엄마는 가까스로 찾아간 김도섭이 이미 마음의 평화를 얻은 것을 안 후 절망에 함락된 사람이다. 그심연을 처음에는 이해하지 못하던 남편이 아내의 "지옥 같은 절망"을 응시하면서부터, 그의 진술 여러 곳에 '절망'이라는 말이 포진하게 된다. 아내의 최후의 선택에 대해 "절망의 뿌리를 끊어버린 것"이라고 한 그의 논평은 단적인 예다. 희생자에 대한 애도를 가해자의 자기해방이 대신하는 견딜 수 없는 아이러니, 그것은 소설에서 "주님의 섭리" 앞에서 한낱 벌레일 수밖에 없는 한 인간의 가없는 고통으로 변주되고 확장된다.

하지만 이 소설은, 관찰자이자 해석자로서 내레이터인 남편의 진술이 다 포섭하지 못하는 여백 또한 품고 있다. 절대자 앞에서 '벌레'와 같이 처절하게 작은 존재일 수밖에 없는 인간에게, 그의 절망과 고통에 '이야기'의 형태가 주어졌을 때 무슨 일들이 일어나는가? 가령, 주의 섭리를 둘러싼 김집사와 알암이 엄마의 설전이 지면에 중계될 때, 남편은 아내의 말들에서 "마지막 절망"과 "무참스런 파탄"을 읽어낸다. 김집사가 보지 못하는 아내의 바닥없는 고통을 그는 본다. 이제 그만하고 삶으로 복귀하라는 명령 속에서 "질식해 죽어가는 인간"이 그의 앞에 있다. 그 증언의 무게는 쉽게 형언할 수조차 없는 종류의 것이리라. 하지만 그와 동시에 알암이 엄마의 생생한 발화 속에서, 그녀는 자신의 실존을 걸고 신과 끝까지 대결하는 인간이기도 하다. 그녀의 말은 신에 의해 주어진 경계를 흘러넘친다. "내게 어떤 저주가 내리더라도 미워하고 저주하고 복수하는 인간으로 살아가겠다"는, 신에게마저도 맞서겠다는 알암이 엄마의 말은, 남편의 목소리가 중재하되 완전히 통어할 수는 없는 공간을 만들어낸다. 그녀가 말하건대, "그럴 권리는 주님에게도 있을 수 없"다. 언뜻 이 말은 소위 당사자 간의 협소한 영역을 가리키는 듯하지만, 실상은 그 반대에 가깝다. 요컨대 알암이 엄마는 폭력으로 정초되어온, 이 세계를 관장하고 규율하는 질서를 심문하고 또한 저항한다.

 "밀양은 어떤 곳이에요?" 「벌레 이야기」에 내포된 그 저항의 목소리에 주목하여 이를 적극적으로 읽어낸 텍스트가 다름아닌 〈밀양〉(이창동, 2007)이다. 야외의 부흥회에서 신의 말씀에 '신애'가 김추자의 '거짓말이야'로 맞서는 장면에서부터, 천장을 응시한 채 "봐? 보여?"라고 읊조리며 손목을 긋는 장면까지, 원작을 영화로 다시 쓰면서 새로이 추가된 에피소드들은 모두 그 점을 부조한다. 결말의 질감도 다르다. 알암이 엄마의 마지막 순간에는 그 어떤 인물도 곁에 없지만, 신애의 마지막 순간에는 종찬이란 인물이 함께한다. 이 차이는 미묘하지만, 절실해 보인다. "유서 한 조각" 없는 알암이 엄마의 자살을 보고하는 문장으로 끝나는 소설과, 그 늘진 마당 한편의 남루한 햇볕을 응시하며 끝나는 영화의 차이가 바로 그 사실과 무관하지 않기 때문이다.

 「벌레 이야기」에서 알암이 엄마를 신앙의 세계로 이끌기 위해 최선을 다하는 김집사는 후반부의 핵심인물이지만, 관념적인 테마를 위해 다소 기능적으로 배치된 인물이다. 바꿔 말해 그녀의 "이웃에 대한 사랑"은 신의 섭리에 대한 확신으로 가득차 있으며, 그러한 선의는 알암이 엄마의 목소리를 억압하는 방식으로 표현된다. 유괴범이 알암이 엄마의 원망과 증오를 용서했다고 그녀가 말하는 대목에 이르면 그것은 위로가 아니라 거의 고문처럼 느껴진다. 계율만을 되풀이할 뿐 들어주지 않을 것이므로, 알암이 엄마가 남길 말 역시 없었을 것이다. 한편 〈밀양〉에서 배우 송강호가 호연한 종찬은 영화가 신애와 더불어 어둠 속으로 곤두박질칠 때마다 범속한 삶의 리듬과도 같은 무언가를 다시 충전해놓는 인물이다. 삶의 리듬이라 적었지만, 이미 많은 이들이 주목한 대로 밀양에 만약 신의 구원이 있다면 그것은 아마도 종찬이라는 존재일 것이다.

 영화 속 그의 많은 말들은 시시껄렁하여 깊은 뜻과는 그다지 관계가 없어 보인다. 그의 행동들은 대개가 별 요령이 없어 정작 신애에게도 환영

받지 못한다. 종찬 역시 다른 인물들과 마찬가지로 신애의 기이한 행동과 발작을, 그 속에 가득한 절망과 고통을 온전히 이해하지는 못했으리라. 하지만 종찬은 소설과 영화를 통틀어 누구와도 나눌 수 없는 고통을 짊어진 신애가 고립 속에 방치되지 않도록 하는 유일한 인물이다. 그라는 존재, 그가 갖게 된 연민은 누군가를 파괴된 삶으로부터 지켜내고 다시 남루한 삶으로 향하게 하는 작은 손길이 된다. 종찬과 같이 늘 한 걸음 뒤에서 지켜보는 묵묵한 배려는 어려울지 모른다. 오늘날, 종찬이 보여주는 헌신은 사랑과 용기를 간직한 이들에게만 허락되는 것이리라. 그럼에도 우리는 타인의 고통이 "내가 이만큼 울어줬으니 너는 이제 그만 울라"(김애란, 「입동」, 『창작과비평』 2014 겨울호)라는 말들 속에, 그 거대한 고독 속에 감금되지 않도록 하는 길을 모색해가야 한다.

"당신 원통함을 내가 아오." 팽목항 방파제에 자리한 여러 사연들 중에는 "5·18 엄마가 4·16 엄마에게" 보낸 문장들도 있었다. "힘내소. 쓰러지지 마시오." 그 원통함을 조금이라도 아는 사람이라면, 자연스럽게 갖출 수 있는 어떤 태도가 있다. 저마다 앎의 깊이는 다를 것이고, 누구도 모두 알 수는 없을 것이다. 하지만 적의와 혐오에 맞서, 슬픔의 공동체를 배려의 공동체로 전환해나가는 데에는 무엇보다 진실이 필요하다. "그럴 권리는 주님에게도 있을 수 없어요." 신과도 맞서 싸우겠다는 의지, 우리는 지금 그것을 시험당하고 있는지도 모른다.

(2015)

2부

이야기꾼의 탄생과 진화 1
― 김애란 장편소설 『두근두근 내 인생』

1. 조로증과 이야기: 한 이야기꾼에 대하여

김애란의 첫 장편소설 『두근두근 내 인생』은 작가의 새 결과물을 기다려왔던 독자들에게 만족감과 당혹감을 동시에 안겨주는 책이다. 『두근두근 내 인생』은 언어에 대한 작가 특유의 감성과, 그 감성이 촘촘히 박힌 문장들에 반했던 이들에게는 만족스러운 책이 될 것이다. 하지만 일상에 대한 섬세한 통찰과 그 씁쓸한 여운에 고개 끄덕이며 공감했던 이들에게는 다소 당혹스러울 수도 있는 책이다. 김애란은 첫 장편에서 조로증을 앓는 열일곱 살 소년의 마지막 날들이라는 드라마틱한 소재를 선택했으며, 극적인 성격의 그 이야기는 언뜻 본다면 김애란 고유의 개성보다는 대중적인 취향과의 접합점을 우선 떠올리게 할 법도 한 것이다.

그러나 그렇게 소개되었고 또 앞으로도 주로 그렇게 읽히게 되겠지만, 그럼에도 『두근두근 내 인생』의 주인물 한아름에게 어울리는 수식어는 조로증 환자가 아니다. 소년의 육체적인 특수성, 그가 앓고 있는 그 희귀한 질병의 특성이 소설을 끌고 가는 가장 중요한 자원 중 하나라는 사실을 부인하는 것은 아니다. 그것은 탈전형적인 부모 캐릭터와 맞물려 아들인 소년의 노화가 단순히 육체적인 것만은 아니라는 직감을 불러일으킨다. 더욱이 반복적으로 환기되는 '부모보다 늙은 자식'이라는 메타포는 청년세대에 대한 은유로써 이 소설을 사회사적인 문맥에서 돌아보게 하지 않는가. 그러나 다시 과감하게 말하자면, 소년이 앓고 있는 질병이 조로증이 아니라 하더라도 소설은 무너지지 않는다. 소년에게 시한부의 생을 남겨둘 수 있는 것이면 무엇이 되었건, 이 소설의 질감을 바꿔놓을 수는 있어도 뼈대를 바꾸지는 못한다.

그런데, 뼈대라고?『두근두근 내 인생』은 표면적으로는 조로증의 경과에 따라 서사가 짜이고 있는 것처럼 보인다. 조로증에 걸린 열일곱 소년이 있다. 그 소년은 조로증으로 인하여 TV에 출연하고, 조로증으로 인하여 소녀와 메일을 주고받게 되고, 조로증으로 인하여 죽음을 맞는다. 그렇게 읽을 때『두근두근 내 인생』은 한 소년의 투병기이자 종생기로 귀납된다. 하지만 우리가 읽은 이 소설은 종래 보아왔던 그런 종류의 서사들과는 사뭇 다른 길을 가지 않는가. 소설의 서사를 능동적인 것으로 만드는 다른 무언가가 거기에 있다는 뜻이다. 그렇다면 앞의 문장을 다음과 같이 고쳐 읽으면 어떤가.

이야기를 꿈꾸는 열일곱 소년이 있다. 그 소년은 TV에 출연하기 전에 자신의 이야기를 삭제하고, 소녀와 메일을 주고받으면서 이야기에 재착수하며, 죽음을 맞이하며 그 이야기를 공개한다. 조로증과 이야기, 둘 중 무엇이 더 우선할까를 따지는 것은 어리석어 보이지만 무용한 일은 아니다. 이 소설의 가장 근원적인 욕망, 가장 근본적인 동인에 대해서 묻는 일이기 때문이다. 당겨 말해, 이 소설에서 대체불가능한 것이 있다면 그것은 한아름의 이야기다.『두근두근 내 인생』에서 그것을 뺀 나머지는 상상할 수 없다. 한아름에게 적합한 수식어, 그에게 가능한 유일한 헌사는 이야기꾼으로서의 소설가다.

'몸의 부피'를 그냥 '몸피'라고 바꿀까? 아니야. 두 문단 뒤에 다시 몸피라는 단어가 나오니까 처음에는 그냥 풀어쓰는게 좋겠어. 뜻도 중요하지만 글자 수도 중요하니까. 읽는 사람의 숨 박자에 맞게, 리듬을 살릴 수 있는 단어로. 그래. '철자'와 '활자'와 '글자' 중에 어느 것을 쓰는 게 적당할까? 세 개 다 뜻이 다르지 않나? 그래도 '베껴쓰다'라는 표현에는 철자가 가장 어울릴 것 같아. 그맘때 아이들은 글씨를 쓰지 않고 그리니까. 그런데 이거, 지난번에도 했던 고민 아닌가? 그럼 이제 그만 머뭇대고 앞으로 나가야지.(105쪽)[1]

『두근두근 내 인생』이 이야기에 대한 담론을 구축하고 있다는 점은 약간의 주의력이 있는 독자라면 쉽게 간파할 수 있다. 가령, 인용한 장면에서 자신의 소설을 고쳐 쓰며 낱말의 뜻만큼이나 읽는 이의 리듬을 염두에 두는 한아름의 모습을 보라. 소설에는 위와 같은 서술이 심심찮게 출몰하거니와 그런 순간들의 한아름은 작가 김애란의 분신에 가까워져서, 독자는 마치 김애란 소설에서 감탄을 자아내는 문장들의 기원을 훔쳐보고 있는 듯한 느낌을 받게 된다. 하지만 그럼에도 『두근두근 내 인생』이 한아름의 이야기하기에 대한 소설인 것은, 한아름이 소설을 쓰는 과정을 보여주고 있으며 또 그 결과물이 책의 말미에 삽입되어 있어서만은 아니다. 내가 보기에, '이야기하기'에 대한 이 소설의 사유는 보다 깊은 곳을 가리키고 있다.

이 글의 착안점은 이를테면 이런 것이다. 『두근두근 내 인생』에서 주인물 한아름은 이야기를 두 번 쓴다. 그리고 그 점은 연재본에서 단행본으로 오는 개작과정에서 발생한 가장 큰 차이이자, 김애란이 내린 가장 결정적인 선택이다. 『창작과비평』 연재본에서 한아름은 이야기를 한 번

---

1) 김애란, 『두근두근 내 인생』, 창비, 2011. 이하 이 책에서 인용할 경우 본문에 쪽수만 기재한다.

쓰지만(그 과정과 내용은 단행본과는 다른 방식으로 소설의 전반부에 노출된다) 단행본에서는 두 번 쓰며, 그중 하나는 삭제되고 다른 하나는 에필로그까지 진행된 뒤에 부록처럼 실려 있다. 그러니 여기서 먼저 물어야 할 것은 지금 함께 읽고 있는 『두근두근 내 인생』에서 한아름이 삭제한 첫번째 이야기의 행방이다. 우리는 그것을 볼 수 없는 것인가, 보고 있는 것인가.

2. 서술의 방법론: "아버지, 나는 아버지가 되고 싶어요."

소설의 프롤로그는 다음 두 문장으로 시작한다. "아버지와 어머니는 열일곱에 나를 가졌다. 올해 나는 열일곱이 되었다." 프롤로그가 암시해주고 있는 것처럼, 도입부는 '아버지와 어머니의 열일곱 시절'과 '한아름의 열일곱'을 오가며 진행된다. 여기서 문제적인 것은 일인칭 서술자 '나', 한아름의 존재다. 우선 이 소설의 일차 서사(the first narrative)의 기간을 어떻게 잡으면 좋을까. 한아름의 출생 언저리 이야기는 2부부터 거의 자취를 감추고, 열일곱 살 이전까지의 삶은 간단히 언급되는 것 정도에 그친다. 무엇보다 소설의 1부는 "바람이 불면, 내 속 낱말카드가 조그맣게 회오리친다"(10쪽)라는 문장으로 시작하는데, 이때 사물의 이름을 그려보는 '나'의 시간적 차원은 현재 바로 "지금"이다. 다시 말해 대략 '나'가 열일곱 살이 된 1년간이 일차 서사의 시간적 차원이고, 그것을 기준으로 해서 이 소설의 나머지 다른 기간은 현재 시점으로부터의 시간적 후퇴(flash back), 곧 회상으로 접근해볼 수 있는 것이다. 최소한 1부의 첫 네 페이지까지는 그와 같은 방식, 다시 말해 회상으로 읽는 것에 별 무리가 없다. 서술자 '나'는 이야기 내부에 존재하며, 서술 역시 전형적인 일인칭 서술상황을 따른다. '나'의 내레이션은 "내가 세상과 최초로 말을 섞은 곳은 산 깊고 물 맑은 농촌마을이었다"(12쪽)와 같이 회고적 자기서술에 할애되고 있으며, 서술의 주체이자 초점의 주체인 '나'의 지각과 인식의 한계가 곧 서술의 한계를 설정한다. 가령 "우리 어머니는 육남매 중 여섯째로 어릴 때 별명이 '시발공주'였다고 한다"(13쪽), 혹은 "어머니의 말씨가 풀죽은 듯 순해진 건 세상이 '시발'로만 해결되는 게 아니란 걸 깨달은 순간부터인 듯하다"(13쪽) 등에서와 같이, 작중의 다른 인물과 관련된 정보를 기술할 경우 엄밀하게 전달형(사실)이나 짐작형(심리)의 구문이 선호되고 있는 것이다. 즉, 이 국면에서 서술자 '나(한아름)'가 기술하고 있는 범위는 그 인물 자신의 정보량을 초과하지 않는다. 그러나 다음 장면은 어떤가.

> "그리고 또 뭘 잘하나?"
> 아버지의 머리 위로 여러 가지 생각이 지나갔다.
> '나는 스트리트 파이터를 잘하는데……'
> 하지만 그런 걸 입 밖에 냈다간 장인에게 귀싸대기를 맞을지도 몰랐다.
> '나는 선생한테 대드는 걸 잘하는데……'
> 그렇지만 그것도 장인이 바라는 답은 아닌 것 같았다.
> '그럼…… 나는 정말 뭘 잘하지?'
> 아버지는 머리를 감싸안고 고뇌하다 자신을 뚫어져라 노려보는 장인 앞에서 결국 이렇게 말하고 말았다.
> "잘 모르겠습니다, 아버님."
> 그러곤 이내 깨달았다.
> '아! 나는 포기를 잘하는구나!'(14~15쪽)

외할아버지와 아버지가 처음 만나는 광경이 장면화되면서부터(13쪽), 이야기의 배턴은 '나'에게서 '나'의 아버지와 어머니에게로 넘어간다. 어머니의 임신이 밝혀진 이후의 분란과 소동들, 고뇌와 결단의 순간들이 유머러스한 필치로 조명되는데, 아버지와 어머니가 출산을 결정하는 29쪽에 이르기까지 '나'의 자취는 지면 위에서 '거의' 사라진다. 초반에 '나'가 드러난 대목이 짧은데다가 단락별로 한 줄씩 떠우는 식으로 편집되어 있어 크게 눈에 띄지 않을지 몰라도, 서술의 어조가 미묘하게 변했다는 것을 놓쳐서는 곤란하다. 무엇보다 스토리시간과 서술시간이 일치하는 위와 같은 장면은, 표면적으로 일인칭 서술이 아니라 삼인칭 서술로 읽히지 않는가(삼인칭 서술이 활용되고 있어도 그 서술의 효과는 일인칭 서술과 흡사하다. 뒤에서 거론하겠지만, '아버지'를 '나'로 바꿔 읽어보라). 여기서 서술자의 문제를 잠시 뒤로 물리면, 우선 초점주체가 '나'에서 '아버지'와 '어머니'로 바뀌었다고 간단히 지적할 수 있다. 알다시피, 한 종류의 초점화가 작품 전체를 관통하는 경우는 드물고, 대부분 제한된 서술단위에 영향을 미친다는 점을 고려한다면 이상한 일은 아니다. 쉽게 말해, 소설의 특정 국면에서는 '나'의 눈이 아니라 아버지나 어머니, 때로는 한수미 등과 같이 다른 작중인물의 눈으로 사태가 보여지는 것이다.

그런데 소설 내부의 이러한 변조(alteration)가 '보는 자(초점자)'가 아니라 '이야기하는 자(서술자)'와 관련해서 흥미로운 것은 지칭어의 운용에서부터 비롯된다. 비단 과거시점의 이야기뿐 아니라 소설의 어느 곳에서도 한대수와 최미라는 그들의 이름이 아니라 '아버지' '어머니'로 지칭된다. '그' '그녀' 등의 삼인칭 대명사로 지시되는 경우도 단 한 번도 없다. 그런데 '아버지'와 같은 명사는 '자기를 낳아준 남자'를 가리키는 동시에 '자녀가 있는 남자'를 가리키는 말로 쓰인다. 예컨대, "아버지는 어머니의 임신소식을 읍내 커피숍에서 들었다"와 같은 문장을 떼어놓고 보면, 그것이 일인칭 내러티브의 일부인지 삼인칭 내러티브의 일부인지 확정할 수 없다.

더욱이 주목되고 있는 부분의 몇몇 대목들에서, 숨은 서술자는 작중인물과 같거나 혹은 더 많은 정보를 갖고 발화하고 있다. 인물들의 심리에 자유롭게 관여하고 있을 뿐 아니라(가령, "아무리 태연하려 애써도 하룻밤

새 발끝이 10센티미터쯤 뜬 게 비현실적인 기분이 들어서였다", 22쪽), 인물들의 어휘라고 볼 수 없는 어휘로 그 심리를 서술하며(가령, "작은 재능이나마 한 번이라도 인정을 받아본 사람의 자긍심, 그리고 그 재능이 운동인 이가 지닌 미묘한 열등감과 순박함이 그것이었다", 18~19쪽), 당시 인물의 시야에서는 알 수 없는 정보를 보고하고("마을의 경기는 비싼 영양제를 맞은 환자처럼 일시적인 활기를 띠고 있었다", 21쪽), 인물들을 논평한다("아버지는 숙맥이 맞았지만 무모하고 모험심 강한 숙맥, 말하자면 세상에서 가장 위험한 숙맥이었다", 15쪽). 간단히 말해 13페이지 이후부터 이야기에 참여하지 않는 이 서술자는 소설 속 과거의 상황을 인물의 한계 이상에서 파악하고 있는 것이다.

왜 우리는 이러한 사실에 관심을 기울일 필요가 있는가. 소설을 서사적 관점에서 접근할 때, 교과서적으로 친숙한 도구는 서술자다. 그것이 일반적으로 크게, 소설 속의 등장인물이 이야기를 전달하는 경우(일인칭)와 등장인물이 아닌 다른 목소리가 이야기를 전달하는 경우(삼인칭)의 두 가지 경우로 나뉜다는 점을 모르는 사람은 거의 없을 것이다. 그리고 각각의 경우에, 사건을 내부적으로 분석하건, 관찰에 머무르건 어떠한 권위와 한계가 부과되어 있는지도 대부분 잘 알고 있다. 그렇다면 위에서 거론한 장면이나 설명적 서술들이 일인칭 서술자에게서 유래할 수도 있는 것일까. 가능하다면, 어떻게 그것이 가능해질 수 있는 것일까. 지금 우리는 비유컨대 마치 '전능한 작가'처럼 이야기하는 '나'라는 이상한 서술자에 대해 토론하고 있다. 물론 서술자가 일인칭에서 삼인칭으로 바뀌었다고 하면 간단한 노릇이다. 하지만, '나(한아름)'는 이야기 바깥으로 숨되, 또 완벽하게 숨지는 않는다. 13페이지에서 26페이지에 이르기까지, 이야기하는 자로서의 '나'의 존재를 암시하는 곳을 적어도 두 군데에서 찾을 수 있기 때문이다. "부모님의 고향"(21쪽)이라는 표현과 "급사과했다"(20쪽)라는 표현은 이야기하는 주체로서의 열일곱 살 '나'를 기입해주고 있지 않은가.

　어머니의 심장은 오동통한 달처럼 내 머리 위에 떠, 나무가 초록을 퍼뜨리듯 방울방울 사방에 비트를 퍼뜨렸다. 그것은 정보량의 최소 기본단위를 말하는 비트(bit)이기도 하고, 가수들이 음악을 만들 때 쓰는 비트(beat)이기도 했다. 이 비트(bit)와 저 비트(beat)는 몸 곳곳에 중요한 메시지를 보내며 삐라처럼 흩날렸다. 듣다보니 뭔가 '되고 싶어지는' 게 누가 들어도 참으로 선동적이라 하지 않을 수 없는 리듬이었다. 명령어를 전달받은 세포들은 곧장 행동에 돌입했다. 하늘에서 쏟아지는 비트를 맞고, 기관들이 움트며 기지개를 편 거였다. 간이 부풀고 콩팥이 여물며 우둑우둑 뼈가 돋아났다.(32쪽)

지각적 국면과 관념적 국면의 불일치는 일인칭 서술자 '나'가 다시 지면에 나타나고 나서도 계속된다. '나'의 재등장을, 소설이 서술하고 있는 상황과 결부시켜 음미하면 훨씬 더 재미있다. '나'가 다시 등장하는 지점이 부모가 그를 낳기로 결정한 지점이기 때문이다. 분만이 결정된 후, "아버지 그리고 어머니, 두 분의 마음 중 어느 것이 더 나의 출생에 영향을 끼쳤는지는 모르겠다"(29쪽)는 간단한 언급과 함께 '나'는 이야기 내부로 복귀한다. 그것도 "긴 탯줄에 매달려" 어머니의 심장 소리에 집중하고 있는 모습으로. 여기서 논의를 이어가보자. 위 인용한 부분을 보면, 초점화자와 서술자는 모두 '나'다. 그런데 그렇게 간단히 정리해도 괜찮은 것일까. 엄격하게 말해 이 장면에서도 역시 초점화자와 서술자는 일치하지 않는다. 지각적 국면의 주체는 '나'이되, 태아인 '나'다. 그러나 어머니의 심장박동에 대해 "정보량의 최소 기본단위를 말하는 비트(bit)이기도 하고, 가수들이 음악을 만들 때 쓰는 비트(beat)이기도" 하다고 서술하는 목소리는 태아 '나'의 목소리가 아니다. 다시 말해, 이 장면에서 관념적 국면의 주체이자 서술자는 열일곱의 '나'다. 지금 우리는, 열일곱 '나'의 목소리로 말하고 있는 태아 '나'와 대면하고 있는 것이다.

3. 사실과 서사적 경험의 구축: '연기'와 '카메라'

『두근두근 내 인생』에서 가장 역동적인 부분은 말할 것도 없이 1부다. 2부와 3부도 흡인력이 있지만 1부에는 미치지 못한다. 아홉 개의 장으로 이루어진 1부는 과거의 이야기와 현재의 이야기가 교차되면서 진행된다. 자식의 출생을 맞는 "가장 어린 부모"의 이야기와, 독서에 이어 글쓰기에 몰입하는 "가장 늙은 자식의 이야기"가 그것이다. (1장에서 6장까지 홀수장은 과거, 짝수 장은 현재로 이어지다가 '나'가 이야기를 짓기 시작하는 6장 이후부터 과거 이야기는 독립된 장으로 편성되지 않는다.) 그런데 1부에서 전개된 과거의 이야기와 현재의 이야기가, 직선을 둘로 나눠 나란히 만든 평행선이 아니라 뫼비우스 띠처럼 연결되어 있다는 사실이 밝혀지는 것은 8장에 이르러서다. 원론적으로 보았을 때 이미 일어난 과거시점의 이야기가 현재시점의 이야기를 방해할 수는 없다. 그것은 이미 일어난 일이지 않은가? 그러나 『두근두근 내 인생』에서는 사정이 달라지는데, 다음을 보라.

> 그러고는 뜬금없이 자신이 얼마나 형편없는 사람인가에 대해 줄줄 늘어놓기 시작했다. 자기는 절대 좋은 아버지가 될 수 없다는 둥, 너무 가난하다는 둥, 사람들을 실망시킬까봐 두렵다는 둥, 생각해보니 집안에 암 병력도 있는 것 같다는 둥 논리도 두서도 없는 말들이었다.(20쪽, 105~106쪽)

소설의 형식상 분수령이 되는 곳은 1부의 8장이다. 연재본에는 존재하지 않는 이 장에서, 서술된 순서에 따라 독자가 먼저 확인한 인물들의 과거가, 이번에는 '나'가 쓰고 있는 중인 이야기의 형태로 제시된다. 그리고 현재시점의 '나'는 그 이야기를 수정중이다. "볼 때마다 허점들이 발견되는 바람에 멈출 수가 없었다."(105쪽) 위 인용문에서 볼 수 있듯이, 임신 사실을 알린 어머니에게 아버지가 어처구니없는 말들을 늘어놓는 대목은 소설 속에서 똑같이 두 번 반복된다. 독자가 처음 그 장면과 마주했을 때, 그것이 소설 속 주인공 한아름이 쓰고 있는 이야기의 일부라는 사실을 짐작할 도리는 없다. 실재하는 아버지가 아니라 아버지라는 캐릭터의 설득력에 대해 의구심을 피력하는 이야기꾼 한아름과 조우하기 전까지는. "이렇게 바보같이 그려도 괜찮을까? 그렇지만 나는 멋있는 아버지보다 재밌는 아버지가 더 좋은걸……"(106쪽)

이 지점에서 염두에 두어야 할 사실은 작가 김애란이 단행본을 묶어내면서, 소설 속 사실과 허구 사이의 경계를 지워버렸다는 점이다. 애초의 연재본에서도 한아름이 자기가 쓰고 있는 소설에 대해 자평하는 대목들이 나온다. 그러나 단행본에 실려 있는 「두근두근 그 여름」에 서술된 내용만을 대상으로 하는 그 부분들에서, 사실과 허구의 경계는 명확하다. (차이를 확인하고 싶은 독자는, 아버지가 운영하던 스포츠용품점의 폐점과 관련된 삽화가 제시되는 방식만 비교해보아도 좋겠다.) 즉, 프레임 바깥에 있는 「두근두근 그 여름」뿐만 아니라 프레임 안에 제시되어 있는 '나'의 출생 전후 과거 이야기까지도, 현재 '나'에 의해 작성되고 있는 중인 이야기라는 점을 드러내는 쪽으로 개작은 진행된 것이다.

아울러 나는 꽤 기이한 경험을 했는데, 어른들의 입을 통해 들은 이야기와 내가 이미 알고 있던 정보가 섞여 영화처럼 재생된 거였다. 연기를 하고 있는 나와 카메라를 들고 있는 나는 분리되지 않았다. 잠든 채 본 현실과 깨어 있는 상태에서 꾼 꿈 역시 분간되지 않았다. (……) 그러니 어쩜, 그때 나를 살린 것은 당신들의 이야기를 마저 들어보고 싶은 바람, 혹은 당신들과 함께 꾸는지도 모른 채 같이 꿨던 꿈들이었을까……(57~58쪽)

이러한 사실은 소설이 겨냥하고 있는 지점과 관련하여 시사하는 바가 적지 않다. 이 같은 장치 아래 소설에서 조명되는 과거는, 사실과 상상의 점근선 속에 위태롭게 위치한다. 소설의 이야기꾼인 '나'에게도, 이야기의 원천으로서의 사실이 있다. 그러나 그 사실 역시 '나'에게는, 어디까지나 아버지와 어머니의 이야기의 형태로서만 존재한다. "두 사람의 이야기는 아귀가 잘 안 맞았다. 기억하는 것도 조금씩 어긋났고, 해석하는 것도 달랐다."(93쪽) '나'가 이야기 대상인 아버지와 어머니를 '취재'하며 자신이 그 누구의 편도 아니고 "이야기의 편"이라 피력하는 대목을 보라. 과거를 복원하고자 하는 '나'가 추구하는 것은, 부재하는 사실 그 자체가 아니다. 그것은 이야기꾼이 그 이야기를 읽는 이들로 하여금 어떠한 서사적 경험(narrative experience)을 가능하게 하느냐에 따라 다르게 조명될 것이 아닌가. 이 이야기꾼에게 이야기를 의미 있는 것으로 만드는 것은 가족이 경험한 사실을 얼마나 정확히 구체화하느냐가 아니라, 가족을 둘러싼 진실을 얼마나 설득력 있게 창출하느냐에 달려 있다. 그리고 그 과정에는 필연적으로 이야기꾼의 의지가 개입될 수밖에 없다. '나'의 탄생이 어린 부모에게는 거대한 혼란이었지만 고통과 슬픔의 복합체만은 아니었다는 것, '나'를 낳음으로써 그들은 자신들을 둘러싼 감각과 세계가 새롭게 재편되는 기적을 맛보았다는 것, '나'는 바로 그 점을 자신의 이야기를 통해 부모가 경험하게 해주고 싶었던 것이다.

그러한 고민의 끝자락에서 1부의 과거(와 나아가 「두근두근 그 여름」)를 서술하는 이 이야기꾼의 독특한 방법론이 창안된다. 죽음의 문턱에서 '나'가 꾼 꿈, "연기를 하고 있는 나와 카메라를 들고 있는 나"가 분리되지 않은 그 기묘한 꿈이 그 서사론의 밑바탕이다. 요컨대 열일곱 살 이야기꾼이 그 스스로 아버지와 어머니가 되어, 또 어머니 뱃속의 태아가 되어, 그들의 시선으로 본 것을 서술한 이야기를 우리는 이미 소설의 도입부에서부터 읽고 있었던 것이다.

"이유 같은 건 없어, 미라야. 우리가 10년 내내 찾은 게 이유잖아. 아름이는…… 그냥 그렇게 된 거야. 의사들도 그랬잖아, 유전이 아니라고."

"아니야, 내가 그때 그러지만 않았어도, 이렇지 않았을 거야."

"아니라고 몇 번을 말해. 달리기 좀 했다고 애가 잘못되지는 않아. 우리 엄마는 뱃속에 내가 든지도 모르고 설날에 널뛰기도 했다더라. 그런데도 이렇게 튼튼한 자식을 낳았잖아."

"어머님은 몰랐겠지. 근데 나는 알고 뛴 거잖아. 열 바퀴, 스무 바퀴, 심장이 터질 때까지 돌았단 말이야. 밤새도록 운동장을 뛰고 또 뛰었다고."
(112~113쪽)

하지만 1부에서 '나'가 쓰는 소설은 완성되지 않는다. 왜 그럴 수밖에 없는가. 현재가 출렁거리면, 과거도 함께 출렁거릴 수밖에 없는 구조이지 않는가. 과거와 현재가 뫼비우스의 띠처럼 연결되어 있는 1부의 구성상, 한아름이 구축하고 있는 과거의 세계가 끝까지 자족적이고 완결적인 것으로 닫혀 있을 수는 없다. '나'가 이야기하고자 하는 진실이 주관적 진실일 수도 있으며, '나'의 이야기가 연약한 상상계에 불과할지도 모른다는 사실이 의심되는 순간 '나'의 과거 복원은 정지된다. '나'를 지우기 위해 "밤새도록 운동장을 뛰고 또 뛰었다"는 어머니의 고백을 엿들은 '나'는 그때껏 자신이 써오던 이야기를 삭제해버리고 만다. 그리고 삭제된 이야기와 함께, 소설에서 (그전까지는 현재의 이야기와 번갈아 제시되던) '나'의 출생 이야기도 자취를 감춘다.

4. 한아름이라는 서사: 또다른 이야기꾼들

이야기하기의 관점에서 『두근두근 내 인생』을 읽을 때, 소설의 1부, 2부, 3부 각각을 '나'라는 서사를 어떻게 구성할 것인가 하는 질문에 답하는 세 가지 다른 판본으로 검토해볼 수 있다. 1부에서 '나'는 이야기꾼의 위치에서 자신의 부모를 취재하는 등 사실들을 조사하고, 그것을 상상의 힘으로 가공하여 나름의 서사를 일구어간다. 그리고 이러한 '나'의 이야기 옆에, 모금을 목적으로 하는 방송을 제작하는 채승찬(2부)과 시나리오 지망생을 꿈꾸는 익명의 사내(3부)의 이야기를 놓아볼 수 있을 것이다. 그들 모두는 '나'와 함께 '한아름'이라는 서사를 만들거나, 만들고자 시도하는 사람들이기 때문이다. 물론, 능동성의 측면에서 볼 때 2부와 3부의 한아름에게 허락된 몫이 1부와 같지는 않다. 그는 이야기의 원천으로서 자신의 삶과 내면에 대해 지속적으로 발화하지만, 이야기 소재이자 수신인이라는 자리의 인력에 속박되어 있기도 하다.

채승찬에 의해 마련된 무대와 이서하에 의해 시작된 무대는 '나'에게 있어 성격이 판이하다. 간단히 말해 하나가 공개된 무대라면, 다른 하나는 내밀한 무대다. 텔레비전의 전파를 타는 것은 곧 '나'의 생애에 있어서 가장 많은 사람들에게 노출되어야 한다는 것을 의미한다. 그것은 경제적인 결정이자, 삶을 건 선택이다. 마지막 순간까지 방송을 통해 병원비를 마련하는 것이 옳은 일인지 확신하지 못하는 부모와 달리 '나'의 입장은 명쾌하다. 그것이 "부모님의 몇 년 치 노동"(161쪽)을 대체해줄 것이기 때문이다. '나'는 평소에도 주위 사람의 근심을 덜어주려 하는 노련한 연기자지만, 방송촬영을 앞두고는 자신의 인격이 하나의 목적 아래 연출되어야 한다는 사실에 대해 그 어느 때보다 자각적이다. "나는 내가 너무 괜찮아 보여서도, 지나치게 혐오감을 줘서도 안 된단 걸 알았다."(150쪽)

소설에서 기부 프로그램의 제작자들, 특히 채승찬은 사리에 밝고 직업에 충실한 선량한 인물로 묘사된다. 그러나 그들이 만드는 방송의 스토리와, 구멍가게 아저씨가 훌쩍이며 몰입하는 드라마의 차이는 수사적인 것에 지나지 않을지 모른다. 첫번째 인터뷰가 끝나고 "이번 회, 대박날 것 같아요"(139쪽)라며 흥분을 채 감추지 못하는 방송작가가 일깨우는 것은 그 사실이다. 방송이 만들어가는 '한아름'이라는 서사의 굴곡은, 그것의 이야기꾼이 누가 되었건 이미 정해져 있다. 그 제목처럼 '누구보다 키 큰 아이, 아름'을 설득하는 방송의 내레이션은 기시감으로 가득차 있지 않은가.

그렇게 볼 때, 보다 더 관심을 모으는 쪽은 2부의 말미에 새롭게 등장하는 인물 이서하다. '나'의 방송 출연담이 서사를 한 단계 전진시켰다고 할 수 있다면, 그것이 이서하가 등장하는 계기가 되었기 때문이라 해도 틀린 말은 아니다. 방송이 나간 후 '나'에게 도착한 한 통의 메일이 '나'의 마음속에 일으킨 파문은 소설에서 무척 섬세하게 묘사된다. 자신과 같은 열일곱 살이라고 밝힌 이서하라는 소녀에게 빠른 속도로 몰입하는 '나'는, 익명의 관계가 가져다줄 수 있는 위험에 대해 생각지 못한다. 병원에 격리되어 있다는 고립감 속에서, 이서하도 자신처럼 아픈 사람이라는 사실에 '나'의 마음은 크게 흔들린다. 이서하가 보낸 메일에서 "혼자 오래 있어본 사람의 시간"(187쪽)을 느낄 때, "어쩌면 그 아이도 친구가 필요한지도 몰랐다"(188쪽)고 짐작할 때, '나'는 이서하에게서 바로 자기 자신을 읽어낸다.

하지만 이야기꾼답게 '나'는 자신의 첫사랑의 서사가 즉흥적이거나 상투적이지 않도록 심혈을 기울인다. "난생처음 겪은 그 보잘것없고 우스꽝스러운 정념을 추스르는 데는 꽤 오랜 시간이 걸렸다."(220쪽) 그러나 정념의 노예가 아니고자 안간힘을 쓰는 '나'를 조명하는 이와 같은 서술들은, 오히려 그 행로를 쉽게 예측할 수 없는 열정의 한복판에 '나'가 입성했음을 암시해준다. '나'가 일시적인 감정을 제어하고자 하는 것도, 궁극적으로는 사랑의 정념을 보다 더 지속가능한 것으로 만들고자 하는 시도이지 않은가. 감정의 둑을 섣불리 무너뜨리지 않으려 애쓰며 답장을 궁리할 때의 '나'는 이지적인 전략가다.

첫번째 메일이 오고간 후 '나'와 이서하가 서로를 탐색해나갈 때, 그 과정은 곧 자기 자신의 내면에 있던 이야기를 발굴해가는 과정으로 자연스럽게 치환된다. "우리 서로에게 궁금했던 걸 하나씩 물어보면 어떨까?" (263쪽) 이 편지 교환의 기본적인 계약은, 비공개를 전제로 서로의 비밀을 공유하는 것이다. '나'와 이서하는 서로를 지렛대로 삼아, 스스로에 대해 이야기해야 한다. 소설의 표현을 빌면, '나'는 이서하에 대한 "주석가"이 자 "번역가"이자 "해석가"지만, 그 주석과 번역과 해석 작업은 곧 자기 자 신에 대한 그것이기도 하다.[2] 소설에서 두 인물이 주고받는 편지가 흡인 력이 있음에도 그 분량이 다소 길게 느껴지는 것은, 이서하의 것과 한아름 의 것이 내용이 다름에도 잘 구별되지 않을 만큼 닮아 있기 때문이다.

상황이 이와 같을 때, 두 인물이 만들어가는 서사가 자아 이미지 아래 에 감추어져 있던 불가해한 타자를 불러들임으로써 파국을 맞는 것은 충 분히 납득되는 일이다. 베일 뒤에 가려진 그 얼굴에 다가가려다 치명상을 입는 사람은 '나'다. 이서하가 실재하는 인간이 아니라 "서른여섯 살이나 된 아저씨"(273쪽)가 만들어낸 가공의 인물이라는 사실을 알리는 목소리 는 담담하지만 슬픔으로 가득차 있다. 예상되다시피, 이서하가 가공의 인 물이라는 사실이 밝혀지면서 지금까지 한아름과 이서하 사이에 있었던 모든 일들은 다르게 의미화될 국면을 맞는다. 채승찬으로부터 그 사실을 전해들은 어머니의 몸이 파르르 떨리는 것을 보라. 한아름이 사랑의 대상 이 아니라, "불치병 소녀와 소년의 사랑을 다룬"(280쪽) 이야기를 만들고 자 하는 한 시나리오작가 지망생의 취재대상이자, 그렇게 만들어진 이야 기의 한 부분이라고 말하는 것은 잔인하다. 그것은 이야기하기의 도덕을 날카롭게 상기시키지만, 그러나 이 소설이 말하고자 하는 것은 도덕적인

---

2) 자기에 대한 주석이자 해석이라는 측면에서, 소설의 말미에 실린 「두근두근 그 여름」과 이서하와의 관련성을 적어두는 것이 좋을 것 같다. 애초에 '나'의 소설쓰기가 이서하로부터 촉발되었거니와, '나'가 「두근두근 그 여름」을 쓰는 시기는 이서하와 메일을 주고받던 시기 와 일치한다. '나'는 한편으로는 이서하에게 편지를 보내고, 다른 한편으로는 「두근두근 그 여름」을 써나간다. 어머니의 노래 〈산 너머 남촌에는〉과 이서하가 보낸 〈Antifreeze〉를 비 롯하여, '나'가 쓰고 있는 부모의 연애와 이서하와 자신의 관계는 교차하며 흔적을 남긴다.

단죄가 아니다. 어떤 형태로든 그를 처벌하는 것이 과연 '나'에게 무슨 의미가 있을까. "리틀 빅 플래닛"의 세계로 침잠하는 '나'의 모습은 이 소설이 만들어내는 광경들 중 가장 삭막하다. "무조건 앞으로 나아가기"(282쪽)만 계속하면 완성되는 그 게임의 서사에서 '나'가 맞닥뜨린 괴물은 "평범한 털북숭이 아저씨"에 불과하다. '나'는 '리빅'이라는 가상의 캐릭터를 분신으로 삼아 단계별로 미션을 수행하고 마침내 그것을 격파하지만, '나'에게 남는 것은 승리의 쾌감이 아니라 "이상한 신음"뿐인 것이다.

5. 복원과 탄생: '거짓말' 안에서 (다시) 태어나기

"그래도 한번쯤은 네게 이 얘기를 전하고 싶었어. 우린 한 번도 만난 적이 없지? 직접 목소리를 들은 적도 없고, 얼굴을 마주한 적도 없고, 어쩌면 앞으로도 영영 만날 수 없을 테지? 하지만 너와 나눈 편지 속에서, 네가 하는 말과 내가 했던 얘기 속에서, 나는 너를 봤어."
"……"
"그리고 내가 너를 볼 수 있게, 그 자리에 있어주었던 것, 고마워."
"……"(309쪽)

그런 연유로 『두근두근 내 인생』을 통틀어 심정적으로 놀라운 위력을 발휘하는 몇 장면 중 하나로 바로 저 장면을 꼽을 수 있는 것이다. 하지만 이 장면이 마음을 뒤흔드는 것은, 익명의 이야기꾼인 한 사내가 죄책감을 견디지 못하고 '나'를 찾아왔기 때문도, 또 그렇게 찾아온 사내를 '나'가 기꺼이 용서했기 때문도 아니다. 그의 말들은 현실의 도덕적인 잣대로는 가늠할 수 없는 진실을 가리키고자 한다. '나'는 자신이 사랑한 대상이 상실된 것이 아니라 애초에 존재하지 않았다는 사실에 맞서, 자신과 이서하 사이에 있었던 교감을 기어이 긍정한다. 저 장면에 이르러 이서하는, '실존하는 인간이냐, 허구적인 인물이냐'라는 추궁의 바깥에 놓여 있다. "나는 너를 봤어"라는 '나'의 확신은, '나'가 일련의 과정 끝에 비로소 얻게 된 이야기에 대한 신뢰와 긍정을 투영한다.

그리고 그것은 이야기꾼으로서 자기 자신에 대한 긍정과도 맞닿아 있다. '나'가 쓴 소설 「두근두근 그 여름」은 책에 부록처럼 딸려 있지만, '내 인생'의 페이지가 모두 넘어간 후 시작되는 '그 여름' 이야기는 『두근두근 내 인생』이 최종적으로 웅변하고자 하는 핵심이다. 프레임 바깥의 소설이, 프레임 안의 이야기를 다시 출발점으로 되돌려놓으면서 완결짓는다고 해도 과언이 아니다. 그 소설은, 스토리시간 내내 피력되었던 '나'의 바람을 완성한다. '나'의 소중한 두 독자를 위해 쓰인 그것은, 수몰된 고향을, 삶에 지친 고단한 육체를 다시 생생하게 되살려놓는다. 그리고 그들을 그들이 처음 만난 장소로, 가장 행복했던 순간으로 데려다놓는다. "아버지, 내가 아버지를 낳아드릴게요. 어머니, 내가 어머니를 배어드릴게요. 나 때문에 잃어버린 청춘을 돌려드릴게요."(324쪽)

그러니 「두근두근 그 여름」 속에서 새로이 탄생하는 존재, '나'가 잉태하고 낳는 존재는 비단 부모만이 아니라는 점을 마지막으로 지적해두어야 하겠다. '나'는 소설을 쓰는 동안 "그 아이나 부모님만을 위해서가 아니라, 나 자신을 위해 글을 쓰고 있다는 사실"(260쪽)을 깨닫고는 이서하에게 다음과 같이 썼다. "내가 두 분의 사랑 안에서 태어나는 것도 좋지만 약간의 거짓말 안에서 태어나는 기분도 꽤 괜찮거든."(260쪽) '나'가 그렇게 생각하고 있는 것처럼, 「두근두근 그 여름」은 '나'의 기원에 대한 "약간의 거짓말", 그의 근원장면에 대한 상상의 시나리오다.

1부에서 '나'가 삭제한 이야기가 상대적으로 기록의 의미에 가까운 복원이었다면, 한아름이 소설이라 못박은 「두근두근 그 여름」은 그 이름에 걸맞게 창조에 보다 더 근접해 있다. 우리가 이 책의 도입부에서 읽었던 부모의 과거 이야기와 견주어볼 때, '나'가 새로 쓴 짧은 단편의 상상은 더 과감하고 더 화려하며 더 관능적이다. 생의 마지막 순간을 최초의 순간으로 바꿔놓은 그것은, '나'가 일생을 의식하며 살아야 했던 회색빛 몸의 기관들이 아니라, 신선한 초록으로 물든 '살(肉)'의 색으로 넘실거린다. 출생 전후가 아니라 잉태 직전으로 거슬러오르는 이야기는, '큰어른 나무'의 수호와 '물뱀'의 인도 아래 신화적인 분위기 속에서 구축된다. 근원장면(의 환상)이 그것을 염탐하는 자를 불안과 공포로 몰고 가는 것과 비교하면 이 소설의 축제적인 분위기는 자못 도전적이다. 다시 말해, 그것은 '하느님은 왜 나를 만드셨을까?'(80쪽)라는, 생애 동안 찾지 못했던 질문에 대한 한 이야기꾼의 존재론적 항변이 된다.

(2011)

이야기꾼의 탄생과 진화2
— 윤성희론

1. 이야기꾼의 흔적

현재 '이야기'에 대한 관심은 문학이 아니라 오히려 다른 분야에서 번성하고 있는 듯하다. 게임에서부터 인문저술에 이르기까지, 서바이벌 오디션에서 관광산업에 이르기까지, 심리치료에서 사회적 음모론에 이르기까지 스토리텔링에 대한 요구는 점점 더 세어지다못해 노골적이 되어가고 있다. 이야기에 대한 욕구가 성공 모델과 결합하여, 이야기를 둘러싼 문화적 지형도는 더욱 복잡해져가고 있는 것이다. 성찰해야 할 무언가가 거기에 있겠거니와, 이러한 시류는 원래 이야기의 산실이자 대명사로 여겨졌던 문학판에서 그것에 대한 관심이 어느새 줄어든 것과는 선명한 대조를 이룬다. 예컨대 '윤리' '정치' '실재' '주체' '타자' 등 소위 의제설정과 담론분석에 할애되어온 지면에 비하면, 그간 이야기의 힘에 대해 숙고할 수 있었던 자리는 그리 많지 않았던 듯하다.

지금 우리가 '이야기의 힘'이라는 말을 접할 때 우선 떠올리게 되는 이미지는 무엇일까. 한국문학이 주목할 만한 이야기꾼들을 보유하고 있음에도, 아직도 힘있는 이야기꾼에 대한 연상은 지나치게 한쪽으로 편향되어 있다는 생각을 떨치기가 어렵다. 무심결에 써버린 '힘있는'이라는 수식어처럼, 이야기의 재능은 흥미로운 이야깃거리를 많이 가지고 있고 또 그것을 능란하게 풀어낼 줄 아는 자질, 곧 소재와 입담의 그것으로 축소된 느낌마저 있다. 하지만 동시에 우리는, 잔뜩 기대를 품었던 소설을 덮으며 '이렇게 훌륭한 소재를 망치다니'라며 분노하거나, 반대로 줄거리는 단순한데도 묘하게 마음을 잡아끄는 소설과 만나는 행운을 누리기도 한다. 다시 말해 서사 장르에서 창의적인 이야기의 힘은 그것의 내용에 의해 좌우되는 것이 아니다. 이야기소를 배치하고 조율하는, 사건의 단서를 감추고 드러내는, 다시 말해 이야기를 구축해나가는 방식은 궁극적으로 삶이라는 미스터리에 어떻게 가닿을 것인가라는 이야기꾼의 질문과 결부되어 있다. 우리가 별것 아닌 이야기 앞에서 불현듯 신음을 토하게 되는 순간은, 이야기꾼이 우리가 사소하게 지나쳐온 것들을 통해 은연중 본질을 파고드는 순간이다. 이야기하기의 지혜가 아직도 더 많이 더 각별히 필요하다고 믿는 것은 이 때문이지만, 삶의 진실이 하나가 아닌 것처럼, 통념을 거스르며 파격을 추구하는 것을 습성으로 하는 이야기의 행로에 그 지혜 역시 하나만 있지는 않을 것이다.

그리고 오늘은 이야기 관습을 부수는 길의 어귀에서 "주어와 동사를 배우기 시작하면서, 제 머릿속에는 늘 '서사'가 있었습니다"라고 고백하는 한 작가에 대해 생각해보려 한다.

천일 동안 내 이야기만 하게 된다면 결국 그 이야기는 멈추게 되어 있습니다. 이야기는 스스로 정지해버립니다. 저 자신이 지루해진 것은 그래서 였습니다. 그걸 알게 되자 저는 비로소 책을 읽는 것을 사랑하게 되었습니다. 어린 시절 즐겨 했던 놀이도 다시 하게 되었습니다. 그러다보니 소설가란 정지된 사물을 움직이게 하는 존재라는 착각도 하게 되었습니다. 지금은 그렇게 생각하지 않습니다. 세상엔 멈춰 있는 것은 아무것도 없습니다.

내가 발견하지 않았다 하더라도 쭈쭈바 껍질은 스스로 움직이고 있었겠지요. 사물들도, 단어들도, 풍경들도…… 실은 모두 연결되어 있습니다. 아주 희미한 끈으로요. 그러니까 제가 할 일은 그것을 연결하는 것입니다. 그 희미한 끈을 찾는 것입니다. 지난 10년 동안 소설을 쓰면서 제가 소설에 대해 알게 된 것이라곤 겨우 이런 사실뿐입니다.[1]

'이야기한다는 것'의 본질에 대해 근본적으로 사유하는 작가들이 출몰하고 있다. 윤성희 역시 그러하다. 이즈음 그는 '소설'이라고 진술해도 될 자리에서 '이야기'를 말한다. 짐작건대 겸양의 표현만은 아니다. 작가가 스스로 고민해왔고 또 고민하고 있는 이야기의 본성에 대해 쓰며 '지난 10년 동안 소설을 쓰면서 알게 된 것은 겨우 이것뿐'이라고 소박하게 덧붙인다. 그러나 작가의 술회는 생각보다 많은 것을 암시한다. 우선 윤성희는 다음과 같이 적는다. "이야기란 움직이는 것이지만, 아주 어렸을 때를 생각해보면, 저는 그 이야기를 늘 정지된 것들에서 찾았습니다." 맥락과는 무관하게 이 진술은 우리로 하여금 그의 데뷔작 「레고로 만든 집」과, 『구경꾼들』을 위시한 작품들 사이의 간극을 떠올리게 한다. 사실, 윤성희가 이야기의 측면에서 주목되기 시작한 것은 비교적 근래의 일이다. 10여 년 전, 데뷔 초기만 하더라도 윤성희는 "행동이나 상황을, 서술자의 중개를 최소화한 상태에서, 상세하게 장면화하여 제시"하는 "보여주기 위주의 서술"을 즐기는 작가였다.[2] 그러나 굳이 기점을 잡아야 한다면 『감기』가 출간되면서부터 서서히, 그리고 기념하고 싶은 역작 『구경꾼들』이 발표된 후부터 확고히, 윤성희는 이야기를 논하는 자리에서 빼놓을 수 없는 작가

---

1) 윤성희, 「모든 것은 움직이고, 모든 것은 연결된다」, 『부메랑: 2011 황순원문학상 수상작품집』, 27~28쪽.
2) 황종연, 「탈승화의 리얼리즘—윤성희와 천운영의 소설」, 『탕아를 위한 비평』, 문학동네, 2012, 227쪽.

가 되었다.

그러나 무엇보다 현재 윤성희가 생각하는 이야기의 핵심은 저 '연결'이라는 말 안에 스며 있는 것으로 판단된다. 마침 작가가 최근에 제출한 에세이의 제목 역시 「오직 연결」이기도 한데, 윤성희는 이미 스스로 움직이고 있는 세상 만물을 연결하는 "아주 희미한 끈"을 마련하는 것이 자신의 일이라 말한다. 그리고 윤성희의 이러한 사유를 다음과 같은 네 가지 측면에서 조명해보려 한다.

첫째, 스스로를 "창작자라기보다는 연결하는 사람"으로 자리매김하는 윤성희, "글을 쓰는 일은 나에겐 결코 자유로운 예술이 아니라 수공업적인 일"이라 했던 '이야기꾼으로서의 소설가' 레스코프를, 그가 묘사하는 창작의 과정은 벤야민이 말한바 "수공업적 형태"를 떠올리게 한다.[3] 이야기문화의 쇠퇴를 그것이 토대하고 있는 경험적 삶의 변화 속에서 고찰하고 있는 널리 알려진 글에서, 벤야민은 발레리를 빌려 수공업적 영역의 정신적 분위기가 단편소설의 등장과 함께 종막을 고하고 있음을 비의에 찬 어조로 전한다. 물론 여기서 주목하고 싶은 것은 완벽을 추구하는 수공업적 정신의 인내와 노력은 아니다. "천천히 서로 엇갈리면서 전개되는 엷고 투명한 층의 짜임", 마치 베가 짜이는 것처럼 짜이는 중인 이야기의 그물을 현재 소설계에서 가장 실감하게 하는 작가가 바로 윤성희라는 점이다.

둘째, "사물들도, 단어들도, 풍경들도 실은 모두가 연결"되어 있기 때문에 희미한 끈을 찾는다는 윤성희의 진술은 작가의 이야기방식과 세계관이 합류하는 지점을 암시해준다. 하지만 여기서도 주의할 점이 있다. 연결이라는 말에서 직선적인 결합이 상상되기 쉽지만, 윤성희가 생각하는 연결은 파동의 형태에 더 가깝지 않을까. 작가가 말하고 있는 것처럼

---

3) 발터 벤야민, 「얘기꾼과 소설가」, 『발터 벤야민의 문예이론』, 반성완 옮김, 민음사, 1983.

사물들도, 나아가 상황들도 이미 움직이고 있는 것이라면, 움직이는 것들 끼리의 연결은 곧 파동을 빚어낼 테니까. 다시 말해 이야기가 연결된다는 것은 이야기와 이야기가 서로 간섭한다는 것이고, 궁극적으로는 삶과 삶 이 서로 간섭한다는 것이다. 비교적 이른 시기부터 윤성희 소설은 나와 너의 삶이 서로 영향을 미칠 수밖에 없다는 관념을 드러내왔고, 그러한 관념은 『감기』를 기점으로 생면부지의 타자에게로까지 발전한다. 그 선 의 흐름이 이른바 '유사가족'에서 '상상의 공동체'까지로 이르는 윤성희 소설의 궤적이다.[4] 윤성희 소설의 인물이 겪어야 할 운명, 모든 행복과 불 행의 원천은 거기에 있다.

셋째, 그렇다면 이야기들이 연결되어 만들어진, (작가 자신의 표현으로) "별자리"의 형상은 어떤가. 윤성희 소설에 대해 우리가 갖고 있는 편견 중의 하나는, 그녀의 소설이 속도감 있게 읽힌다는 것이다. 물론 윤성희 는 중문이나 복문보다는 단문을 선호한다. 하지만 문장의 호흡이 짧기 때 문에 술술 읽힌다는 것은 속단이다. 독서속도에 있어서 윤성희 소설은 오 히려 가장 더디고 느리게 읽히는 축에 속한다. 그뿐만이 아니다. 그의 소 설은 이야기꾼으로서의 소설가의 산물답게 '요약'에 저항한다.

방에는 커튼이 없었다. 아버지는 카운터에 전화를 해서 방을 바꿔달라고 했다. "커튼이 왜 없어요?" 모텔 주인이 되물었다. 모텔 주인은 장부를 뒤 져 낮에 402호를 대실한 손님이 있었는지 찾아보았다. 없었다. 부인이 그 런 식으로 비상금을 만든다는 것을 모텔 주인은 모르고 있었다. 그날 낮, 꿈의 궁전 402호에는 사귄 지 16년이나 된 커플이 묵었다. 남자친구가 화 장실에 갔다 온 뒤 손을 씻지 않는 모습이 아무렇지 않게 느껴진 뒤로, 여 자친구가 자기보다 더 뚱뚱하다는 사실이 놀랍지 않은 뒤로, 그들은 오직

4) 이 변화의 면면에 대해서는 류보선, 「유령가족과 공감의 공동체—윤성희 장편소설 '구경 꾼들' 읽기」, 『한국문학의 유령들』, 문학동네, 2012 참조.

모텔에서만 데이트를 했다.[5]

예컨대 『구경꾼들』은 앞으로 읽게 될 소설이 정말로 근사한 소설일 것이라는 사실을 예감케 하는 인상적인 도입부로부터 시작한다. 개인적으로는 『구경꾼들』의 스타일에 대해서 짧은 분량의 연구서가 쓰여도 된다고 생각하거니와, 이 장편에서는 그때껏 축적되어온 윤성희 스타일의 거의 모든 것이 폭발한다. '나'의 출생에 대한 장인 『구경꾼들』의 1장은, '나'의 증조할머니, 할아버지, 할머니, 외할머니, 아버지, 어머니까지 삼대조를 거슬러올라간다. 인용한 도입부의 짧은 한 단락만 해도 아버지와 어머니, 모텔 주인과 그의 부인, 16년 된 커플들의 이야기가 마치 하나의 독립된 사연처럼 제시되고 있으되, 완전히 흩어지지 않고 '커튼 없는 방'을 중심으로 파편적인 짜임 속에 놓인다. 바꿔 말해 윤성희 소설의 문장들은 주로 단문이지만, 전체적인 서사의 파악에 중요한 것은 문장의 길이가 아니다. 마치 단락이 단순히 문장들의 집합이 아니라 사고의 단위이듯이, 독자는 적절한 순간에 화소들이 분절되어 매듭지어지길 원한다. 윤성희 소설의 화소들은 자주 분절되지만 쉽게 매듭지어지지 않는 채로 계속 이어져나가는데, 그러한 경향은 단편소설에서도 예외가 아니다.

넷째, 소설 바깥이 아니라 소설 안의 "연결하는 사람"인 윤성희 소설의 인물들. 『구경꾼들』에서 윤성희가 생각하는 구경꾼이란 실은 이야기꾼에 다름없어서, 세계 곳곳을 누비며 온갖 사람들의 이야기를 듣는 '나'의 부모와, 그들이 지구를 헤맬 동안 그들이 "보았던 이야기보다 더 많은 이야기를 (주방 간이의자에 앉아서) 듣고 있었던" '나'의 외할머니는, 벤야민이 말한바 두 이야기꾼 그룹의 대표자인 선원과 농부에 상응한다. 하지만 이야기꾼의 속성과 관련하여 보다 더 주목해야 할 특징은 그들이 모두 누군

---

5) 윤성희, 『구경꾼들』, 문학동네, 2010, 7~8쪽.

가의 이야기를 들어줌으로써 이야기꾼으로서의 자질을 획득하게 된다는 점이다.[6]『구경꾼들』의 부모가 그러하듯이, 듣는 사람이 그 이야기를 기억하고 다시 재생할 수 있어야 이야기는 계속 거듭될 수 있다. 그러니 이야기는 하는 사람이 아니라 그것을 듣는 사람에 의해서 유지되기도 하는 것이다.

2. 유령 이야기꾼은 무리를 떠돌고

2006년 이후 써온 단편소설들에서 윤성희는, '유령'과 '노인'을 소설 속 이야기꾼으로 채택하며 또 한번의 서사적 모험을 감행하고 있는 것으로 보인다. 그 소설들에서 무리를 지어 놀던 젊은이(들)은 영혼이 되어 세상을 배회하고, 홀로 된 노인은 지나온 과거를 떠돈다. 그러니 여기에는 밝혀져야 할 비밀이 있다. "죽음이 이야기꾼이 보고할 수 있는 모든 것에 대한 인준"(벤야민)이듯이, 유령 이야기꾼과 노인 이야기꾼의 형상에는 살아 있는 사람들의 지각세계에서는 포착할 수 없는, 죽음을 전후해서만 비로소 전수될 수 있는 삶의 단면들이 새겨져 있다. 윤성희가 창조한 두 이야기꾼들은 작가를 닮아 모두 열정적인 이야기 충동을 가지고 있지만, 형식적으로 보았을 때 전자의 이야기들에서는 이야기의 현장성과 결부된 중개적 경향이, 후자의 이야기들에서는 자기-서사를 창안하는 허구적 속성이 각각 두드러진다. 먼저 우리는 영혼들의 이야기를 들어볼 것이다.

「어쩌면」과 「웃는 동안」의 서사는 중심인물이 죽음을 맞는 사건으로 시작된다. 가령, "우리들이 마지막으로 먹은 것은 죠스바였어"라는 문장으로 시작하는 「어쩌면」의 서두는, 수학여행중이던 네 명의 여고생들이 버스 전복사고로 사망한 사실을, 그들이 겪은 여느 다른 일들과 크게 다

---

6) 초점은 다르지만『구경꾼』에서 '들어주는 이야기꾼'의 등장을 읽어낸 논의로는 백지연,「공동체와 소통의 상상력—권여선, 윤성희, 김미월의 소설을 중심으로」,『창작과비평』2011년 겨울호 참조.

르지 않은 투로 전한다. 소설은 그녀들이 죽은 후에야, 죽은 자의 시점에서 본격적으로 시작되는 일종의 사후담(死後談)이다. 물론 윤성희 소설의 이른바 '영혼-화자'를 거론하는 일이 새삼스러울 수는 없다. 윤성희의 독자라면 『감기』에 수록된 「하다 만 말」과 「등 뒤에」를 자연스럽게 떠올릴 수 있을 것이다. 유령으로 하여금 "다른 사람들은 결코 포착할 수 없는 은밀한 생의 고통을 발견"하게 하여 "세계의 숨겨진 진실"을 드러내는 작가의 필법도 여전하다.[7] 하지만 그럼에도, 새롭게 조명되어야 할 것들은 아직도 남아 있다. 「하다 만 말」과 「등 뒤에」를 쓰고 난 후의 윤성희는 좀더 대담해졌기 때문이다. 「어쩌면」과 「웃는 동안」에 이르러 작가는, 영혼을 내레이터로 삼는다는 사실이 강제하는 소설적인 틀에 대해 다르게 생각할 수 있었던 것 같다. 예컨대 영화 〈식스 센스〉를 연상케 하는 「하다 만 말」의 반전과 같은 장치나, 삶과 죽음의 회색지대를 은유하는 「등 뒤에」의 '옥수수밭'과 같은 설정 등이 필요 없어진 것이다. 윤성희는 서술자가 이미 죽은 자라는 사실을 감추고 드러내는 전략에 더이상 많은 에너지를 투자하지 않는 것처럼 보인다.[8]

"이럴 수가!" 라디오가 두 손으로 자신의 입을 막았어. 거울의 오른발이 보이지 않더라고. 사라졌어. 그래, 사라졌다니까. 나는 얼른 내 발을 내려다보았지. 물론 압정과 라디오도 그렇게 했어. "난 괜찮네." 거울에게 미안했지만, 나머지 셋은 안도의 한숨을 쉬었지. "이러다 전부 사라지는 게 아닐까? 그리고 오줌도 마려운 것 같아." 거울의 목소리가 떨렸어. 라디오가

<hr>

7) 심진경, 「순환하는 암호들」, 윤성희, 『감기』, 창비, 2007, 265~266쪽.
8) 「웃는 동안」과 「어쩌면」에서 일인칭 서술자가 임종하는 순간은 소설의 도입부에서 우회적으로 처리된다. 「어쩌면」에서 '나'가 죽는 순간은 "우린 곧 만날 거다"라고 말하는 마술사와 조우하는 꿈으로, 「웃는 동안」에서 그 순간은 "누군가 후우 하고 입바람을 불자 내가 날아갔다. 날아가면서 나는 생각했다. 다시는 눈을 뜨지 못할 거라고"와 같은 문장으로 간결하게 암시된다.

이런 의견을 내놓았어. 우리보다 먼저 죽은 사람들을 찾아가야 한다고. 그들에게 물어보면 뭔가 답이 나오지 않겠느냐고.(「어쩌면」, 17쪽)[9]

그러한 장치와 설정이 물러나자, 보고 들은 것을 전달하는 문자 그대로의 이야기꾼의 형상은 더 도드라지게 되었다. 특히 「어쩌면」의 일인칭 서술자가 그러하다. 죽은 '나'가 이야기의 대상이 아니라 이야기의 주체라는 점은 전작들과 크게 다를 바 없다. 하지만, 이 소설의 '나'는 구술하듯이 이야기를 끌고 나간다. 반말체로 전개되는 대화식 서술은, 익명의 독자를 이야기를 듣는 청자의 자리에 위치시킨다. 상대방을 높이지 않는 그와 같은 문체는 대화의 상대를 유추하게 하지만, 그 상대는 이야기 안에 드러나지 않는다. 하지만 이야기꾼 그 자신은 이야기의 참여자, 곧 말해지는 이야기의 일부로써 존재하고 있다.

「어쩌면」에서 이야기꾼인 유령은 우리에게 다음과 같이 말한다. "영원히 10대로 남아 있어야 한다는 사실이 끔찍하게 느껴졌지." 그러나 소설 속 여고생 유령이, 언제까지나 늙지도 않고, 또 죽지도 않고(유령은 죽지 않는다), 지금 자신의 말투가 노출하는 눈높이 그대로 영원할 수 있을까? 흥미롭게도 소설에서 그러한 영원성은 어디까지나, 자신들이 무엇인가를 한다는 전제 아래 가능한 것으로 제시된다. 아무것도 하지 않으면 사라져 "저 위로" 가게 된다는 할아버지 유령의 조언이 있고 난 후 여고생 유령들의 이야기 무대는 넓어진다. 소설 중간에 삽입되어 이후의 전개를 예고하고 있는 '회의'의 내용대로 그들은 영화배우 K를 찾아가고, 자동차 공장에도 가고, 경찰서에도 가는데, 거기서 보고 들은 일들은 모두 '나'의 이야기 소재가 된다. 다시 말해, 소설 속 유령들이 사라지지 않기 위해 무엇인가를 하는 과정은, 세상의 숨은 이야기들을 발견하고 채집하여 전수

---

9) 윤성희, 「어쩌면」, 『웃는 동안』, 문학과지성사, 2011, 17쪽. 앞으로 이 책에서 인용할 경우 본문에 작품명과 쪽수만 기재하기로 한다.

하는 과정으로 치환되고 있는 것이다.

이와 같이 우리가 「어쩌면」의 여고생 유령을 이야기꾼이라는 프리즘으로 접근해갈 수 있다면, 「웃는 동안」은 이야기 바깥에 있는 이야기꾼(이야기를 하고 있는 보이지 않는 존재)에 대한 사유를, 유령의 비가시성을 통해 구현하고 있는 작품으로 읽어볼 수 있다. 한 대담에서 윤성희는 자신의 첫 장편소설에 대해 작가인 자신이 "무대 위에 있지만 연극에 참여하지 않는" 구경꾼이 되는 소설을 쓰고 싶다고 언급한 바 있는데,[10] 「웃는 동안」을 씀으로써 그러한 의도는 이미 실험되었던 것이 아닌가 한다. 「웃는 동안」은 '나'의 절친한 "녀석들"인 영재, 민기, 성민이 '나'의 부고를 접한 후 장례를 치르고, '나'의 집에 있던 소파를 민기, 영재, 성민네의 순으로 옮기는 이야기이다. 그 이야기 속에는 그들이 친구로 맺어진 계기와 친구가 된 이후의 크고 작은 곡절들이 유머러스하게 배치되어 있으며, 또래 여자아이에게 호감을 가진 일이 소파를 훔치는 일로 발전하는 대목 등, 꼬리에 꼬리를 무는 윤성희 소설 특유의 이야기 연쇄를 잘 관찰할 수 있는 작품이다.

영재가 가게로 가서 캔 커피 세 개를 사왔다. 그리고 뚜껑을 따서 친구들에게 건네주었다. 녀석들은 슈퍼마켓 앞에 있는 파라솔 옆에 소파를 내려놓고는 커피를 마셨다. "내가 가져가겠다." 영재가 말하자 성민은 영재가 커피를 사오는 것을 보고는 이미 짐작했다고 했다. 이번에는 영재가 앞에서 소파를 들었다. 뒤에 있는 성민과 민기가 번갈아가면서 소파를 잡고 있던 손을 놓았다. 그때마다 영재는 말했다. "누가 소파에 앉아 있는 것 같아." (사실 나는 계속 소파에 앉아 있었다. 가끔 뛰기도 했고.) 와이셔츠 깃이 땀에 젖기 시작했다. 민기가 와이셔츠의 단추를 두 개나 풀었다. (「웃는 동안」, 84쪽)

---

10) 윤성희·신형철 대담, 「상상해, 공동체」, 『문학동네』 2010 겨울호, 60쪽.

한 평자의 지적대로 이 소설에서 "죽은 친구의 소파를 들고 길거리를 오가는 세 친구의 모습이 우리를 한없이 위로한다면, 그것은 그 소파에 죽은 친구가 앉아 있기 때문"[11]이리라. 소설에서 친구들의 거처를 순례하는 소파는, 작가의 상상력이 다시 소환해낸 현대적 상여행렬에 다름없다. 윤성희의 표현을 빌리면 「웃는 동안」은 보이지 않는 것들(죽은 자들을 포함한)과 우리가 '연결'되어 있다는 인식을 깔고 있다. 물론 그것을 특이하다고는 할 수 없을 것이다. 애도라는 상징적 형식을 인간이 필요로 하는 것은, 죽은 자의 자취가 산 자의 삶 속에 깊이 스며 있기 때문이 아니던가. 하지만 「웃는 동안」은 유령인 화자가 산 사람들의 이야기를 매개하는 역전된 애도의 형식이라는 점에서 특징적이다.

「웃는 동안」의 개성은 죽은 자를 인식하는 산 자의 눈이 아니라, 산 자를 인식하는 죽은 자의 눈에서 찾아진다. 「어쩌면」과는 달리 「웃는 동안」은 유령 자신들의 이야기를 중심으로 전개되지 않는다. 영혼 서술자인 '나'는 서사내적 상황에 참여하고 있기도 하고, 그렇지 않기도 하다. "'녀석이 이 사실을 알았다면 우릴 칭찬해주었을 텐데.' 그래서 나는 친구들에게 박수를 쳐주었다"라거나 "'가위 바위 보로 결정할까?' 성민의 말에 나는 실망스러운 표정을 지었다"와 같은 진술들을 보라. '나'의 모든 반응들, 기억과 생각과 행동은 '나'가 지금 보고 듣는 친구들의 모습과 마찬가지로 우리에게 중개된다. 하지만 인물들 사이에서 '나'는 보이지도 않고 존재하지도 않는 것이다.

위의 인용 장면에서 괄호('나'가 텍스트 내 인물로서 등장하는 대목)를 제외한 대목만을 따로 떼어놓는다면, 이 장면의 서술자는 텍스트 외부의 목소리로 존재하고 있다고 생각하기 쉽다. 그러나 「웃는 동안」의 경우, 인물들의 시점에서 '나'는 비가시적인 존재이지만, 독자들에게는 텍스

---

11) 정홍수, 「세계를 긍정하는 고독의 속도」, 『부메랑: 2011 황순원문학상 수상작품집』, 149쪽.

트 내의 인물로 가시적이다. 따라서 독자들은 소설 속에 그려진 친구들의 모습이 '나(초점자)'에게 보인 것이자 '나(서술자)'에 의해 서술된 것이라고 자연스럽게 상상하게 된다. 이를테면, "영재가 가게로 가서 캔 커피 세 개를 사왔다"와 같은 문장을 독자는 은연중 "(나는 말한다:/나는 본다:) 영재가 가게로 가서 캔 커피 세 개를 사왔다"와 같은 문장으로 다시 쓰게 된다.[12]

　　캔 커피를 마시던 키 작은 남자가 캠코더를 바라보았다. K는 지구 저편에 사는 Y의 할머니에 대해 이야기를 해주었다. 15년 전 할머니가 자신에 대해서 어떤 예언을 했었는지. "너는 네가 하찮게 여기는 것들 때문에 힘들어질 거야." 눈이 내리던 어느 겨울날, Y의 할머니는 K에게 말했다. "안녕하세요. 할머니." 키 작은 남자가 캠코더를 향해 손을 흔들었다. "제가 아내 이야기를 해드릴까요?" 남자와 7년 동안 사귄 여자는 재미없어, 라고 중얼거리는 버릇이 있었다.(「소년은 담 위를 거닐고」, 207쪽)

　　「어쩌면」과 「웃는 동안」의 옆에, 「소년은 담 위를 거닐고」를 나란히 놓고 읽어보아도 좋을 듯싶다. 물론 「소년은 담 위를 거닐고」의 주인물은 유령이 아니다. 하지만 이 소설의 이야기를 지속시키는 것은, "얼마 못 사실 것 같다"는 Y의 할머니를 대신하는 '캠코더의 눈'이다. 지구 저편으로 이민가신 Y의 할머니에게 소식을 전하기 위해 K는 캠코더를 들고 친구들을 찾아나서고, 친구들을 비롯한 소설 속 인물들은 카메라를 보며 할머니에게 자신의 이야기를 털어놓는다.

---

12) 문법적 관점에서 보자면, 서술자는 항상 일인칭이다. 일인칭 서술과 삼인칭 서술의 차이는 발화주체가 아니라 발화대상에 따른 것이다. 미케 발에 의하면, 텍스트에서 화자가 인물로서 자신을 명시적으로 언급하지 않을 때 그 화자는 외적 화자, 즉 삼인칭 서술이 된다. 미케 발, 『서사란 무엇인가』, 한용환 · 강덕화 옮김, 문예출판사, 1999, 218~221쪽.

「웃는 동안」의 네 친구 못지않게 소년 시절 동고동락했던 인물들은, 이제는 연락처도 없이 지내오면서 서로에게 속마음을 감추고 말하지 않는 사이가 되어버렸다. 그러나 캠코더가 움직이기 시작하면서 상황은 달라진다. 캠코더를 들고 의미 있는 추억의 장소를 찾으며 그들은, 망각하고 있었던 할머니의 이야기들과 다시 조우한다. 정황이 이와 같으니, 「소년은 담 위를 거닐고」의 할머니는 교사와 현자의 반열에서 사유되었던 옛 이야기꾼들의 모습을 상기하게 한다. 하지만 『웃는 동안』에서, 우리가 보다 주목해야 할 할아버지, 할머니들의 이야기는 따로 있다.

3. 과거의 지층은 다시 퇴적되리니

「5초 후에」「공기 없는 밤」「부메랑」「눈사람」「느린 공, 더 느린 공, 아주 느린 공」 등은 『감기』와 견주어볼 때 『웃는 동안』의 정신적인 지향과 방법적인 경향을 대변하는 계열의 소설들이다. 한눈에 들어오는 특징은 이 작품들이 모두 노년의 인물들을 등장시키고 있다는 점으로, 이 장에서는 대표적인 사례로 「5초 후에」「공기 없는 밤」「부메랑」을 차례로 검토할 것이다. 이 소설들에서 노인들의 자기-이야기는 '꿈'(「5초 후에」), '영화'(「공기 없는 밤」), '자서전'(「부메랑」)의 형태로 변주된다.

「5초 후에」는 Y가 꿈을 꾸는 내용으로 이루어진 장과, '나'가 Y와 만나 과거에 묻어둔 타임캡슐을 찾아가는 장으로 나뉘어 있다. 첫째 장에서 Y는 어머니가 22년 동안 잠을 청했던 흔들의자에서 낮잠을 잔다. Y의 낮잠을 채우는 것은 과거 그녀가 경험한 사건들이 풀어져 용해된 꿈들이다. 그 꿈들을 통해서 Y는 죽은 남편과 유산으로 잃은 아이를 만나기도 하고, 자살을 시도했다가 마침 들어온 도둑에 의해 발견되기도 한다. 꿈속에서 만난 도둑은 Y에게 묻는다. "이젠 그런 생각 안 하시죠?"

이 소설에서 꿈속 과거의 지층이 두터워질수록, 현실의 Y의 육체가 사라져가고 있는 것은 시사적이다. Y는 몸무게는 점점 줄어 가벼워지고, 신체의 일부는 희미해지다못해 투명해진다. 사라지고 있는 것은 비단 Y의 육체만은 아니다. 윤성희가 상당량의 서사를 Y의 꿈으로 이끌고 가다가, 장을 나눈 후 '나'와 Y가 자신들이 졸업한 학교를 찾아가는 내용을 전개시킨 이유도 여기에 있지 않을까 한다. 두번째 장에서 '나'와 'Y'는 자신들이 묻은 타임캡슐을 찾으려 하지만, 학교의 곳곳을 파헤쳐도 행방이 묘연하다. 그뿐인가. 이미 폐교된 학교의 주위에서는 포클레인들이 집들을 부수고 있다. 요컨대 「5초 후에」에서 Y를 둘러싼 현재는 허물어져 폐허화되고 있는 반면에, Y가 꾸는 꿈에서 과거는 다시 퇴적된다.

테이프를 뜯어내는 순간 엄지손가락을 타고 무엇인가 가느다란 선이 Y의 몸으로 들어왔다. 그 선이 몸을 한 바퀴 돈 다음 발뒤꿈치로 빠져나가는 동안, Y는 어머니가 즐겨 보던 연속극의 마지막 회를 미리 보게 되었다. 부모님이 응급실 앞에 서서 울 때 Y는 꿈속에서 연속극의 마지막 회를 보고 또 보았다. "채널 한번 바꿀 때마다 10원이에요." 이틀 만에 깨어난 Y가 말했다. 잠에서 깬 Y는 발뒤꿈치를 만져보았다. 흉터자국은 보이지 않았다. 잠깐 졸았다고 생각했는데 맞은편 아파트 너머로 해가 지고 있었다.(「5초 후에」, 181~182쪽)

깨고 나서도 꿈의 내용을 기억하는 사람들은 많지 않다. 대개는 깨기 직전 일부의 내용만 흐릿하게 감지할 뿐이다. 꿈의 작업에 대해 관심을 가지고 있는 사람들이라면, '압축'이나 '전위'처럼 꿈이 무의식의 심연을 드러내는 동시에 감추기 위해 행하는 많은 일들에 대해서 떠올릴 것이다. 「5초 후에」에는 "Y는 어머니가 즐겨 보던 연속극의 마지막 회를 미리 보게 되었다"거나, Y가 "한적한 국도를 맨발로 걷고 있었다"거나 하는 등 꿈이라는 사실을 환기하게 하는 표지들이 적지만은 않다.[13] 하지만 Y의 꿈 서사에는 대체로 보아 잠재적인 내용을 추론하게 하는 정교한 위장이 크게 부각되지는 않는다. 과거에 대한 이야기 작업이라는 점에서, 「5초 후에」에서 '꿈'에 부여된 서사적 기능은 「공기 없는 밤」에서의 '영화'나 「부메랑」에서의 '자서전'에 부여된 그것과 유사하다. Y가 처음으로 꾼 꿈이 텔레비전 채널을 돌리는 꿈이며, 그 조정 다이얼이 Y의 수중에 떨어진다는 점은 은유적이다. 다시 말해, Y의 과거는 이미 완료되었지만, 완료된 경험을 선택하고 가공하여, 꿈의 이야기로 연결시키는 무의식적 힘이 Y에게 아직 남아 있다. Y는 마치 다른 소설 속 인물들이 갖가지 영화의 장면들에 숱한 과거의 편린을 포개놓거나(「공기 없는 밤」), 지나온 삶의 매 순간에서 자서전의 한 구절을 떠올리는 것처럼(「부메랑」), 꿈 이야기를 통해 과거를 다시 경험하며 새로운 사실들을 발견해낸다.

과거와의 대면에 대해서라면 「공기 없는 밤」의 주인물 김영희 역시 하고 싶은 말이 많을 것이다. 지금 그는 극장 객석 F열 13번 자리에서 영화를 보는 중이다. 「공기 없는 밤」은 김영희가 '영화 오래 보기 대회'에 최고령 관객으로 참여한 꼬박 하루 동안의 이야기다. 태어나서 두번째로 극장을 찾았을 뿐이지만, 그가 만 하루 동안 압축적으로 경험하고 터득하는 것은 할리우드 키드의 그것에 못지않다. 영화 관람만을 중심에 놓고 읽으면 이 소설은 영화 초심자가 영화를 잘 이해하지 못하다가 서서히 영화에 빠져들게 되고, 마침내 영화감독이 되는 몽상에 젖어드는 내용으로 재편된다. 소설은 관객인 그와 영화의 상호작용이 차츰 어떻게 변화하고 있는지를 섬세하게 보여주다가, 그가 '영희와 영희'라는 제목의 영화를 상상하는 것으로 끝이 난다.

---

13) 감전으로 인한 충격으로 Y가 연속극의 마지막 회를 미리 보는 장면에 대해서는 다른 관점의 해석도 가능해 보인다. 윤성희 소설이 미래에 발생할 사건을 앞당겨 서술하는 기법을 여러 곳에서 실험하고 있기에 그렇다. 이와 관련된 논의는 손정수, 「플래시포워드(flash-forward), 혹은 시간을 둘러싼 소설적 모험」, 『자음과모음』 2011년 봄호, 529~530쪽 참조.

하지만 '영희와 영희'라는 제목에서 이미 암시되는바, 자기 삶을 허구화된 형태를 경유하여 이야기하려는 충동은 그가 영화를 보기 시작한 순간부터 이미 움트고 있었다. 김영희에게 극장의 스크린은 그의 지난날이 간섭하는 원고지라고 해도 과언이 아니다.

소년은 버스 정류장에 앉아서 길게 하품을 했다. 버스가 도착했지만 소년은 버스를 타지 않았다. 그도 영화 속 소년을 따라서 하품을 했다. 그러자 옆에 앉은 여자도 따라서 하품을 했다. 소년은 볼펜으로 손톱에 낙서를 했다. 버스 정류장에 교복을 입은 아이들이 모두 사라질 때까지. 소년은 낯선 버스를 탔다. 그리고 아무 정거장에 내려 골목길을 하염없이 걸었다. 그도 소년의 뒤통수를 보면서 낯선 골목길을 걸었다. 소년이 길가에 쪼그리고 앉아서 개미들이 과자 부스러기를 옮기는 것을 구경하면, 그도 땅강아지를 구경하던 어린 시절로 돌아갔다. 기름을 잔뜩 넣고 지진 김치전을 손으로 뜯어 먹던 순간이 되살아나는 것 같았다.(「공기 없는 밤」, 112~113쪽)

그는 자신이 만약 감독이라면 어떤 영화를 만들지 상상을 해보았다. 공포영화를 만들지는 않을 것이다. 그는 산장에 고립된 등산객들이 하나둘씩 죽는 공포영화를 볼 때 너무나 시시해서 껌을 한 통이나 씹었다. 관객들이 하나도 무섭지 않은 장면에서 으악 하고 소리를 지르는 것이 더 재미있었다. 그는 살면서 일곱 번의 죽음을 보았다. 톱으로 목이 잘리는 것은 아무것도 아니었다. 18층 높이에서 사람이 떨어지는 것도 보았다. 손톱만큼 작은 열매가 빨갛게 맺혀 있는 사과나무 위로, 사과나무의 가지가 아들의 배를 꿰뚫었다. 자식을 열두 명쯤 낳은 할머니의 구순 잔치를 영화로 만들면 어떨까?(「공기 없는 밤」, 116쪽)

「공기 없는 밤」의 서사는 그가 관람하는 영화의 이야기와 그의 과거 이야기가 교차되며 나아간다. 그의 과거는 다음 장에서 살펴보게 되겠지만, 소설을 읽는 누구나 그의 관람시간이 영화보다는 자신의 어두운 과거를 떠올리는 데 더 많이 할애되고 있음을 의식하게 될 것이다. 영화는 계속 바뀌는 데 반해, 그의 이야기의 중심축은 계속 그다. 따라서 소설의 독자는 영화에 의해 파편적으로 분절된 그의 이야기를 종합해가며 소설을 읽게 된다.

앞에서 상호작용이라고 했거니와, 이 소설이 의미를 만들어가는 방식은 몽타주적이다. 영화의 내용과 그의 과거가 교차만 되어 있어도, 독자는 지금 서술되고 있는 과거가 그가 영화에서 어떤 단서를 얻어 회상하고 있는 내용이라고 생각하기 쉽다. 작가가 영화와 기억의 자연스러운 간섭을 시도하면서 아울러 실험하고 있는 것도 바로 그것이라 여겨진다. 주의깊게 관찰할 때, 소설에 서술되는 그의 과거가 인물의 기억 혹은 몽상인지, 아니면 텍스트 바깥의 목소리에 의한 것인지는 생각만큼 명확하지 않다. 예를 들어, 위의 두 대목은 모두 그의 영화관람이 어느 정도 진척된 이후의 장면들이다. 영화 속 소년의 행동을 계속 좇으며 어린 시절을 떠올리는 첫번째 인용문에서 그의 회상은 분명하다. 하지만 두번째 인용문에서 "손톱만큼 작은 열매가 빨갛게 맺혀 있는 사과나무 위로, 사과나무의 가지가 아들의 배를 꿰뚫었다"는 진술은 과거 그가 목격한 것이기는 하나 지금 그가 회상하고 있는 것이라 하기는 어렵다. 만약 그랬다면, 그의 죄책감으로 미루어보건대 "자식을 열두 명쯤 낳은 할머니의 구순 잔치"를 운운하는 그다음의 문장은 그 자리에 올 수 없었을 것이다.

다른 한편, 실제로 있지 않았던 이야기를 꾸며낸다는 점에서, 그러니까 거짓-자서전을 쓴다는 점에서, 「부메랑」은 허구가 사실의 일격을 받아 와해되는 이야기로 읽힐 소지가 농후하다. 하지만 상황은 오히려 그 반대일 수도 있다. 조금 둘러가보자. '영희와 영희'라는 영화를 상상하는 「공기 없는 밤」의 주인공처럼, 「부메랑」의 '그녀' 역시 갈데없는 초보 이야기꾼이다. '눌은밥'은 "자수성가를 한 사람들의 자서전에나 어울리는 음식"이어서 그 단어를 '떡국'이란 단어로 바꿀 때, '봄이면 사과나무 아래 돗자리를 펴고 누워 하늘을 보았다'와 같이 즉흥적으로 떠올린 문장에 사로잡혀 거기에 어울리는 인물 구성을 꾀할 때, 또 그러한 구성으로 인해 다시 무언가를 쓸 수 없게 될 때 등, 소설의 거의 모든 순간에서 그녀는 이야기를 이루는 단어와 문장, 인물과 배경, 나아가 서사적인 제약과 그 개연성에 대해서 숙고한다.

그녀는 태어나서 한 번도 꽃을 사서 꽃병에 꽂아본 적이 없었다. 아냐. 아냐. 그녀는 고개를 저었다. 식탁 위에는 언제나 화분이 놓여 있다고 해야 해. 매주 금요일마다 아침산책을 한다고. 산책을 하고 나면 빵집에 들러 갓 나온 빵을 사고, 꽃집에 들러 주인이 추천하는 꽃다발을 산다고 말을 하리라. 꽃집 여자가 그녀를 보고는 뭐 필요하세요? 하고 물었다. "꽃다발이요. 좋은 걸로 추천해주세요." 그녀가 말했다. "거실에는 피아노가 한 대 있어요. 소파는 와인색이죠. 거기에 어울리는 꽃을 추천해주세요." 그러자 꽃집 여자가 갑자기 손뼉을 쳤다. "멋져요."(「부메랑」, 146쪽)

문제는 그 이야기가 바로 '자서전'이라는 점에서 불거지는데, 물론 그녀의 쓰기는 허구적인 성격을 곳곳에서 노출한다. 그러나 자서전이 과거의 경험 그 자체가 아니라 그것에 대한 해석에서 출발한다고 생각한다면, 그녀의 자서전 쓰기 과정은 (허구적인 속성을 포함하고 있는) 자서전 쓰기의 본질에 의외로 충실하다. '자서전 쓰기'라는 목표가 없었다면, 그녀가 지나온 삶의 갈피들을 그렇게 하나하나 돌아볼 수는 없었을 터이다. 그러므로 이 소설의 흥미로운 전회는, 그녀가 쓰고 싶은 내용에 맞추어 자신의 과거 삶을 각색하는 것을 넘어서서 그것에 의지하여 현재 자신의 삶까지를 교정하려는 국면에서 발생한다.

「부메랑」을, 이러한 유형의 소설이 흔히 취하게 되는 전형적인 반성의 문법으로부터 좀 거리를 두고 바라보아도 좋지 않을까 생각하는 것은 그 때문이다. 예컨대 자서전에 쓸 글귀를 생각하며 꽃다발을 사는 위와 같은 장면들은 그녀가 창조한 허구가 과거가 아닌 현재를 제약하고, 스스로 그 것이 현재의 현실이라 발화하기 시작했음을 암시해준다. 무엇보다도 소 설 속 그녀를 놀라게 한 순간은, 자신의 부채를 탕감받고 싶은 마음이 만 들어낸 "동창의 아들이 부자가 되는 꿈"이 실제 현실로 확인되는 순간이 다. 소망을 충족하기 위해 만들어낸 허구가 부메랑처럼 현실이 되어 돌아 올 때, 늙은 이야기꾼에게 미래의 삶은 더이상 고쳐 쓸 필요조차 없이 이 미 완성되어버린 책, 곧 죽음을 의미하게 된다. "나는 가을에 태어났다. 태몽은……"이라고 썼던 자서전의 첫 문장을 "내가 죽은 지 1년이 지났 다"로 고치고자 하는 그녀가 우리에게 말해주는 것은 그것이다.

4. 이야기꾼의 부채

이제 이 논의의 종착역인, 이야기꾼이 짊어진 부채에 대해서 생각할 때 가 되었다. 그들은 왜 꿈으로, 영화로, 자서전으로, 다시 말해 이야기로 돌 아오게 되는가. 살펴본 것처럼 근래의 윤성희는 작가 자신의 생물학적 연 령대의 인물에 대해 쓰고 있지 않다. (「소년은 담 위를 거닐고」 정도가 예외 겠지만, 그 소설 역시 소년과 노인의 세계 위에 건축된다.) 그렇다면 무엇이 작가를 이들에게로 인도하는 것일까. 실마리를 풀어가기 위해 더 살펴보 아야 할 존재는 역시 노인이다. 70대 무렵인 그들은 일자리가 없으며, 남 편과 아내는 죽고 없고, 자식과 손자 역시 모두 곁을 떠났다. 그들이 쌓고 부순 세계의 한편에는 훔친 돈과 거절한 빚이, 다른 한편에는 연금과 보험 금이 자리한다. 누군가가 죽은 대가로 맞이하게 되는 이 '공기 없는 밤'들.

그는 주머니에서 껌 한 통을 꺼내 아들에게 던져주었다. 아들의 볼에 주황색 페인트가 묻어 있는 것이 보였다. 주황색으로 아파트의 이름을 새기는 중이었다. 美 자의 마지막 획을 그리던 아들이 그의 눈에는 지금도 선명하게 보였다. 아들은 스물두 개의 동에 美 자를 그린 뒤에 죽었다. 살인자는 아무것도 이해하지 못했다. 자신이 어떻게 해서 그런 괴물이 되었는지를. 그는 아들이 죽고 나서야 아들이 어떤 아기였는지 궁금해졌다.(「공기 없는 밤」, 112쪽)

영화의 서사와 김영희의 서사가 간섭하여 직조되는 명장면 중 하나가 바로 위의 대목이거니와, "살인자는 아무것도 이해하지 못했다. 자신이 어떻게 그런 괴물이 되었는지를"이라는 서술은 영화를 향한 것이자 김영희의 삶에 바쳐진 것이다. 소설의 김영희는 "열다섯 살에 가출을 해서 자수성가를 한 남자"이며, 수세식 변기 장사에 기반한 그의 사업은 건설붐과 함께 절정을 맞았다가 한순간 무너져내렸다. 그가 여섯 채의 집이라는 부를 축적하는 데는 11년이 소요되었지만, 그 집들을 날리는 데는 6개월이란 시간으로 족했으며, 아내와 자식이 함께하는 자신의 집만은 끝내 만들지 못했다. 소설이 진행될수록 드러나는 "선량한 사람이 되기에는 너무 먼 길을 와버린" 그의 비정한 인생은 그러나, 상처로 얼룩져 있다. 그래서 그의 이야기는 아버지세대의 성공신화, 그 이면을 뚜렷이 상기시킨다. 김영희, 그는 생존과 이익만을 지고의 가치로 알고 지내온 시대의, 물신의 표상이자 한국사회의 자화상이다.

하지만 이 소설에서 윤성희는 피로 홍건한 밤이 아니라 공기가 없는 밤을 말한다. 소설 속 김영희가 "자신의 삶을 똑바로 바라보는 것처럼 고통스러운 일은 없을" 것이라고 생각하는 연유는, 지금 그의 가슴을 치게 하는 죄의식 때문이다. 그리고 이 소설집에서 그러한 죄의식은 비단 「공기 없는 밤」에만 드리워진 것이 아니다. 『웃는 동안』에서 "자신이 언젠가 누군가에게 준 상처, 타인에게는 틀림없이 트라우마가 되었을 어떤 가해의 기억"[14]이나 "타인의 삶을 의도치 않게 일그러뜨렸다는 자책과 부끄러움"[15]을 읽어내는 글들도 동일한 사태에 주목하고 있다. 아울러 이 지점에서, 윤성희 소설에서 죄의식의 문제가 이즈음 비로소 대두된 것은 아니라는 점을 상기해두도록 하자. 가령, 『감기』에 수록된 단편들인 「리모컨」 「재채기」 「무릎」 등의 인물들에게 죄책감은, 다시 "물질적인 것이든 정신적인 것이든 특정한 누구가 아니면 불특정 다수에게 무언가를 준다"는 행위, 곧 윤성희 특유의 '선물의 윤리'로 이어져왔기 때문이다.[16]

윤성희 소설에 대한 논의를 짧게나마 둘러본 것은, 윤성희 소설이 그리고 있는 궤적에서 『감기』와 『웃는 동안』 사이에 그어진 '차이와 연속의 선'에 대해 생각해보고 싶었기 때문이다. 우선 선물의 상상력이 절도의 상상력으로 변주되고 있는 것에 주목해보자. 『감기』의 인물들이 (이유 없이) 주는 사람들이었다면, 『웃는 동안』의 인물들은 (이유 없이) 훔치는 사람들이다. 『감기』에서 자주 발견되는 모티프가 선물 모티프인 반면에, 『웃는 동안』에서 자주 눈에 밟히는 모티프는 절도 모티프다. 언뜻 선물과 절도는 완전히 다른 듯 보이지만, 그 이면에서 작동하는 상상력의 일관성을 짐작게 하는 소설들이 있다. 가령, 「매일매일 초승달」과 「웃는 동안」에서 윤성희 소설의 절도는 대체로 선물이 관계를 발생시키는 것과 마찬가지로 관계를 발생시킨다.

주지하다시피, 모스를 발전적으로 계승한 고들리에가 상품교환과 선물교환의 핵심적인 차이로 생각한 것은, 전자와 달리 후자는 사물과 증여자가 완전히 분리되지 않은 채 '증여와 답례의 순환' 속에 놓이게 한다는 점

---

14) 김형중, 「아버지, 제가 불타고 있는 것이 안 보이세요?」, 『문학과사회』 2011년 겨울호.

15) 강동호, 「영원히 우연적인 것이 기적을 구원한다」, 『웃는 동안』, 문학과지성사, 2011.

16) 김영찬, 「윤성희 소설의 어떤 경향, 감정의 절약 이후」, 『비평의 우울』, 문예중앙, 2011.

이었다.[17] 선물의 논리를 인상적으로 구현하고 있는 「이어달리기」에서 모스가 말한바 '사물 속의 정령'이 '도마'에 깃들어 있다면, 『웃는 동안』에서 그것은 훔친 물건들인 '지갑'(「매일매일 초승달」)과 '소파'(「웃는 동안」)에 깃든다. 물건이 완전히 양도되지 않고 끊임없는 순환 속에 놓이게 된다는 작가적 상상을 나타내주는 사례 중 하나는 표제작 「웃는 동안」의 소파다. '나'는 물론이고 세 친구들이, 그것의 '소유권'이 아니라 '용익권'을 단지 넘겨받을 뿐인 그 소파 말이다. 소파로부터 파생되는 이야기로부터 은연중 친구를 잃은 이들의 심리적인 부채와 마주하게 되는 것은 그 점과 무관하지 않다.

이와 같이 절도의 상상력을 이전 소설들과 견주어 읽어볼 수 있는 것처럼, 죄의식의 문제 또한 그렇다. 가령, (『선물』에 수록된 소설인) 「재채기」에서 '그'의 죄의식은, 자신의 기침소리에 놀라 발을 헛디뎌 도미노 경연대회를 망쳤던 한 소녀로부터 기인한다. 그러니 그것은 우연이라 할 만하다. 하지만 「공기 없는 밤」「부메랑」「5초 후에」 등의 소설에서 죄책감은 보다 뚜렷한 관계의 당사자들 사이에서 발생하며, 그 당사자들에게는 간단히 말해 돈의 문제가 걸려 있다. 「공기 없는 밤」「부메랑」「5초 후에」의 노인들은 젊은 시절, 문자 그대로의 빚을 내주기를 조롱하며 거절하거나, 아니면 받은 빚을 모른 척 청산하지 않았다.

'부채'라는 말이 원래 경제학적인 말이거니와, 그들의 부채감은 증여를 거부하고자 했던 자신들의 제스처로부터 빚어진다. 그중에서도 가장 쓰라린 경우는 예의 「공기 없는 밤」이다. 「공기 없는 밤」의 '그'는 집을 모두 날린 후 소식을 끊었던 아들에게 다시 찾아갔다. "이 집 내가 사준 거 아니냐?"(열한 살 때 처음 만난 아들과 10년 만에 결별할 때, 그는 가장 작은 집 한 채를 아들에게 주면서 "나중에 내 제사는 지내야 한다"고 말한 바

---

17) 모리스 고들리에, 『증여의 수수께끼』, 오창현 옮김, 문학동네, 2011.

있다.) 집을 선물이라고 표현하면서도 집에 대한 소유권을 계속 의식했던 그였건만, 마지막으로 증여의 수혜자가 되는 사람은 아들이 아닌 바로 그다. 아들은 세상을 떠나고, 이제 그는 아들의 사망보험금으로 육체적 생존을 연명한다. 아들의 목숨이 증여한 것으로 목숨을 부지하고 있으니, 아무리 갚고 싶어도 이제는 갚을 수가 없다. 영원히 탕감받을 수도 상환할 수도 없는 윤리적 부채, 그것은 이제 그의 죄의식의 저변이 된다.

대학을 졸업한 뒤로 형민은 해마다 내 생일날 전화를 걸어왔다. 목욕탕 가셨어. 올해도 전화해줘서 고마워. 아버지께 전할게. 생일 기념으로 동남아 여행을 보내드렸어. 올해도 전화해줘서 고마워. 1년 중 가장 괴로운 날이 내 생일이라고 아들은 언젠가 잠을 자기 전에 며느리에게 고백을 했다. 부도만 나지 않았다면 이렇게까지는 하지 않았을 거라고. 모두 다 이 집을 지키기 위해서였다고. 유산을 물려받는 순간 아들은 모든 재산을 압류당했을 것이다. 하지만 아들은 영영 모르리라. 나한테는 아들이 생각한 것보다 더 많은 재산이 있다는 것을. 바로 여기. 내 등 뒤. 지하실 바닥에.(「눈사람」, 171~172쪽)

마지막으로, 「눈사람」에서는 지금까지 더듬어온 윤성희 소설의 이야기꾼의 여러 측면이 종합적으로 발견된다. 「눈사람」의 서술자 '나'는 노인으로, 죽은 유령이다. 유령이 된 그는 "어떤 날은 귀만 따로 세상을 돌아다니고 있는 것이 아닌가 하는 생각"이 들 정도로 온 동네의 소리들을 듣고, 그 소리들로부터 동네의 갖가지 이야기들을 유추한다. 물론 그가 떠올리는 것들에는 자신의 이야기들도 있다. 소설에 펼쳐지는 그의 이야기들을 보고 있노라면, 자연스럽게 벤야민의 다음과 같은 진술이 떠오른다. "마치 삶이 다하면 인간의 내면에서 일련의 이미지(이때 이 이미지 속에는 평소에는 스스로 의식하지 못한 채 마주쳤던 자신의 생각이 펼쳐진다)가 활발히 움직이는 것처럼, 임종의 순간에는 갑자기 그의 표정과 시선에 잊혀질 수 없는 일들이 떠오르고, 또 잊을 수 없는 일은 그와 관계했던 모든 사람에게 권위를 부여한다. 그가 관계했던 사람이 아무리 하찮은 사람이라도 그는 죽음의 순간에 자기 주위에 모여 있는 살아 있는 사람들에 대해 그러한 권위를 부여하게 되는 것이다."[18]

금고털이범이기도 하고 금고가게 사장이기도 한 「눈사람」의 그는 「공기 없는 밤」의 김영희를 다소 연상시키는 이력을 가졌지만, 그와 달리 가족을 위해 헌신했다(고 생각한다). 그리고 "이제는 썩어버려 뼈밖에 남지 않은 허벅지"와 '서서히 썩어가는 자신의 얼굴'을 바라보며, 죽어서도 헌신중이다. 부도를 맞은 아들이 유산을 물려받는 순간 재산을 모두 압류당할 것이기에, 그는 실재적으로는 죽었으되 상징적으로는 죽지 못한다. 그 사연이 밝혀지는 장면에서, 작가는 그가 등록금을 증여한 아이가 대학을 졸업하며 거는 전화와, 그의 시체 아래(지하실 바닥)에 은닉되어 있는 재산을 동시에 포착한다. 장성한 아이의 전화는 해마다 계속되겠지만, 그 재산은 그의 바람처럼 아들에게 이전되지 못한 채 거기 묻혀 있을 것이다. 그리고 이와 같이 그가 죽음에 임하는 순간이 지속되는 동안, 그의 이야기 또한 계속될 것이다.

(2012)

---

18) 발터 벤야민, 같은 글, 178쪽.

이야기꾼의 탄생과 진화 3
— 손보미론

1. 고르메 식당의 손님들

작가가 애초에 옴니버스식 구성을 의도한 것처럼 보이지는 않지만, 그렇게 읽고 싶은 유혹을 느끼게 하는 몇 편의 단편들이 있다. 물론 이 이야기의 승객들(omnibus의 어원처럼)은 모두 제각각이다. 하지만 한번 탑승한 이상, 비슷한 목적지를 향하게 된다. 그들이 방문하는 곳 중의 하나는 이를테면 '고르메 식당'이다. 저기, 한 커플이 보인다. 매달 이 식당에서 식사를 하는 부부는 와인을 마시며 이야기에 열중하고 있다. 고개를 돌리면, 또 한 쌍의 부부가 있다. 그들은 이 식당의 가장 좋은 자리에서 부인이 속한 아마추어 관현악단의 오디션 통과를 기념하는 눈치다. 부부들이 애호하는 곳이라고 넘겨짚을 즈음, 40대 중반의 여배우가 마련한 조촐한 파티의 정경이 눈에 들어오기 시작한다.

고르메 식당은 어떤 곳인가? 그 식당에 들어선 여자들은 "책이 빽빽하게 꽂힌 고급 원목 책장과 반들반들하게 닦인 값비싼 경첩, 혹은 작지만 격식 있는 티테이블이 연상"(「폭우」)되는 기품이거나, "핑크색 실크 원피스"와 "꽃잎 모양 보석이 달린 작은 귀걸이"(「여자들의 세상」)로 정성들여

치장했다. 남자들도 한껏, 그러나 티나지 않을 정도로 멋을 부렸다. 그들은 "버버리 프로섬" 피코트(「대관람차」)를 챙겨입거나 "최고급 흑진주 목걸이와 귀걸이"(「여자들의 세상」)를 선물로 준비해온다. 고상하고도 우아한, 이 값있어 보이는 취향의 세계는 그러나 항상 그 끝이 좋지 않다. 저녁을 먹는 도중 부인은 울음을 터뜨리며, 파티의 일원인 아기는 마치 곧 죽을 것같이 울고, 부부는 화가 나고 슬픈 표정으로 식당을 나선다. 이 모두가, 고르메 식당의 일이다. 그들은 비슷한 종착지를 향해 가고 있다.

스케치가 조금 길어진 건가? 하지만 이 정도 출발이 적당하겠다. 어딘가 한국적이지 않게, 어딘가 연극적이게, 또 그러면서도 세련되게 읽히는 것이 손보미 소설의 첫인상이다. 문체적인 개성을 비롯하여 작가 특유의 스타일에 우선 관심이 집중된 것이 자연스럽게 느껴진다. 그러나 이번 기회에 손보미 소설을 곁에 두고 읽으면서, 서울 중산층의 카버(미국의 체호프이라 불리는 그 작가) 같은 이 작가가 어떻게 하여 한 작품도 예외 없이 통렬한 마지막 장면을 부려놓을 수 있는 것인지 무엇보다 놀라웠다. 거기에 놓여 있어야 할 것 같은 장면이, 소설이 부리는 시간의 마법을 빌어 그 자리에 와 있다. 하지만 그 장면의 의미를 헤아리는 것은 생각만큼 쉽지 않다. 그녀의 소설 앞에서 직관과 논리가, 감정과 인식이 이렇게 시차를 갖고 있구나 하는 생각을 새삼스레 한다. 정교한 구성을 취하고 있어 이미 밟아온 단서들을 꼼꼼하게 복기할 여지가 마련되어 있는데도 조심스럽다.

가령, 손보미는 마지막 문장을 다음과 같이 쓴다. "그제야 정확하게 알 것 같았고, 그 말에 가슴 깊이 공감할 수 있을 것 같았다."(「애드벌룬」) 그는 도대체 무엇을 안 것이고, 왜 공감한 것일까? 그 지점에서 작가는 돌연 말을 아낀다.[1] 그리하여 나머지는 모두, 독자의 짐작과 상상과 추론이라는 해석학적 작업의 몫으로 떨어진다. 텍스트에 따라 이 여백이 비교적 분명하게 메워지는 것이 있는가 하면, 아예 미궁에 빠진 것처럼 의문을 가중시키는 것도 있다.

　적재적소에 요긴한 정보들을 배치하면서도, 욕망의 실재를 가리키는 대목에서 좌표를 가리고 거기서 멈추는 작가가 있다. 나와 같은 사람은 무엇을 해야 할까? 이 글을 구상하며, 첫 질문은 그것이었다. 사려 깊은 독자라면, 해석학적 복원이 작품의 여운을 잠식해버릴 수 있다는 사실을 고려하지 않을 수 없다. 하지만 작가론을 약속한 입장에서, 이 글의 나는 빈곳을 메워가며 의미를 도출해보는 쪽으로 방향을 잡아보려 한다. 텍스트의 목소리라는 미명 아래 끼어드는 것이 독자인 나의 무의식일지 모르겠으되, 생각건대 그렇지 않은 해석이 존재하는가? 결정적인 대목에서 침묵하는 작가에 대해서는 이미 수차례 거론되었으니, 또 옴니버스를 연상케할 정도로 분명한 테마를 가지고 작업하는 작가이기도 하니, 소득이 없지만은 않으리라 생각된다. 무엇보다, 내게는 이 작가가 바로 이야기-해석의 탐닉자처럼 보이니 말이다.[2]

---

1) 비단 마지막 국면만 그런 것은 아니다. 여러 평론가들이 손보미 소설의 전반에서 이러한 특징에 각별히 주목했다. 백지은은 "손보미 소설의 독자는 소통을 위해 서술들을 확신하기보다 서술들의 배후와 싸우게 된다"(「웰컴」, 『문학동네』 2011년 겨울호, 435쪽)고 지적하고 있으며, 이소연 역시 "작가는 소설의 다른 곳에서는 매우 치밀한 서술과 섬세한 문장을 구사하면서도, 정작 이러한 질문에 실마리가 될 만한 지점에서는 교묘히 서술을 피하고 틈으로 남겨둔다"고 밝히고 있다(이소연, 「세속의 예언과 성취」, 『2012 제3회 젊은작가상 수상작품집』, 문학동네, 2012, 50쪽). "가장 결정적인 대목을 말하지 않고 그것은 말해지지 않은 덕에 더욱 강력한 방식으로 전달"되는 이야기 구조(권희철 심사평, 『문학동네』 2013년 봄호, 70쪽)나 "말로 '규정'하지 않고 침묵으로 '환기'하는" 스타일(신형철 심사평, 『문학동네』 2012년 봄호, 96쪽)에 대한 언급도 비슷한 측면에서 개진된다.
2) 이 글에서 검토하고 있는 손보미 소설의 출처는 다음과 같다. 본문에 인용할 경우 쪽수만 명기하기로 한다. 「서커스를 찾아서」, 『리토피아』 2010년 봄호; 「고양이 도둑」, 『21세기문학』 2010년 가을호; 『그들에게 린디합을』, 문학동네, 2013; 「대관람차」, 『창작과비평』 2013년 봄호; 「산책」, 『21세기문학』 2013년 봄호.

2. 거울을 든 조타수

좋았던 옛 시절은 어디로 사라진 것일까. 「침묵」의 '그'와 '그녀'에게도, 「서커스를 찾아서」의 '나'와 '너'에게도, 「고양이 도둑」의 '그'와 '아내'에게도 그런 시절이 있었다. 여자의 마음을 사기 위해 소설을 쓴다고 거짓말을 하던 시절(「서커스를 찾아서」), 남자의 말이 "말도 안 된다고 생각"하면서도 그를 향한 이끌림에 자신을 놓아버리던 시절(「침묵」), 혹은 부모의 완강한 반대를 무릅쓰고 금발의 아내와 도미를 결행하던 시절. 그러니까 "모두 구원받는 이야기가 시작될 거라고 믿었"던(「침묵」), "그 자신이 삶의 주인이 된 것 같았"던(「고양이 도둑」) 행복한 시절이 이들에게 있었다. 한 소설의 표현을 빌리자면, 사랑했으므로 행복하였나니.

손보미가 2011년 한 일간지를 통해 부상되기 전에 발표한 「침묵」「서커스를 찾아서」「고양이 도둑」은 남녀관계의 내러티브를 근간으로 한다. 말하자면 사랑의 나날들과 그 후일들에 대한 이야기이다. 그런데, 사랑에 빠지는 것(In Love)과 사랑을 하는 것(Loving)은 다르지 않은가? 기든스의 저작이 일러주듯이, 전자는 놀랍고도 환상적인 경험이지만, 후자를 위해서는 노력과 신뢰와 의사소통이 뒤따라야 한다. 그러니, 즉흥적인 말을 지어내어서라도 마음을 사려했고, 번연히 보이는 결점들을 모른 체했으며, 아니라고 말릴수록 더 하려 했던 저들의 서사에서 갈등의 국면이 어떻게 드러나는지는 짐작되는 바가 있다.

예컨대, 「침묵」의 집 안은 지금 초라한 난장판이다. 결혼 후 3년, 남편의 알코올중독 증상이 재발하면서부터 부부는 "허구한 날 싸웠"다. 이야기를 하자고 채근하는 '그녀'와 무조건 회피하려는 '그'의 날카로운 신경전이 암시하는 것처럼, 이 커플은 이제 마음을 터놓고 이야기를 나누지 못한다. 상대의 능력은 의문에 붙여지고, 서로에 대해 확신하지 못하며, (그런 연유에서 혹은, 그래서 필요한) 의사소통은 단절된다. 물리적으로 이야기를 나누지 못하는 「침묵」은 물론이고, 「고양이 도둑」의 경우도 사정은 크게 다르지 않다. 위로하고 싶은 마음을 전하려, 아내의 어깨를 잡은 남편이 마주한 응답은 "어깨를 너무 꽉 잡고 있어서 아프다"는 말.

그와 그녀의 관계가 지금 난파되고 있음을 섬세한 신호로 타전하는 일, 그것은 손보미 소설의 결 중 하나라 할 만하다. 그러나 세 소설들을 연이어 읽고 나면 보다 더 특징적인 결이 있다는 생각을 하게 된다. 이런 종류의 이야기라면, 확실히 낯설지는 않다. 이 작가의 개성은 그보다는, 만남의 첫 장면까지 거슬러올라간 관계의 서사를 자기 삶의 서사로 통합하는 과정에서 더욱 선명하게 드러난다. 세 소설에 공통적으로 관계 본연의 폐쇄성(연인이나 부부 사이의 일은 쉽게 공개되지 않는다)을 상대화하는 일종의 장치가 들어 있기 때문이다. 간단히 말해, 이 항해와 무관해 보이는 제3의 인물이 서사의 중간쯤에서 승선하는 것이 결정적이다. 「침묵」의 세일즈맨, 「서커스를 찾아서」의 마술사, 「고양이 도둑」의 햄버거가게 주인은, 서사의 진행을 다른 방향으로 옮겨놓고 사라지는 신비한 조타수에 다름없다.

「침묵」을 먼저 읽자. 지리멸렬하게 싸우는 부부의 현재 속으로, 갑작스런 "타인의 방문"이 이루어진다. 문을 열어준 이는 불리한 국면을 잠시라도 모면하고 싶은 남편이다. 그런데 들어선 남자는 어딘가 이상하게 웃으며, 기묘하게 슬프다. 후진 동네에 세일즈를 하러 왔다는 것도, "커다란 침대 매트리스로 몸을 감싼 것처럼" 보이는 차림새도. 곧이어 '맥락'을 알리 없는 이 세일즈맨과 부부가 한 자리에 앉아 대화를 나누는 상황이 연출된다. '당신의 몸이 변형되고 있다'를 주제로 한, 세일즈맨의 이야기의 한 토막을 우리도 경청해보기로 한다. 그것은 여자의 속옷과 뼈에 관한 이야기다.

"신발뿐만이 아닙니다. 속옷도 마찬가지입니다. 자신의 몸에 딱 맞는 속옷을 입지 않으면, 뼈의 모양이 변형됩니다. 특히 여자분들의 브래지어는 가슴의 모양이나, 가슴뼈, 등뼈의 모양에 영향을 주죠. 물론 발가락처럼 눈에 띄지도 않고, 빨리 그 변형이 진행되지도 않습니다. 아주 천천히 변형되기 때문에 당시에는 아무도 모르죠. 하지만 어느 순간이 되면 누구나 알게 됩니다. 뼈는 있어야 할 자리에 있지 않고 튀어나와 있거나, 다른 부분으로 밀려 있죠. 그건 아주 오랫동안, 누구도 모르게 진행되기 때문에, 알게 되었을 때는 누구도 손쓸 수 없는 상태가 되는 겁니다. 이미 늦은 거죠."(「침묵」, 76쪽)

제3자인 세일즈맨이 이 무대에 합류하면서 부부의 상황은 은연중 상대화된다. 무방비로 드러난 침실이 신경쓰이고, 거실 바닥에 흩어져 있는 포르노테이프에 시선이 가기 시작한다. 무엇보다 남편의 얼굴이, 아내의 머리모양이 서로의 시야에 들어온다. 싸움의 현장에 예상치 못하게 도래한 휴지(休止)는, 잠복되어 있었던 것이건 새로이 샘솟은 것이건 어떤 감정을 깨닫게 한다. 대부분의 손보미 소설이 그런 것처럼 그 감정이 정확히 무엇인지 언표되지는 않지만, 그래서 그것은 독자의 추론과 상상을 자극한다. 세일즈맨의 이야기를 들은 후 "어떤 감정이 천천히 그녀의 몸을 통과"했을 때, 그 감정이란 과연 무엇일까.

세일즈맨의 갑작스런 등장과 그가 주섬주섬 꺼내놓는 이야기는 전적으로 우연한 것이다. 하지만 몸에 맞는 속옷을 입지 않으면 서서히 뼈가 변형되고 그 사실을 알게 되었을 때 이미 늦었다는 그의 이야기는, 마치 부부관계에 대한 논평처럼 읽힌다. 이 상황의 아날로지가 단순하게 다가올지도 모르겠다. 그러나 세일즈맨이 "우리는 그걸 극복해야만 합니다"라는 말을 남기고 퇴장한 뒤, 그녀가 "자신들은 도저히 극복할 수 없으리라는 걸" 깨닫는 장면은 우연하지도 단순하지도 않다.

세상에서 가장 불행한 자가 바로 자기 자신인 것 같은 순간이 있다. 그런데 그때 자신이 어떻게 불행한지조차 모르는 듯한 초라한 한 사람과 마주하게 된다. 그는 지금 누군가의 눈에 우스꽝스럽게 보일지라도, 삶을 살고 있다. 세일즈맨을 비웃고 무시하는 듯한 부부의 가시적인 태도가 오히려 그의 모습을 경건한 것으로 승화시킨다. 삶이란 누구에게나 공평하다. 그것은 이미 끝이지만, 동시에 진저리치면서 수락할 수밖에 없는 것이기도 하다. 그렇기 때문에 저 세일즈맨의 모습에서 우리는 비애를 느낀다. 이것이 세일즈맨의 등장이 없었다면 「침묵」의 결말도 불가능했으리라 생각하는 이유다. "끝장"을 말하면서도 포옹에 순응하는 그녀를 보여주는 열린 형태의 결말은 끔찍하면서도 편안하다.

이와 같이 주서사(부부의 이야기)에 다른 등장인물의 이야기(세일즈맨의 말)를 맞서 세우는 방식, 이야기에 일종의 반사경을 마련함으로써, 현실을 지시하는 것이 아니라 (그 반사경을 포함하는) 텍스트를 비추는 독특한 방식은 「서커스를 찾아서」와 「고양이 도둑」에서 보다 더 복잡한 구조로 실험된다.

가령 「서커스를 찾아서」에서는 일인칭 서술자 '나'의 진술과, '나'가 쓰고 있는 소설이 교차편집된다. 그런데 '나'가 쓰고 있는 소설 속에는 또다른 이야기가 하나 더 들어 있어 전체 서사를 세 겹으로 만드는데, 그 이야기가 바로 마술사의 이야기다.[3] 유사성을 따져보건대, 「서커스를 찾아서」에서 '나'가 쓰고 있는 소설은 전체 서사의 거울 텍스트(mirror-text)에 가까운 삽입 텍스트이다. 미케 발이 지적하고 있는 것처럼, 독자는 '나'의 소설인 삽입 텍스트의 내용을 토대로 해서 전체 서사의 주제를 가늠할 수밖에 없다.[4] 나아가 '나'의 소설 안에서는 마술사의 이야기가 다시 그러한 기능을 하고 있어서, 「서커스를 찾아서」는 거울 안에 또 거울이 있는 이야

3) 사연인즉슨 이렇다. 소설 속 소설의 주인공 '그'는 행복한 시절을 찾아서 17년 만에 서커스가 열리던 섬으로 온다. 그러나 10년 전에 서커스는 이미 없어져버렸다. 그 몰락의 전말은 섬에서 우연히 조우한 마술사에 의해 그에게 전해진다. 서커스의 "괴상망측한 끝"에는, 단장의 좌절을 부정의 증좌로 오인한 아내가 있었다. 서커스의 마지막 날, 대화재와 함께 단장과 아내는 꼭 껴안은 시체로 발견된다.
4) 미케 발, 『서사란 무엇인가』, 한용환·강덕화 옮김, 문예출판사, 1999, 263쪽.

기가 된다.

그렇다면 그러한 반사경들을 통해 무엇을 확인할 수 있는가? 「서커스를 찾아서」에서는 ('나'의 소설 속 주인물인) '그'가 마술사로부터, 「고양이 도둑」에서는 ('나'에게 이야기를 들려주는) '그'가 햄버거가게 주인인 에머슨씨로부터, 각각 이야기를 듣는다. 그런데 이야기를 듣고 난 후 그들 모두는 무언가를 홀연히 알게 된다. 연애 시절의 행복을 단박에 부인하던 남자는, 이제는 영원히 잃어버린 그 시절이 행복이었음을 깨닫게 되고 (「서커스를 찾아서」), 자신의 인생 전체가 누군가에게 훔친 것들로 점철되었다고 생각한 남자는, 오히려 내 것이 아님을 인정하는 것으로부터 새로운 삶이 시작될 수 있으리라 예감한다(「고양이 도둑」).

실의에 빠져 있던 이들에게 있어, 이러한 깨달음을 삶의 구원이라 할 수 있을까? 그렇게까지 말할 수는 없겠다. 하지만 세 편의 소설에 기대어 보자면 삶을 이미 겪은 사람, 그 고통을 먼저 통과한 사람, 그들은 이야기를 들려줄 자격이 있다. 그들의 경험과 지혜는 부지불식간에 누군가에게 전수됨으로써 비로소 완성되며, 전수를 받은 이는 다시 다른 이들에게 이야기를 들려주기 시작한다. 「서커스를 찾아서」에서 '나'의 소설은 '너'에게 주기 위해 쓰이며, 「고양이 도둑」의 '그'는 오랜만에 만난 '나'에게 에머슨씨와의 일화를 이야기한다. 서사적인 차원에서 볼 때 기능적인 배치라는 인상이 없지는 않지만, 이러한 구조로 인해 이 소설들은 (현자의) 이야기를 경유한 일종의 각성의 내러티브를 구축하게 되는 것이다.

손보미 소설에 따르면, 삶은 결코 완전할 수 없다. 핑크빛 행복이란 누군가의 머릿속에서만 가능한 것이며, 결여에 대한 자각은 인물을 불행하게, 비참하게 한다. 그런데 이 불행과 비참을 수락하는 태도에 따라, 손보미 소설의 뉘앙스는 조금씩 달라진다. 이 이야기를 하기 위해서는 「담요」를 펼쳐야 할 듯하다.

3. 소설가, 감독, 과학자, 그리고 그들의 텍스트

「담요」의 서사를 간단히 풀면 이러하다. '나'는 친구 '한'으로부터 들은 '장'의 이야기에 착안하여 『난 리즈도 떠날 거야』(이하, 『리즈』)라는 소설을 발표한 후 명성을 얻지만, 한은 장의 이야기를 그런 식으로 다룬 것에 격분하여 절교를 선언한다. '나'가 살아 있는 장을 만난 것은 한이 세상을 뜨고 난 뒤다. 한의 장례식에서 장을 실제로 목격한 '나'는, 장이 단지 "이야기 속의 존재"가 아니라는 사실에 큰 충격을 받는다. 그런데 '나'가 더 이상 소설을 발표하지 못하고 진창 속에 빠져 있을 때, 뜻밖에도 "내 이야기를 들려주고 싶다"며 장이 전화를 걸어온다.

일인칭 서술자 '나'를 중심으로 추린 소설의 골격이지만, 저 뼈대만으로는 충분히 알 수 없다. 소설에서 시종 반복되는 단어처럼, 그것이 어떤 이야기인지 누락되어 있기 때문이다. 소설을 채우고 있는 것은 장에 대한 (한의) 이야기이고, 장을 가공한 ('나'의) 이야기이며, 장이 들려주는 (장의) 이야기이다. '나'가 한과 장을 만난 시차는 엄연히 존재하지만, 모든 이야기들을 종합하는 서술의 시점에서 만남들은 이미 완료되었다. 그래서 '나'가 매개하고 통합하는 그 이야기는, 특히 초반부에 한과 장의 이야기 인용이 나란히 이루어지는 경우처럼, 시차를 무시한 채 정돈된다. 그 과정을 통해서 서서히 수면 위로 떠오르는 것은 하나의 비극이다. 록밴드인 파셀의 콘서트에서, 장의 유일한 가족인 아들이 총격 사건으로 사망했고, 이후 그의 인생은 달라진다.

이 사건을 중심에 놓고 손보미는 두 가지 방향에서 문제를 좁혀들어간다. 일단, '나'(와 한)의 층위, 즉 타인을 이야기로 옮겨놓는 자(들)의 층위에서 먼저 검토해보자. '나'와 한의 공통점이 있다면, 자신들이 하는 '이야기하기'의 의미를 당시에는 정확히 알지 못했다는 것이다. 소설을 준비하는 과정에서 '나'는 사건현장의 사진을 포함하여 많은 자료들을 섭렵했지만, 그때는 "아무런 감정을 느끼지 못했던 것"임을 뒤늦게 깨닫는다. 분명 한이 해준 이야기에 간직된 어떤 요소들이 소설가인 '나'를 끌어 당겼을 것이다. 그 무언가가 '나'로 하여금, 공연장 총격 사건으로 아내가 사망한 탐정—이 가상의 소설 역시 '나'가 열여덟 살 '리즈'에게 탐정의 이야기를 해주는 겹의 구조로 되어 있다—을 상상하게 했고, 나아가 그 탐정이 모든 것을 잃고 자살하는 허구를 짓게 했을 것이다. '나'는 그 소설로 "죽음과 삶에 대한 진지한 사유와 성찰"과 같은 호평을 받으며 성공을 거머쥐었다.

독자인 우리는 『리즈』를 읽지 못하므로, 그 소설에 깃든 죽음과 삶의 면면을 자세히 알 수는 없다. 하지만, 장례식에서 장을 만난 소설가 '나'의 충격을 헤아려볼 수는 있다. 바로 눈앞에 자살한 인물의 모델이 된 그 사람이 있을 때, '나'가 던진 부메랑이 그제야 되돌아온다. 그러니까, 이야기한다는 것은 무엇인가? 타인의 고통을 재료로 소설을 쓴다는 것은 무엇인가? 거기에는 어떠한 형이상학적 해석으로도 감당할 수 없는 무언가가 있다. 이를테면, 쓰지 않으면 안 되는 무언가가 아니라, 쓰지 말았어야 하는 무언가가 있다.

이야기하기란, 두 간극 사이에서 회의를 거듭하는 과정이 아니던가. 이 소설의 '나'를 보면, 현장에 입회하지 않은 소설가에게 문학적 상상과 허구적 진실이 언제나 알리바이가 되어주지는 못하는 것 같다. 장을 만난 충격이 다시 꺼내본 현장사진 한 장의 충격으로 확대될 때, "실제로 보이는 것 같다" "생생하게 들리는 것 같다" 등, 그때 비로소 '나'를 덮친 실감이 뚜렷하게 강조될 때, 우리는 이야기의 법정에서 심문받는 소설가를 본다. 아울러 그러한 자기심문이라면, 한에게 먼저 당도했으리라고 짐작해볼 수 있다. 한은 '나'를 맹렬히 비난했지만, 이후 "삶의 방향을 완전히 틀어"버린 그의 후일로 미루어보건대, 한이 진실로 책임을 물었던 사람은 바로 그 자신이 아니었을까.

그렇다면 다음 차례로, 이제 장의 시선에서 문제에 접근해보자. 장의 시련에는 인간이 해결할 수 없는 의문이 있다. 왜 내 아들에게 그런 일이 일어나야 하는가. 왜 그 표를 내가 내 아들에게 선물했던가. 신은 왜 내 아들을 선택했는가. 신은 왜 나를 선택했는가. 그 의문은, 그 비극은, 장의 것인 동시에 그날 그 자리에서 희생되었던 모든 사람들을 둘러싼 것이기도 하다. 단지 몇 시간만을 더 살 수 있을 뿐이었던 희생자들을 두고 "왜 신은 그들에게 단 몇 시간의 삶을 더 주신 걸까요?"라고 묻는 장의 말처럼, 인간의 운명은 부조리하고 그 운명을 주관하는 신은 불가해하다.

그리고 이 지점에서 손보미의 「담요」는 좀더 나아간다. 만약 저 의문이라면, '나'의 소설인 『리즈』가 크게 빗나간 이야기라고 할 수 없지 않을까? 장은 '나'를 만난 자리에서 "그 소설에서 마음에 안 드는 유일한 부분은 '나'가 '리즈'를 떠나는 거였어요"라고 말한다. '나'의 소설 속 열여덟 리즈는, 살아 있었다면 스물한 살이었을 장의 아들을 연상시킨다. 그리고 아래와 같은 장의 이야기에서, 장이 야간순찰중 만난 열아홉, 스무 살 정도로 보이는 어린 부부 또한 연상시킨다.

"그 부부에게 왜 담요를 주었느냐고 아까 물었죠? 사실 내가 순찰차로 돌아오기 직전, 어린 부인이 술에 잔뜩 취한 목소리로 이런 말을 했소. '아들과 다른 공연을 보러 가세요. 사람들이 죽지 않는 콘서트요. 사람들이 즐겁게 노래 부르고, 춤추는 그런 콘서트 말이에요. 사람들이 죽지 않고, 살아 있어서 행복한 노래만 흘러나오는 곳이요. 나도 그런 곳에 가고 싶거든요.' 나는 차 안으로 돌아왔고, 조금 울었소. 그리고 나는 그들에게 되돌아갔소. 그랬더니 그 어린 부인이 나에게 뭐라고 했는지 알아요? 어린 부인은 이렇게 말했소. '우린 인간쓰레기예요'라고. 나는 아무런 대꾸도 하지 않았소. 다만 그 부부의 머리를 잠시 동안 쓰다듬어보았소. 그 작고, 동그랗고, 차가운 아이들의 머리를 말이오."(「담요」, 28쪽)

장이 '나'와 헤어지기 직전 했던 말들, 『리즈』를 읽은 장이 '나'에게 꼭 하고 싶었던 말들이 여기에 있다. "사람들이 죽지 않고, 살아 있어서 행복한 노래만 흘러나오는 곳"에 대한 저 어린 부인의 말은 흡사 간절한 기도처럼 들린다. 그것은 "우린 인간쓰레기예요"라고 말하는 부인 자신의 기도이며, 천상에 있는 장의 아들에게 보내는 기도이고, 콘서트에서 운명을 달리한 이들을 향한 기도이다. 그녀의 말 속에서 이미 완료된 이야기가 다시 쓰인다. 어린 부인이 바라는 그런 공연, 아들과 함께 볼 수 있는 콘서트, 사람들이 죽지 않는 무대, 그런 것은 세상에 없다. 우리는 그것을 안다. 하지만 그 염원은 인간을 살게 하고, 삶을 지옥에서부터 끌어올린다. 신을 이해할 수 없어 질문을 던지던 장이 아니던가. 담요를 몸에서 떼놓지 못하던 그가 아니던가. 그러나 담요를 건네주는 최후의 순간, "그 작고, 동그랗고, 차가운 아이들의 머리"를 쓰다듬는 장의 손길 속에는 신의 그림자가 어른거린다.

다른 사람들의 이야기를 받아적는 「담요」의 이와 같은 진술방식은, 「그들에게 린디합을」과 「과학자의 사랑」에서 심화된다. 두 소설은 이미 세상에 존재하지 않는 천재들, 각각 4년 전 자살한 영화감독과 1971년 사망한 과학자의 인생을 기술하는 논픽션의 형식을 취하고 있다. 그들의 중요한 사회적 성취인 〈댄스, 댄스, 댄스〉(「그들에게 린디합을」)와 '굴드 트라이앵글 이론'(「과학자의 사랑」)은 모두 뒤늦게 조명되는데, 그렇게 조명되었을 때 그들 인생의 역작에 사랑의 이야기가 가로놓여 있다는 사실이 드러난다. 다시 말해 「담요」 「그들에게 린디합을」 「과학자의 사랑」 등에서 소설가, 감독, 과학자들의 텍스트 생산은 그들 개인의 실존적 진실과 불가분의 관계를 맺고 있으며, 그 관련성은 다양한 이야기들이 모자이크되면서 서서히 형태를 갖추어간다.

「그들에게 린디합을」은 수수께끼를 풀어가는 추리적 구성을 취하고 있다. 소설의 핵심인물은 길광용 감독과 그의 전처이자 배우인 허지민, 그리고 문정우다. 하지만 그들 모두는 「담요」의 표현을 따오면 '이야기 속 존재'여서, 2차 자료 안에만 있다. 영화, 인터뷰, 기사, 비평 등이 그것들인데, 날 것 그대로 직접 인용되는 경우도 있지만 간담회 스케치와 같이 내포작가-서술자에 의해 장면화될 때도 있다. 그렇기 때문에 길감독과 그 주변에 대한 자료를 조사 취재하고 이야기를 재구성하는 '나'의 그림자를 지우고 이 소설을 논할 수는 없다. 다큐멘터리 기법의 외연을 '기록'과 '해석'의 양축으로 잡는다면, 후자에 좀더 주목할 수밖에 없다는 뜻이다.[5] 당연하게도, 해석은 의문이 촉발한다. 스토리 표층에서 던져지는 의문은 영화 〈그들에게 린디합을〉이 누구의 작품인가 하는 것이지만,[6] 스토리 심층에서 '나'가 제기하는 그것은 〈댄스, 댄스, 댄스〉(〈그들에게 린디합을〉은 길감독이 〈댄스, 댄스, 댄스〉를 제작하는 과정에서 움튼 일종의 부산물이다)의 마지막 장면에 대한 해석, 다시 말해 길감독이 하고 싶었던 "진짜 이야기"다.

텍스트에 제시된 성일정(!)의 평론의 제목을 빌리면 그것이 이 "서사의 가장 마지막 기원"이다. 안타깝게도 우리는 성일정이 감탄하는 〈댄스, 댄스, 댄스〉의 마지막 10분을, '나'가 제공한 성일정의 글을 통해서만 짐작할 수 있다. 그러니 읽어보자.

---

5) 서술자인 '나'의 진술뿐만이 아니라, 인용되는 모든 자료들에도 해석적 요소들이 스며들어 있다. '린디합'이라는 명명의 유래로 시작하는 도입부는 시사적이며, 비평적 기술이 다수 인용되는 구성은 징후적이다. 영화팬 윤주윤을 비롯하여, 인터뷰와 취재 관련자들 모두는 길감독과 그의 영화에 대한 주석자이자 해석자라 해도 그리 틀린 말이 아니다.

6) 영화 〈그들에게 린디합을〉은 문정우, 임안나의 공동감독으로 발표되었다. 하지만 내포작가-서술자는 소설의 거의 마지막 순간에, 그 영화가 길광용 감독이 자살하기 8개월 전에 맡긴 제목, 필름, 콘티 등을 바탕으로 만들어졌다는 사실을 일러준다. 영화는 아무도 주목하지 않던 시절 이해되었던 것처럼 문정우의 작품이 아니며, 또 '훔친 것'이라 지탄받는 시점에서 생각되었듯이 완전히 길감독의 작품도 아니다. 소설의 진술을 모두 신뢰한다면, 영화의 최종 완성은 문정우와 길감독의 전처인 허지민(임안나)이 맡았으며, 길감독은 영화가 완성되기 전에 사망했다.

남녀가 댄스홀로 들어온다. 잠시 서로를 물끄러미 바라보다가 여자가 남
자에게 다가가 그의 귀에 얼굴을 가까이 대고 무언가를 말한다. 다시 여자
가 제자리로 돌아오고 그들이 춤을 막 추려고 시작하는 순간, 영화는 끝난
다. 여자는 남자에게 무슨 말을 했을까? 내가 생각하기에 바로 그것이, 그
러니까 바로 이 10분 남짓한 부분이 이 영화의 두 시간이 넘는 러닝타임 중
에서 오로지 길감독이 말하고자 했던 진짜 이야기다. 좀더 적나라하게 말
한다면 이 영화의 전체 러닝타임 150분 중 140분은 단지 마지막 10분을(그
리고 어쩌면 〈그들에게 린디합을〉을) 맞이하기 위한 준비단계에 지나지 않
았던 셈이다.(「그들에게 린디합을」, 107~108쪽)

영화 〈댄스, 댄스, 댄스〉의 마지막 장면은 춤을 추려고 댄스홀로 들어
온 남녀가 장식한다. 서로의 시선이 교차하고 여자가 말을 건넨다. 그런
데, 이것만으로는 왜 핵심인지 성일정만큼 알 수 없다. 정보를 더 살펴보
자. 이 장면 직전에는 아무도 없는 댄스홀을 찍은 롱테이크 5분이 있다
(고 한다). 심지어 음악도 들리지 않는 순간, 성일정은 "길감독이 도저히
표현할 수 없었던 일종의, 감정의 간격"을 읽어낸다. 무슨 뜻일까? 정리
해보면, 저 남녀의 춤을 카메라에 담기까지 길감독에게 필요했던 것은,
"감정의 감격"이다. "도저히 표현할 수 없는" 그것을 그는 공허한 정적
의 롱테이크 속에 담았다. 왜 그래야만 했을까? '나'는 이 글을 인용한 후
독자에게 질문을 던진다, 엔딩의 남녀가 누구이겠느냐고.
누구이겠는가? '나'는 〈그들에게 린디합을〉을 찍었을 때 처음 만났다는
허지민과 문정우의 말에 의문을 제시하며, 〈댄스, 댄스, 댄스〉의 엔딩의
두 남녀가 그들일 것이라고 확신한다. 온갖 자료를 끌어모으며 전체 서사
를 조직한 '나'의 추리가 맞다면, 길감독은 자신의 파트너였던 여자가 새
로운 춤을 시작하는 모습을 찍고 있는 남자가 된다. "도저히 표현할 수 없
었던" 감정의 간격은 아마도 그런 남자의 것이 아닐까. 그는 아내를 위해

린디합에 관한 영화를 만들고자 했고, 그 과정에서 아내는 떠나고 스스로는 영화를 포기했으며, 린디합 부분의 필름만 따로 남겨 아내와 그녀의 새로운 남자에게 주고 자살했다. 말하자면, 유작인 〈댄스, 댄스, 댄스〉의 나머지 러닝타임이 이 마지막 10분을 위한 것이라는 성일정의 해석은, 한 천재 감독의 텍스트 속에 사랑의 실패와 역설적인 완성이 기입되어 있음을 묵시하고 있었던 것이다.

서로가 사뭇 다른 인물들임에도, 카메라 밖 길감독의 이 위치는, 고든 굴드와 가정부 로즈의 식탁을 그려보는 비비안 굴드(「과학자의 사랑」)의 그것에 비견할 만하지 않을까? 자기 마음을 자기가 몰랐던 과학자 고든 굴드와 달리, 편지 한 통에서 바로 남편의 마음을 직파하고 이혼을 선언한 후 다시는 만나지 않은 비비안 굴드 말이다. 이학영이 지적한 것처럼, 「과학자의 사랑」에서 손보미는 "전기(biography)를 충실히 모방하는 담화전략"[7]을 구사한다. 이 소설에 대해서는 이미 다양한 형태로 설득력 있는 해석들이 제출된 바 있으므로, 여기서는 위에 놓인 「그들에게 린디합을」의 장면과 견주어 한 가지만 보태어두려 한다. 영화감독이 영상언어로밖에 표현할 수 없었던 감정과, 과학자에게 있어 일상의 언어로는 도저히 기술할 수 없는 과학적 발견을 나란히 놓고 들여다보고 싶기 때문이다.

「과학자의 사랑」에서 말년의 굴드가 마침내 중력을 "좀더 쉬운 용어"로 설명했다는 사실은, 평생을 과학적 세계 안에 갇혀 살았던 한 과학자의 드라마틱한 변화를 의미하기에 흥미롭게 읽힌다. 하지만 인간의 감정의 실체가 그러한 것처럼 과학적 진실의 실체는 인간에게 다른 언어를 요구하며, 그 언어를 모르는 사람은 어렴풋이 짐작할 수 있을지는 몰라도 완전히 안다고는 할 수 없는 어떤 것이 아닐까. 굴드가 자신의 감정을 이해했다 해도, 식탁 반대편의 에밀리 로즈가 납득할 수 있는 언어로 '굴드 트라

---

7) 이학영, 「로맨틱 유니버스」, 『2013 제 4회 젊은 작가상 수상작품집』, 2013, 210쪽.

이앵글 이론'의 진척과정을 설명하는 것은 불가능에 가까웠을 것이다. 그의 사랑이 26통의 편지를 집요하게 보내는 불굴의 의지 속에서만 가까스로 구현될 수 있었던 것은 그의 착각과 오해 때문만은 아니리라.

그런데, 결코 전달할 수 없는 사람과 결코 이해할 수 없는 사람이 한 식탁에 마주한 장면에서 사랑을 감지한 이 작가의 심안(心眼)으로 인해 쉽게 간과되는 것이 있는데, 그것은 두 사람의 관계가 제도 바깥의 관계라는 사실이다. 그 사실은 자신의 사랑은 오로지 비비안뿐이라고 완강히 되뇌는 굴드에게서 보다 선명하지만(「과학자의 사랑」), 길광용 감독을 스러지게 한 원인도 결혼이라는 둑으로 막을 수 없는 욕망의 파고로부터 온다(「그들에게 린디합을」). 여기까지 왔으니 손보미의 또다른 세 편의 소설들을 묶어 읽을 때가 온 듯하다. 아닌 게 아니라, 그 파도에 휩쓸려 속절없이 휘청거리면서도 둑만은 사수하고자 하는 인간 군상의 해부는 손보미 소설의 흥미로운 테마다.

4. 폭우 속 커플들

「육 인용 식탁」「여자들의 세상」「폭우」는, 작가 손보미 하면 흔히들 떠올리는 두 가지 계열 중에서 부부의 일상에 내재한 균열과 파국을 다루는 계열의 작품들이다. 양윤의가 손보미 소설을 '여기 부부가 있다'라는 말 속에 압축하고, "짝으로서의 둘 사이에서 생겨나는 엇갈림"을 관찰하고 있듯이,[8] 이 소설들에서는 부부의 내외적 갈등이 문제가 된다. 세 소설 속의 부부들은 공통적으로 아이를 갖는 데 실패하거나(「여자들의 세상」「폭우」), 아이를 갖고 있지 않거나(「육 인용 식탁」), 아이를 잃어버렸다고 생각하는 등(「폭우」), 생산불능의 상태를 암묵적으로 지시한다.[9] 그리고 이

---

8) 양윤의, 「느낌의 서사학」, 『문예중앙』 2011년 겨울호, 356쪽.

9) 「고귀한 혈통」(한겨레 2013년 4월 22일~5월 3일 분재)의 바람둥이 억만장자 패리스 싱어는, 손보미 소설에서 유일하게 다산한다. 그러나 패리스와 이사벨라의 가문에 대한 집착

불능의 상태는, (주로 남성인물들에게서 현저히 드러나는) 인식론적 판단 불능이나 윤리적 판단불능과 무관하지 않다.

그리고 작가는 이러한 불능의 위기를, 소설 속 커플들의 균열과 연루된 다른 커플들을 배치하는 구성적 대칭을 통해 구현한다. 바꿔 말해, 세 소설 모두 낭만적인 사랑의 결실로서의 제도적 결합, 그 빈 곳을 응시하는 일종의 불륜 서사의 요소를 갖추고 있다. 그러나 (지난 연대의 소설들과 굳이 비교하자면) 유혹에 빠진 것처럼 보이는 쪽도, 감정의 정체에 의문을 갖는 쪽도, 틀을 부수려 하지 않는 쪽도 모두 남성인물 쪽이 조금 더 우세하다. 또한 그래서만은 아니겠지만, 소설은 육체적 경험을 문제삼을 때에도 살갗이나 심장보다는 뇌세포에서 일어나는 일에 더 주목하는 것처럼 보인다.

「육 인용 식탁」을 읽기로 한다. 이 소설을 덮고 난 후 어리둥절한 마음으로 「덤불 속」이나 〈라쇼몽〉같은 고전을 다시 호출하는 독자들이 있지 않을까? 흡사 무대나 법정을 연상시키는 장면, 한과 그의 아내를 비롯한 역할을 고려하여 배치된 인물들, 무엇보다 '나'의 외도에 대해서 엇갈리는 진술들을 상기한다면 그렇다.[10] 작가 손보미는 초미의 관심사가 된 피크닉의 바로 그 순간으로 옮아가 사태가 발생하기 직전에 멈춰버린다. 무엇이 사실인지는 여전히 확인할 수 없고, 인물들 모두 사실을 말한 것일

과 혈통에 대한 의심은 비슷한 구도에서 검토해볼 여지가 있어 보인다. 이에 대해서는 다른 지면에서 언급할 기회가 있을 것이다.

10) 이해를 돕기 위해 정황을 간단히 정리해두고자 한다. '나'와 한, 윤, 그리고 그의 아내들로 구성된 부부동반 모임에서, 눈치가 심상치 않던 아내가 남편인 '나'가 윤의 아내와 바람을 피웠다고 폭로한다. '나'는 부인하지만 처음에는 어이없어하던 윤의 아내가 인정해버림으로써 모임은 "끝장"이 난다. 그러나 독자에게 사실은 여전히 묘연하다. 가령, 물리적인 접촉을 목격했다는 '나'의 아내의 말과 "당신이 날 좋아했고, 당신이 나에게 치근덕거렸잖아요"라며 항변하는 윤의 아내의 말의 뉘앙스는 미묘하게 다르다. 더욱이 일인칭 서술자 '나'가 거짓을 이야기하는 것 같지는 않다. 문자 그대로 확신이 없어 보이는 '나'의 의문처럼, "정말 무슨 일이 있었던가"?

수도, 혹은 모두 거짓을 말한 것일 수도 있다.

하지만 그런 까닭에 사실을 그와 같이 재구성한 자의 욕망에 대해 생각해볼 수 있게 되었다. 파국에 직면한 인물들의 진술 속에서, 그들이 억압하고 있던 것들이 슬며시 모습을 드러낸다. 사실의 진위보다 사태의 본질을 더 잘 함축하고 있는 것은 기회를 놓치지 않고 그것을 틈타 쏟아져나온 말들이다. 예컨대, "당신 아버지는 내게 온갖 인간적인 모멸을 다 퍼부었어. 하지만 난 다 참았어. 난 그런 사람이라고!"라는 '나'의 말 속에 고여 있는 피로와 울분은, '당신을 사랑한다' 등의 표면적인 발화를 무색하게 만든다. 관계의 파탄이 갑작스럽게 덮쳐온 것은 아니지 않은가.

한이 고개를 끄덕인다. 그들이 집을 나간 후 나는 의자에 깊숙이 기대어 앉는다. 그날 호수에서 무슨 일이 있었던 것일까? 나와 윤의 아내 사이에 정말 무슨 일이 일어났던가? 아니다. 함께 다리를 구경했을 뿐이다. 머릿속이 뱅글뱅글 돌기 시작한다. 그런데 그 여자는 왜 저러는 거지? 정말 무슨 일이 있었던가. 아니, 다리를 구경했을 뿐이잖아. 마치 암흑 속으로 던져진 듯한 기분에 사로잡힌다. 내가 무슨 일을 했는지, 혹은 하지 않았는지, 나는 확신을 가질 수가 없다.

다만, 내 앞에는 식탁이 놓여 있을 뿐이다. 직사각형의 식탁은 여섯 명이 앉고 남을 정도로 거대하다. 식탁의 상단은 산호 대리석으로 만들어져 있으며, 산호 대리석의 중앙에는 길쭉하게 이탈리아산 월너트 무늬목이 코팅되어 있다. 식탁의 하단 부분은 최고급 비치나무인데 기하학적 무늬가 새겨져 있다. 의자의 쿠션 부분과 등받이 부분은 최고급 악어가죽으로 만들어진 것이다.(「육 인용 식탁」, 157쪽)

기억하고 싶지 않은 전 세대의 유일한 유산이며, 진심이 오가지 않는 외부인들만 앉았다가, 종국에는 화려한 외관만 남은 이 '육 인용 식탁'을 어떻게 기록해야 할까. 여기서 「그들에게 린디합을」을 위시하여 손보미 소설의 정력적이기 짝이 없는 편집자-해석자들과 이 소설의 '나'를 비교해보는 것도 나쁘지 않을 법하다. 소설에서 주목되는 것은 일인칭 서술자 '나'의 태도다. '나'가 독자에게 가장 유익한 정보를 줄 수 있는 위치에 있기 때문이다. '나'는 단서를 하나씩 추렴해서 그날의 해석을 시도하려 하지만, 큰 그림을 완성할 만한 결정적인 자원이 부족하다. 그리하여 남성 주체인 '나'의 곤경은 메마른 미궁의 형태로 형상화된다. 그러나 아내들에 관해서라면 모르겠으되, 스스로 한 일에 대해서 확신할 수 없는 혼돈을 토로하는 것은 무슨 까닭인가?

이 질문에 답하는 대신에, 손보미는 모두가 퇴장한 후 그날을 복기하는 '나'의 앞에 식탁을 가져다놓는 우회로를 택한다. '나'는 식탁의 크기, 자재, 무늬 등에 시선을 준다. 식탁은 '나'에게 모멸감을 선사한 아내의 부자 아버지가 준 것인데, 지금 확실한 것은 오직 그것밖에 없다. 당연하게도, 이 식탁의 확실성은 '나'의 혼돈을 부각시키는 효과를 수반한다. 식탁으로부터 '나'가 떠올릴 수 있는 것이 단지 그것이 전부라는 사실에 주목해보자. 부부의 식탁을 떠올릴 때 남편이 할 수 있는 연상, 일상의 추억이 드리워진 회억은 그 순간 조금도 이루어지지 않는다. 기계적인 연산은 가능하지만 복합적인 함수는 풀 수 없는 남자가 되어, '나'는 식탁을 바라본다. 만약 '나'가 문제의 그날 다리에서 있었던 일을 뚜렷하게 상기할 수 있다 해도, 지금 눈앞의 식탁 이상의 것을 생각해내기란 요원해 보인다.

「육 인용 식탁」에서 감탄스런 껍데기만 남았을 뿐인 식탁의 이 육중한 존재감은 「여자들의 세상」에서 "사랑은 시온산이 요동치 아니하고 영원히 있음 같도다"라는 문장의 실루엣과 비교할 만하다. 상황을 과소해석하는 「육 인용 식탁」의 남편 옆에, 상황을 과잉해석하는 「여자들의 세상」의 남편을 나란히 놓아보면 어떨까.

「여자들의 세상」에서 '그'가 해석해야 할 대상은 물론 아내다. 그는 아내의 옷차림과 귀가시간과 자신에 대한 태도 등을 해석의 근거로 수집한다. 그러나 옛 여자친구를 만나 이루어진 찰나의 스킨십에 온 신경을 집중시키곤 하던 그의 욕망은 아내에 대한 의혹을 낳고, 급기야 온 세상의 타락에 대한 번민과 분노로 확장된다. "차를 몰아 집으로 돌아가던 중 그는 집 근처 놀이터에서 어린 커플이 그네에 앉아서 손을 잡고 있는 것을 보았다. 그는 더이상 참을 수가 없어져서 차창을 내리고 큰 소리로 욕설을 퍼부었다."

작가의 능란한 서술은, 울타리를 사수하고자 하는 강박과 그것이 이미 허물어졌을지도 모른다는 불안을 효과적으로 부조한다. 자신이 억압하고 있는 욕망을 아내에게 투사하며 초자아적인 탄핵을 도리어 세상을 향해 돌릴 때, 그의 모습에선 애처로운 안간힘이 느껴진다. 스스로를 통제할 능력도 없고 일탈을 시도할 자신도 없이, 모순된 요구 속에 이중구속된 이 남자의 모습은 손보미 소설에 등장하는 남편들의 단면을 압축적으로 보여준다. 구약의 한 구절과 육 인용 식탁, 그것들은 의심과 혼돈 속에 찢겨져 있는 남편들의 마지막 저지선에 다름없다. 그렇다면 아내들은 어떤가?

「육 인용 식탁」과 「여자들의 세상」의 서술은 대부분 남편에 초점화되어 있어, 아내의 심리는 (마치 작중인물인 남편이 고심하는 것처럼) 독자도 알기 힘들다. 그러니 「폭우」를 읽을 차례. 「폭우」의 두 커플 중 특히 교수 부부는 「육 인용 식탁」(외도를 확신하는 아내의 추궁)과 「여자들의 세상」(감정의 진실을 회피하는 남편의 기만)의 어떤 자질을 공유하고 있다. 하지만 다른 한 부부(전자제품 상점의 판매원이었던 남편과 작은 무역회사 접수원인 아내)의 이야기는, 두 소설에서는 추측하기 어려웠던 아내의 심리의 한 자락을 드러내준다.

우연한 사고로 실명한 남편이 있고, 그의 삶을 남은 일생 동안 보조해야 할 아내가 있다. 슬픔과 환멸까지도 함께하는 것이 부부의 약속임을 그녀는 알았을까. "나를 여기에 두지 말아요. 내가 중력을 이기고 날아오를 수 있게 도와주세요. 나는 그렇게 음탕한 여자가 아니랍니다." 그녀가 오랜 시간 기억했던, 남편의 마지막 수술날 대기실에서 접했던 이 블루스의 노랫말은 앞날의 우울한 전조로서, 그리고 그녀 자신의 변민의 투영(교수가 제시하는 〈중력에 맞서서〉의 가사와 그녀가 기억하는 가사는 다르다)으로서 적절해 보인다. 남편은 그녀를 묶어놓는 중력과 같은 존재다. "아주 똑똑하신 분이더라고. 우리는 상상할 수도 없을 정도로 말이야." 강사(훗날의 교수)를 만나고 그의 해박함이 남편(과 자신)을 더욱더 초라한 존재로 자각되게 할 때, 그녀가 욕망한 것은 무엇이었을까.

겨울이 끝날 무렵, 그녀는 남편이 교통사고로 병원에 있다는 연락을 받았다. 그 당시 그는 지팡이를 가지고 종종 혼자서 외출을 하곤 했다. 그녀가 응급실에 갔을 때, 남편은 왼쪽 다리에 깁스를 한 채 마치 죽은 사람처럼 눈을 감고 누워 있었다. 그녀는 자신의 심장박동이 빨라지는 것을 느꼈다. 하지만 그녀는 나중에까지 그 느낌—가슴속에서 무언가 요동치던 그 느낌—을 생생하게 기억했다. 그후로 그는 혼자 외출하는 것을 그만두었고, 항상 집안에서 자판을 두드리곤 했지만, 사연을 방송국으로 보내달라는 이야기는 더이상 하지 않았다. 그녀는 타자 소리를 들을 때마다 무언가가 부서지는 느낌에 사로잡혔고, 마치 벌을 받는 것 같은 기분이었다.(「폭우」, 46쪽)

강사의 수업이 폐강되고 그와 다시 만나기 전 겨울, 그녀가 교통사고로 입원해 "죽은 사람처럼" 누워 있는 남편을 마주하는 위의 대목은 예리하기 그지없다. 위의 장면을 수놓고 있는 느낌들, 특히 "가슴속에서 무언가 요동치던 그 느낌"은 무엇을 암시하고 있는가. 그 이후 그녀가 남편의 타자 소리를 들을 때마다 "마치 벌을 받는 것 같다는 느낌"에 사로잡혔던 것은 또 왜일까. 그날 병원에서, 그녀는 남편이 차라리 죽기를 바라지 않았을까. 그것이, 그녀가 진실로 바라면서도 책망하는 것이 아니었을까. 그녀가 자신의 느낌을 '벌을 받는 것'에 비유할 때, 그 말은 이중적인 뉘앙스로 읽힌다. 남편이란 존재 자체가 견디기 어려운 형벌이라 생각하면서도 동시에 남편을 그렇게 생각하는 그녀 자신 역시 죄의식에 억눌려 있으니, 이 여인도 이중으로 묶여 있다.

그러니 무력하고 어느 면 아둔해 보이기까지 하는 다른 소설의 남편들보다 섬세하고 용의주도했던 이는, 아내에 의해 "우리는 멍청"하다고 타박받았던 시각장애인 남편이다. 그는 강사에게 후일 "불쾌하고 기묘한 냄새"로 기억된, 그들의 남루한 삶을 강사에게 공개하고 아내의 자존감에 상흔을 남기는 방식으로, 아내 스스로 선택하도록 한다. 결국 아내는 불행을 "앞으로도 가질 수밖에 없는 인생의 한 부분"으로 수락하지만, 자신이 선망했던 강사 부부에게도 역시 불행이 인생의 한 부분이었다는 사실만은 끝내 알지 못했다.

소설의 전언에 따르면, 불행의 모퉁이마다에서 그녀가 상상했을지도 모를 행복한 삶, 그런 것은 존재하지 않는다. 강사가 그녀의 집을 찾았던 몇 년 전 바로 그날, 강사의 아내는 그를 의심하며 뒤쫓고 있었고, 아무도 없는 빈집에선 아이의 방이 불타오른다. 이 소설에서 불행을 주관하는 신은 공평한 관관처럼 보인다. 타인과 묶여 있는 한, 어디서도 폭우를 피할 수는 없다. 그런데 무엇이 문제인가? 제도인가, 욕망인가? 유지하고자 하는 머리인가, 다스려지지 않는 가슴인가?

이 지점에서 「산책」과 「대관람차」를 간단히 일별해보기로 하자. 「산책」 역시 부부의 이야기다. 이야기의 표면에서 제기되는 갈등은 부녀 사이의 불화이지만, 그 불화는 딸 부부의 불화를 중심으로 구성된다. 하지만 그 누구도 직접적인 방식으로 문제를 제기하려 하지 않는다. 그것은 "무슨 말을 중얼거렸는지" 스스로는 결코 알 수 없는 아내의 잠꼬대처럼, 잠재적인 상태에서 우회적으로 환기될 뿐이다. 또한 "자신의 삶이 파도에

쓸려온, 아무도 줍지 않는 빈 술병—혹은 과자봉지, 담배꽁초, 혹은 이
것저것 등등—처럼 될까봐 두려웠던 그때"를 떠올리며 소스라치게 놀라
는 「대관람차」의 주인공처럼, 현재의 삶의 반경에서 섣불리 한 발을 내디
뎠을 때, 가파른 절벽과 마주할 것이라는 예감을 손보미 소설의 인물들은
공유하고 있다.

다시 말해, 그들은 불행할지라도 차라리 현재의 이 삶을 택하려 한다.
서로 간의 신뢰가 바닥을 드러내고 있는 상태에서, 유대에 대한 집착과
결단의 지체가 반복되는 양상에 대해서는 별도의 논의가 필요할 듯하다.
문제는 다시, 중력이다.

5. 다시, 파셀의 콘서트

"내가 중력을 이기고 날아오를 수 있게 도와주세요. 나는 그렇게 음탕
한 여자가 아니랍니다"라는 노랫말(「폭우」)이 "당신은 언젠가 중력에서
맞서서 날아오를 거요. 그리고 당신은 음탕한 여자가 아니요"라는 굴드
의 편지(「과학자의 사랑」)로 변주되는 데서 단적으로 드러나듯이, 손보미
는 적극적으로 자신의 소설의 일부를 모방 혹은 변형하며 다시 쓰기 시
작했다.

「산책」과 「대관람차」를 예로 들면, 「산책」에서는 중년의 남자가 어린
부부를 관찰한다는 「담요」의 모티프가, 「대관람차」에서는 예의 '고르메
식당'과 길광용 감독의 〈문리버〉가 각각 재등장한다. 이야기의 조각들과
소설 속 기호들이 최초 작품의 구속에서 벗어나 새로운 맥락 안에 놓임으
로써, 손보미 소설들은 목하 자족적(self-sufficient)으로 반복, 순환하는
하나의 큰 네트워크를 넘보고 있는 중이다.

그중에서도 변형의 작의(作意)가 뚜렷이 짐작되는 작품이 있다면, 말할
것도 없이 「애드벌룬」이다. 「애드벌룬」은 「담요」라는 메타텍스트와 따로
분리해서 생각하기 힘들다. 「담요」에서 장의 아들은 파셀의 콘서트에서

죽는다. 하지만 「애드벌룬」에서는 장이 중상을 입고 아들은 멀쩡하게 산다. 「애드벌룬」을 통해 작가가 던지고 있는 첫번째 질문은 그러므로 간명하다. 아들이 만약에 살아 있다면? 소설이 인생의 축소판이라고 할 때, 매 순간의 갈림길에서 다른 여러 선택지들은 버려지고 오직 하나의 인생만이 남는다. 그러므로 가지 않은 길에 대한 상상에는, 현재를 결과로 놓고 그 원인을 추론하는 이야기 특유의 사후성이 개입되어 있다. 은연중 장의 아들이 살아남았다면, 아버지와 함께 행복했으리라 상상하게 되는 것은 그런 까닭이지 않은가.

그런데 「애드벌룬」 전체를 관통하고 있는 목소리는 놀랍게도 이것이다. "그때, 죽었어야 하는 건 나였던 것 같아요." 「애드벌룬」 역시도 산 자가 아니라 살아남은 자의 이야기여서, 비극의 현장이 투명한 망토처럼 그 운명을 감싸고 있는 아들의 삶은 엉망으로 망가져버린다. 그리고 그는, 차라리 이 세계에서 사라지기를 원한다.

그는 거실로 나와 한동안 서성거렸다. 마치 무언가를 망설이는 사람처럼. 그는 다시 방안으로 들어갔다. 그리고 거기에서 자신의 침대를, 자신이 방금까지 누워 있었던 흔적들—이를테면 흐트러진 베개와 구겨져 있는 싸구려 이불 같은 것들—을 보았을 때, 그는 문득, 갑자기 아버지의 그 말이 생각났다. "운이 좋았다." 그는 아버지가 했던 말이 뜻하는 바를 그제야 정확하게 알 것 같았고, 그 말에 가슴 깊이 공감할 수 있을 것 같았다.(「애드벌룬」, 240쪽)

「애드벌룬」의 결말인 위의 장면에서 이 글도 함께 멈춰서려 한다. 손보미의 다시 쓰기를 소설적으로 형상화한 것은, UFO를 가리키는 소설의 표제인 '애드벌룬'이다. 작가가 다시 만든 세상에서, 장의 아들은 콘서트에서 이미 죽은 삶으로 회귀하기를 바란다. 하지만 꿈과도 같은 환상의 한 자락에서 그럴 기회를 만났을 때, 그는 UFO에 승선하지 않는다. 그 순간 어디선가 들려온 "애야, 더이상 움직이지 말거라"라는 아버지의 목소리 (파셀의 콘서트에서 유래했을 것이다)가 그를 붙든다.

손보미 소설답게 전환은 두 번에 걸쳐 일어난다. 주인물의 첫번째 자각은 자신의 삶이 돌이킬 수 없는 길에 접어들었다는 것, 그러므로 이 삶을 멈춰야 한다는 것이다. 그러나 어떻게 멈출 것인가. UFO를 타고 다른 세계를 가는 식으로 이루어질 것인가. 그러나 소설은 그 선택의 다른 이름이 (상징적) 죽음이라는 사실을 예민하게 의식한다. 그의 두번째 자각은, 그가 다시 아침을 맞았을 때 "흐트러진 베개와 구겨져 있는 싸구려 이불"을 보며 돌연 "운이 좋았다"는 아버지의 말을 떠올리면서 시작된다. 죽음을 간절히 원한다고 믿었던 사람에게, 삶의 중력이 축복으로 다가오는 순간을 손보미는 이렇게 기록해놓았다. 이를 개심(改心)이라 할지, 체념이라 할지, 우리는 아들의 앞날을 알지 못한다. 인물이 체감한 중력이 그를 애드벌룬에 승선하기를 꿈꾸는 자로 돌려놓을지, 아니면 바로 그런 갈구가 그를 땅을 디디고 중력에 맞서는 자로 바꿔놓을지 결말은 열려 있다. 아마도 작가 손보미에게도 그럴 것이다.

(2013)

실패의 기록
— 2010년대 장편소설 논의에 부쳐

1. 두께의 시간

우리의 이야기는 묵시록과 함께 시작되었다. 우울에 젖지 않고 비감해하지도 않으며 적는다. 그러나 다만, 끝났다는 인식은—이야기의 관점에서 보자면 '완결'된 것이다—종종 비평을 원점으로 회귀하게 하거나, 앞날을 내다보게 했다. 근원을 탐구하는 고고학자와 미래를 개시(開示)하는 예언가의 형상이 비평에서만은 드물지 않았다는 생각이다. 하지만 특히 후자, 예언으로서의 비평은 전망과 장래라는 말이 오가기는 해도, 내가 생각하는 비평언어의 본질과는 거리가 있다. 쓰인 작품이 아니라 쓰일 (혹은 쓰여야 할) 작품에 대해 말하는 것은, 인식의 지평 너머에서 피어오르는 문학 고유의 창조적 능력에 대한 불안을 뒤로 돌리고, 현재의 과잉과 결여에 비추어 미래를 단일한 상으로 투사한다.

그러나 묵시록의 휘장을 걷는다 해도, 최근 몇 년간의 관찰이 문학적 개념의 재구성에 대한 논의로 이어진 사실을 반응의 과잉 탓으로만 돌릴 수는 없을 듯하다. 그러한 논란의 배경에는, 근대성과 탈근대성의 향방을 두고 생산된 첨예한 긴장이 잠복되어 있다. 범박하게 말해 초점은 미완의 기획으로 남은 근대와 그것에 대한 통렬한 성찰이거니와, 부분적으로는 포스트모더니즘 미학에 대한 재검토까지를 아우르고 있다고 생각된다. 최근 장편소설 논의가 '노블(novel)'을 다분히 강박적으로 호출하는 양상에 불만을 품은 독자가 있다면, 그것이 이와 같은 문제와 연동되어 있다는 사실을 확인해둘 필요가 있겠다. 논의의 첫머리에서 장편소설은 '근대문학의 챔피언'으로 호명되었으나, 다양한 저항과 부딪히며 곧 개념의 재설정에 대한 요구에 직면했다.

쉽게 짐작되는 것처럼 '모던'이나 '포스트모던' 등의 수식어를 붙인다 해도, 시대 및 정신사와 결합한 장편소설의 정의에 대해 정연한 논증을 시도하는 일은 결코 간단치 않다. 우리가 새삼 깨닫게 되는 사실은 변신과 해체를 그 자신의 근거이자 동력으로 삼아왔던 한 장르의 두께다. 그것을 규정적으로 포획하려는 시도는 탁월한 반례들에 의해 흔들리거니와, 그러한 반례들은 소설의 역사에서 어렵지 않게 찾을 수 있다. '우세종'이라는 진화론적 어휘—자신을 우세종이게 했던 그 이유로 사라지게 되는 아이러니를 떠올리게 하는—가 출몰하는 것은 내부의 타자를 예외로 돌리지 않을 수 없는 어떤 곤경을 암시해준다.

그리고 이 지점에서, 최근 장편소설에 대한 논의는 안팎에서 그 장르적 특성을 발견하고 재구축하는 대신 다른 장르, 특히 단편소설과의 거리를 무화하고 그 경계를 해체하는 방향으로 재편되기 시작했다. 현재 장편소설과 단편소설의 차이를 묻는 질문들은, 장편소설을 어떤 특권으로 간주하고 그 특권을 타도하고자 하는 전략적인 측면에서 구성되고 있다. 장르의 해체가 지배적인 현상이라면, 그것이 장단편의 구분에까지 이르지 못할 이유는 물론 없다. 또한 두 장르의 생산과 수용에 절대 넘을 수 없는 기준선이 존재한다고 보는 것도 의아한 발상이다.

하지만 현재 장편소설과 단편소설의 경계를 없애고자 하는 시도가 과연 우리에게 유익한 쪽으로 심화되고 있는지에 대해서는 좀더 신중해져도 좋을 듯하다. 장편소설과 단편소설의 유의미한 내적 차이가 '길이'밖에 없다면, 그것은 역설적으로 그렇다. 소설이 하는 중요한 일 중 하나는 시간을 나누고 공간을 채우는 것이다. 다시 말해, 소설의 길이는 그것이 품고 있는 시간성(과 공간성)이기도 하다. 이를 두고, 예컨대 장편소설과 단편소설 모두 지구의 역사도, 단 1분의 시간도 다룰 수 있지 않느냐고 물을 수는 있다. 하지만 그러한 이해는 소설의 내적 시간을 오로지 '이야기시간(story-time)'의 차원으로만 제한하고, '왜' 그리고 '어떻게'의 문제를 부차적인 것으로 돌리고 만다. 그 불일치를 갖고 다양한 작업을 진행한 제라르 주네트의 발상을 환기하면, 소설의 길이는 분량이며 그것은 '이야기시간'과 '서술시간(text-time)'이 이루는 함수에 영향을 주게 된다.

소설의 작가는 이야기를 버티는 동시에, 지면의 압력을 버텨야 한다. 그렇지 않은가? 이야기를 짓고자 하는 작가에게 서술시간은 공간적인 차원으로 변형된다. 지금 내 안의 이야기가 요구하는 길이를 가늠하며, 먼저 제시하느냐, 나중에 제시하느냐, 몇번 반복하느냐, 무엇을 생략하고 무엇을 드러내느냐, 얼마나 가속하고 또 얼마나 감속할 것이냐…… 누군가는 이를 테크닉이라 하겠지만, 지금 이 이야기가 과연 무엇인가를 더듬어가는 섬세한 의식이 그 일을 한다. 그것은 소설의 가장 고유한 기능이자 가능성이다.

장편소설과 단편소설 양쪽에서 더 심화시킬 수 있는 그러한 가능성을 현재의 불만을 이유로 서둘러 닫아버릴 필요가 있을까? 김영하, 김연수 그리고 최근의 황정은의 사례를 통해 짐작하건대, 장편소설의 시간을 통과한 작가에게는 단편소설의 시간도 다른 형태로 다가올 수 있다. 한 작가의 고유한 세계는 길이와 무관하게 오롯하더라도, 독자에게 그 시간의 운동성은 다르게 체험될 가능성도 크다. 그러나 지금 두 장르의 차이는 길이밖에 없지 않느냐는 질문들에서, 정작 그 길이의 차이는 무겁게 사유되고 있지 않다.

2. 시장과 공동체

이제 이야기의 외부로 가서 질문을 던져보자. 위의 논란은 최소한 '한국문단'에서 현재 수세에 놓여 있는 장르가 무엇인지를 냉정하게 직시하게 한다. 장르의 규정은 곧 그 장르의 정체성이기 때문에, 위기에 놓인 장르는 상위 장르의 범례로 종합되기를 원치 않는다. 역사적으로 볼 때 그러한 장르들은 독자적인 내적 세계를 옹호하며 스스로를 독립적인 장르로 제시하기 위해 고심했다. 예컨대 르네 웰렉과 오스틴 워런이 허구적 서사장르를 'fiction'으로 통칭했을 때, 단편소설의 옹호자들은 그것이 단순히 총괄의 의미가 아님을 예민하게 주시했으며,[1] 서구문학사를 모델로 한 발전론적 도식을 전제했음에도 임화는 "단편소설이 우리 순수문학의 기본적 생산형태"이며 "단편소설을 제외하고는 우리의 순수문학사를 문제삼을 수 없다"[2]고 토로할 수밖에 없었다.

한국소설계에서 단편이 더 풍성해왔다는 점은 부인하기 힘든 사실이다. 그렇다면 그만큼 풍성하지 못했던 쪽으로 눈을 돌리고자 하는 욕망이 가차 없이 기각될 필요가 있을까? 최근 장편소설 논의가 뚜렷하게 노출한 사안 중 하나는 장편소설 앞에 놓인 딜레마이다. 간단히 말해, 상품의 운명을 사는 장편소설은 시장에서 자유로울 수 있을 것인가? 만약 시장의 법칙이 인간사회의 비판적-창조적 능력과 무관하게 형성된다고 본다면, 우리의 대답은 무엇인가?

이 지점에서 "사실 2007년 즈음의 장편대망론은 한국문학의 세계화라는 그럴듯한 명분을 내세우고 있지만 정확하게는 국내에서나마 '팔릴' 소설을

---

1) 토마스 걸러슨, 「단편소설: 경시된 예술」, 찰스 E. 메이 엮음, 『단편소설의 이론』, 최상규 옮김, 예림기획, 1997.
2) 임화, 「단편소설의 조선적 특성」, 『인문평론』 1939년 10월호(『임화문학예술전집 5』, 하정일 책임편집, 소명출판, 2009, 140쪽에서 재인용).

쓰자는 매우 분명한 요구가 개입되어 있다"[3]라는 논평 앞에 멈춰선다. 그리고 '팔다/읽다'의 수준에 놓여 있는 어떤 근본적인 고뇌에 대해 생각해보게 된다. 소위 장편대망론이 『창작과비평』에서 '운동성의 회복'이라는 측면에서 개진되었음에도 상업주의라는 비판에 휩싸인 것을 오해로 돌리고 싶지는 않다. 조연정이 진솔하게 논의하고 있는 내용들은 앞에서 거론한 배경을 따로 떼어놓고 생각하기 어렵다. 그는 "더이상 독자에게 흥미를 주기 힘든 긴 소설들은 비로소 문학의 성채 안에서 자신만이 할 수 있는 일을 도모할 기회를 얻은 것이 아닌가" 자문하며 힘겹게 나아간다.

이 질문의 심도에 무심하지 않으려 한다. 하지만 "이 속도전의 시대"에도 인간과 삶에 대한 진실이 문학의 형태로 출현하고 있다면(조연정의 섬세한 책이 그 증례 중 하나일 텐데), "시스템"과 무관한 자리에서 "문학의 성채"를 생각하는 것만이 장편소설의 유일한 가능성은 아니지 않을까 숙고해보려 한다. "이 시대가 두꺼운 책을 선호하지 않는다는 당연한 전제"가 만약 시장이 구축한 사회적 상상이라면, 그것에 대항할 권리도 우리에게 있지 않은가 짚어보려 한다.

장편소설에 "모험의 정신"을 요구하며 쇄신을 논한 김영찬의 글을 이와 같은 측면에서 검토해볼 수 있을 듯하다.[4] "시장전체주의체제가 한국사회의 모든 영역을 식민화"했고, "사회 전체를 묶어내는 소통과 공감의 네트워크는 상실"[5]되었다고 한 그의 지난 글과, 시장을 "더 큰 소통의 장"으로 호출하고 있는 그 글을 나란히 놓으면 어쩔 수 없는 불협화음이 감지된다. 하지만 그를 포함한 이 논의의 주요한 참여자들이 몇 년에 걸쳐 큰 그림을 그려왔다는 사실을 고려해볼 때, 논리적인 방어선을 추스르며 사적 맥락

---

3) 조연정, 「왜 끝까지 읽는가—최근 장편소설에 대한 단상들」, 『문학과사회』 2013년 가을호, 306쪽.

4) 김영찬, 「공감과 연대—21세기 소설의 운명」, 『창작과비평』 2011년 겨울호.

5) 김영찬, 「끝에서 바라본 한국근대문학」, 『비평의 우울』, 문예중앙, 2011, 31~32쪽.

을 설계하는 비평이 그 자신의 인식 변화에 이와 같이 겸허한 것은 쉽지 않은 일이다. 요컨대, 그가 펼친 "21세기 소설의 운명"에 대한 논의는 지난 서울시장 선거과정에서 전개된 일련의 상황, 특히 SNS 등 새로운 사회적 관계망에 대한 그의 희망적 진단 없이는 제대로 이해하기 어렵다.

새삼 비평가로서 김영찬의 미덕을 곱씹어보게 되는 것은 이러한 국면에 서다. 그는 시장과 공동체가 얽혀 있는 지점을 피해가지 않으려 한다. '시장'이라는 기표에 드리운 자본의 그림자를 의식하며 짐짓 '시장바닥'이라고쳐 쓰기도 하지만, 대부분은 단호하게 시장이라 적는다. 태생부터 상품인 장편소설의 운명을 끌어안고 직시하겠다는 뜻으로도, 또 그런 만큼 장편소설이 사회적 징후에 열려 있어야 한다는 사실을 촉구하는 뜻으로도 읽힌다. 이제 그에게 "시장은 시대정신과 시대의 감수성이 유통되는 집합적 공간이며, 감정(들)이 연대하고 상상력이 공유되는 공감과 연대의 네트워크"다.

저 아름다운 말들을 존중하면서도, 그 존중의 도리로서 작은 의문 두 가지를 기록해두고 싶다. '소통' '공유' '공감' '연대' 등을 매개로, 시장과 시대감각을 무리 없이 결합하는 그의 순환론은 위험한 유토피아론으로 잘못 이해될 수도 있다. 무엇보다 그가 묘사하고 있는 시장과 시대정신은, 단일한 공동선이라는 관념을 향해 편안하게 통합되어 있다. 또한 그는 네트워크를 말하되, 그 네트워크를 이루고 있는 행위자들의 위치를 묻지 않는다. 어쩌면 지금 우리는 공감과 연대를 안이한 방식으로 생각하고 있는 것이 아닐까? 구성원 모두의 기도가 이루어지는 공동체에 대한 환상을 깨고, 우리가 '상이한 공동체의 거주자들'[6]이라는 사실을 이제는 고려해야 한다. 그러지 않는다면, 장편소설 앞에는 그의 글에서처럼 모든 차이를 포괄한 "대중의 삶의 감각"이나 "대중적 공감"만이 불분명한 실

---

6) 샹탈 무페, 『정치적인 것의 귀환』, 이보경 옮김, 후마니타스, 2007, 41쪽.

체의 숙제로 부상하기 쉽다. 장편소설의 이야기가 싸워야 하는 것은 어떤 의미에서는 그것일 터인데, 그의 구도에서 불온한 감각의 낯선 이야기가 출현할 여지는 크지 않아 보인다. 그래서 "장편이란 결국 세계와의 서사적 싸움"이며 "인간에 대한 더 큰 통찰을 유도한다"는 그의 말 역시 생각보다 울림이 크지 않다.

김영찬이 젊은 작가들이 가진 "재현의 공포"를 문제삼으며 "미학적 필터의 가공을 거치지 않은 현실의 재현"을 고평하는 부분은 위와 같이 볼 때 징후적이다.[7] '시장의 형식'을 전제하고 작가 고유의 이야기방식을 해체하라는 말의 숨은 뜻이 모호한 가운데 초점이 되고 있는 것은 미학이다. 그러나 김영찬이 현실을 그 대척점에 놓으며 쓴 '미학적 필터'라는 말이 은연중 가리고 있는 사실은, 재현된 현실은 '필터링'되지 않은 것이라는 의아한 고정관념이다. 미학적 완결성에 대한 자의식은 맹렬한 의문에 붙이되, 재현의 이데올로기를 그만큼 깊이 추궁하지 않는 이유가 "소통과 공감의 요구" 때문이라면, 장편소설이 싸워야 할 세계는 지금 어디에 있는가. 그것이 장편소설이 열 수 있는 최선의 가능성은 아니지 않을까? "'불가피한' 장편의 시대"와 함께 김영찬은 그가 애도한 근대문학을 향해 위태로운 귀향을 시도하고 있는 중인지도 모른다.

3. 장편소설의 미래

근대문학의 어떤 관념들도 '절멸'하지는 않는다. 다시 적자면, 문학의 어떤 관념들도 절멸하지 않는다. 그것은 자취를 그리며, 흔적을 남기고, 잔존하고, 또한 신생할 것이다. 그런 점에서 지나온 문학을 황량한 불모지로 만들고 다음 단계로 전진하려는 비평의 관습은 반성될 필요가 있다. 과거의 문학이념을 완강하게 옹호하며, 그것을 사수하려는 것이 아니다. 다

---

7) 그는 편혜영의 『재와 빨강』과 윤성희의 『구경꾼들』을 단편미학의 연장이라 신랄하게 비판하는 반면, 김이설의 『환영』은 "오해의 지점을 단선으로 돌파해나간 중요한 성취"로 꼽는다.

만 어떤 변화는 저항과 단절의 언어로써 조망되기도 하지만, 공존 속 긴장과 갈등의 언어로써 발견되기도 한다는 사실을 기억하고 싶을 뿐이다. 지나온 시기의 문학을 다시 읽되, 비평적 언어로 포획되지 않았던 징조들, 내재적 논리를 암암리에 허무는 흐름들에 열려 있어야 하고, 그것이 남긴 한 시대의 성취는 문학의 이름으로 정당하게 상속할 수 있어야 한다.

그런 맥락에서 장편소설 논의에서 한기욱이 개진한 이른바 '단절론' 비판을 이해해보려 한다. "탈근대의 충동과 계기를 자본주의 상품화 과정과 체제 내의 회로에 포섭되게 하지 않고 근대 극복의 소중한 예술적 자원으로 만드는"[8] 길을 사유하는 그는 근대와 탈근대의 길항을 의식하며 나아간다. 특히 그가 서구의 장편소설들을 다채롭게 참조하며 그 생명력과 풍부한 변이형에 각별한 주의를 기울이는 대목들은, 세계문학과 더불어 한국 장편소설을 읽는 일에 대한 흔치 않은 전례가 된다. 나 역시 그나 백지연의 논평대로 "장편소설론과 관련된 문제의 핵심은 현실에서 생산되는 작품이 근대 장편소설의 관습적 형식에 얼마나 부합되는가[9]에 있지는 않"다고 생각한다.

위와 같은 한기욱의 문제의식을 상기하며 지난 계절 발표된 그의 글을 읽는다.[10] 지난 글에 이어서 한기욱은 다시 한번 묻는다. "만약 '장편소

---

8) 한기욱, 「기로에 선 장편소설—장편소설과 비평의 과제」, 『창작과비평』 2012년 여름호, 225쪽.

9) 백지연, 「장편소설의 곤경과 활로—김려령과 구병모의 장편소설을 중심으로」, 『창작과비평』 2013년 겨울호, 440쪽.

10) 한기욱, 「장편소설 해체론과 비평의 미래—'문학과사회' 2013년 가을호 특집에 대하여」, 『문학과사회』 2013년 겨울호. 내가 보기에 그 글의 핵심은 강동호의 비판(「리얼리즘이라는 이데올로기의 숭고한 대상—장편소설론에 대한 비판적 시론」, 『문학과사회』 2013년 가을호)에 대한 반론이고 지금 주어진 이 지면은 두 글에 대한 생각을 묻고 있다고도 짐작된다. 하지만 치열한 공방의 축인 김남천에 대한 나의 이해가 충분히 깊지 않아서, 여기에 독후감을 남기기는 어렵다. 파시즘과의 공모를 의심하며 진행된 일련의 탈정전화 작업들에 대한 의문이 있지만, 지금 이 글의 주제와 직접적으로 관련 있는 대목만을 간단히 살펴보려 한다.

설(novel)'을 뜻하는 것이 아니라면 한국에서 '소설'로 지칭되는 문학 장르 가운데 무엇이 '시나 희곡, 또는 개별 민족의 다양한 문학 장르를 자체에 복속시키며 성장하는' 장르로 이해될 수 있다는 말일까?" '개별민족' '복속' '성장' 같은 식민적인 뉘앙스의 어휘들이 이와 같은 물음을 낳을 수는 있을 듯하다. 장편소설을 모델로 한 이론으로 단편소설을 분석하는 사례가 그간 없지 않았기 때문에, 이로운 문제제기가 된 측면도 있다고 생각한다. 하지만 상호텍스트성의 측면에서 보면 일기, 편지, 수기 등의 경험적 양식과 더불어 "시나 희곡, 또는 개별 민족의 다양한 문학 장르"와 교섭하는 것이 장편소설만의 특징은 아니다.

총론의 차원에서 발휘되는 그의 글의 포용력과 융통성을, 각론에서 회의하게 되는 것은 위와 같은 대목들에서다. 그는 장편소설에 근대의 "핵심적 진실"을 여러차례 요구한다. 비평을 분석할 때 발휘되는 치밀한 구체성을 통해서는 그가 그 비평에 어떠한 각도로 접근하고 있는지 이해할 수 있다. 하지만 그가 '핵심' '진실' '본질' '극복' 등의 추상적인 어휘로써 장편소설의 이상을 엄정하게 논할 때 독자가 짐작할 수 있는 것은 그리 많지 않다. 이것은 그의 한계가 아니거니와, 도래하지 않은 작품 앞에서 비평의 이상은 겸허할 수밖에 없다. 그 내포와 외연은 비단 그뿐이 아니라 다른 누구도 확정할 수 없을 것인데, 문제는 그것이 어떤 슬로건으로서 제시되고 있다는 점에서 발생한다. 그의 구도에서, 그럼에도 장편소설은, 그가 제시한 "핵심적인 전략"을 갖고 특정한 "과제를 수행"해야 한다.[11] 이것이 과연 장편소설의 '열린 미래'일까?

장편소설의 미래는 어떻게 열리는가. 그 변화의 한 방향을 김형중은 가

---

11) 그는 다음과 같이 적고 있다. "근대 장편소설이 내장한 근대 성찰의 풍부한 지적 자산과 탈근대적 상상력의 결합, 이것이 김영찬이 제기한 '새로운 시대의 장편을 창조적으로 재구성하는 과제'를 수행할 수 있는 핵심적인 전략이 아닐까?"(한기욱, 「기로에 선 장편소설」, 226쪽)

령 "3D영상이나 스마트폰이 문화적 우점종이 되어버린 시대"[12]에서 찾고 있다. "새로운 장편소설들이 탄생할 만한 조건으로서 감수성의 변화가 어디서 어떤 방식으로 일어나고 있는가를 찾는"[13] 그는 언제나 물증을 제시하는 비평가다. 물증이라 경박하게 적었지만, 그는 소설의 현장에 해박하고 사회문화적 변화에 민감하다. 주지하다시피, '스마트폰'과 '3D영상'은 생산 및 향유의 방식에 변화가 일어나는 장르, 즉 영화의 미래와 관련하여 먼저 주목받았다.

김형중은 일련의 글들에서, 내가 이해하기로는 감수성의 재편이라는 측면에서 그의 구상을 진전시키고 있다.[14] 인터넷서평, 하이퍼텍스트를 거론한 지난 글에 이어 트위터 등을 아울러 상기하며 그는 몇몇 소설을 "이야기의 무한증식"의 사례로 예시하고, 김연수와 윤성희를 "브리콜뢰르(bricoleur)"이자 "무한소설의 선구자"로 거론한다. 김형중에 의하면, 김연수의 "『네가 누구든 얼마나 외롭든』(문학동네, 2007)이라는 제목의 무한소설"은 "수집된 이야기소들을 어디든 성좌의 원리에 따라 배치해주면 되기 때문에" "원리상 이야기는 무한"하며, 윤성희의 『구경꾼들』(문학동네, 2010)은 "엽서는 이야기소이고, 수집된 이야기소들의 배치를 달리하고 인과를 달리함에 따라 완성된 이야기들의 숫자는 순열 조합마저 가능"하기 때문에 "역시 무한소설"이다.

나 역시 그의 '유머'(장편소설 개념의 특권을 조롱하기 위해 반개념으로 고안한 무한소설)를 이해하지 못한 것이 아니기를 바라지만, 이어서 적는다. 위의 설명에서 브리콜뢰르의 통합적 역량은, 하이퍼텍스트식 생산성

12) 김형중, 「그러니까, '장편소설'이란 무엇인가?」, 교수신문 2011년 7월 5일자.
13) 김형중, 「장편소설의 적―최근 장편소설에 관한 단상들」, 『문학과사회』 2011년 봄호, 258쪽.
14) 김형중, 「프랑켄슈타인 박사의 소설 쓰기―2011년 여름, 한국 소설의 단면도」, 『문학과사회』 2011년 가을호.

을 만나 '무한'으로 변주된다. 하지만 수집한 것들을 배치하고 조합하기 때문에 이야기가 "원리상" 무한하다는 해석은, 형태의 특징을 기술하는 방식으로 지금 그 이야기가 갖고 있는 고유성은 부정하게 되는 것이 아닐까? 설계도를 갖고 목적에 맞는 도구와 재료를 찾는 '엔지니어'와, 눈앞의 재료들을 변통하여 물건을 만드는 '브리콜뢰르'는 여러 측면에서 비교될 수 있다.[15] 하지만, 브리콜뢰르가 하나의 물건을 완성하는 또다른 유형의 창조자라는 사실은 변하지 않는다. 간단히 말해, 『네가 누구든 얼마나 외롭든』과 『구경꾼들』은 저자를 지시하고 있으며, 우리 앞에 놓인 소설이 하이퍼텍스트가 아닌 이상 이야기소들의 배치와 인과는 이미 그 저자에 의해 결정되었다.

이 사실을 김형중이 모를 리 없지 않은가? 다시 말해, 소설의 구성적 특질에 어울리는 창의적인 명명의 고안에 심술궂은 사족을 덧붙이려는 것이 아니다. 다만 소설의 현재와 미래를 말할 때 비평을 잡아당기는 어떤 인력, 그의 어휘를 빌면 "문화적 우점종"과 소설의 "우세종" 사이의 역학에 대해 잠시 생각하고 싶을 뿐이다. 그의 유물론이 가진 힘과 그러한 작업이 갖는 중요성을 모르는 것은 아니지만, 그의 구도에서 이야기의 형식은 곧 그 토대인 바깥세계의 형식이며, 소설은 세계가 이미 배치를 끝낸 시공간이라는 어떤 한계 내에서 포착된다. 그러나 장편소설에 공동체적인 기능이 있다면, 그것은 우점종에 합류하는 우세종의 방식으로서(만) 출현하는 것은 아니지 않을까? 어쩌면 우리는 지금 지배적인 어떤 분할에 몰두하느라, 이야기 속의 다른 희미한 기미들을 지나쳐버리고 있는지도 모른다.

15) 레비스트로스, 『야생의 사고』, 안정남 옮김, 한길사, 1996.

4. 한 실패의 기록

지금까지 이 글은 장편소설과 그 미래를 사유하는 동시대의 치열한 논의들을 따라서 이어져왔다. 장편소설은 시장과는 거리를 둔 문학의 성채 안에서 사유될 수도 있고, 시장 아래를 흐르고 있는 시대정신 안에서 파악될 수도 있다. 또한 그것은 근대의 진실을 향한 슬로건과 함께 모색될 수도 있고, 사회문화적 지각변동에 기반한 감수성의 변화와 더불어 탐색될 수도 있다. 이런저런 상념들을 덧붙여왔지만, 비평언어는 세상에 존재하는 모든 소설들이 아니라, 결국 그 언어가 지금 가장 관심을 기울이고 있는 어떤 소설들에 바쳐진다. 이제 바꿔서 묻거니와 최근 장편소설은 우리에게 무엇인가?

"엄마를 잃어버린 지 일주일째다." 장편소설의 2010년대는 신경숙의 저 문장과 함께 이미 시작되고 있었던 것인지도 모른다. 『엄마를 부탁해』 (창비, 2008)의 첫 문장은 무엇이 사라진 사태를 보고한다. 그것은 이념도 아니고, 사랑이나 욕망도 아니며, 환상 속 지구도 아니다. 그 문장은 어떤 사람이 실종되었음을 정확히 기록하고 있다. 그리고 여기에 또 한 편의 소설을 겹쳐 읽으려 한다. 김애란의 『두근두근 내 인생』(창비, 2011)에서도 물리적 실체를 가진 어떤 것이 사라진다. 늙어가는 소년은 임종의 순간까지 우리와 동행하지만, 그가 "세상과 처음 말을 섞은 곳", 부모의 고향이자 소년의 고향인 한 마을은 지도에서 삭제된다.

두 소설에서 사라진 것들은 '나'의 육체적, 정신적 기원이다. 살과 뼈, 숨과 말을 준 엄마가, 고향이 자취를 감춘다. 그리고 다시는 찾아지지 않는다. 기원이 가진 인력을 잠시 뒤로 물리고, 지금 무언가 사라지고 있다는 사실에 집중하고자 한다. 내 엄마가, 내 마을이, 내 친구가, 내 이웃이 지금 사라지고 있다. 이 구체적인 것의 실감을 '상실'이라는 말로 뭉뚱그리지 않으려 한다. 소설 속 이야기는 우리가 뚜렷하게 인지하지 못하고 있는 어떤 거대한 실체를 앞질러 발견한다. 살아 숨쉬던 누군가가, 발 딜고 있던 그 무엇이 지금 사라지고 있다.

이 국면에서 신경숙과 김애란은 이야기하기로써 동일한 어떤 작업을 해야만 했던 것으로 보인다. 그 작업은 마치 그들의 힘으로는 외면할 수 없었던, 바로 그 이야기의 요청인 것처럼 다가온다. 큰딸, 큰아들, 남편을 차례로 호명하던 『엄마를 부탁해』는 4장에 이르러 그 가족이 알지 못했던 엄마의 목소리를 되살려놓는다. 『두근두근 내 인생』의 마지막 페이지들은 개발에 의해 수몰된 마을을 생명력이 충만한 시원적 공간으로 다시 돌려놓고서야 끝이 난다. 이 상상적 복원이 최근 몇 년간의 장편소설이, 세계의 분할에 맞서 문학의 이름으로 해야만 했던 것이었다.

그리고 이제 다시 한 사람이 사라지고, 또 한 마을이 없어진다. 2013년 출간된 한 장편소설을 짧게나마 읽고자 한다. 복원하지 않는 길을 가야만 했고, 또 기어이 갔던 소설에 대해 잠시 생각해보려 한다. 황정은의 『야만적인 앨리스씨』(문학동네, 2013)는 앞의 두 소설과 마찬가지로 어머니와 한 마을의 유전자로부터 비롯된다.

『두근두근 내인생』의 농촌마을이 김애란의 원형공간이라면, 『야만적인 앨리스씨』의 '고모리'는 황정은식 세계의 축도다. 그곳은 비유하자면, 일어선 그림자들의 세계(『百의 그림자』)다. 그 세계 속에서 "씨발년"이 발아한다. 『百의 그림자』(민음사, 2010)의 대화들 때문에 더 압도적으로 체감되는 '씨발'이라는 말, 현재의 일상에 편재하는 말인 동시에 소설 속 인물들이 처한 고통을 가리키는 그 말. 『야만적인 앨리스씨』에서 그 말은 다름아닌 어머니와 어머니의 어머니로부터 시작된다. 그녀들을 "씨발년"과 "포스트 씨발년"으로 부를 수밖에 없는 소년에게, 자신의 모계는 원하지도 않은 생명을 주고 앞날은 박탈해버린 비극의 기원이다. 당장의 생존을 위해 미래를 집어삼키며 탄생한 고모리는 이러한 세계 인식에 정확히 조응한다. 그 지명의 유래가 된 "영문 모를 무덤"은, 굶주리던 마을 사람들이 아기의 몸을 삶아 나눠먹고 "비참한 뼈들을 숨긴 봉분"(9쪽)이다.

소년 앨리시어와 그의 동생은 추악한 세계가 잉태한, 황정은 고유의 언어를 빌리면 가장 희박한 자들이다. 그들은 '씨발년'에게 육체가 짓밟히고, 존재 자체를 추궁당한다(그 장면들은 독자를 관통한다). 특히 동생의 말은 너무나 희박해서, 세계에 자리잡지 못한다. 그의 숨결은 형인 앨리시어가 들려주는 이야기와 밤의 대화들 안에서만 간신히 부지되고 있는 것처럼 보인다. 그리고, 사건이 일어난다. 앨리시어는 묻는다. "그는 어디에 있나."(150쪽)

앨리시어의 동생은 죽은 채 발견되지만, 세계는 동생을 위한 말들을 갖고 있지 않다. 형인 앨리시어조차도 그 말들을 갖고 있지 않다. 그는 동생의 이름을 끝내 부르지 못하며, 동생이 이름을 새겼던 머릿돌을 찾아가지만 "그 이름, 빗물과 먼지에 씻겨 이미 그 자리에 없다".(157쪽) 앨리시어는, 실패한다. 그는 동생이 사라진 이후 죽을 때까지의 시간 역시 알지 못한다. 기도를 가득 채운 모래와 함께 발견된 동생의 마지막 순간은 공백속에 있다. 그곳에서 태어난 가장 연약한 자가 비명조차 갖지 못하고 모래무더기에 묻힘으로써 고모리의 시작과 끝은 이어진다.

황정은은 쓴다. 이것은 "앨리시어의 실패와 패배의 기록이다".(161쪽) 소설은 이야기의 고비마다 다른 선택의 가능성들과 마주했을 것이다. 그러나 이 소설이 한 가장 중요한 선택들은 저 실패들로 인한 것으로 읽힌다. 앨리시어는 '씨발년'을 넘지 못하고, 동생을 구하지 못하며, 이제 없는 고모리 역시 떠나지 못한다. 소설에서, 여장 부랑자 앨리시어는 그 실패를 보존하는 동시에 부인하는 우울증적 주체가 되어 세계를 심문하며 떠돈다. "그대의 무방비한 점막에 앨리시어는 도꼬마리처럼 달라붙는다. 갈고리 같은 작은 가시로 진하게 들러붙는다. 앨리시어는 그렇게 하려고 존재한다."(8쪽)

이것은 중요한 이야기다.[16] 이것이 세상에 개입하는 이 소설의 방식이다. 재현과 호명의 불가능성을 사유하는 소설은 바로 그 불가능을 앓아

이야기의 육체로 만듦으로써, 세계의 지배적인 식별체제, 그 가시성과 불가시성의 경계를 노출시키고 그것을 문제적인 것으로 만든다.

소설의 이야기는 어떻게 출현하는가. 소설의 이야기는 무엇을 하는가. 우리가 소설을 이해하는 방식 중 하나는, 그것이 이미 존재하는 세상을 옮겨 쓴다는 것이다. 하지만 세상으로부터 움터온 어떤 소설의 이야기는, 결정적인 지점에서 그 세상을 찢고 출현하게 된다. 내게는 이 실패의 기록이 그런 예들 중 하나로 읽힌다. 그리하여, 이야기 속 세상에서는 불가능한 목소리, 곧 이야기의 목소리가 이야기의 바깥을 향해 묻는다.

"그대는 어디까지 왔나."

(2014)

---

16) 생의 마지막 해의 한 강연에서 수전 손택은 "소설의 죽음"이라는 선언에 맞서, 보다 구체적으로는 하이퍼텍스트의 이데올로기와 텔레비전의 서사 모델에 맞서, "이야기를 한다는 것은 '이것은 중요한 이야기다'라고 말하는 것"이라고 단언한다. 수전 손택, 「동시에—소설가와 도덕적 논리」, 『문학은 자유다』, 홍한별 옮김, 이후, 2007.

이야기와 세대적 기원의 재구성
— 1996년의 호출에 대한 단상

소위 '적이 사라진 시대'라 명명되는 시절에, 1991년 하고도 몇 년 후에 대학에 입학했던 이들이 보는 현재의 세계는 어떤 모습일까. 신입생 무렵 선배들에게 이끌려 이런저런 집회를 기웃거리다가, 이내 찰랑거리는 염색머리를 하고 하루키를 읽고 왕자웨이에 열광했으며, 아르바이트로 번 돈을 모아 배낭여행을 떠났던 이들에게, 졸업할 즈음 느닷없이 닥쳐온 IMF는 불가해한 것이었다. 일반화하고자 하는 것은 아니지만, 이데올로기의 시대가 막을 내리고 신자유주의가 총공세를 퍼붓기 직전까지의 짧은 유예기간을 살았던 이들에게, '세대'란 증발한 것이 아닐까 하는 생각을 줄곧 해왔다. 전전세대가 전후세대가 될 수 없듯, '세대'란 말이 가리키는, 그 어떤 것으로도 바꿀 수 없는 운명적인 표징이 과연 이들에게 있는지 가늠하기 어려웠다. 비유해서 말하자면, 이들의 세대 형성 무렵에는 '386'과 '서태지'와 'IMF'가 조금씩 혼재되어 있었고, 그래서 그 어느 쪽도 기원이라 자신 있게 말할 수 없이, 그 모든 쪽의 여진을 향해 분열적인 포즈를 취할 수밖에 없는 것이 이 세대 나름의 운명이라면 운명이라 여겼었다. 그렇다면 작가는 어떤가. 글쓰기 정체성과 세대의식을 거의 불가분의 것으로 취급하는 이곳에서 이 세대의 작가는.

윤이형의 「큰 늑대 파랑」의 경우

윤이형의 역작 「큰 늑대 파랑」에서 네 명의 작중인물들이 시위대에 잠시 합류했다 극장으로 틀어버리는 한 삽화는 그런 맥락에서 상징적이다. 노파가 좀비 소년에게 습격당하는 장면으로 막을 여는 이 소설은 모든 사태의 기원으로 이제는 많은 사람들의 뇌리에서 자취를 감춘 '1996년'을 호출한다. 1996년 3월의 어느 날 네 명의 아이들이 시위대 행렬의 맨 끄트머리에 선 것, 그리고 거기서 벗어난 것은, 전적으로 우연한 일로 묘사된다. 딱히 소일거리가 없었기 때문에 또 시위란 평소와는 색다른 일이었기 때문에 "가벼운 놀라움과 흥분"으로 시위대를 따라 움직였다가, 누군가가 떠올린 '쿠엔틴 타란티노'라는 이름과 함께 그들은 다시 극장으로 발길을 돌린다.

> 그러나 교문 앞 횡단보도에서 신호에 걸려 시위대의 허리가 잘리자 아이들은 생각을 바꿨다. 넷 중 누군가가 쿠엔틴 타란티노의 이름을 생각해냈다. 이화예술극장에서 〈저수지의 개들〉을 하고 있어. 분명히 극장에서 빨리 내려갈 텐데. 넷 중 하나가 말했고, 나머지 셋이 고개를 끄덕였다. (……) 아이들은 곧바로 방향을 바꿔 학교에서 가까운 낡은 극장을 향해 걸었다. 시위대는 곧장 걸었고, 인도에서 차도로 내려갔다.[1]

이날의 우연한 결정은 채 하루가 지나기도 전에 "미스터 블론드가 경찰의 귀를 잘라내고 있었을 때 종로 근처의 어느 인쇄소 기계 뒤에서 남학생 하나가 쓰러져 죽었다"라는, 마치 '전태일과 쇼걸'(김영하)의 대비를

---

1) 윤이형, 「큰 늑대 파랑」, 『창작과비평』 2007년 겨울호, 290~291쪽.

연상케 하는 건조한 하나의 문장으로 압축될 뿐이다. 하지만 이후 서사에서 띄엄띄엄 기술되는 그날 이후 네 아이들의 혼란으로 미루어보건대, 이들이 찰나의 선택을 결정적인 무엇으로 인지하고 있었음은 어렵지 않게 유추된다.

바로 자신들이 과잉진압의 희생양이 될 수도 있었다는 공포, 자신들의 이탈이 한 사람의 죽음을 방조했을지도 모른다는 죄책감, 그럼에도 그 선택이 틀린 것이 아니었음을 증명하고 싶은 완강한 방어심이, 마침내 이 소설의 타이틀롤인 '늑대 파랑'을 만들어낸다.[2] "어머니들과 아버지는 알지 못했지만" 갓 태어난 파랑의 후각과 시각을 통해, 이미 이들이 지나온 '과거의 잔상'과 앞으로 이들에게 들이닥칠 '미래의 잔상'은 "짙은 피내음"과 "방 어딘가에 고여 있을 피웅덩이"의 이미지 속에 효과적으로 결합한다. 현재가 은폐한 과거와 미래를 파랑이 그들 대신 품고 있고 그들의 내적인 욕망—차라리 죽음을 달라—을 그들 대신 구현하게 된다는 사실은, 이 늑대가 주도하는 소설의 초현실적인 흐름이 꿈-무의식의 그것과 상당히 흡사하다는 인상을 낳는다. 운동의 차원에서 봤을 때 공간적 좌표와 시간적 운동량 모두를 교란하는 존재로, 늑대 파랑이 다시 그들의 세계에 출현하는 것은 1996년으로부터 10년이 흐른 후다.

프랑켄슈타인 이후 호러물의 유구한 전통이 그러하듯, 또 조지 로메로 이후 많은 좀비물이 그러하듯, 「큰 늑대 파랑」 역시 다양한 해석을 유발하는 서브텍스트들을 여럿 거느리고 있다. 무엇보다 먼저 서로가 서로의 이마에 이를 박으며 서로가 서로를 감염시키는 식인시체들로 가득한 세상은, 처절한 생존본능만이 지배하는 이 세계의 음화라 할 만하다. 윤이형

---

2) 이러한 심리적 배경이 소설 속에서 명시적으로 진술되는 것은 아니다. 그러나 마우스로 그려진 '파랑'의 윤곽선 옆에 솟아오른 글자들의, 장난기로 감추어지지 않는 저 "비장"함을 보라. "늑대의 이름은 파랑이다. 파랑은 우리를 지킨다. 우리는 파랑을 지킨다. 언젠가 우리가 우리를 잃고 세상에 휩쓸려 더러워지면, 파랑이 달려와 우리를 구해줄 것이다."

에 따르자면, 이제 '인간은 인간에게 좀비다'. 그러나 피냄새 자욱한 살육의 현장이 불러일으키는 잔인함—이미 관습적으로 코드화되어 있기 때문에 그 공포의 강도가 감소될—보다 더 가슴 아프게 잔인한 대목은, 좀비 바이러스가 만연하기 전에도 이미 그들 자신은 영혼 없는 인간이 되어버렸다는 쓰라린 진실이다. 죽었으나 살아 돌아다니는 좀비가 아니라, 살아있으나 죽은 시체나 다름없는, '사는 게 사는 게 아닌' 인간의 삶을 그들은 지금껏 살아오고 있다. "젊고 아름다웠"던 10년 전 네 명의 친구들은 '아영'이 자조적으로 내뱉는 것처럼 "반(半)고형 화학물질"의 형상으로 죽음이라는 최후의 소실점을 향해 제각기 시들어간다.

'사라' '재혁' '정희' '아영'의 삶에 차례로 포커스를 맞추며 이어지는 소설의 상당 부분은 따라서, 10년이라는 시간이 흐르는 동안 왜 이들의 삶이 엉망으로 구겨져버렸는지 그 이유를 탐색하는 데 고스란히 바쳐진다. 그 농도에 차이가 있지만, 넷의 내면은 열패감과 수치심, 위악과 자기기만, 무력감과 울분으로 얼룩지며 조금씩 무너져내리는 중이다. 소설에서 제시되는 순서대로 인물들의 자존감이 완만한 하강곡선을 그린다는 것을 고려할 때, 가장 나은 처지라 할 수 있는 사라의 경우만 해도 그렇다. 각종 문화생산물에 박학달통한 프리랜서 사라는 정치적으로 올바른 견해를 가지고 있으며, 책과 영화와 음악을 사랑하고, 세 가지 외국어를 완벽하게 구사한다. 그러나 밥벌이라는 미명 아래 푼돈을 벌기 위해 허리가 끊어질 것 같은 통증을 견뎌야 하는(심지어 좀비가 나타나도 원고를 써야하는!) 남루한 일상은 사라를 밀폐된 공간의 고독 속으로 더욱 깊숙이 밀어넣으며 그녀의 재능과 정열과 육체 모두를 소진시켜버린다. 짐작되다시피, 다른 두 명의 문화산업 종사자인 재혁과 정희가 처한 상황은 이보다 더 좋지 않다.

소설이 이들의 10년을 통해 말하려 하는 바는 비교적 명확해 보인다. '그들이 진심으로 좋아했던 것'들은 10년이 흐른 후 탐욕스런 시장이 가장 선호하는 먹잇감들로 밝혀졌으며, 화폐적 등가에 기반한 자본의 시스템은 그들이 모든 것을 걸었던 단 하나의 믿음까지 송두리째 앗아가버린다. "자본주의 논리와 소수집단들의 정체성적·문화적 논리는 유기적으로 접합된 하나의 총체를 형성한다"[3]는 바디우의 관찰은 「큰 늑대 파랑」의 스토리가 전개되는 2000년대 서울에서도 무리 없이 적용된다.

특히 광고회사의 AE 재혁이 좀비 습격 직전에 겪은 일화는, 차별과 착취가 차이와 문화로 화려하게 둔갑하는 이 포스트 시대 자본의 변장술을 포착한다. 이주노동자 록밴드 '다마이'는 "다름을 인정하면서 함께 사는 사회를 만들어가는 기업"을 선전하기 위해 섭외되고, 이 밴드가 어렵게 구축한 아티스트로서의 정체성이 시장을 위한 투자재료로 포섭되어 광고 이미지로 재창출되려는 찰나, 무리한 촬영일정으로 폐렴을 앓던 멤버의 딸 '나띠'가 죽는다. 기타를 치는 그 어린아이의 놀라운 재능을 재혁이 알아본 것은, 바로 그 자신이 스무 살 무렵 기타를 연주한 경험이 있기 때문이 아니었던가. 재혁은 자문한다. "어디서부터 잘못된 것일까." 영화잡지 기자로 출발하여 거의 모든 매체를 전전하며 남은 것이라곤 부끄러움이 전부가 된 정희 역시 비슷한 질문을 반복한다. "우리가 뭘 잘못한 걸까?"

이 질문에 연이어지는 "그 사람들처럼 거리로 나가 싸워야 했던 걸까?"라는 정희의 두번째 질문은 이 소설의 기원(이자 늑대 '파랑'의 기원)이 왜 1996년이어야 하는지를 명시적으로 드러낸다. 이 물음은 읽는 이의 마음을 착잡하게 하는데, 작은 방에 모여 마우스를 쥐는 대신 시위대와 함께 거리에 있어야 했던 것이 아닐까 하는 뒤늦은 후회 때문만은 아니다. 현재 모든 실패의 원인을 사후적으로 재구해야만 한다는 내면의 부르짖음에 응답하려 할 때, 이 세대의 한 명민한 작가가 돌아가야만 했던 지점이 바로 그곳이라는 사실 때문이다. 윤이형은 곧 들이닥칠 신자유주의가 몰고 올

---

3) 알랭 바디우, 『사도 바울』, 현성환 옮김, 새물결, 2008, 27쪽.

한국사회의 어두운 전조로써, 1996년의 하루를 이렇게 되살려놓고 있다.

(2009)

손홍규의 『톰은 톰과 잤다』의 경우

〈건축학 개론〉〈응답하라 1997〉 등이 연이어 관심을 모았을 때, 우리 중 어떤 이는 짐짓 놀라워했다. 90년대가 벌써 회고의 대상이 된단 말인가. 80학번들의 자기-서사인 이른바 후일담문학이 성행했던 시기를 떠올려본다면 그리 이상할 것도 없다. 이미 90년대로부터 스무 해가 흘러가고 있는 중이지 않은가. 그러니 저 의아함은 다음과 같이 바로 잡아야 할지도 모른다. 그 시절에 과연 회고할 만한 (가치가 있는) 것이 있단 말인가?

이 질문 앞에 소위 '386세대'도 '88만원세대'도 아닌 90년대산(産)들은 당혹스럽다. 돌이켜보면, 당시는 모든 것이 과도기를 지나는 중이었다. 주변을 포위하고 있는 것들의 절반 앞에서는 엄숙하려 했고, 다른 절반 앞에서는 가벼워지려 했으나, 그것들 모두는 결국 흉내일 뿐이지 않은가 하는 생각에 종종 덜미를 잡히곤 했다.

지나온 한 시기에 대해 이렇게 별 소득 없는 상념에 접어든 것은 손홍규의 『톰은 톰과 잤다』를 막 읽은 참이기 때문이다. 모아놓고 보니 조금은 알겠다. 저자의 이 세번째 소설집의 바탕을 이루는 것은 90년대 중반 학번인 한 남자 대학생의 이야기이다. 그의 이야기를 통해 손홍규는 사후적으로 무언가를 발견하여 구제하려 한다.

'마르케스주의자'를 자처하는 한 남자로부터 시작해보면 어떨까. 「마르께스주의자의 사전」의 주인공 '그'는 국어사전의 활자를 삼키는, 진지한 괴벽을 지닌 사내다. 그 괴벽은 알다시피 김소진에서 연유하고 있거니와, 작중에서 그를 둘러싼 많은 정황은 그의 독서세계에 의해 정리된다. 수십 년을 알고 지낸 복덕방 영감의 인상이, 스크루지 영감에서 방망이 깎는 노인으로, 어부 산티아고에서 고리오 영감으로 변전하는 것을 보라. 등록금 투쟁 시위대를 따라갔다 백골단의 곤봉세례를 목격하는 또다른 일화의 서두는 어떤가. 스페인 내전 취재에 나선 조지 오웰을 유머러스하게 상기시키는 서술은 이 소설에선 그리 이채로운 것이 아니다. 그러나 소설은 '그'가, 통일선봉대 대원으로 범민족대회에 참여한 '나'를 찾아 연세대로 잠입해들어가면서 이내 힘겨운 고비를 맞는다. 1996년 8월. 연대 이학관은 전경들에 의해 고립되고, 그 자신 역시 어느 교수의 연구실에 섬처럼 고립되는 것이다.

그는 전경들이 손잡이에서 손을 뗀 뒤로도 두 시간 남짓 꼼짝도 하지 못했다. 그들은 현관문을 닫은 채 복도에 누워 잠들었고 그들이 누군가의 성난 발길질에 깨어나 허겁지겁 건물을 빠져나갈 때까지 숨조차 크게 쉬지 못했다. 그는 간신히 잠금 버튼을 눌렀다. 딸깍. 그 소리가 격발한 총탄처럼 그의 가슴에 박혔다. 그는 우아한 착지에 실패한 체조 선수처럼 문 앞에서 비틀대다 쓰러졌다. 그제야 그는 자신이 있는 건물이 이미 전경들의 영역으로 넘어갔음을, 이학관이 포위되어 섬처럼 고립되었음을 깨달았다. 어둠이 무례하게 방으로 난입했다. 그는 흐물흐물 녹아버린 넉 장째의 ㅎ을 삼키지 못하고 뱉었다. 반쯤 소화된 나머지 석 장의 ㅎ도 토해냈다. 그가 ㅎ에 약한 이유였다.[4]

그날들의 연세대에 갇힌 한 소설가 지망생의 이야기. 이것은 두 가지 측면에서 고립에 관한 서사다. 단순화해서 말하자면, 한쪽에는 투쟁이 있고 다른 한쪽에는 문학이 있다. 편견에 기대어보자면, 그 시기의 대학에서 둘 모두는 돌이킬 수 없는 막바지를 향해가고 있다는 어떤 환각에 싸여 있었다. 그런 맥락에서라면, 이 소설집의 등장인물들 대부분의 삶의

---

4) 손홍규, 「마르께스주의자의 사전」, 『톰은 톰과 잤다』, 문학과지성사, 2012, 102~103쪽.

준거인 문학도 크게 다르지 않다. 여러 소설들이 자연스럽게 배경으로 취하고 있는 국문과나 문학회 등에는 추방당한 게토의 이미지가 어른거리고 있는 것이다.

이것이 우리가 이 책을 이해하고자 할 때 작가를 끌어들일 수밖에 없는 이유 중 하나다. 수백 개의 화염병이 전경들을 향해 날아가는 모습(「무한히 겹쳐진 미로」)이, 창이 없는 네모진 작은 방에서 이루어지는 심문과 취조의 장면(「톰은 톰과 잤다」)이, 혹은 하숙과 자취, 습작과 합평의 어지러운 풍경이 90년대를 배경으로 하고 있음에도, 우리가 어떠한 질문이나 의혹도 없이 그것들을 간단히 수리하게 되는 것은 이 소설의 작가가 손홍규이기 때문이다.

예컨대 『톰은 톰과 잤다』에는 서울 소재의 한 대학을 뚜렷하게 지시하는 파편들이 실로 산재해 있다. 그중 문학서클의 면면에 관한 관찰은 양적으로나 질적으로나 상당한데, "소설을 쓰기 위해 모인 사람들이 아니라 소설에 등장하는 주인공처럼 살기 위해 발버둥치는 사람들 같기만 했"던 그 "한심한 족속"(「불멸의 형식」)들의 생태에 관한 한 작가는 권위자를 자처하는 듯하다. 그리고 그의 회고는 크게 틀리지 않아 보인다. 그 시절 대학의 문학공동체란, 괴짜들과 운동권들과 신세대들과 은둔자들이 뒤섞여, 방황은 쉽게 집단적이 되었으니까.

「증오의 기원」의 '쁘띠'처럼 결여를 모르는 새로운 얼치기들과, 「무한히 겹쳐진 미로」의 '동호선배'처럼 이론과 신념과 실존이 삼위일체를 이룬 존경받을 만한 자들과, 전자를 경멸하고 후자에 끌렸으나 궁극적으로는 문학이 "숨기 좋은 장소"이기 때문에 일원이 된 자들이 다함께 길을 잃고 다같이 헤매는 풍경이 소설집에 가득하다. 그리고 그 풍경은 때로는 실소를 또 때로는 경악을 자아내지만, 그 모든 감정이 일종의 향수에서 기원하고 있음을 부인하기란 그리 쉽지 않다.

누구나, 인생의 어떤 시기가 제대로 정리되지 않은 채 지나갔다는 생각에 불현듯 사로잡힐 때가 있지 않은가. 여러 소설에 걸쳐 특정 시기를 묵묵히 되살고 있는 것으로 보건대, 손홍규에게 그 시기는 90년대의 20대일지도 모르겠다. 하지만 그러한 시도는 경험적인 차원에서는 과거의 재생산으로 읽힐 수 있을지 몰라도, 의미론적인 차원에서는 그렇지 않다. 쉽게 말해, 1997년의 '이석'이 아니라 1996년의 '노수석'을 호명하는 것은, 과거와 현재의 시차에 의지한 하나의 선택이다. 그러나 이 책에서 작가는 그와 같은 선택들이 자동적으로 바깥세계에 대한 하나의 입장을 의미하지는 않도록 주의를 기울이고 있는 것처럼 보인다. 작가 자신 '마르케스주의자'로서, 소설집 전체에는 문학하는 자의 자기성찰의 욕구가 두드러지게 감지되기 때문이다.

이 소설집에서 대부분의 좋은 순간들은 그러한 자기성찰과 소설의 이야기가 성공적으로 결합할 때 만들어진다. 예를 들어, 의뭉스런 입담이 압권인 「불멸의 형식」이 전혀 예상치 못한 방식으로 문학의 본질에 대한 질문으로 육박할 때, 혹은 「내가 잠든 사이」에서 '나'가 '그'에게 "너와 내가 아이를 낳으면 매기와 같은 괴물이 나올 거야"라고 말할 때, 독자는 숨을 멈추고 한동안 망연해질 수밖에 없다. 그러한 페이지들은 손홍규가 지금까지 주력해온 작업과 포개지며 울림을 만들어낸다. 그러니 이쯤 되면 이 작가가 건실하게 자기 길을 걸어왔음을 인정하지 않을 도리가 없다. 『톰은 톰과 잤다』는 한 90년대 학번이 소설가를 꿈꾸고, 소설가로 살게 된 내력인 동시에 그가 소설가로 살아온 10여 년의 역사다.

(2012)

읽다, 이해와 사랑 사이에서
— 김연수 장편소설 『원더보이』

'읽다'라는 동사만큼 다양한 목적어를 거느리는 말은 많지 않다. 좁은 의미에서 읽는다는 것은 문자를 소리내어 말하는 것과, 글의 뜻을 헤아리는 것을 동시에 의미한다. 그러나 알다시피, 문자의 해독능력과 글의 이해능력이 반드시 일치하는 것은 아니다. 소리내어 읽을 수 있고, 모르는 단어가 하나도 없는데도, 도무지 짚이지 않는 글들이 있다. 읽고 난 후에도 여전히 알쏭달쏭한 글 앞에서 헤매고 있으면, 맥락을 읽고, 행간을 읽고, 여백을 읽으라는 목소리가 들려오는 것만 같다.

지각되었으되 채 소화되지는 못한 그런 글들은, 그러나 많은 경우에 경험과 상상을 자극하고 다른 각도의 사고와 감성을 재촉한다. 그럴 때 읽기는 우리의 정신과 육체를 현재의 표면에서 살짝 들어올려 또다른 이면과 심층으로 옮겨놓는 행위로 변주된다. 그것이 이면에 대한 성찰과 심층에 대한 이해와 결부될 때, '읽다'가 관할하는 세계는 문자에 국한된 영역을 넘어선다. 단순히 말해, 우리가 읽는 것은 글과 책만은 아니다. 우리는 과거를 읽고, 미래를 읽는다. 문화를 읽고, 사회를 읽는다. 생명을 읽고, 우주를 읽는다.

그리고, '읽다'라는 동사만큼 아름다운 말도 그리 많지는 않다. 무엇보다 사람이, 다른 사람의 마음을 읽기 때문이다. 우리는 사랑하는 이의 눈을 읽고, 입술을 읽고, 표정과 몸짓과 말을 읽는다. 누군가의 마음을 읽으려 애쓰는 마음은 어여쁘다. 하지만 동시에 그 마음은 마음의 소유자를 한없이 나약하고 초라한 존재로 전락하게 한다. 내 속마음조차 종종 내가 알지 못하는 다른 곳에 있거늘, 타인의 마음을 서슴없이 단정할 수 있을 리 없다. 때로 마음의 독자가, 원래의 형상을 짐작할 수 없는 상형문자나 문자의 자취만 간신히 남아 있는 양피지 앞에서처럼 곤혹스러운 것은 그 때문이리라.

하지만 그럼에도 마음의 독서에 관한 한, 난독으로 인한 거듭된 읽기가 항상 불행한 사태인 것만은 아니다. '다 읽었다', 그 말은 최소한 나에게는 늘 어딘가 비극적인 뉘앙스로 다가온다. 다시 만나고 싶은 사람, 더 함께하고 싶은 사람, 오랜 후에도 보고 싶은 사람은 대개는 더 읽고 싶은 사람이었으니까. 단번에 다 읽히는 사람에게는, 아무도 반하지 않는다.

다 읽힌다고 썼지만, 그런 사람이 세상 어디에 있겠는가. 누구나 다른 이의 마음을 읽고 싶은 만큼, 그이에게 거듭 읽히는 사람이기를 원한다. 그래서 흔히들 이야기하는 소통의 벽이란, 읽고자 하는 욕망의 차이 때문에 불거지는 일이 아닌가 싶다. 나를 읽는 데 관심이 없거나 쉽게 읽어버리고 돌아서는 타인에게, 우리는 번번이 실망하고 좌절한다. 이렇듯 이기적인 읽기의 역학 속에서, 초연한 존재로 남는 길은 없는 것일까. 차라리 독심술을 터득할 수 있다면, 주는 만큼 받고 받는 만큼 주며, 사랑도 고통도, 기쁨도 슬픔도 없이 평온할 수 있지 않을까.

이와 같이 심술궂은 마음에 한번이라도 덜미를 잡혀본 사람이라면, 김연수의 장편소설 『원더보이』를 펼치는 것이 좋겠다. 『원더보이』에서 주인물 소년이 갖게 된 마음을 읽는 능력은, 누구나 한번쯤 사로잡혀본 의혹의 뒷면과도 같다. 내 앞에서 잔뜩 뚱한 표정을 짓고 있거나, 혹은 내 옆에서 달콤한 말을 속삭이는 타인의 마음속에는 실제로 어떤 일이 일어나고 있을까. 바꿔 말해『원더보이』에는 타인의 마음속에 말로 발화되지 않은 것, 표정과 몸짓으로 구현되지 않은 다른 어떤 것이 존재한다는 전제가 깔려 있다. 이를테면, 청와대 방문 기념으로 소년이 받게 될 '봉황이 그려진 손목시계'가, 간호병의 마음속에서는 '피엑스에서 파는 황도통조림'쯤의 가치를 지니는 것. 혹은, 소년의 새로운 아버지를 자처하는 대령이, 대통령의 앞에서 충성을 연기하며 그 자신의 출세욕을 포장하거나 은폐하는 것. 그 모든 마음들을 소년은 읽을 수 있게 된다. "똥개의 생각을 읽는 일과 공중파 방송을 수신하는 일을 제외"하면, 사람의 마음이면 무엇이든.

그런데 소년이 읽는 그 마음들은, 예외 없이 말해진 것들과는 다르고, 그것들을 비껴가며 배반한다. 물론 말과 마음 사이에 존재하는 낙차는 우리를 근본적으로 표리부동한 인간이 되게 만든다. 하지만『원더보이』에는 이 괴리와 연관하여 좀더 중요한 함축이 있다. 가령, 소년이 명실상부한 원더보이로 거듭나는 한 쇼프로에서, 소년은 아나운서 변대웅이 아무에게도 발설하지 않던 어떤 순간을 읽어낸다. 변대웅은 그 순간을 "누구에게도 이해받을 수 없는 고통"과 함께 묻어두어야만 했는데, 성모님을 만났다니, 그럴 만도 하지 않은가? 공평하게 읽자면, 간호병이나 대령이 표현하지 않는 마음 역시도 모종의 억압과 무관하지는 않을 것이다.

하지만 특히 소설에서 '말할 수 없는 마음'이 좀더 큰 울림으로 다가오는 장면들은, 그것이 시대적인 폭력을 배경으로 할 때다. 청와대에서 대통령을 향해 속으로 '살인마!'를 외치는 누군가를 필두로 하여, 그 마음들은 다양한 형태로 포착된다. "익사체를 익사체가 아닌 것으로 적시해 익사체의 명예를 훼손"한 죄로 복역한 재진의 사례로 보면, 당시 장삼이사의 마음은 심지어 이중의 억압 아래 구속되어 있던 것처럼 보인다. 재진이 꾸린 출판사는『지금은 말할 수 없다』를 펴내고 등록이 취소되거니와,

"말할 수 없는 것을 말할 수 없다고 말할 수도 없는" 시대가 『원더보이』가 돌아보는 지난 연대인 것이다.

이와 같은 상황에서, 마음을 읽어내는 소년의 능력이 그 자체로 인간에 대한 발견이자 그 존엄에 대한 증언이 되는 것은 자연스러운 귀결이다. 끔찍한 고문을 당하는 젊은 가수에게서, 소년은 놀랍게도 "더없이 부드럽고 따뜻하고 달콤한 느낌"을 읽게 된다. 겨울의 고문실, 반복되는 고통의 절정 속에서, 소년이 읽건대 사람들이 떠올렸던 광경들은 일상들, 현재의 그들에게는 허락되지 않는 소소한 기쁨과 사소한 행복의 순간들이다. 이러한 소설적 상상은 작가가 지닌 인간관의 한 자락을 암시해주지만, 작중의 소년에게 그것은 잔인한 역설로 되돌아온다. 소년이 읽은 젊은 가수의 마음은 대령으로 하여금 가수의 애인을 검거하게 만들었고, 애인의 고통은 고문도 함락시키지 못한 그의 마음을 산산이 조각내어버린다. 사랑을 망가뜨리고, 소망을 허물고, 믿음을 난도질하는 데 자신의 읽기가 일조했음을, 더구나 그 파괴된 내면을, 바로 그 자신의 읽기를 통해 알게 된 소년의 절망이 어떠했겠는가.

『원더보이』에서 소년의 읽기가 이해와 사랑이라는 새로운 함수와 만나는 시점이, 마음을 읽는 능력이 그를 떠난 후부터라는 사실은 의미심장하다. 인간을 인간이게 하는 것으로서, 작가 김연수에게 이해와 사랑은 별개의 것이 아니다. 사랑하는 이를 잃었기에 그 흔적은 지울 수가 없고 고통의 자취는 생의 끝까지 지속된다. 그리고 이러한 상실의 고통은 이해의 (불)가능성에 대한 고뇌로 인물들을 밀어붙인다. 어떤 얼굴을 잊으려고 술을 마셨던 소년의 아빠, 사랑하면 일을 못 한다던 시다 아가씨를 찾아 페달을 굴렸던 자전거 아저씨, 그들 모두는 "화상을 당한 사람처럼 사랑한 흔적을 지우지 못한" 사람들이다. 그 점에 있어서라면, '아빠 죽지 마'를 외치던 마지막 순간을 놓지 못하는 '나'와, 익사체로 떠오른 약혼자를 잊지 못하는 강토 형(희선) 역시 마찬가지다. 그들의 닮은 얼굴은 서로의 고통 속에서 발견된다.

소설에서 특히 강토 형의 이야기는 읽는 이의 심금을 뒤흔들어놓는 참담한 낭만으로 감싸여 있다. 사뭇 다른 색채로 그려졌음에도, 이 소설이 엄혹한 시대를 조망하는 기존 서사들과 공유하는 지반 중 하나는 배신과 죄의식이다. "여섯 명만 잡아서 족치면 우리는 그 누구의 정체도 파악할 수 있다"는 대령의 호언처럼, 야만적인 권력이 원하는 자백을 얻어내기까지의 과정은 한 인간이 그때껏 형성한 관계의 망을 모조리 파괴해가는 과정에 다름아니다. 예컨대, 강토 형의 약혼자인 이수형의 인생을 송두리째 바꿔놓은 한 사건을 보라. 70년대의 또다른 원더보이라 할 수 있는 이 기억의 천재는 열세 장짜리 시인의 옥중기록을 머릿속 공간에 저장하여 외부로 빼돌리면서, 자신이 가장 말하고 싶었던 것을 슬쩍 끼워넣는다. 그러나 그가 기사에 오식을 넣어 소녀에게 읽히기를 원하는 사랑의 메시지로 바꾸어놓았을 때, 그리고 소녀가 그 메시지를 무심코 읽어냈을 때, 그 연쇄의 종착역에서 그를 기다리고 있던 것은 무엇이던가.

자신의 고통에 함몰되어 있던 『원더보이』의 소년은 젊은 가수와 강토 형을 비롯한 타인들의 고통에 눈뜨기 시작하면서, 그리고 함께 눈물 흘릴 수 있게 되면서 이해와 사랑이라는 단어들과 조우한다. 강토 형은 소년에게 말한다. "이해란 누군가를 대신해서 그들에 대해서 이야기하는 것, 그리고 그 이야기를 통해서 다시 그들을 사랑하는 일이야." 그렇게 본다면, 『원더보이』는 강토 형이 말한 이야기하기의 한 사례로써 부족함이 없다. 마침내 도착한 편지에서 소년의 어머니는 "이 아이가 자라날 1970년대는 완전히 다른 세상이 되기를 간절히 바랍니다"라고 적으며, 소설은 1987년 여름을 배경으로 "이제 우리가 살아갈 세상은 완전히 다를 거라"는 기대와 함께 끝난다. 우리는 이러한 소망과 희망이 어떻게 굴절되어갔는지 모르지 않는다. 지금 이 시점에서 소설의 마지막 페이지를 덮고 나면, 아직 보이지 않는 빛에 대해 말하는 심정이 무거워진다. 하지만 그러므로 우리는 더더욱 『원더보이』의 첫 글자들을 다시 읽어야 하는지도 모른다. '열세 살, 열무에게', 그것은 우리가 당겨쓸 수는 없는 미래의 다른 이름이 아닐까. 마치 소년의 어머니처럼, 그 글자들은 말한다. 누군가를 이해하고자 하는 시도는 이야기를 낳고, 이야기는 인간에 대한 사랑, 바꿔 말해 미래에 대한 꿈으로 다시 이어질 것이라고.

(2012)

타인을 이해한다는 것
— 성석제와 김애란의 근작을 읽고

소설 읽기는 곧 마음공부라는 말이 있다. 소설을 읽는 것이, 사람의 마음을 헤아리는 과정이라는 뜻이리라. 좋은 말이다. 하지만, 그 말은 어딘가 비어 있다. 같은 소설을 읽고 소감을 나누어보면, 인물의 행위를 전혀 다르게 이해하는 경우도 적지 않다. 겉으로 드러난 것마저 그러한데, 어떻게 인물의 마음을 간단히 이해할까. 물론 소설뿐만은 아니어서, 나날의 삶에서도 타인의 마음을 이해한다고 말하기는 무척 어렵다. 너의 마음을 이해한다는 그 말이, 듣는 이에게는 무심한 폭력이 될지 모르기 때문이다. 내가 안다고 믿은 너의 마음은, 내 마음의 편리한 반영에 불과할지 모른다. 과연 나는 너를, 너는 나를, 이해한 것일까?

언젠가 나에게 지인은 다음과 같이 말해주었다. 우리는 타인의 마음이 아니라, 타인의 문제를 이해할 수 있을 뿐이라고. 그러나, 마음 읽기는 바로 그것으로부터 시작한다고. 그 말들이 내게는 가슴에 남아 이상한 위로가 되었다. 지금 너의 마음을 나는 단정할 수 없지만, 네가 직면한 문제가 무엇인지는 인식할 수 있다. 그리고 그 작은 가능성이, 너와 내가 함께할 수 있는 가능성이다. 지인에게서 얻은 그 말들을 조금 단호히 옮겨볼 수도 있겠다. 타인의 문제를 이해하지 않고서는, 타인의 마음을 이해할 수 없다고. 문제가 공유될 때에만, 비로소 마음도 나눌 수 있다고. 그러지 않은 채 던져지는 이해라는 말만큼, 빈 말은 없다고.

성석제의 「미리도 괴리도 업시」(『창작과비평』 2015년 겨울호)와 김애란의 「어디로 가고 싶으신가요?」(『21세기문학』 2015년 가을호)를 읽다보면, 문득 서사의 맥을 다르게 짚어야 했던 것이 아닌가 하는 순간이 찾아온다. 알다시피, 성석제 소설의 제목은 고려가요 「청산별곡」에서 왔으며, 김애란 소설의 제목은 '시리(Siri, 애플 음성인식 인터페이스)'에서 왔다. 저 시간의 간극을 아무렇지 않게 만드는 것이 문학의 일이려니와, 두 소설의 이야기는 공히 타인을 이해하는 데 바쳐진 것처럼 보인다. 그도 그럴 것이 성석제 소설은 5년 만에 다시 만난 게이 친구 이야기이며, 김애란 소설은 졸지에 남편을 잃은 젊은 아내의 이야기이기 때문이다. 그들의 마음을 이해하라는 이야기이겠구나 싶어 독법이 그려지던 순간엔, 아직 읽지 않은 페이지들까지 넘겨짚었던 듯도 하다. 하지만 좋은 소설이 대개 그러하듯이, 두 소설의 마지막 페이지에 이르러서는 이내 골똘해져버렸다.

「미리도 괴리도 업시」는 성석제 소설의 유전자를 물려받았다. '나'와 '너'의 긴 세월을 감칠맛나는 너스레에 실어 편력하는 소설을 보라. 성석제의 애독자라면, 소설 속 '너'의 자리에 조동관(「조동관 약전」)이나 이치도(「도망자 이치도」), 아니면 황만근(「황만근은 이렇게 말했다」)을 넣어보고 싶은 유혹과 싸워야 할 것이다. 성석제의 다른 인물들처럼 '너' 역시 중독과 탕진의 유전자를 지녔는데, 이 소설에서 그것은 '나'를 향한 끊임없는 베풂의 형태로 드러난다. 소설의 한 대목에서 "네 핏속에 들어 있는 '무상(無償)의 베풂' 유전자"가 상기될 정도로, '너'는 '나'에게 한결같이 다정하고, 그런 만큼 아낌이 없다.

성석제 소설의 인간학이 남성 동성애자에게까지 이르렀구나 싶어 흥미로웠던 순간, 글쎄 어딘지 이상했다. 쉽게 말해, 소설의 제목에는 '너'의 이름(이현수)이 없다. 제목이 지시하는, '미워할 이도 사랑할 이도 없는' 그이는 대관절 누구일까? 이 의문과 마주하면, 소설의 내러티브가 두 인물 중 누구의 '문제'를 중심으로 구축되고 있는지를 돌아보게 된다. 소설에서 문제의 편에 있는 이는 '너'가 아니다. "내 대답은 이래. 나도 눈이 있고 수준이 있거든? 미안하지만 너희들은 내 취향이 아니야." '나'의 의혹과 불안은(그것의 절반은 독자의 것이기도 할 텐데), '너'의 통쾌한 직설로 인해 결국 걷힌다. 하지만 오히려 그런 후에 '너'와, '너'의 애인 아르놀트와, '나'가 이루는 기묘한 트라이앵글의 장력이 더 팽팽해졌다는 사실은 어떻게 이해해야 할까.

'나'와 다른 여성들의 교류가 단발성 쾌락에 가깝게 묘사되고 있다는 점, 그에 비하자면 훨씬 더 감성적이고 지속적인 교류는 '너'와의 사이에 있었다는 점, 그러면서도 '너'와의 역사 갈피마다 그녀들이 강박적으로 언급되고 있다는 점은 징후적이다. 다시 말해, 「미리도 괴리도 없이」는 소설에서 타자의 기표로 명명된 '너'를 이해하는 이야기가 아니라, 정상성의 규범에 갇힌 '나'를 탐구하는 이야기로 읽을 때 결이 더 풍성해진다. 선입견을 걷고 소설에 흩뿌려진 이야기 조각을 다시 조립해나가면, 놀랍게도 그때껏 '너'에게 몰입하고 있었던 '나'를 재발견하게 될지도 모른다. 적어도 나에게는 "사랑이야? 사람이야?"라는 소설의 마지막 문장이, 어떤 사람인가를 따지느라 사랑의 다른 형태는 자성하지 못한 이의 혼돈으로 다가오던 순간이 있었다.

이와 같이 민감하다면 민감하다고 할 수 있는 테마임에도 흥겨운 마음으로 소설의 탐구에 동참하게 되는 것은, 많은 부분 소설의 유머에 빚지고 있다. 그리고 아량과 깊이가 느껴지는 보기 드문 유머는 성석제뿐 아니라 후배 김애란의 것이기도 하다. 하지만 이즈음 김애란 소설에서는 웃음기가 가셨다. 우울이 깊다, 너무 깊다. 김애란의 다른 작품 「건너편」(『문학과사회』 2016년 봄호)만 해도 그렇다. 별것 아닌 장면 같지만, 이별을 결심한 인물이 잠든 연인의 얼굴을 바라볼 때, 김애란은 독자가 그 여자의 마음을 알 것 같은 기분이 되게 만들어버린다. 그리고 「어디로 가고 싶으신 가요?」에서도 여지없이 그런 장면이 기다리고 있다.

소설 말미, 남편과 함께 세상을 떠난 학생의 누나가 '나'에게 보낸 편지에서 "권도경 선생님이 우리 지용이의 손을 잡아주신 마음"을 생각하면 그저 눈물이 날 뿐 "그게 뭔지 아직 잘 모르겠다"고 말할 때, 재차 이런 감상을 적는 것이 허락된다면, 울컥 눈물을 떨구고 말았다. 이후 소설의 마지막 한 단락을 읽으며, 그때껏 나는 소설 속 인물의 마음을 정말 이해하고 있었던 것인지를 스스로에게 되물었어야 했다. 내 대답은 아니다였고, 그것이 이 소설이 내게 준 의외의 순간 중 하나라고 말할 차례다.

처음에 소설은 사랑하는 이를 잃은 한 여성의 마음에 다가가는 이야기처럼 읽힌다. 계곡에 빠진 지용을 구하려던 남편이 죽은 후, '나'는 사촌의 배려로 이국의 도시에 머물게 된다. 하지만 안식이 찾아들 리 만무해서, '나'의 몸은 퍼져나가는 반점으로 뒤덮인다. 피부를 앓아본 사람은 안다. 그것만큼 원인을 알기 힘든 것도 없어서, 결국 고장난 마음을 떠올리게 된다는 것을. 허물이 마치 새살마냥 돋는 것에서, '나'가 죽음 위에 피어나는 죽음을 떠올리는 것도 놀랍지는 않다. 사랑하던 사람이 죽었고, 그녀는 그 죽음을 통과하고 있으니까.

그런 '나'의 고통은 "당시 내 주위 인간들에게선 찾을 수 없었던" '예의'를 차라리 '시리'의 응답에서 찾는 대목에서도 짐작된다. 사람의 살갗에서 인공지능에 이르기까지, 소설은 이렇게 섬세한 필치로 한 마음의 무늬를 그려나가지만, 정작 나를 흔들리게 한 것은 마지막 순간이었다. '나'가 끝내 헤아릴 수 없었던 것은 남편의 마음이었고, 그것이 그녀가 풀어야 할 문제였다. 사랑하는 사람을 두고 어떻게 타인을 향해 몸을 던질 수 있느냐는 잔혹한 의문, 누구와도 나눌 수 없지만 자신만은 붙들고 있을 수밖에 없었던 그 의문. '나'는 편지를 읽고서야, 그 역시 혼자가 된 지용의 누나를 떠올리며, 지용에게 손을 내밀었던 남편의 마음에 가닿으려 한다. 4월의 그날 이후, 한국소설이 탐구하는 마음은 여기까지 왔다. 그리고 적어도 지금 이 순간만은, 그것이 사람의 응답이라고, 허물 위에 떨어지는 그녀의 눈물이, 죽음이 아니라 삶 편의 응답이라고 생각하고 싶다.

(2016)

3부

그 소녀의 목소리로부터
― 김이설론

1. 계보

기억할 만한 저서 『뫼비우스 띠로서 몸』에서 엘리자베스 그로츠는, 서구 전통이 이원론을 통해 제시했던 것과는 다른 방식으로 주체성 (subjectivity)에 접근하고자 한다.[1] 책의 서문에서 그로츠가 문제삼고 있다고 스스로 천명한 이원론은, '정신적인 것' '육체적인 것' 등과 같이 상호배타적인 '것'들이 주체라는 특수성을 구성한다는 믿음이다. 그로츠는 이와 같은 이원론 속에서 주체 구성의 핵심이 마음, 정신, 의식, 내면 등으로 간주되어왔다고 지적하면서, 주체라는 문제틀을 육체성 (corporeality)을 중심으로 재정립해나간다. 물론 그로츠의 이러한 기획이 주체 구성의 내면적인 범주들을 폐기하는 것은 아니라는 사실을 함께 지적해두어야 할 듯하다. 저자가 잠정적인 가능성으로 제시하고 있는 '뫼비우스의 띠' 모델에서 짐작되듯이, 몸과 마음은 이분법적으로 분리되어 있는 것도, 또 어느 한쪽으로 환원되는 것도 아니다.

---

1) 엘리자베스 그로츠, 『뫼비우스 띠로서 몸』, 임옥희 옮김, 여이연, 2001.

소위 내면성이 육체적 표면에 각인되어 있으며 나아가 그것이 주체의 육체성의 한 변형이라는 그로츠의 관점은, 여성주체의 문제를 고찰하는 데 있어 시사하는 바가 적지 않다. 육체성에 초점을 맞추고 주체를 개념화하려는 저자의 궁극적인 목적 역시 성차를 재사유하는 데 있다고 할 수 있다. 서구철학의 역사에서 몸이 배제되어왔다는 그녀의 주장은 충분한 검토를 요구하는 사실일 수 있겠으나, 여성성이 역사적으로 '몸과 연관되어 있는 비이성적인 것'으로 코드화되어왔다는 지적은 온당해 보인다. 그로츠는 전술한 책에서 몸을 논의의 주변부에서 중심부로 이동시키고, 때로는 그와 같은 코드화를 분석하고 때로는 그것에 맞서며 여성 육체의 특수한 경험들을 탐구해나간다. 따라서 그로츠에게 몸이란, 해부학적 근거를 통해 결정된 자연주의적이고 생물학적인 것이 아니다. 인간의 몸에는 성적인 특수성들이 새겨져 있지만 그것들에는 반드시 인종적, 문화적, 계급적 특이성들이 서로 교직되어 있다. 몸 그 자체가 하나의 문화적 생물이기에, 보편의 이름으로 다른 모든 몸들을 포괄하는 단일한 모델은, 그로츠에 의하면 존재하지 않는다.

몸을 사고하는 본질주의적인 관점에 대한 저항은, 이 분야에 약간의 관심이 있는 독자에게라면 그다지 생소하지는 않을 것이다. 또한 그러한 독자라면, 보편적인 몸뿐 아니라 보편적인 여성이 존재한다는 가설에 대해서도 이미 의심해보았을 것이다. 가령 "리얼리즘 스타일을 삶에 진실한 것이라고 소박하게 이해하듯, 젠더가 자연에 진실한 것이라고 이해하는 것은 정치적으로 순진하고도 해로운 태도"라고 했던 가야트리 스피박은, 그의 여러 글에서 지속적으로 본질주의적인 환원의 문제점을 지적해주고 있다. 스피박은 전형성을 향한 집념이 인종과 계급을 비롯하여 여성들 사이에 존재하는 다양한 차이를 묵살한다고 보았는데, 그런 그가 제기한 중요한 쟁점 중의 하나가 바로 하위주체(subaltern)[2]의 재현불가능성이다.

예컨대, 스피박은 이제는 널리 알려진 한 논문에서 재현과 관련하여 푸코와 들뢰즈 등 서구 지식인들의 저작을 비판적으로 검토한 뒤, 인도의 여성 순장 관습(sati)을 중심으로 논의를 심화시켜나간다.[3] 그 글에서 스피박은, 영국 제국주의자들은 사티를 야만적인 악습으로 재현하고, 인도 토착 민족주의자들은 그것을 자유의지에 의한 선택으로 재현하지만, 각각은 제국주의와 가부장제의 헤게모니적인 문화적 재현일 뿐, 정작 순장을 앞둔 하위주체 여성의 목소리는 억압되고 있다는 논지를 세밀하게 전개해나간다. 때문에 스피박의 이러한 주장은 젠더화된 하위주체를 재현의 언어를 가지지 못한 전적인 타자(wholly other)의 위치에 자리매김한 것으로 수용되었고, 또 그만큼 많은 논란을 불러일으키기도 했다.

그러나 스피박의 논지는 하위주체 여성의 행위자로서의 능력을 부정하는 데 있다기보다는, "힘을 박탈당한 여성들이 자신들의 정치적, 담론적 정체성을 역사적으로 결정된 정치적, 경제적 재현체계 안에서 받아들인다는 점"[4]을 우선 환기하는 데 그 주안점이 놓여 있다. 다시 말해, '하위주체는 말할 수 없다'는 단언적인 진술로 스피박은, 물론 그 발화의 근원적인 불가능성을 환기하고는 있지만, 그보다 더 중요하게는 하위주체의 발화행위가 인식되지 못하도록 하는 지배적인 재현체제의 존재를 문제삼고 있는 것이다. 그리고 이와 같은 사실은 실제로 스피박이 인도의 여성 작가 마하스웨타 데비의 소설들에 개입하는 글들을 읽어보면 보다 분명하게 확인할 수 있다. 그 글들에서 스피박은 젠더화된 하위주체의 재형상화에 있어 기존의 주류담론이 실패하고 좌초하는 지점을 아낌없이 기

---

2) 'subaltern'은 하위주체, 하위체 등으로 번역되다가 최근에는 원어를 그대로 따와 '서발턴'으로 옮기는 것이 일반적이다. 주체 구성과 대상 형성 사이의 아포리아적인 위치에 놓인 타자라는 측면에서 '하위주체'라는 용어는 다소 부적절해 보이지만, 이 글이 주체성 탐색의 일환이라는 점을 염두에 두고 '하위주체'라 적는다.

3) 가야트리 스피박, 「하위주체가 말할 수 있는가」, 태혜숙 옮김, 『세계사상』 4호, 동문선, 1998.

4) 스티브 모튼, 『스피박 넘기』, 앨피, 2005, 129쪽.

록하는 동시에, 다중적인 억압 속에 놓인 하위주체 여성이 바로 그녀들의 몸으로 통과해야만 했던 식민의 역사를 차분하게 조명해가고 있다.

이와 같은 시각에서 본다면, 한국문학사에서 우리가 재검토해야 할 페이지들은 곳곳에 있다. 가령, 영채의 몸(『무정』), 초봉의 몸(『탁류』), 봉염 어머니의 몸(「소금」)은 어떠한가. 민족적, 계급적, 성적 억압이라는 다중적 억압 속에 놓인 여성의 몸들은 지배담론에 의해 '식민지시대 민족의 수난'으로 전유되지 않았던가. 식모와 호스티스의 시대를 거쳐, 여성의 욕망에 대한 재발견의 시대에 이르기까지 이어지는 그 몸들의 계보는 방대하다. 그리고 오늘 이 글에서는, 이와 같은 계보에서 이제는 자유로워졌다고 믿는 우리의 통념을 배반하는 듯한 동시대 한 작가의 소설을 읽게 될 것이다. 그 소설들은 언뜻 보기에는 주변부의 비참한 현실을 여과 없이 드러내고 있는 듯한 인상을 주지만, 그 속에는 2000년대의 공통감각이 과연 무엇인가를 되묻게 하는, 육체성, 모성성, 계급성, 섹슈얼리티 등 여성의 주체성을 둘러싼 다양한 이슈들이 꿈틀거리고 있다.

우리는 이 소설들을 어떻게 읽어야 하는 것일까. 그리고 그로부터 무엇을 사유해나가야 하는 것일까.

2. 흰얼굴

김이설 소설을 여성의 삶에 관한 소설로 읽지 않을 수 있을까. 이즈음 소설에서 여성주체의 유적 특이성에 관해 김이설 소설만큼 민감한 소설도 드문 것 같다. 여성의 육체만이 경험할 수 있는 것들, 이를테면 몸을 성차화된 것으로 지각게 하는 가슴의 발육이나 월경, 혹은 생물학적 모성의 영역인 임신, 출산, 수유 등의 모티프가 들어 있지 않은 김이설 소설은 거의 없다 해도 과언이 아니다. 어떤 소설들은 그 스토리 라인을 작중의 여성인물이 통과해온 신체의 역사에 따라 재구성하면 내용 파악이 보다 수월해질 정도다. 더욱이 김이설 소설에서 여성주체의 몸을 둘러싼 이 모든 것은 언제나 남성주체와는 환원불가능한 차이로써 기입된다.

그러나 그렇다고 해서 이 작가가 쓰고 있는 것을 '대문자 여성'의 삶과 '보편적 여성'의 몸에 관한 서사로 읽는 것은 부당하다. 김이설 소설의 여성 인물들은 2000년대 한국의 최하위 계급 여성들이다. 작가가 이 사실에 대해 얼마나 의식적인지는 작가가 작성한 여성인물 목록을 잠시 훑어보는 것만으로 충분하다. 여성 노숙인(「열세 살」), 대리모(「엄마들」), 유기된 소녀(「순애보」), 자궁암 환자(「환상통」), 여성 지적 장애인(『나쁜 피』), 성매매 여성(「오늘처럼 고요히」, 『환영』) 들이 작가의 인물들이다. 다시 말해, 우리가 상상할 수 있는 가장 나쁜 종류의 위험에 처해 있고, 또 처해질 것이라 여겨지는 여성들이 김이설 소설의 주인물들이다. '계급적 억압에 성적 억압이 포개진 이중적 소외'라는 교과서적인 말을, 단지 말이 아니라 진창 속에 온몸을 처박는 듯한 느낌으로 던져다놓는 것이 작가의 소설이다. 따라서 김이설 소설은 IMF 이후 진행된 '여성의 빈곤화'가 지금 얼마나 심각한 지점에 이르렀는지를 심문하는 텍스트이며, 그러한 사회경제적 맥락과 무관하게 읽을 수 없는 텍스트이기도 하다.

김이설 소설에서 여성 하위주체의 삶의 윤곽을 헤아리는 방법들 중 하나는 그녀들의 불안정한 주거를 짚어보는 것이다. 그녀들이 몸을 누이는 곳은 대개는 지하방, 쪽방, 여관, 찜질방, 트럭 등이고 심지어는 거리다. 여성이 거리에서 잔다고 상상해보라. 그 연상이 주는 즉각적인 불편함은 그녀들이 말할 것도 없이 몸을 가진 존재라는 사실로부터 말미암는다. 데뷔작 「열세 살」에서 김이설은 노숙인이라는 사실에 여성이고 아이라는 사실이 중첩된 몇 겹의 하위화, 가슴을 가졌으며 생리를 하는 여자아이이기 때문에 문자 그대로 사는 것이 곧 투쟁이어야만 하는 한 세계를 응시한다.

「열세 살」에서 엄마와 어린 딸이 역을 거처로 삼게 된 연유는 작가의 다른 소설과 크게 다르지 않다. 기차를 타고 상경한 가족은 그들 삶의 구심점이었을 아빠가 사망하자 노숙의 길로 들어선다. 푸르무레한 방을 거쳐

모녀가 다다른 곳은, "아랫도리에 아무것도 걸치지 않아 부숭부숭한 터럭을 다 드러낸 여자"와 "불이 켜지면 어둔 구석으로 우르르 몰려가는 바퀴벌레처럼" 그 여자에게 달려드는 "삼촌들"로 구성된 세계다. 김이설 소설의 여느 현장들처럼 우리는 그 어둠의 두께를 섣불리 측정할 수조차 없다. 하지만 그럼에도, 남성 노숙인들을 이용하여 대합실의 다른 모녀를 쫓아버리는 이 열세 살에게는 그 생활로부터 터득하고 계발한 나름의 방편이 있어 보인다. "씨발, 뭘 봐"라고 내지르는 정도는 약과인데, 그것들 대부분은 당면한 위험으로부터 자신을 방어하기 위한 보호색이자 살아남기 위한 생존의 전략이어서 도저히 위악이나 패악이라고는 부를 수 없는 종류의 것이다.

차차 더 살펴보겠지만, 「열세 살」의 서술자에게는 김이설 소설 여성상의 어떤 원형이 새겨져 있다. 또한 우리가 '인권의 사각지대'라 간단히 정리해버리는 곳에 닻을 내려놓고 있다는 점에서 이 소설을 김이설 소설의 원형이라 간주해도 무방할 것이다. 하지만 특별히 「열세 살」에서 주목되어야 할 부분은 따로 있다. 노숙인 관련 문건들을 검토해보면, 이 픽션에서 김이설의 작가적 변용이 선명한 부분을 바로 지목할 수 있다. 그것은 노숙생활의 다른 세목들이 아니라, '흰얼굴'과의 사이에서 있었던 에피소드들이다. 흰얼굴은 '나'가 자기 역사를 말해주었던 "특별한 사람"이며, 임신한 아이의 '아빠'가 되어주기를 원했던 사람이다. 그러나 해산을 위해 들어간 쉼터 '여성의 집'에서 '나'는 기사 하나를 접하게 된다.

다섯 장에 걸쳐 나와 엄마의 이야기가 적혀 있었다. 대부분은 내가 흰얼굴에게 말해준 것들이었다. 그러나 내용처럼 나는 술이나 담배, 약을 하던 소녀는 아니었다. 또한 돈을 훔친 적도 없었다. 또래 남자애들과 어울려 쪽방을 전전했다는 것도 틀렸다. 거긴 흰얼굴을 따라간 적 외에는 없었으니까. 그래서 나는 이것이 정말 나의 이야기가 맞는지 몇 번이나 다시 읽어야 했다. 하지만 사진의 주인물은 내가 분명했다. (……) 맨 끝에는 넥타이를 매고 있는 흰얼굴의 사진과 이름이 실려 있었다.(「열세 살」, 33쪽)[5]

예컨대, 공지영의 『도가니』에서처럼 세상에 진실을 알리고자 애쓰는 도덕적 엘리트들은 김이설 소설에서는 가당찮은 것이다. 이 소설의 김이설은 반대로 재현의 권력을 가진 엘리트들이 어떻게 지배체제와 공모하고 결탁하여 하위주체를 침묵하게 하는지를 보여주려 한다. 바꿔 말해 이 에피소드의 핵심은, 흰얼굴이 자신의 취재원을 정신적, 성적으로 착취한 몰도덕한 인간이었음을 폭로하는 것에 그치지 않는다. 탐사보도기자쯤이 될 그는, 글로써 주변부 타자의 삶을 재현하는 것을 업으로 삼는 사람이다. 그러나 그가 쓴 기사에, 열세 살의 존재와 삶은 없다. 거기에는 음주, 흡연, 약물, 혼숙, 절도 등 거리로 나온 청소년이 흔히 그러리라 여겨지는 고정관념의 재생산과, 성교행위, 구걸행위, 임신한 미성년의 복부 등을 클로즈업한 선정적인 왜곡이 있을 뿐이다. 저 기사가 실린 "두꺼운 잡지"를 읽을 사람들을 생각해본다면, 이 에피소드를 통해 작가가 말하고자 하는 것을 짐작할 수 있지 않겠는가. 거기에는 하위주체의 재현불가능성이라는 첨예한 문제가 도사리고 있다.

3. 자궁

흰얼굴과 같은 먹물들이 그와 같다면, 공권력은 더 말할 것도 없겠다. 예컨대 작가의 장편소설 『환영』에서 경찰이라는 자가 성매매현장에서 구사하는 모든 언동은 역겹다는 말도 과분할 정도다. 김이설은 그런 인물들에게 직업윤리는 고사하고, 타인 앞에서 허영으로라도 연출하게 되는 일

---

5) 이 글에서 검토하는 김이설 소설의 출처는 다음과 같다. 김이설, 『나쁜 피』, 민음사, 2009 ; 『아무도 말하지 않는 것들』, 문학과지성사, 2010 ; 「환영」(1, 2), 『자음과모음』 2010년 봄호~여름호 연재. 본문에서 인용문으로 제시할 경우 작품명과 쪽수만 적기로 한다.

말의 도덕도 허락지 않는다. "여자 장사"를 하는 업주가 부패한 지역경찰에게 바치는 뇌물이 무엇이겠는가. 작가의 상상은 상투형인가. 계속해보자. 김이설 소설의 여성인물들은 자기를 알아서 책임져야 할 뿐 아니라 대개는 가족의 생계까지 짊어져야 한다. 물론 그 점에 있어서는 동시대의 많은 소설들도 예외는 아닐 것이다. 하지만 김이설 소설에서 이 빈곤여성들의 생계수단과 부양수단은 오로지 그녀들의 몸이다.

몸은 어떻게 지각되며, 또 어떠한 심리적 작용을 낳는가. 몸을 생물학적이고 자연적인 소여로 이해하고자 하는 역사는 뿌리깊은 것이고 또 그만큼 위력적인 것이기도 하다. 김이설 소설에서 엄마의 몸이 서술되는 장면을 읽노라면, 차라리 본질주의적 독법이 옳지 않은가라는 의문을 갖게된다. 물론 그 장면들에서 각각의 몸은 고통을 날실로 하고 슬픔을 씨실로 하여 직조된 피륙과도 같다. 그러나 체념까지를 포함하여 그 몸들에 투여된 모든 정서를 포괄하는 정서는, 내가 보기에는 긍지다. 추측건대, 어미가 되어보지 않은 자가 감히 입 밖에 낼 수 없는 무엇이 거기에 응축되어 있다는 인상은, 다른 젠더의 독자가 읽는다면 더 선명해질지도 모르겠다. 소설의 어느 페이지에서도, 그 몸들은 관념의 소산이 아니라 체험의 소산(lived body)으로 형상화된다. 한 소설의 표현을 빌리자면 엄마의 몸은 "경험으로만 알 수 있"는 것이어서, 김이설 소설의 모성을 체감케하는 것은 의식의 발화가 아니라 몸의 발화다. 정확히 말하면, 그 의식은 끝내 육화된 것으로서만 존재할 수 있다.

그런데 만약 엄마의 몸이 경험적인 것이라면, 현재 한국에서 엄마-되기(mothering)의 경험이 과연 균질하다고 말할 수 있을까. 김이설의 「엄마들」을 보면, 이제 엄마는 복수다. 분할되어 분열하는 것은 수정란만이 아니다. 엄마 또한 수정란상의 엄마, 자궁상의 엄마, 양육하는 엄마로 제각각 존재한다. 그렇다면 자궁 엄마와 양육 엄마는 자신들의 육체를 어떻게 지각하는가. 자궁 엄마의 몸은 임신한 몸이다. 한국사회에서, 엄마의 몸인 동시에 태아의 몸이며, 가족과 주변 친족들의 정동까지 뒤얽힌 그 몸의 주체화를 논의하는 것은 험난한 과제다. 하물며 계약으로 묶인 자궁을 가진 몸은 주체성이 박탈된 몸(de-subjective body)이기 쉽지 않겠는가.

「엄마들」은 "40주 동안 나는 당신의 몸"이라는 말을 삼키는 휴학생을 등장시킨다. 아버지는 부채를 떠넘기고 도망쳤고, 가족들은 신용불량자가 되어 뿔뿔이 흩어졌다. 가장 노릇을 해야 하는 서술자가 목돈을 벌 수 있는 길은 자궁을 대여해주는 길밖에 없다. 그녀가 판단하기에 그것은, 장기를 파는 것보다는 나은 선택이다. "고용주"가 될 '여자'는 진단서를 비롯한 각종 증명서를 요구하고, "(피)고용인"이 될 그녀 또한 생활비며 착상성공비, 계약금 지불 여부를 따진다. 쌍방에서 이와 같이 교환가치를 검증하는 절차가 끝나면, 가임능력이 있는 하위계급 여성의 여성기관은 소외된 생산수단이 된다. 무감한 톤으로 기술되어 있지만 선택의 절박함을 짐작하기 어렵지 않다. 이미 '나'는 자궁을 내어준 적이 있고, 낙태를 요구당했으며, 낙태한 지 석 달이 채 못 되어 마켓을 다시 찾았다. 몸에 대한 타율적인 개입을 허락해야만 하는 것이 자율적으로 보이는 이 선택의 실체라는 사실을 누구보다도 '나'가 더 잘 알고 있다.

방문 옆에 허름한 가방 두 개가 놓여 있었다. 언제부터 거기에 있었던가. 까마득히 잊고 있던 내 가방이었다. 손잡이가 새까맣게 때가 탄 가방을 노려보며 나는 마지막 미역국을 먹었다. 가방 속에는 잃어버린 퍼즐 조각이 들어 있지는 않을까. 지중해 풍경이 신기루처럼 사라졌다. 브로커 없는 직접 거래 요망. 남자 친구 없음. 술, 담배 안 함. L대 법대생. 27세. 어느새 앞섶으로 누런 젖 얼룩이 번지고 있었다.(「엄마들」, 65쪽)

소설에서 가장 의도적으로 보이는 배치는, 착상에서부터 오로지 계약일 뿐임을 상기하던 서술자가 첫 태동으로부터 "섬뜩하도록 순수한 감동"을 느끼는 대목이다. '나'가 자신을 안은 여자의 손을 배 위에 올려놓고, 발을 차는 태아를 그녀와 함께 감각할 때의 파문은 심상하게 지나치기는 어렵다. "아이와 나, 여자는 한곳을 바라보는 한 몸이 되어 같은 박동소리를 내고 있었다." 육체의 변화로 인한 지각의 변화와 그와 연계된 마음의 변화는 그러니까 서술자만의 것이 아니다. 바꿔 말해, 이때 '나'의 몸은 각기 다른 이해관계가 각축하는 장이 아니라, 여러 존재들이 함께 모여 하나의 주체성을 창출하는 가능성의 공간으로 존재한다.

하지만 그런 감동의 순간이 지나고, 출산 이후 서술자에게 남겨진 것은 무엇인가. 소설의 마지막 장면에서 아이에 대한 직접적인 언급은 단 한 줄도 존재하지 않는다. 그것은 살아가기 위해서는 반드시 억압되어야만 할 것이어서, 다만 '나'는 "어쩔 수 없이" 엄마가 보고 싶어질 뿐이며, "잃어버린 퍼즐 조각"이 떠오를 뿐이다. 하지만 소설 속 최후의 한 문장에서 소외된 타자는 말한다. 그것은 아이의 존재/부재를 지시하는 몸의 발화다. "어느새 앞섶으로 누런 젖 얼룩이 번지고 있었다." 의식할 수도 없고 제어할 수도 없이 번지는 젖 얼룩, 그 액화된 몸만이 타자화된 모성의 처소로 등록되는 것이다.

4. 젖가슴

사지를 늘어뜨린 아이를 품에 안은 인물이 "얼마 뒤면 흰 젖이 분수처럼 솟구칠 것"이라 예감하는 「순애보」의 마지막 장면의 함의도 이와 멀지 않을 것이다. "나는 고속도로 갓길에 서서 한쪽 가슴을 주무르고 있었다"는 문장으로 시작하는 「순애보」를 비롯하여, 김이설 소설에서 여성의 육화(female embodiment)가 갖는 특수성은 '젖가슴을 가진 존재로서의 경험(아이리스 영)'을 중심으로 서술되는 경우가 흔하다. "아이가 먹을 때가 되면 젖은 저절로 돌았다"와 같은 진술들은 엄마의 '체험된 몸'만이 구사할 수 있는 종류의 것이다. 아이의 박동과 자기 심장의 박동을 구별할 수 없다는 진술, 아이가 젖을 빨고 있지만 자기의 온몸은 아이의 입속으로 빨려들어가고 있다는 진술, 그 진술들에는 서로가 서로에게 침투함으로써 주체와 타자의 경계가 무화되는 어떤 실존적 상황에 대한 암시가 들어 있다.

하지만 그럼에도, 김이설 소설에서 수유를 비롯한 양육모성의 특성을 자연적인 것으로만 치환해서는 곤란하다. 수유는 물론이고 임신과 출산 또한 생물학적인 모성의 영역으로 제한되지만, 그로 인해 체험된 몸은 어디까지나 각각의 상황적 맥락 속에서 명멸해간다.[6] 이를 좀 더 확대해서 생각한다면, 김이설 소설에 구현된 육체의 물질성 속에 이미 각인된 사회문화적인 맥락이 없다고 할 수 없다. 여기서 김이설 소설에서 젖가슴이 자연적으로든 사회문화적으로든 재생산의 기표라는 점을 전제하고, 간단히 짚고 넘어가야 할 배경이 하나 있다.

김이설 소설에 묘사된 대부분의 가정에서 성별분리에 근거한 남성 부양자와 여성 양육자의 모델은 이미 폐기되어 있다. 그리고 가령, 「오늘처럼 고요히」의 주인물에게 그 상황은 바람직하기는커녕 공포스러운 것이다. 남성과 여성 모두에게 생계와 보살핌의 책임이 주어진다기보다는, 여성에게 두 역할이 동시에 전가되기 때문이다. 그 이중적인 의무가 작중의 인물에게 '암묵적인 방식'으로 요구된다는 점 역시 지적해두어야 할 것이다. 부양과 양육을 분리하는 고정관념은 사실상 소설의 양성 모두를 지배하고 있기 때문에, 갈등은 제대로 표면화되지도 못한 채 곪아가게 된다.

---

6) 예컨대, 「순애보」에서 수유 장면만큼이나 몸의 체험이 도드라지게 조직되어 있는 장면은 꿩 도살 장면이다. "손목, 팔꿈치, 어깨와 뒷목, 머리까지 전해지는 떨림은 가슴과 배, 두 다리까지 이어졌다." 서술자는 꿩의 몸뚱이를 내리치면서 스스로에게 폭력적이었던 분리의 경험을 재연출하고 자신을 버린 엄마를 처벌하는 한편, 아이에게 젖을 물리면서는 엄마와 아이 사이의 애착이 끊어질 수 없는 것임을 바로 그 자신의 몸의 경험으로써 확인한다. 즉, 위 장면에서 서술자와 아이 사이에서 형성된 몸의 체험 속에는, 자신을 유기한 엄마와 자신의 관계라는 그 이전의 상황적 맥락이 공존하고 있다.

「오늘처럼 고요히」에서 임신, 출산, 수유 등 생물학적 엄마-되기의 관문 묘사는 거의 대부분 생계를 위한 노동과의 대비 속에서, 그것과 교차적으로 제시된다. 예정일을 사흘 넘긴 아침에도 "전선 피복을 벗기느라" 진종일 앉아 있었으며 "박스에 완성 수량"을 적고 나서야 양수가 쏟아졌다는 출산 직전의 상황 묘사가 대표적이다. 소설은 '나'가 가내부업을 그만두고 바깥으로 나서게 된 연유가 결국은 부양과 양육의 문제 때문이라고 독자를 지속적으로 설득한다. 지하방에서 볕도 못 보는 아이의 귀에서 나온 "스팽글 조각"은 미래를 위한 양육이 실패할지도 모른다는 두려움을 주기에 충분할지도 모른다.

수유는 이 소설에서 '나'가 "받은 일"과 '나'의 아이가 경쟁관계에 있음을 압축적으로 드러내는 소재다. 일을 시작한 초기에 서술자는 모유 수유를 포기하지 않았다. "귀가할 때면, 젖은 딴딴한 돌덩이처럼 굳어 있었다. 집에 와 앞섶을 펼치면 아이가 숨이 넘어가듯이 젖을 빨았다." 이 정황만 놓고 보면 「오늘처럼 고요히」의 '나'가 당면한 문제는, 대부분의 일하는 엄마가 선택을 놓고 고심하게 되는 문제와 크게 달라 보이지 않는다. 수유를 둘러싼 전쟁이라면, 직업을 갖고 있는 주위의 아기엄마들에게서 종종 목격하는 것이기도 하다. 하지만 「오늘처럼 고요히」에서 이러한 사실은, 남편과 아이를 잃고 난 후 사후적으로 재구성된 것이라는 점에 유의할 필요가 있다. 이 여성의 트라우마 한가운데 놓여 있는 것은 죄의식이다. 서술자 '나'에게는 반드시 알리바이가 주어져야만 한다.

"처음으로 나를 팔아 돈을 번 날" 그녀는 젖을 떼었다.

나는 고개를 숙였다. 젖이 뚝뚝 떨어져 침대 시트가 젖고 있었다. 처음으로 나를 팔아 돈을 번 날이었다. 나는 단숨에 소주를 마셨다. 그날 밤부터 나는 젖을 먹이지 않았다. 아이는 뒤로 넘어가듯이 울어대고 젖은 울퉁불퉁 부풀어올랐다. 남편은 우는 아이를 달래느라 쩔쩔맸지만 나는 등을 돌리고 누워 일어나지 않았다. 울다 까라진 아이가 겨우 잠이 들었다. 남편도 그 곁에서 새우잠이 들었다. 서슬 퍼런 새벽이 몰려왔다. 남편은 갑자기 젖을 떼는 이유를 묻지 못했다. 죄인처럼 고개를 숙인 남편의 어깨가 더 오그라들었다. 그런 남편에게 화가 났다. 나는 벌떡 일어났다. 다 너 때문이야!(「오늘처럼 고요히」, 138쪽)

5. 소녀들

크리스티앙 문주의 영화 〈4개월 3주, 그리고 2일〉에서, 태아의 시체를 어디에 버려야 할지 몰라 어두운 거리를 방황하는 여성인물을 잠시 따라가보기로 하자. 차우셰스쿠 치하 루마니아에서, 아기를 임신한 친구와 그녀를 돕는 주인공은 불법낙태 시술자를 찾아 나서게 된다. 의료환경이라고는 조금도 갖추어져 있지 않은 허름한 호텔에서, 다리를 벌리는 여자는 그러나 둘이다. 미리 계약한 조건과 다르다며 시술자가 여성인물의 몸을 대가로 요구하는 것에서부터 이어지는 시퀀스는 건조한 연출에도 불구하고 소름이 끼쳐온다. 그런데 국적과 체제가 상이한, 전혀 다른 시공간을 모태로 하는 이 영화와, 김이설 소설 사이의 거리는 과연 얼마나 되는 것일까. 「오늘처럼 고요히」에서 서술자 '나'는 "저 좀 데려가 주세요"라고 말하는 열두 살 혜경의 전화를 두 차례 받는다. 두번째 전화를 받고 도착한 곳에서 '나'가 발견하는 것은 붉게 부은 배를 제 주먹으로 쳐대는 열두 살 소녀다. 그리고 그 장면은 "썩어 뭉개진 살점 덩어리"와 함께 닫힌다.

「오늘처럼 고요히」에서 화재로 아이를 잃은 서술자 '나'는, 엄마를 잃고 고아가 된 혜경을 맡게 된다. 가장 꺼내기 힘든 논점으로 진입하기 전에 먼저 우리는 김이설 소설 속 열두 살, 열세 살들을 경유해갈 것이다. 「열세 살」「순애보」「오늘처럼 고요히」에는 모두 미성년 여아들이 등장한다. 이 소설들에서 그들이 어른과 아이의 경계에 있음을 드러내는 소재는 월경이다. 「열세 살」의 엄마는 "대합실 의자마다 온통 검붉은 얼룩을 묻히고" 다니던 소녀의 아랫도리를 "대걸레가 꽂혀 있던 양동이"의 물로 씻긴다. 「오늘처럼 고요히」의 서술자는 "다 큰 처녀"같은 소녀의 뒷모습을 보다가 엉덩이에 번지는 "검은 피 얼룩"을 발견한다. 「순애보」는 어떤가. 이제 자신이 엄마가 된 서술자 '나'는 트럭을 모는 사내를 처음 만났던 당시를 "나는 초경도 치르지 않은 소녀였다"고 회상한다.

「순애보」에서 '나'가 만난 그 사내는 유기된 소녀를 트럭에 태운 후 자신의 도시락에서 만두를 나눠준다. 「열세 살」에서 예의 흰얼굴은 엄마를 기다리다 탈진한 소녀의 얼굴과 손을 씻기고 쪽방으로 데려간다. '아빠'가 없는 소녀들은 모두 그들을 아빠라고 부르거나 그렇게 부르고 싶어하는데, 「오늘처럼 고요히」의 소녀는 실제로 아빠를 얻는다. 재혼한 엄마로 인해 양부가 생겼기 때문이다. 그런데 이자들, 소녀들이 아빠라 부르거나, 부르고 싶어하거나, 불러야 하는 자들은 모두 소녀들을 성적으로 착취하는 자들이다.

월경을 막 시작하거나, 채 시작하지도 않은 소녀들의 최초의 성적 경험은 모두 그들에 의해 이루어진다. 「열세 살」과 「순애보」에서 그 장면들은 초점화자에 의해 전달되는데, 그 담담한 어조로부터 우리는 소설이 마치 그것이 이 세계의 입사식(initiation)이노라 웅변하고 있는 듯한 인상을 받게 된다. 하지만 특정 장면의 함의를 정확히 파악하기 위해서 읽는 이의 '상식'이 요구되는 독서의 순간은 이와 같은 장면과 맞닥뜨릴 때이다. 신문 사회면 기사에서라면, 이 자들이 어떻게 호명될 것인지 우리가 모르는 것이 아니기 때문이다. 열두 살, 열세 살들의 어린 몸을 탐하는 이를, 소설 바깥 세계의 우리는 '아빠'가 아니라 성범죄자라 부른다.

도시락 속에는 만두 열 개가 담겨 있었다. 나는 조심스럽게 하나를 입에 넣었다. 아빠가 나를 물끄러미 바라보았다. 나는 천천히 꼭꼭 씹었다. 피가 터지면서 고기가 입안에 가득찼다. 끝맛이 달짝지근했다. 맛있었다. 만두를 먹는 내내 아빠가 나를 계속 쳐다봤다. 나는 다 먹기도 전에 내가 먹은 만두 값을 지불해야 된다는 것을 직감했다. 항구에 가고 싶니? 아빠가 내 허벅지를 지그시 눌렀다. 선의도 반드시 대가를 치러야 한다. 나는 초경도 치르지 않은 소녀였다. 그날 나는 내 생애 처음으로 항구를 보았다.(「순애보」, 83쪽)

이를테면, 미국 드라마 〈로앤오더〉의 인기 스핀오프인 〈성범죄전담반〉에서 매번 다루는 '스페셜 빅팀'들이 소녀와 같은 이들이다. 그러나 이 시리즈물에서와 같은 정의 구현의 판타지는 김이설 소설이 추구하는 바가 아니다. 오해를 피하기 위해 첨언하자면, 지금 도덕적인 계몽극을 김이설 소설에 요구하고 있는 것이 아니다. 김이설 소설에서 젠더화된 하위주체의 몸을 경유하여 상상된 것이, 우리를 현재 어디로 인도하고 있는지 추적해보자는 것이다.

이 국면에서 짚어둘 핵심은 그러므로 이것이다. 김이설이 즐겨 쓰는 표현을 빌리자면, 소녀들은 그것을 '공평하다'고 생각한다. 안전망이라고는 전혀 존재하지 않는 세계 속에서, 인간에게 무엇보다 우선되는 것은 몸을 건사하기 위한 가장 기본적인 필요들일 것이다. 따라서 몸을 누일 방을 주고, 허기를 면하게 하는 음식을 주는 등의 "선의" 앞에서 소녀들은 치러야 할 "대가"를 자동적으로 의식하게 된다. 소녀들에게는 그것이 이 세계의 정의다. 그러나 김이설 소설에서 숱하게 변주되는 이러한 행위들은 교환도 아니고, 거래도 아니며, 선의는 더더욱 아니다. 원론적인 층위에서 과연 성교에 대한 적절한 등가교환이 오천원인지, 만원인지, 오만원인지, 십만원인지, 아니면 만두 열 개인지, 누가 말할 수 있는가를 물어서가 아니다. 이 소녀들뿐만 아니라 김이설 소설의 여성인물들의 의식 속에서 그 '대가'들이 착취나 학대가 아니라, 살기 위해 반드시 지게 되는, 그리고 사는 한 꼭 갚아야 하는 '빚'으로 여겨지고 있다는 점에 문제의 핵심이 있다. 김이설 소설을 관통하는 가장 기본적인 논리는 내가 보기에는 바로 이 빚에 관한 논리다.

물론 그 논리 속에는 우리 시대의 공통감각이 희미하게 자리잡고 있을 것이다. 이즈음 소설에서 채무를 업고 산다는 것, 보다 정확히 말해 부채를 지지 않으면 영유할 수 없는 삶과 그로 인한 고통과 분노는 차츰 그 체적을 넓혀가고 있다. 그러니 거기에 대해서는 따로 논의할 기회가 있을 것인데, 김이설 소설에서 어떤 형태로든 빚을 의식하지 않는 여성은 드물다. 그 빚은 아버지가 진 빚이고, 남편이 진 빚이고, 동생이 진 빚이고, 또 그들 때문에, 가족 때문에 스스로 지게 된 빚이다.

김이설 소설에서 양성 간에 형성되는 지배와 피지배의 구조, 착취와 피착취의 구조는 이러한 밑그림 없이 이해하기 어렵다. 가령 「오늘처럼 고요히」에서 혜경 엄마는 미래에 자신의 딸을 성폭행하게 될 자와 왜 재혼했으며, "그 사람이 죽으라고 하면 죽을 수도 있"겠다고 생각했던가. 답은 명료하다. 그자가 "빚을 갚아"준다고 했기 때문이다. 더불어 서술자는 혜경 엄마를 따라 나간 유흥업소에서 남편의 형을 만나고서도 왜 그를 피하지 않았나. "빚이 없었다면 그 자리만큼은 피했을 것"이라던 그녀가, 왜 남편이 죽고 나서도 온갖 폭력을 감수하며 그자와 함께하는가. 남편의 형이라는 자가 "내 빚" "내 생애를 다해도 벌 수 없는 금액"을 갚아주었기 때문이다.

「오늘처럼 고요히」에서 '나'는 묻는다. "나는 몸뚱이밖에 없어요." 그자는 답한다. "그걸로 갚아." 저 짧은 대화 속에 사실이 압축되어 있다. 그러니까 빚을 갚는 수단은 몸이다. 그리고 그 몸은 '아빠'나 '삼촌'이라는 자에게 저당잡혀 있다. 따라서 그녀가 몸을 판다는 말은 정확하지 않다. 파는 것이 아니라 갚는 것이다. 이 소설들의 논리대로라면, 이미 몸의 권리는 채권을 쥔 자에게로 넘어가 있기 때문이다. 강제적인 성학대임에도, 그것이 마치 자발적인 동의에 의해 이뤄지고 있는 듯한 착시가 빚어지는 것은 이 때문이다.

이제 여기까지 왔으니 연상되는 바가 있는가. 아빠나 삼촌이라 불리는 자들이 쥐고 있는 장부에 저당잡힌 몸들이 있는 곳. 김이설 소설의 세계 상과 가장 닮아 있는 곳은 바로 거기다.

6. 저당

김이설 소설의 남성인물들은 크게 두 갈래로 나누어 살펴볼 수 있다. 소설의 한편에는 여성인물들의 삶에 기생하는 이들이 있다. 다른 쪽의 남성인물들이 "등신새끼"라고 부르는 이들은 대부분 중독자들이다. 이 인물목록을 훑어도 김이설이 세태에 얼마나 깊숙이 추를 드리우고자 하는지 알 수 있다. 게임에, 인터넷 도박에, 사기에, 공무원 시험에 중독된 이들은 실패에 중독되어 있고 한탕의 환상에 중독되어 있다. 중독자들은 삶을 살지 않는다. 중독상태를 지속시키기 위해 가족으로 묶여 있는 여성에게 손을 내밀거나, 돈을 뜯어낼 뿐이다. 여기서 2007년에 발표된 「오늘처럼 고요히」와 2010년에 발표된 『환영』 간의 거리를 한번쯤 재어보는 것도 나쁘지는 않을 것 같다. 「오늘처럼 고요히」의 남편은 "죄인"처럼 아내 앞에서 말을 가리지만, 아내가 벌어오는 돈의 전모를 알게 되자 칼을 들고 여관으로 쫓아간다. 그러나 두 소설의 아기엄마가 여관이 아닌 업소에서 성매매에 처해 있는 것으로 진화하는 동안 남편 역시 변화한다. 아내가 첫 출근하던 날 『환영』의 남편은 말한다. "저기, 립스틱이라도 발라야 하지 않겠어?"

소설의 다른 한편에는 성과 권력에 굶주린 폭군들이 있다. 가령, 「오늘처럼 고요히」의 병준은 동네에서 행세하는 자영업자다. 그리고 제수를 유린하고 그녀가 집으로 데리고 온 여아를 성폭행하는 범죄자이기도 하다. 김이설 소설에서 '나'와 같은 여성들이 월경혈과 흘러내린 젖의 흔적을 감추는 동안, 병준과 같은 남성들은 성기를 꺼내고 정액을 흩뿌린다. 이 과시가 성욕이 아니라 권력의 표시이듯이, 소설에서 남성들이 여성들을 '관리'하는 수단은 엄밀히 말해 육체적인 힘이 아니다. 그리고 그 사실은 그녀들도 충분히 알고 있다. 만약 이 여성들의 '일'을 우리가 노동이라 부르고자 한다면, 이들의 노동은 저당노동(bonded labor)이며, 빚을 다 갚을 때까지 해야 하는 무상노동이다.

민영에게 이백만원을 보냈다. 왕사장은 작은 수첩을 하나 만들어줬다. 1부터 40까지 숫자가 씌어 있었다. 1 옆에 날짜가 적혀 있고 왕사장의 사인이 있었다. 서른아홉 번 남았다는 뜻이다. 그날은 이모님이 닭 한 마리를 싸줬다. (……) 수첩의 첫번째 장을 채우는 건, 생각보다 오래 걸리지 않았다. 41번부터는 내 수입이 되었다. 왕사장은 남자들에게 육만원부터 부르는 모양이었다. 그저 나는 내 몫만 받고 나머지는 왕사장이 챙겼다.(「환영」 (1), 40쪽)

김이설 소설에서 성매매 이야기가 완전히 전면화된 소설은 장편소설 『환영』이다. 물론 김이설 소설에서 실질적인 성매매가 그전에도 형상화되지 않았던 것은 아니다. 「막」에서, 기회가 될 때마다 자신의 팀원에게 추행과 오럴섹스를 일삼고 "쇼트타임, 롱타임"으로 "대화를 나눌 친구"를 "소개"하는 김팀장은 새끼 포주나 다름없지 않은가. 「오늘처럼 고요히」의 노래방도 엄밀히 말해 '2차'로 연결되는 성매매의 현장이며, "중개료"가 가로놓여 있는 곳이다. 그러나 그곳들은 공간적인 구획을 필요로 하지는 않는다. 동네 상가와 같은 일상의 공간 안으로 음성화되어 있는 것이다. 하지만 『환영』에서 여종업원을 "별채"로 들여보내 얻는 매출을 주 수입원으로 하는 성매매업소 "왕백숙집"은 "시의 경계"를 벗어난 곳에 있다.

김이설의 『환영』은 다시 쓰는 「감자」(김동인)라 해도 과언이 아니다. 작가가 「감자」를 전유하고 있는 것은 어느 정도 분명해 보인다. 차용된 모티프들은 여럿이며, 비단 그 소설뿐 아니라 기존의 다른 이른바 '매춘서사'의 이야기소들 역시 소화되고 있다. 예컨대, 오토바이를 몰고 화자 주위를 배회하는 태민에게서 임권택의 영화 〈노는 계집 창〉을 연상하지 않기는 힘들다. 하지만 김이설은 김동인도, 임권택도 아니지 않은가. 『환영』에는 간과할 수 없는 결정적인 차이가 있다. 가령, 「감자」의 복녀에게 있어 중요한 국면은, 그녀가 먹을 것을 얻기 위해 몸을 내놓을 수 있다는 사실을 깨닫게 된 것에 있지는 않다. "막연하나마 도덕이라는 것에 대한 두려움"을 갖고 있던 한 여성이 빈곤으로 인해 타락을 거듭하다 비참한 최후를 맞는 과정이 소설의 전부는 아니라는 것이다. 소설은 자신의 육체성을 자각한 복녀가, 그 섹슈얼리티의 발견을 "한 개 사람이 된 것 같은 자신"에 대한 발견으로 이어놓는 지점을 기록하려 한다. 이 소설의 가부장적 응징이 오히려 복녀가 무분별한 "매음"을 중단하고 왕서방을 향해 "강짜"를 부릴 때 자행된다는 사실도 그 점과 무관하지 않을 것이다.

그러나 『환영』에서 그러한 순간들은 존재할 수가 없다. '나'가 성매매로 나서게 된 연유는 다른 소설들과 동일하다. 가족은 신용불량이고, 동생들은 돈을 요구하며, 남편은 무능하고, 아이는 커야 한다. 그 삶이 얼마나 고단한 것인지는, 그녀가 열네 살 이후로 한시도 벌이를 쉬어본적 없으며, 아이를 낳은 지 보름 뒤에도 전단지를 돌렸다는 사실만으로도 짐작해볼 수 있다. 그리고 그녀는, 송충이를 잡다가 이상한 현상을 발견하고 감독의 뒤를 따라갔던 복녀처럼, 왕사장이 운영하는 식당의 허드렛일을 하다가 결국 별채를 들락거리게 된다.

『환영』에서 매매되고 있는 자신의 성에 대한 서술자의 인식은 오로지 경제적인 이유로 코드화된다. 몸을 경유한 주체성의 발견은커녕, 낭만적인 성도식 자체가 작동할 수 없다. 당연하지 않은가. 그녀에게 그것은 자신의 몸을 조금이라도 보호하고 더 많은 수입을 올리기 위해 "어떻게든 빨리 사정을 하도록" 하는 일일 뿐, 일각에서 말하는 것처럼 정동노동일 수는 없는 것이다. 그녀에게 그 과정은 성기로 치환된 여성만 남겨놓고, 몸에 각인된 여성으로서의 다른 체험은 끊임없이 망각시키고 소진시켜야 할 과정이기도 하다. "처음만 견디면 그 다음은 참을 만하고, 견딜 만해지다가, 종국에는 아무렇지 않게" 관성화되는 과정 속에는 발견도, 각성도, 성찰도 존재할 수가 없다. 소설의 한 대목에서 서술자 '나'는 새로 들어온 젊은 조선족 여자 용선에게 묻는다. "왜 이렇게까지 돈은 벌려고?" "사람 대접 받으려고요." 그러나 왕백숙집의 "룸"들은 사람에 대한 예의와는 가장 거리가 먼 곳이며, 사람다운 사람을 점점 잊어가게 하는 곳이기도 하다. 성관계로 임신한 '나'는 다음과 같이 진술한다. "몸이 이래서는 일을 할 수가 없었다. 어떻게든 빨리 없애야 했다."

사정이 이와 같으니, 이 소설은 지난 연대 여성성장소설이 도달한 지점을 향해 날아든 가장 참담한 회신처럼 느껴지기도 한다. 하지만 이 소설은 어떤 논쟁적인 지점을 품고 있다. 소설에서 서술자의 모든 행위를 관할하는 최종심급은 바로 그녀의 아이다. 가령, 「오늘처럼 고요히」에서 "네가, 이러고도, 애 엄마니"라고 물었던 남편의 마지막 한마디는, 모성이 감당해야 할 모럴을 겨냥하고 있었다. 하지만 아이러니하게도 「오늘처럼 고요히」와 『환영』에서 여성인물들이 성매매에 처하게 된 주된 원인으로 내내 환기되는 것은 아이다. 그녀들에게 성매매는, 엄마니까 할 수 있고, 엄마이므로 해야만 하는 것이다.[7] 아이가 생기면 돈이 필요하고, 돈이

─────────────

7) 『환영』에서 "웃는 아이를 보는 것만으로도 가슴이 덥혀"진 서술자는 다음과 같이 말한다. "걱정 마. 엄마가 평생 몸을 팔아서라도 네 다리 고쳐줄게." 낙태 후 다시 월경을 시작한 화자는 "아이를 가질 수 있는 몸으로 회생"되었다며, "몸의 본능이, 새끼를 향한 본능이 끔찍"하다고 진술하지만, 그러한 진술들에서 '모성은 위대하다'는 메시지를 읽어내려는 시도는 가혹한 것이다. 그 몸의 본능이 스스로의 지분을 바로 그 육체로부터 철회하고 난 뒤에는 무엇이 남을 것인가. 그런 맥락에서라면, 왜 너희들은 나를 위해 희생하지 않느냐던 화자의 "울화"에도 공평하게 주의를 기울여야 할 것이다.

필요하면 엄마의 몸을 내놓아야 한다는 이 자동성의 회로는, 어디서 어떻게 끊어야 하는 것일까. 그것은 지금까지 한국사회가 모성에게 요구한 것들이 벌거벗은 맨몸의 형태로 돌아온 거울상은 아닌가. 지금 아이가 기댈 곳이 저당잡힌 어미의 육신밖에 없다는 저 세계인식이 기원하는 자리에 대해 물어야 할 것이다. 그것은 지난한 작업이 되겠으나, 김이설 소설에서 저 육체의 초과가 도달할 지점이 어디인지 가늠하기는 어렵지 않다.

7. 몸뚱이

나는 되물었다. 뭐라고요? 담당의는 엄마의 몸 구석구석에 박혀 있는 암종에 대해서 이야기했다. 아니, 내 말은, 그게 무슨 뜻이냐고요. 담당의는 컴퓨터를 향해 몸을 돌려 엄마의 스케줄을 잡기 시작했다. 어디서부터 손을 대야 하는 것일까. 우선순위라는 것이 있을까. 나는 묻고 싶었다. 인간의 몸에 이토록 혹독하게 암세포가 들어찰 수 있는 겁니까? 이제까지 멀쩡했던 몸이 왜 한순간에 암덩어리로 전락합니까? 결국 죽음을 준비하라는 말인가. 너무 무기력해서 어떤 감정도 느낄 수가 없었다.(「환상통」, 117쪽)

김이설 소설에서 몸에 대한 언급이 제시될 때, 더러 그것은 '몸뚱이'로 지칭되곤 한다. 「환상통」은 자궁암으로 자궁을 척출한 '나'가 남편을 떠나게 된 정황에 대해 곡진하게 풀어놓지만, 소설에서 독자를 기습하는 장면은 따로 있다. 수술실의 출입문이 열리고 담당의가 들고 나온 용기 안에는 "주먹보다 작은 빨간 살덩이"가 담겨 있다. 그것은 엄마의 "제거된 자궁"이다. 자신의 항암치료를 끝내고 난 후 서술자는 엄마의 검진을 의뢰하지만 이미 늦은 뒤다. 엄마의 자궁적출수술은 무사히 끝났으나 엄마의 몸은 이미 암종들로 가득차 있다. 이제 '나'는 "죽음이 엄마의 몸뚱이를 투과하는 것"을 지켜보아야 한다.

엄마의 자궁이 앞에 놓여 있을 때 그녀는 자신이 눈으로 본 것을 믿을 수 없어했다. "저기에서 내가 만들어지고 자랐다니. 그런데 지금은 암세포가 버글댄다니." 자궁은 여성의 신체기관 중에서도 젠더화와 연루되어 있는 가장 상징적인 기관이다. 그래서 눈앞에 놓인 자궁의 물질성은 인물에게 바로 이것이 엄마 노릇임을 천명하는 듯한 느낌을 불러일으켰을 것이다. 하지만 엄마의 몸뚱이는 어떤가. 그것은 무엇인가. 자궁이 제거된 몸이자, 엄마로서의 육신이 빠져나간 몸이자, "살아 있는 주검"과도 같은 그것은. 저 '몸뚱이'라는 말은 육화된 주체에 대한 사유를 중지시킨다. "멀쩡"한 몸도, 나아가 "인간의 몸"이라고도 할 수 없는, 앞에서 "어떤 감정도 느낄 수가 없"는 그 "암덩어리"는 의미화의 공백 속에 남겨진 단지 몸뚱이(mere body)다.

이 소설의 서술자는 엄마의 자궁에서 자신의 자궁을 연상하거니와, 비단 「환상통」만이 아니라 다른 여러 소설들에서 작가는 엄마의 몸과 딸의 몸을 포개놓는다. 예컨대 『나쁜 피』는 제목부터 상징적이다. 소설의 '나'는 "이렇게 나이가 든다면 영락없이 엄마의 체형을 그대로 닮을 것"이라 생각하고, '나'의 외사촌인 수연은 "외숙모를 쏙 빼닮았다". 외모나 체형 뿐 아니라 그 인생의 형질에 있어서도 김이설 특유의 운명론을 거론할 수 있는 소설들은 적지 않다. 그러나 그러한 지적은 이미 몇 차례 있었으므로, 여기서는 다른 점에 주목하려고 한다.

『나쁜 피』의 일인칭 서술자 '나'는 "병신"의 딸이다. 그녀에게는 그것이 자신에게 올가미처럼 씌워진 운명이다. 엄마의 몸이 치러야 했던 역사를 짚어가는 소설 1장의 말미에서, '나'는 "엄마를 닮지 않은 것, 적어도 내 밥벌이를 할 수 있는 몸뚱이를 가진 것만으로도 더이상 바랄 것이 없는지도 모를 일"이라고 진술한다. 엄마의 몸뚱이가 어떤 것이기에? 「환상통」에서 죽어가는 엄마의 몸뚱이를 지켜봐야 하는 이가 '나'이듯이, 『나쁜 피』에서 엄마의 몸뚱이를 잊지 않고 기억하는 사람도 '나'다. 서술자의 말대로 "어떻게 그런 걸 잊을 수 있겠는가?" 엄마의 몸뚱이를 유린하고 나오는 자들의 면상을 똑바로 쳐다보는 이 소녀는 작가 김이설의 페르소나에 다름아니다.

> 학교가 파하고 집에 가면 방에서는 신음소리가 들렸다. 개새끼! 하고 고함치며 세숫대야를 발로 차거나 방문에 돌을 던지곤 했다. 할머니마저 고물상에서 작업을 했던 탓에 누구든지 예사로 들락거릴 수 있는 집이었다. 사내들은 내가 잠잠해져야 기어나왔다. 나는 담벼락에 기대 그들의 면상을 똑바로 쳐다보았다. 이웃 고물상 김씨, 박씨 아저씨들이 바지춤을 추스르며 나왔다. 먼 친척뻘인 종수 아저씨, 윤씨 할아비가 나오기도 했고, 근우, 용재 같은 동네 청년들도 있었다. 얼굴도 모르는 남자들도 심심치 않게 들락거렸다.(『나쁜 피』, 47쪽)

'나'는 "병신 엄마"가 "나의 기원"이라고 말하지만, 그 몸뚱이는 바로 저 천변마을의 기원이다. '나'의 외삼촌은 천변을 낀 고물상 동네의 맹주다. 그가 "마누라와 자식, 여동생이나 심지어 제 어미를 때리는 것"을 이상하게 여기는 천변사람은 아무도 없다. 그 동네에서 고물상을 가장 먼저 시작한 자도 외삼촌이고, 제일 큰 규모의 고물상을 가진 자도 외삼촌이다. 그런데 장애인인 그의 여동생은 동네 남자들에게 성적으로 학대당한다. 맹주의 하나밖에 없는 여동생에게 어떻게 그런 일이 가능한가. 이곳이 자연상태의, 동물의 왕국이어서인가.

그러나 이 소설에서 엄마의 몸뚱이는 권력의 바깥에 놓여 있는 것이 아니라, 그 권력이 스스로 구성한 예외다. 엄마는 폐휴지 막사에서 일하지만, 일손을 재촉하고 독려하기 위해 외삼촌이 쓰는 방편은 엄마를 구타하는 것이다. 외삼촌이 강간을 사실상 묵인하는 것임은, 엄마의 자리에 외숙모를 놓은 '나'의 거짓 밀고를 듣고 그가 취한 행동을 보면 바로 알 수

그 소녀의 목소리로부터 271

있다. 아감벤의 구도로 들여다보면, 이 마을에서 완전히 배제되지 않은 채, 그 안에 '포함된 배제'로 있는 것이 엄마의 몸뚱이다.

저 추방당한 몸뚱이의 주인은 그러므로 마을의 모든 남자다. 호모사케르를 주권의 이름으로 아무나 죽여도 되듯이, 아무나 그녀를 강간해도 된다. 심지어 죽여도 된다. "외삼촌은 엄마의 옆구리와 가슴을 발로 짓이겼다." 그것이 엄마의 마지막이었고, 그날을 "정확히" 기억하는 사람은 '나'밖에 없다. 천변마을은 그 죽음을 인지하지도, 기억하지도, 애도하지도 않는다. 다만, 엄마가 죽어간 분류장 앞에서 "육중한 공포"를 느끼는 '나'가 있을 뿐이다. 그리고 서술자 '나'의 공포는 외삼촌이 실종되고 부흥고물상의 철문을 자신이 열던 날, 그때야 사라진다.

8. 재현

소설을 읽으며 우리는 쓰인 것과 쓰는 행위에 대해서 동시에 질문을 던지곤 한다. 과문이어서 그렇겠으나, 『나쁜 피』에서처럼 분명한 벌거벗은 생명(bare life)의 형상을 근래의 한국문학에서 본 적이 없다. 작가가 이 소설을 어떻게 구상하고 그 지형도를 설계했는지 궁금하지만, 정확히 알 수는 없다. 하지만 다음과 같은 짐작을 해보는 것이 무용한 일은 아니리라고 생각한다. 『나쁜 피』에서 빚어지는 모든 사건의 기원의 자리에 놓이는 저 사건은, 매체 보도들을 통해 접한 몇몇 사건들을 상기하게 한다. 작가의 상상의 한 축은 아마도 이렇게 이어졌을 수 있을 듯하다. 만약 엄마에게 딸이 있다면 어떻게 되겠는가. 엄마의 몸뚱이는 말하지 못해도, 딸은 말할 수 있지 않겠는가.

그러나 그 말이 직접적이고 명시적인 발화를 뜻하는 것만은 아니다. 소설 속에서 원초적인 사건이라 해야 할, 스러져간 엄마의 몸뚱이가 뿌리내리고 새겨지는 장소는 바로 '나'의 정체성 속이다. 그 고통에 치를 떨며 스스로 "살아 있을 필요가 없는 인간"이라 했던 엄마, 그 엄마가 죽고 나서야 서술자가 초경을 치렀다는 설정은 암시적이다. 이 자리에서 함께 논의하지는 못했지만, 외삼촌의 딸 수연에게 행사하는 뒤틀린 폭력을 비롯하여, 동경과 증오가 착종된 서술자 '나'의 불안정한 동일시는 '없음(without)'에 의해 중층결정되는 주체성의 한 양상을 보여준다.

그런데 소설 속 저 사건의 의미는, 나로서는 다소 의아하게도, 잘 되물어지지 않는 것 같다. 하지만 그럴 만한 이유가 없지는 않다고 생각한다. 미디어에서 이미 읽은 것들의 잔상은 소설을 읽는 우리에게도 여전히 남아 있다. 『나쁜 피』만은 아니다. 「오늘처럼 고요히」에서 자신의 딸을 강간한 남편을 살해하고 성기를 절단한 후 스스로 목숨을 끊은 혜경 엄마의 "산 같은 배를 모로 뉘고" 죽어 있는 몸뚱이 앞에서 독자는 무엇을 생각하게 되는가. 컴퓨터 화면에서 한 줄만 클릭하면 열리는, 충격과 동시에 망각되고, 그 고통에 공감하지도 못한 채로 진부해져버리는 숱한 사건들과 함께 우리는 매일을 살아가고 있다. '금수만도 못한 놈'들에 대해 즉각적으로 분노하는 것은 쉬운 일일지 몰라도, 누군가들의 육신을 오랫동안 내리누르고 있었을 고통에 대해서 한번 더 생각하는 것은 정말로 어려운 일이 되어버린 것이다.

작가 김이설의 글쓰기가 그와 같은 지점에서 출발한다는 사실을 짐작하기는 어렵지 않다. 첫번째 소설집을 내며 작가는 "아무도 말하지 않는 것들"을 표제로 삼았다. 재현의 대상만큼이나 재현의 주체를 생각게 하는 그 제목은 작가 김이설의 출사표에 다름아니다. 아무도 말하지 않는 것들을 응시하겠다는 작가의 신념과 열의는 존중받아야 마땅하다. 그러나 이 지점에서 우리가 보다 숙고해야 할 사실이 없는 것은 아니다.

김이설 소설은 현재 독자들에게 현실적이다, 날 것이다, 생생하다, 적나라하다와 같은 감상을 불러일으키는 것 같다. 그러나 주변부 재현에서 언제나 마주치게 되는 이러한 반향은 그것이 환기하고자 했던 바로 그 현실에 대한 보다 깊은 성찰을 근원적으로 차단해버릴 수도 있다. 현실효과

(effect of the real)에 많은 부분을 의지하고 있는 소설들이 있다. 그러나 근본적으로, 현실의 여성은 무엇인가. 현실과 재현의 경계는 어디에서 그어지는가. 신문 보도 속의, 다큐멘터리 영화 속의 여성이 현실의 여성인가, 아니면 구술사 속의, 취재노트 속의 여성이 현실의 여성인가. 김이설 소설 속의 여성이 현실의 여성인가. 엄밀한 의미에서 그것들은 모두 재현이다. 재현된 여성만이 우리 주위에 있고, 우리가 사유할 수 있는 것은 그것만이라 해야 정확한 것인지도 모른다.

새삼스러운 지적이 되겠으나, 그렇기 때문에 문학 텍스트는 우선 상상된 것으로 가정하고 접근해야 한다. 내가 알기로, 정치적인 읽기는 소설이 재현한 현실의 단면을 해석하는 것이 아니다. 현실을 상상하고, 구성하고, 재조직하고, 코드화하는 그 논리에 대해서 다시 묻는 것이다. 그런 물음을 접어두고 저기 현실이 있다고 말한다면, 왜 소설을 읽어야 하는가. 또한 내가 믿기로, 좋은 소설은 우리가 알고 있다고 치부하고 외면해버린 현실을 복원하는 것이 아니다. 현실이라고 믿고 지나친 어떤 것을 뚫고, 찢고, 열고 나오는 그 무엇을 포착해내는 것이다.

재현의 문제에 있어서, 해석의 마지노선을 어떻게 사수하고, 어떻게 갱신하며, 또 어떻게 파열시켜야 하는 것인지는 읽는 이도 현장의 소설에 의지하여 간신히 더듬어갈 수 있을 뿐이다. 그 고민들 중 하나를 적어두고 글을 마무리하고자 한다. 있는 그대로의 하위주체, 그런 것은 없다. 그러나 이와 같은 지적은 재현의 불가능성을 못박기 위한 것이 아니다. 하위주체의 발화가 인식될 수 있게 하는 반경은, 재현된 것들을 향해 던져지는 끊임없는 질문들과 함께 조금씩 확보될 수 있는 것인지도 모른다. 지금까지 읽은 김이설 소설은 현실적으로 보이는 설정 속에서, 대면하기를 꺼려하는 불편한 사실을 드러내려 하고 있었다. 마지막으로 우리는 불가능한 동일시 하나를 시도해보려 한다.

당신은 가슴에 멍울이 생기기 시작한 소녀다. 엄마와 당신은 트럭을 모는 사내와 함께 이사를 떠난 길이다. 그런데 엄마는 당신을 휴게소에 두고 돌아오지 않는다. 이틀 동안 기다려도 오지 않는 걸 보니 버려진 것 같다. 지쳐 있는 당신은 고속도로 갓길에 있다가 차창을 내린 남자의 권유로 트럭에 올라탄다. 남자가 만두를 준다. 먹고 있는 내내 당신을 바라보던 그 초면의 남자가 당신의 허벅지를 누른다. 그때 당신은 두렵고, 무섭고, 도망치고 싶고, 만두를 토하고 싶지 않았을까. 그런 마음과 몸의 일깨움은 버려진 소녀인 당신에게는 허락되지 않는 것일까. "선의도 반드시 대가를 치러야 한다." 이 장면에서 공명하고 있는 저 목소리는 과연 누구의 목소리인가. 소설이 엄마가 트럭 사내와 함께 가버렸다는 트라우마적 반복으로 당신을 설득하려 할 때, 소녀인 당신은 설득이 되는가. 이와 같은 상념은, 오로지 쓰인 것에 대해서만 이야기하라는 강령을 되새기며 조용히 접어두어야 하는 것일까. 그러나 세상에는 그런 일도 있지 않겠느냐고 반문하는 것은 소설 속의 인간과 그 삶을 존중하는 태도가 오히려 아니다. 이 내러티브가 구조화될 때, 지워진 타자가 진정 무엇일까를 지속적으로 고민해야 한다. 생존의 조건에 압도되어 고통스런 순응의 길을 가고 있는 어른들의 몸속에 갇힌 소녀, 그 소녀의 불가능한 목소리로부터 우리는 어쩌면 다시 시작해야 하는 것인지도 모른다.

(2010)

말해질 수 없는 것들, 말해지지 않은 것들
— 김훈론

1. 알 수 없는, 무어라 이름할 수도 없는

김훈 소설이 때로 나는 불편하다. 가령 이런 대목이 그렇다.

당신의 가슴의 융기가 시작되려는 그곳에서 당신의 빗장뼈는 당신의 가슴뼈에서 당신의 어깨뼈로 넘어가고 있었습니다. 그 빗장뼈 위로 드러난 당신의 푸른 정맥은 희미했고, 그리고 선명했습니다. 내 자리 칸막이 너머로 당신의 빗장뼈를 바라보면서 저는 저의 손으로 저의 빗장뼈를 더듬었지요. 그때, 당신의 몸을 생각했습니다. 당신의 몸 속의 깊은 오지까지도 저의 눈에 보이는 듯 했습니다. 여자인 당신, 당신의 깊은 몸속의 나라, 그 나라의 새벽 무렵에 당신의 체액에 젖는 노을빛 살들, 그 살들이 빚어내는 풋것의 시간들을 저는 생각했고, 그 나라의 경계 안으로 제 생각의 끄트머리를 들이밀 수 없었습니다.(「화장」, 55~56쪽)[1]

---

1) 김훈, 『강산무진』, 문학동네, 2006. 앞으로 이 책에서 인용할 경우 본문에 쪽수만 적기로 한다.

화자의 시선은 추은주의 빗장뼈 위에 드러난 푸른 정맥에서 멈춘다. 그리고 자신의 빗장뼈를 더듬으며 그는 생각한다. 그녀의 "몸 속의 깊은 오지"에 대해, "체액에 젖는 노을빛 살들", 그 닿을 수 없음에 대해. 여섯 개의 장으로 구성된 「화장」에서 두 개의 장은 추은주에 대한 화자의 상념들로 채워지는데, 그 상념들이 펼쳐지는 방식은 대개 위의 장면과 유사하다. 추은주의 몸을 향한 시선이 먼저, 그리고 그 시선은 그것으로 포착될 수 없는 살과 피 혹은 자궁을 비롯한 몸속 장기들에 대한 예감으로 이어지고, 그 예감 끝에 그는 자신의 결핍을 확인하거나 자신이 닿을 수 없는 존재의 확실성에 조바심친다. 시선의 집요함에 걸맞게 그녀의 몸과 동작의 묘사는 그 순간 시간이 멈춘 듯 세심하다. 감정을 모두 덜어낸 듯 건조한 문체로 이루어진 다른 장들에 비해 추은주에 할애된 장들의 문체는 극진한 경어체와 함께 정념이 눈에 띄게 과잉되어 있다. 이 두 장 모두를 열고 닫으며 네 번에 걸쳐 반복되는 "당신의 이름은 추은주. 제가 당신의 이름으로 당신을 부를 때, 당신은 당신의 이름으로 불린 그 사람인가요. 당신에게 들리지 않는 당신의 이름이, 추은주, 당신의 이름인지요"는 두 장의 성격을 서술자가 자각적으로 요약해낸 것이라 할 만하다. 닿을 수 없는 존재이자 지칭으로 온전히 포획될 수 없는 존재인 여성과 그 여성을 기술하는 의도적으로 과잉된 문체.

이러한 장면들이 관음증적 시선으로 여성을 대상화한다거나 혹은 남성의 분열적인 성적 판타지—실제로 추은주의 모습은 실재한다기보다는 죽어가는 아내가 불러낸 상상이나 환상으로 읽히는 측면이 있다—를 드러낸다고 지적하기는 쉽다. 그리고 어느 정도 일리 있는 말이기도 하다. 그러나 이 일방적인 시선의 주인은 시각의 주도권은 마음껏 누리고 있으되, 폭력적이라기보다는 어딘가 측은해 보인다. 「화장」을 통틀어 작가가 추은주에게 부여한 대사는 "상심이 크겠습니다. 너무 일찍 가시는군요. 저희 어머님하고 동갑이신데……"(64쪽)가 유일한데, 그가 그녀의 아버지

뺄이라는 사실은 아내의 장례식장에서 갑작스럽게 환기되면서 그의 욕망을 누추한 것으로 전락하게 한다. 그에 대한 추은주의 감정은 추측건대 딱히 감정이라 이를 만한 것도 없이 자신의 상사이자 상처한 처량한 중년 남자 정도로 여기는 것이 전부였을지 모른다. 이렇게 쌍방의 존재감에 대한 현격한 차이를 상기해보는 것은 그런 추은주가 그에게 슬픔을 낳았으며 그 고통까지를 무릅쓰고 그가 그녀를 연모하고 있다는 것을 지적하기 위해서가 아니다. 연서의 형태를 차용한 그의 어두운 고백은 "당신께 달려가서, 사랑한다고 말하고 싶었습니다"(81쪽)와 같은 문장을 만들어내지만, 추은주를 향한 그의 욕망은 결정적으로 그녀와 어떤 식으로든 관계를 맺거나 지속하고자 하는 의도가 없이 텅 비어 있다. 이상하게도 저 극진한 이에게는, 우리가 누군가에게 사랑이라 부를 만한 감정을 품을 때 흔히 그런 것과는 달리 그녀의 말, 마음, 생각, 일상에 대한 관심이 철저히 배제되어 있을 뿐 아니라, 거꾸로 그녀가 자신을 어떻게 생각하고 있을지에 대한 일말의 기대와 두려움도 없다. 개체적 특수성과 사회적 지문이 탈각된 존재로서의 추은주, 보다 정확히 말해 그녀의 몸은 닿을 수 없고 이름할 수 없으면서도 눈앞에 확실히 존재하며 김훈의 인물들을 혼돈으로 몰아넣는 것들의 한 예이다. 확실하면서도 모호한 것. 그 자리에 여성을 놓아도, 몸을 놓아도, 아니면 여성의 몸을 놓아도 무방하겠으나 작가 김훈에게 있어 그러한 대상이 꼭 그뿐만인 것은 아니다. 삶의 전체를 아우르는, 그 닿을 수 없고 알 수 없고 그래서 무어라 명명할 수도 없는 것들을 불안하게 응시하면서도 그 불안이 환기하는 결핍을 끌어안고 삶을 지속해나가야만 하는 남성들의 이야기가 그의 첫 소설집 『강산무진』이다.

2. 포획되(지 않)는 삶: 기호적 표상에서 실체로

『강산무진』의 소설들은 대개 직업적 위기, 건강의 위기, 가정의 위기에 처한 남성들의 삶을 근간으로 하고 있다. 기업임원, 형사, 택시기사, 복서, 교수, 등대장 등 그 직업적 스펙트럼은 다양하지만 그들이 놓여 있는 상황은 크게 다르지 않다. 57세의 나이에 간암선고를 받은 한 남자가 신변을 정리하는 과정을 담은 표제작 「강산무진」에서 먼저 눈길을 끄는 것은 그 과정을 진행하는 서술자-인물 김창수의 태도다. 자신이 암에 걸렸다는 사실에도 감정의 동요를 보이지 않는 '나'는 퇴직관련 정산은 물론이고 이혼한 전처에게 줄 돈이라든가 딸이나 아들에게 돌아갈 몫을 담담히 계산하는데, 이 과정에서 작가는 그 액수가 얼마인지까지를 면밀히 기록해놓는다. 장기투병을 앞둔 가장이 있지만 가족적 유대감은 희미하고 아들과 딸 혹은 전처와의 관계는 그들에게 돌아갈 돈의 액수로 환산될 뿐이다. 신수정이 해설에서 "세속주의자의 면모"(366쪽)라고 지적한 것 역시 이 점을 염두에 둔 것인데, 신변을 정리하는 방식에서 또렷이 드러나는 이 중산층 남성의 삶의 태도는 자본주의적 교환체계 내의 인간의 삶을 요약적으로 제시해준다. 김창수와 그의 주변에서 병(혹은 죽음)은 돈이라는 가치척도로 전이되거나 추상화된 형식적 절차로 환원됨으로써 일상 속으로 편입된다. '피로감 없는 산책'이나 '수면제'로 생을 연장해나가는 '나'가 삶을 반추해보는 순간은 도시적 삶에서 박탈당한 자연적 근거들과 간접적으로나마 대면하는 잠시 동안일 뿐이다. 연못을 뒤덮은 수련을 물끄러미 바라보며 수련의 색깔이 지나온 길을 더듬어내는 김창수의 모습은 삶의 마지막을 정리하는 그의 의식이 수련에 투영되고 있음을 말해주거니와, 강산과 바다를 담아넣은 〈강산무진도〉 앞에서 "혼자서 가야 할 가없는 세상과 시간의 풍경"(339쪽)을 읽어내는 것 또한 앞으로 그의 삶의 행로가 산수화 속 풍경 앞에서 비로소 의미화되고 있음을 일러준다. 고통을 과장하지도 그렇다고 불평을 토로하지도 않으며, 홀로 견디며 묵묵히 가야만 하는 것이 인생이라는 그의 관점은 『강산무진』의 인물들이 대부분 공유하는 것이지만 그렇다고 해서 이들의 삶이 한 자락 잉여도 없이 매끈히 누벼지는 것은 아니다. 예컨대 '럭키스트라이크'의 진홍색을 불현듯 떠올리며 "어째서 떠올랐는지 알 수 없다"는 김창수의 모습을 보면 그렇다.

> 럭키스트라이크의 그 진홍색은 내 유년을 뒤흔든 충격이며 혼란이었다. 이 세상에는, 이 세상 것이 아닌 것처럼 그렇게 찬란하고 영롱해서 인간을 세상 밖으로 밀쳐내버리는 색깔이 길바닥에 나뒹굴고 있었다. 학교에서 돌아오는 길에, 나는 바람에 불려가는 그 담뱃갑을 주웠다. 그 새빨간 동그라미를 가위로 오려서 팽이에 붙여서 돌리기도 했고 공책 겉장에도 붙였다. 그 색깔은 눈을 찌를 듯 선명했지만, 다가갈 수 없는 원색의 충만으로 아득히 멀었다.(「강산무진」, 319쪽)

"다가갈 수 없는 원색의 충만으로 아득히" 먼 이 색깔이 김창수의 과거에서 현재로 툭 던져진 것은 당시 그가 느꼈던 충격과 혼란이 어떤 식으로도 상징화될 수 없었기 때문일 터이다. 안개나 연기와 같이 종잡을 수 없이 모호한 것으로 등장한 간암의 자각증상이 '오진 없는' PET 결과에 의해 확실한 것으로 자리잡은 반면에, 유년기 기억 속의 럭키스트라이크의 색깔은 그런 식으로 수치화되지 않음으로써 영원히 미지의 것으로 남는다. 담뱃갑의 색과 더불어 연이어 떠오르는 '양갈보'들의 향기라든가 초콜릿의 맛 등을 그는 찬란, 영롱, 충만, 선명, 놀라움, 날카로움 등으로 표현해내는데, 이러한 수식어들은 현재 그의 무색무취한 삶과 극적으로 대비된다. 삶의 질서에 붙박여 있으면서 그 질서가 자신에게 부여한 도리를 꼼꼼히 다하는 그는 내면 속에 자리한 이 감각까지는 어쩌지 못한다. 이 장면은 결국 "50년 전의 색깔과 냄새를 불러들이는 것이 '정리'에 해당되지는 않을 것"(321쪽)이라는 진술로 마무리되지만, 소설의 끝에서 미국행 비행기 속의 서술자가 창을 통해 보는 것은 〈강산무진도〉를 연상케 하는 풍경의 언저리에 자리한 럭키스트라이크 담뱃갑의 환영이다.

이쯤에서 이렇게 정리해볼 수 있을 듯하다. 죽음을 앞둔 인물의 한편에는 깨뜨릴 수 없는 삶의 질서가 있고, 다른 한편에는 〈강산무진도〉라는 그림이 있으며, 그 다른 한편에는 담뱃갑의 환영이 있다. 이는 곧 소설집 『강산무진』이 토대하고 있는 세 축이라 해도 큰 무리는 없겠다. 자본제 사회가 부여한 견고한 삶의 형식, 중장년에 이르러 맞닥뜨린 삶의 고독과 허무, 그리고 무엇으로도 상징화될 수 없는 실체가 불러일으키는 환영. 「강산무진」은 현대인이 짊어진 삶의 무게를 담담하게 실어낸 수작임에도 불구하고 세 축이 노정할 수밖에 없는 균열과 틈새를 더 깊이 파고드는 대신 그것을 봉합하는 길을 택한다. 담뱃갑의 환영을 보고 유리창의 덧문을 내리는 서술자의 모습은 그 설명되지 않는 것들에 더이상 의문을 품지 않겠다는 무의식적 다짐에 다름아니다. 그러나 『강산무진』에서 서사의 끝 무렵에 환영을 만나는 인물은 김창수만이 아닌데, 예컨대 「머나먼 속세」의 복서는 링 위에서 "폐허로 변한 해망사 법당과 기름진 여름 잎으로 빛나는 왕버들의 환영"(307쪽)을 본다. 「강산무진」의 김창수는 파국일 수 있었던 사건을 일상 속으로 편입시키는 데 성공하지만, 그보다 젊은 나이의 이 남자는 '알 수 없는 것' 앞에서 발을 헛디디며 뜻하지 않은 파국 속으로 휘말려들어간다.

「머나먼 속세」의 도입부는 마치 권투영화의 그것처럼 권투 경기장 내의 조명이 링 중앙의 한 광고문구를 비추는 것으로 시작한다. 'NIRVANA', 열반을 뜻하는 이 말은 발기부전 치료제의 브랜드명일 따름이며, 그것이 링 중앙에 배치된 것 또한 복서가 다운되는 순간을 노린 제약회사의 광고전략에 불과하다. 그런데, '나'가 챔피언인 상대방 김득수에 의해 쓰러지는 한이 있더라도 니르바나라는 문구 언저리에서는 다운되지 않겠다고 다짐하는 것은, 기호적 표상들은 허구라는 자의식의 발로에 가깝다. 지난날 그 효과를 미처 깨닫지 못했던 '나'는 이 덫에 걸려들어 자신이 알던 이들을 배신한 적이 있었기 때문이다.

과거 해망사라는 공간에서 '나'는 어떠했던가. 남해 외딴섬의 절에서 자란 '나'는 막막한 감정에 휩싸이곤 한다. 주워다 기른 개처럼, 인연의 뿌리 없이 그곳으로 흘러들어온 '나'에게 해망사는 정처 없는 곳이다. 빛이 들끓는 바다도, 떨어져내리는 왕버들잎도, 그 속에서 깊고 달게 잠을 이룰 수 있는 주지 난각(難覺)이라는 존재도, 그에게는 알 수 없어 조바심 나는 풍경일 뿐이다. "몸이 맹렬하게 작동되고 있을 때"(293쪽)에만 그는 그 풍경의 압박이나 자신의 정체성에 대한 의문에서 멀어질 수 있었고, 이것이 그를 오늘날의 복서로 만들었다. 작가는 그의 '하산의 충동'을 구체화하기 위해 전반부에는 사라져 다시 돌아오지 않는 이름 없는 개의 이야기를 복선으로 깔고, 후반부에는 현상수배자 장일식을 배치해놓는다. 소설에서 장일식을 신고하는 '나'의 행위는 다음과 같이 부연된다.

> 다시 육지 쪽 한의원에 약을 받으러 가던 날, 나는 장일식을 신고했다. 그를 그의 자리로 보내주어야 한다는 생각뿐이었다. 절과 왕버들과 들끓는 바다의 빛들이 애초부터 나와는 무관했으므로 내가 그것들로부터 돌아선다는 것 또한 그것들과 무관한 일인 듯싶었다. (……) 나는 한의원에서 받은 첩약을 형사에게 보여주었다. 정보과 형사는 아연 긴장했다. 서장에게 보고했고, 서장은 경찰국에 보고했다. 형사는 나의 애국심을 치하했고 나를 스님이라고 불렀다. 그는 신고자의 신원을 철저히 감추어주겠다고 약속했다.(「머나먼 속세」, 303~304쪽)

그와 무관한 공간이 부과한 윤리로부터 돌아서서, 장일식을 그의 자리로 돌려보내고 싶었다는 '나'의 발언은 사건이 완료된 후의 후회 섞인 변명처럼 읽히지만, 이 진술 속에는 장일식을 신고함으로써 그가 성취하고자 했던 것이 그대로 담겨 있다. 말하자면 그는 난각의 만류로 인해 육지로 떠나지 못한 장일식에게 당시의 자신을 투사함으로써 그를 통해 하산의 충동을 대리충족하고자 했던 것인데, 그런 '나'의 행위는 그러나 자신의 숨은 의도와는 다른 결과를 낳게 된다. 장일식을 신고한 '나'를 기다리고 있는 것은 뜻밖에도 '애국심'이라는 치사와 '스님'이라는 호칭이며, 그가 돌보았던 장일식은 형사들의 무자비한 폭력과 함께 체포되고, 주지 난각 역시 장일식의 도피를 방조했다는 혐의로 끌려간다. 장일식을 수배하는 포스터는 '나'에게는 단순히 육지로 돌아가고 싶어하는 장일식을 그리로 돌려보내는 매개였으나, 그 실상은 자신에게는 아픈 병자일 따름인 장일식을 '반국가단체구성 수괴 장일식'으로 돌려놓는 것이었으니, 누차 반복되는 그의 말처럼 그는 정말 아무것도 몰랐던 셈이다.

서술자 '나'가 알 수 없었던 것은 그러므로 이중적이다. 그는 그 앞에 있는 실체의 의미를 알 수 없었고, 또 그 실체를 환원하는 속세의 언어들 또한 알지 못했다. 그가 알 수 없어 답답했던 공간이 체제의 이데올로기에 의해 범죄자의 은닉처로 고정된 후 그 속의 인물들은 각자의 위치를 부여받고 모든 정황은 가지런해지지만 그 명쾌함 역시 그가 원한 바는 아니었을 것이다. '나'는 결국 "NIRVANA의 한복판, V자의 계곡 사이"(307쪽)에 다운됨으로써 같은 종류의 실패를 두 번 반복하는 처지에 놓인다. 소설에서 거듭 묘사되듯이 복서에게 링이라는 공간은 더이상 속세의 공간이 아니지만, '나'가 속세와는 먼 그 단어 'NIRVANA' 위에서 다운되는 순간 그는 발기부전 치료제 광고효과를 완성하는 또하나의 기호일 뿐이다.[2]

---

2) 절에서 속세로 내려온 그에게 속세는 소설의 제목처럼 여전히 멀다. 서술자에게 링이란 공간은 '안개 너머'의 알 수 없는 대상과 싸워야 하는 공간이며, 그 위의 시간은 측정될 수 없는 것이다. "시간은 존재하지 않았거나 바다보다 넓어서 헤어날 수 없었고, 느낄 수 없고 만질 수 없는 시간 속에서 김득수의 팔이 뻗어올 때마다 무수한 사지들이 번뜩였고 또 사라졌다."(301쪽)

「머나먼 속세」가 실체가 아닌 기호가 실체를 대신하며 왜곡하는 상황을 아이러니한 시선 속에 담아낸다면, 좀더 근본적인 지점에서 이 주제를 다루고 있는 소설이 「항로표지」다. 소라도 등대장 김철과 부도로 실직한 전 대기업 임원 송곤수의 서사를 병치해놓고 있는 「항로표지」는 마지막에 이르러 두 인물을 만나(고 헤어지)게 하면서 일단락되는데, 「머나먼 속세」의 과거와 현재가 그렇듯이 표면적으로 둘의 서사는 별 관계없이 병렬되고 있는 듯해 보인다. 그런데, 이 소설에서 먼저 눈여겨볼 것은 초반부 김철의 서사에서 바람 혹은 바다라는 자연적 실체에 맞서는 인간적 대응이 무엇이냐 하는 점이다.[3]

자연적 실체와 부딪치는 인간의 전략은, 풍향계 철탑지주를 말뚝에 묶는 것도, 숙사 문짝에 대못을 지르는 것도, 발전실 굴뚝을 떼어놓는 것도 아닌, '12초 1섬광'이다. "12초 1섬광 거기가 소라도였다"라는 똑같은 문장이 두 번에 걸쳐 반복되는 것은 김철수가 근거하고 있는 소라도라는 섬이 그곳에 거주하는 인간에 의해서가 아니라 12초 1섬광에 의해 의미지어지는 곳이라는 점을 시사한다. 달리 말해 빛의 신호로 대체되는 섬에서

---

3) 소설의 초반부는 다른 부분에 비해 더디게 읽힌다. '묘박' '고박' 등 생경한 말들이 등장해서이기도 하지만, 보다 중요하게는 초반부의 서사를 끌어가고 있는 것이 김철이라는 인물이 아니기 때문이다. '낌새'로 그 모습을 드러내어, '대열'을 이루어 빗줄기들을 사선으로 모는 바람이 초반부의 주인물이다. 이 바람의 대열이 있고서야, 수로국 안전계장의 대비수칙과 소라도 등대의 부산한 움직임이, 어선들의 피난과 수송선박의 회항이 서사 속에 제자리를 잡게 된다. 김철은 소설의 두번째 페이지에서부터 7급 직원 두 명과 함께 등장해 재난에 대비한 이런저런 조치들을 취하고 있지만 그가 서사의 주축이 되는 지점은 "바람의 세력이 쇠퇴"하고 난 후부터로, 그때부터 김철의 아내가 둘째를 낳으러 육지로 간 이야기를 비롯해 서사는 온전히 그의 몫으로 돌아온다. 송곤수의 서사가 그의 기이한 행동으로부터 출발해 이에 대한 동네마을의 설왕설래로 바로 연결되고 있는 것과 비교하자면, 김철의 서사이되 그를 중심에 놓지 않고 아홉 페이지가량 전개되는 초반부는 두 인물의 병치를 기본골격으로 하는 소설의 구도로 볼 때 어딘가 불균형적으로 느껴진다. 이 불균형은 그러나 「항로표지」의 초반부를 김철이 처한 삶의 환경을 뒷받침하는 서사적 장치에 국한되게 하지 않고, 송곤수의 서사까지를 포함하여 소설 전체가 토대하고 있는 바탕으로 사고하게 해준다.

는 인간의 존재 의미 역시 그 기호의 가치로만 환산될 수 있을 뿐이다. 관념이나 추상 따위가 아니라 육체로 경험하는 것이 삶의 실체라 생각하는 김훈의 인물에게 그것은 받아들이기 힘든 일이지만, 자연적인 것에 자연적인 것으로 대응하는 것 역시 완전한 해답일 수는 없다. "무엇을 부르고 무엇에 대답하는 소리인지 알 수 없"(102쪽)는 갈매기들의 울음을 옹알이를 시작한 아들 민식이 깍깍 하며 흉내내는 모습이 그로테스크할 수밖에 없는 것처럼. 이런 민식과 민식을 "사람의 말"로 다급하게 달래는 아내의 삽화는 김철이 섬을 떠나는 결정적인 계기처럼 제시된다.

중학교 국어교과서를 들여다보면서, 김철은 말을 가르치는 교사가 된다는 일이 믿기지 않았다. '소'라고 말하면 밭에서 쟁기 끄는 그 소인가. '소'라는 소리가 소가 아님에도 불구하고 사람들의 마음속에서 소를 살아 있게 하는 힘의 실체가 김철은 의아했다. 학교에는 이름을 부르면 되돌아보고 이름을 부르면 대답하는 아이들이 살아서 뛰어놀고 있을 것이었다. 김철이 등대 사무실에서 캄캄한 밤바다를 내려다보며 소, 소, 소, 개, 개, 개, 를 중얼거리던 밤에 초록색 항해등을 켠 배들은 12초 1섬광을 지표로 삼아 등대를 지고 원양으로 나아갔다. 등대에는 아무런 배도 닿지 않았다.(「항로표지」, 119쪽)

김철의 국어교사로의 전신은 이러한 맥락에서 보자면 소설의 문제의식을 보다 구체화해내는 설정이라 할 수 있다. 김철이 새로이 얻게 될 직업에 대해서 회의를 떨치지 못하는 것은 그가 근본적으로 기호의 지칭성을 신뢰할 수 없기 때문이다. 국어교사가 될 것임에도 김철은 "'소'라는 소리가 소가 아님에도 불구하고 사람들의 마음속에서 소를 살아 있게 하는 힘의 실체", 즉 기호를 통해 사물을 지칭하는 인간 고유의 능력을 받아들이기를 주저한다. 김철의 생각대로 언어 역시 기호의 일종이기에 그것은 대상에 결코 '동화'될 수 없이 단지 그것을 '대신'할 수만 있을 뿐이다. 언어에 의한 간접적인 지칭은 대상을 기술해주되 존재 그 자체로는 간주될 수 없는 것이지만,[4] 때로 그것은 실체와 혼동된다. 김철이 "소, 소, 소, 개, 개, 개, 를 중얼거리던 밤"과 배들이 '12초 1섬광'을 지표로 삼아 원양으로 향하는 것을 나란히 이어놓은 위의 장면은, 소라도의 섬광과 육지의 언어 모두를 회의하는 김철이 그럼에도 불구하고 뭍에서의 삶을 꿈꾸는 이유를 일러준다. 소라도의 신호는 배를 닿게 하지 않지만, 뭍의 학교에서는 이름을 불러주면 답하는 아이들이 "살아서 뛰놀고 있을 것"이다. 그러나 작가는 김철의 희망을 회의라도 하듯, 땅 육(陸)이나 언덕 원(原) 대신 물 하(河)를 넣어 둘째의 이름을 지어온 장모의 입을 빌려, 이렇게 적어놓는 것을 빠뜨리지 않는다. "하(河)도 땅이라데."(116쪽)

소설의 다른 한 축을 이루고 있는 송곤수의 이야기는 외견상 김철의 이야기와 이질적으로 보이지만 근본적인 지점에서 서로 통한다.[5] 김훈은 몇 년 전에 발표한 에세이에서 "돈은 실물인가, 아니면 실물을 유통시키고 교환시키는 기호에 불과한 것인가"[6]라는 의문을 피력한 바 있는데,「항로표지」에서 송곤수라는 인물은 바로 그 의문과 대면한다. 송곤수는 "자금은 실체가 없는 겁니다. 그냥 흘러다니는 거지요. 그래서 유동성입니다"(111쪽)라고 말하지만, 그 실체 없는 기호 즉 돈이라는 "허깨비는 숨쉬는 목통을 조이는 오랏줄"(113쪽)이기도 해서, 무림전자의 재무담당이었던 그는 회사가 부도난 후 회사 채무에 연대보증되어 있던 재산을 거의 잃어버린다. 그가 그나마 건진 돈 중 천만원으로 불도저를 구입하여 "가로로

---

4) O. F. 볼노오, 『인식의 해석학: 인식의 철학1』, 백승균 옮김, 서광사, 1993, 93쪽 참조.
5) 이수형 역시 「항로표지」에서 두 인물의 이야기가 '말과 돈의 등가성'의 차원에서 연결된다는 사실을 지적한 바 있다. 자세한 내용은 이수형, 「언어의 도달거리 혹은 말의 발생」, 『현대문학』 2006년 1월호 참조.
6) 김훈, 「'돈'은 기호인가 실물인가」, 『밥벌이의 지겨움』, 생각의나무, 2003, 83쪽.

다섯 번 밀고 다섯 번 세로로"(105쪽) 미는 무용한 행위를 하는 것은 실체 없는 기호가 실체적인 위력을 발휘하는 것에 대한 그 나름의 저항이지만, 김철이 그러하듯 송곤수 역시 결국은 그 기호의 세계 속으로 다시 편입된 다. 김철의 빈자리를 대신해 소라도로 온 송곤수가 김철에게 머뭇거리면 서 "신호를 보낼 수 있을 겁니다……"(125쪽)라고 떨리는 목소리로 말할 때 이 말이 예상 외의 울림을 담는 연유는 그 앞에 '살아 있다는'이란 수 식어가 있는 듯한 인상을 불러일으키기 때문인지도 모른다. 결국 가장 원 시적인 형태의 기호의 발신자로 되돌아온 그의 삶이 말해주는 것처럼, 그 가 발 디딘 곳이 뭍이든 섬이든 인간이 살아가는 현실인 이상 실체를 대 신하는 기호의 체계를 벗어날 수는 없는 것이다.

「항로표지」에서 볼 수 있듯이 김훈에게 있어 진정한 삶은 돈에 의해서 도, 언어에 의해서도 포획될 수 없는 것이지만, 그러나 인간은 그것에 의 지하지 않고서는 삶을 지속할 수 없다는 아이러니를 감당해야 한다. 김훈 은 인간의 삶을 비롯한 모든 존재의 본질은 근본적으로 알 수 없다고 믿 는다는 점에서 불가지론자이며, 그것을 명징한 것으로 포획하는 모든 기 호들을 의심한다는 점에서 회의론자이고, 그 자신이 기호화해낸 것의 절 대성을 주장하지 않는다는 점에서 상대론자다. 김훈에게는 기호의 대척 점에 자리한 것이야말로 삶의 실체지만 역설적으로 그것은 그 대척에 자 리하기에 인간의 말로는 포섭해낼 수 없는 어떤 것이다. 여성의 몸이 소 설가 김훈의 주된 탐구 대상이 된 것은 그것이 그가 어떠한 방식으로든 경험할 수 없는 실체이자 기호적 세계의 반대편에 있는 것이라는 인식으 로부터 연유한다. 그에게 여성의 몸은 기호라는 헛것에 의해 죽지 않은 무엇이지만, 『강산무진』의 인물들은 여성의 몸을 통해 대신 실체의 소멸 과 마주하기에 이른다.

3. 소멸하는 몸, 말하지 않는 뼈: 관상학에서 골상학으로

여성의 몸에 대한 관심이 김훈 소설에 이르러 새삼스러운 것은 당연히 아니다. 고래로부터 현재까지 여성의 몸을 둘러싼 담론이나 그를 재료로 한 예술작품은 수도 없이 많다. 그리고 여성의 몸은 감상의 대상이었을 뿐 아니라 절개하여 관찰되는 '해부'의 대상이기도 했다.[7] 여성의 몸에 대한 해부학적 욕구는 이를 매개로 자연의 비밀에 다가가고자 하는 남성의 욕망에 의해 추동되었다. 남성이 경험할 수 없는 생명 탄생의 신비를 여성은 몸으로 직접 경험한다고 여겨졌기 때문이다. 근대 해부학 서적에 등장하는 여성의 몸이 대개 배가 열려 태반과 태아의 모습이 드러난 임신한 몸이라는 사실 역시 이를 뒷받침한다. 굳이 임신한 몸이 아니라 하더라도 여성의 자연적 생산능력에 주목할 경우 흔히 그 초점의 대상이 되는 것은 월경, 출산, 수유의 담지체가 되는 여성의 성기, 자궁, 젖가슴이다. 김훈의 인물들은 아기에게서 비릿한 젖냄새를 맡고 아내나 어머니에게서 아기가 빠져나온 성기를 보고 그것이 잉태된 자궁을 상상한다. 병을 매개로 자신의 삶을 되돌아보듯, 그들은 여성의 몸을 통해 생의 비밀을 확인하고자 한다.

대개 인생의 막다른 지점에 다다른 『강산무진』의 남성 서술자들이 여성을 보는 시선을 견인하고 있는 것은 예정된 소멸, 곧 죽음에 대한 인식이다. 여성의 은밀한 몸은 생산적 창조가 가능하다는 점에서 그들이 잃어가고 있는 삶의 증거이자 살아있는 질서로 간주된다. 『강산무진』의 소설들에서 서술자─인물의 아버지가 거의 등장하지 않고 아들보다는 딸에 중요한 역할이 부여되고 있는 것은 우연이 아니다. 아버지이자 아들이자 남편인 그들은 주로 가족관계 내부에서 딸과 아내 혹은 늙은 어머니를 관찰하는데, 이들이 거기서 발견하는 것은 생의 환희가 아니라 쇠락과 부패

---

7) 김남시, 「여자의 육체」, 2005년 10월 25일. http://cafe.daum.net/walterbenjamin, 자유게시판 80번글. 이하 여성 해부학의 역사와 관련된 내용은 이 글을 참조.

혹은 죽음의 풍경이다. 『강산무진』의 한 주인물은 오줌을 누는 어린 딸아이 앞에서도 안쓰러운 감정에 젖어든다.

오줌을 내보내고 있는 아이의 성기는 피부로 둘러싸이지 않은 살덩어리처럼 보였다. 껍질이 없는 살이 이 세상의 시간에 스치면서 쓰라릴 것 같은 느낌이 들었다. 오줌줄기는 그 살의 사이에서 나오고 있었다.(「고향의 그림자」, 180~181쪽)

무릎을 벌리고 벽에 기대앉은 어머니의 밑은 어둡고 메말라 보였다. 거기서 미즈코와 나는 태어났다. 나를 쳐다보는 어머니 눈빛에 갑자기 생기가 돌더니 어머니의 입가가 실룩거렸고 두 무릎에 경련이 일었다. 나는 어머니의 시선을 피해 방바닥에 말라붙은 오물자국을 내려다보고 있었다.(「고향의 그림자」, 206쪽)

위에서 인용한 「고향의 그림자」의 두 대목에서 서술자 '나'는 딸아이와 어머니의 성기와 마주한다. "딸아이의 가랑이를 벌려서 오줌을 누일 때 그 성기를 들여다보는 아비의 안쓰러움"(182쪽)을 그의 아내는 알지 못한다. '나'는 아내와는 달리 아이가 제대로 오줌을 가리는 것에 관심을 두기보다는 그 연한 살이 "세상의 시간에 스치면서 쓰라릴 것 같은 느낌"에 복잡한 심경이 된다. 『강산무진』의 남성인물들은 어린 딸뿐 아니라 젊은 여성의 육체 앞에서도 그것이 언젠가는 스러져갈 것을 예감한다. 딸의 모습과 그 어머니의 모습이 닮았다는 사실을 지적하는 대목이 『강산무진』에서는 자주 눈에 띄는데, 인물들이 그 모습에 난감해하거나 설명할 수 없는 회한을 느끼는 것은 그녀들의 얼굴이 드러내는 인연의 자취 때문이기도 하지만 궁극적으로는 그 닮은 모습의 대비가 그들에게 생의 유한함을 환기하기 때문이다.

김훈의 인물들은 생산의 축복을 누리는 여성 역시 죽음에서 자유롭지 못하다는 사실을 관념이 아닌 경험으로 알고 있다. 「고향의 그림자」에서 "어둡고 메말라" 보이는 어머니의 '밑'의 묘사는 "거기서 미즈코와 나는 태어났다"는 진술로, 「화장」에서 "까맣게 타들어가듯 말라붙"은 죽은 아내의 성기 묘사는 "그 메마른 곳으로 딸을 낳았다는 사실은 믿을 수 없었다"(34쪽)는 진술로 곧바로 이어진다. 김훈에게 여성의 성기는 생산의 통로다. 그러나 한때 그곳을 통해 생산이 가능했다는 사실은 그것이 불가능해진 여성의 몸을 더욱 그로테스크하게 만든다. 생명과 죽음이 한몸에 깃들 수 있다는 믿기 힘든 확인은 김훈의 인물들이 오줌을 가리는 딸에 마냥 기뻐할 수도, 젊은 여성의 육체에 마냥 매혹될 수도 없게 만드는 주된 요인이다.

「화장」에서 추은주의 몸만은 이 쇠락의 연상에서 동떨어져 눈부시게 현존하는 듯 보인다. 「화장」을 다루는 글들에서 여러 차례 지적된 대로, 아내의 장과 추은주의 장을 병치시킨 것은 생의 매혹과 죽음의 공포를 교직해놓은 듯한 효과를 불러일으킨다. 「화장」에서 추은주의 움직임이 특히 자세하게 묘사된 대목은 그녀가 딸에게 밥을 먹이는 장면으로, 이 장면의 파격적인 구절 "당신의 아기의 분홍빛 입 속은 깊고 어둡고 젖어 있었는데, 당신의 산도는 당신의 아기의 입 속 같은 것인지요"(79쪽)에서 여성의 '질'이 '산도'로 표현되고 있는 것이나 아이의 입을 바라보는 화자의 궁극적인 관심이 그 산도로 수렴되는 것은 앞에서 말한 연유대로다. 그런데 추은주의 몸이 환기하는 생명력과 관련하여 좀더 짚어보아야 할 것은 그녀에게 할애된 두 개의 장이 마무리되는 방식이다. 추은주의 모습과 행동에 집중하던 화자의 시선은 장의 서사가 마무리될 즈음에 자신의 일상으로 돌아오고 거기서 장은 끝이 난다.

첫번째 장은 추은주의 결혼식날 화자가 전북 출장을 떠나는 것으로 귀결된다. 출장에서 만난 지역 총판상들과의 룸살롱 술자리에서, 김훈은 누군가에게 다음과 같이 말하게 한다. "이게 지금 조개 냄새냐? 썩은 곤쟁이젓 냄새지."(62쪽) '썩은 곤쟁이젓 냄새'는 추은주에게서 확인했던 싱싱한 젊음과 성매매 현장의 퇴폐를 대치시키는 동시에, 인물의 시간대를 추은주의 첫날밤과 포개놓으면서 추은주의 성(도 언젠가는 그렇게 부패해갈 것임)을 은밀하게 암시한다. 두번째 장이 마무리되는 방식은 보다 직접적이다. 추은주가 그녀의 딸에게 밥을 먹이는 광경을 본 '그날 저녁' 화자는 퇴근길에 아내의 병실로 가 그녀를 목욕시킨다. 그가 진정 해부하고 싶었던 것은 생산이 가능한 추은주의 몸이겠으나 그는 그 속을 볼 수도 닿을 수도 없다. 극단적으로 말하자면, 그는 추은주를 해부하는 대신 죽어가는 아내를 해부한다.

아내의 두 다리는 해부학 교실에 걸린 뼈처럼, 그야말로 뼈뿐이었습니다. 늘어진 피부에 검버섯이 피어 있었습니다. 죽음은 가까이 있었지만, 얼마나 가까워야 가까운 것인지는 알 수 없었습니다. 저는 아내의 허벅지와 성기 안쪽과 항문을 비누칠한 수건으로 밀었고 샤워기 꼭지를 의자 밑으로 넣어서 비누를 닦아냈습니다. 닦기를 마치자 아내가 똥물을 흘렸습니다. 양은 많지 않았지만, 악취가 찌를 듯이 달려들었습니다. "여보…… 미안해……" 아내는 또 울었습니다. 시신경이 교란된 아내는 옆을 볼 수가 없었습니다. 아내의 시각은 앞쪽으로만 고정되어 있었습니다. 울면서, 아내는 자꾸만 고개를 돌리면서 두리번거렸습니다. 아마도 수치심 때문이었을 것입니다.(「화장」, 80쪽)

고통스러운 목욕이 끝난 후 화자는 복도로 나와 "당신의 아기의 입 속"(81쪽)을 생각하는데, 그것이 곧 추은주의 산도를 연상케 한다는 사실은 그가 이미 일러준 바 있다. 이어서 그는 "사랑한다고, 시급히 자백하지 않으면"(81쪽) 안 될 것 같은 조바심에 빠진다. 그저 자백하는 것이 아니라

'시급히' 자백해야 한다는 그의 심리는 죽어가는 아내의 육체가 불러낸 것임에 분명하다. 추은주라고 생로병사에서 자유로울 것인가. 늘어진 피부에 검버섯이 핀 아내의 몸은, 그녀의 몸도 시간의 위력 앞에 언젠가는 아내의 몸처럼 될 것이라는 사실을 증거한다. 그가 시급해야 하는 까닭은 추은주가 '아직은' '여자'이기 때문이다. 「화장」에서는 여자라는 말이 수차례 등장하지만 추은주만이 '여자인 당신'일 뿐 그것이 아내의 수식어가 되는 경우는 없다. "해부학 교실에 걸린 뼈" 같은 아내의 몸은 더이상 여자의 몸도 무엇도 아니다.

이미 『칼의 노래』에서 김훈은 죽음의 풍경을 감정의 찌꺼기 없이 묘파해냄으로써 그만의 소설세계의 서막을 알린 바 있다. 그러나 저 장면이 불러일으키는 비참은 감정이 제거되어 있어서이기보다는, 그 "수치심"에도 불구하고 "시선이 교란"된 아내가 "옆을 볼 수가 없"어, 똥물을 흘리는 자신의 몸도 그녀를 거두고 있는 남편의 모습도 보지 못한다는 점에서 비롯한다. 남편에게 (혹은 독자에게) 그 몸이 무방비로 노출되어 있는 것에 비해 아내는 자신의 몸을 전혀 볼 수 없게 설정되어 있다. 그는 볼 수 있지만 그녀는 볼 수 없으며, 죽어가는 아내를 옆에 둔 남편은 죽음에 대한 사유를 거듭하지만, 정작 죽어가는 당사자인 그녀는 자신의 죽음에 대해 사유할 권리를 소설 속에서 전혀 얻지 못한다. 아내가 하는 말이란 '여보 미안해'와 '개밥 주라' 정도여서, 그녀의 남은 삶은 울음이나 똥 혹은 토사물의 흔적으로 대체된다.

피, 고름, 땀, 눈물, 월경혈, 정액 같은 체액과 똥, 오줌 등의 배설물은 몸의 바깥(몸에서 빠져나온 것)인 동시에 몸의 안(몸의 연장)이며, 마음대로 통제할 수 없다는 점에서 인간 의지의 자율성을 교란한다. 아내뿐 아니라 화자 역시 전립선염으로 인해 오줌을 자신의 의지대로 배출하지 못하거니와, 아내의 경우처럼 그것이 정신의 통제를 완전히 벗어난다면 몸의 바깥은 곧 죽음을 의미하게 될 것이다. 그러므로 그로츠가 지적했듯이 이 체액과 배설물들이 내재적으로 오염되었기 때문에 혐오스러운 것은 분명히 아니다.[8] 눈물이 일반적으로 소화와 생식이라는 육체적 기능과 무관하기에 다른 체액과는 달리 정화의 의미를 띠게 되는 것처럼,[9] 배설물과 체액에 대한 인간의 감각에는 상징적인 시선이 개입하기 마련이다. 똥오줌이 자주 등장하는 김훈의 소설에서 그것들이 늘 혐오스럽게 그려지는 것은 아니지만, 『강산무진』에서 병자와 늙은 여성의 배설물은 예외 없이 악취를 풍기며 혐오스럽게 그려지는데, 그 악취의 끝에 자리한 것은 죽음에 대한 강렬한 예감이다.

　이러한 맥락에서 눈길을 끄는 소설이 「언니의 폐경」이다. 김훈은 그 제목에 이미 직설적으로 이 소설이 본격적인 여성 탐구라는 점을 명시해놓는다. 「언니의 폐경」은 여성을 시종일관 '풍경'으로 그려왔던 김훈에게 있어서도, 또 여성의 폐경을 남성작가가 정면으로 다룬 사례가 거의 없었다는 점에서도 이례적인 소설이다. 소설 속에서 '폐경'이라는 설정은 일차적으로는 월경혈의 조절불가능성을 부조해내는 장치로 기능한다. 월경혈은 완전히 통제할 수는 없지만 다른 체액들과는 달리 주기성을 띤다. 그러나 폐경기 여성의 월경은 달주기라는 최소한의 예측성까지 배반한다. 「언니의 폐경」에서 폐경기를 맞은 언니의 월경혈은 '난데없이' 쏟아지고 동생은 그런 언니가 언제 월경혈을 흘릴지 몰라 매번 불안해한다. 폐경기에 이르러 예측을 불허하는 월경혈에 대한 그녀들의 불안에는 사회적인 터부, 그것이 자신의 몸의 일부라는 의식, 살아 있다는 실감과 소멸에의 예감 등이 공존한다. 월경혈은 체액은 체액이되 혈(血), 즉 사람의 몸을

---

8) 엘리자베스 그로츠, 『뫼비우스 띠로서 몸』, 임옥희 옮김, 여이연, 2001, 366~376 참조.
9) 『강산무진』에서 여성의 눈물에는 정화적 요소가 두드러지지 않는다. 예컨대 「강산무진」에서 "아내의 울음은 배설이나 토사처럼 보였다"(343쪽)고 진술되는 것처럼 그것은 체액이 아니라 배설물에 가깝게 묘사되며, 「고향의 그림자」의 어머니가 "눈물도 없는 메마른 울음"(206쪽)을 우는 데서 단적으로 드러나듯이 그 시각적 투명성보다는 청각적 불쾌가 강조된다. 『강산무진』의 여성들은 눈물짓지 않는다. 그들은 질기게 울거나 메마르게 운다.

이루고 그 생명을 좌우하는 피로 이루어진다. 월경은 피를 밖으로 배출함으로써 생명과 관련하는 인간의 유일한 행위이지만, 그렇기 때문에 폐경은 생명이 다해간다는 것을 증거하는 육체적 증상이 된다.

그런데, 난데없이 쏟아진 생리혈을 처리하고 나서 언니는 오래 울었다. 피에 젖은 팬티를 벗어내면서 울어야 할 까닭이 있는 것일까. 언니는 A-6와 B-6의 사이를 우는 것일까. (……) 형부의 돌연한 죽음이 언니의 생식기관 속에서 난데없는 배란과 출혈을 일으킨다는 것은 상상할 수 없었다. 알에서 깨어나는 치어들, 동해안의 내수면을 떠나서 알래스카 바다로 향하는 회귀성 어족들의 치어들, 죽음에 죽음을 잇대어가면서 할딱거리고 꼼지락거리면서 기어이 바다로 나가는 그 바늘끝 같은 치어의 무리들이 내 마음속에 떠올랐다.(「언니의 폐경」, 223~224쪽)

형부의 시신을 목격할 때도 울지 않던 언니는, "증세의 시작"(225쪽)인 갑작스런 월경혈을 처리하고 오래 운다. 그리고 묻는다. "얘, 왜 몸에서 그런 게 나오니?"(225쪽) 동생은 답하지 못한다. 소설 속에서 이 질문은 그녀의 앞선 질문, "얘, 왜 B-6은 살고 A-6은 죽는 거니?"(221쪽)를 명백히 연상시키고, 이 질문에도 동생은 답하지 못한다. 소설의 인물들에 따르자면 죽음과 월(/폐)경은 선택할 수도, 예측할 수도, 막을 수도, 또 그 의미를 알 수도 없다는 점에서도 유사하다. 작가는 후자의 질문에 이어 언니가 월경혈을 흘리는 장면을 배치함으로써 죽음과 여성의 월(/폐)경을 잇대어놓는다. 이러한 배치의 의도는 위 장면에 이르러 분명해진다. 동생인 서술자는 형부의 죽음과 언니의 돌발적인 출혈의 상관관계를 의식적으로는 부인하면서도 치어들이 "죽음에 죽음을 잇대어가면서 할딱거리고 꼼지락거리면서 기어이 바다로" 가는 광경을 떠올린다. "알에서 깨어난" 치어들이 환기하는 것처럼 서술자 '나'에게 월경은 생로병사의 첫 징조다.

그렇게 태어난 치어의 무리들이 바다로 가는 광경은, 모든 생물이 그 예정된 소멸에도 불구하고 삶을 지속해나가야 한다는 사실을 암시한다. 「언니의 폐경」의 그녀들은 남편의 죽음, 별거, 이혼, 이사, 연애, 장성한 자식들과의 이별 등 다채로운 사건들을 겪지만, 그녀들 역시 『강산무진』의 다른 인물들처럼 이를 인생을 이미 겪어낸 자의 자세로 담담히 받아들인다.[10] 이를테면 「언니의 폐경」의 '나'에게 사랑이란 말은 "강물이 다 빠져버린 썰물의 갯벌"(266쪽)을 떠올리게 하지만 그녀는 썰물을 밀물이 되게 할 수는 없다는 사실을 잘 알고 있다. 인물들이 삶을 대하는 자세는 그리하여 소설 속에서 "자신의 생애 앞에 펼쳐지는 시간의 풍랑을 소리 없이 받아들이는 자의 고요함"(260쪽)이라는 말 속에 압축된다.

「언니의 폐경」에는 장년에 이른 그녀들이 이제껏 지나온 삶의 자취가 촘촘히 기록된다. 물론 그 자취가 좋은 기억들로만 채워질 수는 없는 노릇이어서, '나'는 남편의 옷에 붙어오던 머리카락을 생각하기도 한다. 그녀가 남편의 속옷에 있는 윤기나는 '머리카락'으로부터 "젊고 건강한 여자의 나신"(241쪽)의 환영을 떠올리는 것은 김훈 소설의 원리로는 자연스럽다. 체액과 배설물이 아니면서 육체의 연장으로 여겨지는 것이 머리카락이나 손발톱이다. 해서 모질이 좋은 긴 머리카락은 곧 젊고 건강한

---

10) 제목과는 달리 「언니의 폐경」이 폐경이라는 생물학적 사건이 유발하는 육체의 변화보다는 그녀들, 특히 동생이 처한 삶의 상황에 보다 집중하고 있는 것은 이러한 연유에서일 것이다. 서술자 '나'가 자신과 남편의 세월이 '7:3'이라는 수치로 정리되었다는 사실을 알리는 딸 연주의 편지를 받고 난 후, 입덧 시기의 몸의 충동을 떠올리기까지의 과정에는, 삶의 허망함과 그 반대편에 자리한 몸 감각의 격렬함을 교차시키는 김훈 특유의 장기가 유감없이 발휘된다. 그러나 여성의 삶을 다루었다는 점에 국한해서 볼 때 좀더 주목하고 싶은 것은 서술자가 비서실에서 전하는 물건 앞에 "심한 부끄러움"을 느꼈다고 고백하는 대목이다. 김훈에게 몸은 '노동하는 존재로서의 몸'과 '생로병사의 공간으로서의 몸'으로 대별된다 하겠는데, 그가 여성의 몸을 전자의 측면에서 조명한 사례는 흔치 않다. 「언니의 폐경」 역시 크게 다르다고는 할 수 없지만, '나'의 수치가 후자가 아니라 전자의 측면에서 유래한다는 사실은 짚어두려 한다.

여자의 육체와 연결된다. 그런데 이 환영 속의 여자는 서술자에게는 "이름을 가진 어떤 여자"라기 보다는 "여자라는 종족의 먼 조상" 혹은 "여자의 군집체"로 느껴지는데, 결국 이 연상은 "화석 속의 여자가 세상으로 뛰쳐나와 내 앞에서 한 올의 머리카락으로 꿈틀거리고 있었다"(241쪽)란 서술로 정리된다. 이 화석 속의 여자는 현재까지의 작가의 여성 탐구가 가닿은 한 지점을 암시한다. 인간이 죽어 그 몸이 화석화되면, 살과 피와 장기는 모두 사라지고 뼈의 흔적만이 남을 뿐이다.

김훈은 2003년 그가 처음으로 발표한 단편인 「화장」에서 여성의 몸을 관상학적 시선(추은주)과 해부학적 시선(아내)으로 응시하다가, 이후에 발표한 단편인 「뼈」에서는 여성의 골반뼈를 앞에 둔 골상학적 시선으로 이동한다. 이 이동은 흥미롭다. 김훈에게 여성의 몸이란 생의 비의를 간직하고 있다고 믿어지기에 탐구의 대상이 되지만 그 탐구는 언제나 실패로 끝날 수밖에 없다. 그가 그려놓은 여성의 몸 역시 재구성된 이미지일 뿐, 그것의 본질이라고 이야기할 수 없다는 사실은 그가 이미 알고 있을 것이다. 다시 말해, 이러한 지적은 김훈 그 자신이 집요하게 제시해온 의문 하나를 그대로 반사한 것에 지나지 않는다. 작가는 여러 소설에서 기표적 표상이 인간의 실체를 왜곡하고 변형시키며 배신하는 것을 보여준 바 있다. 그런데 관상과 해부의 시선은 정확히 기표로서의 언어의 수준에 머무른다. 지젝이 말하듯이 그 시선이란 신체적인 요소(여성의 몸)로부터 그것이 표상하는 비신체적인 의미(생의 비밀)를 끄집어내려는 시도이다.[11] 골상학으로의 이동이 주목되는 것은 이러한 연유에서다. 여성의 몸을 이루는 모든 요소가 떠나고 남은 '뼈'는 더이상 무언가를 표현하는 기호이기를 멈춘다. 「뼈」에서 고대 여성의 골반뼈인 속칭 '기원화'를 두고 박물관장은 "골반뼈를 통해서 당시의 삶의 생생한 모습을 확인할 수 있게

11) 슬라보예 지젝, 『이데올로기라는 숭고한 대상』, 이수련 옮김, 인간사랑, 2002, 348~349쪽.

되었다고 주장"하지만 서술자 '나'가 보기에 그 뼈를 들여다보고 알 수 있는 것은 아무것도 없다. "뼈는 기원화의 생애에 관하여 아무런 정보도 전하지 못했다."(163쪽) '기원화'는 여성이라는 존재에 대한 기표적 표상이 불가능하다는 사실을 그 자체로 육화하고 있다. 어떤 의미에서 김훈에게는 바로 이 파악할 수 없고 또 파악될 수도 없다는 쌍방향의 한계가 인간의 조건에 다름아닌 것이다.

4. 소설가의 길: 김훈과 소설가 김훈

장편소설을 세 권 출간했으며 이제는 주목받는 소설집까지 묶어냈다는 사실이 소설가로의 전신을 증거하고 있는 셈이지만, 그보다는 말을 회의하고 그럼에도 말로서 말이 될 수 없는 것들을 빚어내려 한다는 점에서 김훈은 이제 소설가다. 첫 소설집 『강산무진』이 출간된 후 몇몇 인터뷰에서 그가 황석영, 조정래, 박경리 등을 거론하며 '나' 아닌 '너'와 '우리'의 이야기를 다루는 거대서사를 쓰지 못했다는 아쉬움을 피력하는 것을 보았다. 그가 "뛰어난 복화술사"[12]라는 지적은 여러 경로로 실감된다.

이를테면 「뼈」에서 도올의 텍스트를 공박하며 일상의 반복을 지적하는 서술자의 진술은 인물의 것이라기보다는 작가 김훈이 바로 옆에 와서 말하고 있는 듯한 착각을 불러일으킨다. 이것 역시 김훈의 강점이라고 한다면, 「고향의 그림자」에서 인물이 P항에서 보낸 유년기의 삽화는 또 어떤가. 그 세목들을 우리는 이미 그의 에세이에서 본 바 있다. 무엇보다 『칼의 노래』의 이순신은 바로 그 소설의 작가 김훈이 아니던가. '나'의 이야기를 해왔다는 그의 말은 그러므로 겸양의 표현만은 아닌 것이다. '나'와 아무런 연민 없이, 과장 없이 대면함으로써 김훈은 당대 인간학의 깊은 지점까지 가닿을 수 있었을 것이다.

---

12) 최원식, 「남과 북의 새로운 역사감각들」, 『창작과비평』 2004년 여름호, 49쪽.

김훈은 어쩌면 불행한 작가일 수밖에 없는데, 작가로서 그가 대결해야 할 대상은 황석영이나 조정래가 아닌 동시대 최고의 산문을 보여주었던 에세이스트 김훈 그 자신이기 때문이다. 달리 말하면 소설가 김훈은 이제 자연인 김훈이 그려오던 세계와 대결해야 할 시점에 이르렀다고도 할 수 있다. 그리고 그 시점은 그의 소설에 내장된 풍부한 인간학을 놓치지 않으면서, 바로 그 인간학을 다시 회의하며 더 깊이 들어가는 길목에서 찾아질지 모른다.

(2006)

인간, 동물, 괴물
— 2000년대 소설에 나타난 동물성의 사유

> 나는 내가 인간이라고 말한다.
> 그러나 내 안에 숨어 있는 타자는 누구인가?
> ─아서 매켄, 『위대한 신, 판』

1. 동물성과 인간성

동물원에 가지 않으면 볼 수 없을 것 같은 존재가 동물이 되어버렸지만 놀랍게도 우리는 동물에 대해 아직도 많은 이야기를 품고 있다. 소설들만 해도 그렇다. 편혜영의 「사육장 쪽으로」(『창작과비평』 2006년 여름호)에서는 시종일관 개 짖는 소리가 메아리치고, 전성태의 「늑대」(『문학사상』 2006년 5월호)는 몽골초원의 늑대사냥을 중심사건으로 삼고 있으며, 손홍규의 「봉섭이 가라사대」(『창작과비평』 2006년 여름호)는 소와 노인의 교감을 골자로 한다. 종종 쉽게 간과되지만 우리는 동물들과, 도미니크 르스텔의 표현을 빌자면 '잡종 공동체'[1]를 이루며 살고 있다.

그러나 그럼에도 여전히 우리는 우리 삶의 일부를 이루고 있는 동물들과 자신은 다르다고 믿는다. 인간의 정상적 세계는 그 반대편에 도착(倒錯)과 편집(偏執), 그로테스크한 엽기를 거느리고 있고, 이는 곧 동물적인 어떤 것으로 쉽게 치환된다. 말하자면 동물은 인간에 의해, 인간 이하의 그 무엇

---

1) 도미니크 르스텔, 『동물성: 인간의 위상에 관하여』, 김승철 옮김, 동문선, 2001.

으로 쉽게 전유된다. 이러한 관습을 추동하는 것은 물론 여러 가지 익숙한 대립항이다. 동물과 인간, 자연과 문명, 본능과 환경, 유전과 문화…… 이러한 이분법은 인간을 동물로 전락게 할 위기를 무마하며 우리를 안심시킨다.

　인간과 동물을 구획짓고 그 사이에 뚜렷한 경계를 설정하고자 하는 시도들에는 거절하기 힘든 호소력이 있다. 인간에게 동물과 다른 무언가가 없다면, 인간이 동물과 근본적으로 다르지 않다면, 우리가 어떻게 인간 된 존엄을 외칠 수 있단 말인가. 달리 말해 인간은 동물이되, 동물과는 변별되는 무언가가 있어야만 한다(고들 믿는다). '인간은 ~한 동물이다'라는 정의에서 종차의 자리에 놓이게 되는, 다른 동물들과 인간 종(種)을 구별짓는 수식어를 누구나 네댓 개 정도는 떠올릴 수 있다. 그러한 사유의 연원은 뿌리깊은 것이라서, 동물을 '영혼 없는 기계'라 했던 데카르트가 그랬던 것처럼, '동물성'은 흔히 그것과는 대별되는 것으로 상정된 '인간성'을 사유하는 데 있어 언제나 유혹적인 출발점이 되어주었던 것이다. 하지만 우리는 한편으로 한 예외적인 인간을 떠올려볼 수도 있을 것이다. 스스로를 동물로 사유했던 최초의 인간, 다윈 말이다.

　다윈이 『종의 기원』을 출간했을 때를 따져보면 인간 진화의 시나리오가 당연한 사실로 학습된 것이 벌써 오래전이지만, 그럼에도 우리는 여전히 인간과 동물 사이의 구분선을 원한다. 다윈에 대한 이러한 거부감의 이면에는 인류 역사상 가장 끔찍한 폭력들이 그의 이름 아래 자행되었던 기억이 자리하고 있을 것이다. 나치즘, 파시즘, 혹은 인종차별, 성차별 등이 당위가 아닌 사실의 차원에서 수긍된 경험 말이다. 그래서 우리는 인간답지 않다는 의미에서 여전히 야만을 말하고, 20세기의 아도르노가 아우슈비츠에서 보았던 것을 21세기의 한국작가 한유주는 9·11테러에서 본다. "그것이 우리의 야만이다."(한유주, 「그리고, 음악」) 지금 여기에 아직도 야만이 살아 있는 한 박탈당한 인간성을 되찾기 위한 노력 역시 계속되어야 하겠지만, 바로 그런 한 우리는 스스로에게 어쩌면 다음과 같은 질문을 던져보아야 하는 것인지도 모른다. "우리가 정말 인간일까?"[2]라고.

2. 우리가 정말 인간일까?

익숙한 예로부터 시작해보자. 널리 알려져 있듯이 침팬지 '사회'에서는 언어에서부터 정치에 이르기까지 인간사회의 주변에서 벌어지는 현상들을 거의 모두 관찰할 수 있다.[3] 우리가 동물과 인간을 구분하는 절대적 척도로 내세우곤 하는 '문화'는 동물사회에서도 동일하게 발견된다. 비단 침팬지뿐 아니라 새에서부터 사회성 곤충에 이르기까지, 그러한 사례들은 손꼽을 수 없이 많다.[4] 동물과 인간은 다르지만 그 차이는 '본질의 차이'가 아니라 '정도의 차이'에 불과하다고 이 사례들은 보고한다.

인상적인 두 편의 데뷔작을 함께 읽어가면서 이야기를 이어가보자. 백가흠의 「광어」[5]와 정이현의 「낭만적 사랑과 사회」[6]가 그것인데, 이미 제목부터가 한쪽은 '동물'이고 다른 한쪽은 '사랑과 사회'여서 대조적이다. 김영찬이 '비루한 동물극장'이라는 제하에 분석한 것처럼[7] 백가흠 소설이 보여주는, "본능적 충동"에 몸을 맡긴 "피냄새 가득한 폭력과 섹스의 아수라"는 "자각 없는 본능으로 살아가는 동물극"으로 보일 법하고, 그리하여 '인수극(人獸劇)'이라 칭해졌던 손창섭 소설의 계보에 놓일 법도 하다. 그런데 여기서 잠깐, 백가흠의 인물들은 왜 하필이면 동물에 비견되고 있

2) 『우리가 정말 인간일까?』(펠리페 페르난데스 아르메스토, 정주연 옮김, 아카넷, 2006)의 표제를 따온 것.

3) 프란스 드 발, 『침팬지 폴리틱스』, 황상익 · 장대익 옮김, 바다출판사, 2004.

4) 에드워드 윌슨, 『인간 본성에 대하여』, 이한음 옮김, 사이언스북스, 2000.

5) 백가흠, 『귀뚜라미가 온다』, 문학동네, 2005.

6) 정이현, 『낭만적 사랑과 사회』, 문학과지성사, 2003.

7) 김영찬, 「비루한 동물극장」, 『비평극장의 유령들』, 창비, 2006.

는 것일까. 그들이 놓인 세계는 과연 "원초적인 자연상태"이고 그들의 행동은 "본능"적이라 할 만한 것일까(혹은 우리가 원초적 자연상태와 동물의 본능에 대해 잘 모르고 있는 것은 아닐까). 비슷한 관점('축생')에서 백가흠 소설을 정밀하게 해부한 복도훈의 논의[8]에 대해서도 다음과 같은 생각을 이어갈 수 있다. 생존을 위해서라면 누구나가 적이 되는 홉스적 상태, 그것이 동물적인 어떤 것으로 치환된 것이 아니냐고.

오해를 피하기 위해 말하자면, 이러한 논의들의 요체는 물론 그들이 동물이냐 아니냐에 있지는 않다. 다만 그것이 비유적 차원에서 작동한다고 할 때, 인간(특히 남성)의 공격성이나 폭력성 따위가 원초적 상태의 동물성과 위상을 나란히 하는 것(동물에게 공격성이 '없다'는 의미는 아니다)으로 쉽게 간주된다는 것이다. 이러한 유비를 가능하게 하는 것은 짐작되다시피 생존의 문제다. 살아남기 위해서 폭력을 행사하고, 이긴 자는 진 자를 전적으로 지배한다. 실화에서 움튼 것이 분명한 「배꽃이 지고」에서, 과수원 주인 사내가 정신지체자 '병출'과 그의 아내를 착취하기 위해 동원하는, 차마 눈뜨고 볼 수 없는 저 끔찍한 폭력을 보라. 그러나 그것이 과연 '원초적 동물왕국'이고 '동물적 삶의 수준'인가에 대해서는 더 따져보아야 한다. 생존을 위한 눈멂의 상태, 원초적 의미의 맹목성은 좀더 복잡하게 디자인되는 것이 아닐까? 아주 단순하게 말해 과수원 사내와 같이 행동하다가는 아무도, 심지어 자기 자신마저도 살아남기 힘들 것이 자명하니 말이다. 여기서 다시 백가흠의 「광어」로 돌아가자.

백가흠의 「광어」는 매 순간 인물들을 우럭, 광어 따위의 생선과 유비관계에 놓는다. 우럭과 광어는 동물이지만, '어항'에 갇힌 동물이다. "그나마 물이 돌고 있기 때문에 고기들이 제법 살아주는데, 대부분은 그곳이 어항인지 알아차리고서 오래 살아주지 않는다." 백가흠의 인물들을 동물

---

8) 복도훈, 「축생, 시체, 자동인형」, 『문학동네』 2006년 여름호.

과 유비관계에 놓는다면, 그것은 (이 인물들과 마찬가지로) 우럭이나 광어역시 원초적 자연상태가 아니라 수족관이라는 울타리에 갇혀 있다는 것을 전제한 후에 가능한 일이다. 데즈먼드 모리스의 지적처럼 자해, 공격, 도착, 살육 등은 우리가 살고 있는 사회가 '원초적 정글'이기 때문이 아니라, '인간 동물원'이기 때문에 벌어진다.[9] 그것은 마치 「광어」에서 서술자 '나'를 파국으로 몰아넣는 숨은 작인이 '나'가 마련한 돈을 도둑질해 도망치는 '미스 정'이 아니라, 그녀의 몸을 거래품목마냥 관리하는 성매매업주 '사모님'이고, 그러한 포주를 은밀히 생산하고 또 용인하는 사회인 것과 같은 이치다.

> 돈이 필요해서요. 미스 정이 '환희'에 빚진 거 갚으려고……
> 당신은 숟가락을 놓고 나를 빤히 쳐다본다. 이제 당신 눈은 슬프지 않다. 아무래도 당신이 임신한 아이의 아버지는 나였던 것 같다. 이제야 확신이 든다. 당신이 병원에 가도록 내버려둔 게 후회된다. (……) 당신 눈이 휘둥그레진다. 나는 통장을 꺼내 당신에게 보여준다. 비밀번호도 알려준다. 당신과 나는 이제 춘천을 떠날 수 있을지도 모른다. 사모님에게 내일 당장 돈을 주고 떠날 수 있을지도 모른다.(「광어」, 28쪽)

앞서 「광어」와 「낭만적 사랑과 사회」를 나란히 놓아본 이유는 두 소설이 공히 동물의 본능으로 흔히들 떠올리는 이른바 '짝짓기'를 테마로 하고 있는 연유에서다. 굳이 사랑이라 고상하게 이름하지 않은 것은 '부양투자'의 문제가 인물들의 구애전략의 이면에서 작동하고 있기 때문인데, 두 소설은 모두 이들의 전략이 실패로 확인되는 어떤 지점에서 막을 내린다. 부양투자가 막대한 인간에게 있어 남녀관계의 기본은 상호착취이며,

---

9) 데즈먼드 모리스, 『인간동물원』, 한길사, 1994.

이 문제에 관한 한 남녀는 서로를 비참하게 만들게 되어 있다는 사실은,[10] 최소한 두 소설을 놓고 볼 때에는 이론의 여지가 많지 않다.

「광어」의 서술자 '나'에게서 두드러지게 발견되는 것은 "심리적으로 어머니와 등가"[11]인 '미스 정'에 대한 집착이지만, 실제 스토리를 끌고 나가는 동력은 미스 정이 임신한—정확히 말하자면 임신했던—아이의 아버지가 누구냐는 데서 나온다. 미스 정에게서 어머니를 읽어내는 '나'의 연상이 소설의 여러 대목에서 분명하게 제시되고 있는 것과는 달리, 아이의 아버지를 둘러싼 '나'의 의문은 세 번 모두 "미묘한 감정"의 변화로 모호하게 처리된다. 아이의 아버지가 누구인지 알 수 없는 한, 즉 '나'의 투자가 그 유전적 가치를 확신할 수 없는 한 스토리는 지속된다. 처음에 그는 아버지가 누구인지 물을 수조차 없었고, 도광일을 아이의 아버지로 의심할 때까지 예의 '미묘한 감정'이 지속되다가 자신이 아버지라는 "확신"이 들자 미스 정 앞에서 기어이 통장을 꺼내든다.

그러므로 '나'의 불행은 그가 자신에게 있어 미스 정의 유전적 가치만을 가늠했을 뿐, 미스 정 역시 그의 가치를 가늠할 것이라는 사실을 간과했다는 점에서 비롯된다. 아이의 아버지조차 확인이 불가능한 미스 정에게서 자신의 아이를 기대하는 그의 분투가 환기하는 핵심은 그에게 '기회'가 '아주 적다'는 점일 것이다. 좌절 끝에 폭력에 호소하는 백가흠의 남성인물들이나 그런 그들을 그대로 용인하는 여성인물들 역시 그 점에서는 마찬가지다. 이렇게 놓고 본다면, 백가흠 소설에서 가족로망스 속 남성판타지와 더불어 주목되어야 할 요소는 빈곤이라는 그들의 삶이 처한 특수한 환경의 문제이며, 이 환경적 요소가 생존(과 번식)에 복무하려는 그들의 유전적 형질(이름하여 동물성)과 부딪히면서 발생하는 불협

---

10) 로버트 라이트, 『도덕적 동물』, 박영준 옮김, 사이언스 북스, 2003.

11) 김형중, 「남자가 사랑에 빠졌을 때」, 『귀뚜라미가 온다』, 262쪽.

화음이다.

　다음날부터 나의 콘셉트는 청순함이었다. 아주 어려운 일은 아니었다. 흰색이나 파스텔 계열의 원피스를 입고, 머리를 정성껏 드라이하여 어깨쯤에서 찰랑이게 하고, 말을 많이 하는 대신 수줍은 미소를 지으면 되었다. 스킨십에 있어서도 조신하려고 애썼다. 그렇다. 마침내 내 인생 스물두 해를 걸고 배팅해볼 만한 남자가 나타난 것이다.(「낭만적 사랑과 사회」, 27쪽)

　「낭만적 사랑과 사회」는 「광어」와는 반대로 제 짝을 찾으려 동분서주하는 한 여성의 좌절담이라 할 수 있다. 보다 적나라하게 말하자면 이 소설의 골조는 '교미'를 위해 애쓰는 '수컷'과, 그 수컷들에게 자신이 하룻밤 상대가 아니라 장기적인 배우자감으로 보이기를 고대하면서 그들 중 자신의 생존에 유리한 수컷을 최선을 다해 '선별'하려는 '암컷' 간의 전략 싸움이다. 각주의 형태로 개입하되, 가치판단을 하기보다는 사실을 보다 정확하게 전달하려는 목적에 충실한 이야기 바깥의 이종서술자는 그러므로 울타리 속 침팬지들을 관찰하는 동물행동학자의 시선에 비견될 만하다.

　그 선별에 이르기까지 우리의 서술자는 신중에 신중을 기한다. 친구 혜미의 일화는 부양투자에 관한 한 암컷과 수컷에게 요구되는 희생 정도가 다르다는 사실을 '나'에게 다시금 되새기게 하고, "깨진 유리를 붙이지 못해 여기까지 온" 어머니의 현재는 그녀에겐 또다른 교훈거리다. '나'가 침대에 눕기까지의 과정이 "결정적인 순간을 위해 자신의 성욕마저 절제할 수밖에 없는 상황"[12]을 보여준다는 진단에서 더 나아가, 나름대로 절박한 생존의 문제로 인하여 그녀에게는 육체적 욕망이 들어설 자리 자체가 마련되어 있지 않다. '나'가 경험하는, 자신이 "배팅"한 남자와 가지는 고통

―――――――――
12) 이광호, 「그녀들의 위장술, 로맨스의 정치학」, 『낭만적 사랑과 사회』, 237쪽.

뿐인 첫 성관계는 물론이고 "더이상은 안 되는데, 안 되는데"라는 말을 반복하는 스킨십 장면 역시 육체적 욕망을 절제하고 있다는 인상은 거의 주지 않는다. 육체적 욕망은 '파스텔 계열의 원피스' '정성껏 드라이 한 머리' '수줍은 미소' 따위의 생존전략 뒤편으로 폐제되어버리는 것이다.

21세기를 사는 도시여성의 내면에 동물의 짝짓기 전략에 비견할 만한 무엇이 숨어 있다는 것보다 더 중요한 것은 그 전략의 내용적 측면을 문제삼는 것이다. 여성의 주체성을 환기라도 하듯이 "나는 혼자 힘으로 이 척박한 세상과 맞서야 했다. 진정으로 강한 여성이 되어야만 하는 것이다"라고 되뇌는—'나'가 실제로 선택한 길은 조건 좋고 능력 있는 남성을 통한 신분상승의 길이며, 그녀는 이 목적을 달성하기 위해서 자신의 처녀성을 고수하고 또 그럴듯하게 외화해낸다. 이 꾀 많은 여성이 자기 꾀에 넘어가는 소설의 결말은, 남성이 아니라 여성에게 내면화된 소위 '성녀와 창녀의 이분법'이 파열되는 지점을 기록하지만 이를 그녀 개인의 문제로 환원할 수 없는 것만은 분명하다. 영악한 듯 보이나 실제로는 너무나 순진한 그녀—혈흔이 있었던들 과연 그녀가 자신의 배팅에 성공할 수 있었을까—의 패착 이면에 있는, 그녀를 꼭두각시처럼 조종하는 시스템(예의 그 십계명)의 문제로 눈을 돌리지 않을 수 없는 것이다.

「광어」와 「낭만적 사랑과 사회」가 말하고 있는 것처럼 생존(과 번식)에 충실하려 하는 것은 (인간을 포함한) 동물의 본성이다. 그러나 우리가 애초에 디자인된 대로 살아도 충분히 행복하게 살아갈 수 있을 만큼 현재의 환경적 조건은 그렇게 관대하지 않다. 문제는 여기서부터 시작된다. 유전과 본성을 불신하는 쪽에서라면 그것을 극복하면서 원하는 삶을 개척해나가야 한다(혹은 인간은 그래왔다)고 볼 것이고, 환경이 자연스런 본성을 구속한다고 보는 쪽에서는 오히려 그 반대가 옳다(혹은 본성은 환경을 뛰어넘어 자신을 관철시켜왔다)고 믿을 것이다. 환경을 뛰어넘는 본성이 있느냐, 본성을 넘어서는 환경이 있느냐 하는 결정론적인 함정을 피해가는 방법은 둘 모두의 영향력을 공평히 인정하는 것이다. 어느 쪽을 더 중요시하건, 관건은 어떻게 하면 나의 생존과 타자의 생존을 동시에 도모할 수 있느냐에 있다는 사실을 상기하면서 말이다.

장기적으로 볼 때 자신의 생존을 꾀하는 행위가 타자들(이웃이건, 동물이건, 아동이건, 여성이건, 빈민이건, 외국인이건……)의 생존을 짓밟는 것이 될 수 없음은 자명하다.[13] 자신을 희생하여 타자들에게 이익이 되도록 하는 것을 이타적 행위라 한다면, 인간이 아닌 바로 동물에게서 그 이타성을 발견하는 것은 어려운 일이 아니다.[14] 타자를 이롭게 함으로써 궁극적으로 나 자신의 생존까지를 내다보는 것이 동물의 세계에서 예외적인 사태가 아니라는 사실, 동물성과 관련하여 공생(共生)의 길을 다시금 사유해볼 여지는 여기에 있다. 이 점을 염두에 두고 그 행보가 주목되는 또 한 명의 작가 편혜영의 소설들을 살펴보자. 이 작가의 소설에서 인간과 동물은 바야흐로 그 경계를 무화하며 하나로 묶인다. 바로 '고통'과 '죽음'으로서 말이다.

3. 동물에서 괴물로

편혜영의 『아오이 가든』(문학과지성사, 2005)에서는 여기저기서 동물들이 출몰한다. 『아오이가든』 이후 발표된 「퍼레이드」(『현대문학』 2006년 2월호), 「밤의 공사」(웹진문장 2005년 8월호), 「사육장 쪽으로」(『창작과비평』 2006년 여름호), 「동물원의 탄생」(『한국문학』 2006년 가을호) 역시 마찬가지다. 편혜영 소설에서 개, 고양이, 쥐, 개구리, 원숭이, 코끼리 중 하

---

13) 홉스 혹은 헉슬리의 반대편에서 크로포트킨의 다음과 같은 질문을 떠올려볼 수도 있겠다. "자연에게 물어보자. '누가 최적자인가? 끊임없이 전쟁을 치르는 종인가, 아니면 서로 도와가며 사는 종인가?' 상호부조의 습성을 배운 종이야말로 의심할 여지없이 최적자임을 우리는 금방 깨닫게 될 것이다." 매트 리들리, 『이타적 유전자』, 신좌섭 옮김, 사이언스북스, 2001, 14쪽.
14) 피터 싱어, 『사회생물학과 윤리』, 김성한 옮김, 인간사랑, 1999, 24쪽.

나라도 나오지 않는 경우는 찾아보기 힘들다. 더욱이 그것도 주변적인 삽화로 처리되는 경우는 거의 없고, 대개 서사의 핵심적인 자리에 위치한다. 개구리들이 비에 섞여 바닥에 떨어지는 것으로부터 시작하는 「아오이 가든」의 중요한 사건은 고양이 자궁 적출수술이고, 검은 천을 두른 상자가 놓인 테이블 위의 원숭이로부터 시작한 「만국 박람회」의 클라이맥스는 서술자 '나'와 개의 싸움이다. 「문득,」에서는 고양이 '제니퍼'의 운명이 '여자'의 운명과 포개지고, 「마술 피리」에서는 '나'가 실험실에서 기르는 실험쥐 '루루'가 '나'의 동생 '미아'와 유비된다. 다른 소설들에서도 사정은 크게 다르지 않아서, 편혜영의 문장 위로는 동물들이 빈번히 배회한다. 두 편의 소설에서 따온 '쥐'에 대한 다음과 같은 언급들을 보자.

그러니까 신생대 제3기 팔레오세(世)까지 거슬러올라가면 발견되는 원시 포유류에게서 유래된 향성(向性)일 수도 있다. 그때 인간은 아직 쥐였으니까. 지나온 과거의 모습이 현재 속에 얼마나 들어 있는지는 알 수 없다. 그러나 루루를 보면 숨처럼 깊은 저 지질시대의 어두운 숲에서 먹이를 찾기 위해 눈알을 굴려대며 웅크리고 있는 나를 느낀다. 나는 분명 새까맣고 형편없는 쥐의 모습이었을 것이다.(「마술피리」, 200쪽)

말하자면 쥐는 도시에서 자연의 일부였다.
사내가 말했다.
아무도 쥐를 처치할 수는 없어요. 그러려면 먼저 사람을 죄다 죽여야 할 걸요.(「서쪽 숲」, 191쪽)

"인간은 아직 쥐"라거나 "나는 분명 새까맣고 형편없는 쥐의 모습" 혹은 "쥐가 되는 꿈"과 같은 진술들로부터 인간의 동물로의 '퇴행'을 읽어낼 수도 있겠으나, 편혜영의 발상은 그와는 어느 정도 거리가 있다. 작가는 '보다 더 진화한' 인간과 그에 못 미치는 동물을 구분해서 규정하려 하지 않는다. "지나온 과거의 모습이 현재 속에 얼마나 들어 있는지"는 알 수 없지만, "원시 포유류에게서 유래된 향성"은 지금도 여전히 인간 속에 있다. 쥐를 처치하기 위해서는 사람을 모조리 죽여야 한다는 「서쪽 숲」의 사내의 말처럼, 동물성과 인간성을 별개의 것으로 구분하는 한 인간은 도리어 인간성의 가장 핵심적인 부분을 부정하게 되고 말 것이다. 생존을 추구하는 것이 동물의 본성이라는 사실을 뒤집어 생각하면, '죽음'과 '고통' 또한 그 본성을 이루는 중핵일 테니 말이다. 죽음과 고통은 인간과 동물이 그 본질적 특성을 공유하고 있다는 증거이기도 한데,[15] 편혜영의 소설들에서 인간보다 먼저 앓고 먼저 죽어가는 존재는 바로 이 동물이다.

「저수지」에서, 실종자를 찾기 위해 저수지 뒤쪽 숲을 수색하는 경찰들이 발견한 것은 인간이 아닌 동물의 시체다. 개의 사체, 얼어 죽은 고양이 등, 주검으로 그 모습을 드러내는 동물들은 인간의 죽음, 나아가 세계의 종말을 예고한다. 숲에서 발견된 개나 고양이가 수색대원들의 손에 의해 불태워지는 것처럼, 실종자를 찾느라 분주한 그들은 "냄새가 이렇게 지독한 게 이상하지 않아?"라는 말만 남긴 채 같은 공간 안에서 죽어가고 있는 아이들은 눈치채지 못하고 돌아선다. 무력하고 무능한 「저수지」의 수색대는 다른 소설들에서 아동보호센터(「맨홀」), 당국(「아오이가든」), 관공서(「서쪽 숲」), 정부(「만국 박람회」), 아버지(「맨홀」), 남편(「문득,」) 등으로, 또 때로는 폭력적인 양상으로 모습을 바꿔가며 반복된다. 상징적 지위를 차지하고 있는 존재들은 이미 그 신뢰를 완전히 상실했고, 동물, 아이, 여성들은 그들의 눈에 차라리 '발각'되지 않기를 원한다. 세계에 만연

---

15) 모페르튀가 데카르트와 주고받은 편지 속에서 품은 바로 그 의문. "죽음과 고통은 동물성의 중심축을 이루고 있지 않은가?"(도미니크 르스텔, 같은 책, 42쪽) 이로써 동물성은 기계성과 구분되고 인간성과 겹쳐진다. 물론 기계가 죽음과 고통을 모른다는 것 역시 한시적인 진실(미래의 로봇공학은 과연 어디까지 당도할 것인가?)이겠지만 말이다.

한 고통을 알아보지 못하고 무심히 지나치거나 은폐해버리기에 급급한 이들의 반대편에서 동물, 아이, 여성이 온 '몸'으로 그 고통을 증거한다는 인식은 편혜영의 소설들 다수가 공유하는 바다.

겉보기에 기형인데다 때로는 사납고 엽기적이기까지 한 이 동물들을 편혜영이 어떤 식으로 사유하고 있는지를 각별히 짐작게 해주는 소설들은 「마술 피리」와 「문득」이다. 「마술 피리」에서 서술자 '나'가 "어이없게도 그새 정이 든", "앞니를 감추고 구석에 앉아 오들오들 떨고 있"는, "날마다 죽어가"는, 그리하여 죽음까지 얼마 남지 않은 실험쥐 '루루'를 보라. 서술자 '나'가 기르는 루루의 얼마 남지 않은 생이나, 빈곤으로 인해 하루하루 견디는 것이 막막한 '나'와 동생의 삶은 다를 바 없으며, 그리하여 '나'는 루루를 보면서 "먹이를 찾기 위해 눈알을 굴려대며 웅크리는" 자신을 읽어내기에 이른다. 「문득」 역시 마찬가지다. 남편이 던진 돌에 맞아 죽은 고양이 제니퍼는 그대로 '여자'의 분신이며, 그들은 같이 (죽어서) 썩어간다.

'루루'와 '제니퍼'는 출구가 보이지 않는 삶을 살아가는 이 여성들의 대리표상이며, 환상적으로 처리된 두 소설의 결말은 작가가 이들에게 전하는 기이하고 서글픈 위로다. 쥐들을 바다에 수장시키고 아이들을 부모로부터 유괴했던 동화 속 '마술 피리'는, 편혜영의 「마술피리」에서 실험실의 기형 쥐들과 죽은 쥐 루루를 포함한 지구상의 모든 쥐들을 "춤을 추듯" 뛰게 하고 "힘차게" 달려가게끔 하는 도시의 밤행진으로 변용된다. 서술자 자신과 그녀의 등에 업힌 동생 미아를 비롯해 이 행렬의 일원들에게는 자신이 몸담고 있는 세계에서 영원히 사라지는 것이 차라리 축복이다. 휘파람으로 이들을 인도하는 「마술 피리」의 서술자와 마찬가지로 「문득」의 (죽은) '여자' 역시 다시 '숲'으로 돌아가고 싶어하는 (죽은) 고양이 제니퍼를 위해 가만히 문을 열어준다.

편혜영의 동물과 여성이 서로 교감하는 사례를 살펴보았으니, 여성의 육체적 '동물성'이 편혜영 소설에서 구현되는 양상도 함께 검토해보기로 하자. 특히 이 대목은 그로테스크한 몇몇 장면들과 밀접한 관련이 있기도 한데, 당겨 말하자면 편혜영 소설에서 임신, 출산, 월경 등 여성의 육체적 경험은 날 것의 감각으로 제시된다. 섬뜩하고 불쾌한 감정을 불러일으키는 만큼이나 강렬한 에너지를 발산하는 이러한 장면들은, 편혜영 소설에서 대개 어머니/여성을 축으로 구성되고 있기도 하다. 「저수지」「아오이 가든」「맨홀」「마술 피리」등 일련의 소설들에서, 급기야 물질화되고 공간화되기에 이르는 이 어머니/여성으로부터 인물들이 느끼는 감정은 우선 공포다. 예컨대 「맨홀」에서, 자신의 몸이 썩고 있다고 생각하는 C를 보며, 서술자 '나'가 (C가 임신한) "아이가 죽는다면 C의 생각대로 썩어서 죽는 게 아니라 양수에 익사할 것"이라 생각하는 것처럼.

임신과 분만이 여성이 자신을 '동물'로 체감하는 순간이라는 인식은, 버려진 아이들의 시선을 통해 다음과 같이 변이되기에 이른다.

양수기가 뿜어낸 물은 집 앞에 그대로 버려졌다. 집은 조금씩 젖어들고 있었다. 양수기가 쏟아붓는 물줄기는 흙바닥이 파일 만큼 셌다. 그럴 때면 집이 출렁거리는 것 같았다. 둘째는 그래서인지 엄마 뱃속에 들어 있는 것 같은 느낌이 들었다. 출렁거리던 엄마 뱃속, 자신의 몸을 둘러싼 붉고 끈적한 피, 입을 틀어막았던 양수 찌꺼기들, 그리고 엄마의 텅 빈 배를 핥던 괴물의 혓바닥. 둘째는 괴물을 흉내내듯이 길게 혀를 내밀어 자신의 입술을 핥았다. 구역질이 치밀 정도로 역겨운 냄새가 퍼졌다. 셋째는 해면동물처럼 몸을 흔들며 멀미를 했다.(「저수지」, 28쪽)

유기된 소년들에 관해서라면 우리는 이미 늑대소년의 이야기를 알고 있다. 그러나 상황은 이보다 더 나쁘다. '엄마'는 아이들을 유기했을 뿐 아니라 방갈로 속에 유폐시키기도 했다. 바깥세계를 향해 구조의 신호를 보내는 대신, 집안에 유폐된 아이들은 집과 함께 부패되어간다. 양수기가 저수지로부터 뿜어낸 물에 의해 조금씩 젖어가는 집은, 둘째에게는 틀이 잡힌 고체가 아니라 미끈미끈한 점액질과 유동적인 액체로 이루어진 엄마의 자궁과도 같다. '출렁거림' '붉고 끈적한 피' '양수 찌꺼기'로 이어지는 연상의 마지막 자리를 '괴물의 혓바닥'이 차지하고 있는 것은 우연이 아니다.

둘째가 "괴물을 처음 본" 날이 "엄마가 도시로 떠나던 날"이라는 사실에서 확인되듯이, 엄마의 빈자리를 메우는 것은 아이들의 의식 속에 출몰하는 괴물이다. 괴물은 어떤 날은 "거대한 물고기"의 형상으로, 또 어떤 날은 "늑대"의 형상으로 동물의 모습을 빌려 나타나지만 고정된 형상을 가지고 있지 않다는 점에서 말 그대로 괴물이다. 물론 이 괴물이, 자신들을 버림으로써 완전히 구속해버린 엄마를 향한 아이들의 두려움을 투사하고 있는 것만은 아니다. 가령, 저수지—결국 이 역시 세계의 기원이자 내재적 한계로서 '엄마의 뱃속'과 맞닿아 있다—의 물을 퍼낼수록 괴물의 크기가 작아진다는 사실에 실망하는 셋째를 본다면 그렇다. 「저수지」에서 상상 속의 엄마는 아무리 퍼내도 금방 더러운 물이 가득차는 저수지처럼 '더럽혀진' 동시에 '넘쳐나는' 괴물이며, 아이들이 아직도 감각하는 '엄마의 뱃속'은 역겨운 지옥이면서도 거역할 수 없을 정도로 신성하고, 더불어 숨쉴 수조차 없지만 거기서 빠져나가고 싶지 않을 만큼 매혹적인 어떤 것이다.

아이들의 의식을 매개로 '어머니/괴물'을 빚어내는 「저수지」에서 한 발더 나아간 「아오이가든」은 월경과 분만의 그로테스크함을 우리가 쉽게 경험해보지 못한 한계까지 밀어올린다. 「아오이가든」에서 '아오이가든' 바깥을 휩쓸고 있는 것은 '역병'이지만, '아오이가든' 안의 '그녀' '누이'의 현재를 장악하고 있는 것은 월경과 임신, 그리고 분만이다. 자신이 태어나는 순간을 "피로 물든 어미의 붉은 가랑이"를 떠올리면서 상상하고, 마침내 고양이가 뱃속으로 기어들어가 마치 입덧이라도 하듯 구역질을 하는 '나' 역시 그 점에서는 마찬가지다. 「아오이가든」에서, 종잡을 수 없는 거의 모든 이야기소들이 여성의 몸이 담지하고 있는 이 친숙하면서도(누구나 알고 있지만) 불편하고 낯선(직시하기 쉽지 않은) 변화를 중심으로 얽혀 있다 해도 과언이 아니다.

상황이 이와 같으니, 편혜영이 자신의 소설로 자주 불러들이는 동물들이라고 예외일 수 없겠다. 주요 등장'동물'인 개구리와 고양이를 한번 살펴보자. 소설의 서두에서 하늘에서 떨어진 개구리가 바닥에 부딪혀 흐른 피는 곧 '그녀'가 엉덩이 근처에 묻혀놓은 '얼룩'과도 같고, "생살이 곯는 것 같은 거리의 냄새"를 묻히고 들어와 새끼를 낳는 고양이 역시 "거리의 냄새"와 함께 둥근 배를 내밀며 귀환한 누이와 겹쳐진다. 여성의 월경, 임신, 출산 등은 주로 집으로 돌아온 이 고양이를 통해 지속적으로 환기되거니와, TV에 방영되는 기린의 분만장면까지 소설에 등장하는 동물들 거의 모두가 이 문제와 관련된다.

그녀가 다시 피를 흘리기 시작한 것은 두 달 전이었다. 그 무렵 그녀의 살갗은 매끈한 빛깔을 완전히 잃고 묘한 녹색을 띠기 시작하다가 점차 자주색으로 변하더니 급기야 까맣게 되었다. 안면이 팽창하여 툭 튀어나왔고 건조한 배가 불룩해졌으며, 귀는 바짝바짝 마르기 시작했다. 코와 입에서 피를 흘리는 날도 있었다. 안구가 녹아내린 것처럼 꺼지기도 했고, 살갗에 기포가 생겼다가 터지기도 했다. 그러던 어느 날 그녀가 자고 일어난 자리에 군데군데 얼룩이 배어 있었다. 다시 검은색 머리카락이 돋고 얼굴의 검버섯이 붉어지는 기미는 없었다. 그녀는 단지 젊은 누이처럼 소파나 식탁 의자에, 방석에 피를 묻혔다. 그 붉은 피는 아오이가든 전체를 물들였다.(「아오이가든」, 59쪽)

'그녀'와 누이는 여성들이 주의를 요구받아온 것(곧, 부계질서 안의 금기)과는 반대로 마치 그녀들이 쓰레기를 버리는 것마냥 아무렇게나 월경혈의 얼룩을 묻히고 다닌다. 그러나 이러한 사태의 핵심이 (바깥의 '역병'으로 말미암아 그렇게 오해되기 쉬운) '청결'과 '건강'의 문제에 놓이는 것은 아니다. 「아오이가든」은 인식론적 혼란을 중심으로 시공간 나아가 인물의 통일성까지를 흩뜨리는 파격적인 실험을 감행한다.

여기서 중심에 놓이는 인물이 일인칭 서술자 '나'의 서술대상인 '그녀'('나'와 누이의 엄마)다. 바흐친이 임신한 추한 노파의 몸을 그로테스크한 몸의 대표적 사례로 들었던 것처럼 "다시 피를 흘리기 시작한" '그녀'는 늙음("죽음의 징후")과 출산의 가능성("삶에 대한 악착같은 집착")을 중첩하고 있는 존재이기에 서술자에게는 그로테스크하기 짝이 없다. 그런데 이야기는 이 정도에서 그치지 않아서, '그녀'는 급기야 괴물로 변해간다. 살갗은 물론이고 안면, 배, 귀, 코, 입, 안구 모두를 아우르며 일어나는 그 몸의 변화는 표준적인 몸에 대한 인식을 극단적으로 뒤틀어놓는다는 점에서 괴물에 가깝다. 그런데 '그녀'가 괴물이 되는 위의 장면을 열고 닫는 것은 그녀가 다시 시작한 월경이다.

이쯤에서 이 변이 이전에 그녀의 월경혈이 어떻게 묘사되고 있는지를 떠올려보자. 그것은 "거울을 흐리게 하고, 칼날을 무디게 하고, 유리접시에 금을 내고, 점토 아래 지렁이를 불러모으고, 다락의 쥐들을 미쳐 날뛰게 하는 냄새가 나는" 즉, 정체성과 질서를 교란하고 방해하면서, 내쳐진 것들을 불러모으는 비천하면서도 신성한 피다.[16] 거리의 온갖 "냄새를 풍

---

16) 편혜영 소설의 '악취' '시체' 등을 '앱젝트(abject)'로 풀어낸 기존 논의로는 「악취와 구토의 미학」(심진경, 『세계의 문학』 2005년 가을호), 「침묵하는 주체, 말하는 시체」(류보선, 『문학동네』 2005년 겨울호)를, 어머니상을 분석한 글로는 「인큐베이터의 시대」(허윤진, 『문예중앙』 2006년 봄호)를 들 수 있다. 이 글에서 우리는 동물성을 매개로 그 무의식적 근원으로서의 어머니/여성을 추적하고 있는데, 이를 더 깊이 천착하기 위해서는 편혜영 소설의 공간이 아울러 분석될 필요가 있다. 편혜영 소설의 '내쳐진 자'들은 자신이 누구인지보

기는 것들의 한가운데"에 아오이가든이 있다면 그 "아오이가든 전체를 물들이는 것"은 바로 그녀의 이 "붉은 피"다. 이 장면에 연이어지는 누이의 분만 장면은 또 어떠한가. '내부와 외부가 치환되고 내가 타자로 도치되는 순간'[17]으로서 여성의 분만은, 누이가 개구리를 낳고, '나'가 개구리로 다시 태어나는 소설의 결말에서 그 극단적인 표현을 얻는다. 성별, 나이, 신체 등에 있어서 종잡을 수 없는 '나'는 급기야 그 종의 구분까지 사라지기에 이르는 것이다. '누이'-'누이의 아이들'-'개구리'-'나' 등의 정체성을 유동적인 것으로 만들면서 동시에 공생적으로 결합시키는 결말의 숨은 주재자는 바로 괴물과도 같은 육체와 정신의 소유자 '그녀'다.

그렇다면 이 모든 사태로부터 우리는 어떤 전언을 듣게 되는가. '그녀'는 바깥으로 누이의 아이들(붉은 개구리들)을 쏟아내고, 그 아이들과 개구리의 몸으로 변이한 '나'가 아오이가든 '너머'로 '낙하'하고, '죽은' 새끼들이 '썩은' 몸으로 '마중'하는 소설의 결말은 끔찍한 비극이고 치명적인 실패이며 되풀이하고 싶지 않은 악몽인가? 상징질서에서 완전히 폐기된 여성과 동물의 고통스러운 변이와 죽음은 다시 보고 싶지 않은 것인가? 물론 그렇기도 하다. 그러나 이 소설은 동시에 우리가 쉽게 안전하고 견고한 것이라 믿는 질서를 위반하는 불온하고 전복적인 기운을 품고 있다는 것 또한 지적해두기로 하자. '차이의 기호'이자 '삭제된 존재'로서 편혜영 소설의 동물과 여성 혹은 괴물은, 그렇게 무뎌진 의식을 공격하며 인정하고 싶지 않은 섬뜩하고 낯선 세계로 우리를 성큼 이끌고 들어가는 것이다.

다 먼저, 어디에 있는지를 묻는다. 이미 많은 작품의 제목부터가 시사적이거니와, 저수지, 아오이가든, 습지, 천(川), 숲, 계곡, 사육장 등 인물을 불안으로 몰고 가는 공간은 그 어느 곳도 확정지을 수 없는 장소로서 공통적이다.

17) 줄리아 크리스테바, 『공포의 권력』, 서민원 옮김, 동문선, 2001.

4. 내 안의 타자, 우리 바깥의 타자

「광어」와 「낭만적 사랑과 사회」로부터 「아오이가든」에 이르기까지, 인간으로부터 시작해 동물을 거쳐 괴물로 이어진 이 이야기는 결국 '내 안의 타자' '우리 바깥의 타자'에 대한 이야기로 귀결될 것이다. '내 안의 타자'를 들여다보는 것은 쉽지 않은 일이며 혹 발견한다 하더라도 그것을 나 자신의 일부로서 완전히 받아들이기는 더 어려운 노릇이다. 내 안의 왜곡된 형상은 부인되고 추방되기 바쁠 뿐, 그것이 내가 살아가는 질서와 부딪히며 형성된 바로 나 자신이라는 사실을 깨닫기란 쉽지 않다. 무자비한 폭력으로 치닫거나 혹은 그 폭력 앞에 엎드리는 소설 속의 인간들을 우리가 인간이 아니라 동물이라 이름하고 싶은 것은 그래서인데, 내가 이물감을 느끼는 그 타자는 나는 물론이고 내 바깥세상의 또다른 얼굴이다. 인간 안의 동물성을 고찰해보는 작업이 인간성 그 자체를, 나아가 인간이 사는 이 사회를 들여다보는 작업과 결국 만나게 되는 것은 그 때문이 아닐까.

'우리 바깥의 타자'는 또 어떠한가. 근대적, 이성적, 합리적 세계에 대립되는 것으로서, 우리는 그들을 알지 못한다. 알지 못하다뿐인가. 타자들은 경멸감과 함께 의식의 하부지대에 유폐되거나 아니면, 순수한 이상향으로 머릿속의 박물관에 진열되어 추억된다. 자연, 동물, 여성, 아이는 대개 그런 식으로 지워지지 않았던가. 그러나 우리 내부의 곪은 상태를 우리가 불현듯 깨닫게 되는 때는 바로 그 외부적 시선에 의탁하는 순간이다. 최근의 소설들 속에서 동물들이 자주 호명되고 또 그 동물들이 침묵 혹은 비명으로 고통을 호소하는 것은 그래서일 것이다. 좋든 나쁘든 우리 바깥의 타자에게 덧씌워진 판타지가 거두어지고 그 적나라한 세계와 마주하게 되면 다시 한번 놀라게 된다. 그 기괴스러움에 한편으론 두려움에 떨며 또 한편으론 걷잡을 수 없이 매혹되는 것은 우리의 언어로 규정할 수 없이 모호한, 그 혐오스럽고 끔찍한 것들이 한낱 예외나 변칙이 아

니라 바로 우리 삶을 관장하는 중핵이기 때문이 아닐까. 그리하여 앞으로
우리의 탐구는 이 질문들로부터 다시 시작될 것이다……

(2006)

바깥의 시선에서 안의 감각으로
— 백가흠론

1. 현대의 비극: 우리는 무엇을 보고 있는가

우리는 타인의 고통이 날마다 중계되는 세상에서 살고 있다. 그 안의 사람들은 그것이 비극인지도 모르는 채 살고 있는 것처럼 보인다. 그 사실이, 지켜보는 우리를 더 괴롭게 만든다. 사건현장에는 경찰이 출동하고, TV 카메라가 들이닥친다. 인터넷은 비난여론으로 끓어오르고, 사회는 경악한다. 현대의 비극은 그렇게 떠들썩하게 상연된다. 그러나 그들의 삶에 대해 우리는 과연 얼마나 알고 있는 것일까.

세계의 저편에서 일어나고 있는 일들에 대해 누구나 알 만큼은 안다고 믿는다. 그러나 결코 아무도 완전히 알기를 원치는 않는다. 그것은 불쾌한 경험이고 불편한 진실이다. 백가흠의 소설은 바로 그런 가려진 저편의 삶을 집요하게 파고든다. 반지하방과 옥탑방에서 옷장과 트렁크에 이르기까지, 백가흠의 인물들은 닫힌 공간에서 신음한다. 잃을 것이 없고, 갈 곳이 없고, 찾아올 이가 없는 그들에게 밝음이란 없다. 낮이 아니라 밤의 체제인 그의 소설에선 암흑이 인물들을 지배한다. 그 어둠 속에서 누군가는 때리고, 누군가는 맞고, 누군가는 배신하고, 누군가는 사기치고, 누군가는 자살한다. 추위에 신음하고, 허기에 굶주리고, 쓰레기와 배설물과 함께 나뒹구는 그들은, 문 바깥을, 창 바깥을, 구멍 바깥을 겨우 엿보거나 간신히 엿들을 뿐이다. 그런 백가흠 소설을 통해 지금 우리가 보고 있는 것은 무엇인가.

백가흠 소설은 우리를 향한 괴로운 질문이다. 어떤 해결도 도무지 마땅치 않은 문제들을 안고 백가흠은 우리 속의 공허한 폐허로 인도한다. 그리고 그것이 백가흠 소설의 두려운 미덕이다. 엽기라 외면하는, 짐승만도 못한 인간들이라 분노하는, 저들의 처지에 눈물 흘리는 바로 우리가, 타인의 비극을 그저 무력하게 보고만 있을 뿐이라는 사실을 불현듯 깨닫게 될 때, 그리하여 그 고통을 관음증적으로 소진하고 있는 것은 아닌지를 자문하게 될 때, 저들과 다르다고 자신하는 우월감과 그로부터 파생된 연민은 마침내 파열한다.

백가흠이 던진 질문을 감당해야 할 순간은 그렇게 온다.

2. 아무도 모른다: 실화와 소설 사이에서

최근 몇 년 사이 각종 매체에는 다음과 같은 사건들이 보도되었다. 1세에서 4세에 이르는 세 남매가 단칸방 쓰레기더미 속에서 연명하고 있었음이, 태어난 지 넉 달밖에 안 된 아기가 사람 없는 집에서 질식해 숨졌음이, 아사한 네 살배기의 주검이 장롱 속에 있었음이 뒤늦게 밝혀졌다. 게임중독 철부지 부모가 질타당했고, 빈곤층의 비참한 상황을 관리하지 못한 국가가 고발되었고, 이웃의 무관심과 현대사회의 익명적 삶의 이면이 폭로되었다. 그중에서도 충격적이었던 한 사건의 전모를 보라. 결혼을 위해 거짓임신을 꾸민 여자는 심부름센터에 영아납치를 청부했고, 청부를 받은 이들은 친모를 살해하고 암매장했다. 갓 태어난 아기는 그렇게 어미를 잃었다. '세상이 무섭다.' 황금만능과 인명경시풍조를 탄식하는 한 칼럼 제목이 그러했다.

이러한 실화들을 효모로 발아한 백가흠의 「웰컴, 베이비!」와 「웰컴, 마미!」, 그중에서도 「웰컴, 마미!」는 사실과 허구 사이에서 끊임없이 경련한다.[1] 우리는 이미 소설 속 사건을 알고 있다. 넘쳐나는 재연-고발 프로그램들과 인터넷 기사들이 우리의 교사다. 매체에 의한 주변부 재현(representation)이 극히 소수인 상황에서 집단의 충격은 재빨리 해소될 길을 찾는다. 이른바 여론은 비정한 부모와 무정한 사회를 비난하고 경찰력 강화와 인성교육을 촉구한다. 아이들을 방치하거나 납치한 인간들에게 퍼부어지는 '패륜'과 '인면수심'이란 비난은 사건을 예외적인 것으로 굴절시키며 우리의 책임을 교묘히 덮는다. 그런 식으로 우리는 도덕성을 확인받고 가까스로, 기어이, 안도한다. 이것이 지금 우리 사회의 대책이다. 하지만 그것이 소설의 대책은 될 수 없을 것이다. 그럴 때 차라리 소설은 아무런 대책도 마련할 수 없는 우리의 무능과 무력을 지독하리만큼 고통스럽게 응시하는 길을 택한다.

백가흠 소설에는 두 부류의 아이들이 있다. 어른-아이들과 아이-어른들. 생존하기 위해 '어딘지 모르게 어른스러운' 참을성을 발휘하는 애어른과 몸은 어른이되 어른으로서의 책임을 감당할 수 없는 애어른들. 후자가 전자를 잉태한다. 「웰컴, 베이비!」에서 게임 상금이 걸린 PC방을 전전하며 살고 있는 모텔의 장기투숙 부부는 '아직 앳되고 어린 나이'지만 벌써 네번째 출산을 앞두고 있다. 고아원에서 만난 부부는 첫번째 아이를 그 고아원에 버렸고, 이제 네번째 아이 역시 버릴 것이다. 그들은 지금 자신들이 무슨 짓을 저지르고 있는지 알지 못한다. 「웰컴, 마미!」에서 '순미'는 아이를 방치하고 '진숙'은 아이를 돈으로 사려 한다. 그녀들은 알지 못한다. 돈으로 아이를 사기 위해서는 어떤 일들이 일어나야 하는지를, 아이를 며칠씩 반지하방에 홀로 두면 어떤 일들이 일어나게 되는지를. 주

---

1) 이 글에서 다루는 소설들은 백가흠의 두번째 소설집(『조대리의 트렁크』, 창비, 2007)에 수록되어 있다.

검 앞에서도 그녀들은 모른다. 진숙은 말한다. "난 모르는 일이야." 순미는 말한다. "저는 잘못 없어요."

실화와 견주어보았을 때, 저 인물들 중 소설이 사려 깊게 형상화하고 있는 인물은 「웰컴, 마미!」의 순미다. 작가의 시선은 순미를 긍정하지 않지만 그렇다고 섣불리 단죄하려고 하지도 않는다. 모든 잘못을 무책임한 모성의 탓으로 전가하기 전에, 그녀의 사정을 얼마간 짚어보려 한다. 순미는 열여섯에 시작한 동거로 아이를 낳았다. 이후 애아버지는 내뺐고, 그녀는 생활고에 시달린다. 소설은 사회적 안전망에서 완전히 비껴난 모자의 삶이 서서히 잠식되어가다가 결국 부식되어 스러져가는 사정을 이야기한다. 엄마가 돈 벌러 간 사이 아이를 돌봐 줄 사람은 없다. 쓰레기와 함께 뒹구는 아이를 측은해했던 순미의 마음은 피로와 함께 곧 짜증으로 바뀐다. 그녀는 아이를 사랑하지만, 아이에게서 필사적으로 벗어나고 싶었던 것이다. 아직 스물인 그녀는 남자랑 연애도 하고 싶었던 것이다. 누가 모성을 원초적이라 했는가.

그러는 사이 아이의 존재는 완전히 은폐된다. 아이는 존재하는 동시에 존재하지 않는다. 아무도 아이를 모른다. 아이는 유령이다. 유령/아이는 배고픔을 참고 비좁은 틈에서 구겨져 잠이 든다. 불 꺼진 반지하방, 세상으로부터 완전히 차단된 이 어두운 '아기-집'은 충만한 카오스가 아니라 그 속에서 아이가 시들어 죽어가는 자궁-지옥이다. 엄마가 친구하라며 데려온 '미니 핀셔'와 아이가 갇힌 방에서 생존경쟁을 벌이는 장면은 『조대리의 트렁크』를 통틀어 가장 견디기 힘든 대목이다. 말 못 하는 아이는 엄마와도 소통할 수 없고, 최소한의 양식마저 개에게 빼앗긴 아이의 극심한 굶주림을 아무도 알지 못한다. 자신의 존재를 그 누구에게도 알릴 수 없던 아이는 '어린아이 귀신'이 되어서야 동네아이들의 눈에 띈다. 부모, 어른, 이웃, 경찰, 사회가 알게 되는 때는 모든 것이 끝장에 이른 다음이다. 부패된 아이의 시체 앞에서 그들이, 혹은 우리가 알게 되는 것은 무엇일까. 아이의 고통, 아이의 비극? 우리가 이제 아는 것은, 그간 우리가 몰랐다는 사실 그뿐이다. 우리는 모른다. 끝내 아무도 모른다. 소설은 그 사실을 뼈아프게 심문한다.

이제 소설의 제목을 다시 한번 읽어야 한다. 우리가 보고 있는, 나아가 살고 있는 이 무대는 '베이비'와 '마미'에게 '웰컴'을 외칠 만한 곳인가. 참혹한 삶을 반어적으로 포착하는 숨은 목소리는 죽은 이를 향한 연민 어린 애도보다는 무자비한 세계를 향한 차가운 분노 쪽으로 기울어져 있다. 이 기울기는 앞으로 어떻게 변화해갈 것인가.

3. 왜 도망치지 않는 거야: 얽매임과 헤어남 사이에서

『귀뚜라미가 온다』의 독자라면 「굿바이 투 로맨스」가 낯설지 않을 것이다. 여자들에게 폭력을 행사하는 '남자'가 있다. 이 남성의 폭력은 구타, 협박, 자해, 감시, 감금, 나체사진 유포, 강간비디오 촬영 등을 아우르는 끔찍한 것이다. 남자의 의식 속에서 그러나 그것은 폭력이 아니다. 완전한 소유가 사랑이라 말하는 그는 그 사랑을 실현하기 위해 치떨리는 악행을 감행한다. 그렇다면, 여자가 자신으로부터 도망치지 않는다면, 남자는 행복해질 수 있을까. 오히려 그 반대가 맞을 것이다. 남자가 말하는 사랑은 그의 생각과는 달리 완전히 소유할 수 없기 때문에 가까스로 가능한 것이다. 자신의 명령을 어기고 있는 두 여자를 발견한 남자의 모습은, '영숙'의 눈에 "화가 난 것이 아니"라 "즐기고 흡족해하는" 것처럼 보인다.

그가 사랑이라 믿고 있는, 좀더 정확히 말해 '즐기고 흡족해'하는 그의 심리적 메커니즘에는 기원이 있다. 그의 가족사로 거슬러올라가면 '폭군 아버지'와 '불쌍한 엄마'가 있다. 남자의 전율적인 고백 속에서, 콩나물국의 뜨거운 콩나물들이 엄마의 얼굴에 거머리같이 들러붙는 광경은 은밀하게 그러나 거의 자동적으로 한 빈곤 가계의 누추한 밥상을 연상시킨다. 알코올중독인 아버지는 왜 무자비한 폭군이 되었나. 그리고 그의 아들은 왜 아버지를 다시금 되풀이할 수밖에 없는가. 연민과 공포를 동시에 불러일으키는 남자의 과거는 이 모든 사태로부터 그의 책임을 면제하는 장치로 기능할 여지가 있는 것이 사실이다.

그러나 우리는 한편으로 백가흠이 남자의 과거 사회-경제적 위치를 누설함으로써 그것이 지금 어떻게 또다른 운명론으로 탈바꿈해가고 있는가를 주시한다는 사실을 놓쳐서는 안 된다. 백가흠 소설에서 폭력의 주재자는 대개 하위계급 남성들임에도, 지금까지 그 폭력은 남성 일반의 신경증적 판타지의 발로로 해석되었을 뿐 그 계급적 의미는 거의 주목받지 못했다. 사회적 박탈감과 폭력(범죄)의 함수관계는 낡고 녹슨 문제처럼 보이지만, 현대사회의 불평등이 안고 있는 부담 중 가장 해결하기 어려운 문제이고 또 가장 외면하고 싶어하는 문제이기도 하다. 백가흠 소설이 현재 우리가 숨기고 싶은 어떤 것을 현시하고 있다면, 그것은 이런 맥락에서도 추적할 필요가 있다.

그렇다면 반대로 이 '미친놈'의 손아귀 속에 놓인 영숙과 미주는 어떠한가. 「굿바이 투 로맨스」의 처음과 끝에서 두 번 되풀이되는 질문이 소설을 관통하는 핵심이다. 소설을 여는 영숙의 질문, "단발머리, 너 왜 도망칠 생각을 않는 거야? 사랑이라도 하는 거야?"는 고스란히 영숙 자신을 향한 것이기도 하다. 남자와의 3년간을 '지옥'과 '악몽'이라 정리하는 영숙은 그런 자신이 이상하고, 신기하고, 이해되지 않는다고 말한다. 소설의 끝에서 다시 반복되는 질문은 그래서 중요하다. 체념하고 포기해버리는 것이 그녀들에게 남은 길의 전부인가. 영숙은 다시 묻는다. "단발머리, 너 도망 안 가냐? 사랑이라도 해?" 첫번째 질문과 두번째 질문은 겉보기엔 동일하지만 그 내포는 다르다. 남자로부터 도망치는 것이 도리어 남자를 기쁘게 해줄 뿐이라는 사실을 이제 여자들은 경험으로 안다. 도망치는 그녀들을 붙잡아 처벌과 복종을 무대화하며 또 그로써 만족을 얻는 남자에게서 벗어나는 길 중 하나는 그 무대 자체를 무효화해버리는 것이다. 영숙은 미주에게 말한다. "창피해하지 말자고. 그 자식이 원하는 거니까." 남자가 의도한 치욕이 영숙과 미주에게 치욕이 되지 못했음을 암시하는 결말은, 남자가 주장하는 '로맨스'를 향해 그녀들이 안녕을 고하기 시작했음을 일러준다.

「굿바이 투 로맨스」는 현재 백가흠이 자신의 틀을 유지하면서도, 그 틀에서 조금씩 변화를 꾀하고 있음을 상징적으로 보여주는 작품이다. 이전까지의 작가가 폐쇄된 공간에서 질식해가는 인간들을 전면화하며 문제를 제기했다면, 최근작들에서는 그 속에서 어떻게 살 것인가를 타진하는 소설들이 드물지 않다. 물론 그것은 아주 연약하고 비참한 희망이다. 「굿바이 투 로맨스」의 결말에서도 완전한 '굿바이'를 예감하기란 벅차다. 하지만 그럼에도 작가가 어떤 출구를 모색하고 있다는 것만은 분명한데, 그것은 이 소설이 하나의 로맨스와 결별하는 과정인 동시에 또하나의 로맨스가 생성되는 과정이기도 하다는 사실에서 기인한다.

영숙과 미주의 새로운 전기(轉機)를 말할 때, 두 사람 사이의 미묘한 연대를 지적하지 않는다면 작품에 대한 적당한 대접이 아닐 터이다. 둘의 관계는 「사랑의 후방낙법」의 '민숙'과 '유진'의 관계와 흡사하다. 모든 사랑의 시작이 그러하듯, 두 소설은 누군가가 다른 누군가를 욕망하고 있음을 먼저 보여준다. 한 여자(영숙, 민숙)가 다른 여자(미주, 유진)를 바라보는 눈길은 두 소설 모두에서 여러 차례에 걸쳐 제시된다. 이 시선의 주체는 남성이라 해도 그리 낯설지는 않지만, 그들의 관심은 가학적이지 않고, 호의를 품은 상대를 돌보고 보살피는 쪽으로 길을 터간다. 두 소설 모두에서 인물들이 남근적 억압의 희생자로 설정되고 있는 것도 특징적이다. 「굿바이 투 로맨스」는 말할 것도 없고, 군대에서 의문사한 아버지를 둔 민숙과 어린 시절 새아버지에게 추행당해왔음이 암시되는 유진 사이의 이야기를 엮어가는 「사랑의 후방낙법」도 얼마간은 그렇다. 그런가 하면, 「웰컴, 베이비!」에서 죽은 동성 애인을 향한 미스터 홍의 마음이나,

「로망의 법칙」에서 P를 향한 K의 마음은 또 어떤가.

돌이켜보건대, 백가흠 소설에서 누군가를 향한 애틋하고 간절한 마음을 찾는 것은 그리 어려운 일만은 아닌 듯하다. 그러나 지금까지 백가흠이 그려온 그런 인물들 누구보다도 읽는 이의 마음을 흔들어놓는 인물이 있으니, 그가 바로 「매일 기다려」의 주인물 노인이다.

4. 왜 나한테 잘해줘: 기식과 헌신 사이에서

행복이란 무엇인가. 그 충분조건은 무엇인가. 「매일 기다려」의 노인은 한 소녀에게 밑도 끝도 없는 호의를 베풀다가 결국 자신의 모든 것을 내주게 된다. 노인이 만난 '연주'는 백가흠의 데뷔작 「광어」에서 오백만원이 든 통장을 훔쳐 달아난 '당신'의 미성년 버전이다. 「매일 기다려」는 그러나 「광어」가 끝난 지점에서 다시 시작한다. 연주는 나갔다가 돌아온다. 소설 속에서 연주의 떠남과 귀환은 두 번 반복된다. 한번은 '현숙' 패거리와 함께 셋으로, 다른 한번은 남자아이들을 포함해 모두 여섯으로. 반복되면서 수는 늘어나고, 패악도 곱절이 된다. 이 이른바 불량청소년들이 어리석고 가난한 노인을 등쳐먹고 튀는 것이 소설의 표면적인 내용이다. 더 말할 것이 있는가.

그렇다면 이제 쉽게 납득되지 않는 것을 물어야 할 차례다. 이번에는 노인을 만난 연주가 던지는 질문이 곧 소설의 문을 여는 열쇠가 된다. "할아버지, 왜 나한테 잘해줘?" 연주가 생각하듯이, 또 우리가 쉽게 상상하듯이 노인은 연주의 몸을 대가로 원하는 것도 아니다. 받는 것 없이 주는 것처럼 보이는 이 노인은 백치인가, 천사인가. 노인에게 현실을 직시하라고, 연주와 아이들이 노리는 것은 돈일 뿐이라고 말하기 전에, 이 노인의 고통의 뿌리를 좀더 더듬어야 한다.

결혼은 꿈도 꾸지 못했으며 제 한몸 먹고사는 것이 우선이었던 노인. 일생 고독했던 노인에게는, 사기도, 패악도, 강탈도 아무런 문제가 되지 않는다. 연주가 실상 어떤 인간이건 그것 역시 중요하지 않다. 단지 누군가 곁에 있다는 그 사실만으로도 노인은 (잃어버린) 감정을 되찾는다. 뿌듯함, 따뜻함, 아쉬움, 서운함, 헛헛함, 미안함, 측은함, 놀라움, 기쁨, 심지어는 딱 한번 품은 화까지도. 노인에게는 이 겨울 한 철이 행복한 계절이다. 그에게는 집이 있고, 돈이 있고, 무엇보다 가족이 있다. 노인은 말한다. 이 모두는 '행복의 조건'이라고.

연주와 아이들로 인해 비로소 가능해진 마지막 조건이 '가족'이다. 그런데 과연 그들은 (노인의 생각대로) 가족인가. 잔인하게 말해 그것은 노인이 자신의 삶을 버티기 위해 구성한 판타지이고, 무의식적인 자기기만이다. 이 같은 사실을 아프게 폭로할 필요가 있을 때, 백가흠이 잘 쓰는 기법이 병치다. 방안에서 대장 현숙이 "니가, 요즘, 들, 맞서서, 개긴다, 했어, 이런, 씨발" 하며 은영을 구타하고 있을 때, 방밖에서는 노인이 '아가'를 향해 "왜들 그르냐. 가족끼리"라고 사정한다. 아이들이 노인을 보는 시선과 노인이 아이들을 보는 시선 사이의 낙차, 아이들이 생각하는 이 무리와 노인이 생각하는 이 무리 사이의 낙차, 이 차이를 백가흠은 끝내 해소하지 않는다. 그 낙차를 명시적으로 드러내는 장면이 반복될수록, 소설은 거의 노인의 수난-학대극에 육박하는 것처럼 보인다. 얼마 되지 않는 노인의 돈을 모조리 빼앗기 위해 벌이는 연극이 그 정점이다. 이와 같은 장면들은 노인이 아이들에게 속고 있다는 사실을 보여주는 듯하지만, 실상은 그 반대에 가깝다. 더 깊이, 더 철저히, 더 완벽하게 연기해야만 하는 자는 누구인가. 가까스로 만난 행복이 무너지는 것을 막기 위해, 노인은 스스로 속아야만 한다.

노인과 아이들이 연출하는 상황은 한마디로 주객전도의 상황이다. 연주와 그녀가 데리고 온 아이들은 노인의 삶에 빌붙어 기생하는 기식자들이다. 그러나 어느 순간부터 노인은 지친 몸을 누일 방조차도 그들에게 빼앗긴다. 전도는 왜 일어나는가. 영악한 아이들은 자신들의 숙주인 노인 역시 또다른 무엇의 기식자일 뿐이라는 사실을 쉽게 간파한다. 아이들이 여섯으로 불어난 날, 그들은 묻고 답한다. "누구네 집이야, 도대체." "저 할아버지 집인데. 원래 주인도 아냐." 소설이 마림공원의 무료급식소에서 시작한 것을 우리는 기억한다. 노인이 그 무엇의 생산자도, 그 어느 곳의 주인도 될 수 없음은 소설 곳곳에서 지속적으로 환기된다. 철거가 얼마 남지 않은 재개발지구의 오래된 연립 반지하방이 노인에게는 '횡재'이고, 가스관의 본관을 끊어가지 않은 사람들에게 노인이 '진심으로 감사'한 마음을 품는 것은, 반지하방도 가스관도 애초에 그의 것이 아니기 때문이다. 넝마장수 노인이 살아가야 할 세상은 심지어 "버려지는 쓰레기에도 이미 임자가 정해져 있는 세상"이 아니던가.

우리가 살고 있는 이 사회가 균형 잡힌 상호교환의 공리에 입각해 있는 것이 아니라 일방적인 착취의 연쇄로 이루어져 있다고 주장하며, '인간은 인간에게 이(기생충)'이라고 한 이는 프랑스의 철학자 미셸 세르였다.[2] 그의 관점에 따르면, 기식의 체계 속에서 우리는 누군가에게 기생하고 또다른 누군가에게 갉아먹히지만, 그 방향이 역전되는 경우는 없다. 「매일 기다려」에서 노인은 연주와 아이들에게 운좋게 걸려든 먹잇감이 아니다. 그는 자신이 완전히 고갈될 때까지 그 전부를 제공하는 숙주와 같은 존재다. 당연히 우리는 이 관계를 그저 지켜보는 것이 힘들다. 지나친 사취(詐取)가 그에게 치명적일 것이라는 사실이 너무도 분명하기 때문이다.

「매일 기다려」의 마지막 장면은 그래서 가슴 한구석을 옥죄어온다. 연주와 노인은 헤어진다. 소녀는 한 번도 뒤돌아보지 않는다. 노인은 "리어카를 끌고 뛰다시피 골목을 내려갔다. 따뜻한 날씨가 고마웠다. 전철역도 있고 지하도도 있었다. 원래 그랬던 것처럼 노인의 집은 여전히 많았다." 더이상 내어줄 것이 없는 이는, 차라리 세상이 고맙다. 그 어느 곳도 소유

---

2) 미셸 세르, 『기식자』, 김웅권 옮김, 동문선, 2002 참조.

할 수 없는 노인의 거처는 역설적으로 세상 모든 곳이다. 그 역설이 일러 주는 노인의 헐벗은 삶이 우리를 먹먹하게 한다. 그 삶에 대해 무어라 말 해야 하는 것일까. 아니, 말할 수나 있는 것일까.

5. 두 개의 트렁크: 두 개의 발자국

두 개의 트렁크가 놓여 있다. 그 안에는 무엇이? 「루시의 연인」에서 '준호'의 트렁크에는 그만의 연인이 있다. "너만 사랑해." 준호가 사랑을 고백하는 연인은 그러나 인간이 아니다. 자위용 섹스인형이다. 자신이 만든 조각을 사랑한 신화 속 피그말리온의 소원은 이루어졌다. 그의 사랑에 감동한 아프로디테가 피그말리온의 연인에게 생명을 불어넣어준 것이다. 과연 준호의 사랑도 이루어질 것인가.

인형 '루시'는 준호에게는 사랑의 대상이자 영감의 원천이다. 인형과의 정사를 소설로 옮겨 쓰다니, 변태가 아니냐고? 그렇게 본다면 우리는 그의 섹스가 누구와 어떤 방식으로 가능할지를 헤아리지 않은 것이다. 준호가 쓰는 소설의 첫 문장이 이러하다. "두시가 되자 루시는 외출 준비를 서두른다." 오후 두시는 바로 준호가 외출을 준비하는 시간이기도 하다. 트렁크에 가둬진 인형 루시는 준호의 숨겨진 연인이자, 방안에 유폐되어온 자신의 다른 얼굴이다.

젊은 청년의, 그것도 아주 잠깐 동안의 바깥 외출이 왜 특별한 것이 되었나. 이야기는 준호의 군 시절로 거슬러올라간다. 태권도 승단시험을 준비하던 중 준호는 다리신경이 찢어지는 타격을 입고 영영 불구가 된다. 하지만 그것은 명령에 대한 절대복종만을 요구하는 군대라는 시스템 안에서 충분히 예견된 불운이기도 하다. 「루시의 연인」에서 이 사고는 이후 모든 일의 기점으로 자리하지만, 소설의 '사건'은 아니다. 이 소설의 가장 현명한 선택은 그 기점으로부터 무려 8년이라는 시간을 뛰어넘은 것이다. 그동안 놀라운 고통의 시간이 준호와 그의 가족을 관통해갔을 것이다. 그러나 8년이면 이제 일상이다. 소설은 그 시간들을 클로즈업하는 대신 앞으로의 생존 문제를 예각화하는 쪽으로 방향을 튼다.

「루시의 연인」에서 백가흠은 '외출' '연인' '글쓰기'의 세 요소를 준호의 장애를 중심으로 치밀하게 엮으며 쉽지 않은 질문을 던진다. 누가 준호와 함께할 것인가. 준호는 혼자서는 삶을 영위하기 어렵지만, 인형 루시는 준호를 방밖으로 인도할 수 없다. 방밖에는 부모가 있고, 집밖에는 서점 주인 '정원', 인사를 나누는 경비, 다리가 성치 않은 한복집 처녀 '미순'이 있다. 가능성이 높아 보이는 부모가 가장 먼저 소거된다. 그와 평생을 함께할 수는 없을 것이니, 소설 속 부모의 모든 관심이 준호의 반려 찾기에 집중되는 것은 자연스럽다. 그렇다면 누가? 정원이 사라지고 경비가 죽는다. 두 사람의 증발과 함께 준호의 외출도 멈춘다. 그의 글쓰기도 멈춘다. 파국은 한꺼번에 들이닥친다.

뜻밖에도 준호는 모든 것을 잃은 뒤 자신의 사랑을 완성시키고, 현실의 반려자도 얻는다. 사라진 여자 정원, 준호를 한때 '아찔하게' 매혹했던 그녀가 둘 모두를 가능케 하는 매개가 된다. 준호는 실종된 정원이 보내온 사진에서 눈을 오려내어 인형 루시에게 붙인다. "루시에게 눈이 생기자 꼭 말을 할 것만 같다." 바로 그 정원에게 전 재산을 사기당한 미순 역시 자신의 오빠에 의해 준호의 집으로 인도된다. 미순이 약간의 재력이 있었을 때는 준호의 부모가 적극적이었고, 그녀가 가진 것을 잃게 되자 이번에는 반대로 미순의 오빠가 나선다. 준호가 거부하던 미순을 받아들이는 과정은, 자신이 누군가를 저울질할 수 있는 처지가 아니라는 사실을 확인하는 과정과 맞물려 있다. 그가 딛고 있는 삶의 지반이 한순간에 무너질 수 있는 허약한 것으로 드러난 뒤 준호의 선택은 한가지다. 과연 준호는 인형 루시를 트렁크 속에 감춰둔 채로, 미순과 서로를 부축하며 걸을 수 있을 것인가. 소설은 미순의 동그란 두 발자국을 비추고 막막한 여운을 남기면서 막을 내린다.

「루시의 연인」의 준호와 마찬가지로 「조대리의 트렁크」의 노총각 조대리도 인생의 배필을 얻기가 하늘에서 별따기다. 이 서른일곱의 대리운전 기사에게 '가능성 있는 여자'란 흔치 않다. 소설의 초반부에서 우리는 편의방 여자에게 '불쌍작전'을 펼치며 조심스럽고도 능글맞게 접근가능성을 타진하는 조대리와 조우한다. 그러나 백가흠 소설이 여기서 멈출 리 없지 않은가. 목에 날카로운 칼자국이 있는 그녀의 대리운전 주선, 조대리가 '여자에게 처음으로 받아보는' 그 호의는, 조대리가 예기치 못한 하룻밤의 서막이 된다. 부슬부슬 내리던 비가 폭우로 변하면서 이야기는 조대리와 정체불명의 손님에게로 넘어가는데, 빗속을 뚫고 밤의 저수지로 향할 것을 종용하는 이 남자, 어딘가 심상치 않다.

　고등학교 동창인 조대리와 손님 '장영수'는 모두 세상에서 지워진 존재들이다. 드러나는 대로 밟혀버릴 것이라는 불안으로 스스로의 존재감을 숨기고 살아온 조대리도 그렇고, 고등학교 졸업장에서도 존재를 찾을 수 없는 장영수도 그렇다. 사업에 실패한 장영수는 백가흠 소설에서 현실에서 패퇴한 몇몇 남성인물들이 겪어온 행로를 그대로 밟는다. 세상을 원망하고, 신세를 한탄하고, 자신의 억울함을 토로하는 그는 아내를 살해하고 (암시적으로 처리된다), 노모를 유기하고, 자신은 자살한다. 반면에 주인물 조대리는 어떤가.

　여자에게 어설픈 작업을 걸어보기도 하고, 우연찮게 걸려든 무서운 손님 때문에 쩔쩔매기도 하는 조대리는 어딘가 좀 모자라 보이고 또 좀 비루해 보이는, 그래서 될 수 있으면 좀 피하고 싶어지는, 어쩌면 우리 주변에서 흔히 볼 수 있는 그저 그런 남자다. 그러나 그는 자신의 삶을 자조하거나 다른 누군가를 증오하지 않는다. 음산한 집에서 기저귀를 찬 노모를 모시고 사는 조대리는, 아내와 딸이 "내 건데 내 맘대로 안 된다"는 장영수에게 더듬더듬 이렇게 묻기도 한다. "어, 어떻게 되유 그, 그게. 사람이 소유가 되겠슈?"

백가흠은 이 그저 그런 남자 조대리를 통해 역시나 그저 그런 인간들인 우리 안에 연명하고 있는 작은 빛의 한자락을 조심스럽게 펼쳐 보인다. 장영수의 주검을 목격한 뒤 조대리는 망인이 주고 간 차의 트렁크를 연다. 정신이 혼란한 장영수의 노모가 트렁크 안에서 말한다. "영수냐? 나 괜찮어." 조대리는 아니라고 하는 대신 빛을 보지 못한 노인의 눈이 상할까봐 움푹 팬 그 눈을 손으로 가려준다. 그의 등에 업힌 노인이 "자기 엄마보다도 더 가벼운 것 같아" 무거워진 조대리의 마음. 네 발자국을 두 개로 만든 마음. 어쩌면 그 마음은 타인을 향해 뻗은 수평적인 공감이 지금 다다를 수 있는 최대치인지도 모른다.

6. 벌거벗은 삶: 바깥의 시선에서 안의 감각으로

현실의 어떤 단면은 소설보다 더 끔찍하다. 백가흠으로 하여금 소설을 쓰게 하는 동력은 바로 그 현실의 무간지옥이다. 알다시피 외환위기와 함께 우리 사회를 급속도로 잠식한 시장만능주의는 양극화를 심화시키고 절대빈곤층을 크게 늘렸다. 공동체적 연대가 깨어지고 사회적 약자가 외면당할 때, 우리가 사는 세계는 약육강식의 정글이 된다. 삶의 절박함을 상쇄해줄 무언가가 존재하지 않는 정글 속의 체념과 포기, 도덕적인 반마비 상태를 엽기적이라 말하기 전에 우리가 먼저 살펴야 할 사실은 그것이다.

백가흠 소설에서 방에 갇혀 개와 생존경쟁을 해야 하는 네 살배기 아이나, 군대에서 다리가 찢어져 불구가 된 청년이나, 강간비디오 앞에서 망연자실한 여인들을 보는 것은 힘들고 슬프고 때로는 화가 치민다. 그러나 바로 그런 감정이 유난스러운 것, 과장된 것이 아니냐고 섬뜩하게 반문하고 있는 것이 백가흠 소설이다.

타인의 고통과 맞닥뜨리는 것은 언제나 짧은 한순간이 아니던가. 그렇게 사는 사람들과 그들을 그렇게 만든 사회를 맹렬히 비난하고, 채 수 분도 지나지 않아 지워버리기 쉽다. 그러므로 지금 중요한 것은 그런 자동화된 반응을 차단하면서 그 삶을 다른 누구가 아닌 우리의 삶의 문제로 옮겨오는 것이다. 만약 이 소설집 곳곳에서 질문들을 찾아내는 누군가가 있다면, 그것은 단지 이 소설들이 우리가 외면하고 있는 삶의 한 단면을 재연하고 있어서는 아닐 것이다.

　그런 맥락에서, 백가흠이 한번쯤 돌아보아도 좋은 것은 이런 것이라 생각한다. 전작들과 비교해볼 때 현재의 백가흠 소설에서 피냄새와 비명은 많이 사위어가고 있지만, 소설의 소재 자체가 극적이지 않은 것은 아니다. 그러한 소재는 지금까지 백가흠이 입증한 것처럼, 우리 삶의 벌거벗은 실재 혹은 우리가 마주치기를 꺼리는 주변부 현실을 환기하는 데 효과적임을 부인할 수는 없다. 그러나 그 극적인 것 안에서 우리 삶의 길을 사유한다는 것은 상당한 모험을 수반하는 것이기도 하다. 즉각적인 충격과 분노에 휩쓸려, 드물게 던져진 고통의 싹은 채 뿌리를 내리기도 전에 스러져버릴 수도 있다. 아마도 그 곤경은 작가로부터 질문을 받은 독자의 것인 동시에, 질문을 던진 작가의 것이기도 하리라. 앞으로 백가흠이 그가 소설화하고 있는 대상에 대한 인력과 척력의 균형을 끝까지 냉정하게 유지하면서, 초월적인 바깥의 시선으로 빠지지 않고 그 고통을 서서히 내재화하는 길을 터가기를 바란다. 역설적으로 들리겠지만 그 어려운 길은, 이미 몇몇 백가흠 소설들이 예시하고 있듯이, 어둠 속의 응시가 그 속에 웅크리고 있는 빛나는 생의 맥박들까지를 끌어안는 바로 그때 비로소 살펴질 수 있는 것인지도 모른다.

(2007)

그로테스크 멜랑콜리, 상실에 대응하는 한 가지 방식
— 천운영론

> 진실이 나를 절망으로 밀어넣으려 한다면
> 나는 단호히 거부할 것이다.
> —천운영, 「포옹」

1

천운영 소설에 대한, 보다 정확히 말해 『바늘』이 출간되고 난 후 이 작가의 첫 소설집을 중심으로 한 지금까지의 논의는 '엽기성' '동물성' '야생성' '야수성' '육식성' '파괴성' '공격성' '관능성' 등의 키워드를 중심으로 진행되어왔다. 천운영 소설에 이르러 우리 문학이 "가부장적 질서를 난도질하는 육체적 질감을 지닌 현장"[1]을 갖게 되었다는 등의, 지난 연대의 여성소설과 천운영 소설을 구획짓고자 하는 시도가 여러 평문에서 발견되는 것은 그러므로 그리 이상한 일은 아니다.

불감증, 거식증, 불임, 도벽 등과 같은 히스테리적 징후로서만, 즉 부정으로서만 여성소설의 위반성을 거론할 수 있었던 지난 연대와는 달리, "맹수의 이미지를 띤 여성인물들"[2]은 유례없이 "전복적이고 파괴적

---

1) 김양선, 「기이하고 낯선 가족과 여성 이야기—하성란, 조경란, 천운영을 중심으로」, 『여성과 사회』 14호, 한국여성연구소, 2002.
2) 황종연, 「탈승화의 리얼리즘—윤성희와 천운영의 소설」, 『탕아를 위한 비평』, 문학동네, 2012.

인"[3] 힘을 독자들에게 보여주었던 것이다. 이 작가의 차기작에 대한 관심이 "신선한 살과 피를 원하는 이 짐승의 다음 먹잇감은 무엇이 될 것인가"[4]라는 질문으로 제시되는 것이 지금은 전혀 어색하지 않을 정도다.

'육체적 질감' '신선한 살과 피' 등 앞서 인용한 비평적 수사에서 은연중 드러나듯이, 위와 같은 특징은 무엇보다 천운영 소설의 생생한 현장감에 힘입은 바 크다. 그러나 이제는 잘 알려진 '발로 쓰는' 이 작가의 스타일이나 그로 인한 생동감 넘치는 디테일의 창출에도 불구하고, 천운영이 정작 공들여 반복해서 말하고 있는 것은 그가 취재한 세계, 바로 그곳으로부터 도출되지는 않는다. 아무리 직접 회를 뜨고, 야나기상의 문신을 보고, 쇠머리 가르는 접칼을 쥐어도, 작가의 시선은 장어를 다루는 횟집 주방장의 손놀림에서 텅 빈 수족관 앞에 망연히 앉아 있는 그의 '아내'에게로, 남자의 육체에 수놓인 화려한 거미 문신에서 문신사의 자살한 '어머니'에게로, 뼈와 살이 갈린 소머리에서 우시장 노동자의 '할머니'와 '연인'에게로 이동한다. 한 세밀한 묘사가 작품의 전체적인 의미를 좌우할 수 있는가라는 조금은 당연한 의문 앞에서, 우리의 초점 또한 이동할 때가 된 듯하다.

예컨대, 다음과 같은 질문들: 천운영 소설의 그로테스크한 이미지에 가려 미처 드러나지 않은 것은 무엇인가? 저토록 야수적이고 공격적이며 파괴적인 인물들의 내면에는 과연 무엇이 자리하고 있는가? 작가의 두번째 소설집 『명랑』이 출간된 지금, 우리가 시도해야 할 작업은 엽기성과 파괴성의 이면 혹은, 공격성과 야수성의 연원을 추적해들어가보는 것이다. 그렇다면 먼저 그 그로테스크함으로 인해 앞서 언급한 비평적 키워드들

---

3) 황도경, 「환상 속으로 탈주하라─천운영, 이평재, 강영숙의 소설」, 『문학동네』 2002년 여름호.

4) 남진우, 「늑대의 후예─천운영, 새로운 육체의 지형학」, 『폐허에서 꿈꾸다』, 문학동네, 2013.

의 시발점 중 하나가 되었던 인물들의 '몸'으로부터 출발해보자. "감각적이고 물질적인 신체를 보여"[5]주면서 "몸의 해부학적 묘사라 할 만큼 유난히 신체에 대한 묘사에 집착"[6]한다고 평가받는 이 작가의 소설에서, 몸, 그것으로부터 다시 시작해보는 것이다. 그러나 이 글에서 주목하는 몸의 일부는 얼굴이 아니다. 바로 '등'이다.

2

우리 중 누군가 자신의 등의 진짜 모습을 본 사람이 있을까. 등은 인간의 육체를 지탱하는 가장 중요한 부분이지만 사람들은 대개 죽을 때까지 자신의 등의 실제 모습을 모르고 산다. 심지어 거울 앞에서도. 그 실재를 파악할 수 없다는 점에서 그것은 무의식의 세계를 은유하고 있으며, 나조차 알지 못하는 이면을 타자가 볼 수 있다는 인식은 불안과 공포의 근원으로 자리한다.

「포옹」의 '나(인경)'는 "평면만을 보여주는 거울의 기만성"을 충분히 알고 있다.[7] "그렇게 화장을 하고 차려입으니 너무 예쁘구나"라는 거울 속 어머니의 말은 그러므로 거짓이라는 것도. 일찍이 멜라니 클라인이 지적한 대로 거울의 드라마가 막을 내릴 때 더이상 엄마의 일부분이 아니라는 것을 알게 되는 아이의 고통은 원초적인 것에 육박하지만, 거울이 제공하는 이 기만적인 나르시시즘은 자기정체성을 구성해내고, 거울을 통과한 후에야 아이는 자신을 삼인칭으로 말할 수 있게 된다. 그러나 굽은 등을 보기를 두려워하는 인경은 여전히 엄마의 일부일 때에만 완전하다

---

5) 심진경, 「아름다움과 추함을 가로지르는 섹슈얼리티의 모험과 위반」, 『여성, 문학을 가로지르다』, 문학과지성사, 2005.

6) 황도경, 같은 글.

7) 이 글에서 주로 다루는 천운영 소설의 출처는 다음과 같다. 천운영, 『바늘』, 창비, 2001; 『명랑』, 문학과지성사, 2004. 이하 필요한 경우 쪽수만 적기로 한다.

고 느낀다. 그녀는 거울에 비친 자신의 모습이 진실이 아님을 알고 있으면서도, 아니 그것이 진실이 아니기 때문에 여전히 "엄마 품에 안겨 거울 속 나를 바라보"며, 자신의 뒷모습이 "백지"로 남기를 바란다. 진실이 절망을 가져다준다면 그 진실을 단호히 거부하는 것, 그것은 자신이 불완전하다고 믿는 그녀가 불우한 삶을 견뎌내는 일종의 방법론이다.

「포옹」에서 인경의 등은 어머니를 제외한 그 누구도 손대기를 꺼려한다는 점에서는 인물의 소외를 지시하지만, 누군가의 손길을 요구한다는 점에서 소통을 불러오는 몸의 유일한 창구가 되기도 한다. "어느 누구도 자신의 등을 쓰다듬을 수는 없는 법이며, 타인만이 그 등을 쓰다듬고 보듬어줄 수 있"(「등뼈」)다는 소설 속의 한 전언은 천운영 소설에서 타인과의 소통이란 곧 위무의 다른 말이라는 사실을 함축한다.

자신은 볼 수조차 없지만 타자는 볼 수 있으며, 자신은 안아주고 보듬어줄 수 없지만 타자는 안아주고 보듬어줄 수 있기 때문에, "아내의 굽은 등" "할멈의 굽은 등"(「행복고물상」)에서 번져나오는 고독감은 남편과 이웃에게 연민을 불러일으키고, 지친 이를 위로하는 가장 좋은 방편은 "등을 쓰다듬어주는" 것(「멍게 뒷맛」)이며, 위로받는 가장 좋은 방법 또한 "등을 내맡기는"(「아버지의 엉덩이」) 것이다. 천운영 소설에서는 환상 속에 잠깐 이루어진 만남 또한 "등을 만졌던 것만 같다"(「월경」)라고 표현된다. 그리고 이런 식이라면, 타인에 대한 분노나 타인으로부터의 외면은 등을 돌리거나, 등을 치는 것으로 그려질 성싶다. 마치 아버지를 경멸하는 아들이 제 아버지의 "등을 쏘아 보"고, 그 아버지의 "등짝을 후려"치고 싶어하는 것(「아버지의 엉덩이」)처럼, 친구들이 대항할 힘도 없는 '나'를 "등을 밀쳐 땅바닥에 넘어뜨리"던 것(「세번째 유방」)처럼, 살인 장면의 마지막 기억이 "남자가 정말 당신 등을 밀었다"(「멍게 뒷맛」)로 남게 되는 것처럼.

그러나 무엇보다 천운영 소설에서 등은, 많은 부분 대상-타자를 상실할지도 모른다는 작중인물의 불안을 담고 있다. 등을 돌린 사람 혹은, 돌아선 사람의 등에 대한 이를테면 다음과 같은 사례들: "등을 돌리고 누워" 있는 남편 뒤에서 그의 아내는 "침묵하는 당신(남편)의 등"을 바라보며 그 "등이 언제든지 떠날 준비가 되어 있다"고, 또 "왜소한 그 등을 보이고 당신은 영영 돌아오지 않을 것만 같다"(「당신의 바다」)고 견딜 수 없어한다. 연인들의 연애의 끝은 또 어떠한가. 꿈속에서 골목을 헤매던 여자는 길모퉁이에서 남자가 "등을 보이고 서 있"는 것을 발견하고 다가가지만 모퉁이를 돌면 새로운 모퉁이만 계속해서 나타날 뿐이고(「모퉁이」), 연인에게 입 맞추던 여인은 "등을 보이고 돌아"선 후 그로부터 "점점 멀어진"다(「세번째 유방」). 이렇듯 도저한 상실감이 등의 이미지를 빌려 가장 성공적으로 형상화된 소설은 그 표제가 아예 '등뼈'이다.

"여자가 떠났다"라는 간결한 문장으로 시작되는 「등뼈」는 자신에게 맹목적으로 집착하던 여성이 떠난 이후 전개되는 남성의 황폐한 내면풍경을 적나라하게 보여준다. "아무런 징후나 예고도 없이 순식간에"라는 구절에서 강조되고 있듯이, 여자의 실종은 너무나 갑작스러운 것이어서 남자에게 그것은 "떠난 것이 아니라 증발한 것"에 가까우며, 남자는 당연히 여자의 그러한 증발에 대비할 수 있는 아무런 준비도 해놓지 못한 채다. 그러나 "그때 왜 여자의 등을 쓰다듬어주지 못했을까"라는 소설 속의 한 구절을 제외한다면 남자가 여자의 사라짐을 안타까워하는 모습은 쉽사리 발견되지 않는다. 대신 남자는 특이하게도 "여자가 떠난 뒤 살 속에 숨은 뼈에 집착하기 시작"한다. (1) 주위 사물들에서 뼈를 연상해내고, (2) 원인을 알 수 없는 요추디스크로 고통받다가, (3) 급기야 뼈를 찍은 엑스레이 필름을 닥치는 대로 모으며, (4) 결국 아무런 식욕조차 느끼지 못하게 되어 그의 몸엔 뼈만 두드러지게 된다. 여자가 떠난 후 이 남자가 보여주는 모든 증상(1~4)은 그러니까 '뼈'에 대한 집착으로 수렴된다. 그런데 왜 하필 '뼈'일까?

등에 통증이 느껴졌다. 손을 돌려 등을 만졌다. 손끝에 등뼈 마디마디가 분명히 잡혔다. 남자는 욕조에서 기어나와 거울 앞에 섰다. 거울에 서린 김을 걷어내자 남자의 퀭한 얼굴이 보였다. 광대뼈가 톡 튀어나오고 눈이 쑥 들어간 낯선 사람이 거울 속에 들어 있었다. 남자는 가까스로 몸을 움직여 거울에 등을 비추어보았다. 등골이 패고 뼈가 튀어나온 등이 어렴풋이 보였다.

여자가 그 등뼈에 숨어 남자의 등을 하염없이 쓰다듬고 있었다.(「등뼈」, 158쪽)

'뼈'에 대한 남자의 집착은 그의 일상을 와해시키고 결국 그 자신을 말 그대로 뼈만 남게 만들어버린다. 그런데 사라진 여자가 등뼈는 말할 것도 없고 광대뼈, 턱뼈, 어깨뼈, 복사뼈까지 유난히 뼈가 도드라졌으며, 식성도 특이해서 생선뼈, 닭갈비뼈, 조개껍데기와 같이 뼈에 붙은 살들만을 골라 먹었다는 사실에 주목해보자. 다시 말해, 우리는 이러한 집착을 그녀에 대한 남자의 무의식적 동일시 즉, 사라진 대상을 불완전하게나마 보유하고자 하는 멜랑콜리적 동일시가 빚어낸 결과로 접근해볼 수 있다.

사랑하는 대상이 사라지면 누구나 그 대상에 대한 집착을 어느 정도 유지하기 마련이다. 그러나 일정한 시간이 흐르면 현실적인 요구와 함께 대상에 투자되었던 리비도는 다시 회수된다.[8] 이것이 상실된 대상에 대한 상식적인 '애도'의 과정이다. 그러나 상실된 대상에 대한 리비도가 너무나 강해서 현실에서 상실된 대상을 대체할 만한 다른 대상을 찾지 못할 때, 주체는 상실된 대상을 내면화(internalization) 혹은 합체(내적 동일화,

---

8) 지그문트 프로이트, 「슬픔과 우울증」, 『무의식에 관하여』, 윤희기 옮김, 열린책들, 1997.

incorporation)함으로써 계속 보유하고자 한다.[9] 결코 재현될 수 없는 상실된 대상은, 이러한 과정을 통해 살아 있는 현재로 끊임없이 소환될 수 있게 되는 것이다. 남자가 가까스로 거울에 비춰본 자신의 등에서 "여자가 그 등뼈에 숨어 남자의 등을 하염없이 쓰다듬고 있"는 모습을 발견하는 환상으로 처리되는 소설의 마지막 장면은 이러한 맥락에서 음미해볼 만하다. "뼈가 튀어나온 등"은 현재의 환상 속에서 과거의 상실된 대상과 남자가 조우하는 장소로 공간화되고 있기 때문이다.

천운영 소설의 인물들은 이처럼 상실을 쉽게 받아들이지 못한다는 측면에서, 그리고 그 저항이 지극히 위장된 형태로 드러난다는 점에서 멜랑콜리적 주체의 성격을 상당부분 공유하고 있다. 상실로 인한 슬픔이 애도로 승화되지 못한 원인은 무엇보다 이들이 도저한 상실감의 원인이 된 대상에 대해 '의식적으로는' 알지 못한다는 데 있다. 그리하여 환상 속에서조차 대상과의 만남이 허락되지 않을 때, 무엇으로도 막을 수 없는 "난폭한 짐승"이 출몰하게 된다. 이 "난폭한 짐승" 혹은 "광포한 짐승" 혹은 "제 속에 든 짐승"은 인물들, 특히 여성인물들을 숨이 차도록 달리게 만들기도 하고, 그녀들에게 무서운 식욕을 부추기기도 한다. 다음을 보라. "애도할 만한 죽음이 나타나면 여자 속에 숨은 짐승도 사라질 것이라고 생각했다. 무언가 슬픈 일이 일어나기를, 짐승을 다스릴 만한 제물이 나타나기를 여자는 빌었다."(「모퉁이」)

"애도할 만한 죽음"이 여자 속 숨은 짐승을 사라지게 하고, "무언가 슬픈 일"이 그 짐승을 다스릴 것이라는 저 여자의 내면이 가리키는 것은, 자신의 상실감의 원인이 되는 대상이 앞에 있다면 그 상실을 치유할 수 있

---

9) Judith Butler, "Melancholy Gender/ Refused Identification", *The Psychic Life of Power: Theories in Subjection*, California, Stanford Univ. Press, 1997: 조현순, 「주디스 버틀러의 젠더 정체성 이론―패러디, 수행성, 복종, 우울증을 중심으로」, 『영미문학 페미니즘』 Vol.9(1), 한국영미문학페미니즘학회, 2001 참조.

을 것이라는 막막한 기대다. 통제불가능한 내면은 분명 무언가의 상실로부터 비롯되었을 것이다. 그러나 상실된 대상은 이미 존재하지 않는다. 상실된 대상이 눈앞에 있어 이를 애도할 수 있다면 자신도 어찌할 수 없는 내면을 잠재울 수 있을지도 모른다…… 그 기억-내용은 이미 소실되었으되 기억-감정이 남아 있어 유사한 심리적 기제가 주어지면 어김없이 리비도가 투자된다. 그러나 그 대상이 상실된 바로 그 대상은 아니기에 상실의 흔적은 그녀들에게 애도해야 할 무언가를 끊임없이 요구한다. 애초에 존재하지조차 않았던 남자의 유골을 뿌리러 제주도로 향하는 여자(「포옹」)가 우리에게 말해주는 것은 바로 그것이다.

3

천운영의 소설들에서 누군가의 죽음 혹은 (갑작스러운) 사라짐은 서사를 이끌어가는 가장 기본적인 모티프이다. 이 작가의 어느 소설을 들춰보아도 이 점을 쉽게 확인할 수 있다. 「명랑」 「아버지의 엉덩이」 「세번째 유방」에서는 할머니가, 「바늘」 「명랑」 「월경」 「당신의 바다」에서는 아버지가, 「바늘」 「멍게 뒷맛」 「월경」 「아버지의 엉덩이」에서는 어머니가, 「숨」 「그림자 상자」에서는 양친 부모 모두가, 「등뼈」 「멍게 뒷맛」에서는 여자가, 「모퉁이」에서는 연인이, 「당신의 바다」에서는 남편이 죽거나, 실종되거나, 아무런 예고 없이 주인공 곁을 떠난다. 이러한 상실이 대개 가장 기본적인 삶의 단위인 가족관계에서부터 발생한다는 것은 이렇게 열거한 목록에서도 금방 드러난다. 물론 특히 두드러지는 것은 아버지와 어머니(할머니)의 빈자리다. 천운영 소설이 가족관계 안에서의 갈등을 그 기본축으로 하면서도 「모퉁이」 「그림자 상자」 「세번째 유방」을 제외하면 형제나 자매를 쉽게 찾아볼 수 없는 것은 우연이 아니다. 이 소설들에서마저도 언니, 오빠, 동생은 인물을, 부모 특히 어머니 곁에 가까이할 수 없게 만드는 경쟁자로서만 그 의미를 지닌다. 천운영 소설 속 인물들의 어머니에 대한 집착 혹은 애증은 그 유례를 찾아보기 힘들 정도로 강렬하다.

이미 천운영 소설의 두드러진 특징 중의 하나로 '부재하는 아버지'가 거론되었거니와,[10] 남진우의 논평대로 무능하고 비루한 아버지의 초상은 이 시대 거세된 남성성의 표상이라 할 만하다. 물론 아버지가 부재한다는 사실 그 자체로는 그리 특별할 것이 없는지도 모른다. '부재하는 아버지'는 오랫동안 한국소설의 한 테마였고, '아비-부재' '아비-찾기' '아비-되기' '아비-부정'의 기나긴 순환 속에서 소설의 인물들은 그 정체성의 근거를 상실할지도 모른다는 존재론적 불안과 함께 지금껏 성장해왔다고 해도 그리 과언이 아니기 때문이다.

그러나 천운영 소설에서 아버지의 죽음, 그 부재의 효과는 말 그대로 그저 '없음'에 불과한 경우가 대부분이라 특징적이다. 아버지의 위치가 주변화되어 있음에도, 이 작가의 소설에 등장하는 아들들에게서는 그에 대한 어떠한 연민도, 이를 복권하려는 의지도, 스스로 가부장으로 전신하고자 하는 충동도 거의 드러나지 않는다. 천운영 소설에서 강력한 입법자로서의 아버지란 「세번째 유방」의 아버지를 제외하면 찾아보기 힘들며, 심지어 '아버지-법'은 "어머니를 닮은 부라보콘"(「눈보라콘」)에게까지 자리를 내준다. 그리고 '~하지 말라'가 사라진 자리에서, 가위를 든 "이발사" 아버지가 사라진 바로 그 자리에서, '나'는 어머니를 마음껏 향유하고자 한다. 그리하여 「눈보라콘」에서 부재하는 아버지는 이후 도래할 어머니의 빈자리를 보다 선명하게 부각시키기 위한 하나의 장치로써 기능하게 된다.

아버지는 느낄 수 없을 만큼 고개를 돌렸다가 다시 텔레비전을 본다. 나

---

10) 남진우, 같은 글.

는 신경질적으로 상을 내려놓고 아버지의 등을 쏘아본다. 텔레비전 화면에는 쇼핑호스트가 플라스틱 밀폐용기를 소개하고 있다. 앞치마를 두른 쇼핑호스트는 크기가 각기 다른 밀폐용기를 쌓아놓고 얼마나 저렴한지에 대해 과장되게 말하며 전화주문을 유도한다. (······) 아버지는 냉장고에 뭐가 들었는지 관심도 없으면서 조금씩 내려가는 숫자판에서 시선을 떼지 못한다.(「아버지의 엉덩이」, 172쪽)

또다른 남성 주인물이 등장하는 「아버지의 엉덩이」에서도 상황은 별반 다르지 않다. 위 장면의 등장인물의 성(性)을 여성으로 치환시켜놓으면, 즉 아버지와 아들의 식사장면이 아니라 어머니와 딸의 그것으로 바꾸어놓으면, 우리 눈앞에 매우 익숙한 광경이 펼쳐진다. 늙은 어머니가 "텔레비전"을 보고 있다. 딸이 "상"을 차려 들어간다. 어머니의 모습에 "신경질"이 난 딸은 그녀를 "쏘아본다". 텔레비전에서는 플라스틱 밀폐용기를 선전하는 홈쇼핑 프로그램이 한창이다. 어머니는 숫자판에 넋을 놓고 있다.

그러나 이 장면의 주인물은 분명 아버지와 아들이다. 홈쇼핑 중독자인 아버지의 "게걸스런 주문과 반품"이 외출로 이어지는 이 소설은 우리가 익히 보아왔던 히스테리적 여성인물이 등장하는 소설 혹은 홈드라마의 역전된 판본이라 할 만하다. 그러나 이 장면을 언급한 것은 이 시대의 '아버지 부재'를 보여주기 위해서가 아니다. 아버지는 그렇게 존재한다. 아버지의 '엉덩이'라는 발칙한 상상력이 말해주듯이, 다만 '어머니 부재'로 세계의 중심을 잃어버린 한 "엄마"의 아들로서만, 아버지는 그렇게 존재할 뿐이다. 이 소설의 아버지와 아들, 두 남성 인물을 움직이는 숨은 작인은 아버지가 아니라 부재하는 어머니다. 자신의 어머니 묘소 앞에서 "이제 막 탯줄을 끊고 세상에 나온 갓난아이처럼 우는" 아버지는 물론이고, 태어나자마자 잃어버린 "따뜻한 자궁"을 그리워하는 아들 역시 포도나무

가지에서조차 "침묵하며 나를 바라보는 할머니"를 발견한다. 이들 부자에게 '부재하는 어머니(할머니)'는 모성적 초자아(maternal superego)의 형상으로 그녀의 아들들을 조종한다.

두 남성인물을 움직이는 모성적 초자아의 형상은 「숨」에서 '차가운 자궁'의 이미지를 빌려 섬뜩하게 변주된다. 할머니를 설득하는 마지막 방편인 송치를 구하기 위해 주인물 '나'가 불법적인 물 먹이기를 감행하다가 경찰에 발각되어 도망치는 대목에서, 단속반의 추격을 피해 숨어든 장소가 높이 2미터, 영하 20도의 "거대한 냉장창고"라는 점을 쉽게 지나치기 어렵다. 그 추격의 장면이 마치 사냥의 한 대목처럼 그려지고 있다는 점(할머니가 "육식동물"이라는 점을 상기하자), 이 발각으로 인해 할머니의 의사를 거스른 미연과의 결혼이 틀어질 위기에 처한다는 점, 그 안에서 '나'는 입을 틀어막은 채 숨죽여야 한다는 점 등은 이 냉동고가 '나'에게는 공포 그 자체일 수밖에 없는 '얼어붙은 자궁'이 물질화된 것임을 암시한다. 「숨」에서 냉동고가 이처럼 은유적 차원에서 자궁의 부정적 이면을 함축하고 있다면, 「행복고물상」에서 그것은 "유산된지도 모르고 보름 동안이나 자궁 속에 죽은 아이를 넣고 다녔던" 아내를 빌려 실체화되고 있기도 하다.

이와 같이 자궁이나 혹은 자궁을 연상케 하는 이미지들은 천운영의 소설에서 빈번하게 출몰하면서 작품의 기저음의 일부를 이루고 있다. "당신을 둘러싼 바다 밑바닥 같은 어둠"(「당신의 바다」)과 같은 표현에서 볼 수 있듯이, 천운영 소설에서 어둠, 바다는 의미론적인 층위에서 긴밀한 연관관계 속에 놓이는 경우가 흔하며, "깊은 어둠" "어두운 바닷속으로 깊숙이" "바다 깊숙한 곳" "물속 깊숙이" "깊은 바다로 침잠"에서와 같이 곧잘 하강 혹은 침잠의 이미지와 함께 나타나는데, 이 모든 것이 궁극적으로 가리키는 최종지점에 어머니-모체-자궁이 자리한다. "탄생 이전의 따뜻한 양수 속으로 돌아가고 있는" 할머니(「명랑」)나, "태아처럼 몸을 구부리"고 "어머니의 자궁처럼 포근해진 어둠"을 즐기는 아이(「유령의 집」)는 천운영 소설의 주인물들에서 발견되는 모체-자궁으로의 회귀욕을 보다 명시적으로 드러낸다.

천운영 소설에 등장하는 위와 같은 사례들에서 다음과 같은 해석들을 이끌어낼 수 있을 것이다. 즉, 무력한 아버지를 대체하는 어머니에게서 아버지-법에 내포된 헤게모니의 일시적인 전복을 읽어낼 수도 있고, 성적 관계의 절대적 방해자로 나타나는 할머니로부터의 탈출을 꿈꾸는 손자의 서사를 아버지-질서의 외부를 꿈꾸는 딸의 서사의 역전된 판본으로 체감할 수도 있으며, 빈번히 등장하는 자궁 회귀욕으로부터 주체-대상의 이분법에 이전하는 원초적 충동으로서의 모체 회귀욕을 지적할 수도 있다. 그러나 위 소설들에서는 그것이 의존성이건, 억압이건, 회귀이건 어머니의 부재가 스토리-시간 내에서 발생하는 경우는 드물며, 발생한다고 하더라도 죽음(「아버지의 엉덩이」)이나 재혼(「눈보라콘」)을 매개로 하여 이루어지기 때문에 그 자체로 버려짐이나 내쳐짐의 쓰라린 감각을 동반하지는 않는다. 대상-타자의 상실을 '버려짐'으로써 격렬하게 경험하는 인물들은 무엇보다 「바늘」 「멍게 뒷맛」 「월경」 「모퉁이」에 등장하는 여성 인물들이다.

울음보가 터졌다. 엄마의 뒷모습을 보는 순간 눈물이 쏟아져나왔다. 다락 계단을 기어오르면서부터 나는 이미 울고 있었다. 코피가 나올 것처럼 콧잔등이 매큼해지고 입술은 움찔움찔 울음을 품었다. 엄마는 내 울음소리에도 걸음을 멈추지 않았다. 엄마는 뒤도 안 돌아보고 걸었다. 내 울음이 엄마를 돌려세울 수 없다는 것은 나도 잘 알고 있었다. 그렇다고 울음을 그칠 수는 없었다.(「모퉁이」, 100쪽)

「모퉁이」는 주인물 '나'가 '엄마'와 헤어지는 인상적인 장면으로부터 시작한다. 이 장면에서 엄마를 잃어 비통한 한 소녀의 심사는, 열네 줄에 걸쳐 집요하게 서술된다. 마치 그것을 영원한 이별이라 예감하는 듯이 소녀는 줄기차게 운다. 그러나 소녀가 그토록 떠날까봐 전전긍긍하는 엄마는 단지 아빠의 공장에 밥을 가져다주러 나선 길일 뿐이다. 매일 반복되었을 이 일상적인 엄마의 떠남 앞에서 소녀는 한참 동안 울음을 멈추지 않는다. 심지어 엄마를 자신으로부터 떼어놓는다고 생각되는 존재는 "뱃속의 아이"라도 저주하는 소녀, "엄마가 없으면 당장이라도 죽을 것처럼 악을 쓰고 울었"던 그 소녀, "우는 것만이" 자신을 "지킬 수 있는 유일한 방법"이었던 바로 그 소녀는, 성인이 되어서도 "남자"에게는 여전히 "울음소리"로 존재한다.

「멍게 뒷맛」과 「바늘」에서도 역시, 어머니와의 이별은 언제나 이미 되돌릴 수 없는 것이며, 성장한 그녀들이 겪는 모든 상실의 밑그림이 된다. 엄마들은 결국 떠난다. 엄마가 떠난 길목을 바라보며 꼼짝도 못하고 있던 그날을 기억하는 '나'(「바늘」)나, 좋은 옷을 차려입고 기차에 올랐을 때부터 이미 엄마에게 "버려질 것"을 짐작하고 있었던 '당신'(「멍게 뒷맛」)은, 그런 점에서는 모두 닮은 존재들이다. 이 세 소설에 비해 어머니의 비중이 미미하게 그려진 「월경」에서조차, 주인물 '나'는 어머니의 화사한 보석함에, 손톱 자른 것, 빠진 머리카락, 상처에서 떼어낸 딱정이와 같이 제 몸에서 떨어져 나온 것들을 모아둠으로써, 뿌리깊은 분리불안을 드러낸다.

이 소설들에 등장하는 여성인물들은 어린 시절, 주로 어머니로 대표되는 대상-타자에게 강렬한 애착을 가지고 있었으되, 필연적으로 그 애착이 거부(혹은 금지)됨을 경험한다. 가령 「모퉁이」에서 그것은 금지의 양상으로, 「바늘」에서 그것은 거부의 양상으로 전면화된다. 그러나 무엇보다 중요한 것은 그러한 금지/거부에도 그녀들의 욕망은 부인된 형태로 여전히 잔존하고 있다는 사실이다. 할머니를 갑작스러운 사고로 잃은 뒤 그녀의 뼛가루를 생전의 할머니가 명랑가루 먹듯 맛보는 손녀가 "내 내부에는 언제나 나를 바라보며 침묵하는 그녀가 있다"고 고백하는 것(「명랑」)처럼, 상실이 일어났을 때 상실을 부인하고 상실된 대상의 속성을 취하여 이를 내면화하는 것이 천운영 소설에 등장하는 멜랑콜리적 주체의 생존 전략이라고 한다면, 「바늘」과 「월경」의 '나'는 바로 그 길을 간다.

4

「바늘」과 「월경」은 각각 그로테스크한 인물 묘사와 도착적인 섹슈얼리티로 인해 발표된 직후부터 유독 많은 주목을 받아온 작품들이다. 이 글의 관점에서 역시 두 작품은 흥미롭게 읽힌다. 논의를 마무리하는 지점에서 두 소설을 집중적으로 되짚어보고자 하는 이유는 다음의 몇 가지 단서들로부터 비롯한 것이다. 먼저 두 소설 모두 여성인물들이 이미 유년기를 통과한 이후임에도 여전히 아동인 것처럼 그려지고 있으며 또한 공히 인물이 비성적인 단계—통상적인 의미로—에서 성적인 단계로 이행하는 순간을 문제삼고 있다는 점, 인물들은 각각 어머니(「바늘」) 혹은 아버지(「월경」)와의 이별을 하나의 트라우마로 간직하고 있으며 이와는 대조적으로 반대성(性)의 부모는 거의 무시되고 있다는 점 등이 그 단서들로, 이로부터 우리는 천운영 소설에 나타나는 도저한 공격성(/도착성)의 이면(/연원)을 다시금 집약적으로 확인해볼 수 있을 듯하다. 왜냐하면 「바늘」과 「월경」에서는 여성 주인물들이 어린 시절 겪어야 했던 한쪽 부모의 상실이 그녀들의 자아정체성의 형성에 결정적인 기제로 작용하고 있기 때문이다.

작가의 데뷔작인 「바늘」에서는 그로테스크한 삽화가 여러 번 반복해서 등장하는데, 그중에서도 다음의 세 장면은 특히 문제적이다. (1) 먼저, 죽어가는 새끼고양이. 간질병을 치료하기 위해 절에서 살던 시절 '나'는 "어미고양이의 날카로운 울부짖음"에도 아랑곳하지 않고 "단 일초의 망설임도 없이" 새끼고양이를 변기통에 버리고는 그 변기통 속으로 고양이가 자취를 감추는 모습을 "오랫동안" 바라보았다. (2) 다음으로, 전쟁기념관에서의 상상. 전쟁기념관에서 '나'는 전시된 무기들을 하나씩 꺼내 스님을 공격하는 불온한 상상을 해보지만 스님의 심장이 관통당하고 내장이 갈가리 찢기고 발에서 피가 솟구쳐도, 그녀는 결코 만족하지 못한다. "좀 더 강인하면서 잔인한" "엄마가 할 수 있는 그런 방법"이 아니었기 때문에. (3) 마지막으로, 어머니의 자살소식 직후 행해지는 육식. 형사로부터 어머니의 자살소식을 전해들은 '나'는 의연히 수화기를 내려놓고 고기 한 점을 집어 먹으며, 바위에 찢긴 엄마의 모습을 떠올려보지만 '나'의 머릿속엔 "여자의 하얀 알몸만 떠오를" 뿐이다.

상식적인 수준에서는 받아들이기 힘든 행위들이 무대화되고 있는 세 장면을 이해하기 위하여, 그러니까 '나'의 공격적인 행위의 메커니즘을 해명하기 위해 다음과 같은 질문을 먼저 던져보자. 첫번째 장면에 대한 질문 하나. 어미고양이에게서 떨어져나와 변기통 속으로 빠져들어간 새끼고양이는 마찬가지로 버려진 '새끼'인 '나'의 분신과 다름없을 터. 그렇다면 이 장면은 '나'에게 지극한 고통을 유발했을 것임에도 왜 '나'는 이를 스스로 자행하며 게다가 "오랫동안" 지켜볼 수 있었던 것일까? 마조히스틱한 쾌감 때문에? 그러나 문제는 그리 간단치 않다.

상실이 곧 결핍을 부른다는 오래된 통념은, 천운영 소설의 인물들 앞에서 수정되어야 할지도 모른다. 자아가 포기된 대상의 심리적 저장고이며 상실된 대상은 구성적 동일시의 하나로 자아 안에 거주하면서 자아와 함께 출몰한다는 사실은 일찍이 프로이트가 '자아와 이드'에서 기술한 바 있으며, 버틀러는 그러하기에 사랑하는 대상을 떠나보낸다는 것은 대상을 완전히 포기하는 것이 아니라 대상의 위상을 외부적인 것에서 내부적인 것으로 전이하는 것이라 지적한 바 있다.[11]

즉, 상실에 대처하는 멜랑콜리적 전략은 역설적이게도 상실 자체를 무

---

11) 주디스 버틀러, 같은 글 참조.

화하는 것이다. 이 지점에서, '나'가 새끼고양이를 변기통 속에 버릴 수 있었던 까닭으로 이미 그녀의 자아 안에, 거부된 애정의 대상으로서의 어머니가, 멜랑콜리적 동일시를 통해 그 자아의 일부로서 함께하고 있다는 사실을 제시할 수 있을 듯하다.[12] 다시 말해 버려짐과 버림을 동시에 구현하는 새끼고양이의 에피소드는 물론이고, 스님을 잔인하게 공격하는 상상이나 자살소식 직후의 육식 등은 모두 동일한 메커니즘 아래에서 구성된다. 스님을 공격하는 것은 자신으로부터 어머니를 빼앗아간 존재에 대한 응징이 되지만, 그 방식은 어머니가 자신을 버렸던 방법, 혹은 어머니가 스님을 살해했던 방법에는 미치지 못하기에 '나'는 그 잔인함에도 불구하고 만족할 수가 없다. '나'가 자신의 (상상적) 공격으로부터 성취하고자 하는 것은, 그녀의 내부에서 그녀와 함께 공존하는 어머니의 시선을 체현해내는 것이기 때문이다. 나아가, 고기 한 점을 썹어 삼키면서 찢긴 엄마의 모습을 상상하는 장면으로부터 우리는, 어머니가 여전히 '나'에게는 알몸의 여자로 현현하는 에로틱한 대상이라는 사실을 유추함과 동시에 "상실하기보다는 차라리 조각내고 분해하고 자르고 삼키고 소화하고"[13]자 하는, 즉 대상을 먹음으로써 그 대상을 제 안에서 부활시키고자 하는 멜랑콜리적 식인행위의 환상의 한 풍경과 마주하기에 이른다.

정신이 아득해져온다. 가슴 한쪽에서 뜨거운 덩어리가 솟구쳐올라온다. 나는 방으로 뛰어들어간다. 그리고 그가 했던 것처럼 팔을 마구 휘두르기 시작한다. 누구를 향해 팔을 휘둘렀는지 모른다. 푸른 모자가 튀어오른 것 같기도 하고 계집의 찢어지는 목소리를 들은 것도 같다.(「월경」, 83쪽)

---

12) 문영희는 「바늘」에서 '나'의 간질(우울증적 몸언어)과 바느질(욕망의 중개자) 등을 중심으로 이 동일시의 메커니즘을 논의한 바 있다. 문영희, 「육식하는 여자들: 전능과 무덤 사이」, 『페미니즘과 정신분석』, 여이연, 2003 참조.

13) 줄리아 크리스테바, 『검은 태양―우울증과 멜랑콜리』, 김인환 옮김, 동문선, 2004 참조.

「바늘」에서와 같이 유년기를 통과한 이후에도 여전히 아동으로 남겨진 듯한 여성인물은 「월경」의 '나'로 재등장한다. 「월경」의 '나'는 스무 살을 코앞에 두고 있지만 어른과 아이의 경계를 월경(越境)하지 못한 채 바로 그 경계 위에 서 있다. 이 소설의 주된 관심사가 바로 그 경계를 넘어서는 한 순간에 있다는 것은 제목에서부터 암시되고 있다. '나'의 말을 빌리자면 '나'의 "몸은 작정이라도 한 듯 자라기를 멈추었다". 그런데 「바늘」과 마찬가지로 한쪽 부모의 상실을 초점화하고 있는 이 소설을 전작과 나란히 놓고 따져볼 때 부각되는 측면이 있는데, 그것은 그 상실이 '나'의 젠더정체성 형성에 개입됨으로써 '나'의 젠더정체성을 매우 불안정하게 구조화하고 있다는 사실이다.

「월경」에서는, 천운영 소설에서는 이례적으로 어머니의 떠남이 아니라 아버지의 떠남이 '나'에게 결정적인 영향력을 행사하고 있으며, '나'가 떠나버린 아버지를 하나의 이성으로 욕망하는 것처럼 보이는 대목 또한 수차례 등장한다. 그녀가 아버지를 아버지라 칭하지 않고 '그'라고 지칭하는 것이 바로 이러한 인상을 강화하는데, 이러한 이유 때문에 이 소설은 엘렉트라콤플렉스의 천운영식 판본으로 받아들여지기 쉬울 듯하다. 그러나 프로이트에게 이성부모에 대한 근친상간적 욕망과 그 욕망의 금지가 여아에게 여성성을 최종적으로 선사하는 것과는 달리 이 소설에서 '나'의 젠더정체성은 오히려 남성의 그것에 가깝게 드러나고 있어 차별적이다. 즉, "가슴도 가슴이지만 계집의 엉덩이는 정말 탐스럽다. 표주박 두 개를 나란히 놓은 듯 완만한 곡선을 이루다가 툭 불거지는 모습이 여간 아니다"라는 구절을 비롯한 소설의 여러 대목에서 나타나듯이 '나'는 "은하수 계집"을 성인 남성의 시선으로 욕망하고 있으며, 바로 이 점이 여러 평자들로 하여금 「월경」을 도착적 섹슈얼리티가 전경화된 소설로 주목하게 한 주요한 요인이기도 했던 것이다. 그렇다면 "함께 트럭 짐칸에 누워 밤하늘을 바라보면 온 우주가 우리를 중심으로 돌았고, 별들은 작은 이슬방울이 되어 우리의 배 위에 사뿐히 내려앉았다"에서와 같은 진술로 떠나버린 아버지를 기억하고 또 그리는 '나'가, 어떻게 동시에 '은하수 계집'을, 그것도 저런 시선으로 욕망할 수 있게 되는 것일까? 이러한 불균형은 작가가 캐릭터의 일관성을 신중히 검토하지 못했기 때문에 발생한 결함에 불과한 것일까?

여기서 우리는, 상실한 어머니와 자신을 동일시함으로써 내면화하고자 했던, 그럼으로써 상실로 인한 상처를 무의식적으로 무화하고자 했던 「바늘」의 주인물과 마찬가지로 「월경」의 '나' 역시 상실한 아버지를 그러한 방식으로 제 속에 부활시키고 있는 것은 아닌가라는 의구심을 품을 수 있다. 즉 그녀의 자아 안에, 상실된 애정의 대상으로서의 아버지가, 그 자아의 일부로서 공존하고 있다고 말이다. '은하수 계집'을 바라보는 '나'의 시선은 물론이거니와 '나'가 '은하수 계집'을 여러모로 '그녀(어머니)'와 견주어보면서 '그녀(어머니)'의 분신처럼 수용하고 있다는 사실은 이러한 가정을 뒷받침해준다. 그리고 무엇보다도 소설의 클라이맥스에 위치하는 사건 곧, '은하수 계집'과 "푸른 모자를 쓴 사내"의 정사장면을 '나'가 목격하고 그들을 공격하는 그 사건에서, '나'가 '그(아버지)'의 위치를 그대로 반복함으로써 과거의 '그(아버지)'-'그녀(어머니)'-"낯선 남자"의 구도를, 현재의 '나'-'은하수 계집'-"푸른 모자를 쓴 사내"의 구도로 전이시키고 있다는 점은 결정적이다. 요컨대 「월경」에서 '나'는 아버지를 욕망하는 데서, 아버지의 욕망을 가정하고 아버지가 욕망할 것이라 추정되는 대상을 욕망하게 되는 방향으로 나아가고 있으며, 그 시발점에는 현실에서의 상실을 수락할 수 없는 멜랑콜리적 주체의 내면이 자리하고 있는 것이다.

이와 같이 천운영 소설에서 누군가는 사라지고, 그 사라짐은 가족 안의 다른 누군가에게 결정적인 흔적을 남긴다. 앞서 살펴본 소설들을 놓고 볼 때, 천운영은 가족 안에서의 상실을 한 인간을 배태하는 결정적인 그 무엇으로 여기고 있다. 그리하여 이 작가에게 가족은 천운영식으로 표현하자면 "거대한 괴물의 아가리 같은 유령의 집"(「유령의 집」), 즉 구강기적 욕구에 충실한 괴물 같은 인물들이 집안을 떠도는 유령의 어두운 그림자와 씨름하는 전장이나 다름없다. "핏줄"과 얽힌 인간 욕망의 가장 원초적인, 그래서 들여다보고 싶으면서도 그러기에는 두려운 "하수도" 속 같은 "어둠"이야말로 이 작가의 해부대상인 것이다. 이어지는 「유령의 집」의 다음과 같은 대목을 보라. "보이는 것만으로는 아무것도 볼 수 없고 들리는 것만이 전부는 아닙니다. 보이지 않고 들리지 않는 그 이면에 삶은 존재하니까요. 보이지 않는 것을 보고, 들리지 않는 것을 들으려고 해보세요. 그건 때때로 흥미진진한 일이 될 겁니다."

천운영은 근본적인 상실을 문제삼는다는 점에서, 그것도 가족 내부에서 끈질기게 문제화한다는 점에서 현재 한국문단에서는 독특한 존재감을 지니고 있다. 하지만 이제 전환점을 맞을 때가 온 것은 아닐까. 가족이 부여한 운명으로부터의 탈출은 아직 환상 속에서만 가능하고 결국에는 처참한 결말을 맞지만, 「늑대가 왔다」나 「그림자 상자」와 같은 소설들에서는 가족의 인력으로부터 벗어나고자 하는 파괴적 욕구가 드러나는 장면이 등장한다. 앞으로 이 작가에게 "배꼽을 버리고자 하는(「그림자 상자」)" 욕구가 앞설 것인지, 아니면 그럼에도 벗어날 수 없는 운명론에 더 깊숙이 천착할 것인지, 이 작가를 계속 눈여겨 지켜볼 필요가 있다.

(2005)

국경의 바깥
― 2000년대 소설에 나타난 경계 넘기의 두 양상

시인과 자본가, 몽골로 가다

> 국경이 사라지고 그저 세상이 단일한 자본의 권력으로 묶인다면
> 얼마나 신이 나겠습니까.
> ―전성태, 「늑대」 중에서

　「국경을 넘는 일」을 기점으로 하여 몽골 연작에 이르기까지 '경계 넘기'를 자신의 문학적 테마로 가져온 전성태는, 국경 바깥에서 내부를 들여다본다.[1] 소설의 진술을 옮겨적으면, 그가 뛰어넘고자 하는 것은 "외부의 어떤 세계가 아니라 자신의 내부"(「국경을 넘는 일」)다. 보다 정확히 말해, 이 글에서 주목하는 전성태 소설은 한국 남성주체를 구성해온 경계들

---

1) 이 글에서 주로 읽는 소설들의 출처는 다음과 같다. 전성태, 「아이들도 돈이 필요하다」, 『문학동네』 2005년 가을호: 「코리언 솔저」, 『실천문학』 2005년 겨울호: 「늑대」, 『문학사상』 2006년 5월호: 강영숙, 『리나』, 랜덤하우스코리아, 2006. 이하 필요한 경우 쪽수만 적기로 한다.

을 해부하고, 그 균열상을 탐사하고 있다.

전성태는 복선의 활용에 능한 작가다. 작은 복선들이 소설 곳곳에 포진되어 있으며, 결말에는 작은 반전이 기다리고 있다. 특히 최근 발표된 일련의 소설들은 전부 이와 같은 구도를 취하고 있다. 소설은 충분히 암시적이지만, 그 암시를 독자들이 깨닫는 것은 거의 결말에 이르러서다. 단서들은 조합되고 앞의 사건들은 그제야 비로소 음미된다. 그의 소설들이 무거운 주제를 소화하고 있음에도 재미를 안겨주는 것은 그 때문이지만, 그렇다고 해서 그의 소설들이 일목요연한 구도로 해석되는 것은 또 아니다.

이를테면 이런 식이다. 「아이들도 돈이 필요하다」에서 양다래 상자를 실은 트럭이 전복되어 동네사람들은 너나없이 서둘러 상자를 주워 가지만, 결국 돌려주어야 한다. 줍는 사람이 임자는 아니니, 이들은 괜한 헛수고를 한 셈이다. 이 사건은 변형되어 반복된다. 길가에 흐른 돈을 우연히 발견한 '나'는 쾌재를 부르지만, 그 역시 결국에는 돈을 주인에게 돌려주어야 한다. 그러나 상황은 더 나쁘다. 동네사람들은 양다래 상자를 돌려주면 그만이지만, 이미 돈을 다 써버린 '나'는 그 돈을 변제해야만 한다. 이때부터 돈 오천원을 갚기 위한 화자의 좌충우돌 수난기가 이어진다. 어린 소년에게 오천원은 개구리를 이천오백 마리나 잡아야 하는—다리를 벗겨 팔면 천 마리고, 그건 해볼 만하다고 생각한 '나'는 큰 낭패에 빠진다—돈이며, 이십 리 길을 걸어다니며 주운 라면봉지 서른 장은 돈으로 환산되지조차 않는다. 라면봉지와 물물교환한 술지게미를 한 줌 두 줌 집어먹던 '나'는 급기야 편도선염을 앓게 되는데, 이쯤에 이르면 '아이들도 돈이 필요하다'는 표제에 고개가 끄덕여질 수밖에.

사투리를 능란하게 구사하며 시종일관 유머러스하게 이야기를 이끌어가는 작가는 이 한바탕 소동 위로, 유쾌할 수는 없는 사회의 일면에 대한 우화를 겹쳐놓는다. 사정을 알 리 없는 어머니는 돈 때문에 앓아누운 '나'에게 "인저 담박질 그만둬라. 우리집 내력에 발 빠른 인사 없응게"라며 타이르는데, 실로 이 말은 사건의 정곡을 찌른다. '나'가 줍자마자 냅다 쓴 돈의 내역은 무엇인가? 스파이크화를 사신고 설렁탕을 사먹었다. 달리기 실력이라고는 없는 '나'가 왜? 그것들이 마을의 소영웅이 된 '오쟁이'적 능력의 메타포이기 때문이다. '나'의 친구 오쟁이는 예의 양다래 사건에서 발군의 뜀박질 실력을 선보인 후 교장에게 발탁되어 도대회 금메달까지 따냈다. 무궁화동산을 조성한 뒤 이순신 동상을 그리로 옮겨놓은 교장은, 매주 토요일 '설렁탕 훈화'로 오쟁이의 다리통 굵기 변화를 고지하며 오쟁이 우상화에도 매진한다. 시절은 바야흐로 박대통령이 서거하고 "전두환 장군이 새 대통령에 취임"하던 때다.

소설의 말미에 이르러서야, 매주 공표된 오쟁이의 다리 굵기가 재는 위치를 차츰 위로 올린 교장의 손에 의해 조작된 것임이 밝혀진다. '설렁탕'과 '다리 굵기'와 '달리기 실력' 사이에 존재하지 않는 인과관계를 만들어내고, 오쟁이라는 대상을 중심으로 전국대회 석권이라는 환상을 직조하는 교장의 행위는 권력이 작동하는 방식에 대한 가벼운 농담이다. 자신 역시 그 환상속에 있는 교장의 면면은 소설에서 시종일관 희화화된다. 하지만 여기에도 비극은 있으니, "입구녕에 꾼내"가 나는 것을 참으며 매일 설렁탕을 먹고, "죽겠다"면서 종일 달리기 연습을 하고, 거짓말이 공표되는 것을 알면서도 묵묵히 받아들이는 등, 교장의 명령을 수행하는 그 모든 과정을 거쳐 스스로를 "전라도에서 제일 빠른 놈"으로 오인하기에 이른 오쟁이가 그 비극의 주인물이다. 오쟁이는 내리막길에서 한층 가속이 붙은 수레를 앞에서 끌면서 "수레가 나보다 빠르겠어?", "이대로 서울까장도 달리겠구만"이라며 자신감을 보이다 변을 당한다. 학생들과 주민들을 동원하는 이 학교의 성공신화는 오쟁이 한 명을 희생양으로 삼은 후 끝이 날까? 소설은 오쟁이의 다리통 굵기를 명시한 교문 입간판이 치워지고 야구시범학교라는 새로운 입간판이 세워지는 것으로 일단락된다.

기왕의 전성태 독자라면 이 정도 정리만으로도 「아이들도 돈이 필요하다」가 전작 「사형(私刑)」과 「퇴역레슬러」의 시골마을 아이들 버전이라는 사실을 눈치챌 수 있을 것이다. 주류 이데올로기에 의해 허구적으로 형성된 자아이미지를 굳건히 믿어오던 개인은 그 자아상이 깨어지는 순간을 맞고 그때의 파국은 개인적 삶을 송두리째 삼켜버린다. 이미 인생의 무대에서 물러난 퇴역 대령과 퇴역 레슬러를 주인물로 삼은 전작들이, 시대의 총아였던 인물의 기억과 억압된 타자의 기억이 충돌하면서 빚어지는 정체성 혼란의 순간들을 묘파하고 있다면, 「아이들도 돈이 필요하다」는 그 전 단계, 개인이 스스로를 이데올로기적 호명의 수신인으로 인지하는 순간의 비극을 보여준다. 이 일련의 작품들을 통해 전성태는 한국의 개인들, 특히 한국 남성주체의 의식이 어떻게 구성되어왔고 또 그렇게 형성된 정체성이 어떤 균열 속에 있는지를 집요하게 탐구한다.

작가가 여러 작품에서 그 형성의 기원으로 뚜렷이 명시하고 있는 시대는 이른바 '장군들의 시대'인 70~80년대다. 군사정권시대를 통과하거나 그 시대에 성장기를 보낸 한국남성들의 내면이 과연 어떠한 모습을 하고 있는가라는 질문 앞에서, 작가는 시대의 영웅이라 할 법한 특수한 개인들에서 보다 평범한 개인들로 포커스를 옮겨본다. 겉으로 드러나지 않을 정도로 내면화되어 있어 사유거리로 치부되지 않아왔던 그 심연을 파고들어가는 것이다. 시인으로서의 자기를 확인하고자 신비의 몽골 땅으로 떠난 한 남성이, 스스로가 야만이라 칭하는 상황을 거치며 군인으로서의 자기를 발견하는 아이러니를 다루고 있는 「코리언 솔저」가 그러한 작업의 일환이다.

「코리언 솔저」에서 몽골로 온 인물 '창대'에게 '바트'와 '돌마'는 두 가지 경고를 한다. 하나는 문이 저절로 닫히니 열쇠 없이 외출하지 말 것, 다른 하나는 몽골은 혼란스러운 시기니 신변을 주의할 것. 바트 부부의 이러한 경고는 예언과도 같아서, 창대에게는 그대로 현실이 된다. 처음에 창대는 여행객으로서 자신이 품은 기대를 침해하는 바트 부부의 주의에

몹시 불만스러워한다. 그에게 몽골은 시원(始原)이자, 시원(詩源)이다. 창대는 몽골에서 그의 바람대로 마침내 '시베리아의 방'이라는 제목의 시를 써내지만, 그 시의 골자는 그가 예상한 것처럼 "몽골 초원에 대한 찬미"가 아니라 '야만의 체험'을 토대로 하게 된다. 라마사원, 왕들의 궁전, 가죽수제품 백화점 따위를 돌아보고 "단 사흘 만에 몽골의 정신부터 문명까지 섭렵해버린" 듯한 착각에 빠졌던 그는, 대낮강도와 집단위협을 차례로 겪은 후 몽골을 유목민적 야만의 세계로 해석하기에 이른다.

시원에 대한 갈망과 야만에 대한 공포는 내면화된 제국주의적 시선의 두 얼굴이다. 단적으로 보아 내부인인 돌마와 바트에게는 시장경제 유입으로 인한 혼란이거나 극히 일부 사람들의 행위일 뿐인 사건들이, 외부인인 그에 의해서는 야만으로 규정된다. 「코리언 솔저」의 묘미는 이렇게 인물에게 내면화되어 있는 제국주의적 시선이, 그만큼이나 깊숙이 내면화된 군사주의와 충돌하는 지점에서 발생한다. 인터넷 카페에서 몽골인들로부터 위협을 느끼자 그는, 『몽골비사』에서 보았던 칭기즈칸의 군대를 그의 의식 속으로 호출한다. 그를 해하려는 몽골인들은 야만적인 칭기즈칸의 후예라는 것인데, 다음 순간 그는 곧 자가당착에 빠지기에 이른다. 당면한 위협으로부터 빠져나갈 길을 골몰하며 "저들보다 강한 것"을 찾던 와중에 그가 기어이 찾아낸 것이 바로 한국의 군대이기 때문이다. 그는 "칭기즈칸 군대와 닮은 것은 오히려 한국 군대이지 너희들의 군대는 아니"라고 생각하며 "나는 한국의 군인이었다!"라는 방패막이 공상을 하지만, 그 순간 폄하의 대상인 야만적인 몽골인과 자랑스런 한국의 군인이 칭기즈칸을 경유하여 일치되어버리는 기이한 전도가 일어난다.

군대를 제대한 지 20년이 넘었다. 한때의 군대경험을 두고 그는 전혀 근거 없는 자신감을 갖고 살아왔다는 사실을 깨달았다. 그리고 군대경험을 잊어먹을 만큼 하루도 강렬한 생을 살아본 것 같지 않았다. 오늘이 유일하게 그 예외적인 날이 될 것 같았다. 여태껏 그는 학교를 벗어나 본 적이 없었다. 모든 게 콩기름을 바른 것처럼 매끄러웠다. 아, 너무나 단조로운 삶의 연속이었다. 그는 자신이 너무나 왜소하게 여겨졌다. 아아, 얼마나 오랜 세월 동안 술자리에 앉아 군대 이야기를 했던가. 군대체험은 어쩌면 그 30개월에 그치는 게 아니라 제 인생을 통째로 삼키고 있는지도 몰랐다. 적어도 한국에서 군인이 시인보다 강하다는 사실은 명백해졌다. 그렇지 않고서야 지금 제 모습을 설명할 재간이 없었다.(「코리언 솔저」, 296쪽)

소설의 핵심은 이러한 연상이, 몽골이라는 국경 밖의 체험이 낳은 예외적인 발견이 아니라는 데 있다. "코리언 솔저, 파이팅!"을 외치는 몽골 사람들을 뒤로하고 창대가 줄을 타는 소설의 클라이맥스는 일견 의사소통의 실패로 인한 오해를 인물이 별 도리 없이 수락하는 광경을 풍자적으로 보여주는 듯하지만, 창대는 처음부터 한 명의 군인으로서 몽골에 왔다고 해야 옳을 것이다. 군대체험이 "그 30개월에 그치는 게 아니라 제 인생을 통째로 삼키고 있는지도 몰랐다"라는 위의 진술은, 그것이 자신의 삶에 끼친 영향이 시인으로서의 정체성처럼 의식적으로 탐구되지 않았을 뿐이지, 내면 깊은 곳에 침잠되어 스스로를 움직여왔을지도 모른다는 의구심을 드러낸다. 인터넷 카페에서 한국 군인이라 다짐하기 전에 이미 창대가 재래시장의 대낮습격 사건을 다른 무엇이 아니라 "군대의 신고식처럼 호된 통과의례를 겪은 것"이라 의미화해내고 있는 것이나, 아파트 주차장 공사장에서 몽골 병사를 발견한 그가 "아마 고급장교 하나가 병력을 사사로이 유용하고 있는 눈치"라며 그 풍경으로부터 "1970년대의 서울"로 떠올리는 것도 시사적이다. 인물의 눈에 포착된 것들이 있는 그대로의 대상을 재현하기에 앞서 그것을 바라보는 그의 시선을 노출하고 있다면, 몽골의 곳곳을 탐사하는 그의 눈은 무의식중에 군사문화의 프리즘을 빌려오고 있다. 「코리언 솔저」는 군사주의가 추상적인 담론의 차원이 아니라 일상의 삶에 속속들이 개입하고 있는 흔적을 그와 같은 방식으로 보여준다. "그래, 나는 이 낯선 이방인들이 믿는 것처럼 영원한 군인이다"라는 창대의 마지막 진술은 이방인의 땅에서 비로소 의식된 것이기는 하나, 그 땅을 벗어난다고 해서 없어지는 것이 아닌, 내면에 뿌리내린 군사주의에 대한 그의 자조를 곱씹게 한다.

"우리나라 군대는 한국전, 베트남전, 걸프전, 그리고 최근에는 이라크전에까지 참전했"으며 한국은 "남과 북으로 갈라져 싸우느라 세계적인 막강한 군사력을 보유하고 있"다는 창대의 확인처럼, 한국의 군사화 과정은 곧 한국의 역사와도 맞먹는 무게를 가지고 있다. 32년간의 군사정권기를 거치면서 군대문화가 우리 사회에 광범위한 영향을 끼쳤을 뿐 아니라, 군사화 과정이 근대화 과정과 거의 동일하게 이루어진 우리 사회의 특수성을 따져본다면[2] 창대가 다다른 마지막 결론을 가볍게 지나칠 것은 아니다. 몽골을 무대로 한 「코리언 솔저」가 시인에게 각인된 병영의식을 폭로하며 한국남성의 의식구조의 한 단면을 탐사하고 있다면, 또다른 소설 「늑대」는 몽골사회가 자본주의화되는 과정을 압축적으로 보여주는 가운데 한국인 자본가 남성의 직선적인 욕망이 좌초하는 지점을 기록한다.

촌장 노인이 침상에서 눈을 떴습니다. 촐몽이 벌떡 일어났습니다. 바이락은 침상 밑으로 굴렀습니다. 치무게는 오열하였습니다. 사냥꾼은 풀썩 무너졌습니다. 서쪽 산 너머에서 늑대가 울었습니다. 허와는 힘이 빠지며 눈 위로 반듯이 누웠습니다. 하늘에는 졸음처럼 그믐달이 걸려 있었습니다. 그녀는 조용히 때를 기다렸습니다. (「늑대」, 135쪽)

---

2) 권인숙, 『대한민국은 군대다』, 청년사, 2005 참조. 군대는 근대적 시민을 훈련하고 양산하는 가장 중요한 제도였을 뿐 아니라, 폭력의 대상을 기준으로 안과 밖을 구분함으로써 민족과 국가의 경계선을 만들어내는 역할을 하기도 했다. 저자에 따르면 군사화는 근대화 과정을 이해하는 핵심적 기제이다.

「늑대」는 일단 그 시점 운용부터 이채롭다. 몽골인 촌장 하산 노인, 한국인 자본가, 벙어리 처녀 허와를 비롯하여 모두 오 인의 초점화자가 경어체로 이어가는 소설은, 마지막 장에 이르러 중요인물들―늑대에게까지 발언권이 주어진다―의 시점이 다시 한번 동원되며 끝이 난다. 하지만 이러한 설정에도 「늑대」는 각기 다른 인물이 이야기를 이끌어가는 것이 아니라 한 서술자가 얼굴을 바꿔가며 이야기를 전개하고 있는 듯한 인상을 주는데, 이 시점 운용의 숨은 내막이 그 베일을 벗는 것은 소설 최후의 한 문단이다.

위 인용된 단락에서 말하는 자는 누구인가? 각각의 '나'를 내세우던 소설이 불현듯 그 각각의 '나'를 지우고 서사 바깥의 시선을 도입하고 있는 마지막 단락은, 시종 부재했으되 모든 이야기를 통제하고 종합하는 최후의 내레이터의 존재를 드러낸다. 이 소설이 전성태의 소설들 중에서도 사건 혹은 복선의 배치에 있어 그 정교함이 눈에 띄게 두드러지는 것은 이 때문이다. 소설의 작가는 이야기가 어떻게 마무리될지를 '그믐밤의 금기'를 들어 시종 암시하고, 인물들을 한 문장 속에 차례로 담아내는 소설의 마지막 단락에 이르러 그들과 어깨를 나란히 하는 그믐달을 다시금 클로즈업한다.

늑대의 악령이 씌지 않았다면 도저히 이해할 수 없는 사람입니다. 자본의 매혹을 나는 그에게서 느끼곤 합니다. 나는 그가 뿜어내는 검은 정염을 뿌리치지 못합니다. (……) 망가진 그 영혼이 왠지 빛나 보입니다. 그에게 그런 매력을 준 것은 무엇일까 종종 나는 생각하곤 합니다. 우리의 초원으로 서류 한 장과 함께 들어온 그 자본주의일까요? 나는 어렴풋이 그러리라 짐작하고 있습니다.(「늑대」, 117~118쪽)

소설의 여러 시점은 균형적으로 조율되고 있는 것처럼 보이지만, 작품을 압도하고 있는 인물은 한국인 자본가이다. 사위어가는 옛 세계에 대한 향수를 내비치는 촌장에게, 한국인 자본가가 뿜어내는 매혹적인 "검은 정념"은, 초원에서 "사람과 가축이 친구처럼 공존했던 유목"을 사라지게 하고 '돈'이라는 새로운 척도를 도입한 자본의 광채나 다름없다. 촌장은 그를 또한 "늑대의 악령이 씌지 않았다면 도저히 이해할 수 없는 사람"이라 말한다. 욕망의 결핍을 동력으로 삼아 돌진하는 자본(가)에 맞먹을 대상으로 몽골 촌장이 떠올릴 수 있는 것은 지칠 줄 모르는 탐욕으로 초원을 유린하는 늑대밖에는 없다. 이런 한국인 자본가가 몽골 초원에서 자신의 "숙명적인 라이벌"인 '검은 늑대'의 사냥에 나서는 것이 사건의 시작이다. 그리고 그믐에 살생을 해서는 안 된다는 초원의 금기를 미신으로 치부하는 그와, 금기를 어기는 것에 두려움을 느끼면서도 결국 사냥에 동조하는 촌장 및 몽골사람들의 이야기가 소설 중반부까지 갈등의 중추를 이룬다. 하지만 사냥의 목표물인 검은 늑대는 소설이 절정에 달하기도 전에, 그것도 그것을 추적하던 자본가에 의해서가 아니라 그곳 주민에 의해 사살된다. 이 대목은 단연 소설의 백미다. 그믐달의 금기는 실현될 것인가, 또 실현된다면 어떤 방식으로? 늑대의 사살을 알린 후 작가는 곧바로 허와의 시점으로 넘어간다.

한국인 자본가를 견제하는 인물은 촌장으로 해석되기 쉬울 듯하지만, 반(半)자본주의화한 인물인 촌장보다 초원의 질서를 대표하고 있는 인물은 몽골여성 허와다. 허와는 자본가의 의식을 뛰어넘는 존재다. 허와는 한국인 자본가가 "경이로운 순간"을 파악하는 데 아무 쓸모도 없다고 생각하는 "이성의 언어" 대신 몸의 언어로 말한다. 한국인 자본가에게 "자유에의 욕망을 상품으로 파는 사업"일 뿐인 서커스마저도 곡예를 하는 당사자 허와에게는 "무아의 황홀한 느낌"을 가져다준다. 자본가는 그녀를 소유하고자 하지만, 끝내 그 몸을 열리게 하지는 못한다. 허와의 몸을 여는 것은 촌장의 딸 치무게이며, 자본가를 파국으로 몰고 가는 것은 허와와 치무게가 사랑과 격정을 나누는 사건이다. 한국인 자본가의 계획은 암컷을 사살해서 늑대를 잡겠다는 것인데, 그는 결국 스스로의 손으로 허와를 죽임으로써 자신이 초원을 향해 날린 메시지를 고스란히 돌려받는다. 암컷을 따라 무리지어 가는 늑대, 암컷을 사살하면 미쳐 날뛰는 바로 그 늑대처럼 그 역시 무너진다.

「늑대」에서 전성태는 시장경제가 도입된 이후 초원의 정신적 황폐를 보여주는 동시에, 국경을 넘어서까지 위력을 떨치는 자본의 힘을 맹신한 한국인 자본가가 끝내 넘어설 수 없는 벽이 있다고 말하는 듯하다. 이를테면 그 벽은 달의 주기를 몸으로 인식하는 허와에 의해, 죽어가는 허와가 조용히 기다리는 초원의 질서와 더불어 표상된다. 이와 같이 소설의 비판적 잠재력은 자본주의-가부장제 세계체제가 파생한 비극에서 싹트고 있지만, 그럼에도 남는 일말의 의문은 이런 것이다. 모든 것이 초원의 질서에 의해 완벽하게 통제되는 이 설화적 세계는 이방을 향한 낭만적 투사로부터 완전히 자유로운가. '한국-남성-자본-늑대……', 몽골-여성-초원-달……'의 구도는 내면의 다양한 경계들을 해부해온 이 작가가 구사하기에는 다소 낯익은 이분법은 아닌가. 현재 전자의 분열상을 해부하기 위해 후자를 도입하고 있는 것처럼 읽히는 전성태 소설의 변화가 앞으로 주목되는 이유이다.

'이상한 나라' 안의 리나

> "도대체 어디서 왔는데 말투가 그 모양이냐구요?
> 그럼 난 수줍게 말하지 국경이오."
> ─강영숙, 『리나』 중에서

강영숙의 첫 장편소설 『리나』는 주인공 리나가 기나긴 우회 끝에 "또다시 저만치 앞 허공에 푸른 둑처럼 펼쳐져 있는 국경을 향해 달리기 시작"
하는 것으로 끝난다. "또다시"는 앞선 사건의 반복을 의미하거니와, 소
설의 도입부에서 독자는 탈출이 순탄하게 이루어지리라는 희망을 품고
있는 열여섯 살 소녀 리나를 만난다. "그 푸른 둑이 이쪽을 향해 파도처
럼 몰려와 하늘이 열리듯 저절로 열릴 거라고 믿었다. 그리고 보이지 않
는 손이 나타나 탈출자들을 고스란히 빨아들인 후 안전한 투망 안에 넣
어, 마술처럼 국경 너머로 데리고 갈 거라고 믿었다."(11쪽) 그러나 국경
을 향한 이 순진한 기대는 탈출의 첫 순간부터 깨어질 조짐이 보인다. 리
나가 목격한 현실의 국경은 "저만치 앞 허공의 푸른 둑"이 아니라 "비탈
지고 조용한 산길"의 일부일 뿐이었던 것이다. 이 지점 이후로 전개되는
『리나』의 모든 서사는 국경과 그 너머에 대한 바람이 서서히 지워지고 배
반당하는 것으로 점철된다고 해도 과언이 아니다. 하지만, 그 모든 사건
을 관통하고 난 후의 리나는 그럼에도 "또다시" 처음과 같이 푸른 둑처
럼 펼쳐진 국경을 향해 달리기 시작한다. 이러한 리나의 행위를 해명하는
것, 그것이 우리가 넘어야 할 관문이다.

　『리나』에서 리나의 출발지와 목적지는 선명한 것처럼 보인다. 리나의
행로는 애초에 '~로부터의', 그리고 '~에로의' 탈출이라는 분명한 목적
을 가지고 시작한다. 『리나』의 서사를 지속시키는 것은 두 개의 불가능이
다. 고국으로의 회귀불가능과 P국으로의 진입불가능. 둘 중 어느 것이라
도 가능한 순간 『리나』의 서사는 끝이 날 것인데, 전자의 불가능은 절대
적이다. 체포당해 고국으로 돌아가면 그것으로 끝이다. 게다가 소설에서
리나의 고국은 거의 지워져 있다. 리나가 동족소녀를 만나던 순간을 제외
하자면, 소설은 고국에 대한 리나의 노스탤지어를 전혀 언급하지 않는다.
『리나』의 서사지평은 고국으로부터 내쳐졌으되 그곳을 향한 향수를 품고
회귀의 꿈을 포기하지 않는 추방자/망명자의 서사지평과는 차별적이다.

　하지만 이 차이는 언제 어떻게 고향으로 돌아갈 것인가라는 질문을, 언

제 어떻게 P국으로 들어갈 것인가라는 질문이 대체하고 있어서 발생하는 것은 아니다. 소설에서 전자의 불가능이 절대적이라면, 어느 순간부터 후자는 사실상 선택적 불가능으로 치부되고 있기 때문이다. 최종 목적지로서 P국이라는 좌표가 소설의 삼분의 일 정도에 이르기까지만 타당하다는 사실은, 그다지 주의깊지 않은 독자라도 알아차릴 수 있다.

가족과 다시 만나고서도 리나가 가족과 함께 P국행에 합류하지 않는 내용이 그려지는 일곱번째 섹션 '풍요야, 안녕?'이 『리나』의 첫번째 분절점이다. "리나는 가족들에게 돌아가고 싶었다. 그러나 리나는 사회에 대한 불만이 너무 많았다"라는 일견 불가해한 서술을 그대로 수용한다면, 이 장에서 리나가 의식적인 작별을 고하는 것은, 가족이라기보다는 리나가 P국으로 가야 할 이유로 포장되었던 '풍요'다. 이후 '창녀촌 시링'에 이르러서부터는 다음과 같은 진술이 나오기 시작한다. "리나는 이제 P국 같은 건 머릿속에 떠오르지도 않았고 자신이 탈출자라는 생각 따위도 하지 않았다."(175쪽) 이 진술은 고국이나 P국, 둘 모두 리나가 자신의 정체성을 확인하거나 형성하는 거점이 아니라는 사실을 일러준다.[3] 오히려 리나는 둘 모두에 결별을 고하고자 하지만, 탈출자라는 신분(예컨대, 경찰에 의한 체포)과 P국으로 가야한다는 회유(가령, 프로듀서 김, 선교사 장의 회유)가 계속적으로 리나를 속박하며 원치 않는 이동을 지속시킨다.

리나라는 인물의 의식을 따라가다보면, 리나에게 고국이나 P국은 이동의 한 원인이기는 하지만 출발점이나 지향점은 아니라는 사실을 발견하게 된다. 리나는 끊임없이 움직인다. 그러나 그 움직임은 직선적이지 않

---

3) P국이라는 행선지를 결정한 주체는 리나가 아니다. 왜 그녀가 P국으로 가야 하는가라는 질문의 자리를 점유하고 있는 사람은 그녀의 아버지다. "탄광에서 태어나 탄광에서 죽은 할 아버지처럼 살 운명이었던 아버지가 왜 탈출하려고 했는지 리나는 궁금했다."(40쪽) "그것 말고" 리나가 궁금해하는 것은 자신의 이름의 기원이다. 리나가 거울을 보는 삽화들의 핵심이 망각이듯, P국의 환상이 지워짐과 동시에 리나 자신의 기원 역시 지워진다.

고 원점으로의 회귀를 그린다. 소설은 대륙의 북동쪽 경제자유구역에 이르러 "이곳이 제일 처음 스물두 명이 넘은 국경 근처 지역에서 그리 멀지 않을 것이라고는 알고는 기절초풍할 뻔"(191쪽)한 리나의 모습을 보여준다. 주목해야 할 것은 타율성보다는 그 순환성이다.

달리 말해, 『리나』에서 출발점과 목적지는 같다. 그것은 고국도 아니고, P국도 아니다. 맨 처음 스물두 명의 탈출자들과 함께 국경을 넘던 바로 그 순간이 리나의 출발점이고, 리나의 의식이 되풀이해 돌아가는 원점이며, 리나가 기어이 다시 돌아가는 목적지—소설의 마지막 순간에 리나는 다시금 "평원 위에 일렬로 서서 국경을 향해 걸어오고 있는 스물두 명의 탈출자들"을 본다—이자, 소설이 끝난 후에도 리나의 행로를 완결짓지 않게 하는 열린 거점이다. 리나는 국경 위에 있다.

리나의 국경 위에는 그러나, 낭만적인 파토스 따위는 없다. '국경 넘기 스토리'라는 광고문구로부터 자본의 재영토화를 거스르는 노마드적 전복을 기대하고 책을 펼쳤던 독자라면, 디아스포라적 트라우마로 가득찬 『리나』는 고통스러운 소설이 될 것이다. 리나는 스스로의 자발적 선택에 의해서가 아니라, 체포나 인신매매 등의 강제에 의해 이동을 계속한다. 그리고 그 이동의 행로 위로 난무하는 것은 생존 그 자체를 위협하는 그악한 착취와 폭력이다. 이 무자비한 현장은 어디인가. 『리나』에 나오는 도시들은 작가가 특정 공간의 이미지를 충분히 활용하고 있는 연유로 해서 독자들에게 그곳이 과연 어디인가를 추론하게끔 만든다. 이를 현실의 구체적인 공간에 일일이 대응시키는 것은 작가의 의도에 반하는 것이겠지만, 그렇다고 해서 리나가 옮겨다니는 공간의 중요성까지를 탈각시킬 수는 없다. P국으로 가기 위해 경유해야 할 중간기착지에 불과한 것처럼 보이는 "제3국"들이 『리나』의 무대이며, 이 "이상한 나라"들의 공간성을 탐문하는 것은 소설의 핵심에 육박한다.

이혜령이 적절하게 지적했듯이, "『리나』에서 국경이 희미한 채로 남아 있다고 해서 지역성이 지워진 것은 아니"며, "몬순과 계단식 논, 고원과 사막 등 자연의 기호들"뿐 아니라 "세계적 차원의 노동분업의 구조 차원으로도 아시아라는 지역성을 강하게 환기시킨다".[4] 리나는 "낯설고 이상한 나라"들 위에서 느끼는 비애를 토로하는 동시에 이 공간들의 낯익음을 지속적으로 이야기한다. "이 나라도 사람 살 데는 못 되는 거야", "멀리 오긴 했는데 우리나라나 여기나 다를 게 별로 없군" 등의 언급들에서 확인되는 것은 낙후된 저개발지역의 공통성이다.

대륙의 서남쪽으로 내려가서 남쪽 끝 도시에 이르렀다가 다시 북동쪽으로 올라가는 리나의 경로를 따라가면, 이 지역은 일 인 지배의 노예노동 및 마약/성매매/관광의 남쪽과 공업지대의 북쪽으로 선명히 분할되고 있음을 알 수 있다. 특히 소설의 후반부에 중점적으로 할애된 극심한 악개발(maldevelopment)의 삽화들 속에서 진보와 개발의 신화는 격렬하게 부정된다. 그래서 『리나』는 "개발도상의 아시아에 강림한 모더니티의 재귀이자 모더니티에 대한 지독한 패러디"[5]로 읽힐 수 있겠으나, 그 모더니티의 숨은 주재자가 전 지구화한 자본이라는 사실은 보다 강조될 필요가 있다. 『리나』는 세계공동체의 허상을 까발리면서 포스트식민시대 전 지구의 압박 아래 놓인 지역의 문제성을 첨예한 방식으로 형상화한다.

『리나』에서 전 지구 대 지역의 대립은 어떤 종속관계를 의미한다. 개방된 국경은 자원과 노동력을 비롯하여 시장에 이르기까지 무한침투하는 전 지구적 질서의 표상이다. 천연자원에서 인간의 노동력에 이르기까지, 지역의 모든 것은 희생되고 착취된다. 리나의 여정을 보자면, "탈출하다 잡힌 어린 남자애들은 다른 나라로 팔려가 꼬박 서른여섯 시간씩 낮밤 없이 일하고, 여자애들은 여러 나라의 매춘지역들을 뱅글뱅글 돌다가 몸에

---

4) 이혜령, 「국경과 내면성—강영숙 장편소설 '리나'에 대하여」, 『문예중앙』 2006년 여름호, 238쪽.
5) 같은 글, 240~241쪽.

병이 들어 죽을 때가 되어야 풀어준다는 얘기"(10쪽)가 결국 실현되는 것이나 다름없을 정도로, 지역의 곳곳에서 노동력의 착취, 성의 착취가 이루어진다. 이 착취의 대상은 남녀노소를 가리지 않지만, 소설이 특히 공들여 보여주고 있는 대상은 이 구도의 한복판에 놓여 있는 제3세계 여성이다. "커다란 지구의 아래쪽엔 가난한 여자들 천지. 가난한 여자들은 어디에나 있다구요? 말하고 싶어도 조금만 참으세요. 지금은 내가 먼저 말할 시간."(93쪽)

『리나』에서 강영숙은 지역의 파괴, 자연의 파괴, 여성의 몸의 파괴를 같은 계열에 놓는다. 지금까지 강영숙 소설에서 여성의 몸은 "비극적 세계의 기미를 알아채는 수단인 동시에 그러한 세계의 비극성이 빚어낸 하나의 '사건'"[6]으로 자리해왔는데, 『리나』에서 이 '비극적 세계'는 보다 한정적인 의미망을 획득한다. 바꿔 말해, 이 소설에서 몸의 의미를 짚어보기 위해서는 '몸' 일반이 아니라, 그것이 거주하는 구체적인 공간과, 인종, 계급, 젠더적 좌표를 함께 사유하여야 한다. 소설 속에서 남성의 폭력, 다국적 기업을 첨병으로 삼은 세계체제의 폭력, 산업기술의 폭력은 모두 제3세계 여성의 몸을 향한 직접적인 공격으로 감지되고, 그것들은 서로 포개진다.

예컨대, 리나의 몸에 처음으로 가해지는 폭력은 화공약품제조공장의 '네모난 남자'의 강간이다. "리나는 주변이 조용해진 후 배 위의 액체를 손가락으로 찍어 불빛에 비춰보았다. 내장이 뒤집힐 것처럼 독한 냄새가 나는 흰 화공약품이었다."(58쪽) 강간 남성의 정액과 화공약품을 나란히 놓는 이 진술이 얼마간 비유적 차원에 있다면, 소설의 후반부에서는 화학적 환경오염 자체가 여성의 몸을 파괴한다. 이 오염의 원인은 말할 것도 없이 1세계를 피해 이 지역에 건설된 다국적 기업 소유의 공장 가스 폭발

---

6) 심진경, 「새로운 여성성의 미학을 찾아서」, 『문예중앙』 2005년 겨울호, 45쪽.

이(며, 그렇게 쓸모없어진 공단지대에는 또다시 산업폐기물이 투하된)다. 이 사건 이후 리나는, "아랫도리에서부터 올라오는 지독한 화공약품 냄새"를 맡고, "나는 화학가스에 오염된 몸이랍니다. 내가 낳는 아이들은 대대손손 병신이고 불임이라는데요"라고 말하기에 이른다. '나는 오염되었다'라는 고통스러운 진실을 비틀어놓는 것은 상황의 아이러니다. 두 경우 모두 그렇게 확인하고, 그렇게 말함으로써 리나는 다시 닥친 강간의 위기에서 가까스로 벗어난다.

그리고 리나는 "결국 평생 지니고 살아야 할 두 가지를 선물"받는다. "광과민성이 된 피부와 햇볕을 제대로 쳐다보지 못하는 두 눈. 리나는 사방천지를 둘 곳 없이 매일 눈물만 줄줄 흘리며 쌍욕을 해댔다."(318쪽) 강영숙은 통상적인 방식으로 슬픔을 미학화하는 길을 택하지 않는다. 곳곳의 고통스런 장면들이 건조하게 혹은 퉁명스럽게 제시됨으로서 감정의 카타르시스를 방해받았다고 느끼는 독자라면, 그것이 작가가 의도한 바라는 사실을 인정해야 할 것이다. 『리나』로써 작가는, 버틀러를 빌려 말하자면 '슬픔의 정치화'의 한 사례를 동시대 문학의 장에 등재시킨다. 리나 일행의 상실과 고통은 한국사회가 애도를 취해온 보편적인 상실과 고통이 아니라, 배제되고 망각된 자들의 상실과 고통이다. 즉, 정치적으로 배치된 슬픔을 거스르며, 새로운 슬픔의 정치에 도달하고자 하는 소설은 그럼으로써 새로운 미학에 도전한다. 기록해두고 싶은 장면들이 적지 않지만, 이 글에서는 한 장면만을 예시하기로 하자.

이제 두 사람 다 힘을 합해 할머니의 몸을 비스듬히 옆으로 세웠다. 할머니의 등허리에는 땅에서 옮겨붙은 녹색 이끼들이 자리를 잡고는 한창 신나게 자라나는 중이었다. 리나는 얇은 수건으로 할머니의 등을 살살 문질렀다. 척추뼈 주변의 녹색 이끼들은 쉽게 떨어져나가고 분홍색 피부가 드러났다. 등 한가운데 약간 도드라지며 튀어오른 말간 피부를 계속해서 문질

렸다. 그 순간 마찰에 의해 피부 껍질이 살짝 벗겨졌다. 그리고 볼록 튀어
나온 곳에서 희고 작은 나방들이 계속해서 태어났다. 나방들은 천막 안을
낮게 날며 앵앵 우는 것 같았다. 한순간 부화장 같은 샤워실 한가득 나방들
이 들어찼다. 리나는 나방들을 쳐다보며 옆에 있는 여자에게 말했다. "이
할머니가 대단한 사람이거든요. 그러니까 몸속에 이런 이상한 것들을 키우
고 살았겠죠."(289쪽)

가스 폭발사고 이후 '삐'와 '봉제공장 언니'는 완전히 실종된다. 리나의
곁에 유일하게 남은 사람은 대륙의 남서쪽 끄트머리에서부터 함께한 할머
니다. 시링의 포주가 "할머니는 곧 죽을 거고 돈이란 미래를 위해 써야
한다"며 만류함에도 불구하고 리나가 기어이 자신의 곁으로 데려온 할머
니는 예술가이자, 영적인 존재다. 이 "영원불멸의 가수"는 시링에서 죽음
의 문턱을 넘어, 리나 일행이 옮겨다니는 모든 곳에서 공연을 하고, 나지
막한 목소리로 부르는 노래로 삐와 관계한 리나의 배를 부풀게 하기도 한
다. 가스 폭발의 순간에 리나는 먼저 할머니의 몸을 덮쳐 보호하지만, 사
고 이후 발견된 할머니의 몸은 "그야말로 오물천지"여서 "구멍이란 구멍
은 모두 오물로 들어차" 있다.
  폭발사고에 침식당한 할머니의 몸을 씻기는 장면은 파괴와 오염에 저
항하는 소설의 방식을 뚜렷이 보여준다. 할머니의 등에는 땅에서 옮겨붙
은 녹색 이끼들이 자라고, 그 이끼들 속에서 작은 나방들이 태어나며, 샤
워실은 곧 나방으로 가득찬다. 샤워실이 부화장으로 변하는 이 그로테스
크한 장면은 파괴된 몸에서 다시 재생이 일어나는 시적인 순간을 만들어
낸다. 마침내 할머니가 죽자, 서쪽 지대에서 온 다른 할머니는 "우리가 죽
어서 나무 하나라도 살릴 수 있다면 좋은 일"이라며 리나에게 그녀를 나
무 밑에 묻을 것을 권한다. 그리고 그날 밤 리나는 자신이 꽃나무로 변신
하는 꿈을 꾼다.

리나가 꾸는 그 꿈은, 자신의 오염된 "피부가 툭툭 터지면서 꽃망울이 터지고 나뭇잎이 돋아나는 꿈"(307쪽)이다. 할머니의 파괴된 몸에서 작은 나방들이 무수히 날아오르듯, 그 꿈속에서 리나의 오염된 몸의 재생이 시작된다. "강이나 사막, 태양이나 나무 같은 것들은 절대로 마음대로 할 수 있는 게 아냐!"(77쪽)라는 리나의 외침을 증명이라도 하듯이.

비 온 다음날, 리나는 새소리에 놀라 잠에서 깼다. 기적이었다. 무너진 공단지대 위에 신기한 목소리를 가진 새들이 출현하다니. 비 온 다음날은 햇볕도 맑고 아지랑이도 진하게 피어났다. 광과민성인 리나는 눈물을 줄줄 흘렸다. 아지랑이는 무너진 땅 위에서 유연한 몸놀림으로 피어났다. 리나는 아지랑이를 따라 몸을 흔들었다. 그러다가 생각이 복잡해지면 가위를 들고 머리카락을 잘랐고 다른 애들이 그랬던 것처럼 포클레인 위에 올라가 놀았다.(49쪽)

무너진 공단지대 위로 새가 날고, 아지랑이가 피어오른다. "기적이었다." 공단지대에 남은 사람들은 축구를 하고, 간간이 봄밤의 정취를 즐기며, 그들만의 방식으로 양식을 만들고 옷을 입고 새 삶을 꾸린다. 리나는 "이 모든 것들이 그런대로 아름답다고 생각"한다. 그리고 최후의 순간에 리나는, P국에 무사히 정착한 가족으로부터 그리로 오기를 바란다는 '첫 번째 편지'를 받는다. 고민이 없을 수 없겠다. "가족들이 보낸 편지를 읽고 마음속으로는 수십 번도 더 P국으로 들어갔다." 그러나 리나는 결국 돌아가지 않고 거꾸로 가지고 있던 돈을 모두 정리해 가족에게 부친다. 헤어진 가족과 만나지 않는 두 번의 사건의 공통점은, 이미 리나의 옆에 돌보아야 할 다른 누군가가 있다는 사실이다. 가족에 합류하지 않고 삐를 따라나설 때 그러했듯이, 그때껏 유랑을 함께해온 모든 일행이 사라진 리나의 옆에는 다시 네 명의 남자애들이 있다. 돈을 정리하기 위해 집으로

가기 전 리나는 그 남자애들에게 말한다. "이제부터 나를 엄마라 불러."

리나가 포기하지 않는 욕망이 있다면, 그것은 고통스런 누군가를 돌보고 부양하며 그들과 고통을 함께하는 것이다. 숲속에서 갓난아기의 시체를 찾아 나섰듯이, 삐와 동족여자애에게 가해지는 폭력을 참지 못했듯이. 엉뚱하고 당돌하며 불평 많고 때로는 난폭하기까지 한 소녀는 참혹한 이동의 과정을 거치면서도 이 내면만은 잃지 않는다. 그리고 바로 그것이 리나를 다시 국경 위에 서게 하는 힘이다. 리나는 다음과 같이 길어진 대열을 향해 손을 흔든 뒤 다시 국경을 향해 달린다. 『리나』의 대단원이다.

리나는 한참을 가다가 뒤를 돌아보았다. 평원 위에 일렬로 서서 국경을 향해 걸어오고 있는 스물두 명의 탈출자들이 보였다. 세 가족과 봉제공장 노동자들 모두 무사히 살아 있었다. 숲에서 죽은 꼬맹이도 살아 있었고 봉제공장 언니도 화학공장에서 죽은 할아버지도 아직 모두 살아 있었다. 게다가 봉제공장 언니의 꼬맹이와 남편인 아랍남자까지 끼여 있어서 대열은 더 길어졌다. 리나는 그들을 향해 손을 흔들어 보였다.

잠시 후 리나는 다시 뒤를 돌아봤다. 스물두 명의 탈출자들은 더이상 보이지 않았다. 리나는 또다시 저만치 앞 허공에 푸른 둑처럼 펼쳐져 있는 국경을 향해 달리기 시작했다.(348쪽)

국경의 바깥

당연한 말이 되겠지만, 현재 국경을 그 무엇보다 잘 넘나드는 것이 있다면 그것은 아마도 자본일 것이다. 국경이 완전히 없어지기를 바라는, 자본의 권력으로 온 세상이 묶이기를 바라는 「늑대」의 한국인 자본가를 보면 그렇다. 또한 『리나』에서 뚜렷하듯이, 자본의 전 지구화는 국가 간의 경계를 무색하게 하며, 스스로를 관철시키며 그러면서 동시에 그 경계를 더욱 공고히 한다. 세계화의 기치로 포장된 것은 강대국의 이익이며, 문화적 다양성이 가리고 있는 것은 그 이면의 착취라는 사실은 이미 알 만한 사람은 다 아는 사실이 되었다. 이 말이 결정론적으로 들리지 않기를 원하지만, 개방되어야 할 국경은 그래서 개방되지 않는다.

아감벤은 공동체에 존재하면서 그로부터 추방된 삶을 일러 '호모사케르'라 했다. 전 세계를 하나의 공동체로 결속하는 듯한 전 지구화는 수많은 이산자들을 낳으며 지구의 실질노동을 담당하는 이들을 법의 예외로 전락게 한다. 살인과 강간이 무시로 행해지는 『리나』(강영숙)의 무법천지가 우리를 불편하게 하는 것은, 그 소설이 인정하고 싶지 않은 예외적인 삶의 모습을 우리 앞으로 던져놓기 때문이 아닐까? 「강을 넘는 사람들」(전성태)에서 죽은 아이를 나흘 동안 포대기에 싸서 업고 다니는 길잡이 여자의 이야기가 극화된 과장처럼 느껴진다면, 그 소설이 지워버리고 싶은 국경 위의 벌거벗은 삶의 모습을 일깨워주고 있어서는 아닐까? 두 작가는 돌파의 기쁨을 말하기 전에 횡단의 지난함을 기록하며, 거기서 비롯되는 혼돈과 고통을 사유한다. 두 작가의 소설에 주목하는 이유는 여기에 있다.

(2006)

성정치에 관한 파편 단상
— 배수아의 『에세이스트의 책상』을 다시 읽으며

피터 잭슨의 영화 〈천상의 피조물들〉을 본 것은 대학 시절이었다. 학생회관 라운지에서 상영된 필름을 우연히 보았다. 두 10대 소녀가 자신들의 사랑을 가로막은 어머니를 살해한 '파커-흄 사건'을 모티프로 한 영화는 충격이었다. 피로 범벅된 얼굴로 울부짖으며 달려가던 소녀들이 아직도 생생하다. 대학 초년생 때 학내 최초의 퀴어 동아리가 만들어졌고, 그 무렵 셋 이상 만 모이면 '마음 001'에서 펴낸 리플릿을 화제로 삼곤 했던 기억이다. '커밍아웃'이란 말은 아마도 그때 처음 접했지 싶다. 90년대 학번들은 비단 동성애뿐 아니라, 소모임이나 학회 세미나를 통해 성에 관해 학습한 경험을 많이들 공유하고 있으리라 생각한다. 케이트 밀레트의 고전 『성의 정치학』에서 출발하여 '또문(또하나의 문화)'에서 펴낸 '새로 쓰는 이야기' 시리즈들까지를 함께 읽고, 비디오방에서 〈델마와 루이스〉(리들리 스콧)나 〈내 책상 위의 천사〉(제인 캠피온)를 같이 보고, 뒤풀이에서 이런저런 감상을 나누는 것 정도가 평균적인 레퍼토리가 아니었을까. 때로는 〈젖소부인 바람 났네〉(한지일)를 비롯한 에로물도 수다의 테이블 위에 올라왔고, 좀더 적극적인 선후배들은 '여모'나 '여우방'의 문을 두드리

거나 성폭력·성매피해상담소에서 교육을 받기도 했다. 공부한다는 중
압감 없이 자발적인 관심으로 읽고 보고 대화하는 거의 유일한 경험이었
지만, 그 과정은 생각과 행동을 끊임없이 검열하고 수정하는 고민의 연속
이기도 했다. 성폭력에 대한 학내 최초의 공개사과가 이루어졌던 것도 그
시기였고, 내가 함께한 공간에서도 그와 유사한 문제로 충돌이 있었다.
우리는 모두 우리를 괴롭게 한 문제에 이른바 (그때 막 하나둘 쓰기 시작한
용어로) 'PC(political correctness)'하게 접근하고 싶었지만, 그 방법에 대
해서 잘 몰랐고 또 서툴렀으며, 그래서 상처를 입기도 했다. 정치, 그것이
의미하는 바가 우리가 살아가는 이 자명한 세상을 함께 변경해나가는 것
이라면, 그때의 우리는 소박하게나마 정치적이고 싶었던 것인지도 모른
다. 돌이켜보면, 그 무렵은 각 정파에서 내건 도서관 통로의 자보들이나
아크로 집회의 참여자 수가 눈에 띄게 줄어가던 시기였지만, 유독 '성'이
라는 이슈만은 조금씩 그러나 확실히 불붙고 있었다. 지금 『내 사랑엔 내
가 없다』 유의, 90년대 초중반 우리가 보아왔던 소프트한 여성학 교양물
의 자전적 쓰기를 흉내내며 이 글을 시작하고 있는 나는 95학번이다.

*

1987년 민주화 이후 지난 20여 년간 '성'의 영역에서는 어떠한 변화들
이 일어났는가. 어느 글에선가 테리 이글턴은 비판적인 어조로 '90년대에
는 성담론뿐이지 않은가?'라고 반문했지만, 우리 현실도 그가 맞닥뜨린
상황과 크게 다르지는 않을 듯하다. 프로이트, 라이히, 마르쿠제, 라캉,
푸코, 크리스테바, 이리가레이, 루만, 기든스, 버틀러 등 한국 지식사회를
한번쯤 거쳐간 많은 사상가들은 성을 그 사유의 중심에 놓고 있다. 80년
대의 성담론이 어떤 양상으로 존재했는지에 대해서는 보다 정밀한 고찰
이 필요—표면의 엄숙주의에서 '선데이서울'까지의 스펙트럼을 생각해본

다면, 또 권력과 그것에 의해 조정/산출되는 쾌락의 상관관계를 따져본다면 80년대 역시 '성'에 사로잡혀 있었던 시대였을지도 모른다—하겠으나, 90년대 이후 성이 개방되고 성담론이 증가했다는 실체적 사실을 부정할 수 있는 사람은 많지 않을 듯하다. 웍스는 60년대 이후 서구사회에 일어난 '지각변동'에 가까운 성의 변화(혹은 위기)를 다음의 세 범주로 축약하고 있는데, 이를 90년대 이후 지금까지 한국사회에서 빚어진 연애와 사랑, 결혼과 가족 등, 성과 연동된 다양한 변화를 관찰하는 데 참고해도 무방할 것으로 보인다. 1) 섹스의 세속화, 2) 광범한 태도의 자유화, 3) 친족유형의 변화.[1] 성은 생식으로부터 분리되었고, 혼전성교·동거·틴에이지 섹스 등 비결혼적 성이 노출되었으며, 영구독신부터 자발적 무자녀 가족까지 가족유형의 폭이 확대되었다.

그렇다면 우리는 성에 있어서만은 '자유'와 '평등'을 쟁취한 것일까, 혹은 그러고 있는 과정일까. 예컨대, 10대 아이돌 스타가 TV 토크쇼에서 '야동(포르노그래피 영상파일)'을 즐겨 본다고 스스럼없이 말할 수 있으면, 성은 해방된 것일까. 그렇지는 않을 것이다. 사실 위에서 열거한 변화를 민주화 이후의 변화라고 단언하는 데는 무리가 따른다. 오히려 그 보다는 성과 시장의 관계를 심화시킨 후기자본주의사회의 문화적 환경과 더 밀접한 함수를 맺고 있을 가능성도 크다. 하지만 그렇다 하더라도, 90년대 이후 성을 중심으로 자신의 권리를 주장하는 사람들이 등장했고 또 증가했다는 점은 짚어둘만하다. (특정한 쾌락을) 억압하고 또 (특정한 쾌락을) 생산하는 자본과 권력의 양동작전 속에서 그 맥락을 면밀히 파헤치고 그에 저항하고자 하는 이들이 생겨났고, 이들에 의해 성과 연관된 주제는 공개적인 탁자에서 토의되고 협상될 수 있는 것으로 이해되기 시작했다. 예컨대 시기적으로 가장 가까운 사례로 지금 머릿속에 떠오르는 것은 '차별금지법'

---

1) 자세한 내용은 제프리 웍스, 『섹슈얼리티: 성의 정치』, 서동진·채규형 옮김, 현실문화연구, 1997, 129~141쪽 참조.

제정과 관련된 일련의 소요다. 차별금지법이 예고되자, 먼저 '동성애 확산을 조장'하는 '동성애 차별금지 법안'에 반대를 표명한 보수단체의 압력이 있었고, 법안은 차별금지 대상 중 '성적 지향'을 비롯한 '학력, 병력, 가족형태 및 가족상황, 범죄전력, 출신국가, 언어' 등 7개 조항이 삭제되어 법제처로 넘어갔으며, 다시 이는 '차별 없는 세상을 만드는 무지개 집회' 등의 '성소수자 차별금지 긴급행동'으로 이어졌다. 2008년 새 정부 출범을 코앞에 둔 지금, 서구사회에서 지난 연대를 뜨겁게 했던 논쟁들이 다시 한국 사회에서 재연될지도 모를 듯한 예감이다. '성(과 가족)'이야말로 우파와 좌파가 선명하게 각을 세우는 영역 중의 하나가 아니던가.

*

성이 오랫동안 은폐되어왔던 밀실의 경험, 다시 말해 주관적 체험의 영역으로 간주되었다는 사실을 상기한다면, 민주화 이후의 이러한 변화는 '개인적인 것이 정치적인 것'이라는 익숙한 슬로건으로 간단히 정리할 수 있다. 그 슬로건만큼이나 친숙한 문학계의 수사를 재활용하면, 사람들은 '환멸'의 반대편에서 꿈틀거리는 '욕망'을 발견했으며, '개인'의 사생활과 그들이 맺는 (성적) 관계에 탐구의 닻이 내려졌고, 성은 역설적으로 개인적인 것에서 사회적이고 역사적인 것으로 그 위치를 변경했다. 이와 함께 관심이 집중된 것은 물론 '정체성'의 문제다. 여성운동, 동성애자운동 등을 이끄는 새로운 사회운동 집단들은 다름아닌 자신들의 (성)정체성을 그 중심에 놓고 있었고, 그리하여 그것은 차이를 기반으로 한 '정체성의 정치(politics of identity)'라 할 만한 것을 낳았다. 자신의 사회적 위치와 역할을 탐색하는, 달리 말해 정체성을 성찰하는 과정에서 개인이 조우하는 우선적인 집단적 정체성이 어떤 이들에게는 더이상 '민족'이나 '계급'일 수는 없었던 것이다. 가령, '동성을 사랑한다'는 성적 지향(sexual orientation)이 그 자체로 한 인간을 규정짓는 정체성이 되기까지의 역사는 19세기 중반으로까지 거슬러올라가지만,[2] 그를 예속의 대상으로 만들었던 규정은 20세기를 넘어서며 동시에 저항의 근거로 사유되었으며, 한국사회에서도 90년대 이후 그러한 움직임이 포착되기 시작했다.

그러나 이 성정체성을 정치화하는 방식은 그리 단일하지 않다. 알다시피 우리가 말하는 '성(性)'은 섹스(sex), 젠더(gender), 섹슈얼리티(sexuality) 세 범주를 포괄적으로 가리킨다. 거의 모든 성이론 개설서의 첫 장에서 언급되는 그 기초적인 개념을 그래도 살펴두면, '생물학적' 성 개념이 섹스이며, 성의 자리를 '자연'으로부터 '사회'로 옮겨놓은 것이 젠더이고, '성적 욕망'과 '성적 지향'을 비롯한 모든 성적 실천을 아우르는 것이 섹슈얼리티다. 단순화할 위험을 무릅쓰고라도 성정체성 논의의 흐름을 이 세 범주를 염두에 두면서, 정체성 정치의 선구이자 가장 직접적인 수혜자인 여성주의를 중심으로, 간략히 개괄해둘 필요가 일단은 있어 보인다.[3]

성에 관한 한 본질주의에 대한 공격은 푸코에서부터 출발하는 나름 유서 깊은 것이지만, 여성주의 내부에서는 (꼭 생물학적이라고 할 수는 없어도) 본질주의적인 '방어'라 할 만한 것이 언제나 존재해왔다. 식수, 이리가레이, 크리스테바 등 프랑스 페미니스트들이 말하는 '여성'이란 물론 그녀들의 강력한 주장에 따르면 생물학적 특수성과는 전혀 무관한 '타자적인 것'을 가리키지만,[4] '모성적 육체'를 중심에 놓는다는 점에서 본질주의적 뉘앙스를 완전히 벗어버리기는 힘들어 보인다. 캐럴 길리건을 비롯

---

2) 푸코, 『성의 역사 1 : 앎의 의지』, 이규현 옮김, 나남신서, 1990.

3) 이하 몇 페이지에 걸쳐 90년대 이후 지금까지의 성담론을, 같은 시기 한국에서 유통된 여성주의이론에 초점을 맞추어 아주 간단히 살펴보게 될 것이다. 핵심을 오독하지 않으면서 그 전개의 흐름을 살리기 위해 노력했지만, 단순화로 인해 발생하는 오해는 필자의 몫이다.

4) 뤼스 이리가레이, 『하나이지 않은 성』, 이은민 옮김, 동문선, 2000 ; 줄리아 크리스테바, 『공포의 권력』, 서민원 옮김, 동문선, 2001 참조.

한 일군의 영미권 페미니스트들이 여성이 남성과는 달리 '관계적 성향'을 지닌다는 점에서 '돌봄의 윤리'를 내세웠다는 사실 역시 아울러 짚어둘 필요가 있겠다. 이들의 관점은 그것이 활용되어온 면에서, 예컨대 90년대 이후 한국 여성소설의 한 지류의 핵심을 간취할 수 있으며 그들의 글쓰기를 특화할 수 있다는 점에서 유익하지만, 뒤집어보면 '희생'과 '헌신'을 바탕으로 하는 '전통적인 여성성'을 반복하는 것으로 차별주의자들에게 역전유될 수 있다는 점에서 그 정치성은 다소 회의되는 바가 있다.[5]

과거 그리고 지금까지 여성주의운동의 기본이라 할 만한 젠더정치학(gender politics)의 성과는 굳이 부연하지 않아도 될 정도라 생각한다. 위의 흐름도 큰 맥락에서는 젠더정치학의 범주로 묶어도 무리는 없다. '사회적으로 부과된 성'이라는 관점은 은폐와 억압구조, (성)차별의 논리를 부각시키며 성에 정치적 의미를 기입하는 데 성공했다. 예컨대 여성이론을 이제 흔히들 젠더이론이라고 부른다는 점, 또 약간의 상식이 있는 사람이라면 공식적인 자리에서 성을 뜻할 때 '젠더'라는 용어를 쓴다는 점 등은 이 운동의 위력과 파장을 확인할 수 있는 일상적 지표라 할 만하다. 하지만 지금 쉽게 체감할 수 있을 정도는 아닐지 몰라도, 여성주의운동의 핵심으로 간주되어왔던 이 젠더정치학 역시 만만치 않은 도전에 직면하고 있는 것이 사실인데, 이는 크게 두 가지 방향으로 정리해볼 수 있을 듯하다.

먼저 젠더를 정치화하는 것이 아니라 섹슈얼리티를 정치화하자는 입장이 그것으로, 동성애운동의 성장과 함께, 특히 푸코의 세례를 가장 많이 받은 이론가들에 의해 적극적으로 개진되었다.[6] 이들은 젠더와 섹슈

---

5) 이와 관련한 최근의 비판은 심진경, 「새로운 여성성의 미학을 찾아서」, 『문예중앙』 2005년 겨울호.

6) 자세한 내용 및 게일 루빈의 도식은, 조은 외, 『성해방과 성정치』, 서울대학교출판부, 2004; 탬신 스파고, 『푸코와 이반이론』, 김부용 옮김, 2003 참조.

얼리티가 동행한다는 통상적인 관념을 문제시하며, 섹슈얼리티를 젠더와 무관하게 개인의 정체성을 형성할 수 있는 기호로 파악했다. 쉽게 말해, 동성애자라는 정체성은 궁극적으로 '성적 지향(섹슈얼리티)'의 문제이지 '성별(젠더)'의 문제는 아니며, 젠더의 위계(남성/여성)를 폭로할 필요가 있는 것만큼, 섹슈얼리티의 위계(성적 표현을 중심으로 루빈이 도식화한 것을 잠시 가져오면, 이성애/동성애, 결혼/독신, 두 사람/혼자(혹은 여럿), 같은 연령대/연령차가 많이 남, 평등하게/가학, 피학적으로……)에도 도전해야 한다는 요구가 생겨난 것이다. 말할 것도 없이 이러한 관점 역시, 푸코가 많은 여성이론가들에게 똑같은 비판을 받았듯이, 엄존하는 젠더 불평등을 고려하지 않는다는 점에서 논란에 휩싸였다. 정리하자면 이렇다. 섹슈얼리티 변수까지 개입되면서 성정체성을 둘러싼 전선은 더 복잡해졌으며, 그리고 앞으로 더욱더 복잡해질지도 모른다. 그렇다면 여러 분파로 나뉘면서 그 운신의 폭이 넓어지는 것이 아니라 오히려 나란히 함께 게토화되어 가는 현상, 이것은 성정치의 위기일까 아니면 정체를 타개할 수 있는 돌파구일까. 여기서 (성)정체성을 중심으로 하는 정치가 안고 있는 두번째 딜레마를 언급할 수 있겠는데, 이는 다음에 이어질 질문과도 포개진다.

*

아마도 추측건대, '정체성 정치'의 시효가 과연 어디까지일까, 하는 의문을 한번쯤 품어본 사람이 적지는 않을 것이다. 자본이 (주체적·영토적) 정체성들의 끊임없는 창조를 요구한다는 진단과 더불어,[7] 주체 범주의 폐기를 한번쯤 숙고한 사람이라면, 마음 속 깊은 곳으로부터 이미 파산(破

---

7) 알랭 바디우, 『사도 바울』, 현성환 옮김, 새물결, 2008, 25~28쪽.

散)을 저울질하고 있을지도 모른다. 젠더정체성을 현재 가장 급진적으로 해체하고 있는 이론가는 이 분야의 슈퍼스타 버틀러다. 버틀러는 그의 저서 『젠더 트러블』에서 '젠더'의 정치적 효과를 신랄하게 의문에 부친다.[8] 그녀의 요지를 간명히 정리하기가 어렵지만, 당장 지적해둘 수 있는 것은 크게 두 가지다. 즉, 섹스 역시도 문화적으로 구성("섹스는 당연히 젠더처럼 행한다", 결국 푸코가 주장한 바로 그것)되며, 따라서 섹스/젠더 구분은 더이상 의미가 없다는 것(섹스는 언제나 이미 젠더이므로). 더불어 버틀러는 젠더라는 개념이 생물학적 명령의 흔적을 덜어냈을 뿐 강고한 이분법적 대립(남/여)을 언제나 전제하고, 정체성을 '고정(congealing)'하며 그것을 동질적으로 보편화한다는 점에서 본질주의적 반복이라 비판한다. 결국 이 사상가는 (젠더)정체성의 인위성과 그 수행적 성격, (동성애 금기가 근친상간 금기에 선행한다는 가정으로부터 출발하는) 젠더의 불안정성과 불완전성을 강조하면서, (젠더)정체성을 해체하기에 이른 것이다.

버틀러의 이러한 지적이 의도치 않게 새삼 우리에게 일깨우는 것은, '차이'를 중심으로 한 정체성담론이 그 차이를 온존하는 데 집중한 나머지 또다른 내부적 차이에는 둔감하거나 나아가 그것을 억압해왔다는 부인할 수 없는 사실이다. 중산층 여성부터 하층 여성까지, 혹은 이성애자 여성부터 동성애자 여성까지, 혹은 프랑스 여성부터 인도 여성까지, 혹은 백인 여성부터 유색인 여성까지, '여성'이라는 (집단적) 정체성의 부름에 다 같이 한 목소리로 답할 수는 없다는 것은 여성주의 내부의 수많은 논쟁들이 이미 알려주는 바다. 가령, 마하스웨타 데비의 「젖어미」를 중심으로 메타담론의 한계를 예리하게 분석한 글이나, 제1세계 페미니즘담론에 내재된 '재현의 특권'을 파헤친 「국제적 틀에서 본 프랑스 페미니즘」 등

---

8) Judith Butler, "Subject of Sex/Gender/Desire", *Gender Trouble*, Routledge, 1990; 주디스 버틀러, 「들어가는 말」, 『의미를 체현하는 육체』, 김윤상 옮김, 인간사랑, 2003 참조.

을 비롯한 스피박의 감동적인 글들은 언제나 이러한 문제를 비껴가지 않는다.[9] 혹은 보다 널리 알려진 사례로 미국에서 진행되었던, 여성을 하나로 묶어줄 것으로 기대되었던 포르노그래피 논쟁이 반(反)검열주의진영과 보수주의 공방을 낳으며 여성 쾌락의 성격에 대한 논란으로 확대되었다는 사실도,[10] 따지고 보면 여성이라는 정체성만으로는 행복하게 화해할 수 없는 어떤 갈등을 선명하게 보여준다.

여기서 당연한 의문, 그렇다면 정치는 어떻게 가능한가. 여성운동, 게이운동, 레즈비언운동의 주체인 여성정체성, 게이정체성, 레즈비언정체성을 해체(버틀러)하거나 유동적인 것(무페)으로 선언한다면, 어떤 정치적 개입, 어떤 정치적 행동이 가능할 것인가. 해체주의적 혹은 구성주의적 시각을 견지하는 이론가들이 언제나 먼저 해결하기를 요구받는 질문(동시에 버틀러 스스로가 제기한 질문)이 그것이다. 정치성을 유지하기 위해 정체성을 고수하고자 하는 이러한 반격은 현실적 억압이 엄연하다는 회피하기 어려운 진실을 상기시킨다는 점에서 수긍이 가는 측면이 있다. 그러나 한편으로 그것은 정체성 정치가 직면한 비판, 가령 자기 과제를 절대화하는 폐쇄성 역시 노출한다. 말하자면 딜레마다. 자기 영역 안에 갇혀 있을 수는 없지만, 해체 혹은 확대되면 전선 자체가 증발해버릴 것이라는 불안. 이에 대해 무페는 "급진적 민주주의 정치에 참여하고자 하는 페미니스트들에게, 본질적 정체성의 해체는, 바로 자유와 평등의 원칙이 적용되어야 할 다양한 사회관계들을 적절하게 이해하기 위한 필수조건으로 받아들여야 한다"고 주장하며 다음과 같이 쓴다.

우리가 합리적이고 또한 자기 자신에게 투명한 행위자(agent)라는 주

9) G. C. Spibak, *In Other Worlds: Essays in Culture Politics*, Routledge, 1987. 국역본은 『다른 세상에서』, 태혜숙 옮김, 여성문화이론연구소, 2003.

10) 조은 외, 같은 책.

체 개념을 버리고, 또한 이러한 위치들의 묶음이 통일성과 동질성을 갖는다는 가정도 버려야만, 종속적 관계들의 복합성을 이론화할 수 있는 것이다. (……) 주체 위치들은 결코 폐쇄된 차이의 체계 속에 총체적으로 고정될 수 없으며, 반드시 필연적으로 관련되지 않는 다양한 담론들에 의해 구성되지만, 지속적인 중층결정(overdetermination)과 환치(displacement)의 운동을 계속한다. 이와 같이 복합적이고 모순적인 주체의 '정체성'은 언제나 우연적이고 취약하다.[11]

무페의 이러한 지적은 그녀가 탐색하고 있는 민주주의의 상과도 긴밀한 연관이 있다. 시각의 차이가 아주 없는 것은 아니지만, 성민주주의(sexual democracy/gender democracy)에 대해서는 윅스나 기든스 역시 언급한 바 있다.[12] 윅스는 민주주의를 성과 연결시키는 것이 생소할지 몰라도 "자신의 육체에 관한 통제의 권리를 주장할 때 이미 그 속에 민주주의라는 개념이 배어" 있다고 하면서, "잠재적 갈등을 마다하지 않고 성적 다원성과 선택의 미덕을 감싸안는 것"이 필요하다고 지적한다. 즉, 그가 주문하고 있는 것은 절대적인 성도덕이 아니라 급속도로 다양해지고 있는 개인들의 취향과 요구에 유연하게 대처할 수 있는 성윤리/정치학인데, 이와 같은 시각은 기본적으로 기든스 역시 공유하는 것이다. 성해방이 결국 성민주주의이며 민주적인 규범만이 섹슈얼리티를 분배적 권력(팔루스의 권력)으로부터 분리시킬 것이라 주장하는 기든스는, 이를 위해 성정체성을 비롯한 "자기 정체성을 타인에 대한 관심이라는 도덕적 관심과 연결시키는 윤리적 형성의 과제"를 강조한다. 두 논자 모두 성민주주의를 급

---

11) 샹탈 무페, 「페미니즘, 시민권, 그리고 급진 민주주의 정치」, 『미셸 푸코, 섹슈얼리티의 정치와 페미니즘』, 새물결, 1995, 231~232쪽.

12) 이하의 내용은 제프리 윅스, 같은 책; 앤서니 기든스, 『현대 사회의 성·사랑·에로티시즘』, 배은경·황정미 옮김, 새물결, 1996 참조.

진적 다원주의와 함께 사고하고 있는 셈인데, 무페 역시 그러하다.

다시 말해, 무페가 영구적인 정체성이란 존재하지 않는다는 사실을 지적하며 그 유동성과 우연성을 지속적으로 환기하는 것은, 정체성(에 기반한 정치)을 탈정치화하려는 시도와는 거리가 멀어 보인다. 위와 같은 무페의 진단은 그녀가 일련의 저작들을 통해 반복적으로 주장하고 있는 바와 상통한다.[13] 좌파적 기획을 '급진적이고 다원적인 민주주의'의 관점에서 재정식화하고자 하는 무페는, 자유주의적 정치관이 '적대'의 구성적 역할을 제대로 파악하지 못한다고 비판하면서, 그 속성을 부정하고 완벽한 조화를 가정하는 것이 민주주의에 대한 진정한 위협이라고 단언한다. 즉, 그녀는 적대가 사라진 완전히 포괄적인 정치공동체는 허상이라는 전제 아래, 공동체의 외부이면서 동시에 그것의 존재조건이 되는 구성적 외부를 강조하고 있는 것이다. 이러한 시각은 라캉과 데리다를 참조하는 무페가 정체성의 형성과 관련하여 특히 선명히 하는 대목의 논리(구성적 외부 역할을 할 타자 없이 정체성은 존재하지 않는다—쉬운 예를 들어보면, 이성애는 바로 동성애의 산물이라는 것)와도 동일하다.

사실 무페의 이러한 주장은, 어떤 맥락에서는 정체성의 정치가 계급적 정체성을 절대화한 계급담론을 비판하면서 등장한 것에 대한 일종의 좌파적 보완이라고도 볼 수 있다. 무페가 여성, 동성애자, 흑인, 노동자 등의 상이한 요구와 투쟁 사이에 '등가적 연쇄'를 확립하고, 그것들 사이의 '절합(articulation)'을 꾀하고 있다는 점에서 특히 그렇다.[14] 서로 다른 형

---

13) 샹탈 무페, 「민주주의, 권력, 그리고 "정치적인 것"」, 『민주주의의 역설』, 이행 옮김, 인간사랑, 2006 ; 「경합적 다원주의를 위하여」 「자유주의와 민주주의의 접합에 대하여」, 『정치적인 것의 귀환』, 이보경 옮김, 후마니타스, 2007을 참조.

14) 이 글에서 다루지는 못했지만, 마찬가지로 단일한 정체성이 허구임을 강조하면서, (개별적인 것을 함께 묶어 새로운 연합을 형성하는) '절합' 개념을 도입하여 '정체성의 정치학'을 갱신하려 한 대표적인 인물은 스튜어트 홀이다. 자세한 내용은 제임스 프록터, 『지금 스튜어트 홀』, 손유경 옮김, 앨피, 2006.

태의 억압과 연결되어 있는 투쟁을 절합하기 위해서는, (본질적) 정체성을 기각하여야 할 필요가 생긴다. 무페가 "여성의 평등을 위한 투쟁"이, "특정 정체성을 가진 어떤 경험적 집단의 평등의 실현이 아니라, 그 정체성이 종속적으로 구성되는 복합적 형식들에 대한 투쟁"으로 이해되어야 된다고 쓸 때, 그녀는 주변화된 정체성들 간의 연대를 통해 전체적인 억압구조에 대항해야 한다고 말하고 있는 것이다.

무페의 주장이 얼마나 '구체적으로' 정교화되어 갈지는 미지수이며, 또 (사회적) 정체성조차 형성하지 못한 소수자들이 아직도 많은 한국의 현실에 비추어보면 추상적으로 들리는 것이 사실이지만, 그 원론적인 지향은 공감이 가는 바가 있다. 엄격한 정체성을 해체하는—지속적인 중층 결정으로 인한 유동성과 우연성이 정체성의 존재조건이라면, 해체라는 말 자체가 어울리지 않겠지만—대신, 상이한 정체성 간의 절합을 꾀한다는 것. 그런데 그것이 또 과연 얼마나 가능한 일일까라는 의문이 머릿속을 떠나지를 않는 것은, 절합의 당위성이 아니라 그 '방식'이 여전히 모호한 채로 남아 있기 때문이다. 이를테면, 여성운동과 동성애운동은 어떻게 합류할 수 있을까. 여성이 저항하고자 하는 가부장적 구조와 동성애자를 억압하는 이성애 매트릭스가 다른 것이 아님을 확인하게 된다면? 아무튼 그렇다면 역설적으로 우리는 '나는 ～는 아니지만 그러나' 신드롬에서도 자유롭게 될지도 모른다. '나는 페미니스트는 아니지만 그러나' '나는 동성애자는 아니지만 그러나'…… 등의 동조나 아량을 표명하면서, 자신은 그런 지향을 가진 사람은 아니라는 것을 은연중 확인받고자 하는 그런 어법들로부터 말이다.

*

1987년 이후 한국소설에서 성을 둘러싼 영역에 대한 탐구는 얼마나 갱

신되고 또 얼마나 심화되었는가. 이에 대해서는 여러 가지 각도의 접근이
가능하겠지만, 어느 쪽이 되었건 여성작가의 약진을 먼저 거론할 수 있을
것이다. 민주화 이후 작품활동을 시작하여, 1990년대와 2000년대에 걸쳐
활동한 여성작가들은 그 수도 수이거니와, '여성'이라는 젠더정체성으로
함께 묶을 수만은 없는 다채로운 작품세계를 보여주었으며, 그러한 경향
은 2000년대로 접어들며 더욱 심화되었다.[15]

그런데 90년대 이후 지금까지 활동을 이어오고 있는 여러 여성작가들
중에서도, 이채로운 궤적을 보여주고 있는 작가가 바로 배수아다. 더욱이
이 작가는 처음부터 '여성'작가로 호명되지 않았다. 세기말적 허무주의로
무장하고, 소비사회 속 미성숙한 신세대들의 풍속도를 키치적으로 그렸
다는 비판(?)과 비문(非文)의 작가라는 오명이 없지는 않았지만, 대체로
배수아는 초기작들부터 평단의 집중적인 주목을 받으면서 다수의 책을
펴낸 행복한 작가에 속한다. 그러나 "철저하게 고립을 선택한 개인들"(정
과리),[16] "신세대적 일상 아래의 존재론적 불안"(성민엽), "구체적이고도
감각적인 이미지의 언어"(김미현), "(유년기의) 공주 콤플렉스"(김동식),

---

15) 처음에 이 글을 구상했을 때는, '성'의 제반영역들 및 '몸' '연애' '사랑' '가족' 등과 관련
하여 나 자신의 관점에서 의미가 있거나 논란이 된다고 파악한 소설들과 그것을 생산한 여
성작가들의 지형도를 그려보고자 했으나, 그것이 얼마나 방대한 작업인가를 깨닫게 되는
데는 오래 걸리지 않았다. 둘러보니 여성작가밖에 없더라, 라고 한다면 지나친 과장이겠지
만, 여성작가의 수적인 증대는 90년대 이후 문학판의 가장 큰 변화로 기록된다. 바꿔 말해,
작가의 성별이 여성이라고 해서, 그 작가의 생산물을 편안히 '여성소설'로 규정하기는 어렵
게 되었다. 작가의 성별과 작품의 진리치 사이에 항상적인 연관이란 있을 수 없다는 사실을
생각해본다면, 이 역시 새삼스러운 지적일 따름이다.
16) 정과리, 「어른이 없는, 어른된, 어른이 아닌」, 『푸른 사과가 있는 국도』, 1995; 성민엽,
「성장 없는 성장의 시대」, 『랩소디 인 블루』, 1995; 김미현, 「이미지와 살다」, 『부주의한 사
랑』, 문학동네, 1996; 김동식, 「우리 시대의 공주를 위하여」, 『문학과사회』 1996년 여름호;
신승엽, 「배수아 소설의 몇 가지 낯설고 불안한 매력」, 『문학동네』 1997년 겨울호; 신수정,
「포스트모던 테일」, 『문학동네』 1998년 여름호; 백지연, 「기괴하고도 슬픈 몽유기」, 『심야
통신』, 해냄, 1998.

"가족의 해체와 단자화된 개인"(신승엽), "기호가치가 지배하는 포스트모던시대의 동화"(신수정), "모험을 맛보지 못한 자들의 몽유기"(백지연) 등의 규정이 쏟아진 90년대까지만 해도, 우리는 이 작가의 소설 속에서 어떠한 정치성이 배태되고 있는지를 쉽게 가늠하지는 못했다.

배수아는 『철수』와 『그 사람의 첫사랑』에서 한 번의 전회를 겪은 후, 독일 체류중 발표한 2002년의 『이바나』를 기점으로 급격히 달라진 면모를 보인다. 소설의 인물들이, 록음악과 영화에 매혹되어 있던 여자아이들에서 극장을 혐오하고 클래식과 언어를 숭앙하는 독서가로, 밀러와 다이어트 코크를 향한 그들의 선호가 육식을 거부하는 채식주의로, 사촌을 향한 근친애적 열정이 동성과의 섹스리스로 변해가는 동안, 배수아 소설의 핵심 아이콘이었던 매혹적인 이미지는 끝도 없이 이어지는 사변적인 문장들에 그 권좌를 내주었다. 그러나 이러한 스케치는 말 그대로 스케치일 뿐, 그보다는 다음과 같은 지적들을 눈여겨보라. "체계의 시스템 바깥에 스스로의 의식을 위치시키기 위한 필사의 저항"(손정수),[17] "커뮤니케이션의 곤란과 공동체의 근본적 한계를 실험"하는 "이방인 되기"(이수형), "주체의 바깥을 지워버리고 고립된 절대적 개체로 서려는 정신적 충동"(김영찬), "'脫-'의 충동"(김미정), "사유와 언어의 최경계"(한기욱)……따온 말에서 이미 짐작이 되겠지만, 이 진술들은 그 표현은 조금씩 달리하고 있으나 『이바나』 이후 배수아 소설의 어떤 특징적인 면모를 비슷하게 포착하고 있다. 말하자면 그것은 초기작에서부터 이미 싹트고 있었던 이 작가 특유의 '고립의 감각'이, 집단의 권력이 부과하는 그 모든 구속으

---

17) 손정수, 「탈주의 욕망이 그려낸 몽환적 여행기」, 『이바나』, 이룸, 2002; 이수형, 「공동체와 타자: 배수아 소설 속의 의미론과 가치론」, 『문학과사회』 2003년 가을호; 김영찬, 「자기의 테크놀로지와 글쓰기의 자의식」 『에세이스트의 책상』, 문학동네, 2004; 김미정, 「脫의 감각과 쓰기의 존재론」, 『문학동네』 2004년 가을호; 한기욱, 「최경계에 선 글쓰기: 배수아 소설 '홀'」, 『문학동네』 2006년 봄호.

로부터 자유로워지고자 하는 (급진적) 개인주의로 탈바꿈해가고 있는 광경이다.

그들이 혁명의 이름으로 세례를 받았다 해도, 그 어떤 권력 앞에서도 개인은 여전히 무력하고 고독할 것이며 어쩌면, 앞으로는, 설사 다가올 선거에 승리한다고 해도, 이제 정녕 거대한 폭력이 아주 다른 방향에서 새로운 모습으로 찾아올지도 모른다. 그리고 그것은 오직 개인들의 내면에서 외롭게 홀로 견뎌야만 하는 폭력이 될 것이다.[18]

그러므로 우리는 배수아 소설 속의 한 인물이 1987년 대선을 즈음해 내뱉는 위와 같은 상념을, 작가 자신의 사유의 일단을 투영하고 있는 것으로 이해해도 좋을 듯하다. 그렇다면, 그 집단의 권력, 거대한 폭력은 가령 무엇일까. 여기서 우리는 다시 이 글의 관심사로 돌아간다. 배수아에게 그것들 중 하나는 젠더와 섹슈얼리티의 다원성을 부정하고 성을 고정된 것으로 틀짓고자 하는 지배적 권력이다. 이 점에 먼저 주목한 비평가는 김형중인데, 그가 지적한 것처럼 배수아는 "문장 단위에서부터 각인되는 관습적인 성차"를 모호하게 만듦으로써 "소재나 주제 수준에서 진행되었던 성별간 대립, '남/여'의 이분대당, 제3·4의 성을 용인하지 않는 그 이분대당"을 뛰어넘기 시작했다.[19] 그리고 그러한 작가의 월경(越境)은 젠더정체성뿐만 아니라 성적 지향에 대한 고정관념에까지 감행된다.

다소 뜬금없이 들릴지는 모르겠으나 내가 보기에, 배수아의 장편소설 『에세이스트의 책상』(과 『독학자』)의 가장 기본적인 틀거리는 (비극적인) 로맨스이다. 무리로부터 배척된, 혹은 자발적으로 떨어져나온 두 영혼이

---

18) 배수아, 『독학자』, 열림원, 2004, 127~128쪽.

19) 김형중, 「민족문학의 결여, 리얼리즘의 결여」, 『창작과비평』 2004년 겨울호.

한눈에 서로가 서로를 알아본다. 둘 모두는 거대한 무언가와 싸우고 있는 정신적 투사들이며, 생의 가장 빛나는 순간을 함께 누린다. 아니, 둘이 함께한다는 이유만으로 그 순간은 바로 그런 순간이 된다. 하지만 그들의 사랑은 고통 속에 비극적으로 막을 내리는데, 그것은 그들이 결코 다시는 만날 수 없기 때문이다. 아니, 다시는 함께할 수 없기 때문에 그것은 최종적으로 로맨스를 완성한다. 언제나 우리의 마음을 움직이는 로맨스는 그것을 누리는 자들에게 행복을 안겨다주기보다는, 그것을 누리는 자들로부터 그 행복을 완전히 앗아가는 그런 종류의 것이 아니던가.

위와 같이 쓰면서 나는 이 소설의 골격에 조금의 낭만적인 덧칠을 한 셈이다. 하지만 약간일 뿐, 골격 자체는 그대로다. 그리고 마지막으로 한 가지, 사랑하는 두 사람은 모두 여성이다.

*

작가의 성별이 책읽기에 개입될 때가 종종 있다. 그럴 때면 우리는 지금 읽고 있는 책으로부터 받은 인상이 혹시 편견이 아닐까를 의심하며, 눈앞에 놓인 책의 저자가 다른 성(gender)이었다 하더라도 같은 생각을 품었을까, 하는 질문을 스스로에게 던져보곤 한다. 물론 나와 다른 성의 독자가 이 책을 어떻게 읽을지가 궁금해질 때도 있다. 비슷한 방식으로, 작가가 만약 동성애자로 자신을 정체화한 사람이었다면, 이 책은 어떻게 읽히게 될까. 혹은 남성독자와 여성독자는, 이성애자독자와 동성애자독자는, 이 책을 어떻게 읽게 될까.

『에세이스트의 책상』을 읽는다. 최초의 독자 김영찬은 "사랑 이야기라는 외관을 걷어내고 보면"이라는 전제 아래 "순수한 자아에 대한 강렬한 욕망"을 읽어내는 등, 글의 많은 분량을 그 외관을 걷어내는 데 할애하고 있지만, 이 소설의 "핵심적 모티프"는 그 자신이 지적한 대로 "사랑의 기억"이다.[20] 이 첫 독자가 M의 성별을 비껴간 것을 두고 "마치 근친상간/동성애 금기를 벗어나기 위해 라캉이 안티고네의 오빠에 대한 사랑을 외면하는 것과 흡사하다"며 소설의 "동성애 코드"를 진지하게 언급한 평자는 임옥희이며, 이어서 '욕망과 사랑'이라는 틀로 소설을 읽어낸 신형철은 '레즈비언 커플'이라는 그녀의 지적이 논점을 환기하고 있다고 하면서도, 다음과 같이 언급한다. "백낙청이나 김영찬 같은 비평가들이 '우리 사회가 금기시하는 것을 끌어들여 구태여 독자들을 불편하게 만들고 싶지 않다는 욕망'에 이끌리고 있다는 식의 주장은, (……) 오늘날 비평담론의 현황과 수준을 생각해본다면 그들에 대한 지나친 과소평가가 아닌가 싶다."

이러한 지적의 함의를 모르지는 않는다. 평자들마다 중요하게 생각하는 주제가 다르니 문제틀이 다양할 수밖에 없고, 그 문제틀에 따라 포함될 것과 배제될 것이 생기는 것 역시 당연하다. 하지만 어떤 문제틀이 기반하고 있는 토대를 노출시키고 그것에 의해 배제된 것을 환기함으로써 텍스트를 '낯설게' 만드는 작업의 정치성은 여전히 긴요하다. 그런 맥락에서 임옥희가 지적한 '금기'는 다시 곱씹어보아도 좋겠다. 『에세이스트의 책상』에 대해 쓴 대부분의 비평가들이 동성애를 말하는 것이 불편하거나 혹은 적절치 않다고 생각해서 이를 거론하지 않았을 여지는 아마도 거의 없을 것으로 보인다. 하지만, 그것이 '말해질 수 없는' 것이 아니라 '보이지 않는' 것이라면 어떨까. 푸코식으로 말해, 애당초 '앎'의 대상이 아니라면?

20) 김영찬, 같은 글. 이하 이 글과 다루고 있는 주제와 관련하여 참조할 수 있는 논평들은, 본문에 인용할 경우 필자명만 병기한다. 발표된 순서대로, 백낙청, 「소설가의 책상, 에세이스트의 책상」, 『창작과비평』 2004년 여름호: 박성창, 「영화가 갈 수 없었던, 그러나 문학이 가야만 하는 길에 대하여」, 『문학동네』 2004년 가을호: 임옥희, 「'영미' 페미니즘 문학의 흐름들」, 『문학동네』 2004년 가을호: 김형중, 같은 글: 신형철, 「당신의 X, 그것은 에티카」, 『문학동네』 2005년 봄호.

*

　물론 문제는 단순하지 않다. 『에세이스트의 책상』을 읽은 누군가가 만약 M의 성별 혹은 M과 '나'의 관계를 성의 관점에서 들여다볼 필요를 느끼지 않는다면, 어쩌면 그는 작가의 작의(作意)를 세심하게 고려하고 있는 독자일지도 모른다. 『이바나』를 기점으로 『당나귀』까지 이어지는 작가의 이른바 정신주의적·금욕주의적 면모를 생각한다면 그렇다. 배수아는 어느 시점부터 작중인물의 성별을 의도적으로 흐려왔으며, 그녀의 인물들은 더이상 섹스하지 않는다. 그런데 『에세이스트의 책상』에 국한해볼 때, 이러한 고려는 충분하지 않거나 혹은 넘쳐버리는 것처럼 보인다. 이 문제를 세 가지 측면에서 접근해볼 수 있다.

　먼저, (성적) 대상. 『에세이스트의 책상』을 읽는 대부분의 독자는 M(의 얼굴)이 "중성적"이라는 진술을 잊기 어려울 것이다. "나는 그토록 충격적일 정도로 중성적인 얼굴을 본 일이 없었다." M의 얼굴과 육체가 자아내는 느낌을 독자에게 지시하는 이 '중성적'이라는 설정은, 성의 이분법적 틀을 교란하려는 작가의 의도를 뒷받침하는 동시에 인물의 성별이 주어졌을 때 독자가 미리 준비하는 각본들, 즉 관습화된 독서를 차단하는 장치로서의 기능을 수행한다. 그런데 축자적으로만 따져보았을 때, 이 '중성적'이란 말은 인물의 젠더적 성격을 일러주고는 있어도 그 인물의 섹슈얼리티적 성격을 명확히 하지는 않는다. 다시 말해, ('나'에게 있어) M의 중성성을 곧바로 비성적(asexual), 무성적(desexual)인 것으로 치환하는 것은 다소 성급한 귀결이다. 이러한 결론 역시 남성과 여성이라는 이분법적 틀, 바로 그것의 부산물은 아닐까. '충격적일 정도로 중성적인 얼굴'은 과연 어떤 얼굴일까. 성적인 자취가 모두 사라진 종잇장과 같은 얼굴일까, 버지니아 울프의 '올란도' 같은 얼굴일까. 어느 쪽이 되었건 누구나 보기에 명백히 비성적인 대상도 어떤 이에게는 성적일 수 있다.

소설의 거의 마지막 에피소드에서 '나'는 자신이 수년 전 헤어진 여자 친구와 흡사하다며 '나'의 이름을 간절히 알고 싶어하는 한 여자와 만나는데, 그때 '나'는 "그녀는 왜 자신의 여자친구의 얼굴을 제대로 기억하지 못하는가"라고 반문한다. 그도 그럴 것이, 지워진 과거의 흔적을 찾아 헤매곤 하는 서술자의 기억은, 때때로 M의 얼굴(의 부위들)로 뚜렷이 정향된다. 소설의 맨 첫 페이지는 M의 얼굴 묘사에 할애되어 있으며, 이마, 눈두덩, 코, 입술, 광대뼈 하나하나의 특징이 세세히 기록된다. 그 세부는 처음에는 M의 얼굴답게, 윤기 없고 창백한 이마와 움푹 들어가 있는 눈두덩으로 시작하지만, 곧 (M이 고개를 드는 순간), "믿을 수 없을 만큼" 엷으며, "아침의 태양빛이 스며든 듯" 붉은 입술과 "섬세하고 완만한" 광대뼈를 드러낸다. 사랑에 빠진 사람이 흔히 그러하듯, 그 얼굴을 지켜보는 이는 지금 조그만 열광에 둘러싸여 있다.

그리고 바로 다음 페이지에서, 우리가 책을 읽는 내내 결코 잊기 힘든 진술이 또 하나 등장한다. "책과 언어가 M에게 절대적인 세상의 징표였다면, 음악은 접근할 수 없는 정신이고 종교이자 영혼 그 자체였다." 언어(책)와 음악은 M의 표상인데, 이 진술을 비롯하여 소설의 곳곳에서는 추상의 세계에 헌신하고자 하는 M의 정신적 지향이 누차 강조된다. 그러나 그러한 지향이 강조되는 만큼이나 빈번히 제시되고 있는 것이 내내 (감기와) 알레르기를 앓고 있는 M의 육체적 실존이라는 사실을 놓쳐서는 곤란하다. M의 허약한 육체는 정신을 부조하는 효과를 빚어내지만, 다른 한편으로는 M의 생활을 끊임없이 제약하는 육체적 실존의 위력도 함께 환기시킨다.

*

성적이냐, 비성적이냐 혹은 정신적이냐, 육체적이냐 하는 물음은 현재 이 작가의 소설에서 불거져나오는 질문들 중의 하나이다. 배수아는 『에세이스트의 책상』과『독학자』등에서 육체보다 정신을 우위에 놓은 인물을 자신의 주인물로 삼고 있지만, 두 소설의 실제 스토리는 그들의 그러한 지향이 결국 어떻게 좌초하는가를 고통스럽게 탐문하는 데 바쳐지고 있기도 하다.

여기서 두번째, 그들이 성을 향유하는 방식. 물론 우리의 주제에 있어서, 이를 살피는 것은 크게 중요하지 않을지도 모른다. 성적인 대상이 누구인지보다 성을 추구하는 방식이 어떠한가를 묻는 것이 성적 지향을 이해하는 데 더 포괄적이지만(예컨대, 사도마조히즘은 전자의 관점에서 개별화되지 않는다), 이성애자가 이성과 성경험이 있어야만 이성애자가 되는 것이 아닌 것처럼 동성애를 규정하는 데 있어서 육체적 접촉의 유무가 결정적인 것은 아니기 때문이다.

『에세이스트의 책상』을 살피면, 특히 M과 '에리히'의 육체적 관계로 인해 '나'가 고뇌에 빠지는 것을 보면 이 소설에서 M과 '나' 사이에 성적인 교감은 존재하지 않는다고 말하고 싶어질 수도 있다. 물론 '일반적인 기준'에서 성애화된 장면이 없다고 보면 크게 틀리지 않다. 그러나 가령 다음과 같은 장면에서,

나는 M의 맨발을 다 닦은 다음 바닥에 앉아 M의 젖가슴 위에 머리를 기울이고 M의 심장의 고동소리를 들었다. 내 머리칼은 빗물과 습기 때문에 축축했는데 M은 그것을 가슴에 꼭 안고 있었다. (……) 나는 손가락으로 M의 젖가슴과 사슴처럼 고집스러우면서도 우아한 늑골과 매끈거리면서 열이 있는 배와 소름이 돋아 있는 팔 위를 미끄러져갔다.(124쪽)[21]

우리가 마주하고 있는 '나'와 M의 행위는 성적인 것 바깥에 있다고 할 수 있을까. 과연 무엇이 성적인 것이고, 무엇이 비성적인 것일까. 그 둘을 나

---

21) 배수아, 『에세이스트의 책상』, 문학동네, 2003. 이하 본문에 인용할 경우 쪽수만 표시하기로 한다.

누는 척도는 무엇이며, 누구나 공유할 수 있는 것일까. 통상적인 섹스장면에 길든 우리는 의외로 이런 질문에 답하는 것에 익숙하지 않다. 혹은 질문 자체가 이미 함정이라고 해도 좋다. 성적인 것이 무엇이냐는 추궁은 성에 대한 본질주의적인 관점으로 돌아가기 쉽기 때문이다. 그러나 누구나 동의하는 성성, 누구나 인정할 수 있는 (성적) 쾌락, 그런 것은 존재하지 않는다. 그러니 『에세이스트의 책상』에는 성애적인 장면이 없는 것이 아니라, 소설의 표현을 빌리면 "페니스로 인해서 연결되는", 성기를 중심으로 국지화된 쾌락의 장면이 없다고 보는 것이 타당하다. 맨발, 젖가슴, 머리칼, 늑골, 배, 팔 등의 육체적 기호로 구성된 저 장면을 감싸고 있는 에너지를 성적이지 않다고 자신 있게 단언할 수 있는 사람은 그리 많지 않을 것이다.

*

세번째, 타자의 개입. M과 '나'의 관계에 있어서 결정적인 역할을 하는 인물은 '에리히'다. "마침내 3악장이 시작된다"라는 5장의 마지막 문장을 뒤로하고 그는, 6장에서 본격적으로 등장한다. 독일어교사와 학생의 관계로 처음 만났던 M과 '나'가 더는 그러한 관계일 수 없게 되자, M이 '나'를 위해 새로운 독일어교사로 추천한 사람이 에리히다. 그에게 '나'는 세 번에 걸쳐 독일어 작문숙제를 제출한다.

첫번째 작문은 작가인 '나'가 바라는 글—『동물원 킨트』를 간텍스트적으로 차용하고 있다—이었으되 형편없는 어법으로 인해 낮은 평가를 받고, '독일인들의 실내장식'을 다룬 두번째 작문은 에리히의 칭찬을 끌어내지만 '나'는 "무의미한 진술들의 집합"인 그것을 견딜 수 없어한다. 세번째 작문은 M에 관한 것으로, '나' 스스로는 "무모하고 부주의한 테마"라고 생각했지만 "진지한 문장을 쓰고 싶은 욕구"와 (그날 저녁 M과 '나' 사이의 교감에 의해 추동되는) "통제되지 않는 힘"에 의해 결국 글을 완성한다. 그러나 다른 두 작문과는 달리 이 마지막 작문은 에리히로부터 의례적인 칭찬의 말 이외에 이렇다 할 논평을 끌어내지 못한다. 대신 에리히는 자신의 생일파티에 M과 '나'를 초대하는데, 이 초대가 사실상 '나'의 작문과 그것의 의미—'나'와 M의 관계—에 대한 에리히의 논평이 된다.

에리히의 생일파티에서, 무리로부터 떨어져나와 M과 서로의 팔을 잡고 서 있던 '나'는, 서로가 사랑한다는 확인이 가져다준 "희열의 순간"에 벅차 M의 손등에 입맞춘다. "나는 아마도 예상치 못한 곳으로 가게 되리라." 그리고 바로 "그때",

맞은편 복도에서 자신의 학생들에 둘러싸여 있던 에리히가 두 팔을 번쩍 들면서 큰 소리로 우리를 불렀다. 이것 봐, 거기 아가씨들! 힘쓸 만한—이것은 내가 요아힘 덕분에 알게 된 상당히 외설적인 단어여서, 에리히가 그런 말을 썼다는 사실에 나는 깜짝 놀랐던 것으로 기억한다—남자들은 다 여기 모여 있는데 거기서 뭐 하는 거야? 나와서 함께 어울리자구!(112쪽)

소설 전체로 보았을 때 6장의 배치도 그렇지만, 에리히가 파티에서 '아가씨'들을 부르는, 위 인용한 6장의 마지막 장면의 배치는 훌륭하다. '나'와 M의 사랑, 그것이 낳는 희열이 극적으로 표현되는 대목에 바로 뒤이어, 독자는 그때껏 알지 못했던 M의 성별을 뒤늦게 알아차리는데—어느 정도 암시가 될 수 있는 첫번째 인용문은 시간적으로는 앞서지만, 한 장(章) 뒤에, 그것도 에리히가 두 사람의 관계를 가볍게 조롱하는 장면 바로 앞에 배치된다—그 사실은 둘의 관계를 "힘쓸 만한 남자들"이란 어휘로 부정/금지하는 적대적 인물 에리히에 의해 밝혀진다. 이러한 개입은 요아힘이 계급적인 관점으로 M과 '나'의 관계의 순수성을 의심한 것과는 다른 종류의 것이다. 이후 이어진 에리히의 행동 모두는 오직 '나'(와 M)만이 알아차릴 수 있는 방식으로 그를 모욕한다.

에리히는 M과 '나'에게 다가와 어깨 위로 팔을 걸치고 "경멸감"을 안고 씰룩거리는 입술로 '나'의 작문에 대해 칭찬한다. 에리히는 작문의 내용을 궁금해하는 M에게 그 자세한 내용을 알려주는 대신 '요코 타와다'와 '슈베르트'를 거론한다. 전자는 그의 인종적 편견을 노출하고, 후자는 '나'가 M에게 바치는 정열을 의문에 부친다. '나'가 왜 굳이 외국어로 글을 쓰려 하는지 이해하지 못하겠다는 에리히의 말에, M이 언어는 "보편적"이며 "인종적 차이"를 초월한다고 답하려 할 때, 에리히가 M의 말을 자른다. "너의 이상주의를 받아들이더라도 그러나 무엇 때문에 그 보편정신을 찾아 방황하는지 그것이 설명해주지는 못하지. 단지 슈베르트의 노래 때문에?"

이 물음 뒤에, '슈베르트'에서 시작하여 '플라텐'과 '나르시스꽃'으로 이어지는 (그리고 이 장의 결미에서 '니진스키'까지 단속적으로 이어지는) 다음 장면은 동성애적인 아이콘들로 채워진다.[22] 슈베르트의 노래는 '나'가 M을 주제로 한 작문에서 인용한 것이며, 에리히는 슈베르트가 곡을 붙인 플라텐의 시를 파티에서 직접 낭독한다. "내 심장, 내 심장이 산산이 찢어지고 있네……"

'나'는 거의 본능적으로 자신이 "분명히" 모욕당하고 있다고 느끼지만, 왜 자신이 그런 감정을 갖는지, 또 그러한 감정이 정당한지에 대해 혼란스러워한다. 이러한 '나'의 심리는 에리히의 제스처가 모두 자신에 의해 비롯되었다는 자의식으로부터 연유한다. 에리히가 M과 '나'의 관계를 예사

---

22) 생소할 수도 있으므로 조금 짚어둔다. 슈베르트, 플라텐, 니진스키는 모두 동성애자이거나 동성애 지향을 의심받는 스캔들이 있었다. 특히 에리히가 낭송하는 시의 시인 플라텐은 토마스 만이 자신의 동성애를 간접적으로 드러내기 위해 인용하기도 했다. 장성현, 『고통과 영광 사이에서』, 문학과 지성사, 2000. 한편 프로이트는 「농담의 기술」에서 플라텐을 공격하기 위해 하이네가 사용한 몇 가지 암시들을 언급한다. 프로이트, 「농담의 기술」, 『농담과 무의식의 관계』, 열린책들, 1997. 에리히의 낭독이 시작되기 전에 이 소설의 서술자는, 플라텐의 시가 의미하는 바를 다음과 같이 부연해놓고 있다. "나르시스꽃이 젊은 남성의 절정의 미모를 나타내는 꽃이라 하여 시인이 사랑했던 연인의 성별을 상징하는 것으로 간접적으로 풀어내기도 한다."

롭지 않게 주목하게 된 것은, 그 누구도 아닌 바로 그녀 자신이 에리히에 게 제출한 작문 때문이다. 명목상 그것은 교사와 학생 간의 독일어연습이 었지만, 실제 그 교사가 접수한 내용은 M을 향한 '나'의 열정의 '고백'에 다름없었던 것이다.

자신의 생일파티에서 에리히가, M과 '나', 특히 '나'를 향해 취한 행동 은 둘 사이의 관계에 대한 이성애적 심판의 성격을 띤다. 실제로도 그렇 지만, 인물의 무의식 속에서도 그렇다. '나'의 악몽 속에 자주 등장하는 사람은 에리히이며, '나'는 꿈속의 에리히가 M의 안부를 묻는 것에 "커다 란 고통"을 느끼는데 (굳이 동원하자면) 그때 에리히의 모습은 남근적인 형상을 하고 있다. 그러나 이 에리히라는 존재는 한편으로 '나'의 욕망을 억압하는 동시에, 또다른 한편으로 '나'가 미처 의식하지 못하던 어떤 욕 망을 생산하게 되는데, 그 사실에 더 주목할 필요가 있다.

파티에서 집으로 돌아오는 전차 안에서 M이 '나'에게 "에리히와 잠자 리를 같이 한 적이 있다"고 짐짓 무심하게 밝힌 후, '나'의 마지막 작문 숙제의 성격은 다시 한번 변위된다. '나'는 자신의 독일어작문교사와 독 일어연습을 한 것이 아니라, 한때 M과 육체적인 관계를 맺은 한 남자에 게 M을 향한 자신의 마음을 밝힐 것이다. 이 사실을 알게 된 후 '나'는 '육체'와 '소유욕'의 문제에 대해 진지하게 사유하게 된다. M은 자신의 "육체적 호기심"을 슬쩍 흘려놓음으로써 '나'를 배신(하고 '나'가 그런 M 을 견딜 수 없어)한 것이 아니라,[23] '나'에게서 '육체' 바로 그것을 일깨운

---

23) 에리히의 파티가 있기 전에 이미 '나'는 M에게 (몇 가지 현실적인 이유로) 자신이 이듬해 봄에 한국으로 떠나야 한다고 통보한다. 언제 돌아올지조차 확실치 않은 연인의 떠남에 "격 렬한 감정"을 표현하는 M의 "좌절과 분노"를 '나'는 이해했지만, 결정은 단호하다. M에게 명 시적으로 밝혀지는 않았지만 그로서는 "너무 짧은 기간 안에 열중해버린 M과의 관계"와 "너 무 오래 사랑하게 되는 것"이 두려웠기 때문이다. 그리고 '나'는 자신의 결정에 의해 "M이 진 정으로 상처받았던 것"을, 오로지 자신을 고통스럽게 하기 위해 (혹은 떠난 자와 남은 자라는 둘의 입장을 역전시키기 위해) 에리히와의 관계를 밝힌 M을 통해 뒤늦게 알게 된다.

다.[24] 더불어 사랑하는 이는 (영혼이건 육체건) 그 누구에게도 증여할 수 없고 다른 누구와도 공유할 수 없다는, '나'가 한 번도 맞닥뜨리지 않았던 소유의 욕망까지도. 그렇다면 이 참담한 고통에 빠진 '나'는 무엇을 하는가.[25] M과의 결별? 정확하지 않다. '나'는 우리가 지금 보고 있는 이 책 즉, '에세이'를 쓴다. 다시 말해, M이라는 존재와 그 사랑을 텍스트화하는 길을 택하는 것이다.

*

성담론이 (성)정체성을 해체하는 데까지 이르렀다는 점이 바로 이 글에서 지적되었다는 사실을 기억하는 독자라면, 『에세이스트의 책상』이 동성애적 텍스트임을 논증하는 이러한 작업이 의아할 수 있다. 하지만 동시에, 지금 이 글에서 의도적으로 거명한 동성애운동의 사례들이 낯설게 느껴지는 독자들도 적지만은 않으리라 생각한다. 이성애 매트릭스의 해체

---

24) 주의를 기울여야 할 대목은, 생각을 여기까지 이어온 '나'가 에리히로 인한 내외적 갈등을 수습하게 되는 것이 아니라, 오히려 새로운 갈등의 국면에 접어들고 있다는 사실이다. 즉, M이 에리히와의 육체적인 관계를 전혀 중요하게 생각하지도 않고, 또 자신만을 사랑한다는 것을 스스로 잘 알고 있는데도, 왜 M의 발언이 여전히 문제가 되는가. 집요한 추궁 끝에 '나'는 외부로부터의 충격과 그것이 낳은 불안을 마조히즘적으로 전환시킨다.

25) 일련의 사건 이후 '나'를 장악하고 있는 정서는 '수치'다. '나'가 자신의 수치심(과 그 궤적)을 상세하게 추적하는 소설의 한 대목에서, '수치'라는 단어는 무려 스무 번이 넘게 반복된다. 먼저, 에리히에게 작품을 제출했다는 사실로 인한 "견딜 수 없는 수치". 이때 수치심의 기준이 되는 것은 에리히라는 타자—M을 포함시킬 수도 있다. "의도하지는 않았겠지만 M은 나를 향한 에리히의 조롱에 가담한 것이 되어버렸기 때문"에—이고, 따라서 '나'의 수치는 일차적으로는 외부적인 실제 사건에 의해 발생하는 감정이다. 다시 말해, 에리히라는 타자의 시선에 의해 자신의 결점이 노출되었고, '나'가 그 결점의 중요성을 자각함으로써 유발되는 수치인 것이다. 여기서 물론 그 결점이란, M과 '나'의 관계를 직접적으로 뜻하는 것은 아니다. 그것은 '나' 자신의 진단에 의하자면, 성급하게 자신의 내면을 타인에게 노출해버린 자신의 "어리석음"에 대한 "분노"에 의해 빚어진다.

가 아직 요원하다는 사실을 상기해볼 때,[26] (현실에서 퀴어는 주로 인권의 차원에서 호소되지만) 해석의 영역에서 그것은 정체성 인정 요구를 넘어서는 측면이 있다. 그것이 우리가 당연시하는 규범적 이성애(그리고 그것이 생산하는 가족이데올로기를 비롯한 온갖 부산물)를 근본적으로 문제삼고 있기 때문이다.

……여기까지 두서없이 파편적으로 이어온 단상들을 접고 쌓아놓은 자료들을 정리하면서, 오래 잊고 있었던 기억들과 다시 마주한다. 부천서 성고문 사건부터 O양 비디오에 이르기까지. 그런 현실과 싸워온 윗세대들에게 감사한다. 오늘날 내가 살고 있는 세상은 그들의 싸움에 빚진 것이다. 하지만 우리는 얼마나 자유로워진 것인지, 얼마나 타인의 권리를 존중하고 있는지. 아웃팅을 당한 게이소년에게 알고 지내던 형이 염산을 뿌린다. 저 끔찍한 증오는 도대체 어디에서 오는가. 성민주주의, 그것은 아직 도래하지 않았고, 기약할 수 없는 시간을 통과해야 할지 모른다. 그 과정에서 할 수 있는 일, 해야 하는 일은 무엇일까.

(2008)

---

26) 예컨대, 『에세이스트의 책상』에서 이성애 매트릭스는 에리히에 의해서만 지지되는 것은 아니다. '나'의 수치가 에리히(와 M)의 조롱으로 인해 비로소 각성되었다는 사실—에리히가 시를 낭독하는 등의 행동을 하지 않았더라면, M이 에리히와의 관계를 고백하지 않았더라면, 그것은 수치라는 감정으로 전환되지 않았을 것이므로—은, 그의 내면이 과연 무엇에 의해 구속당하는가를 묻지 않을 수 없게 한다. 자신은 어리석게도 부주의했으나, 그 누군가에게 알려지기를 원치 않았고, 그것에 관심이 쏟아지는 것도, 나아가 그것으로 인해 모욕감을 느끼는 것도 원치 않았던 바로 그 내면 말이다. 다시 말해, M과 '나'의 관계가 이성애적 질서에서 용인될 수 없다는 사실과 수치심의 촉발은 쉽게 분리될 수 없다. 결국 소설 속에서 '나'의 이러한 수치심은 몇 가지 단계를 밟아나가다가, 최종적으로 수치심을 수치스러워하는 이중적 수치(double shame)로 귀결되는데, 그것은 M에 대한 사랑에 비하자면 그 수치심이 토대하고 있는 자리가 사실은 사소한 것일 수도 있음을 환기시킨다.

4부

돌아보다
— 권여선론

1

이 책의 저자를 8년 전 한 모임에서 처음 만났다. 박사과정에 막 진학했던 해의 어느 스터디에서였다. 당시 이미 평론가였던 선배의 소개로 참여했던 기억인데, 그가 소설가 권여선도 함께한다고 일러주었다. 권여선을 만난다는 사실에 더 설렜다고 하면 과장이 되겠지만 아무튼 그녀는 내가 좋아하는 작가였다. 그 시절 나는 그녀의 어떤 소설에 매료되어서, 그 소설에 함께 열광한 친구와 적절한 순간마다 '앗 지랄!(그 소설을 보면 알 수 있다)' 하고 둘만의 암호처럼 주고받곤 했던 것이다.

그렇게 만난 그녀에게 나는 단박에 반했다. 내가 그녀에게서 받은 첫인상은 지적으로 대단히 활달한 사람이라는 것이었다. 공부모임의 구성원으로서 그녀는 난해한 문맥을 조리 있게 정리하고 그 요점을 간취해내는 데 일가견이 있었다. 처음에는 나는 그것이, 물론 선입견일 수도 있겠는데, 80년대 학번들 특유의 학습경험으로부터 체득된 것이 아닐까 생각했었다. 하지만 그녀의 명쾌한 해석은 그 이상으로 빛나는 데가 있었고, 그런 재능을 술자리에서도 아끼지 않음으로써 동석한 이들을 유쾌하게 만들었으며, 또 그와는 별개로 나와 같은 후배들에게는 언제나 꾸밈없이 훈훈했다. 그러니까 소설적으로나, 학문적으로나, 인간적으로나, 뭐 그렇다는 얘기다.

원고의 첫머리가 이렇게 풀려나오다니.

오래전 그날들을 돌아보게 된 것은 어쩌면 지금 이 소설들 때문인지도 모르겠다.

2

권여선의 『내 정원의 붉은 열매』에는 인물들의 관찰기라는 인상을 주는 소설들이 있다. 「K가의 사람들」이나 「웬 아이가 보았네」와 같은 소설들이 특히 그렇다. 두 소설 각각은 가장인 'K'를 중심으로 한 어느 일가의 부침(「K가의 사람들」)과, '뾰족집 여류시인'을 둘러싼 어느 동네의 소요(「웬 아이가 보았네」)를 답파해나간다. 그 과정에서 인물들은 캐리커처를 방불케 하는 필치로 묘사되는데, 이 소설들 매력의 상당 부분은 인물의 외양, 생각, 행동 등에 할애되는 서술자 '나'의 시선에서 비롯된다. 그 읽는 맛이 어느 정도인가 하면, 소설의 진수는 인물의 특정한 성격(이 빚어내는 사건들)에 있는 것이 아니라, 그것들의 사이즈를 재고 무게를 달고 이름표를 붙이고 값을 매기는 내레이터의 수완에 있다고 적고 싶어질 정도다.

사실 권여선 소설의 서술자들처럼 해석을 즐겨하는 내레이터도 드물다. 권여선의 서술자들은 이를테면, '오오'와 '어어'라는 감탄사까지도 "애매한 감탄"과 "황당한 신음"(「빈 찻잔 놓기」)으로 구별하여 풀이해주는 이들이다. 그들의 앎은 인물들이 실제로 보여주는 것에서부터 미처 생각지 못한 것들까지를 폭넓게 아우르는데, 대상의 자질들이 간파되는 페이지들에선 언제나 그러한 내레이터의 자취를 확인할 수 있다.

결국 K의 아내는 세 딸들이 늙고 무능한 K를 혐오하도록 만드는 데 성공했다. 그러나 그녀가 권력학개론에서 깜빡 잊은 게 하나 있었다. 격하되는 대상이 가진 전염력이었다. K가 격하되면 그의 아내 또한 격하될 수밖에 없었다. 목욕물을 버리다보면 왕왕 아기도 함께 버리게 되듯 K의 세 딸들은 K와 더불어 K의 아내도 버렸다.(「K가의 사람들」, 176쪽)[1]

그렇다. 내 어머니는 못생겼고 여류시인은 예뻤다. 그러나 극단적인 용모 차이에도 불구하고 그들은 하나의 특징을 공유하고 있었는데, 그것은 지나치게 자기 외모를 의식하는 태도였다. 다소 잔혹한 표현이긴 하지만, 내 어머니가 길고 못생긴 말상의 하녀가 갖는 투박하고 저돌적인 어색함을 지녔다면, 여류시인은 똑 따먹게 예쁜 화류계 여인이 갖는 작위적이고 교태 어린 어색함을 지녔다.(「웬 아이가 보았네」, 189쪽)

눈에 들어오는 대로 가져오긴 했지만, 인용된 소설의 부분들은 권여선 소설에서 서술자가 개입하는 방식을 전형적으로 보여준다. K의 아내는 실직한 K를 냉대한다.(「K가의 사람들」) '무능하다'라는 형용사와 '혐오하다'라는 동사에 이미 얼마간 해석이 들어가 있기는 하나, 그래도 인용된 첫번째 문장은 앞서 서술된 사실에 대한 편집자적 요약에 가깝다. 그러나 곧이어 서술자 '나'는 K의 아내가 초래한 상황에 대한 스스로의 견해를 빠뜨리지 않는다. 자신의 태도가 빚어낼 결과에 대해 K의 아내가 미처 예상치 못했던 사실을 '나'는 지적하는데, 그러한 지적은 그 자체로 K의 아내에 대한 논평으로 기능하게 된다. 물론 이것이 다는 아니다. 마지막 문장에서 '목욕물을 버리다보면'으로 이어지는 직유의 보조관념은 확정적이지는 않지만 설득적인 방식으로, K의 아내의 행위로 말미암은 사태에

---

1) 권여선, 『내 정원의 붉은 열매』, 문학동네, 2010. 앞으로 필요한 경우 본문에 작품명과 쪽수만 밝히기로 한다.

대한 서술자의 부정적 판단을 뒷받침해주고 있다.

한편, 인용된 두번째 사례에서 서술자 '나'를 통해 알게 되는 것은 어머니와 여류시인의 흥미로운 공통점이다.(「웬 아이가 보았네」) 두 사람에 대한 진술은 사실이라기보다는 서술자가 내린 판단이며, 그러한 판단은 하녀와 화류계 여인에 빗대어 비유적으로 전달된다. '길고 못생긴 말상의 하녀'와 '똑 따먹게 예쁜 화류계 여인'들이 대관절 어떻게 행동하는지 우리는 잘 알지 못한다. 하지만 이와 같은 비유는 그럴듯하다는 소설적 실감을 만들어내면서 읽는 이를 몰입하게 만든다. 게다가 두 사람의 차이점과 그보다 더 중요한 공통점을 하나의 문장에 압축하는 능란함은 또 어떤가. 대조적인 외모는 서술된 바 있기 때문에, 그것을 재확인하는 데에 그쳤다면 위 대목은 좀 심심해졌을 것이다. 그러나 타인의 시선을 의식하는 자 특유의 어색함을 두 여인이 공유하고 있다는 전언의 핵심이 파악되고 나면, 묘사되는 대상뿐 아니라 그 대상을 저렇게 읽어내고 있는 서술자의 직관(直觀)에 대해서도 호기심이 피어오른다. 물론 이것이 다는 아니다. '나'는 그러한 평에 관해 '다소 잔혹하다'며 자평하는 것을 잊지 않는다.

그리고 이것이 권여선의 소설이다. 우리가 다 아는 상식을 반복해보자면, 소설에는 인물과 행위와 사건이 있고, 서사적 구조와 표현의 형식이 있다. 지금까지 권여선 소설에 대한 논의는 주로 전자에 집중되어왔고, 또 거기에는 그럴 만한 이유가 있다고 생각되지만, 작가의 이러한 스타일에 적잖이 무심해왔던 것은 아쉽다. 알다시피 논평은 소설의 사건적인 요소들과는 달리 직접적이다. 내레이터의 관점이 그만큼 분명하게 다가오기 때문이다. 하지만 사실의 전달에서부터 그에 대한 해석과 가치의 판단에 이르기까지 권여선 소설의 논평적인 요소들은 함축적인 연상을 자극할 때가 많고, 그렇게 구사되는 수사학은 권여선 소설의 미학적 특질의 한 기저를 이룬다.

자칫 관념적이거나 추상적으로 다가올 수 있었을 내용들도, 다양한 수사적 매개들에 의해 감각적으로 번역되는 모습을 권여선 소설에서는 어렵지 않게 찾아볼 수 있다. 이를테면, 서술자-인물이 선배가 건넨 질문에 대해 "겉은 델 정도로 뜨겁고 검고 위험하고 외설적이지만, 속은 노랗고 부드럽고 질척하고 달콤한 군고구마처럼, 그 질문은 감격적이고 맛있었다"(「내 정원의 붉은 열매」, 98쪽)고 평할 때, 혹은 세 여인이 나누는 대화에 대해 "꿀이나 잼처럼 끈적하게 조이고 당겨오는 불행의 인력 같은 것"(「사랑을 믿다」, 72쪽)이라 평할 때, 그 문장들은 굳이 따지자면 사건을 담론화하는 진술에 가깝지만 선명한 감각적인 인상과 함께 독자에게로 안착한다. 이 진술들에 소설 각각의 상황적인 맥락이 자연스럽게 용해되어 있음은 물론이다.

이미 눈치챘겠지만 권여선 소설에서 논평은 위와 같이—「사랑을 믿다」의 도입부와 결말을 비롯한, 권여선 소설의 매력적인 은유적 발상을 내가 잊고 있는 것은 아니지만—직유법으로 구사되는 경우가 많다. 그리고 그런 직유들은 흡사 금언이나 경구처럼 다가오기도 하는데, 예컨대 「웬 아이가 보았네」에서 이상건씨 내외의 관계가 서술자 '나'에 의해 전달되는 대목이 그렇다. '나'가 보기에, "역사적 맥락을 상실하고 현재적 정당성만 확보한 사람들이 흔히 그렇듯"(197쪽) 행동하는 사람은 남편이고, "관계의 가변성을 이해 못 하고 자기중심적으로만 살아온 사람들이 흔히 그렇듯"(197쪽) 행동하는 사람은 아내다. 소설의 허구적인 맥락에 알맞게 도입된 것이기는 하지만, 이와 같은 직유들은 소설 바깥의 세계에서 통용되는 관찰들을 소설 속으로 끌어들이고 있다. 인물의 행위나 사건을 보조하는 이러한 비유들을 이 책의 여러 곳에서 확인할 수 있으니, 더군다나 그것이 문체적 특징의 골간을 이루고 있으니, 이를 권여선 소설의 인장 중 하나라 하지 않을 이유가 없다.

과거 누군가에게 느낀 호감을 '끝이 보이지 않는 서늘한 동굴 안을 들여다보는 것'에 비유하고 있는 「빈 찻잔 놓기」의 서술이 "세상에는 손바닥만한 웅덩이처럼 뻔히 들여다보이는 사람들이 얼마나 많은가"(15쪽)라는 진술로 부연되는 것도 따지고 보면 크게 다르지 않은 맥락이다. 내처 이야기하면 「빈 찻잔 놓기」는 이미 그 제목 속에 인물이 발견한 진실을 수사화해서 보편적인 것으로 제시하려는 의도가 드러나 있기도 하다. 소설 속에서 영화의 제목이기도 한 그것은 인물이 겪은 일상의 한 삽화에서 유래한다. 앞에 놓인 빈 잔은, 안의 내용물이 무엇이 될지 알 수 없는 그 잔을 그것을 놓은 자의 "의도대로 움켜쥐고 뭔가를 받아 마시게 되리라"(14쪽)는 점 때문에 두렵다. 바꿔 말해, 어떤 권유는 선택의 여지가 봉쇄된 제안이라는 사실, 그럼에도 그 명령을 수행하여 완성하는 자는 바로 자기 자신이라는 사실이 저 다섯 글자 속에 압축되어 있는 것이다.

그러니 '빈 찻잔 놓기'를 클리셰로 전락한 '독배를 들다' 등과 견줄 수 있겠는가. 다음과 같은 문장들은 또 어떤가. "사랑이 보잘것없었다면 위로도 보잘것없어야 마땅하다. 그 보잘것없음이 우리를 바꾼다."(「사랑을 믿다」, 80쪽) "무엇인가 완성되는 순간은 그것을 완전히 잃고, 잃었다는 것마저 완전히 잊고, 오랜 세월이 흐른 뒤 우연히 그 언저리를 헛짚는 순간이다."(「내 정원의 붉은 열매」, 118쪽) 이 문장들을 소설 바깥의 세계에서 발견한다 해도 기꺼이 노트할 준비가 되어 있다. 하지만 소설은 다르다. 소설 안에서 독야청청한 아포리즘들은 장식적이라는 인상과 결별하기 쉽지 않기 때문이다. 그러나 권여선 소설의 마지막 순간에 저 문장들을 만나면, 작가로부터 일격을 당했다고 느끼게 된다. 흩뿌려진 사건들을 하나로 그러모아 통찰하는 작가 고유의 반성적 의식이 그 안에 숨쉬고 있기 때문이다. 먹먹한 마음으로 소설집 곳곳에 박혀 있는 그 "시린 진리"들을 그저 "찬물처럼" 받아들일밖에는 별다른 도리가 없다.

그러니 이 소설들은 권여선이라는 작가가 우리 안에 내려놓은 빈 찻잔에 다름없을지 모른다. 그 잔은 어떤 이에게는 향긋하고, 어떤 이에게는 쓰디쓸 것이며, 다음 잔을 고대하는 이가 있는가 하면, 입에 댄 순간 쏟아버리는 이도 있을 것이다. 그러므로 이 읽기 또한 음용의 한 방식일 뿐이라 해야 옳겠다. 해서, 권하는 말씀. 잔을 들기 전에 잠시 돌아보기를. 누가 떠오르는가. 마음속에 들어앉은 그 사람은 당신을 기쁘게 하거나 괴롭게 하는 사람일 것이다. 당신이 사랑했거나 미워했던 사람일 것이다. 그 사람은 아마도 당신의 가족이거나, 가족이었거나, 연인이거나, 연인이었던 사람일 것이다.

3

'성격은 운명이다.' 고대 그리스의 한 철학자에게서 움튼 이 말은 한 극작가의 작품들을 이야기할 때 주로 쓰였고, 이제는 속화되어 제 운명을 개척하고자 하(나 번번이 실패하)는 이들의 캐치프레이즈로 쓰이기도 하는 모양이다. 간단히 말하면 이렇다. 작품 속 사건들은 갑자기 우연하게 빚어지는 것이 아니다. 모두 인물의 행위가 낳은 결과들인데, 그 행위를 결정짓는 것은 인물의 성격이다. 햄릿과 리어왕과 오셀로의 비극은 모두 그들의 성격(적 결함)에서 비롯되지 않은가. 그래서 성격은 운명이라는 것인데, 이 말이 대중적으로는 성격을 뜯어고쳐야 운명도 바뀐다, 쯤으로 여겨지는 것도 그리 이상한 일은 아닌 듯하다.

그런데 성격은 어떻게 만들어지는가. 다시 조금 우회하면, 로미오와 줄리엣의 비극은 그들의 성격 때문이 아니다. 가문이라는 그들이 물려받은 운명 때문이다. 운명이란 이미 주어진 것이고 나아가 통제할 수 없는 것이다. '생물학적'이라는 단서를 다는 것이 허락된다면, 우리는 아버지도 어머니도 선택할 수 없으며, 그 역도 마찬가지다. 그런데 우리의 성격은 그렇게 운명적으로 맺어진 인연으로부터 배태되는 것이 아닌가. 유전자를 물려받는다는 의미에서가 아니라 우리가 처음으로 길들(기를 강요받)게 되는 관계라는 점에서 말이다. 권여선이 「처녀치마」와 「가을이 오면」을 비롯한 여러 수작들에서 천착해왔던 주제가 여기서 멀지 않다. 왜 우리는 어리석게도 걸려 넘어졌던 덫에 다시 걸려 넘어지는가. 왜 관계의 늪에서 헤어나오지 못하고 매번 그 악마적인 반복에 쉽게 중독되어버리는가.

"시작부터 어긋난 운명"으로부터 발아한 세 편의 소설을 읽는다.

바보가 누군가에게 무엇을 주려고 할 때면 종종 일이 그렇게 된다. 꽃밭에 뜨거운 물을 주는 것과 같이 잔인하게.(「그대 안의 불우」, 234쪽)

아버지를 조금도 사랑하지 않았던 어머니를 둔 아들이 있고, 밖으로 나도는 아버지로 인해 독해진 어머니를 둔 딸이 있다. 「그대 안의 불우」의 두 인물 '그'와 '그녀'의 이야기다. 그런 이유로 각자 불우했던 남녀가 게임의 세계로 빠져들고, 마침내 서로를 발견한다. 그들의 발견에 부모의 그림자가 드리워져 있지 않다고 할 수 있을까. 유닛을 자식처럼 돌보는 그와 그런 그에게 매료된 그녀의 만남은 그런 의미에서 운명적이다.

하지만 벗어날 수 없는 운명이 있노라 읊조리는 이들은 대개 불우한 이들이 아니던가. 소설을 읽고 나면, 내 안의 불우를 네가 메워줄 수 있으리라는 착각과 네 안의 불우를 내가 메워줄 수 있으리라는 오만이 그 운명의 도화선에 불을 지핀다고 해야 할 것만 같다. "그때 그 순간" 그녀가 "녀석과는 가족을 이룰 수 있을 것" 같다고 착각하며 "다시는 너를 혼자 있게 하지 않"겠다고 오만하게 다짐하지 않았더라면 어떻게 되었을까. 하지만 그녀는 환상을 향해 뻗은 계단으로 발을 내디뎠다. 대개의 사랑이 그러한 응답의 몸짓으로부터 시작되기는 하겠으나, 그후 그녀는 과연 행복했던가. 그녀가 뱃속의 아이를 지우고 온 날, 그와 그녀의 대화는 살벌하기 그지없다. 유닛을 관리하는 모습으로부터 유추했던 그의 성격은 겪고 보니 "살뜰한 돌봄이 아니라 철저한 지배"였고, 이제 젊은 부부는 자신들의 부모들처럼 불우하다. 소설 속 그녀가 경험하고 관찰한 남녀관계의 샘플은 극히 적은 수일 테지만 그녀에게는 절대적인 수나 다름없다. 그래서 그녀는 "세상의 모든 여자들은 등신이고 모든 남자들은 바보"라고 정식화하면서, 그녀도, 그녀의 엄마도, 또 그의 엄마도 "결혼이라는 끔찍한 반목의 형식" 속으로 스스로 걸어들어간 죄 많은 등신이라 생각한다.

> 바다와 청춘과 자유, 그 꿈의 삼각형 가운데 찬란한 깃발처럼
> 하와이언 셔츠가 나부끼고 있었다.(「K가의 사람들」, 154쪽)

누군가의 아내가 되고자 했던 큰딸이 있고, 그가 아닌 다른 남자의 아내가 되려 했던 작은딸이 있으며, 그의 첩이 되고자 했던 막내딸이 있다. 「K가의 사람들」의 세 딸들의 이야기다. '나'로 하여금 이와 같이 기막힌 촌평을 내어놓게 하는 K는 어떤 인물인가. K에게도 청춘과 자유의 시절은 있었다. 그러나 저 '하와이언 셔츠'의 시대는 징집영장과 함께 끝이 나고, 10여 년의 "길고 가혹했던 교육"을 교훈 삼아 K는 일가를 이루게 된다.

이것이 K가의 프롤로그다. 그러나 K는 일가를 이루었으되, "집안을 움직이는 중심"은 되지 못한다. 서술자 '나'의 관점에 따르면, 이 집안의 권력자는 K의 아내다. "칠남매의 맏딸"로 키워진 K의 아내는 세 딸들의 성격 형성에 결정적인 영향을 미쳤을 뿐 아니라, K와 세 딸들의 소통까지도 좌우했다. 이 사태는 운명적인가. 가장의 불운과, 딸들의 불운과, 가족 전체의 불운이 그 기원인 K의 아내에게 부메랑처럼 돌려질 때 그것은 운명적인 것이 된다. 이것이 K가의 에필로그다. '나'는 K의 아내가 딸들을 주조하는 방편이었던 죄의식이, 마지막 순간 K의 아내 홀로 K의 죽음과 독대하게 만들었다고 연민한다.

마치 죽음을 모르듯 그는 맛을 몰랐다.(「당신은 손에 잡힐 듯」, 131쪽)

　누구의 남편도 누구의 아비도 아닌 채 일생을 살아온 남자가 있다. 「당신은 손에 잡힐 듯」의 노인의 이야기다. 아침에는 "맛에 가장 변화가 적은 죽"을 먹고, 저녁에는 전철을 타고 남서쪽 역으로 가 세 잔의 커피를 마시며, 하루에 세 개비 정도의 담배를 피우는 삶, 내용도 없이 오직 형식만이 기계적으로 유지되는 삶. 이 노인이 변화의 증감곡선에 얼마나 속수무책인지는, 요리를 포기하게 된 어느 날의 일화만 보아도 알 수 있다. "당혹스런 감정의 습격"에 휘청거리는 노인은 흔히 '맛'으로 표상되곤 하는 무언가가 억압된 사람처럼 보인다. 이 노인에게 욕망은 '불가능한 것'이다. 그렇다면 과연 노인은 산 것인가, 죽은 것인가.

　작중의 노인이 도래할 죽음에 대해 갖는 의문은, 지금 그 자신이 살아 있는가에 대한 의문과 사실상 다르지 않다. 자신이 타자들로부터 독립적이라 믿는 듯한 이 노인이 자신의 외상(trauma)에 가까이 다가간 순간이 그의 일상의 변곡점이 된 것은 자연스럽다. "머리끝이 쭈뼛 곤두선 그가 어머니! 하고 소리쳐 부르려 할 때 그의 손에서 모래처럼 어머니의 손이 스르르 빠져나갔다."(139쪽) 꿈의 바깥에서 죽음 직전의 한 여자가 내지르는 비명소리는 꿈의 안으로 틈입하여, 어머니가 어린 그를 버리고 떠나려 했던 한 장면을 재구성해낸다. 그 꿈을 닫는 "무시무시한 파열음"은 기억과 연루된 감정의 봉인이 파열되는 효과음으로 적절하지 않은가.

　오, 어머니! 그날 양복점 거리에 아들을 버리고 떠나려 했던 어머니! 그 후 18년 동안 눈에 보이지 않게 천천히 아들 곁을 떠나가버린 어머니! 사는 것도 먹는 것도 치욕이라 했던 어머니! 아들에게서 삶도 맛도 빼앗아가버린 어머니! 여자의 붉은 입술이 노파처럼 흉하게 찌그러지며 토막토막 말을 뱉어냈다.

"어디······ 아프니····· 아가?"(「당신은 손에 잡힐 듯」, 147~148쪽)

강박증과 히스테리에 관한 몇 가지 사실들을 상기한다면, 두 주체 위치의 뚜렷한 차이 중 하나는 관념이냐 감정이냐에 있다.[2] 히스테리의 경우 어떤 생각이 억압되더라도 그에 대한 감정은 잔존해 있는 반면에, 강박증의 경우는 반대로 관념과 결부된 감정의 고리가 끊어져 있기 때문이다. 그래서 강박증자는 스스로와 대면하기 위하여, 보다 정확히는 타자(안의 결여)와 대면하기 위하여, 망각된 감정을 현재 속으로 전이시키는 히스테리화의 과정을 통과해야 한다.

그런데 이 소설의 결말에서 빚어지는 일이 마치 그 과정과 흡사해 보인다. 소설의 도입부에서 노인은 자신이 살아온 날들과 살아갈 날들을 "죽 그릇 속에 담긴 죽"에 빗댄다. 그러나 사건 이후 그의 일상이 도미노처럼 무너지기 시작하면서 죽의 이미지 또한 변형된다. 죽은 이제 그에게 "박살나기 쉬운 반구형 뇌"를 떠올리게 할 뿐 한정된 틀 속의 것이 주는 안도감을 더이상 제공하지 못한다. 어디 그뿐인가. 비명소리와 함께 죽은 여자로부터 그가 오히려 열렬한 삶을 보았듯이, 노인은 지금 자신 앞의 죽집 여자가 "펄펄 살아 있다"는 사실이 못 견디게 증오스럽다. 도대체 왜 그런가. 전율이 이는 소설의 마지막 순간에 그는 죽집 여자라는 텅 빈 스크린에 그의 어머니를 투사한다. "오 어머니!" 이 단말마와 같은 비명 속에는 왜 그가 맛을 잃었는지, 그의 무채색 삶이 누군가로부터 연유하는지 새겨져 있다. 타자와의 관계 속으로 억압된 것이 회귀하는 자리이자 그 타자를 향해 메시지가 던져지는 자리에서, 마침내 손에 잡힐 듯한 '당신'은 말한다. "어디······ 아프니····· 아가?"

---

2) 브루스 핑크, 『라캉과 정신의학』, 맹정현 옮김, 민음사, 2002 참조.

4

　권여선 소설은 이와 같이 한 인간이 맺고 사는 관계의 밑그림들을 그려내면서, 현재가 과거에 어떻게 연루되어 있는지를 보여준다. 하지만 과거란 흘러가고 없는 것이지 않은가. 현재의 원천이 되는 과거의 기억이란 어디까지나 현재가 불러내고 또 현재의 삶과 부딪쳐서 생성되는 것이다. 어떤 서술자-인물이 심지어 자신이 목격하지 못한 모습을 "더 생생히, 더 아프게, 더 영원히" 마치 "사진처럼 기억한다"(「K가의 사람들」, 179쪽)고 진술하는 것은 최소한 이 소설집에서는 이례적인 사태가 아니다. 인물의 의식 속으로 다시 살아오는 과거는, 현재를 주춧돌로 하고 기억을 지렛대로 하여 재구성되거나, 재해석되거나, 재창조된 것이다.

　이러한 특징은 회상의 뉘앙스가 전면에 도드라져 있지 않은 「웬 아이가 보았네」에서도 확인된다. 아이답지 않은 조숙한 인물이 이야기를 끌고 가는 것이 아니라 이미 어른인 서술자가 과거를 돌아보고 있다는 사실은 소설의 마지막 문장에서 불현듯 자각된다. "그때 나는 캄캄한 어둠과 혼란스런 상념 속에서 어떤 아름답고 매혹적인 운명의 모서리가 뾰족하게 솟구치는 것을 보았는데, 그것이 가시면류관처럼 쓰라린 내 미래이기도 하리라는 것을 미처 알지 못했다."(216쪽) '그때 나는 미처 알지 못했다'는 전언과 함께 갑작스레 노출된 내레이터의 시간대는 한 여인의 출몰로 비롯된 이 모든 이야기가 다른 누구도 아닌 바로 자기이해를 함축하고 있음을 일러주고, 그 암시와 함께 소설은 끝난다.

　　현실의 시간은 밤이지만 이곳에서 나는 기억의 한낮을 산다. 요즘 내가 그 땡볕 아래서 기다리는 인물은, 숨겨둔 단골 술집처럼 나는 남몰래 마음에 두고 좋아하지만, 그쪽은 이제 나를 한낱 친구로만 여기고 잊었을 한 여자다. 기억이란 오지 않는 상대를 기다리는 방식이며 포즈이기도 하다는 것을 나는 이곳에서 배운다.(「사랑을 믿다」, 46쪽)

현수의 입이 벌어지면서 자줏빛 와인 선이 열리는가 싶더니 그 사이로 분홍 장미의 볼록한 꽃잎 같은 새우만두가 사라졌다. 그 광경을 바라보는 순간 갑자기 내 머릿속에서 만두 속즙이 터지듯 기억의 물방울이 톡 터졌다. 오랫동안 잊고 있었던 장면 하나가 떠올랐다. 마치 꿈에서인 듯 나는 P형과 단둘이 걷고 있었다.(「내 정원의 붉은 열매」, 85쪽)

소설집 뒤쪽에 수록된 작품을 먼저 읽어왔지만, 아마도 독자들을 보다 깊은 상념에 젖게 할 작품은 앞쪽에 차례로 놓인 세 작품이 아닐까 한다. 「빈 찻잔 놓기」「사랑을 믿다」「내 정원의 붉은 열매」의 세 소설은 인물이 과거에는 알지 못했던 어떤 진실을 향해 나아가는 구조로 짜여 있다. 밝혀져야 할 무언가가 있기 때문에, 소설의 서사는 과거와 현재를 분주히 오가는 것처럼 보인다. 이 소설들에서 현재와 과거의 중층적인 얽힘은 특기할 만한 것이어서, 그 관련이 그나마 덜 입체적이라 해야 할 「내 정원의 붉은 열매」만 해도 "오래전에 잊었다고 생각했던 일들"이 서술자-인물의 현재와 수시로 오버랩된다.

짧게는 반년에서부터 길게는 10여 년이 훌쩍 넘는 시차(時差)는, 세 소설의 인물들이 다시 만난 이들도, 자신과 그들과의 관계도 돌이킬 수 없이 달라졌음을 포착하게 한다. 전화선을 타고 흐르는 상대방의 범상한 태도에서도 인위적인 무언가를 읽어낼 만큼 예민한 이들이 아니던가. 이들은 과거의 사건들로 의식의 섬세한 촉수를 드리우기를 주저하지 않아서, 소설 속에는 "그 당시만 해도" "사건을 다르게 본다면" "곰곰이 따져보니" "그 시간이 다시 온다면" "그때는 상상조차 못했지만" "하지만 혹시 말이다" 등과 같이 단순한 확인에서부터, 의문과 의혹을 거쳐, 새로운 가정과 발견으로 나아가는 진술들이 드물지 않게 출몰한다.

그리고 그와 같은 인물의 의식 속에서, 이를테면 낮은 연립주택의 어두운 계단과 고층 오피스텔의 탁 트인 엘리베이터가 겹쳐지고(「빈 찻잔 놓기」), 후미진 술집 탁자 가운데로 낡은 삼층 건물의 가정식 거실이 들여놓아지며(「사랑을 믿다」), 심야 택시 한 대가 한쪽 모서리가 비스듬히 기운 사다리꼴의 방을 관통해나간다(「내 정원의 붉은 열매」). 이 소설들에서 공간은 사건을 품고 있는 이야기의 공간인 동시에 서술자-인물의 의식이 축조하는 혹은 그 의식을 축조하는 담론의 공간이다.

그러한 소설 속 '여러 공간들 중에서 우선 눈길을 잡아끄는 것은, 역시나 우리가 '술자리'라 일컫는 곳들이라 해야 할 것 같다. 「빈 찻잔 놓기」에서 영화인들이 벌이는 술판이 보여주듯이, 권여선 소설에는 이른바 '술자리 세팅'이라 할 만한 것이 있다. 그 술자리들에서 어떤 일이 벌어지는지, 인간의 남루한 위선이 어떻게 맨얼굴을 드러내는지 우리는 더러 목격해왔다. 그러나 세 소설의 술자리에서는 감정의 격렬한 폭발이나 묵은 갈등의 충돌은 설령 있다 해도, 이상하게 들리겠지만, 인물의 내면 풍경 안으로 고요히 처리된다. "말들이 싱싱하고 낭자하게 튀"[3]는 광경을 두근두근 기대해서는 안 되는 것이다. 온도차가 없지는 않으나 최소한 표면적으로 현재의 모든 술자리는 깽판으로 파토나지 않고 조용히 마무리된다. 예컨대, 조롱의 기운이 심상찮게 일렁이는 「빈 찻잔 놓기」의 술자리에서도, 자신이 바로 그 조롱의 대상이라 생각하는 인물은 "실내에 모인 사람들의 반사된 모습"을 지켜보는 관찰자적 우위를 놓지 않으며, 그녀의 내면에 인 감정의 파고 또한 바깥으로는 "보일 듯 말 듯"한 웃음으로 대체된다.

그렇게 볼 때, 이 소설들의 술자리 정조를 대변하는 것은 「사랑을 믿다」에서 고즈넉이 혼자 앉아 술을 반병쯤 비우는 동네 단골 술집 풍경이라 해야 할 듯하다. 그렇게 비우는 잔 안에도 이야기는 고여 있으니, '그'가 떠

---

3) 권여선, 「분홍 리본의 시절」, 『분홍 리본의 시절』, 창비, 2007.

올리는 기억은 과거 술자리에서 누군가와 만나 나누었던 대화다. 이와 같이 그를 위시하여, 세 소설의 인물들은 술자리에서 오랜만에 조우한 이들이 들려주는 이야기로부터 과거 자신에게 일어났던 일을 그 외곽에서부터 찬찬히 더듬어보게 된다.

이제 예까지 왔으니, 물어야 할 것이 생겼다. 그들은 어떤 사실과 만나게 되는가. 연들과의 술자리에서 예원이 일러주는 것은 무엇이며(「빈 찻잔 놓기」), '그'와의 술자리에서 '그녀'가 털어놓는 것은 무엇이며(「사랑을 믿다」), 현수와의 술자리에서 그 동창생의 이야기로부터 상기하게 되는 것(「내 정원의 붉은 열매」)은 또 무엇인가.

5

대부분의 인간이 처음으로 관계를 맺게 되는 타인은 그들의 부모다. 부모와의 관계 혹은 다른 가족 구성원들과의 관계가 인간이 앞으로 맺어갈 관계의 밑그림으로 여겨지는 것은 그래서일 것이다. 이 가설에 수긍한다면, 이후의 체험들은 그 원초적인 관계들의 반복이나 변주라 해야 할 것인데, 그렇다면 어른이 된 우리는 타인을 만나는 데 있어 이미 얼마간 준비된 상태인 건가? 많은 이들은 그렇지 않다고 답할 것이다. 누군가로 인해 '들리는' 순간, 작가의 표현을 빌자면 사랑을 믿는 그 순간은 "유비무환의 정신으로 퇴치하거나 예방할 수 없는, 문이 벌컥 열리듯 밖에서 열리는 종류의 체험"이어서, "두 손 놓고 고스란히 당할 수밖에 없는 고통" 속으로 인간을 밀어붙인다.

세 편의 소설에 등장하는 인물들은 하나의 체험을 공유하는 것처럼 보인다. 말하자면 그들은 실연했다. 그런데 이들의 실연은 조금 모호하다. 오랫동안 사랑을 나눈 것도 아니며, 서로 할퀴며 등을 돌릴 정도로 바닥을 보인 적도 없다. 대개는 이렇다. 연정을 품고 있던 남자가 다른 누군가와 연애를 시작하자 "들릴 듯 말 듯한 작고 희미한 멜로디"마저 그만둔 여자가 있고(「사랑을 믿다」), 그것이 첫사랑인지 아닌지 모른 채 어딘가 삐딱한 남자의 "빗금의 끄트머리에 걸려 있다 제풀에 떨어져나온" 여자가 있으며(「내 정원의 붉은 열매」), 진실이 무엇인지 확인해볼 생각을 하지 못하고 누군가의 이야기에 의지해 서둘러 커튼을 내려버린 여자가 있다(「빈 찻잔 놓기」). 한 인물의 전언대로 이들은 대부분 "넘쳐흐르는 감정의 절실함보다 한 오라기의 자존심을 선택하는 인색한 성격"(「사랑을 믿다」)이어서, 벽을 만나면 그 벽을 넘기 위해 무언가를 도모하기 보다는 "밀랍처럼" 몸을 휘감은 수치심에 떨며 단호히 포기한다.

자존감이 강하다고도 결벽하다고도 할 수 있겠지만, 이성과의 관계에 있어서 영악하지도 또 의뭉스럽지도 못한 이들에게 연애는, 아니 실연은, 뒤늦게 몸과 마음의 일이 되어버린다. "몸이건 마음이건 어느 쪽으로도 기울이려는 노력"(「사랑을 믿다」)을 하지 않으려는 이들에게 시간은 필요하다. 그러나 실연 후 폭풍과 격랑의 시간은, 짧은 순간 스쳐간 연애의 예감보다 더 오래 지속된다. 이들의 거절과 포기는 연애의 끝이 아니라 실연의 시작일 뿐이므로, 어두운 계단에서 잠시 닿았던 손등으로 인해 뒤척여야 할 불면의 시간이 열리는 것이다. 밀려든 파도가 부서지고 자잘한 거품이 되어 완전히 사라질 때까지 그 시간은 지속되는데, 역설적이게도 바로 그 시간을 통과한 후에야 이들의 연애는 완성된다.

그렇다면 이들의 뇌세포는 그동안 어떠한 작업에 몰두하는 걸까. 간혹은 상대방과 있었던 사소한 일들이나 그들이 보여주었던 작은 제스처에 집중하고 그것들을 곱씹으면서, 영영 놓쳐버린 타이밍에 주의를 기울일 것이다. 그런 어느 한 순간에, "그때 찬물을 먹었어야 했는데"(「사랑을 믿다」)라는 누군가의 말은 과거와 현재를 포개놓는 마법의 주문이 될 수도 있을 것이다. 하지만 세 소설에서 인물들이 연출하는 관념의 파노라마는 보다 더 깊은 곳을 향하고 있다.

"기억의 물방울"들로부터 맺힌 세 편의 소설을 읽는다.

"두 연놈이 우리 둘을 갖고 논 거 맞지?"(「빈 찻잔 놓기」, 27쪽)

　나쁜 남자에게 농락당했다고 생각한 한 여자가 있다. 「빈 찻잔 놓기」의 이야기는 이렇게 풀려나간다. 첫번째 시나리오를 쓰던 시절, 연선배는 '그녀'(고작가)에게 조와 예원의 관계에 대해 부정적인 암시를 던졌고, 그 두 사람이 자신들을 '갖고 논 것'이라 말했다. 그래서 고작가는 호감을 가지고 있었던, 또 그녀에게 호의를 품고 다가왔던 조를 냉정하게 물리쳤고, 그 영문을 넘겨짚은 조로 하여금 "제 존재 자체가 불쾌하셨다면"이라는 치명적인 말을 부려놓게 했다. 그의 희미한 조소가 어떤 뉘앙스인지도 모른 채 그녀는 오랜 시일을 괴로워했고 그 참담한 고통 속에서 첫 시나리오는 완성되었다.
　상황이 이와 같으니 예원을 통해 "그에 관한 진실"이 밝혀지는 국면을 소설의 전환점으로 읽을 만하다. 추론을 거듭한 끝에 그녀는, 과거 연선배의 말들이 의도적으로 조장한 오해였으며, 천연덕스럽게 늘어놓은 조언까지도 시나리오를 완성시키려는 술책에 불과했음을 깨닫게 된다. 그러니 이 국면에서 다시 써지는 과거는 조로 인해 쓰라렸던 나날만은 아니다. 고작가가 그만큼이나 괴롭게 반추하는 것은 연선배와 함께했던 지난날이다. 그녀는 생각한다. 애초에 조와 자신을 하나로 묶는 계기를 만들어냈던 이는 연선배가 아니던가. 조의 성적 취향을 알았음에도 그것을 숨기고 가식적인 위로의 말까지 얹었던 연선배야말로 자신을 농락한 나쁜 여자가 아닌가.

　그곳에 강이 있을 터였다. 강은 보이지 않았지만 강을 둘러싸고 흐르는 강변도로 차량의 불빛들이 희미하게 보였다. 그 흐름을 보고 있자니 격했던 감정이 조용히 흐르기 시작하는 것이 느껴졌다. 언젠가는 이 딱딱한 앙금도 순해지고 퇴색되고 부드럽게 발효하리라. 오래전의 블랙 조 그도 이런 마음으로 불쑥 일어나 베란다로 나갔던 것인가. 단단한 불신과 의혹과 피해의식에 사로잡힌 채 하염없이 아무것도 보이지 않는 유리 밖 어두운 공간을 바라보았던 것일까.(「빈 찻잔 놓기」, 39~40쪽)

물론 그녀에게야 나쁜 여자이겠지만, 연선배는 매력적인 인물이다. 연선배는 영화 〈위험한 관계〉에서 자신의 야망을 성사시키기 위해 계략을 꾸몄던 후작부인을 떠올리게 하는데, 마치 그 후작부인에게 예상치 못한 반격이 준비되고 있었듯이, 고작가 또한 모종의 복수를 꿈꾼다. 우리의 시나리오 작가가 다시 쓴 시놉시스의 서두는 이렇다. 그녀가 조종한다 믿었던 것은 매혹과 질투를 비틀린 방식으로 포장하는 교활한 자기방어였을 따름이니…… 스릴러로 꾸려질 이 두번째 시나리오를 염두에 둔다면, 조는 연선배와 고작가 사이의 위험한 관계를 매개하고 사라진 희생자라 해야겠지만, 그럼에도 이 소설에서 기억하고 싶은 한 순간은 따로 있다.

고작가가 슬픔에 휩싸여 잔을 내려놓고 강을 향한 통유리 쪽으로 다가가는 저 장면. 마음에 두었음에도 단 한 번도 그녀의 머릿속에서 "통합된 관념"으로 존재하지 않았던 오래전 조에게서, 이제 그녀는 그녀 자신을 본다. 누구에게도 이해받지 못하고, 아무에게도 의지할 수 없으며, 가깝다고 믿었던 이마저 등을 돌릴 때. 조가 마지막으로 그녀에게 했던 말은 바로 그 순간의 말이었으니, 시간을 격하여 그녀가 깨닫게 된 진실은 그러한 순간 인간을 덮쳐오는 슬픔이며, 그러한 슬픔을 다스리고 타인들 앞에서 담담해져야만 하는 아픔일 것이다. 그녀에게도 이제 속으로 삼켜야 할 대사가 있다.

그녀는 일곱시를 가리키는 시곗바늘의 각도처럼 편안해 보였다.

(「사랑을 믿다」, 77쪽)

두 명의 실연녀와 한 명의 실연남의 이야기는 또 어떤가. '그녀' '그녀의 친구' '그'는 몇 년에 걸쳐 차례로 실연했고, 이 실연남녀들의 이야기가 겹으로 짜여 있는 소설이 「사랑을 믿다」이다. 소설 속 "실연의 유대"의 핵심인물인 그녀가 실연 직후 보여주는 모습이 낯설지는 않다. 대부분의 실연남녀는 자문을 거듭할 것이다. '왜 내가 아니라 다른 사람인가.' 그 의문은 그녀로 하여금 자기 소유물의 가치를 점검하는 "무력한 산수"에 돌입하게 한다. 자존감을 수호하기 위한 안쓰러운 몸짓이 거기 있거니와, 그녀가 삼층 건물을 방문하게 되는 것도 그 때문이다.

작가 특유의 감칠맛나는 대사로 이루어진 옥탑방 장면에서 그녀는 무대의 조연이자 관객이지만, 결국 세 여인으로부터 어떤 신탁을 받게 된다. 각자의 누추한 삶에 허덕이고 있는 초면의 여인들을 통해, 그녀는 세상을 살아가는 누구에게나 자기 몫의 짐이 있고, 또 누구나 그것으로 인해 고통받으며 산다는 사실을 어렴풋이 체감한다. 작가는 이 돌연한 각성에 실연으로 인한 상처를 상대화하는 것 이상의 초월적인 깊이를 부여한다. 여인들의 고통은 그녀에게도 언젠가 도래할 미래이지 않은가. 더욱이 이 장면 전체는 자식을 앞서 보내야 했던, 그리고 지금 조카딸까지 알아보지 못한 채 죽음을 향해가고 있는 큰고모부 부부의 비극이 감싸고 있다. 계단을 내려오며 그녀가 타인들을 위해 처음으로 절박하게 기도할 때, 그녀는 이 낡은 삼층 건물의 진정한 상속녀가 된다.

계단을 한 칸 한 칸 밟을 때마다 그녀는 뭔가에 들씌운 듯 중얼중얼 빌고 또 빌었다. 희귀병을 앓는 친지의 완쾌를, 유괴된 손자의 생환을, 바람난 남편의 귀가를, 자식을 앞세운 뒤 늙어가는 부부의 평안과 명랑을 빌었다. 그녀가 타인을 위해 뭔가를 이토록 절박하게 빌어본 적은 없었다. 계단을 다 내려왔을 때 그녀는 스스로가 다른 사람이 된 것처럼 느꼈다.(「사랑을 믿다」, 74~75쪽)

　그녀가 보잘것없다고 넘겨짚었던 우연한 계기를 통과하며 "다른 사람"이 되어버리는 이 장면이 소설의 결정적 장면이다. 그러나 삼층 건물로 표상되는 삶의 이치를 상속받았다는 것은 사랑을 믿었던 그녀의 청춘이 끝났다는 뜻이기도 해서, 그녀의 이야기를 듣는 그의 심리는 복합적이다. 그는 그의 표현대로 가장 기막힌 경우가 아니겠는가. 그녀는 이미 철들어버렸는데, 어딘가로 초월해버렸는데, 그래서 "이제 누구를 만나도 가슴이 설레지 않"고, "누가 자신에게 가슴이 설레길 원하지도 않는"데. 산수를 한번 배워볼까 하고 앉은 자리에서 이미 수학을 터득하고 복수 아닌 복수를 하고 있는 그녀에게, 그는 실연당(할 것을 예감)한다.
　이 모든 곡절은 다시 3년의 시간이 흐른 후 혼자 술집에 앉아 그때를 회상하는 그를 통해 우리에게 전달된다. 3년에, 다시 3년, 그러니까 6년을 시차로 서로를 비껴간 남녀의 희한한 러브스토리. 이제 남몰래 그녀를 마음에 둔 사람은 그이고, 그 기다림을 알아보지 못하는 사람은 그녀다. 이 역전이 진실이라면, 그의 인생에 있어 "사랑을 믿던 한 시기"가 끝났다는 전언 또한 진실일 것이다. "독초처럼 쓰디쓴 고통의 싹"도 "팽팽한 절망의 비커"도 이제는 없다. 그 고통과 절망을 즐기고, 기념하고, 그것이 사라진 뒤를 애달파하지도 않는다. 그것은 사랑을 믿던 한 시기의 일이니, 이제 그에게는 반추해야 할 "소소한 과거사"가 있을 뿐이다.
　그럼에도 고통이나 절망처럼 대단하지도 굉장하지도 않은 그 소소한 기억들이, '사랑을 믿다'라는 표제에 더 어울린다는 생각이 드는 것은 왜일까. 3년 전 두 사람이 나눈 것은 사랑이 아니라 실연이라 해야 옳을 터인데, 그는 그녀를 통해 "사랑을 잃는 것"에 대한 자세 또한 은연중 깨우친 것인지도 모른다. 삶에 대한 자세이기도 한 그것은 그 보잘것없음을 제 안으로 받아들이는 것이니, 그가 영영 오지 않을 기억 속의 그녀를 기다리는 역설 역시 바로 그러한 받아들임의 일부라 해도 좋겠다.

> 사랑하는 사람이 죽었다는 말을
> 무심한 사람의 입에서 들었네
> 그리고 나도 또한 무심히
> 그 말에 귀를 기울였네
> (「내 정원의 붉은 열매」의 소제목들)

「빈 찻잔 놓기」에도, 「사랑을 믿다」에도, (이제는) 무심한 사람의 입에서 전해지는 말들이 있다. 그 말들에 귀기울이다 불현듯 인물들은 그 시절에 미처 알지 못하고 지나쳤던 것들에 다가간다. 「내 정원의 붉은 열매」도 그렇다. 아아, 내가 몰랐던 것은 얼마나 많은가. "기억에 아무 흔적도 남기지 않은 그 많은 시간 속에서, 아둔하고 자존감만 높았던 나는, 나만 모르는 장소에서 나만 모르는 얼마나 많은 수치스런 행위와 제멋대로의 오해를 반복했던 것일까."(118쪽) 취중의 버릇에서부터 사랑했던 사람까지, 아니, 사랑했다는 사실까지.

먼 과거의 어느 날, P형에게 자고 갈 것이라고 '나'가 내뱉었던 것은 우연한 목격이 준 슬픔과 혼돈의 변덕스런 힘 때문이었는지도 모른다. 하지만 그것은 또한 진심이기도 했을 것이다. 나도 모르는 내 마음은 때로 그렇게 즉흥적으로 우스꽝스럽게 튀어나와 스스로를 놀라게 하지 않는가. "걸핏하면 술에 취해 누군가에게 사랑을 고백하는 버릇이 있다"는 P형의 응대로부터 '나'가 모욕과 수치를 느꼈던 것을 보면, 또 그날 밤 이후 '나'가 P형을 한사코 피하려 했던 것을 보면 확실히 그렇다. 하지만 억만금을 준다 해도 다시 돌아보고 싶지 않을 것만 같은 과거의 기억은, 이제 '나'

에 의해 다시 수정될 것이다. 현수와 헤어지고 택시에 오른 후 그녀의 망막에 맺히는 치어떼의 무리를 보라.

차는 다리를 건너 강변도로로 접어들었다. 차창 밖으로 온몸에 노란 꼬마전구가 박힌 나무들이 획획 지나갔다. 어둠 속 노랗게 점묘된 나무들의 윤곽선이 비현실적으로 보였다. 차가 속도를 내면서 차창을 스쳐가는 자잘한 노란빛은 밤바다를 타고 흐르는 자디잔 야광 치어떼의 무리처럼 보였다. 언젠가도 이렇게 어두운 배경 위로 흐르는 치어떼의 형상을 물끄러미 바라보았던 기억이 났다.(「내 정원의 붉은 열매」, 112쪽)

그 옛날 서술자 '나'의 하숙집, 그녀와 P형 사이에 있었던 일로부터 드라마틱한 무엇을 찾아보기는 어렵다. 하지만 '나'가 저 사람이 반찬을 먹고 싶어한다고 느꼈던 순간, 그 사람이 가고 난 후 밥솥 뚜껑을 열었던 순간, 이상한 혼란에 휩싸여 냄비와 찻잔을 박박 닦았던 순간, 그리고 탁자 속 치어떼의 형상을 무연히 바라보았던 순간, 아마도 사랑은, 그 순간 어린 물고기처럼 맹렬히 그녀를 향해 헤엄쳐왔을 것이다.

소설 속에서 이 순간을 떠올리는 '나'는, 피식 웃던 '그녀'의 표정을 떠올리던 「사랑을 믿다」의 '그'와 닮아 있다. 그것이 사랑을 예감케 했던 순간이어서만은 아니다. 이 대학 초년생의 풋사랑이 완성되는 순간이 "오랜 세월이 흐른 뒤 우연히 그 언저리를 헛짚는 순간"이라는 소설 속 성찰을 보아서 그렇다. '나'는 그 세월이 흐른 후에야, 모욕적인 거짓말이라 느껴졌던 말들이 최초의 농담일 수 있음을, 그때 입가에 잡힌 주름이 비웃음이 아니라 장난기일 수 있음을, 섣불리 넘볼 수 없는 철벽을 쌓고 스스로를 상처 입힌 것이 바로 자기 자신일 수 있음을 생각한다. 권여선 소설은 이렇게, 의식 저편에 녹아 있던 과거의 인상들과 여기저기 흩뿌려져 있던 과거의 경험들을 하나로 그러모아 궁극적인 자기탐구의 길로 이어놓는 것이다.

6

'성격과 운명'이라는 이름 아래 읽어온 소설들이 있다. 이런 레테르를 좋아하지 않지만, 「그대 안의 불우」「K가의 사람들」「당신은 손에 잡힐 듯」 등에서 공통적인 배경을 간추릴 수 없는 것은 아니기에 그렇다. 물론 그 기원에는 가족이 있고, 부모가 있다. 아버지의 부재라 할 만한 사태가 발생하고 그로 인해 어머니에게 어떤 결여가 빚어진다. 딸들과 아들들의 성격은 그 그늘 속에서 싹튼다. 방어하거나 반발하려는 작은 몸짓조차 결국 그 그늘의 일부로 판명되니, 원망과 연민이 없을 수 없겠다. 하지만 원망과 연민이 소설의 핵심은 아닌 것 같다. 세 편의 소설에서 작가는 지금의 삶이 어떤 관계들로부터 발아했으며, 또 그것에 어떻게 붙들려 있는지, 그래서 역설적으로 가장 가깝다고 해야 할 관계들로부터 얼마나 전속력을 다해 멀어져야 했는지를 돌아본다.

'실연과 기억'이라는 이름 아래 읽어온 소설들이 있다. 이런 레테르를 좋아하지 않지만, 「빈 찻잔 놓기」「사랑을 믿다」「내 정원의 붉은 열매」 등에서 공통적인 배경을 간추릴 수 없는 것은 아니기에 그렇다. 소설의 표현을 따오자면 이 소설들은 "뭣도 모르고 살아온 모양"(「사랑을 믿다」)에 대한 반성적 탐구이되, 그 탐구의 중심에는 실연의 경험이 가로놓여 있다. 과연 이들은 누군가의 제스처를 오인했거나 그것에 무지했으니, 이들이 자신을 향해 뻗은 손을 희미하게 그려본다 해도 이미 늦은 후이다. 회상의 작업이 실연의 진실과 얽혀 있으므로, 낭만적 회한이 없을 수 없겠다. 하지만 낭만적 회한이 소설의 핵심은 아닌 것 같다. 세 편의 소설에서 시간의 플롯은 과거와 현재를 성찰적으로 연결시키기 위해 존재하거니와, 인물은 그러한 성찰을 통해 과거의 기억을 다시 살며 현재의 자신을 돌아본다.

그러므로 이제 함께 묶어 읽자. 과거를 돌아보는 소설들인가. 그렇다. 그 과거는 현재의 원천이 되는 과거이자, 사후적으로 발견되는 과거다.

그래서 이 소설들은 현재를 탐구하는 소설이기도 하다. 한 이론가는 이러한 회상의 형식을 일러 '지금 나의 원인이 되는 과거들을 조직하는 이야기'라고 했으니, 모든 서사에 그러한 요소가 얼마간은 있다는 뜻이다. 그러나 과거와 현재를 통합하는 지난한 우회 끝에, 진술할 만한 가치가 있는 삶의 진실을 우리 앞에 내어놓는 소설은 흔치 않다. 권여선 소설에서 인물이 체득한 이치는 반성적 판단을 경유한 끝에 우리 앞에 제시된다. 그 반성적 판단, 다시 말해 자신을 옭아매었던 것들과 대면하고자 하는 시도는, 우리의 편견에 기대면 처절한 것이다. 그러나 그 처절함을 바깥에서 제어하고자 하는 작가 특유의 사색과 통찰이, 이 이야기들을 소설 속 인물에 국한된 체험이 아니라 너와 내가 공유할 수 있는 체험이 되게끔 이끌어간다. 지금 읽고 있는 소설이 어쩐지 바로 내 이야기를 하고 있는 듯한 느낌, 그것은 모든 소설의 본성이 아니라 좋은 소설에만 가능한 자질이다.

　머리맡에 아껴두고 생각날 때마다 꺼내어 읽고 싶은 문장들로 가득한 책을 읽었다. 그것이 아름다워서가 아니다. 이런 말이 허락된다면, 인생의 진실이 스며 있기 때문이다. 삶의 진실들은 경향에 무관하고 흐름에 구속받지 않는다. 소설이 한 철 지나고 새로 사는 옷과 같이 여겨지는 시절에, 천천히 젖어들게 하는 이야기들을 읽었다. 돌아보면, 사리를 분별할 줄 알게 된 이만이 쓸 수 있는 소설에 늘 탄복했던 것은 아니었다. 하지만 삶의 어두움에 가까이 다가간 이가, 자신의 아픈 자리들을 담담하게 돌아보는 소설들 앞에선 늘 할말을 잃었었다. 그 여운이 무엇으로부터 오는지 이제 알 것만 같다.

(2010)

후일들
― 김인숙론

새들은 무리지어 지나가면서 이곳을 무덤으로 덮는다
관 뚜껑을 미는 힘으로 나는 하늘을 바라본다
—이성복, 「아주 흐린 날의 기억」 전문

1

세상사 크고 작은 싸움의 정점에 단 한 가지 싸움이 있고 그 싸움에 승리함으로써 모든 모순이 해소되리라는 믿음으로 충만하던 시절이 있었다. 그런 믿음으로 엄혹한 시절을 버텨오던 사람들에게 닥친 위기란, 그들을 유토피아로 인도해줄 지도의 분실이 아니라, 어느 날 갑자기 묘연해진 적의 행방이 아닐까. 그 많던 적들은 다 어디로 갔나? 이긴 것도 아니고 그렇다고 싸움이 끝난 것 같지도 않은데, 무언가 잘못되어가고 있다는 실감은 오늘도 계속되고 있는데…… 오래된 지도를 다시 찾는다고 해서 적들이 친절하게 자신의 좌표를 가리키고 있을 리 없다.

겨냥해야 할 실체가 명확했을 때와는 달리, 지금은 적의 실체가 잘 보이지 않는다. 잘 보이지 않는 적은 대신 더 간교해졌다. 일찍이 아도르노가 예견한 바 있듯이, 대중매체가 약속하는 화려한 세계에 묻혀 사람들은 더이상 혁명을 꿈꾸지 않는다. 문화산업을 전위로 삼는 전 지구적 자본주의는 최후의 철옹성 같았던 국가들마저 삼켜버리는 와중이다. 하지만 잘 세공된 허위의식의 반대편에는, 일곱 장의 카드도 모자라 사채까지 빌리려는 사람(「빨간 풍선」)도 있고, 주식을 사고 부동산 정보를 모으느라 현실의 가족과는 담을 쌓은 사람(「짧은 여행」)도 있고, 쫓겨 온 먼 이국땅의 음습한 공간에서 약물에 의지해 고통을 잊으려는 사람(「감옥의 뜰」)도 있다. 어떤 의미에서 이들은 현대판 사형수이거나, 현대판 망명객이지는 않은지.

김인숙의 「바다와 나비」에서, 몸통만 남아 허우적대는 나비의 날개 없는 날갯짓이 말해주고 있는 것, 그리고 그 수심도 알지 못한 채 이제 막 바다로 날아가려는 또 한 마리의 나비가 말해주고 있는 것은 그러한 현재의 초상일진대, 이 두 나비의 시련에 이르기까지는 조금 우회할 필요가 있을 듯하다.

2

『그 여자의 자서전』(창비, 2005)에 수록된 소설들을 지배하는 정서는 우울이다. 말할 것도 없이 이 우울은 상실로부터 온 것이다. 그렇다면 무엇이 상실되었나. 김인숙의 소설에서 상실된 대상으로 먼저 지목되는 것은 과거의 한 시절이다. "내 인생의 절정기"(「밤의 고속도로」), "생의 기쁜 순간"(「모텔 알프스」), "기억할 수도 없는 오래전의 한때"(「빨간 풍선」) 등으로 묘사되는 그 시절들은 모두, 행복한 미래를 예감하고 꿈을 품을 수 있었던 청년 시절이라는 점에서 공통적이다. 이렇게 아름다울 수 있었던 옛날에 비하자면 인물들의 현재는 초라해서, 그 시절로의 회억(回憶)은 기쁨이라기보다는 돌이킬 수 없기에 고통이다. 다시 한번 인생의 절정이 가능하리라고 생각하지 않는 이들이, 현실 속의 자신을 비루하다고 느끼면 느낄수록 반대편에 놓인 과거의 꿈은 환상적으로 조명된다. "잘 꾸며진 거실, 올망졸망한 아이들, 따뜻하고 풍요로운 밤, 어린 계집아이가 치는 피아노 소리…… 그런 것들을 떠올리는 가슴이 마구 저려온다"(「밤의 고속도로」)는 한 남자의 고백에서 엿보이듯, 그들의 현재는 이루지 못한 꿈에 대한 아픔으로 가득하다. 이 같은 심리의 한편에 보잘것없는 현재를 예상치 못했던 과거에 대한 원망이 어느 정도 따르지 않을 수 없겠다. 환상이 깨어진 후 참담한 현실이 오리라고는 "생각지도 못한" 자기 자신에 대한 원망 말이다.

　인생의 절정기를 지나 이제는 그 존재조차 희미해져버린 이들. 이들은 잘산다고 할 수 없지만 먹고살 수 있는 직업이 있고, 더이상 젊다고 할 수 없지만 그렇다고 완전히 늙지도 않았다. 요컨대 그들은 "여전히 무사"하다. 그러나 그 무사함은 생과의 전의(戰意)를 상실함으로써 얻어진 무사(無事)에 가깝기에, 비애의 목록을 늘려갈 뿐이다. 최소한 10년 전 만해도, 김인숙의 인물들은 그렇지 않았다. 그들은 싸우고자 하는 의욕을 가지고 있었다. 특히 김인숙이 창조해낸 아내들은, 남편과 싸움으로써 사랑을 이어갈 수 있다고 믿는 존재들이었다. 가령 김인숙이 "그와 내가 여자와 남자 사이로서가 아니라 부부의 한쪽과 한쪽으로 살아가기 위해, 나는 내 가슴의 피를 흘리며 싸울 것이다. 나는 절대로 양보하지 않을 것이며 내 인생의 완성이 그의 인생을 더불어 완성시킬 것이라고, 그렇게 기고만장한 믿음을 갖기로 할 것이다"(「칼날과 사랑」, 『칼날과 사랑』, 창비, 1993, 61쪽)라고 쓸 때, 그녀는 부정성과 싸움으로써 미래를 전망할 수 있으며 그것은 가정이라는 공간 속 남편도 예외로 할 수 없다는 믿음을, 그리고 그 싸움이 부부의 사랑을 완성시켜주리라는 확신을 담고 있었다. 그런데 10년이란 짧지 않은 세월이 흐른 뒤 '기고만장한 믿음'은, 그 기고만장이 과연 기고만장한 것에 불과했음을 증명이라도 하듯, 쓸쓸한 연민만을 남겨놓고 조용히 자취를 감추었다. 남편을 움직일 수조차 없는 불구로 설정해놓은 「모텔 알프스」가 암시하는 것처럼, 김인숙의 아내들은 남편에게 전의를 가지려고 해야 가질 수 없는 단계에 이르렀다. 그리고 당연히 전의가 없다면, 사랑도 가능하지 않다.

그러나 그녀를 바라보는 시선은 어디에도 없었다. 다만 벽거울 속에 이제 막 잠에서 깨어나 어리둥절하여 눈을 휘둥그레 뜬 한 여인의 모습이 있을 뿐이었다. 바로 그 여자가 그녀를 보고 있고, 또 누군가가 그 여자를 보고 있다. 윤은 그 시선의 집요함을 안다. 남편에게 기적 같은 것은 없음을 인정한 이후, 그 시선은 단 한순간도 그녀를 놓아준 적이 없었다.(「모텔 알프스」, 198쪽)

"살아 있는 몸을 잃어버린" 남편 앞에서 "살아 있는 몸뿐"인 「모텔 알프스」의 인물 '윤'은, 육체에 대한 환멸과, 육체가 없어지면서 함께 자취를 감춘 사랑에 대한 환멸로 절망한다. 그러나, 오해가 있을 수 있겠다. 윤이 그렇다고 싸우지 않는 것은 아니기 때문이다. 『그 여자의 자서전』의 인물들에게 싸움의 끝이란 곧 생의 끝이어서, 윤은 '오로지' 살기 위해서, 불구가 된 남편 대신 시어머니와 싸운다. 그것도 머리카락을 쥐어뜯으며. 싸우면서, 그녀는 그 순간에만 살아 있다고 느낀다. 그러나 시어머니와의 거센 드잡이는 부정적인 타자와의 싸움이라기보다는 "회복할 수 없는 불행"으로부터 도망치려는 자신의 충동을 묶고 삶을 그 불행의 자리에 못박으려는 자신과의 싸움에 다름없다. 소설에 종종 등장하는 불가능한 시선, 벗어나고 싶다는 유혹을 느낄 때면 여지없이 어디선가 느껴지는, 때로는 시어머니의 시선으로, 또 때로는 "가슴을 베어내는 듯한" 고양이의 시선으로 둔갑하기도 하는 시선 역시 그 누구도 아닌 윤 자신의 것이다. 결국 그 모든 환멸과 분노, 절망을 접어두고 사랑했던 순간을 "네 생의 끝까지 갈 기억"이라고 정리하는 윤을 만나게 되는 것은 그러므로 그리 이상한 일은 아니지만 암담하다. 그녀가 어쩌면 '생의 끝까지' 절망과 환멸을 반복하며 살아가리라는 막막한 예감 때문이다. 그런가 하면,

냉장고는 내 이빨 중에서도, 가장 가혹한 통증을 선사하면서, 이뿌리를

잇몸 전체에 심어놓은, 거대한 사랑니였다. '갖고 싶어요'라는 말을 나보다 더 잘할 수 있는 사람은 세상에 아무도 없었다. 단지 그 말만으로 세상에서 가장 좋은 냉장고를 떠올리게 만들 수 있는 사람도 나 이외에는 없었다. 그러나 그뿐이었다. 내 채널은 그것 하나로 고정이 되어버렸던 것이다. 채널을 하나밖에 갖지 못한 라디오는, 선배들의 말처럼, 끝장이었다.(「빨간 풍선」, 234쪽)

「빨간 풍선」이 기록하는 것은 "생의 채널"이 단 하나로 고정된 후 추락하는 스산한 삶의 풍경이다. 「빨간 풍선」의 서술자 '나'는 자신을 한때 유명인으로 만들어주었던 텔레비전 광고를 잊지 못한다. 그 광고를 잊지 못해서 "끝장"이 왔다고 생각하기 때문에 '나'에게 그것은 더욱더 잊기 어려운 것이 된다. "가장 가혹한 통증"에도 불구하고 "잇몸 전체"에 심어져 있어 뽑을 수조차 없는 저 "거대한 사랑니"의 이미지. 어떤 과거의 기억은 이후의 인생에서 아무 쓸모도 없는 것, 차라리 한줌의 환상만을 남기고 고통과 상처로 삶을 얼룩지게 만드는 그런 것이지만, 그럼에도 그 한때의 기억이 자신의 삶에서 뽑혀지는 순간 삶 전체가 붕괴하리라는 직관을 소설의 인물들은 가지고 있다.

김인숙 소설에서 한때의 과거는 아름답다. "휘파람을 불지 마, 그건 너무 쓸쓸해. 촛불을 끄지 마. 어두운 건 싫어"로 시작되는 라디오 드라마 '빨간 풍선'의 주제음악처럼(「빨간 풍선」), 혹은 몸속 어딘가에 붙어 자신을 간지럽게 만드는 '복숭아 솜털'처럼(「모텔 알프스」). 소설의 인물들은 자신에게 "남아 있는 유일한 낭만"(「숨은 샘」)을 지키기 위해 안간힘을 쓰는 만큼이나 "감상에 빠지지 않기 위해"(「그 여자의 자서전」) 이를 악물지만, 과거에 대한 의식적인 거리두기가 뜻대로 잘 이루어지는 것은 아니다. 감상에 빠지지 않으려는 순간은 대개 그들이 이미 감상 속에 있는 순간이기도 하거니와, 이제는 그 감상이 생에 대한 낭만적 기대가 무너져버린 현실을 버티게 하는 힘이기도 하기 때문이다. 과거의 인력에서 벗어나고자 해도 벗어날 수 없는 그런 삶을 그들은 견디고 있다. 한편으론 스스로 정초한 윤리이기도 하고 또 한편으론 가혹한 저주이기도 한 그런 삶을. 언제나 어떤 날의 '후일(後日)'로만 기록될 그런 삶을.

3

'후일담'이란 말 속에는 어쩔 수 없이, 그 말이 가리키는 대상과 무관하게, 이미 모든 것은 끝나버렸다는 부정적인 뉘앙스가 숨어 있다. 어떤 종류의 글쓰기에 쉽게 따라붙는 '후일담'이라는 꼬리표가 과연 적확한 것인지는 살펴야 할 일이지만, 현재의 어느 시점이건 그것이 과거 어느 시점의 후일일 수밖에 없는 숙명을 안고 사는 한 세대가 있음을 부인하기란 어렵다. 특정한 시기에 특정한 사회역사적 격변을, 그것도 특정한 연령대에 함께 겪은 세대의 글쓰기에서는, 그들의 운명을 결정지은 시대의 흔적이 묻어난다. 그리고 대개 그 흔적 속에는 지난 시간에도 불구하고 아직도 말해지지 않은 부분, 끊임없이 상징화를 요구하는 어떤 부채가 숨어 있기 마련이다. 이를테면 "감옥에 가는 사람이 있었고, 최루탄과 맞서 돌을 던지는 사람이 있었고, 밤마다 학교 앞 술집에서 울음을 터뜨리는 사람들이 있었던 시절"에 "오로지 도서관만을 지켰던 학구파"(「숨은 샘」)의 아무도 알아주지 않는 고통 같은 것 말이다.

「숨은 샘」은 17년 만에 다시 만난 한 동창생에 관한 이야기이자, 오랫동안 소중하게 간직해온 낭만적 꿈이 쓸쓸하게 훼손되는 이야기다. 소설의 핵심은 이영호라는 인물이다. 그는 엄혹한 시절에 도서관에만 틀어박혀 있어 '우리'에게 소외된 존재였으나, 그에 대한 '나'만의 반짝이는 기억의 몇 장면은 '나'가 그를 "우연한 날, 우연한 시간"에 다시 만나기를 지금껏 기대하게 만들어왔다. 이영호는 말하자면 '나'에게는, 아무도 발견하지 못한 '숨은 샘'과 같은 존재였으며, 그와의 재회를 향한 '나'의 낭만적 기대는 '나'만이 쉬고 갈 수 있는 마음속 '숨은 샘'이었던 것이다. 최소한, 서로가 서로의 존재를 확인하는 것이 민망한 중년의 보험외판원으로, 모든 사람들에게 환영받지 못하는 그런 사람으로 그가, 긴 세월의 지층을 뚫고 다시 나타나기 전까지는.

  예전의 운동권이었던 사회부 기자는 예전의 학구파였던 그를 취재했다. 당시 동창들은 모일 때마다, 그때 그들이 그려냈을 풍경을 화제로 삼곤 했다. 그때마다 우리 모두는 무언가 쓴 것을 한 움큼 삼킨 듯한 표정이었다. 우리들에게 지나갔던 것, 지나갔다고 믿었던 것이 갑자기 쓰디쓴 알약이 되어서 목젖에 걸렸다.(「숨은 샘」, 47~48쪽)

대학 시절 거리에 함께 있지 않았다는 사실이 고통스러웠던 이영호는 졸업 후 10년 뒤 공기업 파업의 선봉에 서지만 그는 그 "화려한 시절"의 일로 인해 바닥이 보이지 않는 몰락의 길을 걷게 된다. 한때의 우등생에게 그것은 인생을 완전히 망가뜨리는 힘든 시련이었을 것이다. 하지만 그의 파업장면이 준 양심의 가책을 잊어버린 동창들은 보험 외판원으로 나타난 그의 뜻밖의 등장에 당혹해하고, (그들과는 달리) 이영호에게 연민을 품고 있었던 '나'는 "지나갔다고 믿었던 것"이 누군가에게는 생생한 현재로 살아 있음을 알려주었던 그의 파업참여를 쓸쓸한 어조로 재정의하기에 이른다. "잘못된 일을 복구하기에는 이미 늦어버린 나이에, 너무 멀리 뛰어버린 것"이라고. '나'에게 인정머리 없는 동창들보다 더 곤혹스러운 대상은 뒤늦게 낭만 속으로 뛰어들었다가 모든 것을 잃고 만 이영호, '멀리뛰기'란 청춘의 한때에만 아름다울 수 있는 그런 종류의 것임을 상기하게 한 이영호다.

「숨은 샘」에 따르자면, 기억이란 "때묻고 더럽혀진 채 쌓여가는 것"이다. 이렇듯 기억이 얼룩지는 과정은 인물이 지녀온 도덕률이 현실로 인해 훼손되어가는 과정과 맞물린다. '나'에게 뼈아픈 것은, 현실논리에 패배한 자가 주위 사람들에게 비도덕적인 인간으로 비난받게 되는 전도(顚倒)이자, 낭만이 물러난 자리를 메우는 현실의 섬뜩함이다. 그렇다면 이 소설에서는 현실에 충실한 인물들만이 환영받는가. 물론 그렇지는 않다. '깔고 있던' 부동산으로 갑작스럽게 부를 누리게 된, 현실에서 성공한 동창 남창호 역시 이영호처럼 무리로부터 배척당한다. (하지만 이를 자본주의에 대해 열심히 학습하고 또 열렬히 저항했던 이 세대 특유의 도덕률의 발현으로 보기에는 무리가 따른다. 자신은 가지지 못한 것을 가진 자에 대한 선망과 질투가 얽혀 있기 때문이다.) 말하자면 「숨은 샘」에서는 내면화된 도덕률과 현실 사이의 긴장관계보다는 현실의 패배가 불러일으키는 회한이 더 중요하다 하겠는데, 이와는 달리 인물의 내면이 겪게 되는 도덕과 현실 사이의 갈등이 서사의 중심에 놓여 있는 소설이 표제작인 「그 여자의 자서전」이다.

「그 여자의 자서전」에서 이호갑의 자서전 대필을 맡게 된 작가 '나'가 도저히 쓸 수 없어하는 대목은 이 졸부가 선거 출마를 위해 꼭 필요하다고 생각하는 '민주주의에 대한 기여'와 관련된 내용이다. "시대는 변했고, 이제 변화한 시대의 이력서에는 과거의 운동경력이 명문대학의 졸업장만큼이나 필수적인 것"이 되었다고 '나'는 냉소적으로 되뇌어보지만, 정작 자신이 하는 일을 스스로에게 납득시킬 수 없어 갈등한다. 모멸감 속에서도 '돈' 때문에 일을 승낙할 수밖에 없었던 '나'의 번민은 이호갑 전처의 전화로 인해 극대화된다. "돈 몇 푼에 그런 인간의 전기를 쓰겠다고 나서다니, 부끄럽지도 않아?" 자서전 대필이 "애초부터 쓰고 싶은 글을 쓰기 위한 매문"이라고 자신을 위로했지만, '나'가 맡은 일은 알고 보니, 부르주아이되 그저 부르주아가 아니라 '더러운' 부르주아의 인생을 각색해주는 그런 일이었던 것이다. "내게는 그의 진실을 감당할 이유 같은 건 없다"는 거듭되는 확인으로 더 선명해지는 것은 '나' 자신의 견딜 수 없는 수치감이다.

이러한 수치감은 그러나, 부도덕한 부에 대한 비난과 반성적 각성이라는 상식적 결말로 수렴되고 있지는 않다. 작가는 이호갑의 세계 바로 맞은편에 오빠의 세계를 배치함으로서 '나'의 내면의 복잡한 지형도를 드러낸다. 위인전 속 인물처럼 되라는 아버지의 바람대로 정직하게 살아 인생이 '가난한 정답'으로 가득찬 '나'의 오빠. 그러나 '나'는 아버지가 위인전을 보여주며 아들이 깨치기를 바란 것도 결국 위인들의 훌륭한 삶이 아니라 그들이 거머쥐었던 "명예, 출세, 돈"이었다고 생각하며, 그 사실을 몰랐고 그래서 가족의 삶을 갑갑하게 만든 오빠를 한편으론 비난하고 한편으로 연민한다. 지면 가득 배어나오는 오빠에 대한 연민은 "팔리는 소설 따위에는 관심이 없었"으나 결국 소설을 쓰기 위해 매문을 하고 있는 '나', 곧 자신의 도덕률을 지키기 위해서 현실과 타협해야 하는 모순 속의 자신에 대한 연민이기도 할 터이다.

4

그것이 '정답'이라고 생각하면서도, '가난한'이란 수식이 붙은 정답을 「그 여자의 자서전」의 '나'가 차마 받아들일 수 없는 것은, '가난'하더라도 자신의 '정답' 정도는 굳건히 지키게끔 하는 최후의 방어막이 현재의 상황에서 더이상 가능하지 않다는 사실과 그리 무관하지 않을 것이다. 이런 각도에서 '나'의 의식세계보다 더 흥미로운 것은 그녀의 몸에 각인된 습관이다. 의식이 아무리 바뀌어도 몸에 붙은 습속은 쉽게 변하지 않으며, 의식이 아무리 부인하려 해도 몸은 의식이 거부하는 변화를 재빨리 흡수한다. '나'는 아버지의 서재에서 빛나던 문학전집까지를 세일하는 홈쇼핑의 왕성한 식욕에 거부감을 느끼지만, 글을 쓸 때의 '나'에게는 등뒤에서 울려오는 홈쇼핑 광고가 가장 안온한 소음이며, '나'는 그 소음에 기대어 글을 쓰다가도 미친 듯이 충동구매에 빠져든다. 자본력과 테크놀로지로 무장한 채, 일상의 모든 영역에 전방위적으로 침투하는 후기자본주의의 전략으로부터 자유로울 수 있는 사람은 많지 않을 것이다. 하지만 「그 여자의 자서전」의 주인물보다 더한 남자들이 있다. 그들은 지금 심각하다. 그 남자들은, "숫자와 싸우느라 현실의 말에 대해서는 무감각"(「짧은 여행」)해진 "한 덩어리 죽은 살점"(「바다와 나비」)에 불과하며, "아무것도 생각하지 않는 표정"(「바다와 나비」)이나 "도무지 모르겠다는 표정"(「짧은 여행」)을 겨우 지을 수 있을 뿐이다. 그렇다면, 이 남자들을 이토록 허깨비로 만든 것, 아내들을 먼 이국땅까지 도망하게 한, 더 정확히 말해 그녀들에게서 남편들을 빼앗아간 그 어떤 것은 무엇인가. 거대한 체제의 부속품으로 자신을 소모하게 하고, 그 소모가 무엇을 위한 것이고 어디를 향한 것인지조차 망각하게 만드는 "지랄 같은" 생존의 장. 남자들을 모조리 불구로 만들어버리는 현실에 대한 고찰은 흥미롭게도, 「짧은 여행」 「바다와 나비」 「감옥의 뜰」에서 볼 수 있듯 주로 해외를 배경으로 이루어지고 있다.

『그 여자의 자서전』에서 아마도 가장 감동적인 소설일 것이라 생각되는 「바다와 나비」와 「감옥의 뜰」이 소설적 공간으로 채택하고 있는 곳은 중국이다. 이국이 배경이 된 것은 어제오늘 일이 아니므로, 소설공간의 영역확장이라는 측면에서 이는 그리 주목할 만한 현상이 아닌지도 모른다. 그러나 『랍스터를 먹는 시간』(창비 2003)의 방현석이 베트남으로, 『별들의 들판』(창비 2004)의 공지영이 독일로, 김인숙이 중국으로 시선을 돌리고 있다는 사실은, 이들이 모두 이른바 386세대의 핵심적인 작가라는 점에서 주목해봄직하다. (현재의 세계에 대한 통찰 없이) 과거에 대한 열망만으로 소설은 쓰일 수 없다는 사실을 생각해볼 때, 김인숙이 역량 있는 작가임이 드러나는 것도 이 대목이다.

김인숙에게 중국은, "청춘에 순결한 믿음과 희망만이 불길처럼 타오르고 있을 때, 우리는 암호를 대고서야 들어갈 수 있는 밀실에서 중국혁명사를 공부했다"(「바다와 나비」)는 회상이 가능한 나라이며, 또 그런 회상을 소설화할 수 있는 세대가 김인숙의 세대일 터이다. 그러나, 김인숙이 바라보는 현재의 중국은, "빠른 것, 간단한 것, 포장된 환상, 결국 자본주의적인 것"(「바다와 나비」)의 대명사인 마이당로(맥도널드)가 젊은이들의 식성을 장악해가는 곳이며, 한국행 비자를 얻기 위해 자신을 담보해야만 하는 25세 조선족 처녀가 사는 곳이다. 더욱이 한국의 중년 남성 여행객들에게 중국은, "하얼삔이든 뻬이징이든 혹은 저 아래 항주와 소주든, 그것이 여행지인 한 다를 것이 없"(「감옥의 뜰」)는, 731부대의 유적지나 여순감옥보다 하룻밤의 룸살롱이 "본게임"인 그런 곳으로 탈바꿈해버렸다. 김인숙 소설에 중국이 의미 있는 공간으로 편입된 것은 그러므로, 그곳에 과거의 이상을 확인시켜줄 만한 무언가가 여전히 남아 있어서가 아니라 그것과는 반대로, 중국 역시도 "조국이니 국적이니 하는 말"보다 '돈'이 우선인, "돈밖에는 믿을 게 없게 된" 곳으로 변모했기 때문이다. 그것이 바로 중국, 김인숙이 파악하는 현재의 중국이다. 이념이 사라진 자리를 파고드는 것은 초국가적 자본이고, 그것에 의해 유포되는 환상의 유혹적인 불빛을 따라 사람들은 부나비가 되어 날아들고, 또 날아간다. 그리고 그 대열 속에 지금,

  그러나 나는 다시 한 발자국을 더 앞으로 옮겼고, 순간 진저리를 치고 말았다. 나는 그때 나비의 날개 아래로, 뚝뚝 듣고 있는 물방울을 보았던 것이다. 그건 바닷물이었다. 바닷물을 뚝뚝 흘리고 있는 나비는 날개가 젖고, 젖다못해 갈기갈기 찢기어져 있었다. 나비의 지친 숨소리와, 한 목숨 쯤은 족히 다 절여버릴 만큼 짠 소금냄새가 내 가슴속으로 쏟아져들어왔다.(「바다와 나비」, 98~99쪽)

행복해지기를 바라는, 또 그럴 수 있다고 믿는 「바다와 나비」의 조선족

처녀 채금이 나비가 되어 바다를 건너려고 한다. 아무도 지원하려 하지 않는 한국의 힘겹고 고단한 일자리를 메운 채금의 어머니가 그러하듯, 채금 역시 불평등한 국제 노동분업의 이름 없는 부속품의 하나로 서서히 스러져갈지 모른다. 행복할 수 있다고 굳건히 믿는 채금의 소망과는 딴판일 그녀의 불행한 미래를 '나'는 이미 예감하고 있다. 채금이 건너려는 바다는 자신의 남편의 날개를 훔쳐간 바다이기도 하기 때문에. '나'의 남편은 3년간의 실업 후 겨우 재취업하지만, 자존심을 모두 앗아간 3년이라는 시간이 흐른 후의 그는, "그 자신조차도 본인이 울고 있는 이유를 알지 못하는" 허깨비 같은 존재가 되어버렸다. 그런 남편을 떠나 중국으로 온 '나'는, 자신 역시 바다를 한번 건너고 나서야 남편의 고통을 되짚어보게 된다. 바닷물에 날개가 젖은 나비는 날개가 찢기어도 그 사실조차 모른 채, 남은 몸통만으로도 날갯짓을 계속해야 한다. 나비의 이 날개 없는 날갯짓은 더이상 바다를 건너기 위한 것이 아니라, 바다에 빠져 죽지 않기 위한 몸부림이다. 바다를 건너려고 작정한 이상 나비에게 가능한 현실은 단 하나, 죽음 밖에는 없다. 그럼에도 이제는 안전한 육지로 회귀할 수조차 없는 이 나비의 비극은,

　　눈물을 거두어버린 한쪽 눈은 이제 한 사람의 죽음 이외에는 더이상 아무것도 보려고 하지 않으리라는 것을…… 또한 기억하지 않으리라는 것을…… 그러나 남아 있는 눈은, 눈물을 거두어버린 눈이 마지막으로 보았던 것보다 더 흉하고 끔찍한 것들을 평생 목격하게 되리라. 한쪽 눈의 마지막 기억을 비웃으면서, 더 많은 것, 더 지독한 것들을 담아내리라.(「바다와 나비」, 98~99쪽)

　저 전율 이는 노인의 독백에 이르러 존재론적 차원으로 승화되어버린다. 그것은 소설의 표현을 빌자면 "지랄 같은 나라에서 밥 벌어 먹고산다

는 것"의 차원에서 "산다는 건 정말 지랄 같은 일"의 차원으로 이월하는 것이다. 채금의 아버지에게 삶은 "죽음보다 더한 것"이다. 그에 따르자면 산다는 것은 곧 죽는다면 보지 않아도 될 것들, 더 흉하고, 더 끔찍하고, 더 지독한 것들을 남김없이, 아주 천천히, 아주 오래 보아야 한다는 것에 다름아니다. 소설 전체를 압도하는 노인의 세계관은 그 자체로 인간의 삶에 대한 하나의 통찰이지만, 현실의 구체적 문제들과 마주하게 될 그의 딸 채금에게 들려주기에는 가혹한 것이기도 하다. 그러한 비관주의는 현실의 이런저런 괴로움을 완전히 초월해버린 무욕(無慾)의 경지를 마침내 요구할 것이기 때문에, 그 무욕의 상태를 일컫는 다른 이름은 완전한 소멸 곧 죽음이기 때문에. 중국을 무대로 하는 또다른 작품인 「감옥의 뜰」이 서사의 중심에 놓고 있는 것은 바로 그 소멸이다.

「감옥의 뜰」은 "한 여자의 육체가 불속에서 소멸해버린 날"을 기점으로 그녀를 사랑했던 한 남자가 그녀에게 마지막 작별인사를 하는 이틀간을 담담하게 보여준다. 사랑하는 여인에 대한 애틋한 마음과 그녀가 소멸해가는 순간을 곁에서 지켜보지 못했다는 죄책감으로 괴로워하는 '규상'은 서른다섯에 주식으로 집을 통째로 날렸으며, 서른일곱에는 이혼을 당하고 중국으로 건너온다. 규상은 "무언가를 잃어버리기에도 속절없어져버린 시간들"을 그저 흘려보내고 있다. 그와는 반대로 한국의 남편을 떠나 중국으로 온 여자 화선은, 낯선 땅에 적응하기 위해 부지런히 노력하며 매 순간을 치열하게 살았지만, 규상이 보기에는 엉망진창으로 사는 그나 그렇지 않았던 그녀 모두 "삶의 물결이 밀어낸 생의 가장자리에서 만난 사람들"일 뿐이다. 규상에게 생은 찬란한 정점의 순간에 박제되어야 마땅한 것이었으나 그들은 '불행하게도' 죽지 않고 살아 있고, 이제 남은 것은 그것이 어느 때이건 생의 정점에서 죽지 못했다는 "원통함"이다. 자신들을 "아무도 기억하지 않을" 것이라 말하던 화선마저도 불속으로 완전히 자취를 감춰버린 후, 냉소적이던 규상의 몸과 마음을 지배하는 것은 깊이를 측정할 수 없을 정도의 슬픔과 환멸이다. 그리고 마침내 그 "슬픔과 환멸까지가 엑스터시"가 되는 순간이 온다.

> 그는 여순에서 보았던 사형대 밑의 어두운 통을 떠올렸다. 화선처럼 다 타올라 사라져버리지도 못한 그의 몸은, 어느 날 언젠가에 이르면, 그와 같은 통 속에 담겨 폐기되어버릴 것이다. 생은 향기롭게 썩어가야 할 흙이어야 했으나 그의 흙은 이미 메말라버렸다. 그러나 맹렬하게 머리를 흔들고 있는 그 순간, 그에게는 슬픔과 환멸까지가 엑스터시다. (……) 화선아…… 그는 다시 그녀의 이름을 부른다. 나는 네 몸이 썩어가는 것도, 타오르는 것도 보지 못했다. 미안하다, 화선아. 미안하다……(「감옥의 뜰」, 129쪽)

생에 대한 슬픔과 환멸은 김인숙의 이번 소설집을 관통하는 주제다. 작가는 가장 황량한 자리에, 이를테면, "생에 대한 경멸조차도 속절없어져버린" 그런 자리에 자신의 인물들을 데려다놓는다. 생에 대한 아무런 희망도 가지고 있지 않은 인물들이 직조해내는 내면풍경은 고통스럽다. 이를테면 「감옥의 뜰」의 규상이 약에 취해 연출하는 저 장면 같은 것들. 그리고 이제 남은 길은 두 가지다. 하나는 저 바닥까지 내려가, 규상이 시도하듯이 슬픔과 환멸까지를 끌어안고 자기를 망각해버리는 것. 작가는 한편으로는 이러한 비관주의에 끌리면서도, 다른 한편으로는 그럴 수 없다는 것을 은연중 인식하고 있는 듯하다. 물론 그것이 어떠한 전망으로 드러나는 것은 아니다. 하지만, 김인숙이 예컨대 「바다와 나비」의 '나'나, 「감옥의 뜰」의 규상으로 하여금 다음과 같이 말하게 할 때,

> 내가 그에게 원했던 것, 내가 내 삶에 대해 원했던 것, 세월이 흐를수록 배반만 더해지던 내 삶의 욕망에 내가 무릎을 꿇지 못했다는 것……(「바

다와 나비」, 96쪽)

고백하건대, 그 어느 쪽도 포기가 안 되었던 것이다. 불가능을 인정한다는 것과 포기한다는 것은 완전히 다른 성질의 문제였다. 이렇게 끝낼 거라구? 이렇게 아무것도 아닌 상태에서? 이렇게?(「감옥의 뜰」, 127~128쪽)

현실의 어떠한 패배에도 도저히 포기할 수 없는 욕망이 여전히 그들 속에서 꿈틀대고 있음을, 그들을 저토록 괴롭게 만든 것은 패배한 자신의 인생이나 혹은 정점의 순간에 생을 끝내지 못했다는 환멸이 아니라, 그럼에도 도저히 포기할 수 없는 끈질긴 마지막 희망 때문임을, 그리고 바로 그것이 그들을 저 먼 이국땅까지 가게 했음을 작가는 보여주고 싶었던 것이 아닐까. 「바다와 나비」의 노인과 그들의 결정적인 차이는 그것이다. 완전한 무욕의 상태는 그들에게 아직 오지 않았다는 것, 그들에게는 여전히 자신의 욕망과 전투하며 치러야 할 생이 남았다는 것. 그러나 그 생은 물론, 그들의 세계를 떠받쳐주던 환상이 소멸한 생이다. 그들은 더이상 어떤 것에도 미혹되지 않으며, 환상의 자리 또한 비워버렸다. 지금껏 그 자리를 차지하고 있던 아름다운 꿈이란 무엇인가. 때로는 이념이 약속하는 빛나는 이상이기도 했고, 때로는 자본이 유혹하는 안온한 삶이기도 했고, 또 때로는 젊음이 담보하는 살아 움직이는 육체이기도 했던 그 자리, 이제 김인숙에게 그 자리는 비어 있다.

이 비어 있는 자리 앞에서, 다시 생각한다. 작가가 다다른 깊이는 아득하기도 하고 아프기도 하다. 그가 작가이기에, 그의 소설 속 한 인물이 바랐듯이, 악착같은 인연의 끈들을 다 물리치고 "단 한 번만이라도 바닥을 쳐"(「짧은 여행」)보라고 말하고 싶은지도 모른다. 그러나 그것은 너무 잔인하지 않은가. 단 한 조각의 희망도 욕망도 허락되지 않는 그곳까지 한 번 내려가보라고, 그리고 그곳의 풍경을 쓰라고 말하는 것은 너무 잔인하다. 이 작가에게 꿈과 이상과 욕망과 생이 빠져나가고 남은 빈자리가 악몽이기를 원치 않는다. 대신 여기서는, 김인숙의 인물들에게 이렇게 끝낼 수는 없다는 한 움큼의 희망이 슬픔과 환멸이라는 베일 아래 감추어져 있다는 사실만을 기억해두기로 하자. 지금이 어떤 날의 후일인 그런 후일이 아니라, 아직 도래하지 않은 후일을 위하여. '안녕하세요'를 몇 번씩이나 쓰며 서툴지만 새로운 날들을 꿈꾸는 25세 채금의 앞날을 위하여…… 관뚜껑 같은 현실의 답답함을 미는 마지막 안간힘이 남아 있는 한, 나비에게는 여전히 바다를 꿈꿀 권리가 있는 것이리라.

(2005)

바로 지금 당신의 혀 위에서
― 조경란 장편소설 『혀』

1. 만찬을 앞두고

당신에게도 그런 경험이 있을까. 눈앞의 음식을 자신도 모르는 사이 먹어치워버렸던 적이, 몸무게가 갑작스럽게 늘거나 지독하게 살이 내렸던 적이. 당신에게도 그 무엇에 깊숙이 중독되었던 때가, 잠시라도 그 무엇을 생각하지 않고는 보낼 수 없던 시간들이 있었을까. 어쩌면 누군가의 떠남에 잠 못 이룬 날들이, 누군가를 죽이고 싶도록 증오한 순간들이 있었을까, 당신에게도. 하지만 당신이 누구든 당신은, 당신 아닌 누군가와 입속을 즐겁게 하는 요리를 나누며 혀로 그 맛을 찬미한 적이 있다.

먹을 것에 대해 조금도 생각하지 않고 단 한마디의 말도 하지 않은 채 하루를 보내는 사람은 많지 않다. 음식은 생명이다. 살고자 하는 사람이라면 억지로 강요하지 않아도 자연스럽게 먹는다. 음식은 사회다. 한 명이 되었건 수백 명이 되었건 누군가와 관계를 맺고 있는 사람이라면 먹을 것도 함께 나눈다. 수업이 끝나면 식당으로 몰려가고, 프로젝트가 마무리되면 회식을 하고, 결혼식이 끝나면 피로연을 한다. 음식은 계급이다. 누군가는 주리고, 누군가는 라면으로 끼니를 때우고, 누군가는 잘 차린 정찬을 먹는다. 요리와 관련된 신화를 탐구하고 요리법에 따라 문화(로의 이행)와 자연(으로의 복귀)을 구분했던 레비스트로스의 기념비적인 저작들에 따르면 인간의 역사는 곧 음식의 역사다.

영혼의 '굶주림', 지성의 '목마름', 정보의 '소화', '달콤한' 말, '쓰디쓴' 비난 등의 익숙한 표현들은, 인간의 지각·인식·언어와 음식 사이의 친화력을 일러준다.[1] 미각적 경험을 오랫동안 폄하하고 등한시했던 철학과는 달리, 음식(혹은 요리)은 문학을 비롯한 예술의 가장 풍부한 원천이었다. 소금과 빵을 내세운 성서에서부터 라블레와 사드에 이르기까지. 다빈치의 〈최후의 만찬〉에서부터 고흐의 〈감자 먹는 사람들〉에 이르기까지. 혹은 식욕과 성욕의 비루한 풍경을 포착한 이상에서부터 햄버거에 관해 명상했던 장정일에 이르기까지.

그러나 소설이라는 부엌에서 음식이라는 도마 위에 각기 고유한 테마를 올려놓고 마음껏 요리하기를 주저하지 않은 이들은 누구보다도 여성 작가들이었다. 따뜻하고 풍성한 고향의 밥상에서부터 뱉고 토하는 현대 여성의 메마른 식탁과, 뼈와 살을 바르는 야생적 식사에 이르기까지. 그리고 지금, '식빵'(『식빵 굽는 시간』)과 '국자'(『국자 이야기』)를 거쳐 '혀'(『혀』)로 돌아온 조경란은 한 요리사의 금이 간 심장을 그녀의 식탁 위에 올려놓으려 하고 있다. 꾸밈없는 빵에서 송로버섯을 곁들인 혀요리까지 잘 차린 풀코스 만찬과도 같은 이 소설은 미각을 비롯한 다채로운 감각적 경험, 쾌락과 갈등의 근원인 식욕과 성욕, 상실한 자들의 젖은 눈과 중독된 자들의 일그러진 얼굴, 의지대로 통제할 수 없는 충동과 광기를 묘파하고 있다.

---

1) 프란체스카 리고티, 『부엌의 철학』, 권세훈 옮김, 향연, 2003 참조.

2. 부엌, 연금술적 우주

소설의 주인물 지원은 서른세 살의 요리사다. '노베'라는 이탈리안 레스토랑에서 스물세 살부터 6년간 일했으며, 그후 지금까지 'WON'S KITCHEN'에서 요리를 가르쳐왔다. 자신의 쿠킹 클래스가 문을 닫는 1월부터 지원의 이야기는 시작된다.

나는 한 번도 양송이 대신 사과를 넣어 피자를 구워본 적이 없다. 거짓말. 내가 원한 건 그의 거짓말이었을까. 꿀처럼 달콤한 뱀의 말, 사과의 첫맛. 낙원에서의 추방을 뜻하는 사과의 두번째 맛, 씁쓸한 맛. 익을수록 물컹물컹해지는 다른 과일과 달리 사과는 익을수록 더 단단해진다.(12~13쪽)[2]

소설의 첫번째 요리에서 지원이 수강생들 앞에서 즉흥적으로 첨가하는 사과는, 첫맛은 달고 끝맛은 시고 씁쓸하며, 색깔은 유혹적이고 익을수록 단단해진다. 왜 지원은 한 번도 응용해본 적이 없는 사과를 집어든 것일까, 그리고 왜 그것을 가로로 반을 갈라 별 모양의 씨를 응시하는 것일까. 도입부에서 제시되는 사과를 비롯해서 이 소설에 나오는 모든 식재료들은 '그저 그것'이 아니다. 그것들 모두에는 각각의 상징적인 의미가 덧씌워져 있으며 그 상징(물)들은 사건의 전개에 따라 배치되어 있다. 소금과 꿀도, 양파와 토마토도, 캐비아와 래디시도, 송로버섯과 아스파라거스도.

가령, (성적) 유혹과 낙원 추방을 상징하는 사과는 지원의 애인 석주가 빠져드는 화려하고 달콤한 유혹과, 그 유혹으로 인해 인물들이 맞닥뜨리게 될 참담한 지옥을 암시한다. 서구 중세인들의 눈에 (세로로 자르면) 여성의 성기를, (가로로 자르면) 사탄을 상징하는 오각별을 떠올리게 했던

---

2) 조경란,『혀』, 문학동네, 2007. 이하 이 책에서 인용할 경우 본문에 쪽수만 적기로 한다.

'별 모양의 씨' 역시 금지된 유혹이라는 사과의 숨은 의미를 강화시킨다.[3] 그런 반면에 요리를 하면서 지원이 떠올리는, 할머니의 부엌에 놓여 있던 감자와 고구마는 어떠한가. 사과와는 달리 감자와 고구마는 겉보기에 투박하고 맛 또한 소박하며, 암수생식세포의 결합 없이 무성생식한다.

쿠킹 클래스에서의 마지막 요리장면을 간단히 스케치하고 있는 소설의 도입부는 인물의 심리와 사건의 정황을 장황한 설명 없이 유려하게 암시하면서, 소설 전체의 스타일과 전개의 테크닉을 압축적으로 보여준다. 이 첫번째 요리와 마찬가지로, 언뜻 보기에 지원의 일상에 따라 무심히 배열되어 있는 것처럼 보이는 『혀』에서의 요리들을 제대로 즐기기 위해서는, 그것들의 맛, 향기, 색을 음미하는 동시에 거기에 얽힌 의미들 역시 소화할 수 있어야 한다. 『혀』에서 요리가 만들어지는 부엌은 온통 상징적인 대상들로 가득차 있으며 그것들이 서로 뒤섞이고 융합하는 연금술적 우주다.

3. 먹는 자와 보는 자

따뜻하고 평화로운 할머니의 부엌에서 성장한 지원은 믿어왔다. "모든 것은 부엌으로 들어온다"(13쪽)고. 하지만 지원은 뼈를 깎는 고통 역시 부엌으로 들어와 그곳에서 싹틔워질 것이라고는 생각지 못했다. 정말이지 『혀』에서 모든 것은 부엌으로 들어온다. 배신과 분노, 슬픔과 광기까지도.

그녀와 그는 음식의 종류가 아니라 먹는 방식에 따라 씹는 것, 빨아먹는 것, 핥아먹는 것 순서로 코스를 정한 만찬처럼 먹는 데 완전히 열중했다. 포도주에 절인 복숭아같이 둥글고 붉은빛이 도는 그녀 엉덩이를 그가 무릎 위로 끌어앉혔다. 뒤에서 그녀의 허리를 두 손으로 꽉 움켜쥔 채 몸을

_____

3) 스튜어트 리 앨런, 『악마의 정원에서』, 정미나 옮김, 생각의나무, 2005 참조.

흔들던 그가 비명처럼 그녀의 이름을 크게 외치는 소리가 들렸다. 눈이 성 감대이기라도 하듯 내 몸도 부르르 떨렸다. 그 속으로 뛰어들어가 맛이 어땠어?라고 묻고 싶었다. 포도주에 절인 복숭아를 먹을 땐 굉장히 날카로운 포크로 폭 찍어먹어야 맛있다.(78쪽)

지원의 애인 건축가 석주가 새로이 사랑에 빠지는 여자 세연은 지원의 쿠킹 클래스에서 요리를 배우던 전직 모델이다. 집을 설계하는 석주(住) 와 옷을 선보이는 세연(衣)은 먹을 것을 만드는 지원(食)의 부엌 주위로 모여든다. 지원, 세연, 석주가 처음으로 함께 등장하는 장면—당겨 말하자면, 다시 한번 이 세 사람이 한 공간을 차지하게 되는 소설의 마지막 장면은 이 장면의 본질을 그로테스크하게 변주하게 될 것이다—에서 정사를 나누는 남녀는 석주와 세연이고 지원은 그 둘을 엿보는 위치에 있다. 석주와 세연의 정사가 시작되는 곳은 지원의 주방 도마 위이며, 그들의 섹스는 지원에게는 잘 차린 코스요리와도 같다. 석주와 세연의 몸(성기) 은 무화과, 자두, 복숭아 따위의 과일에 비유되고, 그들의 성행위는 외부의 대상이 몸의 표면을 거쳐 흡입된다는 점에서 씹고 핥고 빠는 등의 먹는 행위와 포개진다. 구순적 만족과 성기적 만족의 연관성이 서술자에 의해 반복적으로 강조되고 있는 『혀』의 가장 기본적인 골격은, 이와 같은 음식과 섹스의 은유적 겹침이다.

석주와 세연의 섹스는 그것을 보는 지원의 '눈'에 의해 제시된다. 그러나 시각(과 청각)이 지배적인 감각인 일상의 세계와는 달리, 『혀』의 세계에서 눈으로 볼 수밖에 없는 자는 이미 힘을 잃은 자다. 맛을 알기 위해서는 삼켜야 하며, 대상을 이해하기 위해서는 만져야만 한다. 피부가 맞닿아야만 하는 감각인 미각과 촉각(그리고 중간적인 성격의 후각)이 이 무대의 주권자이자 입법자다. 음식을 만들기 위해서는 다섯 가지 감각을 모두 동원해야 하지만 몸과 떨어져 있고 공간적 거리를 동반하는 시각(과 청각)은 최소한 『혀』의 인물들에게는 부차적인 감각이다. 그것이 『혀』의 세계다. 이 소설이 냄비 바닥에 비친 지원의 젖은 두 눈동자로 시작하는 것은 그러므로 우연이 아니다.

석주와 세연의 섹스를 훔쳐보는 지원은 뛰어들고픈 충동을 느낀다. '맛이 어땠어?' 상황은 어찌 보면 간단하다. 내가 사랑하는 남자가 다른 여자와 섹스를 하고 있다. 그는 내 이름이 아닌 그녀의 이름을 외쳐 부른다. 남자는 7년 동안 함께 살며 영원한 사랑을 약속했던 동거남이고, 여자는 나에게 요리를 배우는 수강생이며, 그들이 차지하고 있는 공간은 내 집이고 내 부엌이다. 내 실존의 한가운데서 저들이 나를 부정한다. 분노가 밀어닥치는가. 그러나 이 장면은 곧바로 번역된다. 화려하고 자극적인, 그러나 나는 먹을 수 없는 요리로. 가장 외상적인 장면이 가장 관능적이다. "참 이상하죠. 그게 지금까지 내가 본 가장 에로틱한 섹스 장면이라는 게 말이에요."(271쪽) 그 관능을 지켜보는 지원의 눈에 비친 여자의 엉덩이는 '포도주에 절인 복숭아'와도 같다. 몸이 떨리는가. 그 맛에 대해 묻고 싶은가. 자신의 두 눈 앞에 갑작스럽게 전시된, 그래서 처음에는 무슨 반응을 어떻게 보여야 할지조차 알 수 없는 이 요리가 낳은 충격은 의문과 자답을 거친 후에야 최종적으로 정리된다. 그들의 쾌락의 끄트머리에 놓인 "포크로 찍어먹어야 맛있다"는 지원의 진술은 방관자의 심상한 조언이 아니다. 부드럽고 둥근 것이 아니라 "굉장히 날카로운" 포크는, 자신이 주관하지도 참여하지도 않은 이 요리에 대한 지원의 분노를 드러낸다. 그리고 이 포크는…… 세연의 몸 모양으로 된 케이크의 눈을 찌르는 포크, 석주에게 송로버섯 혀요리 한 점을 권하는 포크로 이어지게 될 것이다.

4. 요리, 너를 먹는다

『혀』에서 단숨에 읽히는, 특히 시선을 사로잡는 장면들은 무언가를 먹는 장면들이다. 일단 그것은 인물들의 관계를 드러낸다. 소설 속에서 지원과 석주가 처음으로 의미 있는 관계를 맺는 곳은 레스토랑 '노베'다. 두 사람은 서로에게 한마디 말도 건네지 않고, 한 번의 시선도 교환하지 않는다. 하지만 그것이 (한국에서의) 두 사람 관계의 실질적 시작이다. 내 식탁 위에 차려진 요리를 먹을 수 있는가. 그러면 나와 너는 함께할 수 있다. 같이 먹을 준비가 되어 있는가. 그러면 나와 너는 사랑을 나눌 수도 있다. 노베를 방문한 석주는 '로스트비프'를 주문하고, 그 요리를 석주가 먹는 모습을 지원이 나와서 지켜본다. 그의 입술이 음식의 맛에 부푼다. 그 부푼 입술을 본 지원은 먼저 그의 자리에 자신을 놓는다. "마치 내가 그 스테이크를 먹고 있는 것 같다."(29쪽) 곧이어 그가 먹는 대상의 위치에 스스로를 놓는다. "그가 나를 썰어 입에 넣고 씹어대는 것 같다."(29쪽)

지원의 키친을 떠난 후 석주는 그녀가 제의하는 모든 음식을 거절—유일한 예외가 마지막 요리인데, 그 요리는 지원이 완전히 떠난다는 것을 전제로 시식된다—한다. 더이상 무언가를 같이 먹을 수 없는 사람들은 사랑 또한 더이상 나눌 수 없다. 석주를 위해 "나를 보는 것만으로도 허기가 느껴지는 그런 음식"(89쪽)을 만들고 싶은, 석주를 위해 만든 요리가 곧 (그에게 어떤 허기이기를 바라는) 자기 자신이나 다름없는 지원에게, 이는 도저히 받아들일 수 없는 일이다. 원하는 대상이 무엇이건 닿을 수 없게 될수록 그것을 가지고자 하는 열망은 더 깊어지고, 무언가를 먹는 상상은 더 매혹적이고 더 파괴적이 된다. 석주가 간단한 샌드위치마저 거절하고 지원의 집을 나선 이후, 지원의 머릿속에서 펼쳐지는 상상은 생동감이 넘친다. 참을 수 없이, 먹고 싶다. 다음 대목을 보라.

나는 그것을 꿀떡, 삼킨다. 그의 혀는 내 입속에서 펄떡거리는 생선처럼 저항한다. 나는 입을 꽉 다물어 그것이 밖으로 나가지 못하도록 막는다. 내 이는 그것을 잽싸게 가로채 으깬다. 내 혀는 넘치는 분비물로 그것을 축축하게 적시고 뒤집고 근육처럼 힘차게 움직여 목구멍 깊숙이 밀어넣는다.

더 깊숙이 더 완전하게 밀어넣기 위해 내 혀는 빳빳하게 일어선다. 한 조각, 한 방울도 입 밖으로 새어나오지 않는다. 그것은 내 위 속으로 완벽하게 미끄러져들어간다. 온몸의 감각이 바늘 끝처럼, 미세하게 떨리며 이윽고 나는 숨을 토해낸다. 마지막으로 내 혀는 방금 전 요리의 맛을 되새기기 위해 쩝쩝, 입맛을 다신다.(100~101쪽)

지원은 석주의 잔인한 말들을 생각한다. "지. 금. 내. 가. 사. 랑. 하. 는. 사. 람. 은" "세. 연. 이. 야." 그리고 떠올린다. 기다릴 거야, 라고 말하는 자신에게 "그. 런. 일. 없. 어"라고 말했던 석주의 혀를. 괴로운 기억을 덮으며 지원은 "한때는 찬사와 예찬으로 이루어진, 내 몸을 읽고 더듬던 친밀하고 잘 빚어진 혀"(100쪽)를 입속으로 꿀떡 삼키는 상상을 한다. '말'을 빚고 '맛'을 보는 혀는 그 자체로 부피를 가진 물질덩어리이기도 하다. 상상 속에서 저항하는 석주의 혀는 지원의 입술과 이로 다스려지고, 그녀의 혀에 의해 목구멍 속으로 넣어지고, 위 속으로 미끄러진다. 마지막으로 지원의 혀가 석주의 혀의 맛을 음미한다.

지원의 이 파격적인 상상이 암시하는 것처럼, 『혀』에 등장하는 모든 식사 장면들의 핵심은 결국 '타인을 먹는' 것이다. 그것이 상상이건 꿈이건 실제건 『혀』에서는 거의 모든 인물들이 어떻게든 요리된다. 나는, 너를, 먹는다. 혹은 너는, 나를, 먹는다. 너(나)는 내(네) 몸안으로 집어넣어지고, 분해되고, 삼켜지고, 소화된다. "어떤 대상에게 강렬하게 끌렸다는 것, 좋아하게 되었다는 것은 나에게 그것을 꿀떡 삼켜버리고 싶다는 본능을 일깨워주었다"(66쪽)는 지원의 진술처럼, 그것은 원시적이고 원초적인 본능이다. 하지만 그 원시성은 배고픔을 모면하려는 생물학적인 본능과 동일한 것은 아니다. 주술적 관념에 토대한 카니발리즘이 그저 주린 배를 채우기 위한 것이 아니라 죽은 자와 한몸이 되려는 의식이듯이, 프로이트와 크리스테바에게 관찰된 식인행위의 환상이 대상을 집어삼켜 자기 속에 보유하고 또 제 안에서 부활시키고자 하는 충동의 소산이듯이.

사랑은 끝난 것일까. 지원의 음식을 거절하는 석주에게는 그렇다. 그러나 그를 위해 요리하고 싶은, 상상 속에서라도 그를 붙잡고 싶은 지원에게는 그렇지 않다. 지원에게는 아직도 석주가 삶의 전부다. 그리고 그녀의 주위에 (지금 그녀처럼) 삶의 '소금'과도 같은 존재를 잃은 이들이 배치된다.

5. 사라진 자와 남겨진 자

신체 분리의 징후나, 존재가 소멸되는 듯한 느낌은 대상 타자의 상실이 지원에게 드리운 우울증적 그늘이다. 그런데 소설의 전반부까지는, 지원이 그 그늘에서 벗어나야만 한다는 사실을 어느 정도 인정하고 있기도 하다. 물론 그 점이 의식적으로 드러나는 것은 아니다. 하지만 예컨대 한동안 물과 커피 외에는 입에 대지 않던 지원이, 바로 그 사실에 본능적인 공포를 느끼는 것을 보라. 지원이 미각과 식욕을 잃지 않아야 하는 것은 그녀가 요리사이기 때문만은 아니다. 굳이 요리사가 아니라도 먹는 것의 거부는 곧 죽음을 의미한다. 그러므로 식욕의 부재에 대한 그녀의 불안과 공포는, 상실에 대한 나아가 죽음에 대한 무의식적인 방어를 지시한다. 먹고 마셔줄 사람이 없(어 요리할 수 없)는 것 역시 타고난 요리사인 그녀에게는 곧 삶의 끝이다. 쿠킹 클래스의 간판을 내린 지원이 먹고 마셔줄 사람이 있고 식욕과 미각을 지속적으로 유지할 수 있는 또다른 부엌을 찾아나서는 것은, 그녀가 삶도 사랑도 포기하지 않았음을 말해준다.

먹지 않는 요리사는 필요 없다며 주방장이 욱여넣은 두툼한 바게트를 그녀가 꾸역꾸역 삼킨다. "정말 너무나 크고 맛있다."(46쪽) 레스토랑의 합리적이고 열정적인 경영자인 주방장은 지원에게는 직업적 동료이자, 요리술을 전수하는 교사이며, 석주와 헤어진 그녀에게 유일하게 먹을 것을 주는, 그녀가 삶의 의욕을 되찾게 하는 데 가장 적극적인 인물이다. 주방장은 지원과 마찬가지로 가장 소중한 사람을 잃어본 경험이 있다. 싱가포르에서 지원의 방을 불시에 찾은 주방장은 말랑말랑한 아기의 발뒤꿈치 맛을 가까스로 이야기한다. 이제 그 맛은 어딜 가도 찾을 수가 없는, "세상에 없는 맛"(156쪽)이라고. 어린 딸이 걷고 뛰고 달리는 것이 행복이라 말하는 이 남자에게 행복은 지금 어디에도 존재하지 않는다. 그의 딸은 유괴된 지 나흘 만에 맨홀에서 발견되었다.

삼촌이 어둠 속에서 알코올 성분이 든 내 화장수를 박카스처럼 들이마시고 있던 섬뜩한 장면을 아직도 잊을 수가 없다. 삼촌은 그걸 사랑 때문이라고 말했지만 내 눈에는 한 남자가 한 여자 때문에 어떻게 망가지는가를 보여주는 것 같았다. 이제 나는 그 반대의 경우를 준비하고 있어야 한다는 걸 알게 되었지만. 조금만 더 기다리자. 실수란 누구나 다 하는 거고 그걸 깨달았을 때 아주 돌이킬 수 없는 건 아니니까.(61쪽)

그리고 또 한 사람, 지원의 삼촌은 아내를 잃었다. 사랑하는 사람이 죽은 충격에서 헤어나오지 못하는 삼촌은 지원이 자신의 내면을 비추어보는 거울과도 같은 존재다. 소설 속에서 지원은 보호자의 자격으로 삼촌이 입원해 있는 병원을 세 번 방문한다. 세 번의 방문이 이루어지는 동안 삼촌은 서서히 변화하고 그의 변화를 바라보는 지원의 시선도 조금씩 굴절된다. 2월의 첫 방문에서 지원은 삼촌이 화장수를 들이켜던 모습을 떠올리며 자신 역시 '망가질' 때를 준비해야 할 것을 예감하지만, 최소한 이 시점의 그녀는 "아주 돌이킬 수 없는 건 아니"라고 믿는다. 2월의 그녀가 삼촌을 바라보는 시선은 관찰자의 그것에 보다 가깝다. 그러나 4월에 이루어지는 두번째 방문에서 그녀는 "통제할 수 있으며 의지력이 있다고 믿는 건 알코올중독자들이 갖는 대표적인 거짓 신념들"(128쪽)이라고 말하며, 그것이 비단 삼촌에 대한 이야기가 아니라 바로 자신에 대한 이야기라는 생각을 하게 된다. 결국 지원과 주방장, 삼촌은 모두 지울 수 없는 상처에 신음하는 존재들이지만, 주방장과 삼촌이 상실에 대처해가는 방식은 조금씩 다르고 지원의 것과는 결정적으로 구별된다.

소설에서 큰 변화를 보이지 않는 존재는, (아마도 가장 먼저 사랑하는 이를 잃었을) 주방장이다. 그는 쾌락을 억제하고 포기하는 인물이다. 지원을 찾아간 밤에 주방장은 지원의 몸 위에 자신의 몸을 포개지만, 결국 손을 거두어들인다. 주방장이 딸을 닮은 지원을 욕망하고 있음은 우회적으로 환기되지만 그의 욕망은 작별인사를 나누는 순간까지도 자제된다. 지원이 비교하듯이 애인 석주가 죄책감이 남더라도 기꺼이 쾌락을 누리고자 하는 자라면, 주방장은 쾌락 자체를 포기하는 사람이다. 석주가 (처음부터 끝까지) 육류를 즐기는 반면에, '황소'와 '다금바리'를 연상시키는 주방장이 '차'의 세계로 빠져들고 있다는 것도 암시적이다. 주방장이 만들고자 하는, "순수한 기쁨을 맛보게 했던 그런 음식들"(229쪽)에 대한 기록으로서의 요리책은 또 어떤가. 그 요리책은 그가 다시 찾을 수 없는 '행복'과 '맛'의 문서화작업, 다시 말해 죽은 딸에 대한 애도의 최종절차로 읽어도 무방하다. 주방장에게 상실은 말하자면 승화된다.

반면에 지원과 삼촌에게 사랑은 이마에 새긴 문신과도 같아서, 그들은 처음 본 대상에게 무조건적인 애착을 보이는 거위처럼 그 사랑을 멈출 수가 없는 존재들이었다. 그러나 삼촌 역시 변화한다. 신체적 해독단계, 재활의지 훈련단계, 사회 적응단계 등의 '단계적' 표현이 말해주듯이, 삼촌은 망가진 몸과 마음을 '해독'하고 '재활'하도록 '훈련'시켜 종국에는 사회에 '적응'하도록 하는 병원의 프로그램을 차곡차곡 밟아나간다. 삼촌과 통화하면서 그가 달라지기 시작했고 그것이 "내가 달라진 것과는 좀 다른 것"(223쪽)이라는 인상을 받았던 지원은, 삼촌과 작별하는 마지막 세번째 방문에서 그와 자신이 사랑에 대해서도, 사랑이 끝난 후의 삶에 대해서도 다른 생각을 갖고 있음을 확인한다.

주방장과 삼촌은 타인이 남긴 상처를 어떻게든 극복하고자 한다. 컴컴한 어둠을 오랫동안 견뎌온 그들은 닥쳐올 파국의 깊이를 예상할 수 있었는지도 모른다. 둘 모두는 끊임없이 지원에게 조언하고 충고한다. 필사적이지는 말라고, 집요한 맛을 내는 요리를 꼭 만들어야 하냐고, 사랑이 꼭 광기는 아니라고. 하지만 필사적이어야 하는 사람들, 한순간의 실수가 아니라 생 전체의 실패와 마주해야만 하는 사람들도 있다. 지원은 이들과는 다른 길을 간다.

6. 먹지 못하는 여자들, 우울증을 앓는 개

『혀』에서 누군가의 부재로 고통받는 사람들은 삼촌과 주방장만은 아니다. 이 소설의 모든 인물들―개인사가 거의 제시되지 않는 석주와 세연을 제외하자면―에게는 크든 작든 상실의 그림자가 있다. 심지어 개 '폴리'와, 지원에게는 상실의 원체험이라 할 만한 할머니마저도 그렇다. 미각을 비롯한 감각들을 지원에게 일깨워준 자애로운 할머니는 사고로 아들과 며느리를 잃었다. 친구 문주가 할머니는 행복한 사람이었느냐고 묻자 지원은 그랬던 것 같다고 답한 뒤 덧붙인다. "당신 아들과 며느리가 사고로 먼저 죽기 전까지는."(132쪽) 그렇다면 문주는 어떤가. 그녀 역시 어머니를 잃었다.

문주와 숙모는 프로이트의 환자 안나 O나 에미 폰 N 부인의 후예들이다. 삼촌이 그 안에 야채가 들어 있는지 더러운 양말 한 짝이 들어 있는지 알 수 없는 '스튜'에 (여성의) 무의식을 비유했듯이, 그리고 프로이트가 결국은 '치료'에 실패했듯이, 먹는 것을 조절하지 못하는 그녀들의 고통을 완벽히 치유하기란 불가능에 가깝다. 몸무게까지 통제하는 아버지에게 저항하는 길이 "몰래, 더 많이 먹는 것"(96쪽)밖에는 없었던 문주의 사례가 말해주는 것처럼, 그녀들은 바로 그러한 방식으로만 자신들의 은밀한 소망을 표현할 수 있으며 그녀들을 옭아매는 덫에서 자유로워질 수 있었던 것인지도 모른다. 삼촌의 환자 중 한 사람이었던 숙모의 내력은 문주만큼 자세히 밝혀지지는 않지만, 히스테리성 거식증을 앓는 그녀 역시 오로지 귤만 먹는 기이한 섭식장애를 가지고 있었으며, 스스로를 마치 제의에 바쳐지는 제물과 같은 형상으로 만들어 목숨을 끊기에 이른다.

그러므로 문주와 숙모도 다른 인물들과 마찬가지로 '음식과 성'이라는 『혀』의 주제선 중 하나에 닿아 있는 인물들이다. 둘 모두에 탐닉하는 석주(와 세연)의 반대편에는, 먹는 것과 성에 대한 두려움을 동시에 안고 있는 그녀들이 존재한다. 의지대로 조절하기 더 어려운 쪽은 성에 대한 두려움이다. 문주는 지원의 도움으로 좀더 편하게 먹을 수 있게 되지만 섹스에 대한 어려움을 극복하지는 못한다. 할머니의 제사를 준비하는 동안 이루어지는 문주와 지원의 대화에서는 삼촌이 말했던 '스튜'가 '트렁크'로 변주되고, 문주는 남성의 성기관을 연상시키는 '양파'에 대한 혐오를, 지원은 스스로에게 성의 발견을 은유하는 '토마토'에 대한 두려움을 이야기한다. 가장 심각한 경우는 물론 숙모다. 삼촌은 말한다. "아무것도 먹고 싶어하지 않는 사람과는 오래갈 수 없어, 아무리 사랑해도."(29쪽)

소설에서 지원의 한쪽에는 사랑하는 이를 잃은 남자들이 있고, 다른 한쪽에는 제대로 먹지 못하는 여자들이 있다. 그렇다면 이들이 다인가. 아니다. 『혀』에서 인간보다 더 중요한 비중을 차지하는 존재는 석주와 지원이 기르던 개 '폴리'다. 지원에게 폴리는 석주의 분신이자, 그녀와 고통을 나누는 친구이자, 궁극적으로는 자기 자신이다.

두 사람이 만나기 전부터 석주가 길러오던 개 폴리는, 지원이 석주에게 느낀 매혹의 첫번째 매개다. "누군가 왜 그를 사랑하게 되었느냐고 묻는다면 그가 폴리! 라고 부를 때의 목소리에 반해서 그랬다고 말해야지, 라는 생각까지 할 정도였다."(70~71쪽) 석주는 마치 자신의 이름을 소개하듯이 폴리의 이름을 지원에게 말해주고, 폴리는 두 사람의 결별 이후에도 석주가 남기고 간 흔적을 지원에게 실어나른다. 석주가 떠나고 난 뒤,

산책을 비롯한 퇴근 후의 일상을 함께 나누는 집친구 역시 폴리다. 또한 폴리는, 아이가 없는 그들의 관계가 그래도 지속될 수 있게 하는 최후의 버팀목이기도 했다. 그러나 폴리는 석주가 더이상 지원의 집에 들르지 않게 되자 심각한 '우울증'을 앓기 시작한다. "너랑 나랑은 버려진 거야, 이렇게 둘이."(36쪽) 소설 속에서 지원에 의해 지속적으로 제시되는 '침묵하는 늙은 개' 폴리에 관한 모든 관찰은 곧 지원 자신에 대한 관찰이기도 하다.

그리고 바로 그런 폴리가 욕구불만을 견디지 못하고 지원을 위협하기 시작한다. 지원은 그 개를 이해한다. "개든 사람이든 오래 참아온 욕구불만은 공격성을 불러일으키기 마련이다."(161쪽) 지원은 폴리를 (석주와) 세연에게 보낸다. 그것이 폴리를 위해 해줄 수 있는 그녀의 마지막 선택이라고 생각하며.

7. 그 시간을 통과하기 전에

석주는 지원을 떠났다. 그것은 분명하다. 그러나 석주는 주방장의 딸처럼 누군가에 의해 타살된 것이 아니고, 삼촌의 아내처럼 스스로 목숨을 끊은 것도 아니다. 석주는 제 발로 그녀를 떠나 다른 여자에게로 갔다. 영원을 맹세하던 그의 사랑은 어디로 간 것일까. 사랑이라는 감정에 대해 혹은 석주라는 한 남자에 대해 지원은 소유권을 주장할 수 있을까. 그럴 수는 없다. 어느 쪽이 되었건 한쪽이라도 몸과 마음이 떠나면 그것으로 끝이다. 석주가 그녀 몰래 세연을 만나고, 그녀 앞에서 세연을 사랑한다고 당당하게 말하고, 함께 살던 집을 떠나 세연과 함께 살아도, 감정의 영역에서 지원은 그에게 죄를 물을 수 없다. 석주가 지원에게 넘긴 집 한 채, 그것이 사실혼관계에 있었던 두 사람 사이를 청산하는 그의 유일한 '양심'의 무게다. 문주는 말한다. "그래도 양심은 있다, 얘. 그 집 깨끗이 너한테 넘겨주는 걸 보면."(54쪽)

노베로의 출근을 앞둔 1월의 지원은 몸으로까지 옮아오는 감각적인 고통 속에서 "지금부터 내가 알아야 할 것은 고통과 고통의 원인, 그리고 거기서 벗어나는 길"(37쪽)이라는 사실을 이미 깨닫고 있었다. 관계가 끝난 후에도 떠난 사람을 향한 집착으로 괴로워하는 사람은 비단 그녀만이 아닐 것이다. 결별 앞에서 사람들이 어쩔 줄 몰라하는 것은, 단지 한 사람이 떠났기 때문이 아니라 그의 떠남으로 인해 자신을 둘러싼 세계 전체가 붕괴됐기 때문이다. 석주에게서 벗어나고자 하는 의식적인 노력에도 불구하고 결별을 받아들이는 데 번번이 실패하는 지원의 심리는 그러므로 그리 놀라운 것이 아니다. 한 사람에게 고착된 리비도가 철회되고 그 슬픔이 해소되는 데까지는 상당한 시간이 필요하며, 이별 앞에서 울어본 누구나가 그 시간의 고통을 알고 있다. 지금까지 수많은 이별의 서사들이 바로 그 시간을 통과하는 얼굴들을 들여다보며 감상에 빠지기도 하고, 우울에 젖기도 하고, 냉소를 머금기도 하고, 환멸에 사로잡히기도 했던 것 아닌가.

그러나 지원이 결국 '창조적이고 상상력이 풍부했던' 숙모의 선택에 공감하게 되는 데에는 몇 가지 사건이 있었다.

8. 내가 우습게 보이는가, 당신들

3월의 첫번째 사건. 세연이 석주와 함께 노베를 방문해 요리사로 지원을 지정한다. 말하자면 그들은, 너는 우리에게 최고의 요리사일 '뿐'이라는 메시지를 지원에게 보낸다.

"그들이 원하는 건 가장 맛있는 이탈리안 음식이야. 그래서 우리 식당에 오는 거고, 그리고 그걸 자네가 해주길 바라는 거지. 자넬 최고의 요리사로 인정한 게 아닐까. 나 같으면 당장 주방에 들어가고 싶어질 것 같은데."
"그렇게 생각할 만큼 아직 머리가 이상해지진 않았어요."(113쪽)

주방장은 지원을 설득하지만 그들의 주문은 그녀에게 하나의 폭력일 따름이다. 지원의 말대로 머리가 이상해지지 않은 한, 그 어떤 사람도 이러한 방문을 그저 직업상의 일로 수용하기는 힘들다. 이 일은 물론이고 석주와 세연의 모든 행동은 지원의 존재를 부인하며 그녀로 하여금 관계를 서둘러 철회하고 물러설 것, 그들 두 사람을 새로운 커플로 인정할 것을 종용한다. 지원에게 그런 석주와 세연은 이기적이고 무례하며 부주의하고 잔인하다. 이 특별손님들을 위해 '특별요리'를 준비해야 할 지원이 미식에 사로잡힌 중국의 한 황제의 이야기를 떠올리는 것은 무리가 아니다. 빗방울로 만든 요리를 식도락가 황제에게 진상한 요리사는 황제를 만족시키지만, 바로 그 황제에 의해 처형당한다. 그들의 방문은 지원에게는 그녀라는 존재를 무시하는 도발이나 마찬가지다. "타고난 미식가는 아름다움에 호의적이지만 남의 것을 훔치지는 않는다"라는 세연에 대한 부정적인 진술이 최초로 제시되는 것은 이 대목에서다. 지원은 결국 주방으로 돌아와 오리 몸뚱이를 움켜쥔다. 최고의 요리사가 요리를 준비하는 장면을 장악하는 파토스는 총과 칼로 무장된 분노의 열정이다. "그래, 어서들와. 나를 죽이고 싶을 만큼 맛있는 음식을 만들어줄 테니까."(116쪽)

5월의 두번째 사건. 갑작스런 공격에 이성을 잃은 세연의 손에, 폴리가 살해된다. 지원은 폴리의 우울증세가 갈수록 악화되자 세연에게 주의를 주고 맡겼었다. 폴리의 위협에 대한 지원의 주의는 무의식적인 층위에서 곧 위태로운 그녀 자신에 대한 경고이기도 했을 것이다. 하지만 그 경고는 제대로 관철되지 못한다. 아니, 결과적으로 보자면 세연은 그 경고에 대해 가장 솔직한 응답을 준비한다. 세연이 폴리를 죽이게 되는 상황은 우연 같은 필연, 미필적 고의에 가깝다. 세연은 석주가 출장 간 후 폴리를 감금 방치함으로써 그 개가 자신을 공격하는 일을 자초한다.

폴리가 죽었다는 석주의 '보고'에 연이어지는 지원의 반응을 보라.(182~183쪽) 지원은 폴리의 죽음을 머리로는 이해하지만 본능적으로 받아들이지 못한다. 그들의 집으로 폴리를 보낸 사람, 자신의 열망과 애원, 슬픔과 고통, 우울과 분노나 다름없는 폴리를 보내고 그들로부터 '인간적인 그 무엇'을 기대한 사람은 그 누구도 아닌 그녀 자신이었다. 사랑의 약속을 석주가 지키지 못했듯이, 그녀 역시 '해를 가하지 않고 보살펴주겠다'는 폴리와의 약속을 지키지 못한다. 폴리의 죽음으로부터 지원이 받은 복합적인 충격은 끔찍한 자기파괴의 충동으로 그 모습을 드러낸다.

9. 지하도에서

석주가 세연이 폴리를 죽이게 된 자세한 경위를 들려주고 간 이틀 후, 지원은 문주가 일하는 잡지 창간파티에서 만취한다. 주방장을 뿌리치고 혼자 귀갓길에 오른 그녀는 집을 찾지 못하고 지하도로 걸어들어간다. 이 어두운 지하는 지원 의식의 지하에 다름아니다. 그녀는 먼저 먹은 것을 게워낸다. 그녀의 입속에서 토해져나온 것은 캐비아다. 그녀는 그것이 '난자'를 닮았다고 생각한다. 그리고 맹수처럼 그녀를 노려보는 한 남자를 발견한다. 지원은 도망치지 않는다. 오히려 미소를 짓는다.

> 입 끝을 살짝 올리며 미소짓는다. 남자가 물고 있던 담배를 혀끝에 침을 모아 적셔 끈다. 나는 서너 발짝 더 앞으로 다가간다. 남자가 확인이라도 해보는 것처럼 담배를 내 발치로 힘없이 툭 던진다. 나는 다시 한번 미소짓고 재빨리 눈썹을 들어올리며 한순간 눈을 크게 뜬다. 그리고 시선을 잠깐 옆으로 돌렸다가 다시 남자를 빤히 쳐다보며 웃는 시늉을 한다. 이런 거구나. 몸이 흔들리지 않도록 두 발에 단단히 힘을 준다. 이런 거였어? 당신이 짓던 그 웃음 말이야.(207쪽)

지하도에서 노숙인을 발견한 지원이 처음 연출하는 행동은, 기억 속의 한 광경을 그 남자를 상대로 똑같이 재연한 것이다. 그것은 유혹이었을까. 지원은 석주를 처음 발견하던 순간 세연이 보여준 행동을 결코 잊지 못한다. 그때 세연은 눈썹을 들어올리고 눈을 크게 뜬 후 다른 데로 시선을 돌리고 나서, 다시 석주를 보며 대담하게 웃었다. 지원의 강박적인 회억에는 이별의 책임을 모두 세연에게 돌리고 싶은 욕구가, 상황을 다시 바로잡고 싶은 고통이 잠재해 있다. 마치 그때처럼 남자는, 유혹된다. 그러나 지금 지원 앞의 남자는 석주가 아니라 우연히 마주친 남자다. 그 남자가 지원의 팔을 잡아끈다. 생면부지의 남자에게 자신을 완전히 방기하며 무너지는 지원은, 고통에 휩싸인 자신을 상징적으로 죽이는 제의에 스스로 바쳐진 제물이 된다. 그리고 그 남자에게 묻는다. 왜 프라이팬이었는지. 폴리는 지원이 세연에게 준 프라이팬에 맞아 죽었다. 지원에게 있어 세연은, 폴리를 때려서 죽일 때조차 그녀의 손을 빌린 것이다.

마지막으로 6월의 세번째 사건. 잡지에 세연과 석주의 사진이 실린다. 잡지의 사진은 지원과 석주의 관계가 완전히 종료되었음을 명시한다. 문주는 '결혼식 없이 산 게 다행'이라고 말하지만, 석주와 지원 그리고 세연의 이야기는 지원이 일하는 업계에서는 잘 알려진 스캔들이다. 이 일을 계기로 지원은 공식적으로 배신당한 여자, 버려진 여자가 된다. 하지만 그런 소문이 지원에게 그리 중요한 것은 아니다. 지원에게 보다 중요한 것은, 드디어 '집'이 완성되었다는 사실이다. "하지만 그가 다시 돌아오게 될 것 같진 않다. 그는 마침내 새 집을 지었으니까."(252쪽) 지원이 버틸 수 있었던 것은 석주가 돌아오리라는 믿음이 있었기 때문이다. 그러나 잡지의 사진 속에는 지원이 석주를 만나며 꿈꿔왔던 모든 것이 담겨 있다. 조리대 상판 하나까지 이 집을 채우고 있는 모든 아이디어는 석주와 세연이 아니라 석주와 지원으로부터 유래한 것이지만, 사진 속 주인공은 지원과 석주가 아닌 세연과 석주이며, 그 사진이 실린 잡지는 지원의 친구 문주가 만드는 잡지다. 지원의 관점에서 세연은 폴리의 죽음과 마찬가지로, 이 모든 일을 수행하는 데 다시 한번 지원의 손을 빌린 셈이다.

따라서 여름의 지원은 가까운 모든 이들에게 배신당한다. 처음부터 지원은 "나에게 벌어진 모든 일이 그녀(문주)의 잘못이라고 생각하는 건 옳지 않다"(48쪽)고 진술하고 있지만, 그러한 진술 아래 자리한 한 줄기 원망까지는 숨기지 못한다. 주방장은 지원이 마뜩잖아하는 요리책을 발간하고자 하고, 삼촌은 오히려 지원을 위안하며 재활 프로그램의 마지막 단계에 이른다. 변치 않으리라 믿었던 이들, 자신과 같은 고통을 겪고 있으리라 생각했던 이들은 모두 지원을 혼자로 만들어버린다. 지원은 다시, 그러나 이번에는 목표와 계획을 세우고, '지하도'로 내려간다. "햇빛 속의 악어처럼".(255쪽)

폴리를 넘겨주며 세연에게 지원이 했던 주의를 다시 떠올려보자. "흥분하거나 난폭해져 있다면 절대로 눈을 마주치지 말 것."(204쪽) 이제 주방은 피가 흐르고 뼈가 발라지고 내장이 파내지는 곳, 불이 지펴지고 칼날이 번뜩이는 곳으로 변해갈 것이다. 아니, 이 진술은 틀렸다. 애초 주방의 속성이 바로 그런 것이다.

10. 사로잡힌 사람들

특정한 인간에 사로잡힌 사람들이 있다. 우리는 그것을 사랑이라 한다. 그러나 특정한 맛에 사로잡힌 인간들도 있다. 우리는 그들을 미식가라 부른다. 『혀』에서는 러시아의 문호 고골의 이야기를 비롯하여 먹을 것과 관련된 유명인들의 에피소드들이 빈번하게 소개된다. 『혀』에 따르자면, 작가 발자크는 하루에 커피를 수십 잔씩 마시다 위염으로 죽었으며, 꿀에서 만족감을 얻던 철학자 데모크리토스는 말년에 꿀냄새만 맡다 항아리를 치우자마자 죽어버렸다. 그중에서도 특정한 음식에 대한 집착을 가장 극명하게 보여주는 일화는 프랑스 대통령 미테랑의 것이다. 새해 전야 만찬, 미테랑은 한 사람당 한 마리씩만 먹게 되어 있는 전통을 어기고 최고의 진미 오터런을 한 마리 더 시식한다. 그리고 그다음날부터 음식을 넘기지 못하다가 세상을 떠난다. 두 마리의 오터런 요리, 그것이 미테랑 최후의 만찬이었다.

이와 같은 사례는 미식이, 극단적인 쾌락을 위해 금기를 거스르는 행위라는 사실을 일러준다. 이 쾌락주의자들은 새롭고 아름다운 맛에 기민한 모험가들이지만, 죽음까지도 불사할 정도로 맹목적이다. 그런 점에서 지원이 생각하는 미식의 본질은 그녀가 생각하는 사랑의 본질과 통하는 바가 있다. 미식은 음식에 대한 사랑, 그것도 그 재료가 된 대상의 정수를 통째로 흡입하고자 하는 극치의 사랑이다. 말요리를 먹으며 말 한 마리가 통째로 걸어들어오는 듯한 느낌을 받았던 지원처럼, 오터런을 삼킬 때 그 새가 살아온 전 생애를 느낄 수 있다고 믿는 미식가들처럼. 그렇기에 어떤 미식은 한번 사로잡히면 다시는 헤어나올 수 없는 사랑처럼 파괴적이다.

상상이 반복되는 건 결핍 때문이다. 그것은 마음에 사무치는 데가 있게 마련이다. 마치 예술에 있어서의 미완성처럼. 인간은 쾌락의 방향으로 질주한다. 그러나 불행하게도 인간은 쾌락보다는 고통을 훨씬 더 잘 느낄 수 있도록 조직되어 있는 존재이며 그것은 공감각적이다.(101쪽)

지원이 석주의 혀를 먹는 상상을 하는 장면의 끄트머리에서, 그녀는 피력한다. 세상의 모든 상상을 낳는 것은 결핍이며, 상상을 상상으로 끝나게 하지 않는 곳에서 새로운 예술과 새로운 요리법이 탄생한다고. 요리와 사랑 그리고 예술은 결국 어떤 결여를 둘러싼 욕망에 의해 추동된다. 미각이 배고픔과 갈증에 의해 더 예민해지듯이, 요리와 사랑과 예술은 고프고 주린 사람들, 무언가에 절실히 목마른 사람들의 상상에서 비롯하며 그 상상을 현실화하고자 하는 충동이 결실로 이어진다. 균열되어가는 지원의 의식 속에서 사랑에 빠진 사람, 미식가와 요리사, 예술가들은 구별되지 않는다. 그들 모두는 어딘가 미쳐버린 사람들, 무언가에 사로잡힌 사람들이다. 다시 말해 지원에게 있어, 사랑을 잃은 그녀와 최고의 요리사 (이자 예술가)로서의 그녀는 다른 사람이 아니다. 결별의 고통과 상처가 커져갈수록 요리사로서의 지원의 감수성은 보다 섬세해져간다. 이 모든 사건이 진행되는 와중에 지원이 부주방장으로 승진하는 것이나, 그녀를 자신의 요리사로 스카우트하려는 미식가가 등장하는 것은 우연한 일만은 아닐 것이다.

그리고 마침내 지원은, '상상력'으로 자신의 스승인 주방장을 추월하기에 이른다.

11. 칼을 든 예술가

지원은 요리사를 "칼을 든 예술가"(256쪽)로 정의한다. 그녀는 이제 스스로를 은폐하고 보호하는 앞치마를 두르고 있지 않다. 지원의 칼은 사회적 금기를 자르는 칼, 자신을 해친 누군가들을 찌르고 베는 칼로 변모해갈 것이다. 금지, 이제 그런 것은 없다. 이와 궤를 같이하여—대체로 보아 폴리의 죽음을 전후로 해서—일상에서 쉽게 인지되지 않는 요리의 잔인한 속성을 암시하는 장면들이 거푸 등장한다. 살아 있는 게들 위로 간장을 부어 게장을 만드는 장면, 닭의 도톰한 볏을 칼로 찍어누르는 장면, 새우의 등을 따고 내장을 빼내는 장면 등 일상적인 주방의 풍경들도 지원을 둘러싼 관계의 변화, 그녀 자신의 내면의 변화에 따라 섬뜩한 울림을 갖기 시작한다. 지원의 요리는 더이상 누군가를 치유하기 위한 요리, 누군가의 마음을 돌리기 위해 애원하는 요리가 아니다. 따뜻하고 달콤한 핫초콜릿과 기운을 북돋아주는 티라미수, 추억 속의 타르트와 상상 속의 케이크는 자취를 감춘다. 그런 요리들이 후면으로 물러난 후 식탁을 채우는 것은 육류요리, 그것도 인간이 스스로의 쾌락을 채우기 위해 잔혹한 방법을 동원해 만드는 요리들이다. 그중 하나만 꼽는다면, 폴리가 죽고 난 후 처음으로 제시되는 요리, 푸아그라다. 지원은 거위 간을 얻는 무자비한 방법을 알고 있기 때문에 푸아그라만큼은 먹지 않아왔다. 더욱이 거위는 특유의 각인현상으로 인해, 지원이 전부를 걸고 있는 사랑을 투영하는 동물이다. 하지만, 지원은 생각을 달리한다. "푸아그라를 요리하면서 꽥꽥 트랙터를 따라다니는 거위를 상상하고 있다면 그건 푸아그라를 만질 자격이 없는 요리사다."(192쪽) 지원은 자신이 만든 푸아그라 한 조각을 입속에 넣는다.

사랑에 바쳐진 모든 약속, 모든 헌사, 모든 정열이 깡그리 물러간 뒤에 이 여자에게 남는 것은 무엇인가. 지원은 사랑에 대해서도 다시 정의한다. 그녀에게 이제 사랑은, 금도, 다이아몬드도, 송로버섯도 아스파라거스도, 올리브나무도 무엇도 아니다. 그것들이 상징하는 사랑의 영속성은 모두 헛된 것이 되어버렸다. 그녀에게 사랑은 더이상, 음악도 음식도 꿀도 무엇도 아니다. 그것들이 상징하는 사랑의 아름다움과 관능 역시 소멸해버렸다. 지원에게는 사랑이 "그런 거라고 생각한 적이 있었"(247쪽)을 뿐이다. 이러한 심리가 그녀에게 완전히 새로운 것은 아니다. 석주가 떠난 직후 12월의 지원은 분노를 이겨내기 위해 스낵에 중독되었고, 바삭바삭 씹히는 스낵의 청각효과는 지원 내부의 공격성과 치환되었다. 하지만 그때의 지원은 스낵봉지를 내려놓을 수 있었다. 분노로는 사랑하는 석주의 마음을 돌릴 수 없다고 생각했기 때문에. 그러나 그로부터 정확히 반년이 흐른 후, 지원은 주방에서 자신의 칼에 손가락을 베이고 도마 위로 퍼지는 붉은 피에 (답답함이 풀리는 듯한) 쾌감과 (더 큰 일을 이 일이 막았을지도 모른다는) 안도감을 느끼기에 이른다. 자기 파괴본능까지도 감출 수 있는 주방은 그녀의 일을 도모하는 데 완벽한 장소다. 지원은 보다 본격적으로 고기를 만지고 다듬는다. 단 한 사람을 위한, 단 하나의 요리를 위하여.

12. 어떤 육류요리

지원은 주방장과 삼촌에게 작별인사를 한다. 그리고 이탈리아로 떠나기 전에 두 번에 걸쳐 요리를 하고자 한다. 첫번째 요리는 세연을 위한 것으로, 특등급 캐비아를 얹은 토스트. 캐비아를 얻기 위해 기절시킨 철갑상어의 몸에서 그 알들이 꺼내어지듯, "건강한 핑크빛이 돌고 맛봉오리도 오소소"(274쪽)한 세연의 혀 또한 그녀의 입속에서 그렇게 꺼내어질 것이다.

짐작했던 것보다 길진 않다. 턱밑, 목뿔혀근을 턱선을 따라 자른 후 턱밑샘을 열어젖힌다면 혀의 가장 아랫부분을 절단할 수 있을 것 같다. 요리를 하기 위해선 가장 먼저 재료의 구조를 이해해야 한다. 특히 육류요리에 있어선 더더욱.(287쪽)

요리사 지원은 그녀가 한 번도 해보지 않은 요리, 인간의 혀를 재료로 한 요리를 준비한다. 해부학책을 사서 혀 구조를 연구하고, 소 혀로 예행연습을 하며, 세연을 납치한다. 이것이 자신의 영역을 침범하고 애인을 앗아간 세연에 대한 지원의 복수임은 굳이 말할 필요도 없다. 그런데 왜 하필 혀인가. 혀를 잃은 사람은 영원한 침묵 속에 갇히게 될 것이다. 타인의 혀를 갖고자 하는 욕망은 혀로 발현되는 타인의 욕망을 장악하고 그것을 지배하고자 하는 욕망에 다름없다. 그리고 무엇보다도, 혀를 비롯하여 신체의 말단이 잘려나가는 것은 거세와 연관된다. 제유적으로 여성의 몸 그 자체를 환기하기도 하는 여성의 혀는 성과 출산에 관여하는 성기와 동일시되어왔으며, 바로 그런 이유로 입속에 갇혀 단단히 통제되어야만 하는 것이었다. 이런 측면에서 보자면 지원의 복수는 타락하고 방종한 여성에 대한 가부장적 처벌을 얼마간 연상시키는 데가 있다. 욕망의 출구이자 쾌락의 입구였던 바로 그것을 세연에게서 강탈해버림으로써, 자신의 것을 '훔친' 그녀를 단죄하는 것. 그러나 『혀』에서 광기에 사로잡힌 지원의, 이 마지막 요리에 담긴 목적이 그런 데 있는 것은 아니다. 지원이 만들고자 하는 이 요리는 누구를 위한 요리인가.

입속의 혀는 음식을 맛보고, 성적인 쾌락을 나누는 기능을 수행한다. 하지만 이렇게 정리하면 중요한 한 가지를 빠뜨린 것이다. 혀는 말을 빚는 유일한 신체기관이기도 하다. 마찬가지로 오랜 세월 이어져온 여성의 혀에 대한 억압은 그것이 환기하는 성적 기능 때문만은 아니었다. 남근적 질서를 교란하며 발화되는 여성적 말 때문이기도 했던 것이다. 그러나 지원에게 있어 세연의 혀는 말을 만들어내는 혀는 아니다. 세연을 납치해 자신이 그녀의 혀를 원하고 있음을 이야기하는 장면의 마지막 구절을 보라. 지원은 어떤 말과 그 말로 발화된 누군가의 무책임한 약속을 응징하고자 하고 있다. "입에서 나오는 건 마음에서 나오는 거죠? 그러니까 한번 말했으면 지켜야 하는 거죠? 사랑한다고 말했으면 끝까지 지켜야 하는 거죠?" (275쪽) 이 말을 들어야 할 사람, 나아가 지금까지 지원의 그 모든 처절한 말들에 귀기울여야 했을 사람은 세연이 아니다. 지원의 무너진 이성, 그녀의 미쳐버린 마음이 겨냥하고 있는 것은 세연의 혀가 아니라, 허튼 말을 뱉은 또다른 혀이다. 지원은 석주가 누렸고 또 앞으로 누리고자 하는 쾌락을 완전히 벌거벗은 형태로 되돌려주고자 한다. 그를 자신의 연인을 맛있게 먹어치운 괴물로 만들려 한다. 네가 원하는 것이 얼마나 끔찍한 것인지를 보라, 지금 네 모습이 얼마나 끔찍한지를 보라. 7년간을 함께한 애인을 떠나온 후 단 한 순간도 현명하지도 사려 깊지도 못했던 이 가련한 남자는 알지도 못한 채 행하고, 알지도 못한 채 즐기게 될 것이다.

13. 바로 지금 당신의 혀 위에서
지원과 마주하는 마지막 순간, 석주에게는 "혀를 녹여버릴 만큼 맛있는 저녁"(299쪽)이 기다리고 있다. 요리를 내오기 전 지원은 과거 생사를 넘나들었던 석주가 "다시는 헤어지지 말자"(300쪽)고 했던 말, 지원과 폴리와 함께하는 순간이 "가장 행복하다"(301쪽)고 했던 말들을 상기시킨다. 이것이 석주에게 주어진 마지막 기회가 아니었을까. 그러나 석주는 최후까지 지원의 말을 듣지 않는다. 차라리 그는 귀를 틀어막는다. 그가 원하는 것은 오로지 지원의 요리다.

마침내 석주가 혀를 한 점, 먹는다.

> "입속에서 힘센 사람 두 명이 서로 힘겨루기를 하고 있는 것 같은 힘이 느껴져. 그게 그냥 피 튀기는 결투가 아니라 서로 어떤 조화를 이룬 싸움 같아. 맛의 싸움 말이야."
> "정말?"
> "응. 맛이란 게 진짜 살아 있어서 내 혀 위에서 펄쩍펄쩍 뛰어다니는 것 같은걸."
> 맛은 속일 수 없다. 그의 동공이 크게 벌어지기 시작하고 있었다. 한 점씩, 한 점씩 그는 신중하게 씹고 삼켰다.(306쪽)

석주는 혀요리를 먹으며 전형적인 미식가의 태도를 보여준다. 미식가로서 석주는 신중하게 씹고 삼키는 동시에, 자신이 받은 미각적 감동을 말로 전환하기를 주저하지 않는다. 지원이 한때 사랑의 형태라 생각했던 송로버섯과 아스파라거스와 함께 요리된 혀는 그의 혀를 매료시킨다. 석주는 그 맛을 섬세하게 표현한다. "입속에서 힘센 사람 두 명이 서로 힘겨루기를 하고 있는 것 같은 힘"이 느껴지는 맛, "맛이란 게 진짜 살아 있어서 내 혀 위에서 펄쩍펄쩍 뛰어다니는 것" 같은 맛. 그러나 이 장면의 실상은 무엇인가. 세연의 혀와 석주의 혀는 석주의 입안에서 만난다. 석주(의 혀)는 자신이 즐기고 있는 세연(의 혀)의 맛을 음미하고, 세연(의 혀)을 자신의 몸 안으로 삼키고, 거기서 얻은 즐거움을 다시 혀로 빚어 요리를 만든 지원에게 돌려준다. 결별을 거부하던 지원은 세연을 제물로 삼아 스스로 제의를 집행하는 사제가 되어 식탁 위의 작별의식을 거행한다. 석주에 대한 극한의 사랑이자 극한의 폭력이며 극한의 저항인 이 요리가 한 점, 한 점, 그의 입속으로 사라지는 것을 지켜보며.

지원이 석주에게 혀 요리를 한 점 더 먹여주면서 『혀』는 끝이 난다. 이 소설은 결국 하나의 요리가 탄생하기까지의 이야기다. 어쩌면 당신은 지원이 만든 이 요리가 거북하고 괴로울지도 모르겠다. 하지만 그 불편함마저도, 절반의 불편함이다. 우리는 혀가 잘린 여자의 후일에 대해서도, 그 여자의 혀를 삼킨 남자의 훗날에 대해서도 알지 못한다. 단지 이제까지의 자신을 떠나 '제자리로' 돌아가고자 하는, 어둠 속 한 여자의 얼굴을 확인할 수 있을 뿐이다.

그 얼굴을 보며 당신은 지금 아마도 조경란이 11년 전에 펴낸 『식빵 굽는 시간』을 떠올리고 있지 않을까. 그 소설에서 브리오슈, 크루아상, 소보로 따위의 달콤하고 부드러운 빵들은 이번 소설에서 보다 자극적이고 화려한 요리들로 바뀌었다. (생모라는 것이 밝혀진) 이모를 사라지게 하기 위해 크레이프 반죽 속에 아스피린 가루를 털어넣었던 『식빵 굽는 시간』의 여진은 연적의 혀를 요리해 변심한 애인에게 먹이는 『혀』의 지원으로 변모했다. 서사의 육체는 더 강렬하고, 감각에 대한 직관은 더 날카롭다. 여일한 대목도 적지 않다. 적확하고 풍부한 감정의 세목들이나, 각 장을 이끄는 제사(題詞)까지 면밀하게 계산된 플롯은 여전하다. 그리고 무엇보다 어떤 맥락에서건 두 소설 모두는 의지하던 타인과 자신을 둘러싼 세계로부터 버려진 젊은 여성의 고독한 홀로서기를 기술하고 있다.

그렇다면 마지막까지 당신의 뒷덜미를 잡아채는 의문은 아마도 이런 것이지 않을까. 꼭 그래야만 했을까. 그러지 않고서는 혼자 일어설 수 없었을까. 왜 그녀는, 언제까지나 미지일 수밖에 없는 한 명의 타인에게 전부를 걸고, 또 그로 인해 스스로를 포함한 그들 모두를 무너뜨리는 파국을 불러들인 것일까. 이 소설은 아무도 깨지지 않(으려 하)고 누구도 다치지 않(으려 하)는 항간의 쿨한 이별 이야기들의 대척점에 자리한다. 사랑과 이별, 배신과 복수를 이야기하는 소설은 드물지 않지만, 그 감정의 밑바닥까지 내려가는 소설은 흔한 것이 아니다. 조경란의 『혀』는 마음이 조각나고 온몸이 떨리는 바로 그 순간에 집중한다. 그러니 『혀』를 읽는 당신이여, 찢겨진 사랑에 무릎 꿇었던 그 옛날로 돌아가기를. 그런 후에야 현란하게 펼쳐진 갖가지 요리들 너머 우두커니 서 있는 한 여자의 창백한 얼굴을 발견할 수 있을 것이다. 그 얼굴은 한때 당신의 얼굴은 아니었는지. 잊혀진 감각들이 고개를 든다. 바로 지금 당신의 혀 위에서.

(2007)

발명하는 인간의 도시 제작기
― 김중혁론

1. 수집가-디제이, 도시를 발명하다

자연인 김중혁이 어떤 사람인지는 잘 알지 못한다. 다만, 나에게는 그가 어느 술자리에서 장난스러운 포즈로 피사체가 되어준 사진이 하나 있는데(그는 기억에 없을 것이다), 그 사진을 생각하면 슬며시 미소가 지어진다. 사진에 담긴 그의 표정은 그가 그린 일러스트나 카툰의 인물들과 어딘가 닮아 있다. 알다시피, 그는 재주가 많은 미인이다. 『펭귄뉴스』『미스터 모노레일』의 표지 일러스트는 손수 그렸으며, 한 시사지에서는 카툰을 연재했다. 웹디자이너와 기자이기도 했고, '문장의 소리'라는 인터넷 방송을 연출하기도 했다. 뭐랄까, 21세기형 팔방미인?

그렇다면 소설가 김중혁은 어떤가. 그동안 여러 비평들에서 어떤 일을 즐겨하는 사람에 빗대어 소설가로서의 그를 확인하곤 했다. 지금까지 한동안 그가 선호한 글쓰기의 대상들은 LP, 라디오, 자전거, 지도, 타자기 등 아날로그적 사물이 아니었던가. 이 사려 깊은 '수집가'가 시간 저편으로 물러난 듯한 사물들의 온기를 충만하게 복원해낼 때 그의 소설들은 '무용지물 박물관'이 된다. 그런데, 그뿐이던가? 다른 한편, 김중혁은 어느 소설에서 "우리들은 모두 어느 정도는 디제이인 것이다"라고 단호하게 쓰기도 했다. 이 영민한 '디제이'가 마치 퍼즐이나 레고블록을 조립하는 것처럼 자신의 선율을 조립해낼 때, 그의 소설은 '리믹스 소설'(신수정)이 된다. 해서, 다음과 같이 이야기하는 데 나는 별 거리낌이 없다. 김중혁이 등단한 후 펴낸 두 권의 소설집을 갖고 있다면, 각별한 박물관 한 채와 기념할 만한 리믹스 앨범 하나를 소장하고 있는 것과 마찬가지다. 무용한 것들을 향한 교감과 사랑으로 충만한 박물관과, 잘 어울릴 것 같지 않던 소리들이 신비로운 비트로 연결되는 앨범.

그렇다면 이쯤에서 질문 하나. 수집가 김중혁과 디제이 김중혁이 한 테이블에 앉는다면 어떻게 될까? 잊힌 사물에서 유일무이한 어떤 것을 발견하는 수집가와, 오리지널리티에 대한 의문으로부터 현대예술의 숙명을 발견하는 디제이는 서로를 낯설어 하지는 않을까. 그러나 짐작건대 김중혁이라면, 수집가냐, 디제이냐, 박물관이냐, 리믹스냐라는 구분은 그리 중요하지 않다고, 그것들이 우리의 느낌과 마음을 어떻게 깨어 있게 하느냐가 문제일 뿐이라고 답할지도 모르겠다. 에스키모의 나무 지도(「에스키모, 여기가 끝이야」)도 '엇박자D'의 리믹스(「엇박자 D」)도 그런 점에서라면 읽는 이의 영육을 일깨우는 하나의 창안이자, 발명이다.

맥락은 상이하지만, 발명가 김중혁의 면면에 대해서라면 조금 더 할 말이 있다. 예컨대, 내가 세번째 소설집 원고를 읽으며 김중혁식 마술에 홀려 허둥댄 정황은 이렇다. 「유리의 도시」를 읽다가 나로서는 그다지 잘 하지 않던 실수를 했는데, 혹시나 하는 마음에 검색창에 '알루미노코바륨'을 쳐보았던 것이다. 아니겠지 하면서 다시 '울트라소닉라이플'과 '리파인팩토리'까지 찾아본 것은 왜일까. '서울시'라는 꼬리표가 붙어 있었지만 "광찬구 미온동"까지는 시도해보지 않은 것이 그나마 다행이라면 다행이겠다. 암스테르담에서 개최된 '2009세계단추박람회'나 모 구청에 있는 '자연환경산림관리과'(「바질」), 혹은 '슬래시매니저'들의 모임인 '건물관리자연합'(「1F/B1」)은 또 어떤가. 명저이자 베스트셀러인『지하에서 옥상까지―건물관리매뉴얼1, 모든 건물은 마찬가지다』(「1F/B1」)나 '올해의 논문상' 최종후보에 오른 「정글의 일방통행 연구―정글의 미로는 어떻게 동물들의 움직임을 부드럽게 만드나」(「C1+y=:〔8〕:」)도 오직 김중혁 소설에서만 만날 수 있는 김중혁표 발명들이다. 오로지 하나만 존재하는 것들을 그러모으는 수집가의 열정과, 실재하는 재료들을 조립하고 해체하는 디제이의 성벽이 교차하는 곳에서 발원하는 발명충동이랄까.

확실히 작가 김중혁은 현실성의 축보다는 가능성의 축에서 소설이라는 허구를 소화하고 있다. 『1F/B1―일층, 지하 일층』에 수록된 소설들은 그럴듯함이라는 최소한의 격률을 무시하지 않으면서, 실재하는 대상에 대한 미메시스적 재현과도 거리를 둔다. 그래서, 특히 저와 같은 허구적인 창안들에서, 보르헤스풍의 가짜 사실주의(pseudo-realism)가 적지 않은 시간 퇴적되어 형성한 지층의 한 단면을 떠올리게 되는 것도 무리는 아니다. 하지만 그것들은 독자에게 한 방을 날리려고 맘먹은 복서의 다부진 주먹보다는, 이러이러한 분위기 속에서 소설을 읽어달라고 청하는 상냥하고 유쾌한 악수에 가깝다. 김중혁 소설의 독자이기로 한 이상 우리가 'C1+y=:〔8〕:'나 '1F/B1'과 같은 제목에서 당황할 필요는 없는 것이다.

이 책을 읽어나가기 전에, 간단히 짚어두어야 할 것들은 이 정도면 충분할까? 확연히 눈에 띄어 언급하는 것이 오히려 머쓱해지는 책의 중요한 개성이 하나 더 있다. 마니아적 감수성을 드러낸『펭귄뉴스』와 소리의 향연이라 할 만한『악기들의 도서관』이 그랬거니와, 김중혁은 자신의 소설집을 단순히 시기별 모음집으로 묶어오지 않았다. 각각의 소설집마다 콘셉트가 분명했다는 뜻이다. 이미 옮겨적은 발명품의 면면에서 짐작되겠지만, 이번에는 도시다. 지하에서 우주까지, 골목에서 빌딩숲까지, 이 소설집의 김중혁은 도시 곳곳을 새로 쓰고 있다. 우리가 지각하고 인지해온 도시와 묘하게 닮아 있기도 하고 또 묘하게 낯설기도 한 그 공간. 사물에서 인간으로, 인간에서 다시 공간으로 나아가고 있는 그의 궤적을 이제부터 뒤쫓기로 한다.

2. 징후와 파국 너머: 기원으로 가는 길

우리가 살아가는 현실의 도시와 먼 거리에 있는 것처럼 보이는 도시들부터 먼저 탐사해보자. 말하자면, '우주여권'이 있으면 "화성 목성 패키지 투어"가 가능한 미래의 도시부터. 「3개의 식탁, 3개의 담배」「유리의 도시」「바질」은 각각 SF나 킬러물, 재난물, 괴수물 등의 장르적 코드들을 우선 떠올리게 한다. 그러나 무심한 살인과 이유를 알 수 없는 재난, 괴식물의 습격 등 죽음의 그늘이 드리워진 도시의 삶들에서 우리가 직면하는 것은 어떤 징후들이다. 소설에서 현대도시를 향한 희미한 경고음들은 습기로부터 움터온다. 고속도로를 가득 채우고 있는 안개(「3개의 식탁, 3개의 담배」), 곧 비를 쏟을 것 같은 하늘(「유리의 도시」), 콧속에 들러붙는 물방울과 그늘의 냄새(「바질」).

서사가 전개되는 동안 인물들의 지칭이 시시각각 바뀌는 소설은 얼마나 될까? 없지는 않겠지만, 흔치는 않을 게다. 「3개의 식탁, 3개의 담배」의 첫 문장에서 시선을 모으는 것은 '2021394200'. 소설의 흥미로운 설정 중 하나는 인물들이 앞으로 자신에게 주어진 시간을 알고 있다는 것이다. 가령, 주인물의 이름은 한 시간에 1씩 줄어드는 숫자로 되어 있어서, 그는 '2021394200'으로 등장했다가 '2021394194'로 퇴장한다.

현재의 시간관념으로 환산하면 45년 정도를 더 살 수 있었을 이 남자는 솜씨 좋은 킬러이고 그의 작업도구는 '담배 폭약'이다. 그는 실내에 반사된 소리로 장애물들의 위치를 알아내는 탁월한 감각의 소유자이지만, 희로애락의 감정은 거의 없는 것처럼 보인다. 그가 작업을 행하는 방식은 기계적으로, 깔끔하다. 목표물에게 마지막 대화를 청할 정도의 아량은 있으나 죽음에 대해서는 "그냥 줌아웃되는" 것일 뿐이라고 생각한다. 단지 그의 직업적 성향의 발로인 것일까?

소설이 시작된 후 얼마 지나지 않아, 또 한 명의 인물이 그의 차에 동승한다. 「유리방패」나 「나와 B」등으로 대표되는, 김중혁 소설의 트레이드마크 중 하나인 '남성 버디'는 이 소설집에서는 상당히 축소되어 있다. 그 대신 소설집에서 눈길을 끄는 쌍은 「3개의 식탁, 3개의 담배」의 아저씨와 소녀 커플이다. 소설을 읽으며, '킬러와 소녀'를 내세운 내러티브의 대명사 〈레옹〉를 떠올리는 것도 무리는 아니다. 그런데 대체로 그런 이야기들에서 아저씨의 할 일은 무엇인가, 사랑하는 소녀의 미래를 밝히는 것이 아니던가? 그러나 이 소설의 아저씨는 어떤가?

이 미래소녀에게는 미래가 없다. 그녀에게 있는 것은 99, 98, 97, 96으로 타들어가는 현재일 뿐이고, 그마저도 몇 시간 남아 있지 않다. 물론 원론적인 층위에서 볼 때, 인간의 삶은 변수가 아니라 죽음이라는 답이 주어진 상수다. 하지만 소녀가 사는 메갈로시티에서는 개개인의 수명 자체가 이미 설계되어 있다. 마치 자동운행장치에 의해 운행되는 자동차처럼, 모든 '라이프'는 '센터'에 의해 '컨트롤'된다. 그 사실이 스무 살이 채 되지 않아 보이는 그녀의 지난 인생에 어떤 영향을 끼쳤는지 자세히 짐작하기는 어렵다. 이마에서 턱까지 얽혀 있는 "수십 개의 흉터"를 통해, 매 순간 얼마 남지 않은 수명을 확인하는 시한부 인생의 고통을 추측할 수 있을 뿐이다. 그리고 그 소녀가 말한다. "96시간이 저에겐 답이에요. 질문을 알고 싶어요."

이번에는 또다른 도시로 가보자. 이름하여, 서울이다. 「3개의 식탁, 3개의 담배」에서 메갈로시티의 사람들이 자신의 생명이 언제 꺼질지 알고 있다면, 「유리의 도시」의 서울사람들은 오히려 그 반대다. 이야기를 펼쳐놓기 위해 작가는 먼저 그의 공간을 유리로 가득 채웠다. 빛의 질료인 유리는, 도시의 공간 재현에 빼놓을 수 없는 요소다. 더욱이 소설에서 문제가되는 대형유리들은 "건물을 부수지 않고 외관만 유리로 교체하는" 새로운유행의 산물로 형상화된다. (경관을 갱신하여 교환가치를 높이는 소위 도심리모델링사업의 일환으로 짐작되거니와, 뒤에서 살펴볼 「1F/B1」과 「크랴샤」가 배경으로 하고 있는 신개발주의의 양상들과도 결부되겠다.) 이제 도시는물리적으로 건설된 것일 뿐 아니라 화학적으로 변형된 것이며, 따라서 화학적으로 폭파될 수도 있다.

「유리의 도시」에서의 작가의 상상 역시 「3개의 식탁, 3개의 담배」의 그것만큼이나 이채롭다. 소설 속 인물처럼 주위를 둘러보라. 유리가 없는건물은 없다. 대도시의 빌딩숲은 거대한 유리의 숲이나 마찬가지가 아닌가. 그런데 그 유리들이 일순간 추락한다면? 수천수만 개의 유리 중, 언제어느 것이 추락할지 아무도 알 수 없다면? 공중에서 낙하하는 유리들을인지하고 피할 방법도 없다면? 다시 말해, 소설 속의 유리 추락은 고도의위험사회에 돌입한 현대도시의 알레고리로써 손색이 없다. 곤두박질치는주가에서부터 폭발하는 핵발전소에 이르기까지, 일상의 매 순간을 불안에 떨게 하는 위험의 요소들은 정확히 예측할 수도, 완벽히 통제할 수도없지 않은가.

이러한 컨텍스트는 추락의 원인을 특정할 수 없는 소설의 마지막 국면에서 보다 적나라하게 드러난다. 중반에 이르기까지 작가는 이윤찬의 수사와 추리를 중심으로 소설을 전개해나간다. 일련의 착오와 실패 끝에 고은진이 범인으로 지목되지만, 사건은 완료되지 않고 다시 미궁으로 빠진다. 그 미궁에서 길어올린 소설의 마지막 문장은 강렬하다. "창을 닫자마자, 먹을 것을 찾아 몰려드는 생물체처럼 빗방울이 창문으로 달려들어 맺혔다." 소설을 읽다보면 유리의 파편에 의해 희생되는 사람들은 마치 생명이 없는 존재처럼, 반대로 유리는 생명을 가진 존재처럼 묘사되고 있다는 인상을 받게 된다. 그리고 마침내 비비린내가 사고의 전조로 육박하는 순간부터 도시 속 삶에 도사리고 있는 파국은, 흡사 굶주린 생물체의 무자비한 공격처럼 다가온다. 그렇다면 다음 장면은 어떤가?

> 덩굴 한 줄기가 그늘에서 뻗어나와 차우영에게 다가가고 있었다. 뱀처럼 흐느적거리거나 이리저리 비틀거리지 않고 직선으로 움직였다. 덩굴에는 이파리가 여러 개 달려 있었고, 이파리 아래에 촘촘한 촉수가 뻗어나와 있었다. 언뜻 보면 지네 같은 절지동물이 천천히 기어나오는 모습 같았다. 첫번째 덩굴이 정찰을 끝냈다는 듯 덩굴 몇 줄기가 더 기어나왔다. 다섯 개의 덩굴이 천천히 차우영에게 다가갔다. 덩굴은 천천히 차우영의 몸을 기어올랐다. 덩굴 두 줄기는 차우영의 발목을 감쌌고, 나머지 줄기는 무릎을 타고 팔까지 올라갔다. 차우영은 아무것도 느끼지 못했다. 덩굴은 조심스럽게 움직였다. 덩굴 하나는 몸을 곧추세워 차우영의 얼굴 쪽으로 향했다. (「바질」, 120쪽)[1]

「유리의 도시」에서 이윤찬에게 포착되었던 빗방울의 식욕은, 「바질」에서는 차우영을 노리는 덩굴 줄기들의 지능적인 동태로 발전한다. 그러니 이번에는 도시 뒤편의 야산이다. 앞의 두 소설에 비하여 「바질」은 최소한 첫 몇 페이지까지는 담담하게 흘러간다. 공간도 좀더 일상적인 공간, 지윤서의 집이 있는 주택가 동네로 옮겨왔다. 그러나 한 연인의 이별 이후 후일담처럼 읽히던 소설의 분위기는 일순 바뀌고 이야기는 걷잡을 수 없이 흘러간다.

스트로 같은 이파리의 촉수, 지네처럼 움직이는 덩굴을 비롯하여 괴식물의 실감나는 묘사만으로도 이 소설은 일독할 가치가 있다. 킬러의 액션 장면(「3개의 식탁, 3개의 담배」)이나 유리가 추락하는 장면(「유리의 도

---

1) 김중혁, 『1F/B1—일층, 지하 일층』, 문학동네, 2012. 앞으로 인용할 경우 쪽수만 밝히기로 한다.

시」) 등을 포함하여, 세 소설의 특정 장면들은 미장센이 영상의 관할권 아래 있다는 선입견과 대결한다. 이 장면들에서 김중혁의 활자들이 직조해내는 구도와 동선은 조형적 이미지를 생산하는 카메라 테크닉을 방불케 한다. 종이지면을 뚫고나와 다음 차례로 독자를 덮칠 것만 같은 괴식물의 생명력과 전투력은 압도적이다. 지윤서에게 씨앗을 판 할머니는 그러므로, 거짓말하지 않았다. "보통 바질이랑 다"르고, "크기도 아주 크"고, "아무 때나 잘 자"라는 '그것'.

그렇다면 '그것'은 어떻게 하여 '그것'이 되었나? 잠시 우회하여, 체르노빌에서 자라난 괴식물들은 어떻게 하여 괴식물이 되었나? 〈고질라〉나 〈괴물〉과 같은 괴수물에서 그러하듯이, 이러한 종류의 서사에서 괴생명체의 발생원인은 쉽게 지나칠 수 없는 관심사가 된다. 핵실험으로 인한 돌연변이라거나, 포름알데히드에 의한 오염이라거나, 아니면 소설 속 인물 차우영처럼 "중국에서 넘어온 변종"으로 추측한다든가. 괴물에 매료된 많은 이들에 따르면, '경고(monere)'와 '출현(monstrare)'이라는 어원을 동시에 갖고 있는 괴물은 절대적 타자가 아니다.[2] 마침내 봉인이 해제된 괴물들에게서 우리가 읽어야 할 것은 우리-자아가 억압해온 어떤 것이다.

세 편의 소설 중, 「유리의 도시」 「바질」은 더 장대하게 이어질 이야기의 프롤로그처럼 다가오고, 반대로 「3개의 식탁, 3개의 담배」는 기나긴 전개부가 생략된 이야기의 에필로그처럼 다가오는 감이 있다. 전자가 '무엇이 도시에 괴물을 풀어놓았느냐'라는 질문과 가까이 있다면, 후자는 '이미 괴물인 도시에서 어떤 선택이 가능한가'라는 질문과 상대적으로 더 가까이 있기 때문이다.

---

2) 리처드 커니, 『이방인, 신, 괴물』, 이지영 옮김, 개마고원, 2004 참조.

다시, '그것'은 왜 '그것'으로 드러나는가. 「유리의 도시」와 「바질」을 함께 묶어 읽자. 기묘하고 섬뜩한 파국의 현장에서 시간을 거꾸로 돌리면, 이별의 상처가 검은 아가리를 벌리고 있다. 「유리의 도시」에서 사랑하는 누군가를 의문의 추락사로 잃은 한 인간은 스스로를 유리처럼 깨어지게 하기를 원했고, 다음에는 도시의 유리들을 산산조각내기를 원했고, 마침내는 그러한 충동 자체가 생명력을 얻게 된다. 예외적인 '이상심리'일까? 「바질」을 보면 그렇다고 단언할 수만은 없을 것 같다.

연인과 헤어져본 사람들이라면 「바질」의 박상훈과 지윤서의 심리도 낯설지 않을 것이다. 한 사람은 균형을 통째 망가뜨리는 산발적인 고통에 시달리고, 다른 한 사람은 균형을 무너뜨리지 않으려 휴식과 잡념의 시간 없이 일에 매달린다. 전자는 그 사람이 있었던 일상을, 후자는 그 사람이 없는 일상을 유지하는 것으로 고통의 시간을 통과하려 하지만, 시간이 채 지나기도 전에 빨판 달린 덩굴이 스멀스멀 기어나온다. 그런데 「바질」에서 박상훈과 지윤서가 맞닥뜨린 이 기괴한 사태가, 「유리의 도시」에서 고은진을 사로잡은 환각과 어딘가 닮아 있다고 하면 지나친 것일까? 괴식물과 사투를 벌이는 박상훈이 "지윤서와 헤어지기 전의 도시"를 꿈꾸는 것을 보라. 「바질」에서 김중혁은 괴식물이라는 초유의 장르로 사랑이 상실된 이후를 적어나가고 있다. 애초에 바질의 향과 맛에는 두 사람의 추억이 깃들어 있었거니와, 괴식물의 형상에서 지윤서가 의식 저편으로 억누르고자 했던 상실감이 발아한 모습을 읽어내는 것은 자연스럽다.

"기분 나빴다면 죄송해요."
"그렇게 죽고 싶어하는데 원하는 대로 해줄게."
"96시간이 남은 걸 아는 사람에게 죽는 건 하나도 중요하지 않아요."
"그럼 뭐가 중요한데?"
"질문이요."

"어떤 질문?"

"어떤 질문이든 상관없어요. 답은 이미 알고 있으니까 저한테 필요한 건 질문이에요. 질문을 알고 싶어요."(「3개의 식탁, 3개의 담배」, 156~157쪽)

「3개의 식탁, 3개의 담배」를 앞에 두고 이제 질문을 바꿔보자. 어떤 선택이 가능한가, 모든 곡선이 오직 직선이 될 뿐인 메갈로시티에서. 담배 한 개비가 타는 시간과 한순간의 빛으로 스러지게 하는 폭약의 조합은, 미래사회의 킬러를 우수 어린 분위기로 감싼다. 그러한 우수에는 생을 압축하는 '블랙홀체험관'이나 '우주증후군'이 빚어내는 신비로운 이미지도 함께하고 있을 것이다. 하지만, 삶의 다채로운 결들은 다 어디로 갔단 말인가.

「3개의 식탁, 3개의 담배」는 선택을 박탈당한 세대들에 관한 이야기로 읽히는 측면이 있다. 이 디스토피아에서 아저씨보다 소녀에게 살아갈 시간이 더 적게 남았다는 것은 암시적이다. 이제 남은 시간 동안 소녀는 무엇을 할 수 있는가. 97은 96이 되자 킬러에게 우주로 보내달라고 말한다. 그가 처음에 그렇게 받아들이듯이, 폭약으로 생을 끝내달라는 청으로 읽을 수도 있겠다. 하지만 소녀의 제의는 그녀가 스스로 선택할 수 있는 유일한 것이며, 그 속에는 자신과 세계의 기원에 대한 의문이 담겨 있다. 어떤 선택의 집합을 파열하고, 주어진 설계를 파기하며, 새로운 길을 찾고자 하는, 그러나 손에 잡힐 것 같지는 않은 소망.

그리고 그 소망은 소녀뿐 아니라, 김중혁이 창조한 다른 인물들이 공통적으로 숨기고 있는 것이기도 하다. 메갈로시티의 소녀가 지구에서의 짧은 동행 동안 상기하게 한 이 문제를 잊지 말고 다른 도시로 발길을 옮겨보자.

3. 골목과 통로: 설계자의 시선과 걷는 자의 감각

『1F/B1—일층, 지하 일층』을 읽다보면 뇌리를 떠나지 않는 하나의 이미지가 있다. 도시의 이곳저곳을 연결하는 길과, 그 길의 어느 끝에서 만나는 낯선 풍경. 예를 들어, 「바질」도 그 연상에서 멀지는 않다. 「바질」의 박상훈은 덤불 아래서 콘크리트파이프를 발견하고, 그 속을 기어가서 마침내 덩굴의 총본산인 둥근 공터에 도착하니까. 괴식물 군집이 연출하는 기괴한 풍경을 다시 꺼내지는 않아도 되겠거니와, (「크라샤」와 더불어 이 소설집의 백미라고 할 수 있는) 「C1+y=:[8]:」를 먼저 읽기로 한다.

「C1+y=:[8]:」의 첫 문장은 이러하다. "지구가 멸망해도 바퀴벌레는 살아남는다면, 바퀴 달린 것 중에는 반드시 스케이트보드가 살아남아야 한다고 나는 믿는다." 처음부터 지구 멸망이라니 이 소설도 묵시록적 상상력을 깔고 있는 듯하지만, 어딘가 유쾌하고 즐겁지 않은가? 소설의 주인물처럼, 바퀴벌레와 쥐들이 스케이트보드에 승선하여 바다를 항해하는 광경을 떠올려보라. 김중혁은 언어의 소리나 형태, 혹은 통사적 구조에 착안한 유희에 능한 작가인데, 위의 경우 '바퀴(벌레)'와 '바퀴'라는 동음이의어를 활용하고 있지만, 그것이 단지 말놀이에 불과한 것은 아니다. 생존력의 아이콘인 바퀴벌레에 필적하는 스케이트보드, 이러한 예찬에는 도시개발담론이 조망할 수 없는 어떤 공백이 함축되어 있다. 그런데, 그렇게 읽어도 될까?

소설의 '나'는 도시학 연구자이며, 도시계획과 관련된 일련의 논문들을 발표한다. 순서대로, 「콘크리트 정글, 혹은 정글이라는 도시」「정글의 일방통행 연구」, 그리고 표제가 된 「C1+y=:[8]:」. 이 도시산(産) 연구자가 먼저 매료되었던 대상은 정글이다. '정글의 원리를 서울에 적용'하는 발상은 순전한 허구 같지만 김중혁답게 그 허구는 '도시는 정글이다' 유의 적자생존의 모토가 아니라 '정글짐'과 같은 아이들의 놀이기구에서 파생되고 있다. 그러나 그는 정글에서 패퇴하고 마는데, 그 내력은 두 가지 측면에서 음미해볼 만하다.

우선 도시인들이 "거대한 생명체" 앞에서 느끼는 공포에 대해서 언급하지 않을 수 없다. 그가 정글에서 확신하게 된 것은 "나는 도시를 떠나서는 살아갈 수 없다"는 사실. 변종 바질의 거대한 덤불 앞에 선 인간의 공포만 하겠느냐마는, "무시무시할 정도로 짙은 녹색"으로 가득한 정글 쪽도 결코 만만치는 않다. 도시에서 나고 자란 아스팔트 키드들에게 장엄한 녹색은 공포나 경이의 대상일 수는 있을지언정, 삶의 대상이 될 수는 없는 것이다.

다른 하나는, '나'가 그 의미를 쉽게 깨닫지 못했던 어떤 시적인 체험. 정글의 언덕바지에서 속수무책 미끄러지던 그는 '긴허리아기말원숭이'(찾아보지 마시라, 이 소설에서만 만날 수 있는 원숭이다. 빗살무늬호랑이와 백묵코끼리와 벽돌총새도!)에 의해 목숨을 구하지만, "어쩐지" 부끄러운 심정이 된다. 주위 사람들에게 "차마" 원숭이의 도움을 받았다고 할 수 없어 거짓말했던 심리의 한편에, 종적 우월감이 전혀 없었다고 하기는 어렵다. 하지만 소설의 마지막 장면에서 우리는 원숭이에게 "고맙다는 인사라도 해야 했다"고 자책하는 그를 다시 만나게 된다. 대관절 무슨 일이 있었기에?

'나'는 고백한다. "내가 만들고 싶은 도시가 있었다"고.

내가 만들고 싶은 도시가 있었다. 모든 골목과 골목이 이어져 있고, 미로와 대로의 구분이 모호하고, 골목을 돌아설 때마다 사람들이 깜짝 놀랄 만한 또다른 풍경이 이어지며, 자신이 찾아온 길을 되돌아가기도 쉽지 않을 정도로 무수히 많은 갈래길이 존재하는 도시를 만들고 싶었다. 도시의 외곽에는 바다가 있어 아무런 기대도 하지 않다가 문득 코끝으로 비린내가 혹 끼치는 순간 파도가 자신에게 몰려드는 풍경을 사람들에게 선사하고 싶었다. 몇 시간 동안 스케이트보드 낙서를 따라다니다 '보드빈터'와 처음 마주쳤을 때 나는 내가 만들고 싶었던 도시의 모습을 보았다. 보드빈터는 갑자기 나타난 바다와 같았다. 넓은 빈터에 스케이트보드를 탈 수 있는 시설과 재주를 부릴 수 있는 장애물이 이리저리 세워져 있었는데 그건 일종의 작은 도시처럼 보였다.(「C1+y=:[8]:」, 32쪽)

위 장면에서 '나'는 '보드빈터'에서 이상적 도시의 모습을 읽어내는데, 여기서 주목해야 할 사실은 과연 '나'가 그곳에 어떻게 이르렀느냐에 있다. 그는 낙서를 쫓다가 네 개의 원과 사각형으로 이뤄진 낙관을 발견하고, 이어서 그 낙관의 주인인 '숏컷라이더즈'와 만난다. '나'는 내처 그들에게 스케이트보드 강습까지 받지만 모종의 장벽을 넘어서지는 못한다. 말하자면, 정글에서 만난 원숭이와 상교동에서 만난 숏컷라이더즈는 "멀리서 관찰할 수는 있었지만 그 속에 들어갈 수는 없"다는 점에서 비슷한 존재들이다.

하지만, 새해의 어느 날 상황은 반전된다. 이 지점에서 그날의 골목길 풍경을, 이미 결정된 미래가 관리될 뿐인 어느 도시(「3개의 식탁, 3개의 담배」)의 풍경과 비교해보면 어떨까. 스케이트보드를 타고 낙서를 따라가는 길은 여러 사람들이 먼저 밟은 길들이 교차하여 만들어지는 길이며, 언제 무엇이 어떤 방향을 가리키고 있을지 밟아보지 않고서는 알 수 없는 길이다. 그 길은 개인적인 흔적들을 저장하고, 돌발적인 풍경을 생산하며 열려 있다. 피로와 고독, 권태와 우울을 짊어지고 사는 '나'와 같은 도시인이, 길의 끝에서 만난 빈터를 "갑자기 나타난 바다"에 비유하는 것은 그리 이상하지 않다.

그러니 이쯤에서 다시 정글의 원숭이에게로 돌아가도 되겠다. '나'는 보드빈터에서 원숭이의 환영을 만난다. 왜일까. '이지'가 유연한 동작으로 보드빈터의 끝으로 갈 때, '나'가 정글을 떠올린 것은 그곳에 절벽이 있어서만은 아닐 것이다. 도시를 디자인하는 그에게 서울 한복판의 좁은 골목들은 그 이전까지는 존재하지조차 않았을 것이다. 장애물타기를 시도하다 널브러진 그를 이지가 구해주는 장면과, 정글에서 조난된 그를 원숭이가 구해주는 장면이 자연스레 포개지는 이유가 여기에 있다. '나'와 같은 이들의 눈길이 닿지 않는 곳에, 나름의 방식으로 삶의 지혜를 축적하고 그들만의 길과 터를 만들어온 존재들이 있었던 것이다.

도시의 좁은 골목골목이 이어져 보드빈터에 이른다는 「C1+y=:[8]:」의 상상은, 모든 건물의 지하관리실이 좁은 통로로 이어져 비밀관리실로 합류한다는 「1F/B1」의 상상과 유사한 측면이 있다. 두 소설의 제목은 그 길로 이끌어가는 기호들이며, 두 소설 모두 '숏컷라이더즈'와 '슬래시매니저' 등 주류와는 거리를 둔 비주류의 감성적 연대를 소설화하고 있기도 하다. 그렇다면 「C1+y=:[8]:」에서 인물이 도시 골목을 누비는 장면과 선명한 대조를 이루는 장면으로, 「1F/B1」에서 '구현성'이 빌딩의 꼭대기층에서 네오타운 전체를 조망하는 장면을 꼽을 수 있지 않을까.

네오타운이 암흑으로 바뀌던 순간 구현성은 와이즈스타빌딩 꼭대기층에 있었다. 와이즈스타 빌딩은 구현성의 이름을 따서 만든 것이었고, 혼자서 조용히 있고 싶을 때마다 머무르는 곳이었다. 그는 꼭대기에서 네오타운이 암흑으로 바뀌는 모습을 지켜보았다. 대부분의 사람들은 네오타운의 불빛이 한순간에 사라진 것으로 알고 있지만 실제로는 그렇지 않았다. 구현성은 꼭대기에서 그 모습을 자세히 보았다. 구현성이 머물고 있는 빌딩에서부터 정전이 시작됐고 도미노가 연이어 넘어지듯 정전은 바깥쪽으로 번져갔다. 순식간에 일어난 일이긴 했지만 한순간은 아니었다. 깜깜해진 네오타운을 보면서 구현성은 자신의 선택이 옳은 것인지 확신할 수 없었다.(「1F/B1」, 191쪽)

구현성은 누구인가. 고평시 네오타운의 건물관리자연합의 창설자이자,

비밀관리실을 위시한 빌딩의 최초 설계자가 아닌가. CCTV가 연결된 대형모니터로 건물 구석구석을 살펴볼 수 있는 비밀관리실이 애초에 그랬거니와, 다른 사람들은 모르는 곳에서 네오타운을 훔쳐보며 불빛이 꺼져가는 광경을 도미노가 넘어지는 것으로 단순화하는 그의 시선은, 영락없는 설계자의 그것이다.

물론 이 장면을 두고 '빅브라더'나 '파놉티콘'을 운운하기에는 다소 머쓱하다. 구현성을 둘러싼 이야기에는, 벤야민이 매혹된 아케이드의 운명이 그러했듯이, 화려하게 등장했으나 다른 건물들에 밀려 낡아가다 종내 자취를 감춰버린 숱한 도시 건물의 그림자가 함께한다. "자잘한 건물들"을 쓸어내고 "80층짜리 초현대식 복합상가"를 개발하려는 '비혼개발'의 음모와 경찰과 같은 공권력의 방조 앞에서, 도시 재개발의 진통을 떠올릴 수밖에 없는 것이다.

그 흐름을 막거나 혹은 다른 방향으로 되돌릴 수 있을까. 김중혁의 대답은 낙관적이라고 하기 어렵다. "특공"들과의 전투 끝에 재개발사업은 중단되지만, '네오타운'은 정해진 행로인 듯 급속한 쇠락의 길을 걷다 결국 "잊혀진 이름"이 된다. 하지만 그럼에도 작가는 일층과 지하 일층 사이를 투시하고, 그 사이 공간에서 다른 가능성을 읽어내려 한다. 소설에서 설계자의 담론이 포착할 수 없는 대안적인 삶의 방향은 빌딩의 꼭대기가 아니라 통로에서 부는 바람을 타고 온다.

그런 맥락에서 주목해야 할 인물은 '윤정우'다. 관리자 양성학교를 갓 졸업한 신참내기 건물관리자인 그는, 지하관리실의 최초 설계자인 구현성과 대립각을 이룬다. 물론 건물관리에 애착과 자부심을 가지고 있고, 건물관리자들을 위한 책을 집필하는 그의 면면은 구현성의 과거를 연상케 하기도 한다. 하지만 윤정우에게 숫자로는 존재하지 않는 얇은 공간인 비밀관리실은 감시와 통제, 소설의 표현을 빌면 "조종"의 매개가 아니다. 그곳은 '/'와 같이 "사이에 있는 사람들"을 하나로 묶어주는 교감과 연대의 장소다. "그곳에서는 늘 바람이 불어왔다. 윤정우는 그 바람이 쓸쓸한 관리자들을 하나로 묶어준다고 생각했다." 바람을 의식하고 다시 그 바람으로부터 이어진 통로를 상기하는 마음은, 서로가 공유하는 그날의 기억에 기반하고 있다. 네오타운의 건물관리자들은 처음부터 슬래시매니저였던 것이 아니라, "암흑 속의 전투"를 기점으로 'SM'으로서의 정체성을 획득한다. 설계자 구현성이 표방하였으되 실천하지는 않았던 "건물관리자들을 위한" 장소는, 네오타운을 지키기 위해 어두운 밤을 걸었던 이들에 의해 비밀리에 재발견된다.

4. 나가며: 도시의 마술, 문학의 주문

「1F/B1」에서 네오타운의 흥망성쇠를 더듬어가고 있노라면, 「크라샤」에서 운조빌딩이 있던 동네를 떠올리지 않을 수 없다. 「크라샤」와 「C1+y=:[8]:」「1F/B1」「냇가로 나와」를 보건대, 김중혁이 물리적인 공간이 아니라 인간의 기억과 경험이 수놓아진 장소에 애착을 가지고 있다는 사실을 짐작하기란 어렵지 않다. 일련의 소설에서, 김중혁에게 장소란 전설과도 같은 이야기의 산실이거나, 정체성을 형성하는 매개이거나, 대안적 문화의 토대가 된다. 그러나 작가는 다른 한편으로 그러한 장소들이 도시에서 거의 자취를 감추고 있으며, 그 흐름을 되돌리기 어렵다는 점을 예민하게 의식하고 있기도 하다. '나'가 초콜릿 씨앗을 주던 미술학원 건물은 지금도 그곳에 존재하고 있을까.(「크라샤」) 천천의 자랑거리이자 명물이었던 백사장과 하마까 형님은 이제 어디로 갔을까.(「냇가로 나와」) 그 옛날 우리가 땅따먹기를 했던 공터는? 엄마 손을 잡고 갔던 시장은? 신간이 나오면 직행했던 책방은? 벗들과 취중진담을 나누던 주점은? 모두 다 어디로 사라진 것일까.

가령, 「C1+y=:[8]:」를 쓰면서 김중혁이 골목길로 눈을 돌린 이유도 거기서 멀리에 있지 않을 것이다. 도시에 이토록 많은 골목길이 존재한다는 사실에 놀란 이는 작중인물만은 아니지 않을까. 김중혁이 소설을 통해 한 일들 중 하나는 이제는 잊혀진 향수의 대상이나, 재개발되어야 할 유물쯤으로 취급되는 골목길을 우리가 새롭게 인식하도록 만든 것이다. 스케이트보드와 낙서라는 김중혁다운 인장과 함께, 김중혁은 그 일을 한다. 그리고 이전까지의 김중혁이라면, 바로 거기까지가 소설의 일이다. 하지만 지금 김중혁은 조금 달라진 듯하다. '보드빈터'라는 경이로운 발견의 끝에, 작가는 각주를 덧붙여놓았다. 소설의 마지막 문장이 이러하다. "보드빈터는 그해 여름에 없어졌고, 나는 더이상 스케이트보드를 타지 않았다." 이 문장에 삼켜진 애수를 어떻게 설명해야 할까.

「크라샤」에서 이강민이 찾아간 동네를 이제 함께 밟는다. 뉴타운 열풍 후, "좀비들이 한차례 휩쓸고 지나가고 뒤이어 뱀파이어들의 습격을 받은 마을"같이 된 그 동네는 네오타운의 더 먼 후일 같기도 하다. 마술과 마술 사이에서, 혹은 삶과 마술 사이에서 길을 잃은 이는 「크라샤」의 주인물 이강민이다. 그의 앞에는 두 가지 마술의 길이 있다. 먼저, 마술쇼 준비의 짝꿍이었던 다빈이 걸었던 프로페셔널의 길. 소설의 결말에서 이강민은 다빈의 마술에 대해 다음과 같이 진술한다. "사람들은 그의 마술을 통해 삶을 잊고 환각을 본다." 문제의 핵심은 이 문장에서 '삶'과 '환각'을 어떻게 바라보느냐에 있다. 시간을 좀더 앞으로 돌려 보자.

공교롭게도 「크라샤」에서도 다빈이 멀리서 도시를 한눈에 조망하는 장면이 제시된다. 같은 시야에서 강민은 "저 속에 사람들이 있다"는 것을 의식하지만, 다빈은 그러지 못한다. 아니, 정확히 말해 그는 "불켜놓고 신나게 노는" 사람들만을 상상한다. "도시가 사라지는 마술"을 할 것이라는 그의 오랜 소망은 적대감의 발로라기보다는, 실은 자신도 그런 사람이 되고 싶다는 상승 욕망에 가깝게 다가온다. 다시 말해, 다빈의 마술에서 '삶을 잊은 환각'이란, 삶의 다양한 흔적을 소거한 채 새로움과 화려함만을 남기는 것이다. 운조빌딩이 사라진 자리에 들어선 거대한 쇼핑몰을 이 도시가 부리는 마술이자 환각으로 읽게 되는 연유가 여기에 있다. 강민은 생각한다. "도시는 절대 낡지 않는다."

　거기에는 정말 아무것도 없었다. 마술처럼 아무것도 없었다. 거기엔 며칠 전까지만 해도 빌딩이 하나 서 있었는데, 어느새 평지가 되어 있었다. 보면서도 믿기지 않았다. 나는 바닥에 널려 있는 콘크리트 덩어리를 집어 들었다. 건물의 가루들이었다. 잘게 부서진 콘크리트 덩어리들이 바닷가 모래처럼 빛을 받고 반짝였다. (……) 어떤 식의 마술이 펼쳐질지 알 것 같았다. 있었던 건물이 사라졌다가 다시 나타나는 것이 아니라 있었던 건물을 없앤 다음 있는 것처럼 꾸몄다가 영원히 사라지게 하는 마술이 펼쳐질 것이다. 그것은 마술일까. 마술이라고 해야 할까. 마술이다. 분명히 마술이다. 마술이지만, 나는 그걸 마술이라고 부를 수가 없었다. 소멸된 것들은 되살아날 수 없으며 찢어진 것들은 절대 다시 붙을 수 없다. 나는 운조빌딩이 있던 빈터에 서서 어디로 가야 할지 알 수 없었다. 길을 잃은 기분이었다.(「크라샤」, 271쪽)

그리고 도시의 마술의 맞은편에 이강민이 꿈꾸는 마술이 있다. 마술쇼의 마지막 리허설날, 운조빌딩을 찾아간 그는 "커다란 상가 전체가 폐허"가 되어 있는 것을 목격하고 충격에 빠진다. 운조빌딩이 낡은 책상 같다고 생각했던 그는, 삶이 만드는 결에 이끌리고 시간이 축적된 흔적에서 아름다움을 발견하는 사람이다. 말하자면 그는 낡은 것들의 가치를 아는 사람이다. 세상의 모든 낡은 것들은 닮았고, 그 닮음 속에는 불현듯 상기하게 하는 힘이 깃들어 있다. 그 힘이 아니라면, 그가 운조빌딩에서 과거 미술학원에서의 한 장면을, 그 속을 채우고 있던 "리어카와 녹슨 자전거, 유리가 깨진 찬장, 이발소 의자, 천이 다 닳아빠진 소파"를, 초콜릿 씨앗의 꿈들을, 다시 불러낼 수는 없었을 것이다. 그리고 서서히 낡아가다 종국에는 소멸하는 것들 중에 사람을 빼놓을 수 없겠다. 죽은 어머니처럼, 또 늙어가는 자신처럼.

물론 이강민은 "소멸된 것들은 되살아날 수 없으며 찢어진 것들은 절대 다시 붙을 수 없"다는 것을 안다. 알지만, 그러한 현실의 문법을 거스르는 것이 그에게는 마술이다. 그가 선호하는 마술사는 사라졌다가 다시 나타나게 하는 배니싱 마술의 일인자 랜스 버튼이며, 그에게는 폐목재를 분쇄해 다시 가구로 환생하게 하는 작업 역시 "일종의 마술"이다. 그러니 거대한 쇼핑몰이 있는 자리에서 가끔 운조빌딩을 보이는 것, 돌아가신 어머니가 문득 나타나는 것, 운전중에 사라진 다리가 눈앞에 보이는 것, 그 모두를 강민 자신은 '환각'이라 표현하고 있지만, 도시의 마술에 저항하는 기억의 마술이라 해도 무방할 것이다.

마침 작가는 바로 이강민의 입을 빌어 다음과 같이 적고 있다. "크라샤. 그 단어는 주문처럼 순식간에 모든 기억을 되살린다. 분쇄된 가루는 최후의 이름들이다." 크라샤, 그것은 도시의 마술에 맞서, 최후의 이름들을 기억하고자 하는 한 소설가의 주문이자 문학의 주문이다.

(2012)

파동은 그대의 심장으로 흘러
― 정한아론

전파의 저편

당신은 안녕한가요. 그들의 근황을 타진해본다. 채 지워지지 않은 과거의 자취들과 크고 작은 근심이 직조해낸 무늬들에 먼저 마음이 쓰이는 것이다. 성과 연령을 가릴 것 없이 정한아의 인물들은 버려짐의 감각 속에서 인생의 이치를 터득한다. 여성작가의 소설에서 광범위하게 목격되는 유기(遺棄)에 대한 불안은 정한아 소설에서도 자주 포착된다. 아이들은 태어나자마자, 혹은 조금 더 자라서 부모들로부터 버려진다. 후일 누군가에 의해 양육된다 한들 그때의 막막한 기다림이 가시겠는가. 감내해야 할 그런 삶의 자국들은 다 자란 어른이라고 예외일 수 없다. 가족들은 그들 중 누군가가 영영 사라져버린 고통을 견뎌야 하고, 애틋한 감정의 씨앗을 품게 한 이는 아무런 예고 없이 증발하거나 표정 없는 얼굴로 결별을 선언한다. 그들의 일상에 흔적처럼 새겨진 강박적인 행동들―수시로 손을 씻거나 부지중 손톱을 깨무는 것에서부터 주머니 속 작은 조각을 습관적으로 만지는 것까지―은 상실이 초래한 불안의 파편들과 조금씩 맞닿아 있다.

그러니 이들은 정처 없이 되물을 수밖에 없었을 것이다. ……당신은 어디에? 누군가에게 있다고 기대된 연정이 작은 오해에 불과한 것으로 밝혀지는 경우도 있지만, 대개의 인물들은 지친 마음을 잠시라도 기댈 수 있는 누군가의 어깨를 찾아 서성인다. 그러나 그런 시도는 쉽사리 성취되는 것이 아니어서 설령 어디에 있는지 알게 되고 또 이미 알고 있다 하더라도 그들은 더 뚫고 들어가기 힘든 여러 조건의 벽과 결국 마주한다. 속절없는 꺾임에서 담담한 수락까지 이를 둘러싼 내면의 일렁임은 정한아 소설에서 다양한 각도로 추체험된다. 예컨대, 늦은 밤 고층빌딩의 창문들을 바라보는 얼어붙은 마음의 자리들을 헤아려보는 것은 어떨까.

기약 없는 아버지를 기다리며 "온종일 창문에 목을 내밀고 길거리를 내려다"보곤 했던 한 여자는 자신의 몸을 내놓아야 하는 비참한 시간을 "고층 빌딩의 창문들"을 기준으로 "마음속으로 하나둘 불을" 켜는 것으로 지탱하고(「아프리카」), 이미 냉담해진 연인과 짧은 식사를 하고 집을 나선 다른 여자는 빌딩의 다른 창들이 펴내는 빛 속으로 번져가는 연인의 창을 무연히 바라볼 뿐이며(「첼로농장」), 처와 아들이 있는 사람과 기묘한 동거를 하고 있는 또다른 여자는 그 가족의 단란한 한때를 전시하는 "주상복합빌딩의 십구층 두번째 창문" 너머로 자신의 반쪽짜리 동거인이 희미하게 사라지는 것을 지켜본다(「휴일의 음악」). 이 도시의 고층빌딩들은 빛나는 창들을 내어놓았지만, 정작 화려한 그 창 너머에서 그녀들 쪽으로 되돌아오는 응답은 없다.

정한아의 인물들에게 고층빌딩의 창들만큼이나 쓸쓸함을 각인시키는 것으로, 먼 그대들과 닿고 싶어 인간이 고안한 전파문명의 이기들 역시 빼놓을 수 없다. 중국에 일하러 온 청년은 한국의 연인과 단 한 번도 통화하지 못하며(「천막에서」), 이집트로 떠난 후배는 한때 친밀했던 선배에게 보낸 메일에 아무런 답신을 받지 못하고(「스톤피시를 바다로 보내줘」), "전화 자주 할게"라는 말을 남기고 외국으로 떠난 남자도, 그의 번호를 알고 있는 여자도 결코 전화를 주고받지는 않는다(「나를 위해 웃다」). 전화에 국한해 짚어보자면, 대화를 시작하기도 전에 저쪽에서 끊어버리는 상품판매의 전화(「댄스댄스」)나 리서치를 위한 설문전화(「휴일의 음악」), 일상을 수시로 방해하는 업무명령을 담은 전화(「마테의 맛」) 쪽이 이 작가가 생각하는 전화의 본질에 가깝다. 정한아 소설에서 그것은 일방적일 뿐 상호소통의 매개일 수 없으며, 그렇기에 오히려 자발적으로 거부되어야만 하는 어떤 것이다. 전파를 빌려 서로 기억되고 있음을 확인하고 싶은 유혹에서 벗어난 후에야, 정한아 소설의 인물들은 마음의 왕래를 꿈꾸며 새로운 여행의 짐을 꾸릴 수 있다. 비록 그 여행이 바로 그 사람, 바로 그 장소를 향한 것은 아니라할지라도.

이미지의 다발들, 서정적인

지금까지의 스케치로만 본다면, 우선 상실로 인한 슬픔과 소통의 좌절에서 오는 고립감 등이 정한아 소설이 자아내는 정조의 한 단면을 구성한다고 지적할 수 있다. 현대적 삶에 수반되는 고독과 피로와 우울, 더 좁혀 말해 동시대를 살아가는 한국인들을 제약하는 현실적 조건들과 거기서 발아하는 모종의 감정구조는 정한아 소설에서도 어렵지 않게 발견되는 것이다. 그리고 아마도 그런 연유로, 작가의 첫 소설과 더불어 거듭 지적되었듯이, 시들고 지친 삶을 씩씩하게 품어안을 줄 아는 이 작가 특유의 긍정적 제스처에 유독 많은 이들의 이목이 집중되었을 것이다.

그러나 이 작가의 글쓰기에 있는 고유한 개성이 인물들을 둘러싼 상황적 조건이나, 그 조건들을 수락하고 승인하는 특정한 태도에 한정된다고 보기에는 아쉬운 점이 적지 않다. 그 긍정성이 어떻게 소설의 미학적 측면과 접합하고 있는지를 탐색하기 위해서는, 바꿔 말해 우리가 조금 더 정한아 소설의 심층으로 가까이 다가가기 위해서는, 소설을 감싸고 있는 이미지의 다발들을 충분히 음미해볼 필요가 있을 듯하다. 아닌 게 아니라 작가는, 지면 곳곳에서 피어오르는 이미지를 함께 상상해가며 읽을 때 더 풍부해지는 소설들을 줄곧 써왔다. 가령 누군가가 통화되지 않는 휴대폰의 화면이 고인 물 같다고 느낄 때, 혹은 변심한 연인의 집골목에서 얼어갔던 하얀 자전거를 기억 속에서 끄집어낼 때, 혹은 낯선 멜로디를 흥얼거리며 걸어가는 저편으로 검게 빛나는 호수가 자리하고 있을 때, 그 장면들의 전언과 기묘하게 어우러지는 이미지는 어떤가.

이미 『달의 바다』(문학동네, 2007)라는 단정한 데뷔작에서 작가는 우주의 황량한 물질로부터 바다를 감지하고 있거니와, 이러한 이미지는 정한아 소설에 수시로 출몰하며 고요한, 그러면서도 잊히지 않는 파문들을 빚어낸다. 정한아 소설의 개성이 눈트는 또하나의 지점은 거기로 추측되는데, 잉크처럼 서서히 번져가는 그 이미지들 안으로는 실망과 갈구와 체념과 희원이 서정적으로 교차하며 응축된다. 그러니 따라가볼 수밖에……

소설집(『나를 위해 웃다』, 문학동네, 2009) 첫머리의 양수(羊水)로부터 출발해, 바다, 호수, 강, 시내 혹은 수영장과 같은 공간들과, 비, 홍수, 안개, 진눈깨비, 우박과 같은 기후현상들과, 땀과 눈물 등 몸이 토해내는 체액들과, 열기를 식히는 차가운 샤워 물줄기나 김이 피어오르는 뜨거운 열탕의 감촉들과, 물 위를 항해하는 배 혹은 물 안에서 잠영하는 물고기들의 운동까지. 지금 이 글에서 함께 짚어가며 더불어 상상하려 하는 것은 정한아 소설 속 물의 흐름이다. 메마른 것들을 잔잔하게 적시며, 스미고, 얼룩지고, 부드럽게 번져나가는 물빛 속으로. 바람과 모래, 불과 바위와 섞이거나 그것들을 거스르며 아름다운 빛의 화음을 그려내는 정한아 소설의 물, 그 속으로.

돌, 뜨겁게 반짝이는

우리의 항해는 가벼운 돛을 달고, 그러나 뜨거운 쪽으로 먼저 탐침을 내리며 시작된다. 정한아 소설을 감싸고 있는 물의 흐름을 따라가기 위해서는 그보다 앞서 이 소설집에 출몰하는 열과 빛의 이미지를 탐구할 필요가 있다. 물질이 산소와 화합해 열과 빛을 내는 것이 불이다. 우선 주위 사람들을 긴장시키는 위험신호로 수용되는 '불길'과 '불씨'들이 있다. 가령, 이웃의 신고를 받고 찾아온 소방수들은 '엄마'가 "솟아오른 불길"이라도 되는 것처럼 취급하며(「나를 위해 웃다」), 아이가 있는 남자와 결혼하려는 딸을 둔 어머니는 그 아이를 "불씨"에 비유하며 "어디로 튀어 불이라도 나면 전부 네 책임"이라는 말로 결혼을 만류한다(「의자」). 비단 비유의 차원만은 아니어서, 육체적인 열은 실제로 인물들을 궁지로 몰아넣는다. 「댄스댄스」의 아버지는 어린 날 찾아온 "고열"로 인해 장애인이 되며, 「아프리카」의 소녀는 "열에 들뜬 밤"이면 스스로의 체온에 놀라 잠에서 깨고, 「의자」의 한 목수는 젊었을 때 앓은 "열병"으로 인해 청력을 잃을 뻔하며, 마음이 떠난 남자는 "몸에 열이 있다"는 변명과 함께 찾아온 여인을 물리친다(「첼로농장」).

몸안을 휩싸는 열뿐 아니라 몸 바깥에서 끓어오르는 열들, 제대로 조율되지 못한 그 열기는 불화와 소동의 원인이 된다. "과열된 난방"으로 후텁지근한 공기는 폭력의 전주곡이나 다름없으며(「천막에서」), "오븐에 붙은 불"은 그을음과 연기만을 남기고 폭발해버린다(「휴일의 음악」). 아마도 이와 같은 열의 가장 강렬한 이미지는 「아프리카」에 인용된 아프리카 대륙의 탄생배경에서 찾을 수 있을 듯하다. 비가 멈추고 "타는 듯한 고온이 시작"된 어느 날부터 땅은 급격히 건조해지고 그 대륙의 생물들은 진화와 멸종이라는 두 가지 선택지에 직면하게 된다. 「아프리카」의 일인칭 서술자 '나'가 스스로의 운명을 아프리카 생물들의 그것에 비춰보고 있다는 점을 고려한다면, 타는 듯한 고온은 정한아 소설의 비극적인 세계상의 일부를 이룬다고 할 수 있다. 「아프리카」의 '나'는 말한다. 지금 그녀의 삶이 맨발로 "아주 뜨거운 징검다리"를 딛고 가는 일 같노라고.

이러한 열은 자연스럽게 건조, 탈색, 경직, 마비 등의 다른 계열의 현상들을 거느리게 되는데, 그 파장은 인물들에게 치명적인 내상을 남긴다. 「댄스댄스」에서 열병으로 인해 다리가 마비된 아버지의 사례는 다른 소설의 인물들이 겪는 경직과 마비를 추론하는 데 적절한 단서가 된다. 실연 후 공허감에 사로잡힌 한 인물은 그의 자매에 의해 "마네킹"에 비유되고, 인생의 지향점을 잃어가는 다른 인물의 팔다리는 "굳은 듯 경직"되어 있으며(「첼로농장」), 상처(喪妻)한 또다른 인물은 새로운 데이트를 하는 순간에 흡사 "마비상태에 빠진 사람"처럼 한 박자씩 느린 반응을 보인다(「의자」).

　유형이든 무형이든 간절히 바라는 것에 대한 뜨거운 갈구가 휩쓸고 간 자리는 저렇듯 딱딱하게 굳어 있으니…… 바꿔 말해, 정한아 소설에서 결국 인물들을 경화시키는 '열'은 '빛'을 향한 과거의 이끌림과 완전히 무관하다고 할 수 없다. 반짝이는 모조보석에 "뜨거운 불길"이 갇혀 있다는 사실을 감지하는 한 인물(「댄스댄스」)은 정한아 소설에서 열과 빛, 그리고 돌의 함수관계를 우리에게 일러주고 있지 않은가.

　굳이 따지자면 위와 같은 조합은 소설의 남성인물에게서 더 두드러지게 포착된다. "늘 더 빛나는 것을 향해 손을 뻗는"「마테의 맛」의 아버지가 그러한 것처럼, 정한아 소설의 남성인물들은 대개 빛을 쫓는, 그리고 쫓아갔던 사람들이다. 이국을 배경으로 하는, 방황하는 청춘을 위한 송가 두 편은 이를 염두에 두고 읽을 때 더 날카롭게 음미된다. 「스톤피시를 바다로 보내줘」에서 '나'가 찾아간 선배는 과거 "환한 빛이 나오는 것처럼 삶의 한 지점에만 집중"하는 사람이었으며, 그가 자신의 꿈을 이야기할 때 떠오르는 "어떤 빛"은 다른 청춘들과 그를 뚜렷이 구별시켜 주는 매혹이었다. 그러나 1년 후 '나'가 다시 조우한 선배는 어떠한가. '나'는 그에게서 "열기는 수그러들고, 불빛은 꺼져버"렸음을 금방 알아차린다.

견고한 빛, 단단한 물

그 제목이 호소하고 있듯이, 「스톤피시를 바다로 보내줘」에서 빛이 꺼져버린 선배의 분신으로 등장하는 것은 수조의 '스톤피시' 곧, "붉은 돌 같은 물고기"다. "견고한 빛"을 내뿜는 크리스털로 만들어진 수족관에 갇혀 있는 물고기는, 그것에 물려 "팔 전체가 마비될 뻔"한 위기 끝에 그가 바다에서 채집해온 것이다. 마치 「마테의 맛」에서 아르헨티나로 이민을 떠났던 가족의 쓰라린 꿈이 "붉은 벽돌집"이라는 메타포로 환원되듯이, 선배의 옛 열망은 물고기의 붉은 심상 속에 스며있되 지금은 돌처럼 굳어버렸다. "암석의 조각"같이 아무런 움직임도 없는 그것—바로 그 자신—에 대해 선배는 다음과 같이 단언한다. "이제 살아 있지 않아."

그런 맥락에서 「첼로농장」의 '유진'과 「스톤피시를 바다로 보내줘」의 선배는, 최소한 그들이 지나온 과거에 있어서 일란성 쌍생아라 해도 무리가 없다. "어려서부터 줄곧, 한 방향으로만" 걸었노라 말하는 유진은 어느 날 "절대로 그 빛에 가닿을 수 없다는 걸" 괴롭게 깨닫는다. 빛을 향한 그의 열망은 이제 "단단하게 굳은 살"이 박인 그의 왼손에 응고되어 있을 뿐이다. 그러므로 두 소설에 제시된 캄캄한 '동굴'(「스톤피시를 바다로 보내줘」)과 '터널'(「첼로농장」)은 그 끝에서 희미하게 감지되는 하나의 빛만을 쉼 없이 따라갔던 청춘들이 다다른 막다른 현재에 대한 은유로 적절해 보인다.

그러나 이와 같이 빛이 응고된 것들이 현실의 실패만이 스며 있는 것들이라 단정하기에는 아직 이르다. 인물들과 함께하는 그 물고기, 그 손은, 그들이 내뱉는 말들과 정확히 반대의 의미에서, 빛을 쫓았던 그들의 열망이 아직 완전히 사그라지지 않았음을 누설하고 있기도 하다. 예를 들어 「스톤피시를 바다로 보내줘」의 선배가 자신의 좌절을 지금 여기 자신의 꿈에 "아무 고통이 없"다는 말로 정리할 때, 반대로 그가 돌의 시험을 겪고 있다고, 그 고통 없이는 그도 없다고 말해주고 싶지 않은가. 정한아 소설에서 돌은, 특히 그것의 어떤 성분을 감하거나 더하는 물에 의해 감싸여질 때, 의지의 결정체로 변신할 여지를 간직하고 있다.

문자 그대로의 '단단한 물'의 이미지는 「천막에서」의 '나'가 "처음 맞아보는 우박"에서 찾아볼 수 있다. 대학을 졸업한 후 "호수에 돌멩이를 던지듯이" 취업원서를 쏟아낸 그는 겨우 취직하여 중국지사에 발령을 받지만, 곧 구조조정 광풍의 희생양이 된다. '나'의 추락은 그가 사직서를 쓰는 날 아침에 맞는 "작은 돌멩이 같은 우박" 속에 응집된다. 하지만 이 우박이 개시하는 하루는, 갑작스레 던져진 깨달음의 하루로 갈무리된다.

작가는 서사가 진행되는 와중에 미스터리한 돌멩이 하나를 인물의 곁으로 운반해놓는다. 한국의 연인이 보내온 상자 속 돌멩이가 그것이다. 무슨 메시지인지 알 수 없어하던 '나'는 그날의 귀국길에서 갑자기 내린 비를 수선하게 피하면서 돌멩이를 깨뜨린다. '나'는 깨어진 돌의 "반짝이는 단면"에 비친 자신의 눈동자를 본다. 스스로를 반추하게 하는 그 돌은 연인과의 인연의 첫 지점으로 그를 데려간다. 돌이 더이상 "돌멩이가 아닌 것처럼" 보이는, 빛(반짝임)과 물(비침)의 거울로 다가온 순간, 그는 자신이 준 상처로 울고 있던 어릴 적 연인의 모습을 불현듯 기억하게 된다. "그때 내가 그녀에게 용서를 빌었던가." 그 사실을 떠올린 후 '나'에게 다시 감각된 돌은 "놀랄 만큼 부드럽고, 매끄럽고, 따뜻"하며, 그는 그것으로부터 "살아 있는 것처럼 느껴지는 감촉"을 느낀다. 돌이라는 고체에 이렇듯 생명을 깃들게 한, 그 돌이 발산하는 감각을 새롭게 배치한 그것은 무엇이었을까.

물결들, 녹이고 번지며 지우기

「천막에서」의 부드럽고 따뜻한, 살아 있는 돌의 이미지는 정한아 소설 속 물의 이미지와 쉽게 포개진다. 물은 당연히도 '살아 있음', 즉 생명의 탄생과 성장에 직접적으로 관련한다. 「나를 위해 웃다」에서 '태아-엄마'를 감싸고 있는 양수는 정한아 소설에 등장하는 모든 물의 밑그림이라 해도 좋다. 갓 태어난 엄마는 "이것도 물질이라고 할 수 있을까"라는 외할머니의 물음 속에서 작가의 소설들에 깃든 상상력의 또다른 원천인 "바람과 물"의 결합물로 판정된다. 「나를 위해 웃다」는 성장의 테마가 가장 명시적으로 드러난 소설인데, 이 소설에서 엄마의 가파른 성장은 "물오른 나뭇가지"에 비유되며, 그녀는 '거인병'이라는 이웃의 진단을 받고 난 이후에도, 크게 되는 것만이 자신의 의지라고 다짐하며 예의 물을 마시러 간다. "물맛은 아주 개운하고 맑았다."

동일한 맥락에서 물의 거부는 생명의 거부를 뜻하기에 가장 완강한 저항을 암시하기도 한다. 예컨대, 「휴일의 음악」에서 부모가 죽은 후 할머니에게 맡겨진 손녀가 "온종일 물 한 모금 마시지" 않는 것으로 그녀를 거부하는 것과 같이. 정황이 이와 같으니, 두 사람의 갈등이 해소되는 장면에는 그저 손녀가 "물을 삼키는 소리"가 있을 뿐, 다른 "아무 말"도 필요없다. 비단 이 삽화들만이 아니라, 몸을 달래기 위해 뜨거운 국물을 떠먹거나 목마른 이들이 한 모금의 찬물을 들이켜는 장면—「첼로농장」의 '리사'라는 인물은 "1.5리터 물을 벌컥벌컥" 마실 정도인데 이러한 물의 섭취는 정한아 소설에서 작열하는 태양과 유기적인 연관 속에 있다—은 정한아 소설에서 심심치 않게 제시된다. 물론 이러한 물의 운동이 몸의 안이나 바깥이 아닌, 메마른 육체의 표면에서 구현되는 경우도 없지 않다.

「휴일의 음악」에서 서서히 생명이 소멸해가는 할머니의 손은 처음에는 "물기 없이 마른 손"으로 기술되지만, 소설의 서술자는 그 손에서도 기필코 "물결 같은 주름들"을 읽어내고야 마는 것이다. 그 할머니가 흘리는 눈물처럼, 또 노동에 지친 여인들의 마음을 달래는 "물결 같은 목소리의 여자들이 부르는 오페라"(「아프리카」)처럼, 정한아 소설에서 물의 결은 일상의 피로에 지치고 삶의 고통에 질식한 여인들을 위로하며 적신다. 그래서 그녀들은 따뜻하거나 차가운 물의 흐름 속으로 누구보다 자주 몸을 맡기곤 하는 것이겠지만, 정한아 소설에서 잠시 엿보인 희망이 깨어지면서 시작되는 각성은 때로 적시고 번지고 녹이는 물의 운동과 함께 온다.

이를테면 「마테의 맛」에서 한 남자에게 건 기대가 허망한 것이었음을 '그녀'가 알게 된 "순간" 발생한 한 사소한 사건을 보라. 맥주잔이 떨어져 그녀의 아이보리색 스커트에 묽은 액체가 번지지만 "스커트의 얼룩은 물을 묻힐수록 더욱 선명하게 스며"든다. 이때 물로 쉽게 지워지지 않고 도리어 그것에 의해 더욱 선명해지는 얼룩은, 그녀가 품었던 모종의 감정이 더럽혀지고 그 변색을 감당해야 할 순간이 왔음을 넌지시 일러준다. 그리고 소설은 한때 그녀의 마음을 일렁이게 했던 감정이 정리되었음을, 물기가 다 마른 "스커트가 바삭거리"는 것을 포착하는 것으로 대신하는 것이다.

이 짤막한 삽화가 일러주는 것처럼, 정한아 소설 속 여성인물들의 현실 감각은 특기할 만한 데가 있다. 그녀들은 애원하는 대신, 마음을 다잡고 깨끗하게 포기하는 길을 택한다. 그리고 그러한 선택에는 그래도 삶은 계속된다는 범박한 진실 이상의 것이 숨어 있다. 수록소설 중 가장 어두운 그림자를 거느리고 있는 소설인 「아프리카」에서, 텔레비전의 사람 찾기 프로그램에 등장한 한 여자는 '나'를 버리고 간 어머니임이 암시(혹은 그 어머니가 환기)된다. 그러나 '나'는 결국 그 최초의 인연에 연연하지 않기로 한다. 소설의 끝자락에서 '목욕'을 마친 '나'는 "이별한 종들은 다시는 합쳐지지 않았다"라는 책의 내용을 떠올리며, 독자적으로 생존한 아프리카 생물의 선택을 최종적으로 수긍하는 것이다. 그런데 작가는 그런 그녀에게도 작은 사건 하나를 준비해두고 있다.

로션을 바른 후 '나'는 가방에 손을 넣어보다 "흠칫" 놀란다. 거기에는 목욕바구니에서 "흐른 물"로 젖은 수첩이 있다. 종이는 "죽처럼 흐물흐물 녹아버리"고, "펜으로 적어놓은 것들도 넓게 번져" 알아볼 수 없다. 녹이고 번지는 물로 인해 용해된 내용이 정확하게 무엇인지는 파악하기 어렵지만, 거기에 있었을 일상의 기록은 거의 즉각적으로 고아로 자란 그녀의 삶과 관련된 어떤 것을 연상시킨다.

완전히 버려진 열한 살 무렵부터 지금까지 '나'에게 삶은 그저 견디는 것이었으리라. "가게"가 철거되고 "영업"이 끝난다 하더라도, 불법안마 시술소나 마사지숍으로 자리를 옮길 수밖에 없음을 '나'를 비롯한 '그녀들' 모두는 안다. 하지만 삶터를 무너뜨리는 포클레인에서 쇠똥구리쯤을 읽어내는 그녀들의 눈빛에는 체념도 공포도 없다. 그녀들은 가까이 덮쳐오는 비극을 먼 곳에서 바라보는 희극으로 치환시킨다. "나는 세상을 조금도 이해할 수 없었지만 왠지 지고 싶지는 않아 입을 크게 벌리고 웃었다"라는 진술이 드러내듯이, 「아프리카」는 조금도 이해할 수 없는 세상에 맞서 스스로의 힘으로 살아남고자 하는 의지를 마지막으로 부각시킨다. 누군가에게 의존하는 수동성에서 다만 혼자의 발로 딛고 서려는 능동성으로의 전환은, (최소한 이 소설에서는) 그 모든 "팀플레이"에 대한 자각적인 거부로 귀결된다.

"물이 뚝뚝 떨어지는 수첩"을 한참 바라보다 휴지통에 던져넣은 후 바깥으로 나온 '나'가 처음으로 보는 "보기 흉한 나무"는 스스로의 자아상에 가깝게 여겨진다. 그러나 그녀는 주머니 속에 손을 넣어 '심장'을 닮은 아프리카 대륙의 조각을 만지는 것을 잊지 않는다. 아프리카의 생물들처럼 그녀도 독자적으로 살아남으리라. 이때 주위를 뜨겁게 비추며 사방을 선명하게 하는 것은 그녀의 팔뚝에도 생생하게 감각되는 '햇살'이다. 우리는 이렇게 다시 또다른 빛, 햇살에 이르렀다. 이 해의 광선과 함께 다음 목적지 '바다'로 떠날 채비를 마친 듯하다.

바다 깊이, 물고기들

열이 물질을 고화시키는 성질만큼이나 액화시키는 성질이 있다는 사실을 상기한다면, 「천막에서」를 제외한 모든 수록작에서 인물들이 흘리는 '땀'이 그 예로 적절할 듯하다. 땀을 흘리고 또 식히는 것은 열을 덜어내는 것이나 다름없어서, 공기의 운동을 유도하는 선풍기, 에어컨디셔너, 스프링클러, 환풍기 등도 소설에 자주 등장한다. 그러한 열 가운데 자연의 열, 그러니까 '햇볕'에 약간의 주의를 기울이기로 하자. 여름바다가 항상 뜨거운 태양과 함께하는 것처럼, 정한아 소설에서 바다는 무엇보다 이글거리는 태양과 함께한다. 예컨대, 이집트(「스톤피시를 바다로 보내줘」)와 아르헨티나(「마테의 맛」)와 이스라엘(「첼로농장」)의 바닷가가 모두 그러하다. 그러나 그 주변을 열이 에워싸고 있다 할지라도 그 큰물 자체는 열이라기보다는 빛이다. "바다처럼 들어찼던 빛"이라는 표현이 이를 암시해주거니와, 설령 바닷물에 태양이 내리쬔다 하더라도 그것은 타는 듯한 '햇볕'이 아니라 "누군가의 손바닥이 몸을 덮은 것처럼 따뜻하고 보드라운 느낌"의 "햇살"(「스톤피시를 바다로 보내줘」) 곧, 광선으로 인물에게 감각된다.

「휴일의 음악」에서 할머니가 거처하는 요양원이 바닷가에 위치한 것에서 단적으로 알 수 있듯이, 또 「첼로농장」의 리사가 아버지와의 행복한 한때를 "바다에서, 꼭 그때로 돌아간 것 같았어"라며 회억하듯이, 혹은 "여기서는 숨이 막혀서 견딜 수 없"다던 「스톤피시를 바다로 보내줘」의 선배가 세계의 해안선을 훑어나갔듯이, 정한아 소설에서 바다는 소실된 과거의 행복과 찾으려는 미래의 전망이 교차하는 치유적인 공간이다. 하지만 이미 살펴본 것처럼, 바다를 찾아 떠났던 그 선배는 겨우 "숨만 내쉬고" 있는 상황에 처하지 않았던가. 그가 꿈꾸었던 자유는 모든 시간의 흐름이 정지하는 바다라는 "천국"에서 그만 자취를 감추어버린다. 「마테의 맛」에서 "우리는 왜 바닷속에서 살 수 없"느냐던, 이제는 세상에 존재하지 않는 동생의 물음은, 인간에게 숨을 주기도 하고 또 그 숨을 앗아가기도 하는, 인류의 모태의 양면성을 뚜렷이 상기시킨다.

「스톤피시를 바다로 보내줘」가 그러하듯이, 정한아 소설에서 바다는 꿈의 다른 이름—정한아의 젊은이들이 떠나는 여행지가 주로 바다인 것은 우연이 아니다—이기도 한데, 그 꿈을 향해 내단 돛의 전망은 늘 그리 밝지 않거나 불투명한 것으로 드러난다. 「나를 위해 웃다」에서 사람들에게 처음으로 마음을 주었던 '엄마'가 "오랫동안 항해하고 싶었던 그 배"가 "얼마 못 가서 서서히 침몰"되는 것처럼, 또는 "아주 작은 배 위에 서 있는 것 같은 기분"이라 말하는 「휴일의 음악」의 '나'가 "목적지가 어디였는지, 처음부터 그곳에 가고 싶었던 것인지" 알 수 없어하는 것처럼. 부표를 잃고 표류하게 하거나 바닥없이 하강하게 하는 바다에는 희망과 기대가 거느릴 수밖에 없는 불안과 공포의 자락이 드리워져 있다. 바다는 말 그대로 그들의 생명을 완전히 앗아가버릴지도 모른다. 그러니 「아프리카」의 '나'가 새벽 두세시경의 고통스런 시간의 "하늘"을 보고 "깊은 바닷속의 색깔"을 떠올리며 "호흡이 가빠오"는 것도 무리는 아니다.

하늘과 바다가 상상 속에서 접합할 수 있는 것은, 정한아의 인물들에게 바다란 수평적인 공간이라기보다는 수직적인 공간이기 때문이다. 부력과 중력을 모두 갖고 있는 바다에서 인물들이 감각하는 것은 넓이가 아닌 깊이다. 바다 위를 "둥둥" 부유하는 이미지도 종종 등장하지만, 정한아 소설에서 아무래도 더 예민하게 다가오는 것은 그 물의 인력이다. 마치 "스스로를 쪼개어내면서 성장한 엄마"가 "7일 동안 천천히 자궁 안으로 하강"하듯이(「나를 위해 웃다」), 바다는 인물들을 아래로, 아래로, 끌어당긴다. 「스톤피시를 바다로 보내줘」에서 다이버인 선배에게 잠수를 배우는 '나'가 제일 먼저 전수받는 것은 "호흡법"으로, 숨쉬기를 익힌 후 그들은 "깊숙이, 더욱 깊숙이 물속으로" 내려간다.

첫번째 잠수에서 그들이 감각하는 오후의 바닷속은 캄캄하다. "한줌의 빛도" 없는 동굴의 입구는 그 자체로 인물들을 빨아들이는 공격적인 물의 입, 곧 검은 심연으로서의 바다를 암유한다. 그러나 "한때는 떠나는 것만이 목표였던 그곳에서부터" 다시 시작하기 위해 집으로 향하려는 선배와 함께 야간에 감행된 두번째 잠수에서 상황은 반전된다.

그들을 감싸안는 한밤의 바다는 아래로 내려갈수록 냉기가 가시고 "조금씩 따뜻"해지며, 그 안에서 "진짜 밤"을 느끼는 '나'는 "눈부신 빛에 둘러싸여 있던 그 어떤 때보다 확실한 존재감"으로 스스로를 의식한다. 이윽고 "먹물처럼 까맣기만 했던 눈앞"이 트이고, 동굴의 입구에서 "빛"이 흘러나온다. 어둠과 냉기가 밝음과 온기로 자리바꿈할 때, 열망이 환멸로 퇴색해버린 선배의 손을 끌어당겨 그 빛을 보여주는 사람은 바로 '나'다.

"거대한 물고기"가 되어 밤바다에 머무르는 두 사람의 형상에는, 수조 속에 갇혀 독을 뱉지도 못하고 주위의 것을 삼키지도 못하던 스톤피시의 음영이 가셔 있다. 그렇다면 짧은 시간 다시 바다로 보내져, 동굴 저편에서 새어나오는 빛을 감각한 그들의 향후는 어떻게 될 것인가. 소설의 마지막 장면에서 선배와 작별한 '나'의 일행이 맞는 바다의 아침은 허망하지 않다. 다시는 손톱을 물어뜯지 않으려 결심하는 그녀에게서는 단정적으로, 또 멀어지는 그녀를 향해 무언가를 외치는 선배에게서는 암시적으로, 청춘의 서사는 그렇게 그 끝에서 다시 시작되는 것이다.

빗방울, 날개가 돋아

바다를 앞에서 잠깐 큰물이라 하기는 했지만, 일반적으로 큰물은 쏟아져나와 범람하는 홍수를 가리킬 때 주로 쓰이는 말이다. 그리고 정한아 소설에서 인물들을 위협하는 심리적 표상으로서의 홍수는, 그 물을 오로지 그들만이 누릴 수 없거나 반대로 그들만이 피할 수 없다는, 세상에서 제외된 자의 의식으로부터 생성된다. "넘치고 흘러 홍수를 이루는 소모품들이 엄마에게는 일말의 소용도 없었다"(「나를 위해 웃다」)는 진술이나, "노아의 홍수"가 있다 하더라도 "방주에 안 태워줬을" 것(「아프리카」)이라는 서글픈 농담을 보면 그렇다.

사이클론이 서사 전개의 변수로 자리하는 「천막에서」에서, 범람하는 물은 자연의 폭력이 아니라 인간의 탐욕을 지시한다. 아이들이 물에 떠내려가고 사람들이 시체가 떠다니는 강에서 물을 퍼마셔도, 고통받는 자들이 물처럼 넘쳐난다는 바로 그 사실 때문에, 사태는 위기에 처한 기업의 호재가 된다. 계약연장을 하지 않겠다는 다국적 기업의 압력과 구호물자의 유통을 호소하는 구호단체들의 아우성 사이에서, 기업은 전자에는 단가를 인하하고 후자에는 인상하는 전략으로 생존을 꾀하는 것이다. 그런 까닭에 소설에서 비판적으로 묘사되는 것은 물의 흐름이 아니라 '방수포'의 거래를 이끌어내는 이윤의 흐름이다.

소설에서 '나'의 실직은 이 와중에 이루어지는데, 귀국길에 오른 그는 갑자기 "땅에 세차게 내리꽂히"는 비를 만난다. 비는 위에서 아래로 하강하는 것이지만, 「천막에서」의 마지막 장면에서 그의 팔뚝 위에 내려앉은 빗방울은 "투명한 새의 날개"와도 같은 상승의 힘을 간직한다. 그 물방울의 차가움이 그녀라는 타인의 고통을 반추하게 하는 "뜨거운 통증"으로 감각될 때, '나'는 냉혹한 회사를 벗어나 자신이 현재 진정 "가야 할 곳"을 깨닫는다.

정한아 소설에서 '비'는 하나의 징조로 기능할 때가 많으며, 더러는 내리는 비와 함께 모종의 사건 또한 시작된다. 가령 「아프리카」와 「의자」에서 자신의 삶에 영향을 미친 전 세대 여인들에 대해, 그리고 스스로의 앞날에 대해 인물들이 눈뜨는 것은 비가 내리거나 그 비가 그친 바로 그날의 일이다. 아이를 찾는 어머니를 텔레비전을 통해 본 "그날, 아침부터 비가 내렸"고, '나'는 "일찌감치 눈을 떠서 잠을 이루지 못하고 있었"으며(「아프리카」), 또다른 '나'가 할머니의 혼수품이자 유품인 나무의자를 찾아 떠나는 날엔 "바짓단이 젖어들 정도"의 거센 비가 내려서, 그녀는 의자를 만든 목수를 그 빗속에서 조우한다(「의자」).

이미 어느 정도 드러났기를 바라지만, 정한아 소설의 개성은 "구구절절한 사연"(「아프리카」)을 늘어놓는 대신 불현듯 모든 것을 상상케 하는 다분히 암시적인 장면들에서 찾을 수 있다. 이 작가 소설의 많은 장면들이 그렇지만, 「의자」에서 비 내리는 숲이 연출하는 장면은 특히 인상적이다. 소설은 작고한 할머니와 목수의 인연에 대해 거의 아무런 언급을 하지 않는다. 할머니와 목수가 치러야 했던 슬픔과 행복은, 그 목수가 앓은 과거의 열병과, 그가 정성들여 깎은 나무의자와, 대목(大木)에서 소목(小木)으로의 그 인생의 거대한 전환과, "상처입은 나무처럼" 흔들리는 현재 그의 얼굴 속에서 단지 묵시될 뿐이다. 그리고 독자는 그 비 젖은 숲에서, 할아버지의 병수발로 지친 할머니가 고요히 쉴 수 있는 유일한 장소가 왜 그 나무의자 위여야만 했는지를 어렴풋이 헤아리게 된다.

인생의 선택에 직면한 「의자」의 손녀가 걷는 빗길은 험하지만, 그녀는 외롭지도 두렵지도 않다. 숲을 적시는 비는 나무들에 작은 역동성을 선사한다. 할머니의 의자를 만든 목수와, 의자의 자취를 따라 숲까지 온 손녀의 조우를 포착하는 다음의 간결한 진술을 보라. "그는 걸음을 멈추었다. 그리고 나를 바라보았다. 빗속에서 붉은빛을 띤 금색의 잎맥들이 반짝거렸다. 그와 나는 그렇게 잠시 한자리에 서 있었다." 바람과 비의 힘에 의해 나뭇잎들은 광물화되며, 그 잎맥의 반짝임은 두 사람의 말없는 한순간에 엄숙한 아름다움을 부여한다. 이 만남 이후, '나'는 어떤 선택을 하는가. 전처를 잃었던 약혼자와 생모를 잃었던 그의 아들, 고통으로 인해 쳐다볼 수조차 없었던 부자(父子)는 그녀를 중재자로 하여 서로의 존재를 다시 발견하게 된다. "그는 처음으로 아이를 바라보았다." 마치 목재가 될 나무가 "바람과 비를 충분히 겪어"야 하는 것처럼, 그녀도 그녀의 새로운 가족도 그렇게 서로를 조금씩 알아갈 것이다.

호흡의 심리학

정한아 소설에서 누군가의 고통을 품어안는 소설이 비단 「천막에서」와 「의자」뿐인 것은 아니다. '나를 위해 웃다'라는 한 소설의 제목은 정한아라는 작가의 출사표처럼 다가오는데, 이러한 자긍의 표명이란 한국소설의 감각으론 썩 친숙한 것이 아니다. 하지만 이 제목만으로, 자아의 안녕과 보호에 몰두하는 젊은 세대의 초상을 읽어낸다면 곤란하다. 정한아 소설의 젊은이들이 항해해야 할 세상은 역시나 밝은 것이 아니다. 그들이 내단 닻에는 지울 수 없는 근심이 어려 있으며, 그들이 모는 배는 때로 암초에 걸려 좌초하기도 한다. 하지만 그들은 덮쳐오는 세상의 파고에 조용히 맞서며, 비록 생이 아무리 어둡다 할지라도 결코 완전히 어두울 수는 없다는 진실을 가슴 깊이 간직한다. 정한아 소설의 '나'들은 대부분의 경우 가족을 위시한 타인의 삶을 들여다보고 매만지는 과정을 겪으며 이러한 진실을 깨달아가는 까닭에, 그들이 표명하는 자존에의 의지에는 더불어 사는 삶에 대한 자각이 알게 모르게 스며 있기도 하다. 예의 「나를 위해 웃다」의 마지막 문장은 이러하다. "우리는 동시에 편안함을 느꼈다." 자기를 포기하지 않는 엄마의 "심장박동" 소리가 있기에, 또다른 '태아-나' 역시 존재할 수 있다.

심장의 박동에서 짐작되듯이, 정한아 소설에서 물(과 빛)의 상상력과 함께 빈번하게 포착되는 것이 있다면, 그것은 호흡의 상상력이다. 무심코 내뱉은 한숨을 비롯해서, 수록작 전부에서 인물들은 숨을 멈추고 또 내쉬기를 거듭한다. 사람의 신체에 국한해볼 때, 숨을 쉬는 것과 심장이 뛰는 것은 분리해서 생각할 수 없지 않은가. "바위처럼 굳은 몸"의 노파가 더이상 "숨을 쉬지 않"는 것(「나를 위해 웃다」)처럼, 정한아 소설의 저변에 깔려 있는 호흡의 상상력은 석화되어 부동하는 것들을 은밀하게 의식한다.

공기는 물질적 측면에서 본다면 가장 보잘 것 없는 질료이지만, 운동의 측면에서 본다면 가장 빠르게 분산되는 역동적인 질료이기도하다. 우리가 숨을 쉴 때 호흡하는 것은 물론 공기다. 정한아의 인물들은 묵직하고, 흐리고, 후텁지근하고, 갑갑한, 한 작품의 표현을 빌면 그런 "공기의 질"(「의자」)을 예민하게 받아들인다. 그들은 "깊은 숨을 쉬기"에 적절한

"시원하고 청명"한 공기를 찾으며(「댄스댄스」), 그렇게 호흡된 공기는 그들의 "폐부"에까지 감각된다(「마테의 맛」). 이는 인물들의 주변을 에워싼 공기들이 견딜 수 없이 갑갑하기 때문이기도 한데, 공기의 움직임을 뜻하는 바람이 정한아 소설에서 늘 환영받는 것만은 아니다. '얼음'(「천막에서」)과 '모래'(「의자」)에 비견되는 바람은 잔뜩 얼어붙은 마음과 황량하게 퇴색한 일상을 그대로 투영한다. 관습적인 용례에서 흔히 그러하듯이, 바람은 갈데없는 방황과 삶에 불어닥친 수난을 상징하기도 하는 것이다. 「아프리카」의 골목의 여인들에게 각설이 '솔'이 퇴장하며 들려주는 마지막 아리아는 〈부디 바람이 잠잠하기를〉이며, 「휴일의 음악」의 할머니는 "남편의 발길에서 바람이 잦아들기를 빌고 또 빌었"다. 그러나, 만약 그 바람이 불지 않았더라면……

파동은 그대의 심장으로 흘러

그랬더라면, 정한아 소설의 또다른 움직임 역시 없었을 것이다. 정한아의 인물들에게 '노래'와 '춤'은 생명이 비어가는 부동(不動)에 반하는 움직임 그 자체로서의 '호흡'에 필적한다. 움직임이라는 사실이 쉽게 파악되는 쪽은 후자다. 이미 그 제목부터 움직임을 리드미컬하게 환기하고 있는 「댄스댄스」에서 한쪽 다리를 저는 아버지가 "장애가 없는 것"처럼 느껴질 때는, 그가 가족을 태운 자전거 위에 있을 때이다. 과거 고아원에 맡겨둘 수밖에 없었던 큰딸에게 그러했듯이, 아버지는 고단한 삶에 시든 엄마를 위해 다시 페달을 밟는다. 그는 자신이 아닌 다른 남자를 심중에 두었던 그녀를 내치는 대신, 그럴 수밖에 없었던 그녀의 고통을 따뜻하게 위무한다.

변변한 직장도 없이 무능해만 보이는 「댄스댄스」의 아버지는 실상, 그 가족이 와해될 고비에 이를 때마다 식구들을 도닥이며 가정을 건사한 사람이 아니던가. 마침내 소설의 시간은 흘러, 찌는 듯한 여름이 가고 "참았던 숨을 내쉬듯" 가을이 온다. 소설의 말미에서 엄마의 막막한 공허를 감싸안았던 아버지는 딸에 의해 다시 감싸이는데, 이 소설에서 아버지의 '품위'를 최종적으로 완성하는 것은 그가 딸에게 그려준 "호숫가의 고성"이 아니라 그것을 "소중하게 간직"하며 아버지의 인생을 수용하는 딸의 성숙한 시선이다. 소설의 서술자인 딸은 말한다. "아버지가 운전하는 자전거, 그 뒤에 앉은 엄마를 떠올릴 때면 나는 그게 아주 균형 잡힌 춤처럼 느껴졌"노라고. 이 순간에 이르면, "품위에 대해서라면, 언제나 아버지는 옳았다"는 소설의 마지막 전언에 공감하게 된다.

「댄스댄스」에서 다리가 불편한 아버지가 엄마를 태우고 모는 자전거, 그 이인무의 궤적에 비견할 수 있는 것은 「첼로농장」에서 청각장애인인 할머니가 모는 커다란 차, 그 속을 때리는 소리의 진동이다. 당겨 말하면, 두 소설은 인간의 열린 감각이란 실제의 지각력과는 무관하다는 사실을 깨우쳐준다. 「첼로농장」에서 실의에 빠진 유진은 '나'에게 베토벤에 대해 이야기했다. 청력을 잃은 베토벤에게도 "언제나 음악이 들렸"지만, 자신에게는 "아무것도 들리지 않"는다고. 그러나 이 대목에 마음을 기울이기는 쉽지 않다. 천재를 알아보는 것은 허락되었으나 재능 자체는 허락되지 않은 범재의 슬픔은 우리에게 익숙하니까.

하지만 바로 다음 페이지에 등장하는 은발 할머니의 생기는, 그때까지 소설이 구축한 나른한 이미지를 단박에 뛰어넘으며 독자를 사로잡는다. 차에 탄 젊은이들은 의아해한다. 할머니가 음악을 트는 것에 양해를 구했기 때문이다. "듣지 못한다고 했잖아?" 그러나 스피커에서 헤비메탈이 터져나오는 순간 그들은 알게 된다. 할머니는 지금 "진동으로 음악을 느끼고" 있음을. "몸을 흔드는 파동"은 승객들에게도 전이되어서 '나'는 "음악의 진동이 뱃속으로 스미는 것"을 감각한다. 그러므로 춤이 그러했듯이, 음악 역시 진동하여 파동을 만들어내는 움직임의 다발이 아닌가. 이 장면의 생기는 말 그대로 살아 움직이는 존재들의 것이다.

이 대목이 있었기에, 인물들이 모여 게임을 하는 소설의 마지막 장면도 힘을 얻었다. 그 장면에서 유진은 "물처럼 흐르는 음악"을 말한다. 그의 이야기는 쉼 없이 생장하며, 멈추지 않고 움직이는 것들의 어울림으로 아름답다. "만약 농장을 가질 수 있다면"이란 꼬리표는 말판의 출발지점에 놓여 있는 모든 말(馬)들에게 동일하게 붙어 있을진대, 그 꼬리표의 인간적인 이름이 희망이라면 유진은 자신만의 첼로를 아직 포기한 것이 아니리라.

진동으로 빚어져 파동으로 이어지는 소리들, 그러니까 그 모든 음악에 대해서라면, 「휴일의 음악」에서 숨처럼 코로 토해지는 할머니의 허밍 소리 역시 쉽게 지나칠 수 없다. 1년에 두세 번씩 그녀가 눈물을 흘리며 불렀던 노래는, 어릴 적 손녀에게 "공기보다 무거운 가스"를 생각게 했다. "안개"처럼 바닥으로 가라앉는 그 젖은 노래는 "숨이 딱 막힐 것 같"을 때에야 비로소 사그라질 수밖에 없었을 것이다. 하지만 할머니가 현재 들려주는 허밍은, 과거의 노래와 같고도 다르다. 요양원으로 손녀가 찾아온 날 할머니는 말한다. 항상 "절름발이처럼 느껴"졌던 그녀의 삶 전체가 허밍을 할 때면 "구름처럼 높은 곳"에서 재구성된다고. 「댄스댄스」에서의 아버지의 자전거를 「휴일의 음악」에서 대신하는 것은 할머니의 허밍이다. "지금 여기"에서 인물을 다른 곳으로 움직여놓는 허밍은 슬픈 옛 노래들처럼 아래로 가라앉는 것이 아니라, 오히려 그녀를 저 위로 데려다 놓고 그녀의 삶은 그 위에서 다시 새롭게 쓰인다.

바람에 반짝이는 물은 돌처럼 굳지 않으리

이 다시 쓰기는 정한아가 생각하는 예술의 힘과 닮아 있는 듯하다. 「아프리카」에서 각설이 솔이 춤을 추고 노래를 전할 때 '나'가 지친 마음을 추스를 수 있었던 것처럼, 『달의 바다』에서 고모가 거짓말이라는 허구를 삶이라는 "진짜 이야기"의 출발점으로 이어놓았던 것처럼. 험한 세상에 바닥없이 전락한다 해도 춤추고 노래하고 꿈꾸기를 그치지 않을 것이라는 믿음이, 그 믿음으로 삶을 다시 시작하겠다는 작지만 강인한 의지가 이 작가에게는 있다. 몸을 경직시키고 마음을 마비시키는 세상을 거슬러 정한아는 '흐르는 물'처럼 정지하고 끊임없이 흘러가야만 한다고, 그래야 빛을 잃지 않을 수 있다고 속삭인다. 그렇게 본다면 인간의 탄생까지 "긴 여행"(「나를 위해 웃다」)으로 치환하는 이 작가가 누구보다 여행을 사랑하는 것도 잘 이해된다. 정한아 소설의 여행은 귀환을 예비하지만, 여행을 마치고 돌아갈 곳은 언제나 그전과는 조금 다른 자리다. 그렇다면 우리의 여정의 마지막 차례로서, 언 몸을 녹게 하고 굳은 마음을 트이게 하는 감각의 힘을 짚어두려 한다.

"좋은 마테 찻잎에서는 바람, 태양, 흙의 향취를 느낄 수 있다. 감각이 활짝 열려서, 미처 느낀 적 없었던 시간, 장소에까지 가닿는 것이다"라는 「마테의 맛」의 두 문장만큼 이 작가의 소설을 잘 대변해주는 진술도 달리 없으리라. 이 작가는 내지르는 대신 감추고 숨길 줄 알며, 또 감추고 숨기면서도 의뭉스럽지 않다. 이러한 숨김의 기술은 정한아 소설을 젊은 소설 중에서도 드물게 서정적으로 만드는데, 그 서정성의 비밀은 한껏 열린 감각에서도 확인할 수 있다.

정한아에게 감각은 기묘하고 신기한 어떤 것이 아니다. 말하자면 그것은 어디에나 있는 "눈에 띄지 않는 나무의자"에서도 얻을 수 있고, 설령 의자가 지금 곁에 없다 해도 "몸에 스며드는" 그 느낌은 마음으로 환하게 감각할 수 있는 것이다.(「의자」) 「마테의 맛」「댄스댄스」「첼로농장」 등의 소설이 일러주는 진실도 모두 그런 것이 아니던가. 아울러 정한아의 소설에서 느낌의 전수는, 전세대에서 후세대로 이어지는 종적인 형태로도, 혹은 동일한 세대가 나누어가는 횡적인 형태로도 드러나고 있다. 아버지와 엄마와 할머니의 말없는 가르침을 헤아리는 속에서, 혹은 방향 없이 헤매고 있는 친구와 동료와 연인의 맞잡은 손 안에서, 정한아의 젊은이들은 자신에게 이미 박탈되었다 넘겨짚은 어떤 것을 희미하게나마 다시 감각한다. 그러므로 정한아 소설은 날개가 꺾인 이들이 그 역시 상실과 고통을 앓은 적 있는 보통의 조력자들과 함께 느낌을 나누며 다시 하늘을 엿보게 되는 작은 구원의 서사이기도 하지 않은가.

다시 출발점에 선 소설의 인물들처럼, 이 작가 역시 짐을 꾸려 낯선 새벽을 향해 떠나야 할 때가 한번쯤은 올 것이다. 그 길에서 맞는 어떤 순간에도, 빛을 잃은 굳은 손을 놓치지 않던 애틋한 마음을 간직하기를. 스스로를 위해 미소지을 수 있던 그 담백한 초심을 잊지 않기를. 쉽게 판단하려, 간단히 답하려 하지 않고, 수만 개의 진실을 품고 있는 저 신비한 삶을 향해 숨을 토해내듯 자신의 목소리를 토해내기를. 이 메마른 도시의 어두운 밤 안에서도 촉촉이 젖어드는 빛의 무늬를 매만질 수 있는 작가이기에, 이러한 바람이 헛되지 않으리라 믿는다.

(2009)

인상파의 복화술
— 김유진론

1. 모호한 인상에 관하여

모네의 〈인상, 해돋이〉가 발표된 것은 1874년의 일이었다. 당시 그 그림을 두고 한 비평가가 "인상만이 있을 뿐"이라고 혹평한 것이 새롭게 등장한 일군의 무리들을 일컫는 용어로 정착된다. 그로부터 십수 년 뒤인 1887년, 프랑스 예술 아카데미에서는 한 관현악곡을 두고 이와 유사한 상황이 재연된다. "모호한 인상만을 제시하고 형식적 명확성이 결여되어 있다." 비난의 타깃이 된 작품은 드뷔시의 〈봄〉이었다.

그리고 김유진 소설 속의 한 대목을 보라.

고모 집에 들어섰을 때, 가장 먼저 우리를 맞이한 것은 앞마당의 무화과 나무였다. 나무는 두 팔로 감싸도 다 안지 못할 정도로 크고 웅장했다. 두서없이 갈라진 가지 끝에 오리갈퀴를 닮은 넓적한 나뭇잎들이 여러 겹으로 포개어져 있어, 바람이 불면 손사래를 양옆으로 흔들렸다. 나뭇잎 가장자리를 따라 내려앉은 햇빛과 잎사귀 하나하나가 만든 작은 그늘이 모여 끊임없이 일렁이는 물결무늬를 그려내고 있었다.(「나뭇잎 아래, 물고기의

뼈」, 205쪽)[1]

빛의 변화에 따른 빠른 소묘로 곧잘 대변되는 특정 시기 모네의 작업 방식이 그러했던 것처럼, 인상파들이 골몰한 것은 생동감 있는 현재를 창안하는 것이었다. 대상을 직접적인 시각적 체험의 대상으로 환원하는 인상주의는 '순간'과 '감각'을 우위에 놓는다.[2] 물론 김유진 소설이 인상주의 회화처럼 눈앞의 대상을 형체 없는 점들의 체계로 환원시키는 것은 아니다. 하지만 이 작가의 소설이 '순간'과 '감각'에 열려 있는 위와 같은 묘사적 풍경을 즐겨 연출한다는 점은 환기해두어도 좋겠다.

가령, 김유진 소설에서, "빛이었다. 숲이 그 양상을 달리하고 있었다. 단풍나무 같은 키 작은 활엽수들이 나타나기 시작했다. 작고 부드러운 잎 사이로 햇빛은 쏟아졌다"(「A」)라거나, "사방에서 쏟아진 미적지근한 햇빛이 바닥으로 뚝뚝 떨어졌다, 이내 스며들었다, 수명을 다한 빛은 무거웠고, 눅눅했다. 빛은, 찌들어 보였고, 먼지로 가득찬 것만 같았다"(「희미한 빛」)와 같은 문장들을 만나는 것은 그리 어려운 일이 아니다. '희미한 빛' '우기' '눈은 춤춘다' '여름' '물보라' '숨은 밤' 등, 이 작가가 스스로 채택한 제목들은 흡사 그러한 연출을 예고하는 하나의 징후 같지 않은가.

그런데 김유진 소설에서 위와 같은 감각적 묘사들은, 주된 스토리의 진행과 밀접한 관련이 없이 돌연 제시되는 경우가 적지만은 않다. 진행중인 서사를 잠시 중지시키는 그러한 대목들은 김유진 소설의 첫인상, 다시 말해 모호하고 난해한 인상을 가중시킨다. 물론 그러한 인상에는 묘사보다

---

1) 이 글에서 다루는 김유진 소설의 출처는 다음과 같다. 김유진, 『늑대의 문장』, 문학동네, 2009; 『숨은 밤』, 문학동네, 2011; 『여름』, 문학과지성사, 2012. 앞으로 본문에 인용될 경우 쪽수만 적기로 한다.

2) 아르놀트 하우저, 『문학과 예술의 사회사』 4, 백낙청·염무웅 옮김, 창비, 2003. 이상 인상주의와 관련된 내용은 이 책의 201~208쪽 참조.

서사를 우위에 놓고, '묘사를 독서를 방해하는 불필요한 여담이나 거추장스런 잉여처럼 취급하는 관행'[3]이 얼마간 작용하고 있을 것이다. 게다가 작가가 부려놓은 모호한 이미지들에 크게 호감을 품고 있는 독자라 하더라도, 스토리를 쫓아가기 마련인 독서의 순간에 그것들이 직조하고 있는 의미의 그물망까지 섭렵하는 것이 여간한 일은 아니다.

　지금까지 서술한 맥락에서 보면, 최근 김유진 소설에 대한 논의들이 소설의 모호성을 강조하며 그것을 특정한 미적 태도와 연관지어 풀어가는 것이 일리가 있다고 생각된다. 주요한 논점이 차이를 내장하고는 있지만, 김유진 소설은 대체로 "어떤 일이 일어났다는 것(that)을 전달하지만, 무슨 일(what)이 일어났는지 이야기하는 데에는 친절하지 않"으며,[4] "사건은 뒤로 숨어 있고, 인물이 느끼는 감정 역시 극도로 절제되어 이미지를 통해 간접적으로만 환기"되는 경향이 강하고,[5] 그리하여 몇몇 소설은 "시학과 산문학의 경계가 모호"해지는 양상으로까지 발전하기에 이른다.[6]

　그리고 오늘 이 글에서는 김유진 소설에서 그러한 '모호함'이 인물의 복합적인 '내면'과 조응하면서 사건을 이해하는 풍부한 실마리를 제공해준다는 가설 아래 작업을 진행하려 한다. 일차적인 검토 끝에 분석의 대상이 되는 소설들을 아우르는 키워드로는 '관계'를 선택한다. 따라서 분석의 한 축에는, 관계의 역학을 좌우하기 마련인 '타자'와 '욕망'의 문제가 자리잡게 될 것이다. 『늑대의 문장』이후 김유진 소설은 일상성을 중심으로 관찰할 때 두 갈래로 전개되어왔고, 그것은 비교적 시기적으로 구분된다. 그러므로 먼저 발표된 몇 편의 소설들부터 읽어가기로 하자.

---

　3) 란다 사브리, 『담화의 놀이들』, 새물결, 2003 참조.

　4) 김미정, 「불안은 어떻게 분노가 되어갔는가」, 『문학동네』 2011년 여름호.

　5) 강지희, 「무성한 감각의 풍경」, 『문학동네』 2011년 겨울호.

　6) 이소연, 「모놀로그의 충동, 메타로그적 열정」, 『자음과모음』 2011년 겨울호.

2.버려진 아이들의 내면

"고대적인 예지와 풍모"를 지닌, "하대당한 신과 영웅들의 비참한 후 일담"[7]은 이제 끝난 것일까?『늑대의 문장』이후 한동안 김유진 소설을 대변해왔던 것은 '원인 모를 폭사'를 비롯한 재앙의 이미지였다. 그런데 대략 2008년을 기점으로 김유진 소설은 조금씩 변화하기 시작한다. 이 글 에서 주목하고 있는 소설들은 2008년 이후 김유진이 제출한 소설들이다. 그중에는 작가의 첫 장편소설『숨은 밤』도 있거니와, 한 인터뷰에서 김 유진은 그 소설이 "버려지는 아이들의 내면"[8]에 주목한 것이라고 언급한 다. 그런데 작가의 그 말은『숨은 밤』이전에 그가 쓴 일련의 소설에도 어 울리는 말이기도 하다. 김유진은 버려진 아이들의 내면에 대한 소설들을 쓰고 난 후에, 타인과의 관계에 대한 탐구라는 또다른 국면으로 넘어가게 된다.「눈은 춤춘다」「A」「바다 아래서, Tenuto」,『숨은 밤』등도 공통적 으로 누군가에게는 최초라고 할 만한 관계들을 다루고 있다고 할 수 있기 때문에, 내게는 이 흐름이 자연스럽게 느껴진다.

어느 버려진 이층집을 우선 둘러보기로 하자. "그 집"은 소설의 도입 부에서부터 고딕풍의 기괴한 형태로 그려진다. 어두운 푸른빛을 한 대문, 땋은 머리채 같은 벽돌 타일, 먼지처럼 날리는 날벌레들, 포도덩굴이 말 라붙은 철제 아치, 곰팡이 냄새가 나는 비로드 커텐, 썩은 내가 올라오는 진열장 바닥…… 여기는 어디인가. 드뷔시의 한 작품이 부제로 되어 있 는「눈은 춤춘다」의 서사는 이 이상한 집으로 '나'가 들어서면서부터 본궤 도에 오른다. '나'를 위시해 '그'와 '그녀' 등 소설 속 중심인물들은 모두 부모 없는 아이들이다. 마침, 소설 속 누군가 묻는다. "너희들은 누구지. 너희 엄마 아빠는 어디 있는 거야." '나'는 말한다. "우리는 어느 질문에

---

7) 김형중,「고대 동물들의 후일담」,『늑대의 문장』, 문학동네, 2009.

8) 고봉준,「문체와 이미지의 마성, 소설가 김유진」, 웹진 문장 2011년 12월호.

도 명쾌히 대답해줄 수 없었다." 유기된 아동들에 관한 사회학적인 탐구는 이 소설의 관심사가 아니다. 소설이 클로즈업하는 것은 최초의 관계들과 얽혀 분기하게 될 욕망의 뿌리다. 완벽한 폐허이자 은폐된 밀림인 "그 집"은 상실된 낙원에 다름아니다.

그녀는 자리를 털고 일어나 그의 옆에 누웠다. 모로 누워 있는 그의 뒤에 바싹 몸을 붙이고 두 팔 가득히 허리를 껴안았다. 곧 잠이 들었다. 나는 머리카락을 한데 모으고, 침대 위 한몸처럼 달라붙은 둘을 바라보았다. 둘의 낮고 더운 숨소리가 번갈아가며 들려왔다. 나는 그때 느꼈던 감정이 어떤 것인지 정의내릴 수 없었다. 내가 알고 있는 단어로는 설명이 불가능했기 때문이었다. 나는 단지 그 콧소리가 아름답다고 느꼈으나, 내 것은 아니라고 생각했다.(「눈은 춤춘다」, 81쪽)

낙원의 원주민인 '그'와 '그녀'는 '나'에 의하면 "감정을 분배하고 공유하는 것이 익숙한 관계"다. '그'는 화내고 욕하며, '그녀'는 습관적으로 사과한다. 비유컨대, 화자에 의해 "신을 믿었다"고 술회되는 '그녀'는 이 낙원에서 언제나 죄를 고해야 하는 이브다. 그리고 울창한 정원수들이 둘러싸여 낮이라도 어두운, 바꿔 말해 밤이 관할하는 그 집에서는 위와 같은 일들이 일어난다. 지금 '그'와 '그녀'는 "한몸처럼" 붙어 있으며, '나'는 둘을 바라보며 "설명이 불가능한" 감정을 느낀다. 추측건대, '나'가 느낀 감정의 일부는 이 집에 드리워진 근친상간적인 그림자로부터 유래하고 있을 것이다. 하지만 이 국면에서는, '나'가 "두 살 터울의 남매"인 두 사람을 '그'와 '그녀'로 지칭하고 있다는 사실을 더 눈여겨보는 것이 좋겠다. '그'와 '그녀' 사이에 '나'가 끼어들면서 소설의 미묘한 삼각구도는 형성되고, "교육" 역시 시작되기 때문이다.

그 교육에 대해 살피기 전에, 이번에는 「바다 아래서, Tenuto」에서 한 모자의 이인용 식탁으로 가보자. 후박나무의 묘사로부터 시작하는 소설은 '나'가 'K'라 일컫는 어떤 이의 현재와 과거에 관한 이야기를 펼쳐놓는다. 현재의 K는 찻숟가락으로 혓바닥의 백태를 긁어내는 것으로 무미건조한 하루를 시작하는, 말하자면 외톨이다. 그의 일상은 사소한 규칙들에 의해 진행되고, 감정의 기복이란 없다. 피아노학원에서 소소하게 가르친 대가로 약간의 봉급을 받으며, 주말이면 하루종일 카페에서 시간을 보내는 것이 전부다. 그는 왜 이렇게 재미없는 남자가 되었을까.

발광하는 빌딩의 불빛들이 어머니의 눈동자 안으로 들어왔다. 어머니는 풍경을 보았고, K는 내내 어머니 옆에 붙어 있었다. 그는 갑자기 불안한 마음이 들어, 어머니의 손을 가져다 꼭 잡아보았다. 어머니는 손에 힘을 주지 않았다. K는 어머니의 굳게 다문 입을 바라보았다. 단단한 눈동자를 보았다. 그것은 유람선에서 바라보는 풍경보다도 낯선 것이었다. 어린 K는 두려움이 일었다. 그는 어머니와 눈을 맞추기 위해 노력했지만, 어머니는 배에서 내릴 때까지 돌아보지 않았다. K는 홀로 남겨진 것 같았다. 그는 물결을 가르고 천천히 나아가는 유람선 안에서, 영혼의 반쪽이 잘려나간 듯한 고통을 느꼈다.(「바다 아래서, Tenuto」, 28쪽)

K의 현재를 설명하기 위해서 소설은 과거로 돌아간다. 피아노 신동쯤으로 보이는 어린 K와 그의 어머니는 함께 연주여행을 떠난다. 그러나 결정적인 사건은 피아노를 연주한 "천장 높은 방"이 아니라, 그 연주를 성공적으로 마친 후 어머니의 손에 이끌려 탄 유람선 위에서 발생한다. 그 유람선 위에서 K는 어머니가 욕망하는 대상이 자신이 아님을 불현듯 인식하고 불안에 휩싸인다. 말하자면 위 장면에서도 "발광하는 빌딩의 불빛들"과 어머니, 그리고 아들 K는 모종의 삼각구도를 형성한다. 당연하게도, K는 어머니와 유착된 이자관계(dual relation)를 청산하고 싶지 않

다. K는 "수면 아래 가자미처럼 깊고 평화로운 잠", 그 "충만함"을 사수하고자, 어머니가 욕망하는 것의 매개라 생각한 피아노 치기를 거부한다. 그리고 어머니가 죽어 후박나무 아래 묻히기 전까지 K는, 그녀와 "이인용 식탁"에서 밥을 먹고, "나란히" 잠잔다. 우리가 소설 속 진술을 신뢰한다면—한번 시작된 '불안'을 그가 어떻게 무마했는지까지는 알 수 없으나—그에게 유의미한 관계의 대상은 오직 어머니뿐이(었)다.

　　나는 점을 찍는 일을 게을리하지 않았다. 졸업할 때 즈음엔 점이 찍히지 않은 책이 없었다. 매년 새로 받은 10여 종의 교과서들, 매해 사들인 전과들, 60권짜리 과학도감, 어린이 위인전기, 세계 견문록, 디즈니 명작동화 시리즈, 우리전래동화 70선까지 하나도 빠뜨리지 않았다. 새로 얻은 책들은 그림을 통하여 내용을 상상하였다. 시간이 지나자 어떤 단어들은 읽을 수도 있을 것 같았다. 그러나 읽고 싶지 않았다. 나는 책의 내용이 내 상상의 범주보다 넓을 것이라 믿지 않았다.(「A」, 163~164쪽)

앞서 살펴본 두 장면은 각각 정신분석에서 원초적 장면이라 일컫는 유년기의 외상적 체험을 무대화하고 있는 것처럼 보인다. 그리고 두 인물 공히 불가해하건, 아니면 "영혼의 반쪽이 잘려나가는 듯"하건 자신이 그때껏 경험해보지 못한 낯선 감정을 발견한다. 바로 그 장면에서 시간이 멈춘 「바다 아래서, Tenuto」보다 더 나아간 쪽은 몽환적인 필치로 직조된 「눈은 춤춘다」이다. 「눈은 춤춘다」에서 '나'가 문자를 습득하는 과정과 '나'의 최초의 성적 경험은 병행해서 일어난다. 사건 그 자체에만 국한해보자면, 「A」의 '나'에게도 문자 (재)습득과 성적 경험은 연쇄적으로 일어난다. 「눈은 춤춘다」의 '나'는 "그것이 훨씬 아름다웠기 때문에" "상상 속의 문자"를 고수하려 했고, 갑작스럽게 문자를 발화하지 못하게 된 「A」의 '나' 역시 "내 상상의 범주"가 책보다 넓다고 믿으며 "수천 권의 책"들의 자음(ㅇ, ㅎ, ㅂ, ㅁ)에 점을 찍는 것으로 5년을 보낸다. 그리고 그런 그들에게 교육(정신분석의 용어를 빌리자면, 상상계를 상징계로 덧쓰는 과정)이 뒤늦게 시작되는 것이다.

소위 부권적 금지를 둘러싼 스펙트럼은 상이하지만, 세 소설 모두 최초의 관계들이 어떻게 형성되고 있는가를 보여주고 있다는 사실은 분명하다. 그러나 세 소설의 공통점이자 김유진 소설의 특이성이 있다면, 그 과정 속에서 이들이 갖게 되는 혼란과 혼돈을 소설이 그 자체의 미적인 자질로 구현하고자 꾀하고 있다는 사실이다.

가령, 「눈은 춤춘다」의 마지막 장면—"그가 내게 한 교육의 마지막 결과물"로써, "신의 것처럼 강해 보이는" 그에게 맹세한 후 비로소 "미래의 나"를 보는 "풍경"이 제시되는 대목—에서 그것이 오이디푸스적 변주임을 눈치채기란 쉽지 않다. 초승달마저 "벌벌 떨고 있는" 것으로 포착되듯이, 또 "무섭고, 무서웠다"라는 고백에서 알 수 있듯이, 불안과 공포에 압도된 '나'의 눈에 비친 상황은, 시간적 거리가 매개하고 있음에도 바로 그 순간 '나'가 느끼는 그대로 독자 앞에 던져진다. 그뿐인가. 열 살의 'A'와, 자원봉사단 'A'와, 현재의 'A' 등, 자신에게 의미 있는 타자 모두를 'A'라 지칭하며 그들이 동일인인지 아닌지 "증명"할 수 없노라는 서술자를 내세우고 있는 「A」도 혼란스럽기는 마찬가지다.[9] 김유진 소설은, 약속된 서사적 질서 속에서 그것의 의미를 도출해내기를 원하는 독자들에게 그다지 너그럽지 않다. 추측건대, 김유진은 사건과 감정들은 그려지는 것이지 해석되어야 할 대상이 아니라고 생각하는 듯하다. 「눈은 춤춘다」에서 서

---

9) 두 소설에서 연출되는 혼돈에 비하자면, 「바다 아래서, Tenuto」는 언뜻 평범해 보인다. 하지만 이 소설 역시, 평범하지 않다. 소설에서 서사상 불가능한 위치를 점유하고 있는 '나'는 누구인가. 몇 가지 단서들로 추론하여 '나'와 '소녀'를 동일인으로 상상해보면, 이 소설의 서사적 욕망의 주체는 K가 아니라 '소녀'일 수 있다는 흥미로운 반전의 가능성이 마련되기도 한다. 하지만 '나'를 소설 속 특정 인물로 수렴하게 할 결정적인 증거는 어디에도 없다.

술자가 충격적인 사건을 "설명"하는 대신 "날씨와 풍경"을 제시하는 것, 그것은 김유진 소설의 방법론을 투영하고 있다 해도 과언이 아니다.

> 나는 기의 학교생활이 순탄치 않기를 바랐다. 기가 선생님과 아이들에게 인정받고 동화되어, 마침내 나를 외면해버릴까 두려웠다. 학교에서 내쳐진 뒤, 예전처럼 여관으로 돌아오기를 바랐다. 피를 뒤집어쓴 기의 뒷모습을 되새겼다. 파르르 떨리는 눈자위와 새하얗게 질린 얼굴이 생생하게 떠올라 쉽사리 사라지지 않았다. 기의 불행이 내 탓인 것만 같았다. 원망으로 가득 찬 눈동자가 나를 괴롭혔다.(『숨은 밤』, 132쪽)

김유진의 첫 장편소설인 『숨은 밤』에서 '나'가 경험하는 나날의 사건들이 하나로 쉽게 종합되지 않고 파편적으로 부유하고 있는 것도 비슷한 연유로 짐작된다. 총 63장으로 분장되어 있는 이 소설을 읽다보면, 작가가 플롯의 구축에 적대적이라는 생각을 갖게 된다. 작가의 문장은 근래에 본 소설들 중에서도 손에 꼽을 만큼 정제되어 있지만, 짜임새 있는 플롯의 부재로 인해 내러티브의 가독성은 현저히 떨어진다. 그러나 원론적으로 생각해볼 때, 독자가 소설을 읽을 때 이미 받아들일 준비가 되어 있는 내러티브는 어쩌면 패턴화된 형태라고 해야 옳을지도 모른다.

그런 점에서 스토리텔링의 직선적인 연속성이 인간의 경험을 제대로 포착할 수 없다는 주장은,[10] 맥락이 다소 상이함에도 곱씹어볼 만하다. 규범화된 플롯에 대한 불신을 말하는 이들은 그 이유 중 하나로 그것이 현실을 "개인의 의지와 목적"에 의해 형성되는 "일관성 있고 질서정연하고 순차적인" 것으로 받아들이도록 한다는 점을 상기시킨다. 다시 말해, 만약 『숨은 밤』이 작가의 말대로 "버려지는 아이들의 내면"을 탐구하고자

---

10) 리타 펠스키, 『페미니즘 이후의 문학』, 이은경 옮김, 도서출판 여이연, 2010, 158~174쪽 참조.

했던 것이라면, 그러한 내면이 정돈된 플롯과 선명한 내러티브에 의해 구축되는 것이야말로 작가의 의도에 반하는 것일 수 있다는 뜻이다. 『숨은 밤』에서 서술자인 소녀의 드라마가 그녀가 집요하게 따라가고 있는 인물인 소년 '기'의 드라마에 견주어볼 때 훨씬 불투명하게 느껴지는 것도, 이와 같은 각도에서 접근이 가능하다. 뒤집어 말한다면, 『숨은 밤』은 소년보다 소녀의 내면과 경험에 더 충실하다. 『숨은 밤』에서 기에 바쳐진 소녀의 온 촉수는 생동감 있게 살아 있는데, 그것은 소녀의 인식과 행동이, 혹은 감각과 감정이, 여타의 소위 성장소설이 그러한 것처럼 예상 가능한 플롯에 의해 관할되고 있지 않기 때문이다. 『숨은 밤』은 서사의 배후에 어른거리는 성인의 그림자를 조금도 용납하지 않고 오로지 소녀에 집중하는 독특한 소설이다.

3. 풍경이라는 복화술

문자를 한사코 거부하던 아이들을 뒤로 하고, 이제 우리는 문자를 능숙하게 쓸 수 있음에도 여전히 "입술에서 떨어진 말들"은 "불구"에 가깝다고 생각하는 인물들을 만나러 갈 것이다.

입술에서 떨어진 말들은 대체로 불구에 가까웠다. 말들은 문법에 어긋난 것들이 대부분이었고, 종결되지 않은 채로 남겨지거나, 끝없이 이어졌다. 사람들은 서술어를 쉽게 생략했고, 문장의 앞뒤를 바꾸거나 이미 말한 단어를 전혀 뜻이 다른 단어로 번복하기도 했다. Y의 임무는 생략된 말들을 찾아 문맥에 맞게 끼워넣는 것이었다. 문장과 문장 사이의 공간, 대화와 대화 사이의 간극, 언어로 표현하기 전에 눈빛이나 손짓으로 대체하는 대화들을, Y는 오해의 여지없이 풀어내야 했다.(「여름」, 100~101쪽)

「희미한 빛」「여름」「우기」「물보라」 등에서 여성(이거나 여성적 위치에 있는) 초점화자들은, 말들을 다루면서도 그 말들이 그들의 진심을 담을 수 있다고 신뢰하지 않는다. 좀더 정확히 말해, 그들의 내면적 진실은 주고받는 명시적인 말로써는 그 모습을 드러내지 않는다. 이 소설들에서 김유진이 일상을 배경으로 탐구하는 내면적 진실은, 타인과의 관계를 경유하여 엉뚱한 곳에서 비루한 모습으로 비어져나온다. 마치 에릭 로메르와 홍상수가 남녀관계의 세목을 통해 삶의 진실을 탐구하듯이, 김유진도 미묘한 위기에 있기도 하고, 막 결별하기 직전이기도 하고, 또 헤어진 지 제법 지났기도 한 소설 속 여러 인물들의 관계를 통해서 자신의 탐구를 수행한다. 그렇다면, 인물들이 만나거나, 만났던 사람들의 면면은 어떨까.

먼저, 「여름」에서, 현재 'Y'가 사귀고 있는 중인 'B'. B는 소음과 먼지 속의 사람이다. 애초에 집을 그리 마음에 들어하지 않는 Y에게 집이 아름다워질 가능성에 대해 이야기했던 그는, 드릴의 소음에도 개의치 않고 말을 하고, 자신의 작업장에서 날아든 먼지가 집안을 가득 채워도 모른다.

다음 차례는 「희미한 빛」에서 '나'가 이제 헤어지려고 하는 중인 'B'. "모호한 이곳의 정서"에 적응하는 데 실패하고 유년기와 청년기를 보낸 '고국'으로 돌아간 그는, 카드를 거절하는 식당주인에게 "카드로 계산해주십시오. 아니면 경찰에 신고하겠습니다!"라고 말할 정도로 융통성이 없다.

그다음으로 「물보라」에서, '나'와 헤어진 지 좀 된 듯한 'L'. 서술자에 따르면, L은 말장난을 좋아하고, 조소하거나 비꼬는 것을 즐기는 언사가 가벼운 사람이다. 꼭 가지 않아도 되는 식당에 오기를 부리고 골을 내며 찾아가는 L은 「희미한 빛」의 B와 성격적 자질을 어느 정도 공유하고 있어 보인다.

마지막으로 이들 중 성별이 가장 불분명한 「우기」의 K. 서술자가 보기에, 자신이 아는 만큼만 이해하는 K는 "지나치게 많은 말들"을 뱉는다. '나'가 여행을 떠날 때 목격한 마지막 K의 마지막 모습은 잔뜩 짜증난 표정이다.

이렇게 일별하고 보면, 내레이터의 필터로 걸러진 이들은 하나같이 타인에 대한 배려심이 없는, 유아적이고 이기적인 인간이라는 점에서 놀랍게 일치하지 않은가. 그런데, 여기서 서술자-초점인물의 동거인이거나, 연인이거나, 친구인 위의 인물들에 대해 짐작할 수 있는 정보들이 어디까지나 제한적으로 제공되고 있다는 점에 유의해야 한다. 서술자-초점인물에 의해 중개되는 면면이 그들에 대해 우리가 알 수 있는 전부인 것이다. 그리고 초점인물과 그들 사이의 거리로 볼 때, 사이가 멀어질수록 그들의 결함을 고발하는 목소리는 더 빈번해진다. 가령 완전히 결별한 「물보라」는 문면에서 배어나오는 비난의 강도가 세고 노골적인 반면에, 현재 여전히 동거중인 「여름」은 상대적으로 암시적이다.

이 소설들에서 서술자의 관찰이 중립적일 수 없다는 점은 어렵지 않게 인지할 수 있다. 예컨대 「희미한 빛」의 '나'는 B에 대해, "자신만을 보호할 줄 안다"고 논평한다. "만"이라는 보조사에서 비난의 의도가 읽혀지거니와, 소설에서 '나'가 B에 대해 품고 있는 불만은 생각보다 명시적이다. 여행중 사소한 일로 분란을 일으키는 B가 "부끄러워" 견딜 수가 없었으며, 그런 B를 "어디까지 이해하고 용인해야 할지" 감당할 수 없었다고 회상하는 '나'를 보라. 그리고 그러한 '나'의 시선은 3년 전쯤 두 달간 만난 사이이자 현재의 동거인인 L에게도 예외가 아니다. 서술자 '나'에 의하면 L은 "늘 그렇듯 잔을 씻지 않은 채 조리대에 올려"두고, 담배를 피우면서 "늘 창문 여는 것을 잊"는 사람이다. 부사어 '늘'은 L의 부주의한 습관뿐 아니라 그런 그의 행동을 계속 못마땅하게 주시해온 '나'의 시선도 함께 드러낸다.

이제, 질문을 던질 차례다. 그렇다면 '나'는 지금까지 어떻게 행동해왔는가. 다시 말해 '나'는, B와 L에게 자신의 불쾌함에 대해 정도껏 피력해왔을까. 상황은 오히려 그 반대에 가깝다. '나'는 "사랑하는 B에게"란 제목을 붙인 메일에 오히려 "그간 내가 저지른 과오들, 그의 고독에 대한 몰이해와 의심들을 구구절절이 적으며 용서받고 싶다"고 썼으며, 함께 살고 있는 L의 소란에도 "싫은 내색"을 전혀 하지 않는다. 비단 「희미한 빛」뿐 아니라 「여름」 「물보라」 「우기」에서, 초점인물들은 자신에게 불쾌와 혐오를 유발하는 B, L, K들의 행동에 대해, 바로 그들에게만은 입을 다문다. 그 사실에 대해 「희미한 빛」의 '나'라면 이렇게 말할 것이다. "아는 것과 행동하는 것은 별개의 문제"라고. 여기서 다시 질문을 던져보자. 앎과 행동을 '별개의 문제'로 만드는 요인은 무엇이며, 우리는 그것을 어떻게 이해해야 하는가.

당겨 말하자면, 김유진 소설 속 이 관계들에는, 비록 그 관계의 당사자마저 짐짓 일상적이고 사소한 것으로 치부하는 듯하지만, 종속과 모욕의 심리적 역학이라 할 만한 것이 가로 놓여 있다. 서사가 진행되는 동안 지속적으로 노출되는 서술자-인물의 불만은 마치 그 관계를 그가 언제든 철회할 수 있을 것이리라는 착각을 불러일으키지만, 드러난 바대로라면 관계를 유지해야 할 필요는 상대방만큼이나 그에게도 절실해 보인다. 객관적으로 보자면, 더 많은 심리적 에너지를 투자하고 있는 쪽은 상대방이 아니라 그인 것이다.

이 지점에서 서술자-인물의 경제적 위치를 상기해보는 것도 무익한 일은 아니겠다. 현재든 과거든 (옛)연인과 '집'을 공유하고 있는 「희미한 빛」 「물보라」에서, 그 집에 대한 권리가 '나'가 아닌 상대방에게 더 많이 주어져 있다는 사실은 직간접적으로 환기된다. 가령 「희미한 빛」의 '나'와 'L'의 경우에, 같이 사는 "집은 L의 것"이며, '나'는 그에게 "시세에 비하면 터무니없이 적은 액수"의 월세를 내고 살고 있다. 하지만 L이 가진 것은 집만이 아니다. 그에게는 "훤히 드러난 두 다리와 맨발에 초점이 맞춰져" 있는 '나'의 사진도 있다. 말할 것도 없이 '나'는 사진을 가져가고 싶지만, 그에 따르면 "사진의 주인물은 나이되, 사진의 주인은 L"이기에 그럴 수 없다.

상대에게서 벗어나고 싶지만 동시에 벗어나고 싶지 않은 서술자들의 욕망은, 그들의 행동만큼이나 복합적이고 모순적이다. 김유진 소설에서 공개적으로 발화되기 어려운 마음은 당연하게도 벗어나고 싶은 마음이다. 그때의 마음, 힘의 주도권을 잃고 모욕당한 그 마음은, 스스로를 불쾌하게 하는 것들에 대한 예민한 감각으로 현상한다. 바꿔 말해, 관계의 상대방으로부터 자유롭고 독립적이기를 원하면 할수록, 상대방과 연루되어 있는 모종의 불쾌는 더 지속적으로 환기된다. 신경을 거스르는 '먼지'가 "살아 있는 듯 끊임없이 태어나고 이동했다"고 묘사되는 「여름」의 다음과 같은 장면은 그 좋은 예이다.

　　면을 가진 모든 것들 위에, 먼지는 있었다. 먼지는 살아 있는 듯 끊임없이 태어나고 이동했다. 번식했다. 거실의 네 귀퉁이, 하나뿐인 책장의 작은 모서리, 구색을 갖춘 몇 권의 책 틈으로 숨어들었다. Y는 단출한 살림살이를 아침과 저녁, 하루에 두 차례 닦았다. 좀이 슨 나뭇바닥, 한쪽 다리가 흔들거리는 탁자, 짝이 맞지 않는 의자 두 개를 물걸레와 마른걸레로 번갈아 문질렀다. 마룻바닥의 좁은 틈이나 문턱과 바닥 사이에 낀 먼지들은 페인트용 붓으로 파냈다. 샤워를 끝낸 Y는 개수대 앞에 섰다. 건조대 위 찻잔과 그릇 몇 개가 눈에 들어왔다. 먼지가 부엌까지 미치는 것을 알지 못하는 B가 한 일이었다. Y는 그릇을 다시 닦기 시작했다.(「여름」, 97쪽)

이 장(章)의 서두에서 우리는 먼지에 무심한 B의 태도에 대해 거론했다. 비단 먼지와 관련된 삽화만은 아니지만, B가 먼지 속에서도 아무렇지 않게 살아갈 수 있다는 사실은 타인을 비롯한 환경보다는 오직 자아에만 집중하는 그의 심리적 경향을 유추하게 해준다. 그러나 보다 공평하자면, "면을 가진 모든 것들" 위에서 먼지를 발견하는 Y의 먼지에 대한 감수성도 자기애의 한 형태일 수 있음도 놓치지 말아야 할 듯하다. 위의 장면에서 Y는 집안 구석구석에서 먼지를 발견하고, 그것들을 청소하고, 스스로를 샤워한 다음, 건조대 위에 놓인 그릇을 또다시 닦는다. 이 장면을 이해하기 위해, "여성의 신체는 남자와는 다른 방식으로 생물학적 한계 너머로 확장"[11]된다는 지적을 잠시 떠올려보자. 소설에서 Y가 작업장과 부엌을, 연인인 B의 공간과 자신의 공간으로 반복적으로 구분해내고 있다는 사실은 중요해 보인다. 부엌, 좀더 정확히 말해 작업장을 제외한 생활공간이 Y에게는 바로 그 자신이 확장된 것이나 다름없어 보이기 때문이다. 먼지가 미쳤을지도 모를 공간에 대한 세세한 관심이, 지나가는 투이기는 하지만 결국 "B가 한 일"이라는 잠정적인 비난의 화살로 일단락되는 것은 그 사실과 무관하지 않다.

그리고 우리는 이제 가장 핵심적인 장면들, 「여름」과 「희미한 빛」의 마지막 장면으로 진입할 것이다. 인물의 내면적 진실이 그의 말과 행동보다 그가 목격하는 '풍경' 속에 더 잘 간직되어 있음을, 각기 다른 측면에서 조명해주고 있기 때문이다. 두 소설은 모두 초점화자가 보고 있는 하나의 풍경에 대한 묘사로 끝이 나는데, 입이 없는 그 풍경들에서 인물의 내면은 더 풍부하게 감지된다.

　　Y는 체리나무 앞에서 걸음을 멈췄다. 시멘트는 체리나무 그늘에 작은 봉분 모양으로 단단하게 굳어 있었다. 봉우리 부분이 피로 검게 물들었다. 바람이 불었다. 올여름 들어 가장 시원한 바람이었다. 완벽히 익은 체리는

---

11) 대리언 리더, 『여자에겐 보내지 않은 편지가 있다』, 김종엽 옮김, 문학동네, 2010, 241~242쪽. 성별분업이 낳는 친숙한 연상은 「여름」의 B와 Y를 각각 남자와 여자처럼 생각게 하지만, 소설에서 명시적인 언급은 제시되지 않는다. 단지 Y의 몸이 '무성'에 가깝다는 진술이 있을 뿐이다. 그럼에도 위에서 여성과 남성의 공간적 인식의 차이를 거론한 것은 그것이 단순히 생물학적인 구분이 아니라는 사실을 염두에 둔 것이다.

제 무게를 이기지 못하고 쉼 없이 땅으로 떨어졌다. 떨어진 체리들이 나무 주위에 쌓여, 거대한 화관을 만들고 있었다. Y는 그 화관 안으로 발을 디뎠다. 검은빛에 가까운 진녹색의 잎사귀와 한여름의 햇빛을 받으며 뒤늦게 여물어가는 어린 열매가 보였다. Y는 힘껏 뛰어, 길게 늘어진 체리나무 가지를 꺾어 보았다.(「여름」, 97쪽)

「여름」의 마지막 대목이 섬세하게 묘사하고 있는 것은 체리나무에서 체리가 떨어지고 있는 풍경이다. 체리나무의 잎사귀와 열매에 대한 묘사는 서사적 맥락과는 무관하게, 마치 서정적인 여름의 한 단면을 아름답게 그려내고 있는 듯하다. 그러나 바로 그 점이 저 장면을 놀라운 마음으로 다시 곱씹게 한다. 소설에서 '먼지'와 '벌레' 등에 대해 화자가 피력하는 불쾌감과 혐오감을 따라 B에 대한 Y의 감정의 결을 더듬어온 사람이라면,[12] 또 맛을 짐작할 수 없는 요리를 만들 정도로 순응적으로 보이는 Y가 실은 B와 거리를 두고 싶어하는 것이 아닌가 하는 의문을 문득 가졌던 사람이라면, 아니, 몇 페이지 앞에서 Y가 각혈을 했다는 사실을 잊지 않은 사람이라면, "올여름 들어 가장 시원한 바람"이 단순히 기상학적 사실이 아니라 초점화자 Y의 해방감을 암시하고 있다는 인상을 받을 것이다. Y의 '피'는 체리나무 그늘 아래서 시멘트 봉분 위로 작게 응고되어

---

12) 「여름」에서 개수대의 벌레에 대해 화자가 갖고 있는 혐오감은, 먼지에 대한 그것만큼이나 흥미롭다. 마지막 장면 직전에서 회고되는 2년 전 남해 여행 사건은, Y가 집의 개수대에서 벌레를 발견하고 "독충이 아니었고 날개를 가진 것도 아니었으나, 그 생김새에 두려움이나 혐오감을 느끼"고 쉽사리 발을 떼지 못하던 이유를 충분히 추론하게 해준다. 과거 Y는 방파제에서 책을 읽다가 "방파제와 먼 바위에 다닥다닥 달라붙어 있던 것들"이 "모두 벌레"였다는 사실을 발견하고 소스라치게 놀랐던 것이다. 간단히 말해 일종의 트라우마라고 할 수 있는데, 현재 벌레에 대한 Y의 두려움과 혐오가 단지 과거의 벌레떼의 습격으로 인한 것만은 아니라는 사실이 동일한 장면에서 암시되고 있다. Y가 울먹이며 B를 불렀음에도 불구하고 "부둣가에서 계선주를 만지작거리며 대화에 열을 올리는" B의 모습은, 개수대에서 발견한 벌레에 대한 Y의 혐오감 속에 당시 B에 대한 감정이 부착되어 있음을 암시해준다.

운동성을 완전히 잃은 반면에, 완벽히 익은 체리가 양감을 자랑하며 "쉼없이" 떨어져 흡사 축제를 연상케 하는 "화관"과 같이 보이는 풍경, 그것은 그 자체로 Y의 내면을 투영하고 있지 않은가.

　늙은 공작은 구애 중이었다. 우리는 수목원에서 그를 보았다. 공작은 인도공작의 변종으로 전신이 백색이었다. 부리와 다리는 연한 분홍빛이 돌았다. 그는 날개깃의 가장자리와 정수리 부분이 누렇게 변색되어 가는 중이었다. 공작은 깃털을 빳빳이 세우고 울었다. 코를 푼 휴지를 뭉쳐놓은 듯, 불규칙한 크기의 무늬들이 앞뒤로 파르르 떨렸다. 구애는 약 15분간 이어졌다. 그러나 우리 안의 암컷들은 그에게 관심이 없었다. 여행하는 내내 날이 흐렸다. 흐린 날을 기다려 구애를 하는 것이 공작의 습성이라고 했다. 공작은 체념한 듯 깃털을 천천히 접었다. 가지런히 접힌 날개의 길이는 족히 1미터가 넘었다. 날개 때문에, 방향을 바꾸기가 쉽지 않은 듯했다. 땅에 끌린 깃털은 흙먼지를 뒤집어쓰고 좀더 누레졌다. 둥지로 돌아가는 공작의 엉덩이와 뒤뚱거리는 걸음새는 오리의 것과 다를 바 없었다. 공작의 생태에 관한 안내문과 경고문구가 적인 표지판을 단 원형철조망, 그 주변을 에워싼 개화한 모감주나무, 나뭇잎과 닮은 모양새의 비늘구름 사이로 이제 막 들이치기 시작한 희미한 빛을, 나는 바라보았다.(「희미한 빛」, 61쪽)

「여름」이 그러하듯이, 「희미한 빛」 역시 묘사를 빌려 인물의 심리적 정황을 압축해내곤 한다. 예컨대, L의 여자친구에게는 "괜찮아 난 이미 찍었어"라고 말하면서도, 그 사진에 대해서 편치 않은 인물의 감정을 "두 다리는 게처럼 사이가 벌어져 있었다"라는 한 문장 속에 툭 던져놓는, 녹록지 않은 필치는 어떤가. 그러나 뭐라 해도 소설의 압권은 소설을 끝내버리는 바로 위의 장면이다. 과거에 서술자 '나'가 수목원에서 목격한 이 풍경이, 왜 소설의 결말에 위치해야 하는 걸까. 거기에는 어떤 서사적 필연성이 있는 것일까.

위 풍경이 노골적이어서 실패한 장면이라고 생각하는 사람도 없지는 않을 것이다. 물론 그러한 연상에도 절반의 진실이 있다. 이 장면에 이르기 전에 독자는, "이곳에서 너를 이해하는 사람은 아무도 없노라"는 등 독한 말을 내뱉지 않은 것을 후회하며, 더이상 B에게 편지하지 않고 침묵하기로 다짐하는 '나'를 보았다. 더욱이 수컷과 암컷이 아니던가. 관심 없는 암컷과 체념한 수컷이 각각 각성한 '나'와 B의 위치를 암시해주고 있다고 생각하는 것은 쉬운 일이다. 그러나, 그것은 절반만 진실이다.

B가 '나'에게 과연 구애한 적이 있었던가? 모욕당한 마음을 씹어삼키며, '나'가 아닌 오직 "자신만을 보호"하는 B에게 분노하며, 습관적으로 구애의 편지를 보낸 사람은 B가 아니라 '나'가 아니던가. "흐린 날을 기다려 구애하는 것이 공작의 습성"이라는 설명은 자동반사적으로 이루어지는 연상의 반대방향에서, 오히려 지금 '나'의 결심이 언제 무너질지 모른다는 예감을 불어넣으며 이야기의 결을 만든다. 그런 시선으로 본다면, 공작에 대한 묘사는 게으른 자기만족이 아니라 치명적인 자기해부에 가까워진다.

특히 그 풍경의 한편에 "공작의 생태에 관한 안내문과 경고문구가 적힌 표지판"을 배치시켜놓은 것은 오랜만에 목격하는 흥미로운 유머다. 하나의 풍경 안에 모순적인 인물의 심리가 포개져 있다는 것도, 또 자조적인 유머가 전혀 계산되지 않은 것처럼 정확히 그 자리에 와 있다는 것도, 이 인상파의 복화술에 더 큰 기대를 품게 해준다.

(2012)

꿈의 극장
— 기준영론

1. 밤과 낮 사이에서

기준영이 처음 등장한 것은 2009년 여름의 일이다. 그 현장에는 나도 있었다. 한 문예지의 신인공모였는데, 험난한 심사였다. 늦은 밤까지 격론이 이어졌고, 의견이 모아지지 않아 거푸 투표를 했다. 그날 마지막 순간까지 테이블에 남겨졌던 소설이 「제니」다. 세련된 화술이 매력적이었지만, 어딘가 낯설고 독특했다. 나중에 알고 보니 「제니」의 작가는 대학에서 문예창작학을 전공하고 다시 영상원에서 시나리오를 전공한 재원이었다. '2007~2008 서울충무로국제영화제프로그래머'와 '다큐 〈감독들, 김기영을 말하다〉 작가 및 조감독'이라는, 그가 보내온 프로필이 이채로웠다.

어쩌면 이런 회상이 다소 짓궂은 것일지도 모르겠다. 이 책에서 만나는 기준영은 어디까지나 소설가 기준영이니까. 그러니 소설가 기준영의 행보를 조금 더 덧붙여두는 것도 나쁘지는 않겠다. 등단 다음해 기준영은 두 편의 단편소설, 「B캠」과 「의식」을 발표했다. 반갑고 또 흥미로웠다. 등단작인 「제니」를 떠올리며 가늠해보았을 때, 전자에서는 영화 제작현장이라는 작은 모티프가 확장되어 있었고, 후자에서는 '제니'의 불안정한 에너지가 미성년 소녀들의 사랑과 갈등으로 변주되고 있었다. 그리고 다시 그 이듬해, 작가는 첫 장편이자 자신의 첫 책이 된 『와일드 펀치』로 창비장편소설상을 거머쥐었다. "우정과 관심의 세계가 평범한 일상에 수많은 계기로 잠겨 있음을 조용히 웅변"(백지연)해주는 준작이거니와, 돋보이는 신인작가의 행보라 할 만했다.

그리고 고백하건대, 주목해야 할 작가라는 확신을 갖게 된 것은 이 책에 수록된 소설들을 읽은 후였다.[1] 「시네마」 「연애소설」 「아마도 악마가」 등을 연이어 읽고 나자 기념해도 좋을, 독특한 작가의 탄생을 목도한 기분이 들었다. 섬세하고 담담한 수채화풍이지만, 그 뉘앙스가 가슴에 남는, 뭐랄까 성숙하게 예리한 붓끝이었다. 씁쓸한 일상의 해프닝들 같지만, 그 속에는 타인과 이 삶에 대한 부드러운 허락의 느낌이 깃들어 있었다. 이 소설들을 읽고 나서야 나는, 작가의 등단작에 대해 삶의 무의미 운운한 것을 조금은 후회했다. 작가가 응시하고 있는 삶의 미세한 균열 속에는 불안과 공포, 허무와 비관 대신, 삶의 보잘 것 없음을 충만한 어떤 것으로 변주해내는 꿈의 말들이 꿈틀거리고 있었다.

우리는 희망과 소망, 상상과 환상, 섬뜩한 현실과 심리적 실재, 혹은 초현실과 부조리, 그 모두를 종종 꿈에 빗댄다. 꿈은 그래서 문학이, 예술이, 총애하는 언어다. 메츠가 영화와 꿈을 비교하며 환기했듯이, 일상의 밀봉된 내부에 일종의 틈을 만드는 것은 꿈의 일 중 하나다.[2] 그 틈 속에서 우리는, 우리를 경악하게 하는 진실을 만나고 사력을 다해 도망치기도 하리라. 하지만 기준영 소설은 밤과 낮 사이에서, '깨어 있음'과 '잠들어 있음' 그 사이에서 어떤 고양된 힘을 찾아낸다. 내면의 부름에 응답하는

---

1) 이 글에서 다루는 소설들의 출처는 다음과 같다. 기준영, 『연애소설』, 문학동네, 2013. 앞으로 이 책에서 인용할 경우, 본문에 쪽수만 적기로 한다.

2) 크리스티앙 메츠, 『상상적 기표』, 이수진 옮김, 문학과지성사, 2009, 139~148쪽.

그 힘은, 때로 위태로워 작은 파국으로 이어지기도 하지만, 대개는 기억해도 좋을 만큼 아름답다.

2. 빛으로 된 잉크, 거리의 스크린

한 명의 작가가 만들어가는 세계 속에는, 그가 보고 듣고 경험한 것들, 아끼고 사랑한 것들의 흔적이 남아 있기 마련이다. 이 소설집의 기준영에게 그런 존재들 중 하나로 영화를 빼놓을 수는 없을 것 같다.

예를 들어 「B캠」에서는 유명 배우 부부의 삶과 다큐멘터리의 제작과정이 포개져 있고, 「시네마」에서는 실연당한 한 여자의 하루와 시나리오를 구상하는 한 남자의 하루가 포개져 있다. 그러니 「B캠」의 인물 오수와 「시네마」의 인물 유성으로부터 이야기를 시작해보면 어떨까. 물론, 오수와 유성을 각기 무대의 돋보이는 주연이라고 하기는 어렵다. 두 사람은 이야기 전체를 조망하는 관찰자적 내레이터 역할을 하고 있지 않으며, 이야기 바깥의 말하는 존재는 오수와 유성보다 더 많은 것을 알고 있다. 하지만 그럼에도 오수와 유성을 염두에 두지 않을 수 없는데, 그들이 '카메라'를 든 존재이기 때문이다.

우선 「B캠」에서 기준영은 감독, 스크립터, 두 명의 카메라맨으로 이루어진 다큐멘터리 팀을 선택했다. 일단 그것만으로 자신의 인장 하나는 찍은 셈이다. 단순하게는 'A캠' 'B캠'과 같은 용어들만 보아도 그렇다. 어떤 세계에 입성한다는 것은 그 세계의 말법을 배우는 것이나 다름없어서, 영화작업에 익숙하지 않은 사람들에게는 그와 같은 말들이 낯설게 다가올 수도 있다. 이러한 경우 작가는 평균적인 독자를 고려하여 더 세심하게 이야기를 꾸려가야 하는 처지에 서게 된다. 객석과 무대를 배경으로 인터뷰를 따거나, 방수점퍼로 감싼 카메라가 즉흥적으로 따라붙거나 하는 등의 「B캠」의 에피소드들은, 자연스러운 실감으로 우리를 낯선 세계로 초대한다.

그러니 여기서 질문을 다시 한번 던져보면 어떨까. 알다시피, 영화현장을 담는 것은 기준영의 인장이 될 수도 있지만, 그녀'만'의 인장이라고 하기는 어렵다. 그런데 기준영은 이 소설에서 감독이 아니라 카메라를 선택했고, 카메라 중에서도 메인카메라가 아닌 'B카메라'를 골랐다. 왜 B캠인가. 소설의 어느 페이지에서 작가는 B캠에 대해 이렇게 적어두었다. "다른 장소, 다른 상황, 다른 각도, 혹은 다른 정서적 접근이 필요하다고 생각될 때, B캠은 움직인다."(133쪽) B캠을 통해 그녀가 표현하고자 하는 것은 비교적 분명해 보인다. 'A'로 표상되는 규정된 관점에서 벗어나, 그러한 시각에서는 포착하지 못하는 이면을 발굴해보겠다는 것. 이 소설이 묘사하는 B캠의 위치와 동선은, 작가 기준영이 인간과 세계를 응시하는 각도에 견줄 만하다. 말하자면 그녀는 B캠을 장착한 소설가다.

「B캠」의 도입부에서 작가는 세간에 비쳐진 유명배우 하남을 우리에게 먼저 소개한다. 그의 이미지는 '코카콜라CF'와 〈고도를 기다리며〉 사이에서, "뚱보에 잔소리꾼"이었던 전처와 "반반한 영계"라는 현재의 처 사이에서 경련한다. 코카콜라와 전처의 조합보다는 〈고도를 기다리며〉와 현재 처의 조합이 좀 나을 것도 같지만, 사람들의 얄궂은 시선은 후자에서도 부조리를 읽어낸다.

구설수에 자주 오르내리는 유명인들의 숙명 때문만은 아닐 것이다. 배우의 경력과 사생활에 대해 수군대는 관객들처럼, 잘 알지도 못하면서 우리 역시 타인에 대해 쉽게 말하곤 한다. 알고 보면 결함이 아니라고 말하려는 것이 아니다. 「B캠」에서도 우리는 그것을 본다. 사회생활에 변덕이 심하고, 결혼생활도 순탄하지 않은 한 배우를 본다. 하지만 그것과 동시에, 그 사람의 낯선 옆모습과 뒤로 길게 늘어진 그림자도 짐작하게 된다. 전성기라 일컬어지는 시기에 배우 자신이 겪어야 했던 황폐한 시간을, 솔직해지고 싶은 욕망과 연기자로서의 본능 사이의 해소되지 않는 갈등을, "대책 없는 삶" 속에서도 "진짜 주인공이 되어 행복해지고 싶다"는 꿈을.

소설의 처음과 끝에서 독자가 마주하는 하남은 동일한 하남이 아니다.

그리고 비단 하남뿐만도 아니다. 아버지뻘 되는 배우와 젊은 분장사의 결혼은 그렇고 그런 스캔들일지 몰라도, '신의 수첩'이라는 단어를 어려워하며 엔지를 거듭 냈던 하남의 근심을 읽어낸 사람은 그의 처가 된 이선이었다. 다큐의 주인물은 하남이지만, 소설에서 사실 더 흥미로운 대목은 이선으로 이야기의 초점이 넘어갈 때다. 특히 기준영은 하남 부부가 런던으로 떠나는 5장에서 소설을 끝내지 않고, 마치 뒷이야기처럼 6장을 남겨두는 절묘한 선택을 한다. 그 마지막 장에서 작가는, 이선과 오수 사이에 형성된 미묘한 감정의 교차 속에서 '신의 수첩'이 아니라 "자기 수첩"에 대해 이야기하는 이선을 포착해낸다. 작가의 B캠은 "우연을 운명으로 바꿔 꿰는" 여자와, 아직 운명이 되지 않은 우연을 그렇게 조용히 응시하는 것이다.

정리해보자. 하남(남자)과 이선(여자)이라는 커플을 응시하는 카메라(오수)가 있다. 카메라는 베일에 가려져 있던 뒷면을 포착하거나 조명되지 않은 다른 한쪽을 향한다. 그리고 그 과정 속에서 카메라(를 든 존재)와 여자 사이에 새로운 관계가 형성된다. 이러한 「B캠」의 구도가 발전적으로 심화된 소설이 「시네마」다. 바꿔 말해, 이제 대형카메라가 아니라 포켓캠코더를 든 남자, 유성이 등장할 차례가 왔다.

「시네마」의 초반부에 혜리와 유성은 그다지 친밀하지 않은 관계로 제시된다. 연인인 석재의 동생이자 네 살 아래인 유성에게 혜리는 깍듯한 존댓말을 쓴다. 두 사람이 공유하고 있는 경험 역시 지극히 단편적일 뿐이다. 하지만 우리는 소설의 마지막 페이지에서 유성의 뺨에 손바닥을 대며 미소짓는 혜리를 만난다. 그녀는 "'고마워'라고 반말로 그에게 인사하고는 손을 내린다."(52쪽) 반나절 동안 무슨 일이 있었던 것인가?

이 소설에서 기준영이 시나리오 구상의 과정과 병치시키는 것은 '함께 걷기'다. 「시네마」에서 혜리와 유성이 걷는 길은, 불분명하고 모호한 공간이 우세한 요즘 소설들과는 다르게 구석구석 실제의 지표들과 함께 제시된다. 백병원, 가톨릭회관, 명동성당, YMCA건물, 명동음악사, 명동예술극장 등, 독자는 인물들의 동선을 따라 구체적 공간감 속에서 길을 걷게 된다. 그 길은 식당광고판을 목에 건 남자와, "예수천국, 불신지옥!"을 외치는 중년남자가 스쳐지나가는 일상의 길이다. 하지만 그 길은 곧 추억의 길로, 상상의 길로, 꿈의 길로, 마침내는 시네마의 길로 서서히 변모해간다.

「시네마」의 이야기는 어찌 보면 간단하다. 형인 석재와 혜리가 헤어졌다는 사실을 모른 채, 유성은 혜리에게 모종의 부탁을 한다. "사랑 얘길 쓰는데, 여자를 잘 몰라서요."(32쪽) 유성은, 말하자면 지금껏 혼자 시나리오를 써왔던 남자다. 그런 그가 혜리와 함께 거리를 걷는다. 거리의 모습을 캠코더에 담으며 유성은 혜리에게 "자기에게만 보이는 스크린이 그 거리 어딘가에 있는 것처럼" 그의 주인공인 '트래비스'의 이야기를 들려준다(기준영은 이를 별도의 삽입 이야기로 처리해놓고 있다). 그 이야기에서 어디서부터 어디까지가 유성의 준비된 구상이고, 어디서부터 어디까지가 현장의 첨삭인지는 알 수 없다. 하지만 그의 작업에 혜리가 적극적으로 동참하게 되는 순간은 중요해 보인다. 그날 하루의 공기가 상상의 스크린 속으로 용해되기 시작했음을 시사해주기 때문이다. "(유성과 혜리가 고른) 스웨터가 감옥에서 나온 트래비스가 아델에게 주는 선물로 변화하는 데는 일 분이 채 안 걸렸다."(43쪽)

기준영은 이 소설에서 혜리에게 주로 시선을 할애하고 있으며, 정작 이 만남은 유성보다 혜리에게 더 특별해 보인다. 「시네마」에서 혜리는 공교롭게도 연인 석재와 헤어진 후 유성의 부탁을 받는다. 웹에서 통계자료를 찾아 실연당한 처지를 "보편화해야 할 차례"라고 생각했던 그녀는, 유성과 만나고 난 후 문자 그대로 '다른 길'을 간다. "내가 잘 아는 길이지만, 잘 모르는 길이었으면 좋겠다"(36쪽)는 바람처럼, 유성과 함께 걷는 길에서 혜리는 뜻밖의 순간들과 조우한다. 그녀는 첫사랑에서부터 석재와의 추억에 이르기까지 사랑의 역사를 반추하며, "그녀를 닮은 아델의 이야기"(이 역시 별도의 삽입 이야기로 처리되어 있다)를 상상하고, 나아가 그녀가 "모르는 골목들과 빈 의자들"에 관해서도 이야기하기 시작한다.

그리고 마침내, 사람들이 오가는 명동의 거리는 그녀의 스크린이 된다.

"뭘 보는데?"
석재가 묻는다.
"영화. 지금 사람들 이름이 올라가고 있어."
혜리가 대답한다. 너무 많은 것들이 떠오른다. 한 관계 속에 있는 많은 관계가, 한 거리에 오고가는 무수한 사람들과 이야기가. 그리고 휴대폰 저편에서는 이 도시에서 가장 가깝게 느껴졌던 남자의 숨소리가 들려온다.(「시네마」, 52~53쪽)

"한 거리에 오고가는 무수한 사람들"과 "도시에서 가장 가깝게 느꼈던 남자의 숨소리"를 병치하는 「시네마」의 마지막 두 문장은 예사롭지 않다. 소설의 마지막 장에 이르러서야 독자는 같은 시간대 석재의 모습을 보게 된다. "거실의 커튼 색깔, 남자의 발이 보인다"로 시작되는 시선은 다소 갑작스럽다. 그때까지 두 사람의 이야기 속에만 존재했던 석재를 포착하는 시선은 어디에서 오는 것일까? 트래비스와 아델의 이야기가 삽입된 것처럼 진행중인 주서사와 교차해서 삽입되는 석재의 장면들은, 마치 혜리가 그녀의 스크린을 닫고 다시 현실로 복귀해야 할 순간이 다가오고 있다는 징후처럼 읽힌다.

아니나 다를까, "뭘 보는데?"라고 묻는 석재의 목소리가 들릴 때 혜리의 영화는 끝이 나지만, 그때 혜리는 자신의 하루에 명료한 의미를 부여해낸다. "영화. 지금 사람들 이름이 올라가고 있어."(52쪽) 석재와 떨어져 유성과 함께한 반나절 동안, 그녀는 모니터 앞으로 달려가 자신의 처지를 일반화하며 눈물짓는 대신, '빛으로 된 잉크'(장 콕토)를 발견한다. 이쯤 되면, 작가가 석재의 이름에는 견고한 돌의 이미지를, 유성의 이름에는 흐르는 별의 이미지를 부여한 것이 우연만은 아닐 듯하다. 거리에 스크린을 내리고 자신만의 극장을 마련한 여자는, 어쩌면 지금까지와는 다른 방식의 연애를 하게 되지 않을까. 마음의 문을 닫아걸고 자기 안에 갇히는 대신, "이상한 꿈과 꿈 사이의 순례"(37쪽)를 통해서 자신과 타인의 이야기를 발견하고 또 상상하게 된 그녀이니 말이다.

3. 여름날의 산책, 달이 꾸는 꿈

앞서 살펴본 「시네마」와 「B캠」이 한 편의 다큐, 혹은 한 편의 시나리오가 탄생하는 과정 속의 이야기라면, 「연애소설」은 한 편의 소설이 어떻게 시작되는지에 대한 이야기이다. 많은 뛰어난 작가들이 그렇듯이, 기준영은 이 소설집의 소설들에 '이야기하기'를 사유하는 메타적인 자의식을 흩뿌려놓았다. 「B캠」 「시네마」 「연애소설」로 이어지는 궤적이 특히 그렇다.

우리는 이 문제를 생각해보기 위해 「아마도 악마가」를 경유해갈 것이다. 「아마도 악마가」에서 아마도 악마가 주재하는 것은 서술자 '나'가 살아가야 할, 뚜렷한 전망이 부재하는 세상일까. (이 주인물 청년의 무력함으로부터 브레송의 영화 〈아마도 악마가〉를 상기해야 할까?) 아니면 오히려 그 반대여서, '나'가 포기하지 못하는 꿈이 아마도 악마의 간계일까.

「아마도 악마가」는 「연애소설」과 더불어 여름날의 이야기이자, 여름날의 꿈에 대한 이야기로 우선 읽힌다. 여름날의 꿈을 대표하는 것들 중 하나로, 휴가지에서 만난 사람을 빼놓을 수는 없을 것이다. 여름 바다를 배경으로 하는 짧은 만남과 영원한 이별, 연애의 예감과 실패……, 많은 서사물들이 이 짧은 계절의 꿈을 담았다. 그리고 기준영은 「아마도 악마가」에서 이 유서 깊은 계절 이야기에 합류한다. 「아마도 악마가」에서 내레이터인 '나'는 이제 여름휴가를 떠날 것이다. 말인즉슨 휴가라기보다는 요양인데,

그가 부산으로 떠나는 이유는 결핵 진단을 받았기 때문으로, 그 사실은 서사의 말미에서야 떠들썩하게 들통날 비밀이다.

여름의 부산에서 '나'가 겪는 중요한 사건은 두 가지다. 하나는 나희와의 사이에서 있었던 일이고, 다른 하나는 그에게 거처를 내어준 '기러기 아빠'의 일이다. 수목원에서의 갑작스런 만남으로 시작된 전자의 이야기는 여름의 혼몽한 기운으로 미열을 앓고 있다. "평소의 나"에게는 있을 수 없는 과감함과 즉흥성, 약간의 거짓말까지도 여름의 휴가지에서는 용인된다. 그러나 또한 한편으로는 그 모든 달콤한 꿈들이, 현실적인 인력으로 '나'를 감싸고 있는 우수와, "내 아픈 자아와 건강한 자아 중" 어느 쪽에서 "위안과 감상과 모험"을 바라는 것인지를 가늠하는 자의식으로 인해, 깊은 수준에서 제어되고 있는 것 또한 인상적이다. 그렇다면 후자의 사건은 어떤가.

「아마도 악마가」에서 여름날의 '나'가 겪는 두 사건을 함께 묶는 기호가 없지는 않다. 그것은 '아빠'다. 「B캠」과 흡사하게 「아마도 악마가」는 모델인 나희와 그녀의 부친에 대한 세간의 짤막한 평으로 시작한다. '나'가 짧은 시간 근거리에서 지켜본 '나희'는 이를테면, '제니'(「제니」)와 닮은 여자다. 신체와 미모, 자해적 충동, 한쪽 부모와의 갈등까지도. 모델인 나희에게는 연예산업의 상품가치로 딸을 저울질하는 아빠가 큰 짐이다. 그리고 깁스를 한 채 바다로 뛰어든 나희의 고통은, 1년 동안 청산가리를 품고 다녔던 '기러기아빠'의 고통과 대칭을 이룬다.

이 소설에서 기준영은 기러기아빠가 '나'의 상주 노릇을 인상적으로 기억한 것 등의, 별것 아닌 것처럼 보였던 초반의 디테일을 둔중하게 다가오는 복선으로 건져올린다. 닥쳐올 미래를 알지 못하고 죽을 자(기러기아빠)를 연기하는 '나'의 모습은, 소설의 후반부에 이르러 제의적 아우라를 획득하게 된다. 기러기아빠의 죽음은, 사소하게는 '나'의 '작은 아버지'와 그 또래 자영업자들로부터, 심층적으로는 자신으로 인해 "인생에서 실망과 고통을 배우다 저 세상으로" 간 어버지에 대한 기억을 아우르며, 한국 중년 남성의 삶에 대한 하나의 음화로 남는다.

이 아빠들의 이야기는 읽는 이의 가슴을 서늘하게 하지만, 소설에서 작가는 '나'를 관습적인 성장의 테두리에 가두지 않으려 한다. 어쩌면 오히려 그 점이 더 기준영다운 면모인 것처럼 보이기도 하는데, 소설의 마지막 페이지에서 '나'는 다음과 같이 고백한다. 자신의 소망을 "평범한 회사원이 되어 다복한 가정을 꾸리는 것"이라 말하는 것은 공허하다고. "진짜생"은 "다른 곳"에 있는 것처럼 느껴진다고.

그 '다른 곳'에서 나는 내가 말한 것들을 전부 번복하며 꿈의 형태로 존재했다. 내 꿈은 한쪽 다리에 깁스한 채로 바다로 뛰어들었던, 이제는 소문속으로 사라진 스무 살짜리 여자애의 안부를 같은 자리에서 다시 묻는 것. 하이. 여기서 널 기다렸어. 내 입을 열고, 그녀 입술을 열어 내 혀를 밀어넣으면서 어떤 이온음료 광고장면처럼 그 순간만큼은 다른 가망 없이도 건강하고 아름다운 것. 천국의 은혜가 내 몸속에 전기처럼 흐르다 스미는 것. 바다는 어제보다 잔잔했고, 하늘은 색칠한 도화지 같았다. 나는 내가 기다릴 수 없는 기다림들에 목이 말랐다. 물결은 눈앞에서 빛을 받아 반짝였고, 때로 흥에 겨운 사람들의 함성소리가 내 안의 비명을 덮었다.(「아마도 악마가」, 80쪽)

여름은 가고, 결핵은 나았지만, 그전과 별반 다를 것도 없이, '나'는 일상으로 돌아온다. 하지만 이것으로 끝은 아니어서, 기준영은 늦가을에 자신의 인물을 다시 그 여름의 바닷가로 데려다놓는다. 소설은 위와 같은 서정적인 문장들로 끝이 나는데, 그 문장들 속에서 우리가 보게 되는 것은 지난 여름날의 흔적을 여전히 제 속에 간직하고 있는 한 청년이다. '나'의 말대로 꿈이란, '평범한 회사원과 다복한 가정' 같은 것이 아니라

'소문 속으로 사라진 스무 살짜리 여자애의 안부를 다시 묻는 것' 같은 것이 아니겠는가. 그것이 그 자신에게 허락되지 않는 기다림일지라도. 그래서 꿈을 향한 간절함이 아무도 듣지 못하는 제 안의 비명으로 남을지라도. 이렇게 닿지 못하는 꿈에 가닿으려 할 때 기준영의 문장들은 잔잔하게 빛난다.

방금 본 것과 같이, 기준영의 소설에는 내면의 목마름에 응답하는 몇 가지 길이 있다. 비교적 초기작들의 인물들, 가령 「제니」에서 "눈물범벅이 된 채 무표정한 얼굴로 과도를 꺼내 자기 가슴을 후벼팠"(171쪽)던 제니나, 「의식」에서 창가 커튼에 불을 붙이고 제 팔 한쪽을 화상입힌 영서는, 자기 안의 갈증을 더이상 어찌할 수 없어 그리했을 것이다. 하지만 소설을 거듭할수록 기준영은 다른 방향의 출구를 그려보고 있는 것처럼 보인다. 여기서 「연애소설」을 읽기로 하자.

「연애소설」에서 우선 눈에 띄는 것은 이 소설을 '연애소설'이라 이름붙인 작가의 대범함이다. 소설을 다 읽은 독자는 이 소설이 왜 연애소설인지 다시금 생각하게 된다. 그도 그럴 것이, 소설 속 이야기는 우리가 알고 있는 연애소설의 통상적인 문법과 크게 상관없어 보이기 때문이다. 하지만 이 소설이 연애소설의 발생학에 대한 하나의 응답이라면 어떤가.

소설에서 기준영은 "어딘가에 발표한 글이라곤 단 두 편뿐"인, 그래서 자신을 "동네 피아노학원의 피아노교사"라 소개하는 것이 더 편안한 한 여성의 소설쓰기를 쫓아간다. 기준영 소설답게, 인물은 먼저 걸어야 한다. 그것도 누군가와 함께. 「아마도 악마가」의 '나'가 나희의 손목을 잡고 수목원의 길을 걷고, 「시네마」의 혜리가 유성과 함께 명동길을 걷는다면, 「연애소설」의 '나'는 '수아'와 팔을 걸고 구기동 비탈길을 걷는다. 아니, 그녀들은 그 옛날의 성탄절 여고생들처럼 비탈길을 뛰어내려간다. 그리고 그렇게 수아의 집으로 향하는 동안 '나'는 문득문득 추억과 영감에 사로잡힌다.

우리는 정말 비탈길을 뛰어내려가기 시작했다. 발바닥이 계속 따끔거렸지만 뭔가 조금은 쾌감이라고 말할 수 있는 통증이었다. 나랑 수아가 개미만큼 작아지고 우리를 둘러싼 우주는 점점 넓어지고 드넓어지고, 노란 간판을 단 비타민가게는 한 점의 따뜻한 빛조각으로 반짝이고, 어디선가 날개를 단 고양이가 날아와 우리 어깨를 스치고 지나간다. 우리는 아주 빠르고, 빠르고, 빠르고, 빠른 유성처럼, 검은 시간 속을 깜박이며 비탈길을 미끄러지듯이, 종래에는 흐르는 두 줄기 눈물처럼 그렇게 어느 집에 착지한다. 딩동.(「연애소설」, 20쪽)

'나'가 수아와 함께하는 여름 저녁 풍경은, 기준영 특유의 잘 통제된 서정적인 문체에 실려 어딘가 몽환적인 길을 걷고 있는 듯한 느낌을 자아낸다. 동화적으로 스케치된 위의 장면에서, 그녀들이 지나가는 공간은 우주처럼 넓어지고, 그녀들이 달리는 시간은 유성처럼 빨라진다. 그렇게 변형된 시공간 속에서 그녀들의 "행복하지 못했던 시절"(19쪽)들이 짧게나마 다시 써진다. '비타민가게'와 '고양이'는 각자가 기억하고 있는 실패의 흔적들이지만, 지금 이 순간 그것들은 따뜻한 날개를 달고 빛이 되어 그녀들을 스쳐간다. 그러므로 이 장면이 "흐르는 두 줄기 눈물"과 함께 마무리되는 것은 그리 이상하지 않다.

물리적인 시간을 접고 펴는 독특한 시간표현이 「연애소설」에서 이례적인 것만은 아니지만, 짐작되다시피 이와 같은 시간이 마냥 지속될 수는 없다. '딩동' 소리와 함께 '나'와 수아가 함께하는 길이 끝이 나듯이, 현실의 시간으로 돌아와야 할 순간이 도래할 것이다. 아닌 게 아니라, 따끔거리는 '나'의 발바닥(결국 그녀들의 작은 여행을 끝내게 하는 물리적인 상처인 그것)은 땅으로부터 올라오는, 그녀들을 아래로 붙잡는 현실의 인력을 상기하게 한다. 다친 발바닥에서 마침내 피가 흐르는 것처럼, 몽상에서 벗어나 일상으로 복귀해야 할 시간이 언젠가는 온다.

다른 소설들과 마찬가지로 이 소설의 진정 흥미로운 선택은 여기서부터다. 작가는 여름날의 짧은 만남을 뒤로하고 집으로 돌아온 '나'를 주목한다. 그리고 새로운 시작처럼 읽히는, 소설의 맨 마지막 대목을 '나'로 하여금 타이핑하게 한다.

어젯밤 나는 그가 창가에 서 있는 걸 보았다. 푸른빛이 감도는 셔츠가 바람에 나부꼈다. 커다란 보름달 아래로 구름들이 모여왔다 흩어졌다. 달빛이 잠깐 어둠 속으로 잠겼다가 다시 나타났다. 그는 한 손에 병맥주를 쥔 채로 고개를 살짝 수그렸다가 들었다. 마치 긴히 할 말이 있다는 것처럼, 그래서 옅은 미소를 감춘 것처럼. 내 심장은 고동치기 시작했다. 사랑의 시작이었다.(「연애소설」 27쪽, 강조는 인용자)

「연애소설」의 처음과 끝에 놓인 단락들은, 닮은 듯 다른 짧은 한 단락의 글들이다. 조응하는 두 단락은 속 이야기와는 무관한 것처럼 보이지만, '연애소설'이라는 제목과는 더 잘 어울려 보인다. 지금, '나'의 손에 의해 "사랑의 시작"을 전하는 연애소설의 짤막한 한 대목이 쓰이고 있다. 소설의 마지막 단락은 소설의 첫 단락과 거의 흡사하지만, 위에서 볼 수 있듯이 강조된 부분이 뚜렷이 바뀌었다. 물론 시간상의 역전도 얼마든지 가능하기 때문에, 첫 단락을 마지막 단락보다 더 나중에 쓰인 것으로 해석해볼 수도 있다. 어느 쪽이 되었건, 기준영은 '나'에게 일어난 변화가 연애소설을 시작하게 하는 동력이라고 말하는 듯하다.

이 소설의 내레이터인 '나'와 같은 하루를 보낸 사람이라면 누구라도 그러하지 않겠는가. 이를테면, "생각을 몰아내기 좋은 곡"인 하농을 연주하며 뭐라 설명할 수 없이 들뜬 기운을 다스리는 것. 그러나 '나'는 평정심을 찾지 못한다. 그녀는 방심(放心), 말 그대로 마음을 놓아버린다. 수아가 '나'를 「방심한 마음」의 저자로 착각했던 초반부의 에피소드는 그러니 세련된 유머이지 않은가? 우연히 '나'에게 찾아와 자신의 이야기를 고백하고자 했던 '수아'는 기준영식 뮤즈에 다름없다. 그리고 마침내 '나'는 규칙적인 연습곡 하농을 뒤로하고 글을, 그러니까 소설을, 보다 정확히 말해 연애소설을 '치기' 시작한다. "건반을 치는 대신 타이핑을 했다"(27쪽)는 구절이 일러주듯이, '나'가 글을 쓰는 행위는 피아니스트의 역동적인 타건 이미지로 변형된다. 수아 부부를 만난 후 "막연한 슬픔과 놀라움"(23쪽)으로 물들기 시작한 '나'의 내면은, 이지러졌다 꽉 차오른 만월의 통제할 수 없는 에너지와 함께 창작의 순간으로 돌입하는 것이다.

4. 꿈의 극장

지금 여기와는 다른 곳에 꿈의 형태로 존재하는 무언가를 향한 목마름, 그 내면의 목마름에 응답하는 것이 기준영에게는 소설이고, 이야기가 아닐까. 예컨대, 실상 「연애소설」에서 '나'와 수아가 함께 걷는 길의 한쪽 편에는 수아가 관통해온 외면과 거절의 기호들이 자리하고 있다. 수아는 친구로부터, 가족으로부터, 거의 추방된 것처럼 보인다. "걘 안됐어. 미쳤어."(25쪽) 그러나 '나'는 간단치만은 않은 내력을 지닌 수아에 대해 판단하는 데 매우 신중한 태도를 보인다. 대신, '나'는 그 과정을 통해서 자기 자신의 삶에 대해서 생각하게 된다.

그와 같이 접근해본다면, 제니의 일주일을 내레이터 '나'의 시선으로 정돈하면서 '나' 자신의 그늘에 대해 은밀하게 고백하고 있는 「제니」도, 나희와 기러기아빠를 통해서 '나' 자신의 빈 곳에 이르게 되는 「아마도 악마가」도 「연애소설」이 놓인 자리에서 그리 멀지 않을 것이다. 타인 안의 목마름에 눈을 뜬 자는, 결국에는 자기 내면의 이야기에도 귀를 기울이게 된다. 아니, 그 반대여도 좋을 것이다. 내 안의 목마름이, 꿈을 향해 목마른 세상 속 이야기들에 눈을 뜨게 만든다.

저마다의 삶에는 그럴 만한 사연이 있으리라 존중하는 사람에게 이야기하기란, 결국 우리가 잘 안다고 믿어온 어떤 것에서 전혀 낯선 이야기를 발견해내는 과정이 되어간다. 수아의 삶에 잠시 동승한 '나'(「연애소설」)나, 하남과 이선의 삶을 B카메라로 담아내는 오수(「B캠」) 등은 모두 이야기를 하는 자로서 기준영의 시각을 조금씩 투영하고 있다. 기준영이 관심을 갖는 인물들은 이른바 '평균적인 삶'이라고 할 만한 것에서 살짝 비껴가 있는 사람들이지만, 기준영의 분신들은 그들을 거리를 갖고 지켜보면서 섣부른 단정도, 비판도, 동정도 삼간다. 대신 그들은, 「시네마」에서 유성의 전언을 빌려 말하면, "결과적으로 전혀 다른 이야기"(43쪽)를 발견해내려 한다.

그러니 상상해본다. 이 소설집의 이야기들에는 유성의 저 진술이 얼마나 어울리는 것일까. 기준영이 펼쳐놓은 "결과적으로 전혀 다른 이야기" 속에서 또 우리는 우리의 이야기를 얼마나 발견하게 될까. 개인적인 인상을 쓰는 것이 허락된다면, 이제 내게 기준영 소설은 어떤 저녁 풍경을 떠올리게 할 것이다. 계절이 바뀔 무렵의 저녁 풍경이라면 더욱 좋겠다. 소설 속 한 인물이라면 "세상 어디로든 갈 수 있을 것 같은 저녁 무렵"(「연애소설」)이라고 슬그머니 일깨워줄지도 모르겠다. 잠깐 동안의 소동 혹은 평화가 지나가고, 달빛 아래로 모여든 정념들이 목마른 꿈들을 그려놓게 하리라. 그리고 그런 이야기의 극장이라면 다정한 여럿이서 함께여도 좋을 것이다.

그게 뭐라고, 우리는 맥주 캔을 부딪치며 먼 곳, 누군가의 새 출발들을 기원하며 가을바람을 맞았다. 아직 다가오지 않은 시간의 비밀을 오늘이라 여기며, 축사와 마음을 쿵쿵 두드리는 어떤 시어들만이 지금 우리가 안아볼 수 있는 단 하나의 진실인 것처럼. 꼭 그런 것처럼.(「파티피플」, 127쪽)

(2013)

문학동네평론집
버려진 가능성들의 세계
ⓒ 차미령 2016

초판인쇄 2016년 12월 23일
초판발행 2016년 12월 31일

지은이 차미령
펴낸이 염현숙
책임편집 이경록
디자인 김마리 유현아 | 마케팅 정민호 이연실 정현민 김도윤 양서연
홍보 김희숙 김상만 이천희
제작 강신은 김동욱 임현식 | 제작처 한영문화사

펴낸곳 (주)문학동네
출판등록 1993년 10월 22일 제406-2003-000045호
주소 10881 경기도 파주시 회동길 210
전자우편 editor@munhak.com | 대표전화 031) 955-8888 | 팩스 031) 955-8855
문의전화 031) 955-3576(마케팅) 031) 955-3572(편집)
문학동네카페 http://cafe.naver.com/mhdn | 트위터 @munhakdongne

ISBN 978-89-546-4399-3 03810

www.munhak.com